从军记

文清丽 著

天津出版传媒集团
百花文艺出版社

图书在版编目（CIP）数据

从军记 / 文清丽著. -- 天津 : 百花文艺出版社, 2022.12
ISBN 978-7-5306-8459-7

Ⅰ. ①从… Ⅱ. ①文… Ⅲ. ①长篇小说–中国–当代 Ⅳ. ①I247.5

中国版本图书馆 CIP 数据核字(2022)第 233779 号

从军记
CONGJUN JI
文清丽 著

出 版 人：薛印胜　　**选题策划**：汪惠仁
责任编辑：徐福伟　孔吕磊　　**美术编辑**：郭亚红
插图绘制：杨　奕
出版发行：百花文艺出版社
地址：天津市和平区西康路 35 号　　**邮编**：300051
电话传真：+86-22-23332651（发行部）
+86-22-23332656（总编室）
+86-22-23332478（邮购部）
网址：http://www.baihuawenyi.com
印刷：山东临沂新华印刷物流集团有限责任公司
开本：900 毫米×1300 毫米　1/32
字数：390 千字
印张：14.5
版次：2022 年 12 月第 1 版
印次：2022 年 12 月第 1 次印刷
定价：58.00元

如有印装质量问题，请与山东临沂新华印刷物流集团有限责任公司联系调换
地址：山东省临沂市高新技术产业开发区新华路 1 号
电话：(0539)2925886　邮编：276017

目录

第一章　女兵梦

1

下午最后一节课，铃响过三遍了，身后的风琴却静悄悄的，女同学们纷纷跑出教室，表情神秘。这是什么情况？李晓音狐疑着从抽斗拿出一本路遥的《人生》，她刚看到刘巧珍进城来看高加林，急于知道他们后来的命运，这时好朋友顾莉华从前排一迈左脚，一骗腿儿跳过好几把椅子，几乎是飞奔到李晓音面前，说："快走！跟我走！"

"去哪儿？"

"跟着我走就是！"顾莉华拉着李晓音直奔宿舍。宿舍在学校后院，紧挨着操场。围墙外边探进来的树枝上，苹果在阳光下红艳艳的，像一朵朵盛开的红花在风中不停地摇曳着，地上映着树叶斑驳的影子，正是最好的秋日时节。

学校喇叭里播放着曲啸的《心底无私天地宽》的演讲，声音时而抑，时而扬，时而顿，时而挫，时而高亢，时而柔和，时而激愤，时而婉约，时而高山流水，时而天地含悲。校园主干道有一排排白杨树，教室墙壁上挂着张海迪的画像，写着：向张海迪学习，做时代优秀青年。

校园北边最后一排平房是女生宿舍，屋内有一张张木板拼接的大通铺，木板上先铺了一层麦草，才是花花绿绿的被褥。屋子中间拉了根粗铁丝，挂着衣服、布袋，中间过道放着几辆自行车，挤得仅容一人侧身通过。两边靠墙有三张桌子，摆满了茶缸和装着腌菜的罐头瓶。李晓音掀开自己掉了漆的白瓷缸盖想喝口水，缸子已空了。顾莉华拿起桌上的红色塑料梳子，从身上掏出小圆镜，照了一会儿脸，又打开一盒友谊牌擦脸油，伸出指头挖了一团，抹到脸上，又挖出一指甲，往李晓音手上抹时，发现李晓音还坐在铺上发呆，一把拉起来，说："天呀，你怎么还坐着，也不梳头。快点走呀！"说着，推上自己的那辆红旗牌自行车，往外走。

李晓音糊里糊涂地也推上自行车，跟着顾莉华走出校园。她本来想问去哪儿，发现顾莉华低着头猛蹬车，像是生怕人瞧见，便住了口。

快到县城了，李晓音才明白她们要去县武装部。顾莉华看路上没人，悄声告诉李晓音，她在县招待所食堂做饭的舅舅说县里要招女兵了。

李晓音心一惊，蹬车的速度就慢了，暗想她们怎么可能当上女兵，县里怕有十几年没招女兵了。即便招，也轮不到她们这些农村孩子。她记事时就听村里人说邻村有一对长得如花似玉的双胞胎姐妹当了女兵，至于是哪两个人，后来怎么样了，谁也说不清，自己嫁到邻村的堂姐也说不清。她确信这只是传说。

到了县武装部，人家老早下班了。顾莉华大爷长大爷短地叫了半天，看大门的老头儿才回答了她们的问题，根本没听说要招女兵，今天已有好几拨女孩来过了，都问这事，连针眼儿大的可能性都没有。看大门的老头儿捏了捏鼻子，把一摊鼻涕抹到身后的墙上，非常肯定地说他在这里工作十年了，就没听说招过女兵。"那好事能轮到咱这穷县？即便有名额，县领导早瓜分了。"老头儿咧着嘴，一口黑牙露了出来。

顾莉华垂头丧气地推着车子边往外走边说："肯定是我们来晚了，他一个看大门的怎么知道这么机密的事，明天咱们请假再来。"

"我觉得，即便有，希望也不大。"

"只要招，我就有希望。"顾莉华肯定地说。

“咱们念得是职业中学，又没毕业，十万里挑一的女兵能轮上咱们？说实话，比考大学还难。”李晓音扶着自行车，望着远处落日下暗淡的灰蒙蒙的县城，皱起了眉头。

“晓音，又一根筋了不是？你没看到咱们的优势。县一中的牌子是亮灿灿的，可你看看那些女生，一个个戴着瓶底厚的眼镜，怎么可能当上兵？当兵身体要健康，还要有才艺。咱们职业中学，牌子跟人家比是弱了些，学的也是幼师、美工、财务之类，也不亮眼，可咱们不近视，又能吹拉弹唱，整天练功，身材也好。再说长相，你看看咱俩，皮肤、鼻子、眼睛，虽比不上电影、电视里的大明星，在咱这小城，也算人尖子，能没优势？部队招的女兵大多数是文艺兵，我都准备好了，让我唱歌我就唱最拿手的《酒干倘卖无》，跳舞我就跳老师刚教的新疆舞。”顾莉华说着，扭了两下脖子，逗得路过的一个少年朝她吹口哨。

“姐有魅力吧。”顾莉华朝少年瞪了一眼，说，“小屁孩，一边去。咱回吧！”

听顾莉华这么说，李晓音觉得有道理。第二天上午上课，她俩假装肚子疼要到县医院看病，早早来到县武装部，这次见到了一个管征兵的干事。顾莉华给了他一包金丝猴烟，换来一句明白话，在招兵，但只招男兵。

“没指望了，就当咱们做了一个美丽的梦吧。”顾莉华说完，就准备弹风琴、跳舞、练声去了。

李晓音一直到放学还想着这事，对顾莉华说：“你再问问你舅当兵的事。要没有这回事，他怎么会听到？”

“我肯定要问。”顾莉华说完，骑着自行车扬长而去。

2

李晓音的家在黄土高原长宁县一个偏僻的小村里，离县城十里路。她家在村子中间，离全村唯一的涝池不到三百米。涝池常年积雨水，有时水塔也放些水，供村里人洗衣饮牛，当然也是孩子们耍水玩乐的地方。李晓音骑着自行车下坡时，涝池边有洗衣服的，有饮牛的，也有一个个小媳妇老太太拿着针线坐在水边聊天。

“大学生回来了？”

邻家嫂子一叫，正洗衣服的妈抬起头，笑着说：“回来了。”李晓音下了车子，要帮妈洗衣服。妈说快洗完了，小心脏了鞋子，让她往远站。李晓音穿着一双白色的回力牌球鞋，这是当兵的二哥给她捎回来的。

“哎呀，晓音妹子越长越漂亮了，念几年级了？成大姑娘了，该说媒了吧？”村里一个刚过门的俊媳妇边洗衣服边说。

“刚十八，还小呢。”妈说着，把洗好的衣服放脸盆里。

“晓音才不会在咱农村落根呢，人家要考大学，即便考不上大学，还有两个当军官的哥哥呢，抱住一个哥哥的壮腿，噌噌地一抬脚，就成公家人了。”另一个胖媳妇说。

妈仍微笑着，端起脸盆，给众人打了招呼，母女俩一路沉默着往家里走。

李晓音家场院不小，南边是一片花椒林，果子已摘，深绿的叶子稀少了不少，有十几棵楸树通到家门口，地上有几片落叶。

黑色的大门上方篆刻着四个大字：忠厚传家。门的中间钉着三排醒目的红色铜钉，门右上角挂着一块红色木牌，上写：光荣军属。

大门正对着的三孔窑洞是堂屋，窑面用青砖箍了一圈，东西有两间厢房。正中的窑洞是爹妈和李晓音在住，左间是牛屋，右间是厨房。东西厢房分别是三哥、四哥在住。东厢是一栋砖箍的厦窑，顶上用砖雕了五角星。西厢是一栋新盖的瓦房，玻璃窗，上面贴着喜联，上联是“比飞却似关雎鸟”，下联为“并蒂常开连理枝”，横批是“花好月圆”。

院子里有鸡棚、猪槽，院侧有根长长的铁丝，上面挂着几件衣服。

除了大门上的光荣军属牌，初看，院内跟一般农家无甚区别，可细瞧，会发现它跟别人家不太一样，比如铁丝上的女式衣服，布料是时兴的的确良，男士衣服是涤卡的中山装。

一棵大核桃树一多半枝叶从墙外伸了进来，核桃渐渐成熟，风一吹,啪的一声落地,皮掉到了一边,土黄色的核桃干干净净地躺在地上等人吃。一打开,白白的嫩核桃仁,还带着阳光、泥土、雨水的新鲜味。

新盖的厦屋前有棵柿子树,结满了黄黄的柿子。有些发旧的厦屋顶上伸进来半片枣树,枣儿大多红了,夹在绿叶间,看着喜庆。

进屋就更不一样了。红木柜面掉漆掉得斑驳,上面却摆着西湖龙井的铁皮罐,跟黄土窑洞有了某种不和谐,虽然里面装的是在集上称的散茶。挨在它旁边的是一座小小的琉璃塔,擦得锃亮。一幅《年年有余》的宣传画,写着"某某部队恭贺"。炕上被褥是新的,窑的两边墙上贴着花花绿绿的画,炕墙上是《红楼梦》的电影剧照,贾宝玉和姐妹们在吟诗作画。还有一幅画名叫《把海岛建成花园》,一个穿水兵服的男兵提着水桶,另一个穿水兵服的女兵手里握着鲜花,正在跟他说话,后面是蓝蓝的海和矮矮的山,画上写"祝军属新春快乐",还印着公章,公章看不清文字,轮廓隐约可见。画破的地方,被主人细心地拿糨糊黏上了。还有一本电影明星挂历。对面墙上则是一排排奖状,有一张纸的,也有套着明闪闪镜框的,奖项是优秀拖拉机手、作文竞赛第一名、先进工作者等。一个大玻璃相框,里面有一张张军人照,有一人抱着枪的,有十来个人排成三四列送战友离队的,每个人站得端端正正。黑白的单人照占多数,唯一的彩色照片是一张两人合影,色彩显然来自照相馆师傅的再创造。两位男军人长得很像,都涂着红脸蛋,穿着四个口袋的绿军装,戴五角星、红领章,英气逼人。

三嫂正蹲在地上烧中窑的炕,听门响了,打了声招呼,仍低头噗噗地往炕洞里吹火。

晚上,煤油灯点着了,妈和三嫂在昏暗的光亮下做针线,从地里下了工的爹和三哥吸着旱烟,有一搭没一搭地说着地里的活儿。爹靠在被垛上,给坐在地上的儿子安排着活计:"趁霜冻前赶紧把地里的莲花白收了,把萝卜、大葱埋在窖里,要不菜就坏掉了。"

一切都跟原来一样。如果李晓音不离开家,每天的日子大体也是这样的。

这时，门外有人喊三哥的名字，三哥出去，拿进来一封信，是当兵的二哥寄来的。一家人兴奋起来，妈和三嫂急忙把窗前油灯最亮的位置让给李晓音，让她快读信。

“好消息，在金城军区当处长的大哥调北京了。”

三哥一听，就从椅子上跳起来说：“啊，咱大哥，事干大了，都干到北京了。”靠着被子半躺着的爹瞪了儿子一眼，说：“放沉实些。晓音，快念！”

“二哥说大哥已到北京报到了，安置好后，会给家里来信；还说他也提职了，当汽车团政委了，他一切都好，二老不要挂念。战友近日回家探亲，他托战友给家里捎了一百元，不要舍不得花，多买些白面，把日子过好。”

“进京，就是京官了，好事，大好事。咱儿有出息，事干大了。”妈说着，又抹眼泪了。

爹微闭着眼睛，说：“都听好了，把嘴闭严实，这事不要去外面张狂。晓音，一会儿就给你大哥写信，告诉他，到北京了，离中央近了，领导更多了，干不好对不起调他的领导。”爹是生产队的队长，平时话不多，一出口就是命令，家里人只有听的份。可这毕竟是天大的好事，三哥边卷旱烟边念叨着：“我哥调到北京了，天天都能上天安门了。咱中央有人了。”

妈把火柴递给三儿，说：“你爹说得对，这事咱不要到外面张扬，北京太大，干事难。”

李晓音把信看了一遍又一遍，也就两页纸。她反反复复地看，信纸抬头印着“中国人民解放军某某部队”的红字，她感觉这名称好神圣。她把信装好，跟其他信一起放进柜子里。

“妈，我到我四哥屋里看会儿书。”

“就在这儿看嘛，我回屋去了。”三嫂说着，跳下炕，三哥也跟在后面回屋了。

李晓音拿着《人生》，却看不进去，说：“我还是到我四哥屋里去，那屋里有桌子,写字方便。"

"早些回来睡。"她出门时,妈叮嘱了一句。

学校放假后，四哥会到县城的四嫂单位去过周末。屋里有盏罩子灯,虽然跟油灯一样只有一个芯子,但玻璃罩一套上,瞬间照亮了大半屋子,照亮了四哥四嫂的合影。戴着眼镜的四哥文雅而严肃,嫂子温顺含笑。他们都是城里人的打扮,四哥穿着一件蓝色中山装,四嫂穿着领子上绣着小白花的酒红色毛衣,一根辫子放在胸前,上面系着绸带。四哥大学毕业后分回公社中心小学教书,四嫂在县图书馆工作,她家在县城,她爸爸是文化局局长,家里就一个闺女。

李晓音仍然看不进书,她又把全屋扫视了一遍。四哥四嫂新婚,墙上的双喜字还新新的,床上的被子也是新的,连架上的两条毛巾都是新的。而身份为农民的三哥三嫂,屋子跟父母一样,一家人共用一条毛巾,脸也跟父母一样,黑红粗糙。

想到这里,李晓音一阵心酸,又埋头看起《人生》,高加林与刘巧珍相会在河边的情景再次映入她的眼帘。

院子里妈在喊她早些回去睡觉。她说:"妈,我就睡这儿了。"

如果我走不出去,连单独的房间都没有。李晓音想着,闭上了眼睛,一夜没睡着。

第二天,她饭吃得很少,不停地问:"妈,我姐啥时回来?"

"听说下乡得一个月。"

"到哪儿去了?"

"谁知道,油门一踩,开着拖拉机全乡跑。"

吃完饭,李晓音想到县城去看四哥四嫂。妈说:"你下午去,等我给你把馍蒸好。"

农村学生,每周周三和周六回家背馍。馍是小麦面和高粱面混合在一起蒸的,红面夹杂着白面,比同学们带的纯高粱面做的馍要好吃。妈说:"这都托你哥哥们的福。"

"还有我姐呢!"

“你姐一月二十八元，连她自己都顾不过来。”

“家里的煤油都是我姐带回来的。”

“行了，这一瓶青辣椒里泼了油，走时多带些馍，得吃饱，一顿一个馍怎么能行？”

“知道。”

正准备出发，看到爹担着空桶出门，李晓音说：“爹，我来。”

“你走吧，不是还要去看你嫂子吗？”

“担水回来再去，不迟。”李晓音抢过担子和水桶，挑在肩上，出了门。她看不得爹一大把年纪了还要干重活儿。可是农村人，不干活儿吃什么？这是妈常挂在嘴边的话。

一担水对长期不干农活儿的李晓音来说还是很重的，担子压在肩膀上，挺吃力。三哥去镇上打零工了，大哥二哥在部队，四哥住在县城，姐姐已经嫁人了，爹不干，谁干？虽然很累，李晓音还是把家里两只水瓮添得满满的，才骑着自行车去往县城。车头挂着她三天的口粮，后座上捆着一袋给四哥的新磨的白面。妈说：“家里的面香，给你哥嫂带上，让他们尝尝。”

走到涝池边了，李晓音又返回，打开柜子。妈问：“你找啥呀？”

“我找我哥的信。”她把二哥的信装到口袋里。

去向县城的路上，李晓音一直在想，姐要是在就好了，可以跟姐好好聊聊，可是姐下乡去了，只能跟四哥谈谈，也听听他的意见。

没想到四哥也不在，去地区开会了。四嫂拉着李晓音的手说要给她做好吃的。李晓音说：“学校还有事，先走了。”

3

回来得太早，校园里静悄悄的，教室门锁着，进不去，李晓音把馍挂在宿舍房柱上，回到操场，望着空荡荡的校园。她拿着书，根本看不进去，急盼着顾莉华回来。

顾莉华家在县城边上，生活富足，父亲是包工头，常年在外包工程，家里盖了五间青砖瓦房，有台令人稀罕的十四寸金星彩电。更让李晓音羡慕的是，顾莉华还有一间单独的闺房，有张属于她一个人的桌子，还有一个绘着兰花的大衣柜。

去过一次顾莉华家后，李晓音就不想再去，她有一种自卑感，但这不影响她们是最好的朋友。

她盼顾莉华来，想再确认女兵的事。顾莉华来了，她还没来得及问，顾莉华就说她爸问县里领导了，没有的事，舅舅听错了，是市里要招女兵。

“市里要招女兵，他管的哪门子闲事？”李晓音说着，狠狠地把脚边一颗石子踢到了远处。

“不要想了，安心上学吧，坚持多半年，咱们就毕业了。”

毕业后，最好的结局也就是在县幼儿园当老师，可全班有五十三名学生，家在县城的就有八个，还有乡里领导的七姑八姨，能轮到自己吗？李晓音心里否定了无数次，但没说出口。

一车车的钢丝床拉进宿舍，老师笑着说以后你们不用睡通铺了，不久职中就要搬到县城去了。李晓音往钢丝床上一坐，感觉全身好像要倒下去，忙扶住旁边的铁架子，想：是呀，日子总会越过越好。

就在这当口，发生了一件事，使李晓音平静的心又泛起涟漪。

周三放学，李晓音得走路回家。上周末返校时，她没有骑自行车，三哥说要送三嫂回娘家，不能没有自行车。家里只有一辆自行车，妈给李晓音做了半天工作，说：“你看看，你三哥整天打工，也不去丈母娘家，去，就得有个派头，对不对？要不你嫂子脸上无光。你嫂子家又那么远，你整天骑车子，这次让你哥骑，好不好？”妈恳求的眼神，让李晓音不能不同意。

从学校回家有两条道，一条远，是公路，五六公里，骑自行车的同学选这条路；一条近，是山路，但得翻一座山，家里没自行车的同学走这条路。

李晓音跟同村的一位美工班同学翻山路回家。山路一会儿下，一会儿上，两人说着话，东说说，西扯扯，不觉间路走了一半。同学突然问："咱同学粉妮当女兵了，你知道不？"

粉妮是李晓音的初中同学，也考上了职业中学，但没去上学。她有个哥哥在西藏当兵，给她哥带娃去了。

"粉妮当女兵了？"

"可不，她给我寄照片了。"同学说着，掏出一张照片。果然，粉妮穿着绿军装，衣领上还别着红领章。两人把照片看了又看，分析了又分析。跟同学分开后，李晓音又想起了二哥的来信。

回到家，这次姐在家，李晓音说了同学当兵的事，说她也想当兵。姐说："等你职中毕业吧。"

"反正不剩半年了，我也考不上大学，毕业也就当个幼儿园老师，还是临时的，与其这样，还不如去找哥。我那个同学，她哥只是连长，都能让她妹子当兵，咱哥一个在北京，一个当团政委，肯定能让我当兵。"

姐摇摇头，说："还是拿到毕业证书再说，现在没有文凭，找不到好工作。"

姐妹俩说了一会儿话，姐姐睡着了，李晓音却怎么也睡不着。

家里人无论如何没有想到，周末李晓音回家时，车后座上放着铺盖卷，说她退学了，准备到城里找二哥当女兵。

当兵之事如窗外吹来的风，吹完了，烟消云散，然而对李晓音来说，就像打开了魔盒，她的魂被牵住，整宿睡不着觉。小时候，看了电影《闪闪的红星》，她就缠着二哥给她寄了一个五角星和一副红领章，想着只要有它们，就像得了宝葫芦，所有的难题都能解决。她把五角星和领章装到贴身的裹兜里，谁知睡了一夜就不见了。多年以后才发现，它们仍然鲜艳如初地躺在一个首饰盒里，主人是姐姐。

到村头放羊打猪草时，她经常望着远处的官路，梦想有一天，大哥或二哥跟电影上的冬子爸一样，举着红旗，带着一支队伍，从两边开满映山红的大路上走来接她去当兵。她不知道映山红是什么花，但她确信，队伍一来，通向村子的官路两边的高粱，就会变成映山红。

听着学校大喇叭里整天放着如泣如诉的《血染的风采》，一个计划涌上心头。她给校长说："我哥上前线了，家里孩子没人管，我要退学。"校长问："你家里同意吗？"她心虚地点点头。校长说："李晓音同学，你的学习成绩还是不错的，你要想好，退了学，就不好再来上了。"

"我想好了。"

校长只好批准了。

"我的天呀，晓音，你不要开玩笑。"顾莉华得知李晓音退学了，大吃一惊。

"我啥时开过这样大的玩笑！"李晓音整理着被褥，一字一顿地说。

4

妈一听李晓音退学了，抓起笤帚就打。李晓音在前面跑，妈在后面追，惊得家里一群鸡也跟着跳上飞下。李晓音绕过柿子树，跑过猪槽，妈在后面追得呼哧呼哧直喘气。这时，大门咯吱一声响了，先是一只自行车轮子出现，接着，当小学老师的四哥推着自行车进门了。

"晓明回来了，妈熬了米汤，一会儿就好。李晓音，赶紧给你哥烧炕去。"妈扔掉笤帚，然后小声说，"一会儿再揍你。"饭刚端上桌，在公社农机站工作的姐也进门了。

鸡上架，猪进圈，一家人也喝完了汤，有人坐在炕上，有人坐在椅子上，把小小的窑洞挤得满满当当的。窗台上的煤油灯照得满窑人眉目不清，墙上还映出影影绰绰的人影。

爹坐在炕上，半倚着被垛，清了清嗓子说："大家都在，咱们开个会。"全家人都望着爹。爹像在生产队开会一样，吸了一口旱烟，说："捎话叫大家回来，是有个要紧事商量。晓音这个死女子！"爹说到这里，狠狠地瞪了李晓音一眼，又骂道，"跟谁都不说，悄没声息就把学退了，书、铺盖全背回来了。我气得想把这个死女子腿卸了，看看，都怪你妈，把女子惯得没样儿了。”

“是她要退学的,又不是我让退的。”妈回头用指头摁了一下李晓音的脑门,说,“死女子,咋把书念到头后去了,做事一点也不思后果。不念书,明天就说亲,嫁出去算了。”

姐正坐在窗边织毛衣,哎哟了一声,显然愣了下,针戳了手,说:“晓音，你做事欠考虑，再有半年就毕业了呀，现在退学肯定拿不到毕业证。”

李晓音坐在妈身后,也就是炕上靠窗的角落里,昏暗的油灯照不到她的脸。她低着头,说:“我想好久了,我要去青城找我二哥,去当兵。职业高中除了语文、数学两门文化课,学的全是《幼儿心理学》《幼儿语言学》《幼儿运动学》,每天不是做丢手绢的游戏,就是踩着唯一的风琴弹唱《我们的祖国是花园》;不是学着小娃娃语气讲小红帽的故事,就是在大操场学跳一个又一个儿童舞。我感觉特别没意义,再说,这也不是我擅长的事。住在四处透风的宿舍,啃着被老鼠咬得坑坑洼洼的馍,想到无望的前途,特别绝望。”

“二哥同意了吗？”四哥双手交叉抱着臂问。

“反正我要去,二哥说了,他有个战友回来探亲,等他回部队时,我跟着去。”

四哥看了看妈，又看了看爹，对李晓音说:“你把问题想得太简单了,你以为想当兵就能当兵？你去了,二哥指定还让你回家。”

“不去怎么知道?我同学她哥只是连长,都能让他妹妹当兵,为啥咱哥就不行?咱哥还是团政委呢。我问过咱村回来的当兵的,人家告诉我,一个团,至少管上千人了。我即使毕业,也就只能当幼儿园老师。县上就一所幼儿园,所有老师加起来十五个,全是县领导的女子或儿媳妇。乡上没有幼儿园,各村只有育红班,要进去也得有关系。我就是拿到毕业证,能有个什么前程?如果二哥不让我当兵,至少在青城给我找个工作,青城也是西部的省城,机会多得很。再说了,大哥二哥要不出去当兵,能当上军官？守在咱这黄土高原上,能有啥出息？”

“晓音说得有道理，她爱读书，退学肯定不是心血来潮。”姐停下了手中的活计。

“爱念书？连个高中都考不上。一想这事我就生气，整整供你念了十年书，白念了？”

“爹，话不能那么说，全县只有一所高中，就招百十个人。晓音爱看书，课外书看得偏科了，你看看，咱墙上这么多奖状，都是她写作文得的奖，有公社的，还有县级的。前几天我还听她老师说，晓音上幼师班是大材小用。出去，兴许能走出一条新路。”姐说。

“晓兰你给我闭嘴，老四说。”爹坐了起来。

四哥仍然双手交叉抱在胸前，没有说话。三哥说：“晓兰说得是，晓音说得也有理，出去闯闯，总是有机会的。我要不是到县里，能有活儿干？咱这么个小村里，能有几个人做大立柜？！”

“你斗大的字不识一个，懂个屁，悄悄坐着，没人把你当哑巴。老四你说，你是公家人，在省城念过书，你说说，晓音一个女娃子，能去外面跑？”爹说着，拳头在炕上狠狠地捶了一下。

“我怎么不懂？有个电影，叫啥呢？对了，叫《女驸马》，那个小姐冯素珍要不是女扮男装，怎么能考中状元？祝英台要不是去杭城，怎么能遇上梁山伯呢？”三哥偏不服气。

“你悄悄坐着嘛。”坐在三哥旁边的三嫂打了丈夫一下。

“说得也是。”一直沉默的妈话一出口，可能觉着不对，又说，“但那是戏，假的。”

“一个黄毛丫头四处跑，城里多乱，出了事咋办？”爹咳了一声，朝地上吐了一口痰。

四哥皱着眉头，仍不说话。

“我同意晓音的意见，去，即便找不到工作，也算到城里见过世面，要不是当年爹不让我去，说不定我现在也干大事了，而不是蹲在农机站当个合同工，就那么一点点工资，还整天受气。”姐说着，竟抽泣起来。

“你别哭了，小心肚子里的娃。”妈说。

"晓音,你去找二哥,二哥不行,你到北京找大哥。姐支持你。"

"你说得好听,说走就走呀,她怎么走?飞去?又没长翅膀。"爹声音提高了好几倍。

"我出钱,让晓音找我哥去。"

"你把嘴闭上,嫁出去的闺女泼出去的水,娘家没你说话的份。"爹再次点将,"老四,你说话呀!"

四哥挠了一下脑袋,说:"这样,明天我带晓音到县上,周一带她到职中找校长,让她继续上学。"

"好了,就这么定了。"

姐喊道:"这开会不合规矩,不还没表决嘛,同意晓音出去的举手。"说着,自己先伸出了手。李晓音立即举起了手。三哥犹豫了一下,也举起了手。爹、妈、四哥都没举手。姐叫道:"老四!"

四哥不说话,也不举手。

"四哥,不是你给我买的《人生》让我读吗?高加林要不是出去,能当记者?不是你让我心存高远吗?还说少年心事当拏云。"

四哥扶了扶眼镜,一时无语。

"都回去睡觉,就这么定了。"爹说着,拉开了被子。

"还有我三嫂呢。三嫂,你支持谁?"

一直坐在炕后边的三嫂愣了一下,看了看坐在她跟前的三哥,又看了看爹妈,说:"我一个外姓之人,不好发表意见。"气得三哥踢了她一脚。

"好了,就这么定了,晓音继续上学!老四,明天给校长带瓶酒,死女子做事不经大脑,这酒我本来留着过年喝的。行了,都散了。明天还要干活儿呢。"爹说着,脱起衣服来。

"我不上学了,你们是'老封建',又偏心。我姐跟我四哥一样,都有工作,都结了婚,为啥我四哥住着家里盖的砖房,我姐连个窑洞都没有?还不就因为我姐是个女娃。"

"行了,行了,睡觉。"姐说着,拉过李晓音睡到自己旁边。妈也躺下来，小声说："别惹你爹生气。"睡在最边上的父亲一句话也没有说。

周日晚四哥要回县城时，怎么也找不到李晓音，只好决定第二天再走。李晓音一夜没有回家，三哥到姐单位去找，说没找到。四哥一直等到第二天清晨，最后说："算了，由她去吧。"他上班去了。

李晓音其实就在姐的单位。三哥吃着姐做的白面馍说："咱们三人意见是一致的，我回家就给爹说，没找到晓音。"

爹一看这架势，又把李晓音骂了半天，只好同意给老二写信，说如果老二不同意这件事，她还得回学校把学上完。

姐和李晓音想了好几夜，由李晓音执笔写了七八页，信的收尾是一段顺口溜：职中幼师班，吹拉又弹唱。考学没指望，老师耍流氓。学生半退堂，晓音心已死。决然把学退，乡村苦熬日。二哥最仁义，速把小妹救。血缘浓于水，亲情胜似海。他日若成才，定报哥大恩。

姐看了看，拿笔在信后加了几句："哥，晓音说的完全是事实，妹妹我在农村生活了快三十年，最有体会。哥，帮帮晓音吧。"后面署上了她的名字。

十天过去了，二哥来信了，同意李晓音跟着战友去青城。一下子大家都高兴起来，妈给李晓音准备出门的衣服鞋袜，准备给儿子带的东西，忙到半夜三更。

李晓音去找二哥的战友，战友说他还有一个月的假，高原部队年假比其他部队时间长。同学们一个个都去上学，李晓音再也不敢到村里去。别人老问她："李晓音，你啥时去当大干部呀？"有讥笑的，有嘲讽的。李晓音怎么也等不住。关键是农活儿太多了，既然不上学了，就得帮着父母干农活儿。做饭、洗衣、担水，到地里收萝卜，给庄稼施肥，干不完的活儿。李晓音最烦的是磨面，电动磨面机比人推的石磨轻松了一些，但得人工一次次把小麦倒进磨面机拖斗里，磨下来，再倒上去，反复十几次，直到小麦磨成细面。全身酸痛不说，身上、鼻孔里都是面粉。

这就罢了，关键是这样的生活永远没有尽头。不，没有希望。

树叶渐渐稀少，李晓音第三次骑着自行车到二哥战友家，回来后告诉父母，战友第二天走，他们约好在县长途汽车站会合。

姐悄悄给了李晓音二十元，说：“你不要告诉爹妈，把钱装好。”四哥代表父母给了三十元。鸡刚叫头遍，妈半夜起来，就做路上吃的锅盔。

5

天还黑乎乎的，三哥驾着架子车，李晓音在旁边推着车子，奔向五公里外的县城。妈在车上坐着，旁边放着两个大提包。

出门前，李晓音还跟爹生了一通气。李晓音把姐给的钱装到里裤左边的口袋，把四哥给的钱装到右边的裤兜，认为很保险。爹说那样不牢靠，非要让妈把裤子口袋用针线缝死。把好好的口袋缝死，难看不说，取钱时也很麻烦。李晓音说什么也不同意，爹气得非但没下炕送李晓音走，还扭着头，面朝窑里，闭着眼装睡。李晓音出门时叫了爹三次，爹也不吭声。

李晓音一行走到村口了，爹却抄着小路从刚长出的麦地里追了上来，双手插进袖筒里，说：“我李爱才生了六个儿女，五个都是好样的。我大儿到北京当军官了；老二当团政委了；老三是方圆几十里有名的木匠；老四是念过大学的，当老师；大女子，把铁家伙拖拉机开得全县人都伸大拇指。晓音，你是老六，也是老幺，爹打你骂你，但爹知道，你看的书多，肯定有出息。爹追来就是说这话！”说完，扭头就走。

黑的田野静悄悄的，李晓音有些紧张，但看到妈和三哥又说又笑的，便也放下心来。

到了县城，天已亮。最后一班去省城的车要出发了，哥的战友还没有来，妈急得不停地问：“人家咋给你说的嘛，怎么还不来？”李晓音买了车票，才给妈说，哥的战友休假还没结束，但她不想等了，这次无论如何不回家了，她怕村里人整天问，也怕误了征兵。当兵是有时间限制的，她要留出给哥做工作的时间。

妈一巴掌把她打得坐到了座位上，骂道：“死女子，你敢编这么大的谎，你以为出远门是儿戏？快下车，回去等你哥战友一起走。”说着要拉李晓音下车。李晓音抱着座位靠背就是不挪步。车上乘客、司机都急了，说：“快下车，快下车，车要开了！还要翻犄角沟，再晚我们当天就回不来了。”

妈瞪着李晓音，李晓音把头扭向窗外。

三哥说：“妈，还是让晓音去吧，我把她送到去青城的火车上，再回家。”

妈骂李晓音：“你个死女子，要是老早说，让你四哥或你姐送你。你三哥一字不识，又没出过门，到省城两眼一抹黑，咋送你呢？不把他丢了就烧高香了。”

“妈，你太小看我了，我虽是个农民，可长着嘴，我哥单位我记得滚瓜烂熟，咱省城也不是没去过，你放心。”

三哥毕竟在县城待过，一点也不怯，在车上，一会儿问邻座，一会儿问司机，大概几点到省城，坐哪趟车到火车站，问得一清二楚。他把妹妹送到火车上，然后说：“妹妹你放心，送你上车后，我马上给二哥发电报。”

李晓音不知道怎么发电报，但三哥说：“你不要管，我有哥的地址，不懂，我会问人的。”

正说着，火车轰隆隆响了，接着忽然动了。三哥喊道：“等下，等下，我还没下火车呢！”可火车司机怎么能听到呢，列车员让他下一站再下。

“哥，你一定要注意安全，你一定要发好电报。”李晓音在三哥下车时，大声叮嘱着。三哥回头说：“晓音，你在车上要注意安全，把包看好，胆子放大。妈说了，问路就问警察和解放军。到了，马上给家里来信。找不到工作，就回来，哥养着你。”

“混不出个人样，我绝不回家！”李晓音说着，坐在走廊的提包上。她两只手插进裤兜，摸着姐和哥给她的钱，心想明天上午就到青城了，她的命运就会改变了。她的嘴角露出了一缕微笑。

车上男男女女，老老少少，说着五花八门的话，李晓音很是好奇。看了这个瞧那个，她朝人家笑，人家大多不理她。她实在是闷坏了，好想跟人说说话，可是没有一个人跟她说话，只有列车员路过时说别挡道呀，她赶紧提着包往里挪。

车一停，立马跑上来很多小贩，他们手里提着筐子，里面有煮鸡蛋、烧鸡、饼干。远远地闻着一股香味，李晓音咽了咽口水。

天黑了，有个刚上车的大妈跟她说了几句话，问她去哪儿，还问她吃饭了没，她不好意思地打开背包，拿出一块锅盔吃了起来，噎得眼泪都出来了，忙从挎包带上解下白瓷缸。大妈喊来列车员，列车员提着一个大水壶给李晓音倒了一缸子水。

夜深了，车上人都昏昏欲睡，她虽闭着眼，但只要火车一停，她就朝窗外瞧，窗外的城市好像是玻璃做的，亮闪闪的，明晃晃的，城里原来就是这样的？

绿皮火车一路西行，李晓音被沿途一连串的地名吸引住了：武功、天水、甘谷、陇西、定西……她想起了高适、岑参、李贺，想起了自己读过的那些关于西部的边塞诗：青海长云暗雪山，孤城遥望玉门关；肃肃秋风起，悠悠行万里；千乘万旗动，饮马长城窟；城头铁鼓声犹震，匣里金刀血未干……她在脑子里搜索这些诗句时，好像看到一匹匹汗血马在窗外朝她奔来，好像听到了呼呼的战旗声，闻到了羊群的膻味，看到了和亲的文成公主、归汉的蔡文姬、反弹琵琶的王昭君……就在胡思乱想间，她迷迷糊糊睡着了。

第二章　西北望

1

李晓音坐在走道上，被一个装着不知何物的包撞得后背生疼，这才醒了，天已经亮了。窗外越来越荒凉，树越来越少，山越来越高，天也越来越冷，连空气都透出一股寒气，可她的心仍是热的，愿将腰下剑，直为斩楼兰。

她牢记着姐的话，到二哥家后，能不能在城里站住脚，城里的二嫂是关键。为此，在那间农机站宿舍里，姐教会了李晓音用煤油炉做面条、蒸馍。姐用的是明晃晃的小小的钢精锅，蒸熟的馍用雪白的纱布盖着，闻着香。姐每天晚上吃过饭就去洗衣服、擦地。她再三叮嘱李晓音："二嫂是城里人，你一定要讲卫生，去了要勤快，帮着二嫂干活儿。把二嫂工作做通了，你的工作就十拿九稳了。"

二嫂只来过一次，长得漂亮，会说一口普通话，其他的李晓音记不清了。

姐连夜加班给二嫂织了胸前有三个黑色菱形的酒红色毛衣，姐说："晓音，你此去要是干不成事，可就让姐白花这些钱了，我一月工资也就二十八元。"姐还说："不知我这一胎是男是女，要是女的，我咋活呀。"姐夫有正式工作，只能生两胎，可姐现在已有一个女儿。她婆婆说，如果这次生的是女孩，就扔到尿盆淹死去。姐最后说：“晓音，好好到外面闯，咱家兄妹都有本事，你别看老三不识字，也精得很，木匠活儿做得四乡闻名。你读过好多书，肯定能干好的，千万不能回来，回来就完了。女人嘛，在农村，生不出儿子，你再能成，人都瞧不起你。你说你姐我，还好歹有个工作，都受人欺负，要是没有工作，还不知过的啥日子。姐很后悔，当时没有像你一样出去，外面那么大，我就不信活不出个人样来。”说着，就开始淌眼泪。

火车到站一小时了，站台上人都没了，李晓音也没见二哥来。她原想提着行李去找二哥，后来觉得自己提着两个旧提包，太像农村人了，在车站广场转了一圈，决定把包存到行李寄存处，只背着小挎包，到洗手间洗了脸，梳了头，还把姐给她买的黑条绒皮底子鞋用湿毛巾擦了擦，把四嫂送给她的玫红色夹克衫、黑色健美裤一一检查了一遍，又把妈拴在挎包上掉了漆的白瓷缸取下来，装进包里，在镜前照了照，感觉满意了，才走出车站。

大街上车多，人多，人的穿衣打扮跟秦城差不多，但有很多穿露胳膊皮袍的人，有男有女，脸黝黑。最让李晓音惊奇的是，她看见一个女人，脸一坨红，眼睛特清澈，里面像有水。

她打量了一阵行人，最后看到一位军人站在路边，像是在等人。她上前结结巴巴地向他打听二哥的部队：“解放军好，我想打听某某部队怎么走。”这是她第一次用普通话问路，感觉舌头在口腔里直打转，发出的音也怪怪的，好别扭。

军人很热情，长得也很帅，浓眉大眼，帽子上的红星让李晓音更坚定了当兵的念头。军人不但告诉她坐哪一路车，还告诉她，沿途要倒一次车，在省医院下车再倒二路车。

“记下了。谢谢。”军人走远了，李晓音仍瞅着那背影，直到他走入人流中不见了。

她牢记着到医院倒车，上了车，又问了司机，没想到司机竟然是女的。她又想，也不稀奇，姐不就是全公社有名的拖拉机手吗？女司机说到省医院会报站名的，注意听。

快到省医院，一个好听的声音就开始报站名了。上了第二趟公交车，还有空座，从昨天到现在，她终于有座位了，还带靠背。李晓音舒舒服服地坐好后，从容地从窗户打量着这个城市，高楼、车流、大树、形形色色的人，她感觉一切都那么美，那么亲切。下车后，对面就是二哥的单位。一看到大门上红色的五角星，看到双手握枪的严肃哨兵，李晓音紧绷的心瞬间就舒展了。她又一次整整衣服，把头发用手指梳了梳，大步朝哨兵走去。

大铁门是关着的，进进出出全是穿军装的人，没穿的手上也拿个小本本，在哨兵眼前晃一下，哨兵才开门让进去。长着青春痘的哨兵问清她找谁后，说："你在红线外等着，政委下部队了，我给他家属打个电话。"

李晓音紧张的心都要跳出来了，差不多有十年没见二嫂了，她一时记不清二嫂长什么样儿了。从小门出来的每个女人都成了她关注的对象，可是人家都没有朝她看。约莫半小时，一个女人叫了一声小妹，她仔细一看，感觉像是记忆中的二嫂。

二嫂那年回家时，跟二哥刚新婚，穿着长长的白色连衣裙，戴着黑色墨镜，特别漂亮。现在二嫂上穿一件紫色贴身小西服，下着一条褪色牛仔裤，脸色有些暗淡，眼皮有些发肿，但仍那么苗条，一看就是城里人。

二哥家在一栋家属楼的三层，三室一厅，二嫂把李晓音安排在客房。

李晓音打量了一下客厅，沙发是黑色的皮沙发，茶几是玻璃的，沙发对面放着彩电，跟顾莉华家的差不多大。窗帘是小碎花的，淡蓝色。还有两盆绿色的植物，高高地搁在木架上，枝条垂了下来，绿得诱人。

二嫂话不多，李晓音也不敢主动开口。二嫂边给她夹菜，边说："多吃些。"

吃完饭，二嫂在洗碗，李晓音赶忙扫地。

“二嫂，我哥啥时回来？”还是李晓音打开了僵局。

二嫂说：“说不准，你哥常在线上跑，一年有多半时间出差，有时一两周，有时一两个月。没事，你哥不在，我在呢，你先在家歇歇，晚上吃完饭，我去火车站把行李取回来。”

下午二嫂上班了，李晓音睡不着，她看到一扇门开着，便走进去，原来是一间书房，靠墙一面书柜里放的多是军事书、政治书，桌上放着二哥一家三口的照片。小侄女她还没见过，现在五岁了，上幼儿园，晚上回家。书柜里还放着一张照片，照片发黄，李晓音仔细一看，那是她们家的全家照，那时她也就七八岁，站在妈跟前，扭头不知在跟谁说话。

不识字的三哥回到家了吗？二哥何时才能回来？自己怎么办？李晓音坐着就胡思乱想，便想打扫卫生，可是家里干干净净的；想准备晚饭，冰箱里全是鸡鸭鱼肉，又不知怎么做，一时无措。她想着不能给二嫂添麻烦，自己坐公交车把行李提了回来。虽然车坐反了，但她很高兴，感觉又逛了一圈城里，还没有问人，凭着记忆顺利地到了车站，又安全地返回了。

在二嫂接了孩子回家前，李晓音已把面擀好了。想备菜，拉开冰箱看了半天，茄子、西红柿、辣椒，还有她叫不上名字的。她不知道嫂子喜欢吃什么，便关上了冰箱。

小侄女先跑进门，二嫂让她叫小姑。小侄女长得很漂亮，像二哥，脸圆圆的，眼睛很大，她叫了一声：“小姑。”李晓音忙抱起侄女，亲了一下脸，小侄女用手抹了一下脸，说：“小姑不讲卫生。”二嫂瞪了小侄女一眼，小姑娘又看看李晓音，却问她妈妈：“小姑是啥意思？”

“小姑就是爸爸的妹妹。”

“那大姑呢？”

“大姑也是爸爸的妹妹。”

“那大姑是谁？”

“大姑在老家。”

李晓音笑着要再去抱小侄女，小侄女跑开了，抱着一个布娃娃说：

“妈妈，那爸爸有没有姐姐呢？”

二嫂说：“没有。好了，别再问了，看动画片去。”打开电视，《葫芦兄弟》已开始播放了。

二嫂说：“晓音，你擀的面又光又匀，你哥要在，肯定吃好几碗。”李晓音听得心里高兴，又想，要不是姐现教，她才听不到这样的夸奖呢。这么说，她能在城里待下去了。

二嫂做了西红柿鸡蛋卤，小侄女吃得很香。二嫂炒菜时，李晓音在旁边仔细观察，发现二嫂炒西红柿时放了一勺白糖。她问为啥？二嫂说这样炒出来的西红柿不酸，她想下次自己做饭时，就这么做。

二嫂见李晓音拿回了行李，说：“你急什么呀，不等我回来。”

“二嫂那么忙。”

李晓音把原本干净的地又拖了一遍，桌椅里里外外擦完，二嫂说：“别干了，妹妹，咱们到院子里散散步。”

散步？李晓音听着这词新奇，她跟同学们傍晚也爱到校园四周走走，但没想到那叫散步。一个“散”字，就体现了悠闲、诗意，带着城里人独有的特质。

院子挺大，办公楼、操场、礼堂，有序排列在营区的中轴线上，营房两侧分别是警卫连、通信站，再往里是机关食堂和招待所。家属院一共三栋楼，旁边有个篮球场，一伙士兵在打球。还有一个挂着“军人俱乐部”牌子的白色大楼，几个漂亮的女兵出出进进，二嫂说那里经常放电影。

一队女兵排着队，拎着小马扎，唱着歌往礼堂走：

十八岁十八岁，我参军到部队
红红的领章映着我开花的年岁
虽然没戴上呀大学校徽
我为我的选择高呼万岁
啊生命里有了当兵的历史

一辈子也不会感到懊悔

…………

她们那漂亮的绿军装，那说出了她心里话的歌词，让李晓音当兵的愿望更加强烈。

快到后门了，有座小城堡似的楼，二嫂说那是幼儿园，里面有儿童乐园，有在铁笼子里吃草的兔子，有孩子骑上去会转的小木马，还有一架挺高的墨绿色的滑梯。小侄女爬上去，再滑下来，玩得好起劲。

二嫂话也多了，问家里收成好不好，地里收的粮够不够吃，爹妈身体怎么样。最让李晓音感动的是，二嫂竟然记着家里的花椒树。二嫂说那年她回家时还摘过花椒呢，花椒刺把她手指扎破了，但只有李晓音从老家带来的花椒，做肉才好吃，黄花菜也好吃。“青城到老家，隔山隔河，上千公里呢，谢谢妹妹。”

李晓音喜欢这个从小长在城里的工人的女儿，话不多，但是对家里好，经常给家里寄钱寄衣服。妈老说她几个儿媳都很孝顺，老大媳妇明事理，茶饭做得可口，会当家；老二媳妇不嫌农村人穷，常年救济着婆家；身边的老三媳妇，贴心贴肺，做饭端尿盆，勤快着呢；老四媳妇在县城上班，隔几天就带着她老两口到县秦腔团看戏。妈每说到这里，头扬得高高的，满脸自豪。

村里人就说：“那还不是你这个婆婆指教得好？”

妈摆摆手，说：“媳妇好不好，关键是儿子。”说来说去，还是为她优秀的儿子们骄傲。

姑嫂两人正说着话，一个中年女人和一个满头白发的老太太走了过来。中年女人把二嫂叫师傅，说她丈夫当时就在车上，三天了，一直联系不上，婆婆急得吃不下饭，也睡不着。她急着问二嫂，二哥打电话没，情况怎么样。

二嫂摇摇头，说：“不清楚，别急，肯定没啥事，你没看院子里军号照样吹，队列仍在走吗？”

老太太拭着泪说:“我孙子才一岁呀,千万别出啥大事。”

“大妈,没事的。”

婆媳两人走了。二嫂叹息了一声,坐到李晓音跟前的木椅上,望着孩子,说:“你哥他们单位出了一件事,听说去西藏的线上,一辆军车忽遇雪崩,情况怎么样还不清楚,你哥昨天一大早就去现场了。”

哥哥刚当政委不到两个月,就遇上部队出车祸,她怎么也没想到能出这样的事。

“二嫂,我给你们添乱了。”

“妹子,说哪里话,你来正好,陪陪我。人常说,汽车团,车轮一转,人就睡不实。你没看你哥,上任才两个月,瘦了一圈。那栋楼,有六个遗孀,你到烈士陵园看看,成排成排的,一百多名官兵牺牲在运送物资的路上,我每去一次,就难过一次。”

“遗孀? 啥叫遗孀?”

二嫂眉头皱得更紧了,说:“就是没了丈夫的女人。”

一股冷风吹得李晓音一下子没站稳,好像要倒下。

“高原军人苦呀,嫁给高原军人的女人更苦。有一位叫王宗仁的作家,经常写西藏的汽车兵,咱家有他的书,你有空看看,就知道汽车兵得有多么苦。”

李晓音愁得半夜睡不着,她没想过会遇到这样的事,她第一次知道军人不打仗也能遇到危险。

没想到第二天,二哥就打回电话说一切都好,让家里不要担心,三天后就回来了。二嫂说:“晓音来了,你跟她说句话。”

李晓音忙跑过去,却听到二哥在电话里说:“不说了,我还忙着呢。”电话挂断了。

2

二哥是晚上回来的,穿着马裤呢毛料军服,个子高高的,瘦了不少。

他把军装脱掉挂在衣架上，坐在沙发上只顾低头看报。

二嫂问情况怎么样，二哥说，还好。

李晓音端了杯水递给二哥。二哥看着她，面无表情地说："为啥不好好读书？退了学到这儿你能干啥？"

李晓音忙低下头。二哥一边看报，一边问李晓音有何打算。李晓音说了当兵的事。二哥说不可能，他没能耐让李晓音当女兵，玩一阵还是回家，继续安心读书。

李晓音没想到这样的结局，说："我坚决不上学，毕业了也没前途。"二哥继续看报纸，一句话也不说。

"哥，我学都退了，不可能再上学了，反正考不上大学，上学也没用。"李晓音说着，眼泪哗哗地流了出来

二哥仍在看报纸。二嫂递给李晓音一块手绢，悄声说："他不想说话，你说什么都没用，没看出他心里有事？一张报纸看了半天都没挪地方。"

看完报纸，二哥进了书房，门开着一条缝。他不停地抽着烟，一会儿写东西，一会儿在房间转，转一会儿又写一会儿，桌上堆满了揉成团的纸。

"他肯定遇上难事了。有时一夜都睡不着，就吃安眠药。"二嫂说。

"过去也是这样吗？"

"过去也有，但不多，自从当了汽车团的政委，担的责任重。整天在线上跑，海拔高，四五千米，缺氧不说，经常遇上大雪、塌方，还有成片的大雾，有时根本看不清路，车祸更常见了。"

"二嫂，你太难了。"

"要当兵你就到内地当兵，在高原，你心脏受不了。我们从小在这里长大适应了，你怕不行。"

李晓音睡了一觉，起来上厕所时，发现二哥房间的灯还亮着。二哥仍一手握着烟，一手拿着笔不停地在一张纸上写着。

李晓音给二哥端了一杯牛奶，说："早些睡，哥，都快凌晨两点了。"

二哥头也不抬地挥挥手，李晓音轻轻地闭上门。

第二天一大早，李晓音起来，熬了米汤，煮了四个鸡蛋，做了凉拌辣椒，里面放了葱花和香菜，蒸了一小锅馒头。

嘀嘀哒哒的军号响了，李晓音现在已经能听懂了，这是起床号。不一会儿，官兵们喊着“一二三四”的口令在院子里跑了起来。

二哥不知几点睡的，军号吹时已起来了，手里握着皮带，说：“晓音起来了？”

“哥，你起来这么早？”

“我去跑操了。”二哥说着，戴着军帽，走了出去。

李晓音站到窗前，发现二哥和另外一个穿马裤呢军服的高个子军官站在队列最前面，随着“跑步走”的口令，两人带头跑起来。后面有穿毛料军服的，也有穿卡基布军装的，他们跑得就像一个人似的，步伐整齐有力。

二嫂起床，看到放在案板上晾着的馒头，说：“晓音真能干，你哥最爱吃老家的馒头了，他肯定能吃三四个。”

跑操回来的二哥果然吃了两个，又拿起一个，就着青辣椒，说：“好久没吃到这么香的家乡饭了。”看他还要吃，二嫂说：“小心胃疼。”二哥想了想，把一个馒头掰了一半，递给二嫂，然后对李晓音说：“你会擀面条不？我太馋面条了，你嫂子整天买挂面，那能叫面吗？那是瓜蛋儿面。”

“你哥说的瓜蛋儿面是啥意思？”

李晓音笑笑，说：“家乡话，就是吃不惯。哥，中午我给你擀臊子面。”

二哥点点头。

“晓音人都来了，你得想办法，给她安排个工作，当不了女兵，在咱院找个事干总行吧。”二嫂看着二哥的脸色说。

“找工作哪有那么容易。晓音，中午多擀些面，团里有个病号，也是咱陕西人，就爱吃面。”二哥拿起帽子，提着包就走了。

屋里只有李晓音了，她把给二哥洗好的毛料军服缝上领章，又把大檐帽戴上，在镜子里照了半天，左照右照，不知怎么，不像军官不说，还有些滑稽。

她叹息了一声，把军帽挂在衣架上，把军装熨得平平展展的。

打扫房间时，她发现二哥屋里的废纸筐里放着不少撕成两半的纸，上面零零散散地写着：安全措施二十条；带方便面、热水，还要足够多的军大衣；第十五条，做好经常性思想教育，加强每个人的安全意识；配好骨干，请求组织处分。

中午，二哥又吃了两大碗臊子面，让李晓音用饭盒另装了两份，说给病号送去。

“哥，我能去吗？”

二哥点点头。他们去的是省人民医院，病号是一位十八九岁的小战士。他一看二哥，叫了声政委，就流下了眼泪。

小战士满口陕西话，把两碗面吃得干干净净。在聊天中，李晓音知道，这次雪崩，两个兵受了伤，幸亏发现及时。老班长怕小战士冻伤，发生雪崩后，紧紧抱着小战士。小战士受伤比较轻，只是手冻伤了；而老班长冻得严重，已经送去北京治疗了。

二哥看着小战士吃完两碗面后，才去上班。李晓音留下来，跟小战士说话。

“现在才十月中旬，有那么冷吗？”李晓音问。

“高原四月、八月下雪很正常。这次西藏普降大雪，给当地的老百姓带来很多困难，我们开着五十铃，载着千余吨的救灾物资向灾区疾驶。风雪狂下，大地一片白茫茫。班长把头伸出窗外帮我寻找道路——山沟被雪填平了，公路被雪覆盖着，哪里是沟，哪里是路，只能凭借山的位置来判断。

“我们只能艰难地行进，快到唐古拉山时，汽车发出沉重的喘息，后边的车辆深深地陷入雪坑。我和班长跳下汽车，用脸盆、铁锹铲雪开道。严寒把雪片凝成冰块，打在汽车铁皮上，发出喳喳的响声。饿了，大家就啃一口压缩饼干或嚼一口方便面；渴了，就吃一把雪；困了，就裹着皮大衣打个盹儿。五天五夜后，一百零五台车终于把物资送到了灾区，牧民们叩首致谢：'金珠玛米！救命菩萨！'没想到返回时，我们这辆车遇上了雪崩。"

"这么苦，你后悔当兵吗？"

"有时会，但更多时候不会，你想想，政委一待快二十年了，高原兵很苦，喝的水里面有虫，四季积雪，不能感冒，少氧气。如果在高原上得了病，基本就没命了。我们常年在平均海拔四千米以上、平均气温零下六摄氏度的公路上跑，可害怕了。他给我们说，他年轻时还在线上背过冻死的战友呢。现在条件好多了，沿途还有兵站，我们每次出车，晚上就住在兵站。遇到困难了，也有他们全力保障。政委经常跟我们一起出车，每次来检查工作，都给我们带好吃的，饼干、牛肉干、午餐肉什么的。"

"他在家一句多余的话都不说。"

"在部队，他跟我们一起时爱说话，爱掰手腕，还给我们唱秦腔。对了，政委爱喝酒，喝了酒才爱说话；不喝酒时，他就特别严肃。他爱高原，每到一处，都能讲不少故事。

"小妹妹，我们线上风景太漂亮了，有一望无际的羌塘草原，有白如珍珠的楚玛尔河，还有珍稀动物藏羚羊，有成片的胡杨林，欢迎你到我们兵站来，那些地方可好了，哎呀呀，我们汽车兵，最高兴的就是有兵站，有首歌叫《唐古拉的风》，我们最爱听了，我唱给你听，好不好？"

"好呀好呀。"李晓音睁大眼睛，高兴地望着小战士。

小战士清清嗓子，站起来唱道：

在世界屋脊唐古拉呀
兵站里有个我的他
汽车兵见了他心欢喜
到了兵站就像到了家
在世界屋脊唐古拉呀
兵站里有个我的他

雪莲花向他点头笑
太阳向他把爱抛洒
啊唐古拉的雪呀唐古拉的风
你莫要不停地刮
啊只怕冻坏了年轻的汽车兵
还有我的他。
…………

“你想家吗？”

“想呀，我写信时从来不告诉我妈这些，我会告诉她高原美丽的草原，晶莹的雪山，告诉她班长对我好，部队吃得好，津贴也高。我们高原还有一种花，叫格桑花，我晒干后给妈妈寄去了。”

要不是医生来查房，李晓音还想多听听小战士讲的故事。她想参军的念头更强烈了，过去喜欢军装是因为觉得军装漂亮，现在她被那群与哥哥一样的官兵的故事迷住了。

李晓音回到二哥家，把小战士的病情告诉二嫂。二嫂说：“你哥就那样，工作上啥事也不给我讲，他怕我担心。”

“小战士眼中的我二哥可好了，又爱说笑，又关心人。”

“他呀，从谈恋爱到结婚，就那样，话少，可能在单位把话说完了吧。”二嫂说着，自己倒笑了。

“二嫂，那你闷不闷？”

“习惯了，反正他对我和孩子一心一意，对我父母也很好。我家离这儿不远，也就三四站，家里吃的粮，都是你哥买的。我弟弟妹妹都喜欢他，哥长哥短地叫。他只是不会说好听的，跟我爸去喝酒，倒能说一阵，说他的部队，说老家，还有一次，两人高兴得喝了一夜，说了一夜。我爸老说找了个好女婿，顶他半个儿。”

“妈也这么说我二哥，脸上是冷的，心是热的，可能是在高原待久了吧。”

二哥在家，除了晚上拉窗帘，其他家务活儿一概不干。吃饭时，嫂子不递筷子，他肯定坐着不动；吃完饭，椅子也不收，双腿一迈就走了。要么到办公室加班，要么就一个人坐在书房，不是看书，就是写东西，很少说话。侄女淘气，时不时把二哥书房的门打开，关上，再打开。二哥不耐烦地边挥手边训斥："走！一边玩去！"他又是伸舌头扮老虎吃人，又是伸巴掌欲打，把侄女吓跑了，从里面插上门锁。侄女看门关上了，大声哭，二哥只好重新打开门，坐回书桌前。

侄女有时爬到他身上，一会儿抢他手中的书，一会儿撕他的肩章，他也不恼，由着她把肩章取下来又别上。他也不放下书，一手扶着孩子，一手高举着书。有次，侄女把他正写的东西抢到手里撕了，他双眼圆睁，侄女吓哭了。他问："你撕了我明天的讲话稿，我都没打你，也没让你认错，你怎么还哭鼻子呢？"侄女仍然大哭不止。二哥手足无措，忽然说："来，爸给你当马骑，好吗？"说着，真就趴在地上。侄女破涕而笑，骑到二哥身上喊"驾！驾！驾！"打着他的背，催着往前爬。不苟言笑的二哥此时开心得像个小孩，边往前爬边说："下一站，长宁！老家到了，去看爷爷奶奶，去吃老家的肉夹馍。"

二嫂小声对李晓音说："你哥就那样，不会教育孩子，要么黑着脸吓孩子，要么就这么宠孩子，说了多少次，他就是听不进去。"

李晓音觉得当兵的事，二哥会管的。二哥下班后，李晓音看他难得地教孩子下军棋，就坐在一旁观看。二哥边摆棋边说："团长比营长大，师长比旅长大，司令比军长大，大的吃小的，同级同归于尽。除了工兵，其他人遇到地雷都完蛋，但地雷遇工兵，工兵赢，为啥？因为工兵会挖地雷。还有，一定要保护好在大本营里的军旗，军旗让敌人夺走了，你还打什么仗？记着，军旗是军人的命根子。"一盘棋看完，李晓音对军队又多了一层了解，说："哥，我爱部队，我是唱着'红星闪闪放光彩'长大的，我要参军。"

二哥看着她，没有说话。

"哥，你看我都退学了，在你这里也不是个办法，你就让我当兵吧，我肯定好好干，我读了那么多书，肯定不是白读的。”

“当兵不可能。”二哥说着，站了起来。

李晓音眼泪就出来了。

二嫂从厨房出来，说：“老李，你不能这么处事，晓音是咱亲妹妹，你总得想个法子呀，农村娃不容易。”

李晓音也说：“哥，你是我亲哥，你不能不管我呀。我都退学了。”说着，呜呜地哭起来。

二哥皱着眉头思索半天，说：“晓音，我的意见是，你继续回去上高中，争取复习考大学，无论在哪儿，都要有知识。否则即便当三年兵，还得退伍回家。现在士兵提干大多得经军校培训，直接提干的概率很低，而且都倾向于边防部队和有技术特长的兵。你说，你连个高中都考不上，到部队去干啥？”

李晓音一听这话，腾地站起来，质问道：“你是高中毕业吗？你才完小毕业，还不如我。再说，我没考上高中怎么就考不上军校？你也太小看我了，我作文在全县得了一等奖，我还是我们学校校报的主编呢。当兵了，我可以考军校，军校比高考容易多了，我能当一个比你还厉害的军官。你若不信，你就送我去当兵，你是团政委，这一院子的人都归你管。你们部队那么多女兵，水平不见得比我高。昨天我在院阅报栏看到一个女兵，把‘至臻至美’念成‘至秦至美’，这样的白字先生，还能当兵？可见你们团的士兵水平不怎么样。你不管我，我走，我到哪儿不要你管。”说着，就到屋里收拾东西。

二嫂忙进屋一把拉住李晓音，又劝二哥。

二哥摆摆手说：“这样，上班后我打电话跟大哥商量一下，看他有没有办法。”

不知大哥会怎么说。好容易等到二哥下班回来，二哥说大哥去金城出差，让李晓音到他家去。

李晓音一听，高兴地跳了起来，又产生了新的希望，立马就要去大哥家。金城离青城不远，坐火车也就三个小时。

二哥说再待一周，让二嫂带李晓音在青城转转，李晓音哪有心思，急着想走，但她充分领教了二哥的说一不二，他决定了的事，再说也是白说，只好继续等。

要走了，二嫂在吃饭时说给李晓音买些东西。二哥不说话。二嫂又说了一遍，二哥这时伸出两个手指头：“两遍了！”二嫂说：“不是我啰唆，我是问你去不去呀！”

二哥碗一放，站起来，说十分钟后出发。

公交车到了，他也不管不顾，一个人先上了车。二嫂带着孩子和李晓音挤不进前门，只好从后门挤上去，大声喊：“老李，你买票了没有？”二哥拉着车上的拉手，瞪了她一眼。二嫂叹了一声：“这意思就是买了。”

下车后，小侄女走不动，二嫂背了一会儿，说：“让你爸背你。”二哥说：“我穿着军装，不能背小孩，影响军容风纪。”然后大步走在前面，也不管后面的人能否跟上。

二嫂说去大什字百货商场吧，那儿东西全。二哥问李晓音喜欢什么。

她说：“书，世界名著。”

二哥让二嫂带着孩子去百货商场，他带着李晓音去新华书店。

二嫂说：“你们不去，我买什么呀？”

“你定。”二哥难得一笑，扭头上公交车了。

公交车开动了，李晓音望着车下孤零零的二嫂和侄女，说：“二哥，你不该这样霸道，做事要跟嫂子商量。”

二哥看了看李晓音，说：“我一进商场就头疼，你嫂子会买东西，她办事我放心。”

“哥，你不能有大男子主义！”

一直到下车，二哥也没跟李晓音再说话。

到了全市最大的新华书店，二哥说：“你尽管挑，哥给你买。”

李晓音挑了二十多本世界名著，放到哥跟前，问：“多不多？”

二哥翻了翻，说：“名著，有眼光。全套买下来吧。挑好叫我。”说完，坐在楼梯旁的一把椅子上，低头看起一本他自己带来的书。

全套书装了两个大箱子，兄妹俩本来说到外面吃饭，结果连打车的钱也不够了。二哥肩膀上扛着大纸箱，倒了两次公交车。到家时，他的肩磨破了，却很高兴地说："你能读懂世界名著，不简单。"

哥嫂两人照旧一个在书房看书，一个在电视机前，边织毛衣边看电视。这种夫妻场景不是她想象中的。像三嫂三哥？他们一会儿吵一会儿骂，但不一会儿两人就又说又笑的。像四哥四嫂？他们新婚，一个离不了一个，不是一起去看电影，就是一块打扑克牌。二哥二嫂，每天的生活又是这样的，那么大哥大嫂又过的是什么样的日子呢？

第三章　在异乡

1

大哥到火车站接李晓音，还坐着一辆草绿色帆布小汽车，李晓音在电影里见过。大哥说他出门办事，刚好拐到车站接她。跟二哥穿着一样毛料军服的大哥比二哥个子高，且瘦，他跟李晓音长得像母亲，大眼睛，头发微卷，皮肤细腻白净。

金城比青城大多了，也更繁华，车跑了好一阵，才进了一个又宽又高的大门，门口也有两个戴着钢盔的哨兵持枪站着。不同的是，一个哨兵看到军车过来了，敬了个礼。

哥让车先开走，说带李晓音在院子里转转。

院子比二哥单位的院子大了好几倍，李晓音终于明白团和军区的区别了。楼高不说，还有一片片种着花花草草的大院子。能并行三辆车的路上，除了一排排的钻天杨，还有一丛丛修剪整齐的冬青，在阳光下绿油油的，特别惹人爱。十字路口还立着一面圆圆的大镜子，来来往往的车都能照到。粉白色的那栋三层楼是幼儿园，墙面画着男娃娃女娃娃，还有梅花鹿、七星瓢虫。

“围墙那边插着国旗的楼是一所小学，你的两个侄子就在那儿上学。那个高台阶上面是礼堂，能容纳上千人，以后哥带你去看电影。军人服务社就是卖东西的，生活用品应有尽有。那个楼是澡堂，今晚让你嫂子带你去洗个热水澡。”大哥一路给李晓音介绍着。快到家了，大哥指着后门说：“那儿出去不远，就是黄河。”

“黄河？就是‘黄河远上白云间’的黄河？”

“对呀，咱们中国第二大河。”

大哥家是平房，门前有个小院子，里面种满了新鲜的蔬菜，辣椒大部分红了，一串串的，甚是喜人。

书柜里、桌上、沙发上，全是书。桌上摊着的书上画着红红黑黑的线，书封角上印着“电大中文专业必备书”。只要有空，大哥就跟李晓音讨论老舍、曹禺的作品，以及李清照为什么被划为婉约派而不是花间词人。她为大哥把她当成谈学问的朋友而得意。

他还告诉李晓音，他没调京前，下班还要做饭，给两个孩子检查作业；每天清晨四点就起床复习功课，现在已经通过了中央电视大学中文专业的全部考试；这次回军区是做调研，跟上班一样忙。他让李晓音帮大嫂干些力所能及的家务活儿，多待些日子。

“哥，我想当兵！”

“先在城里玩玩，还是回去好好上学吧，现在做什么都要毕业证。你一个高中都没毕业的人，能找到什么工作？玩玩还是回家吧。”李晓音听着，虽然很伤心，但也无可奈何。

大哥的性格跟二哥迥然两样，大哥喜欢聊天，问村里、学校发生的事，还带着李晓音逛公园、做饭、买菜、拖地，检查孩子们的作业，一刻也不歇着。二哥也逛街，但不像大哥跟大嫂走在一起看着就是一家人，二哥跟二嫂、侄女永远保持几十米的距离。大哥呢，会给李晓音照相，会带着侄子玩，会帮着大嫂参谋衣服的色泽、款式，买东西会跟人讲价。当然，二哥也有例外。有一次，李晓音看他就一篇材料跟干事聊了整整三个小时，几乎是他一个人说，那个干事只能道：“是是是，政委讲得太对了。”

大哥家是两室一厅，中间是客厅，通着厨房，左右各一间屋。两个侄子上下铺，李晓音跟侄子们住一间，大哥给她支了一张行军床，白天收起来，晚上拉开。两个侄子一个九岁，一个八岁，满屋子追着跑，互相抢东西，只要他们在家，不是这个喊“妈，我弟抢我的书”，就是那个喊“妈，我哥打我了”。这是一个热腾腾的家。

大嫂上班远，早早就走了。大哥每次去办公楼，李晓音都悄悄跟在后边。大哥手里提着一个黑色的皮公文包，腰板笔直地穿过军区大院那宽阔的球场，穿过排排整齐的冬青，走进那座全院最气派的有哨兵守卫的大楼。进进出出的人不少，特别是几个长得漂亮的女战士，吸引得李晓音久久不愿离去。她不知道她们做什么工作，但想一定是做最了不起的事。大哥每天走之前，都要把皮鞋擦得锃亮，还在穿衣镜前把军装整理一遍，然后再戴上大檐帽。

晚上军号响时，大哥才回家，一进门，换鞋、洗手、系围裙、淘米、洗菜。李晓音炒菜不在行，就给他打下手。等孩子们跟大嫂进门时，饭菜已经摆到了桌上。

大哥过日子节俭，掉到桌上的米粒会拣起来，剩菜也舍不得倒，经常给李晓音讲，他上中学时一周只有六个高粱面馒头，有时饿到半夜，只好爬起来喝一大缸子水。李晓音跟着他出去买菜，他转半天也不买，说要货比三家，要买价格低质量也好的菜。一次，李晓音打鸡蛋时，蛋汁洒到了案板上，大哥心疼半天，说以后打鸡蛋时接到锅上，即使蛋汁洒出来了，也没浪费。

侄子们上学、大哥大嫂上班后，家里只有李晓音一个人时，她就翻书，翻大哥书桌里所有的抽斗。

她发现大哥有很多本子，有塑料皮上画着五角星的，也有白色硬纸壳的，都写满了字，扉页分别写着“读书笔记”“剪稿本”“日记本”“地理”“文学”“历史”“政治”等字。剪稿本上贴的则是他当兵以来发表的所有文章。大哥的字不像二哥，二哥的字大而飞扬，一张纸上最多七八行，且个个字像武士，张牙舞爪的，有不少她根本不认识；大哥的字，圆润筋道，字迹工整，非常好认。她打开大哥的记事本，里面是一天发生的事情的记录与对自我的总结，有优点，有不足。她非常喜欢这个记事本，她没想到大哥能从当兵第一天一直记到现在。中学有一个时期，她也喜欢记日记，记了两天，就坚持不下去了。她想，以后要像大哥一样，养成记日记的习惯。说到做到，她看一个红皮的上面有五角星的笔记本，里面也没字，就学着大哥的样子，在扉页写上自己的名字，并注明：一九八六年十月启用。

当时流行琼瑶的小说，《梦的衣裳》《雁儿在林梢》《窗外》，她经常看到通宵。大哥问她为什么喜欢读这些书，她说因为男主人公帅，女主人公长得漂亮；他们不用做饭，不用上班，可以整天谈诗、谈恋爱。大哥说文学是现实生活的反映。当时她听不懂，根本没在意。

她看大哥高兴了，再次提出当兵，大哥说他办不了。看着军区院子里那么多的女兵，她不相信已调到北京解放军总部工作的大哥办不了这件事。她认为大哥跟二哥不想让她当兵。如何才能说服大哥？给大哥说了一百遍，但大哥听不进去。她想起了诸葛亮的能使交战双方放下兵戈的千古文章《出师表》，于是决定每天写一封陈述自己当兵的可能性和坚决性的信，总共写八封。她认为“八”是她的幸运数字，“八”与军队密切相关，“八”与“发”谐音代表吉祥，而且“八”是很多事物变化的极限，比如诸葛亮摆的是八卦阵。她采取的战略方针是先游击后集中，就像金字塔，先打牢地基：先述说学习的难度；再说自己对这个军区大院的感觉，谈军号，谈口令，谈绿军装，看似闲处着墨，其实大有用意；而后话题一转，说考大学的艰难和家庭的负担；最后话题回到军营，大谈活跃于军事舞台上的伟大人物，周公旦、嬴政、刘邦、曹操、李世民、毛泽东，进一步说明英雄大多进过军营；结尾亮出自己的性格、兴趣，得出只有当兵才是自己唯一出路的结论。她每写一封，就用信封装好，悄悄放进哥上班提的皮包里。她知道他在家里没有时间欣赏她的才华。家里的事多着呢！他要检查侄子们的作业，做饭也要亲自动手，大嫂上班远回来晚，李晓音也不会做他们喜欢吃的米饭。

第一天无动静。

第二天仍无动静。

第三天还是没动静。

第七天一下班，大哥破例没生气："看来你挺有心计，文字也不赖。"她顺着杆子就往上爬："当了兵考不上学还可以做新闻报道,听说报道员提干的多得很。"

"谁说的？"

"我从家里的报纸上看的,还有,你不就是因为会写东西才提干的嘛！"

大哥无话可说。

第八天,还没到下班时间,大哥回家,说晚上家里要来一位客人,是他原部队的老领导,现为某军政治部副主任,让李晓音赶紧去买菜。

大嫂真能干,客人到时,八菜一汤全上桌了。大嫂让李晓音到客厅去照顾客人。李晓音进去,说:"首长好。"大哥忙给王副主任介绍:"我妹妹。晓音,给王副主任倒茶。"

"小女孩挺懂事的嘛,怎么没上学？来,坐下吃饭。"李晓音不敢坐。大哥说:"让你坐你就坐。"李晓音给大哥和王副主任添了酒和茶,坐到大哥旁边。

"她呀,高中再有半年就毕业了,考大学没指望,来找我,想当兵,农村又不招女兵,我一个小干事怎么可能让她当兵？我准备让她回去,重新上学。"

"再学三年我也考不上大学,当了兵我可以继续学,我在军报上看到一个女兵就是通过自学考上军校的,军校分数低。"

胖胖的王副主任笑着说:"不错,爱看报,跟你一样。"

"您看,那一堆世界名著都是她看的,志向倒不小。晓音,以后要向王副主任学习,王副主任是 M 军的大才子,在军区报和《解放军报》上发表过不少文章呢,今天我又看到一篇。"说着,大哥站起来从公文包里掏出报纸,李晓音写给他的一封信掉了出来。大哥把信当成笑话给王副主任讲。谁料这位长得慈眉善目的首长对信很感兴趣，吃完饭，一口气读完八封信，又把李晓音叫到跟前，问她多大了，喜欢读什么书。李晓音一一回答。王副主任听完，说："这兵我要了。"

大哥愣了一下，马上说："晓音，还不快给王副主任敬酒。"大哥站起来，倒酒递给李晓音，说："主任，您不但是我的老首长，以后也是我妹妹的首长了，她一定不会辜负您的厚望。"

王副主任走了，李晓音不相信他的一句话就能让自己当兵，再三问大嫂这是真的吗？大嫂笑着说："妹子，军中无戏言，好好准备去当兵吧。"

多年以后，当听说这位老首长在秦城医院住院时，她马上坐飞机到医院，在病床前陪了整整一个月。她说："没有您，就没有我的今天。"

李晓音问大哥："调到北京工作是天上掉馅饼的事，军区大院里那么多人，怎么独独砸中了你？"

大哥说百万裁军不久，他针对全区部队形势写了一篇《如何打开合成训练的政治工作新局面》的文章，被总部转发后，引起了有关首长的关注。不久，总部工作组到金城军区检查工作，大哥汇报了两个小时，给首长留下了深刻印象，经过近一年的考核，调到了总部。

李晓音羡慕地望着大哥，说："我会遇到这么好的事吗？"大哥笑着说："傻妹子，你不是已遇到了伯乐王副主任嘛，你得好好干，大浪淘沙强者生存。只要你足够优秀、善良，肯定会有更多的伯乐出现。不信，咱走着瞧。"

大哥要送李晓音去秦城，李晓音说不用了。

大哥说："也好，你马上就要参军了，以后的路就要靠自己走。我送你到火车上。"

大哥买了一袋水果，她拿出一颗金黄色的水果咬了一口，好涩，马上吐了出来。大哥笑道："傻妹子，那是皮，得剥掉。"说着，熟练地剥了一层，里面露出一瓣瓣带白丝的黄肉。大哥说："这叫橘子，是南方产的。"

“我知道了，屈原《橘颂》里写，后皇嘉树，橘徕服兮。受命不迁，生南国兮。”李晓音仔细品尝着那味道不同于她从小吃的苹果、梨的水果，想起了幼师班老师带着她们跳《橘颂》舞。她们穿着画着曲线的运动衣，在操场上压腿，练功。她忽然很想念职业中学，想念顾莉华，不知她们搬到县城没有。

去火车站的路上，大哥忽然一把拉住李晓音，说：“别走！以后过马路注意看红绿灯，绿灯亮了再走。”

“哥，我记住了。”

“到了秦城，每走一条路，要留心记着旁边有什么标志性建筑物。住在什么地方，门牌号要记清，最好写个纸条，装到口袋里，找不到路了好问人。遇事问警察。哥才放心。”

“嗯。”

“到了秦城，去军第一招待所，它离军部很近，以后你少不得到军部办事。要牢记，军部到第一招待所之间是一条笔直的马路，过马路，要左右看。”

李晓音越听越紧张，说：“哥，我好害怕，那儿我一个人也不认识呀。”

“晓音，你已经长大了。秦城离咱老家不远，周围人说的都是秦语，来来往往都是乡党，就跟在家一个样，怕啥。离家不足一月，还没当上兵，你已经到过中国人民解放军团部、军区，还见过像王副主任那样的正师职干部，见到了你二哥那样的团政委，还有我这个从北京总部来的副师职干事，可以说已有见识，不再是初进城的农村小姑娘了。部队招待所很安全，你不要乱跑。新兵走时，会有人通知你。遇到解决不了的问题，找这些人。他们都在军部工作，但没有大事，不要麻烦人家。”大哥递给她一张纸，上面写着五个人的名字和电话。

“把它放好，千万别丢了。”大哥叮嘱道。

李晓音上了车，从窗口紧紧拉住大哥的手，手哆嗦着。

“别怕，坚强些，你马上就是一名解放军战士了。记住，你没有退路，怎么走，就全靠你自己了。”大哥又掏出一张纸，“遇到问题实在解决不了，再给我打电话。招待所应该有军线电话，要是没有，就去军部。”

大哥给了李晓音十元、十斤全国通用粮票，又叮嘱道：“到招待所后尽量不要出去，就近转转，天黑前一定回去，不要跟陌生人说话。”

2

再一次来到省城秦城，李晓音仍然很陌生，也很紧张。上次是三哥送她，三哥一直问路，她一点记忆都没有。

秦城离李晓音的老家长宁不远，也就四五个小时的车程。公路上还有去家乡的蓝底白字标识，这让李晓音有些想家了。来来往往都是乡音，比金城更现代，满大街的面馆让李晓音感到亲切：老王家臊子面、老李油泼面、玲玲烩面，还有数不清的卖汉中米皮、老孙家肉夹馍的小推车。

李晓音到了M军第一招待所。招待所有独立的院子，院中有个小花园，一栋五层楼。李晓音住进去才发现人很少，据服务员说军里不久要在这里开会，所以不再接收客人。

办了住宿，李晓音住进一个有两张床的房间，晚上听到门响就紧张，拿桌子把门顶住，心咚咚跳个不停。白天更孤独，她想起大哥的话：晓音，你不孤独，你的朋友都在桌上，他们有孙少平、于连、简·爱，有中国的，有外国的，有古代的，有现在的，他们是你最好的朋友，孤独了，就跟他们说说话。

陌生的城市，人来人往的招待所，李晓音一个人都不认识，没人跟她说话。每天，她在房间看一会儿书，一听到门响，立即跑出去。她盼着有人跟她说句话，盼着有人通知她去领军装，盼着有人带她去向往的军营，那军营一定跟大哥二哥他们的院子一样漂亮气派。

在招待所住了不到十天，大哥给的钱只剩五元了。她很后悔前两天不该用姐和四哥给的五十元买了一双里面带毛的棉皮鞋。现在尚在十月底，还不到穿棉皮鞋的时间。新兵出发迟迟不见动静，这五元花完了怎么办？

第二天，她没吃早饭，午饭只买了一个馒头，夹了一些咸菜。给她馒头的是一个穿着洗得发白军装的老兵，还给她端了一小碗菜，说："不能老吃咸菜，你正是长身体的时候。"

这不是个办法。她想了半天，轻轻敲了敲招待所所长办公室的门，里面传出一声："请进！"

所长应当是营以下干部，穿着布军装。他个子不高，态度倒和蔼，看着李晓音说："小姑娘，你有什么事？"

"所长好，我身上钱不够了，我可以帮食堂洗碗、打扫卫生，干什么都行，只求所长免了我的住宿费和伙食费。"

"你是不是来当兵的？"

李晓音想起大哥叮嘱不要给别人说当兵的事，便回答："不是。"

所长笑了，说："那你为什么要住部队的招待所呢？谁带你来的？"

李晓音也不会撒谎，支支吾吾半天，说："我哥让我在这里等人，有人会接走我，但我也不知道是什么时候。"

所长沉思了一下："从农村出来的吧？不容易，到食堂去找老班长吧，他会告诉你做什么。"

我已经出来快一个月了，所长怎么还看出我是农村人呢？李晓音穿着二嫂给她买的白色西装和蓝色牛仔裤，还戴着二嫂给她买的手表，所长为什么还能认出她是农村人呢？

李晓音站在招待所水房的大镜子前，端详了半天，确信不是穿着的缘故。回到房间，躺在床上想了半天，忽然醒悟过来，是说话的方式，她说的是家乡话。

从明天，不，从今天晚上开始，我要学说普通话。"我"不能说成"饿"，"坐"不能说成"措"。她一边想一边翻开日记本，开始写每天必记的日记。从那天看到大哥的日记起，她就坚持每天记日记，一晃，记了二十多页了。

招待所食堂除了三个年轻战士，还有一位头发灰白的人，大家都叫他老班长。他就是给李晓音一碗菜的人，以后他带着李晓音干活儿。听说他是一个退伍兵，退伍转成了职工。李晓音第一次洗完碗，老班长用手指摸了一下碗，就摇着头说没洗干净，有油，让她用开水烫。

李晓音的脸腾地红了，立即行动起来。

老班长态度和缓了："你当兵，就要当好兵。从今天起，我要把你当兵来调教。"

李晓音赶忙分辩："班长，我不是来当兵的。"

老班长笑笑，转了话题："干啥事都要干好。李晓音，你看你拖的地，门背后就没有拖。"说着，自己拖起来。李晓音脸红心跳，下次再干活儿时就干得特别仔细。

她喜欢跟老班长一起蒸馒头。她爱和面，因为她会，老班长加好发酵粉后，她就和面，揉面，把面揉得光光的，再揉成圆形。老班长爱唱秦腔戏，给李晓音讲相传秦腔起源于先秦时代，原是军人的战歌，李世民的《秦王破阵乐》被称为秦王腔，简称秦腔。老班长最爱唱《三对面》《血泪仇》《下河东》《斩黄袍》，还会在食堂做秦腔戏动作，甩胡子、瞪眼睛，高兴了还会来个骑马扬鞭的动作，使单调的厨房生活充满欢乐。

有天午饭后，李晓音在食堂洗过碗，天下起了大雨，她跑着回到招待所，发现房门大开，吓了一跳，心想自己那一箱书千万不要让贼娃子偷走了。她急忙跑进门，看到一个漂亮的女军官正拿毛巾擦头发。李晓音惊喜道："你好，我叫李晓音，住在这个房间，终于有伴儿了。"女军官打量了她一眼，微笑着说："你好！"她脱下湿军装，挂在床头，拿着洗脸盆到水房去了。

李晓音盯着那镶着黄边的红领章军装，还有放在床上的大檐帽，真喜欢，真想摸摸。

这时女军官进屋了，她从包里取出茶杯，那是个漂亮的不锈钢水杯。李晓音热情地说："我刚打的开水。"提起水瓶给她加满水。女军官说："谢谢。"然后拿起桌子上的书，问："这是你看的书吗？这可都是世界名著呀,《战争与和平》《静静的顿河》我最喜欢了。”

李晓音想了想说:“我也喜欢《静静的顿河》,那变幻的云彩,叫不出名字的小草,还有数不清的浪花,甚至马嘴唇的颜色,都那么真实地浮现在我眼前。”

女军官边往脸上抹护肤油边说:“是本好书。”

李晓音问:“姐姐是考上军校提干的吧?好神气。”

“我是军医大学毕业的。小妹妹,来,吃个香蕉。”

“谢谢姐姐。”

女军官换了一套便装。这时有人敲门,李晓音跑去开门。门外站着一个帅气的男军官,他朝李晓音点点头,走进来。

女军官说马上就好,又照了照镜子,背上绿色的挎包,给李晓音摆摆手,说她出去一会儿。

“姐姐,给你伞。”

“谢谢。”

那男军官一定是她男朋友,他们身高相配,穿着一样的军装,眉目间好像还有些像,真是郎才女貌。李晓音跑到窗前,看着他俩并排走出招待所大门,一直看到他们走远了,才转身坐到床前。

房间又一次静了,那身军官服有股魅力,诱惑着李晓音。她左思右想,终归把欲念压在了心底。她拖了一遍地,桌椅全擦了,连桌椅腿都没放过。她发现女军官脱下的布鞋上有泥,便刷干净,想着女军官明天说不定要穿,就到老班长那儿用茶炉烤干。她打了两瓶热水,想着漂亮的女军官回来,一定会洗脚。在家里没条件,现在到了城里,她也养成了每天晚上洗脚的习惯。招待所的浴室每周只开一次。

她睡觉时,女军官也没回来,她想了想,便写了一张纸条放在女军官床上:军官姐姐好,鞋子已烤干,热水也打好了,你回来后泡下脚。

第二天起床后,她发现女军官的床空了,自己枕边留了一颗苹果和一张纸条:小妹,我要归队了,怕吵醒你,就没打招呼。你心地善良,又爱学习,我很喜欢你,谢谢你为我做的一切。记着,爱学习的人,命运对他总是眷顾的。祝福你！

爱学习的人，命运对他总是眷顾的。李晓音把这句话抄在了日记里。

李晓音好几天都舍不得吃那个苹果，她眼前总浮现着那个女军官的影子。

3

三天后，忽听一阵车响，李晓音忙跑到窗口，看到招待所开进一辆绿色的吉普车，就是大哥坐的那种。车一停，车前门打开，跳下一位高个子男兵，他几乎是小跑到后门，打开车门。一位穿着毛呢军装的男军官下来，此人跟大哥年纪差不多，他双手背在后面，那个高个战士提着两个包，跟在后面，他们住在李晓音对面。

李晓音听食堂老班长说过两天军里就要在这里开会了，这几个人是来保障会议的。

男兵叫全涛，李晓音发现他不是趴在桌上写东西，就是拿着一堆文件在看。有天，在水房洗衣服，李晓音发现他没有洗衣粉，就给他倒了一香皂盒，两人就算认识了。

他告诉李晓音："我知道你是来当兵的，看到你也喜欢看书。当兵后欢迎你给我们《军星报》投稿，我们最缺的就是女兵来稿了。"

"部队还能办报纸？"

"内部的，官兵都喜欢。"

"一定，写好向你请教。我虽爱写作文，但不知道是否适合你们报纸。"

全涛笑着说："写东西，不难，熟能生巧。"

会议越来越近，招待所官兵要布置会场，要购物，忙前忙后。李晓音中午也不回宿舍，又是摘菜，又是洗鱼，又是洗桌布。全涛有空了，会帮着李晓音打扫卫生。

有时，他会敲李晓音的屋门，把门开得大大的，跟李晓音说会儿话。看到《红与黑》，他说于连太聪明，太有才，也太可怜，但是他不该枪杀德·瑞纳夫人，这叫忘恩负义。

“是呀，但是他选择死，让我开始同情，为他的才华可惜。”

“咱们赶上了好时代。在军营，只要努力，会有更多的机会的。我的下一步目标是提干，考学没指望了，我就是要靠写东西直接提干。”全涛甩了一下浓密的头发说。

李晓音不无担心地说：“听说直接提干名额很少。”

全涛翻着书说：“所以，你要足够优秀。对了，以后洗碗时，别用凉水。”

李晓音一听这话，深深地看了他一眼。他头一低，拿着《人生》，说：“我借去看看。”出去时，轻轻地带上了门。

一天，她把一锅米饭刚端进食堂，忽听有人叫“小李，小李！”她想在这儿谁也不认识她，肯定叫别人呢，就没理，把锅放好。

这时，一个军官跑到她跟前：“小李，你是李晓音吧，就是总部李干事的……”

李晓音很紧张，望了眼四周，压低声音问：“你是谁？”

“我是朱干事，军宣传处的，我跟你哥认识，知道你在这儿，你怎么做这个？”

李晓音把他拉到没人处说了详情。

“走，跟我去找所长，新兵很快就要走了，你好好准备一下。遇到这事，你怎么不找我呢？李干事要是知道，会批评我的。”

所长听完，哈哈大笑，说：“我就知道你是个能吃苦的好姑娘，小李同志，祝你早日成为一名优秀的中国人民解放军战士。以后你吃饭、住宿费用全免了，也不用到食堂干活儿了，我让管理员把收你的钱退掉。”

李晓音说：“新兵走之前，我也没多少事，我可以继续去食堂，我喜欢跟老班长他们在一起，能学到好多东西。谢谢所长。”

李晓音喜欢悄悄打量全涛。她听老班长说，全涛立过功，在报纸上发表过不少文章。就因他笔头好，这次专门从下面部队抽调上来，做会议保障。

招待所的女孩子增多，食堂里老兵都议论，新兵再过一周要走了，可是李晓音仍没有军装。她问一个刚住进来的叫梁艳玲的女孩。梁艳玲说："原来你也要当兵。为什么没有给你发军装呢？我的早发了。"她想起朱干事的话，后悔没有要他的电话，又去找所长，所长肯定知道朱干事的联系方式。不巧，所长休假了。

她从枕头底下取出绿色塑料皮日记本，拿出大哥给她写的纸条，大哥说，遇到大事再找他们。没有军装，肯定是大事。大哥让她从头开始打，名单越到后，职位越高。她先从"干事"打起，打了三遍，不通，又打"处长"。刚拨完号码，电话就通了。对面是一个很好听的声音，说："小李，不要急，马上有人来找你。"不一会儿，朱干事就来了，带着她到军部去领军装。

来到军部，她学着朱干事的样子，从小门进时，昂首挺胸。哨兵想拦她，一看到朱干事向他摆手，马上给朱干事敬了个礼，还朝李晓音笑了一下。

军需库房好大，门前放着一张桌子，一个战士查了查桌上放着的一张表格，说没有李晓音呀。

李晓音吓得出了一身冷汗，紧张地望着朱干事。

"不会，你再仔细找找。"

"真的没有呀，朱干事。"

战士把表格推给朱干事。朱干事从头到尾找了一遍，没有，说："晓音，你等我一下。我去请示一下处长。"

"先别急，我再看看，不可能没有我。"李晓音说着，哆嗦着拿起表格，一个名字一个名字地往下瞧。"朱干事，有，有我的名字呢。"李晓音的名字写在了表的背面，可能是因为纸不够了。

库房里放着一排排铁架子，上面堆满了装在塑料袋里的军装、帽子。每拿一包，那个战士就边在表格上打勾边念道："被子、褥子、床单、单帽、棉帽、袜子、衬衣、冬服、挎包、毛巾，都齐了；绒衣、绒裤、棉裤，有了。哎，棉衣怎么没有呢？”朱干事要进去找，战士坚决不让，自己进去找了半天，还是没有找到女式棉袄。战士说：“女兵嘛，是稀有动物，哪能有这么多女式棉袄。”

朱干事对李晓音说：“要不你过两天再来？我找军需助理帮你调换下。”李晓音忙说：“不用不用，就拿这件男式的。”她怕再也找不到他们，错过了新兵出发。

朱干事要送她，她说：“不用了，你忙吧，太麻烦你了。”

此时是十一月中旬，街上树叶黄了，落了一地。她背着被褥，抱着棉衣，穿着新军装，小心翼翼走在大街上，像踩在冰面上，生怕哪个喝醉酒的司机开车撞到自己身上，再也当不成女兵了。

4

新兵走的前一天，招待所来了一个女孩。几个老兵纷纷说，肯定是来当兵的，长得像电影明星。女孩叫秦小昂，跟李晓音住同屋，皮肤白净，个子高挑，五官精致，走起路来浑身充满了力量。

“哇，你是从被人称为天堂的苏州来的？”李晓音热情地接过包询问道。

秦小昂傲慢地嗯了一声，往床上一躺，刚躺下，又皱着眉头坐起来说：“这被褥是新换的吗？怎么闻着有一股异味？”

“服务员换时我在场的。”

秦小昂又闻了闻，皮鞋也不脱，重新躺在床上，对李晓音说：“你从桌上那个大塑料袋里，拿两个杧果出来。”

一看就是干部家庭出身的娇小姐。李晓音顿时失去了热情，很不情愿地递给她。

“你拿一个吃吧。对了，你是从乡下来的吧？肯定不知道咋吃。”她说着，哈哈大笑。

“我不吃，谢谢。”李晓音把杧果扔到桌上，坐到桌前低头看起书来。其实她一个字也看不进去。虽然对方的话不中听，可想想也对，她就是不知道杧果咋吃，难道像橘子那样也得剥皮？她悄悄用余光观察秦小昂。这一看，她又长学问了，杧果竟然跟苹果一样，得削皮。秦小昂削皮的水平真高，那层皮薄而未断。李晓音合上书，在日记本上写道：杧果，削皮。

正写着，感觉脖颈一热，她马上合上本子。

“写啥呢，还这么神秘？”秦小昂说着，递给她一个黄黄的嫩嫩的削得平如镜子的杧果，“来，尝一个，这是海南岛产的，很贵的，也很好吃。”

“不用，谢谢。”李晓音低头继续看书。其实她很想尝尝杧果是什么味，书怎么也看不进去。马上要吃午饭了，如果秦小昂发现她在食堂打扫卫生，会不会瞧不起她？在食堂干活儿虽然有些累，可是她学会了炒菜。老家水少，她没见过鱼，而老班长特会做鱼，她跟着学会了做红烧鱼、清蒸鱼。

“你不是也要当兵嘛，为什么还要在食堂打扫卫生？他们给你钱吗？”中午收拾完食堂，李晓音一进宿舍门，秦小昂就问。

“不给，闲着也是闲着。”李晓音笑着说。

秦小昂往床上一倒，说：“真是莫名其妙。”

晚上，在水房刷牙的李晓音发现秦小昂一直看她，她也不理。回到房间，发现秦小昂在一张纸上画画，画的是一颗牙齿。她以为秦小昂要嘲笑她，便不理睬，拿起《包法利夫人》看起来。

“晓音，我给你讲，牙分上下，还分里外，你明白不？”

李晓音看着画，没有说话。

“里里外外都要刷，至少要刷三分钟。”

李晓音脸红了，她有些喜欢上了这个城市女孩，嘴上却说：“我当然知道。”回到水房，她把手表放到水房的台子上，外牙、里牙各一分钟，仔细地刷。秦小昂说：“李晓音，你是一个知错就改的人，也许咱们会成为一生的好朋友。”

李晓音笑着，伸出了手，说：“歌里唱道，见了面，握握手，你就是我的好朋友了。”

秦小昂握住李晓音的手，说：“好朋友，一生一世。”

李晓音重复道：“对，一生一世。”

第四章　兵之初

1

翌日，一辆墨绿色的大轿子车开进了招待所院子。此时，招待所门口停满了一辆辆黑色的、白色的小汽车。昨天晚饭后，老班长就说："晓音，明天你走时，我会代表你爸妈送你的。明天你不要来帮厨了，把行装收拾好。"

"老班长，不用送，除了书，我也没什么东西。我同屋的秦小昂家在外地，也没人送，我俩搭个伴儿。"

第二天早上，李晓音还跟往常一样，五点半起床，帮老班长揉了两大锅馒头，又洗完锅，才回到宿舍，看秦小昂把被子叠成一团，背包捆了个三横两竖。

李晓音赶紧收拾起自己的行李。说是行李，除了书，就是发的军装等用品。二三十本书，装了一大包，还挺沉。关键是被子，她学着秦小昂的样子开始捆起来。

"不对，不对！"秦小昂帮她摊开被子，横平竖直地压了半天，说，"你看像不像豆腐块？"然后拿着细背包绳三下五除二利落地把背包捆了个结结实实。"宽的背包绳呢？"秦小昂问。

“宽的？没有呀。”

“再找找，绿色挎包里找。”果然在包里。秦小昂又利落地把宽背包绳穿进背包里。李晓音说：“你行呀，秦小昂，还没当兵就懂得这么多。”

“告诉你，本小姐就是在部队大院里长大的，射击、队列，不在话下。”

正在这时，楼道里响起一阵急促的哨子声，接着有人喊：“新兵们，带好行李，在楼下集合！”

李晓音正要提行李，门响了，是全涛。他说：“来送送战友。”说着，就抱着李晓音装书的纸箱下了楼。

李晓音没想到他会来送她，平常他们交流得并不多，也就是简单的几句话。而且，当着他们的领导，他好像根本就不认识她，头一低，就过去了。

人挤得满院子都是。老班长迎面跑过来，塞给李晓音一个布包，说：“晓音，我可能再也见不到你了，好好干，记着有空到秦城来看看老班长。”说着，抹起了眼泪。

“老班长，我以后有时间会来看你的。”

老班长帮全涛把李晓音的一箱书抬到车上，又下来，上下打量着一身绿军装的李晓音，整了整她的领子，说：“我怎么越看，越觉得你穿了军装像换了一个人。晓音呀，好好干。老班长等着你的好消息。”

全涛说：“坐车要坐到前排，后排很颠的。还有……”全涛把行李放好后，忽然握住李晓音的手，看着她，半天没有说话。

“快开车了，送人的下车，要走的赶紧上！”一个穿着肥大军装的女兵大声喊着上了车，看了全涛一眼。全涛忙说：“班长好。”他又对李晓音说：“去了来信。”然后跳下车，跟老班长站到一起，不停地招手。

三十个新兵穿着没有领章帽徽的绿色军装，背着行李上车。车一发动，就听到一首让人振奋的歌曲：

再见吧妈妈，再见吧妈妈

军号已吹响，钢枪已擦亮
行装已背好，部队要出发
你不要悄悄地流泪
你不要把儿牵挂
当我从战场上凯旋归来
再来看望亲爱的妈妈
…………

送别的人在车后追，车上的新兵趴在窗口哭。李晓音朝老班长和全涛挥挥手，鼻子酸酸的，坐回自己的座位。

“好了，大家坐好，不要哭了，从今天起，你们就算当兵了，不要动不动就哭鼻子。”一个坐在旁边的女兵拍拍手，让大家安静。

“班长，咱们这是去哪儿？是上前线吗？”跟李晓音坐在一起的秦小昂边问边把一袋锅巴递给旁边的女兵。女兵摇摇头说：“我不吃零食。”她肩上的红领章、头上的五角星，使她看起来特别威严。“不该问的不要问。”女兵朝全车人喊道，“谁要喝水？到前面来接水。”

“哼，有啥了不起的，再神气也是个大头兵。”秦小昂悄声说着，拿出几块锅巴递给李晓音。李晓音摇了摇头，秦小昂便自己吃了半袋，余下的装进挎包，闭上眼睛。车还没出市区，秦小昂皱着眉头说有些恶心，想吐，李晓音忙把靠窗位置让给她。秦小昂打开窗玻璃，吸了一会儿新鲜空气，就歪着头睡着了。

李晓音在军区报还是军报上读过一篇文章，有句话记得很清楚，叫“强将手下无弱兵”。车上有三个戴领章帽徽的女兵，听说就是新兵们未来的班长。自己会分到哪个班长手下呢？让自己挑吗？三个女班长，一个在车后躺着，说晕车；一个坐在她斜对面的单人座位上，一直注视着前方；还有一个，坐在副驾驶。李晓音不时回头看看后排，又打量坐在副驾驶的这位班长。战友们基本都睡着了，三位班长里也有两位睡着了。旁边的这位眼睛一直望着窗外，她是唯一没有改军裤的班长。她一会儿让大家喝水，一会儿又说谁要上厕所说一声。她不爱笑，坐姿端正，一身肥大的军装有些发旧，但一对领章缝得左右对称。老班长说，一个优秀的人，干任何事都是认真的。李晓音认定这位班长一定是名优秀的兵，暗暗盼望分到她班里。说不定一下车，就要分兵，班长还不认识她呢。得赶紧想办法，李晓音暗想。

班长的水杯放在车的发动机盖子上，里面已经空了，而李晓音对面就有一个白色热水瓶，她犹豫片刻，起身想给班长倒水。热水瓶怎么也拧不开，她急得头上都冒汗了，水还是倒不出来。这时班长朝李晓音点点头，伸手把热水瓶上的圆盖轻轻一摁，水哗哗地流了下来。

"谢谢，你叫什么名字？"

"班长，我叫李晓音。"

"还早着呢，睡一会儿吧。"

"谢谢班长。"

班长扭头又面向窗外。李晓音闭上了眼睛，心想，班长已经记住了自己的名字；又想，自己好笨，连热水瓶都不会用，班长会不会因为自己笨不要自己呢？越想越睡不着。

忽感觉到有人摇自己。李晓音睁开眼，班长递给她一瓶水和一块面包，说："你怎么不吃也不喝，来，吃点。"

"谢谢班长，我这里有。"那是老班长给她的两个包子，还有六个鸡蛋。

"拿着。"

她接过班长的面包，又给了班长一个包子，两个鸡蛋。班长微笑着接过去，说："还热着呢。妈妈煮的吧？"

"我家离这里挺远，家里农活儿多，爹妈都没来。是招待所老兵给的。"

班长笑笑，扭头继续望向窗外。

这个班长真好，要是分到她的班里就好了。

2

汽车奔驰在宽阔的平原，路过一片片光秃秃的庄稼地，越过一个个村庄，下午三点，到了一大片荒滩。河对岸是绿树环绕的小村庄，几个男男女女朝这边观望。车行驶到绿色的岗楼前，一个哨兵站着，他后面三百米处有几栋楼，还有成片的小麦地，麦苗还在地上贴着，墨绿墨绿的。离家不到一月，看到麦子，李晓音感觉好像离开好长时间了。

"这是什么单位？连门都没有，晚上出来都害怕。"秦小昂充满了失望。

"感觉比我们村还荒凉。"李晓音比秦小昂更失望。

车停在篮球场前，坐在李晓音旁边的女班长让大家把行李提下去，按坐车顺序放到空地上，然后进饭堂吃饭。球场对面是栋四层楼，门口挂着红色横幅：热烈欢迎新战友！

饭堂在一层，十来张圆桌，每桌放着三盘菜，西红柿炒鸡蛋、白菜炒肉片、清炒油麦菜，还有一大碗漂着绿叶的汤。虽然就几片肉，但是用油炒过。还有两碟雪白的馒头和一大盆白米饭。

她吃了一个馒头，馒头好香，又软又绵，准备再拿一个，看到别的战友正吃着菜，喝着汤，只有山东兵梁艳玲又拿了一个。梁艳玲又黑又胖，她朝李晓音抬下脖子。李晓音犹豫了一下，盘子里还有四五个馒头，她咽了下唾沫，决定喝碗汤，垫垫肚子，别让别人瞧不起。

吃过饭，她们一个个站在篮球场，等待分班。冬日的阳光暖暖地照在远处的华山上，照在球场上，也照在每个女兵的脸上。一排排小羊般的云朵慢慢向南飘移着。

李晓音发现有些女兵又吃零食了，后悔刚才没有再吃一个馒头。但看到秦小昂修长的身材，觉得没吃是对的。

三个女班长和一个男军官端端正正站在队列前面，三十个新兵站成了三排。

她问旁边的秦小昂愿意到哪个班。秦小昂看了看三个班长，摇摇头，说：“还真不好说。刚才我打听了，三个班长都是来自军通信团的优秀班长，各有优长。你看左边那个，往那里一站，就是标准的军人。要当一个好兵，选她。”秦小昂说的就是没改军裤的班长。竟然跟自己想的一样，李晓音暗自思忖。“要是图舒服，就选那个晕车的，坐车都晕，穿那么高的皮鞋，还把军裤改得绷在腿上，我真发愁她怎么训练，这样的人能带出什么兵。另一个，她往副驾驶一坐，我就感觉她有领导才能。果然没错，你看吃饭时，男军官最先跟她握手。”

“行呀，秦小昂，你看得真细。你愿意跟哪个班长？”

“谁挑我都赚，我绝对呱呱叫。别说话了，她们来了。”秦小昂说着，把胸挺得高高的，站得笔直。

李晓音整了整军装，也学着秦小昂的样子挺起了胸膛。

先是没改军装的班长挑兵，李晓音一阵喜悦。没改军装的班长站在队伍前面，大声说：“我们挑你们，你们也挑我们，咱们双向选择。我姓景。我选中谁，不愿意来，可以立即提出。你们只有信任我，我才能带好你们。杜班长和姚班长让我挑，我想想还是她俩先挑。她们兵龄比我长。”

“哇，讲得漂亮。”李晓音更加坚定了到景班长班的决心。听到最后，又担心自己万一被杜班长和姚班长挑上呢。

“谢谢景班长，姚班长比我大两个月，姚班长先挑。”杜班长说，杜班长就是坐在副驾驶的那位。

姚班长笑笑，说：“两位班长都这么客气，那我这个老兵就挑了。不过，我觉得挑中谁都一样，因为班长只是个带头人，至于路如何走，全凭个人了。我也不偏不向，都有了，立正！”这一喊，大家都愣了，有人还哆嗦了一下，没想到那个在车上弱不禁风的女兵瞬间像站在十万大军前的穆桂英，那阵势，跟她窄窄的裤腿一点都不相宜，特别是“立正”一喊，震得人耳膜发颤。

“前两排，向前一步走！”前两排愣了一下，反应快的走了一步，反应慢的看到别人走了，急着走，比其他人多走了半步，又马上退了回来。

“前两排注意，报数！”姚班长声音更威严了。

排头的高个女孩怯生生地喊了一声：“一！”后面零零落落地跟着报了起来。

“报双数的请站到我旁边，从今天起，你们就在女兵一班了。其他人听口令，向右看齐！”

“我的天，班长一个比一个厉害，真没看出来。”秦小昂小声说。

丰满的杜班长说：“姚班长选的是双数，好，那单数就归我了。”

李晓音和秦小昂都在第三排，自然成了景班长手下的兵，也就是女兵三班。

三个女兵班班长各自站在她们的队列前。这时，那个男军官双手握拳跑到队列前，转身落臂敬礼，动作行云流水。他喊道：“全体都有，立正，请稍息，我来讲一下。同志们，大家好，欢迎你们来到基地新兵排，我是你们的排长史航。从今天起，我们就是一个大家庭了。你们要经过为期三个月的严格军事训练和系统的政治学习，合格后，才能戴上领章帽徽，成为一名真正的兵。大家都看到了，我们不搞特殊化，三个女兵班长是军首长专门从咱们军各单位选拔出来的，她们都很优秀，她们会用事实说话的。能不能成为一名优秀的兵，关键还在于你们个人，之后会有一系列严格的考核，不合格的，会作退兵处理。我希望你们三十个人，全部成长为合格的兵。谁敢说，二三十年后，你们里面没有将军、教授、专家呢？同志们，军营是一所没有围墙的大学，希望你们早日拿到合格的毕业证书。”

女兵们听得激情澎湃。话音刚落，球场立即响起热烈的掌声。

“真高兴，参军这条路看来我选对了。晓音，咱们好好干。”秦小昂背起行李，说着，伸出手。

“我也是。”李晓音握住秦小昂那双白皙细腻的手，却暗想，要是不跟秦小昂一个班多好。按说，熟悉的人分在一起互相照应是好事，但不知为什么，她隐隐有一种预感，秦小昂的存在对她来说，不见得是好事。

后来的事很快验证了她的预感。

班长说晚上七点开新兵恳谈会。李晓音不懂要做什么，吃过饭就赶紧叠自己的被子。班长睡在下铺，绿色的被子洗得发白，但叠得真像一块大豆腐，被子上放着无檐军帽，白色的床单铺得平平整整的，棕色的皮带放在床外侧。秦小昂睡在李晓音下面，她的被子是新兵里叠得最标准的。新被子棉花软，被面更是软得不成形，李晓音叠了半天，被子还是软软地堆成一团。

除了床，每人还有一个内务柜，一个绿色帆布小马扎。行李都放在仓库，平时急用品放在班长上面的空铺。

楼道忽响起一阵急促的哨子声，接着就是排长的声音："各班在宿舍开会！"

班长坐在床前的马扎上，十个兵坐成一排。班长说："这是咱们新兵第一次开会，从今天起，你们就互称同志、战友，不叫同学了。现在大家讲讲彼此的基本情况，比如家庭、爱好、经历、理想，随便谈，相互了解，增强革命情谊。我带头。我叫景洁，今年二十一岁，出身甘肃农村家庭，爸爸当过兵。高中毕业后参军，在咱们军通信团当兵，第一年入党，第二年当副班长。前不久军事比武，我的射击和队列获咱们军女兵组第一名，被选拔到新兵排当班长。我的理想是成为一名优秀的军官，把军装穿老，为我父母争光。"

班长跟我出身这么像，我一定要像班长一样，每年都要进步。班长发言后，我发言吗？不，凡事要想周密些，姐说了，多听听别人的。李晓音心里开始嘀咕。

班长说完，没人发言。班长扫视了一圈，又说："大家随便说，在部队，不但要培养你们的政治、军事素质，还要强化你们的团结协作能力、文字表达能力和口头表达能力。排长说了，部队就是一个大学校，我们要把你们培养成优秀的人才。报纸上讲，要重视人才建设嘛，我希望咱们女兵三班，个个都是人才。你们当我的兵，内务要争第一，队列要争第一，只要比赛，我们女兵三班都要争第一。我景洁的人生，就没有失败。"

班长喝了一口水，接着说："发言就像参战，要踊跃。"班长话音刚落，秦小昂就站起来，说：“报告，班长，我来说说行吗？”

“你叫秦小昂对吧？你怎么想起要喊报告，还站起来？”班长笑着问。

“报告班长，我从小在部队院子长大，我爸爸妈妈都是军人。”

“嗯，‘革干’家庭。”班长仍然微笑着，拿起本子说，“秦小昂，你坐下讲。”

“我是两个年轻军人爱情的结晶，我爸爸妈妈都是搞通讯出身，我在妈妈肚子里就听着洞拐拐幺两两勾等声音，穿着军装的医生接生的我，我在部队大院里听着军号长大。高中毕业，我的成绩完全可以去读大学，但我不愿意去，我想当兵，想体验我爸爸说的野战部队的生活。我的近期目标是当全排最优秀的兵，中期目标是三个月后分一个好的单位，远期目标是考上军校，成为一名优秀的军官。”

李晓音听得浑身是汗。

宿舍静得落根针都能听见，班长仍在记笔记。放下笔后，班长说：“秦小昂同志。”

“到！”

“以后咱们在宿舍不用这么正规，我问你，你的中期目标是三个月后分一个好的单位，你心目中的好单位是什么？”

“当然是野战部队了，要过真正的兵的生活，射击、跑五公里、开坦克，只要是兵干的，我都能干。”

“说得好，但军人一定要服从命令，听从指挥，组织叫干啥就干啥。下面，谁讲？”

黑黑的梁艳玲要站起来，班长摆摆手，说：“下面发言的都坐着讲。”

梁艳玲家是山东的，她出生于工人家庭，爸爸在铁路上当扳道工，妈妈没工作，她当兵回去以后可以到铁路工作。她的理想就是当好兵，三年后退伍。

后面的大多跟梁艳玲差不多，清一色是城市兵。李晓音想着如何超过秦小昂，迟迟没有发言。她在本子上记了一大堆，越来越觉得准备的不够精彩。没发言的只剩一两个人了，她想喊报告，可是刚才班长不让喊，也不让站，直接开口又有些不礼貌。她看看四周，怯怯地举起手来，说："班长、战友们，我来介绍一下自己。"

班长点点头。

"我叫李晓音，我家在黄土高原，父母都是一字不识的农民，祖祖辈辈靠天吃饭，也就是说，若连年干旱，庄稼有可能颗粒无收，不少人四处讨饭。我是吃着高粱馍喝着玉米糁长大的。我从小爱看打仗的电影，在村里露天广场看过《闪闪的红星》《黄英姑》《英雄儿女》，就想长大后当兵。我终于穿上了绿色的军装，目前还没有详细的人生计划，但下午听了排长的讲话，我坚定了信念，那就是，我一定要把军装穿一辈子。"

李晓音自认为讲得不错。但她说完，班长没有点评，只说时间不多了，没讲的抓紧。

我讲得没有秦小昂好吗？班长为什么能叫出秦小昂的名字？李晓音睡在上铺，翻来覆去怎么也睡不着。床板发出咯吱咯吱的响声，她怕吵醒了战友们，只能小心翼翼地翻身。夜好漫长。

3

第一天，女兵们参观了整个基地，原来这是一个后勤单位。排长说："不要瞧不起我们的工作，我们的主要任务是生产粮食和加工食品，为整个军区生活的改善做出了重要贡献。你看看，这儿原来是荒滩，现在绿树成片，被称为'绿色银行'，我们的生产线都实现了机械化，以后你们会看到。基地除了机关、招待所、卫生所，还有啤酒厂和食品厂。"

第二天早上七点五十，女兵排着队穿过啤酒厂，沿着主干道前行。左边是片大湖，水光清澈；右边是荷塘，枯了的荷叶漂在湖面，还挺漂亮。远远看见基地飞机形机关大楼，上面的红星夺目而亲切。大楼侧楼右边是招待所，左边是总机班、单身宿舍、机关食堂，主楼对面两边全是花园。还有四五个亭子,不少花谢了,草也干了,踩在上面会有咯吱咯吱的响声。花园往东是宽敞的停车场,车库丁字形排列,有一条红底白字的横幅,写着:争当训练标兵,争创训练佳绩。

三个女兵班在这个停车场集体整队站立,仍是排长讲话:“同志们,今天是我们训练的第一天,这几天我们要学的队列课目是:立正、稍息、敬礼、停止间转法。现在,请三位班长出列,把队列全套动作予以示范,新兵训练结束时就要达到这个标准。”

三位女兵班长都穿着肥大的军装,腰系棕色皮带,显得腰特别细。她们站成一列,听到排长口令后,站在排头的景班长大声喊着口令,跑向训练场中心。

“哇,她们帅呆了,我还担心姚班长和杜班长的紧腿裤子呢,人家拎得清哟,你看看,步子,一样的整齐;敬礼,一样的高度;排面,简直是用尺子量出来的。”秦小昂不停地赞叹。

李晓音也被三个班长的英姿惊呆了,接着心里紧张起来,自己能做到这样吗?在幼师班时,老师就说她胳膊腿是硬的,怎么办?她越想越紧张。排长喊各班带开单独训练时,她没注意听,人没动,后面的战友差点踩到了她的脚。

三个班各自划分了位置,三班紧靠通向基地和新兵连宿舍的马路。班长说:“我们先按高矮排队,个子高的第一个,其他依次站队。”秦小昂站到了队列前头,李晓音倒数第二。

班长先教立正。原以为立正是最简单的,上学多年,这个谁不会?班长让大家抬头挺胸收腹,一站就是十分钟。这一趟下来,大家叫苦不迭。一个动作练半天,天又冷,手冻得根本不想从口袋里取出来。

几天下来,大家直喊累。

相比队列训练,整理内务更熬人心性。叠军被是将被子平铺在床上,将两个长边往中间折,再将被子两头往中间折,并使中间压出折痕重叠在一起。

后来走队列,练正步,行进间敬礼,动作相对丰富了,新兵们也有些兵的样儿了。

秦小昂看到李晓音只要有空，就坐在小马扎和内务柜上写东西，问写什么，李晓音说写日记，把每天的事记下来。

“我也记呢。但我每天记班长说的话，班长表扬谁了。你看看，我是班长表扬最多的，咱们参军两月了，班长表扬了我二十多次。”秦小昂说。

“班长几乎每天都朝我吼：李晓音注意排面！李晓音，腿踢高些！李晓音，脚步落在口令上！不瞒你说，我做梦都梦见班长在批评我。”

“我时常奇怪，班长骂的是你，可最关心的也是你。睡觉给你盖被子，吃饭给你夹菜，最不能让我接受的是，她每次看你，眼神是热的。我还发现，她虽然嘴上在批评你，可语气能听出是疼爱你的。那眼神像什么呢？对，就像我吃饭时，我妈看我的眼神。”

“秦小昂，你这是瞎说呢。我一见班长就紧张，一紧张就出错。你要说班长关心我，那是因为我笨，班长怕我拖班里的后腿。”

秦小昂摇摇头，说：“不全是。至少我认为不全是。哎，李晓音，我不明白班长为什么会对你那么好。你还记着吗？咱们打扫营区时，抬石头，班长是跟你一起抬的。”

“那是因为你们没人愿意跟我抬，你们认为我是农村兵，瞧不起我。”

正说着，有人进来了。秦小昂大声说：“李晓音，帮我看看我这篇新兵体会写得如何？”说着，掏出两页纸，上面密密麻麻全写满了。别说，字还挺俊。

看战友端着脸盆出去了，秦小昂笑着说：“帮我改改，升华一下，你其他不行，但写文章我还是挺服气的。虽然没见你写过，可你老看书，我相信你知道的好句子比我多，对不对？”

这话李晓音爱听，把秦小昂啰里啰唆的文章删了一百字，心疼得秦小昂不停地说行了行了。

自己的心得体会也写完了，李晓音意犹未尽，忽想起了全涛的约稿，便在这篇文章的基础上又多写了两页，感觉比较满意，便寄给了他。

新兵连的日子紧张，走路都小跑，做什么都按时间计算。十分钟起床洗脸，十分钟吃饭，十分钟整理内务，歇下来也就是写写家信，开个班务会，大脑也没歇着。

当了兵，感觉日子都不一样了，心里那么充实，步子那么有力，那么想说话，甚至皮肤都像沐浴过春雨一样，那么凉爽、甜蜜，甚至还有微微的酸味。不，是女兵们食物的味道，是巧克力味、桃酥味、水果糖味，是她们压在箱底的连衣裙味、太阳帽味，是遥远的北京、上海、广州的味道，是草原、森林、大海的味道，是李晓音从来没见过但一直渴望的远方的味道。对，远方！

4

战友们基本都是城市兵，她们家境优越，会唱“正当梨花开遍了天涯，河上飘着柔曼的轻纱”，也会跳那摇头摆胳膊扭屁股的迪斯科。李晓音很自卑，常一个人待着，不跟他们交谈。起初，她听口令特紧张，越紧张，越出错，班长气得没办法，晚上别的战友休息时，就给李晓音补课，战友们戏称她在“吃小灶”。

秦小昂无论队列，还是内务，都是全排第一。

被子，李晓音用水喷，用小椅子压，还是不能叠成秦小昂那样的范本。为了保持班里优秀内务、先进班集体的荣誉，班长要求白天不准坐床上，更不可能躺床上，说良好的战斗力和整洁的素质是分不开的。被子要平四方，侧八角。储物柜里，允许放军装、内衣、洗漱用品和必要的书籍。书桌上允许摆放稿纸、一支笔和两本书。内务柜上允许摆放军帽、军装和武装带。大件物品放进储藏室。

李晓音走队列不是慢了，就是快了，有时还顺拐，战友们纷纷嘲笑她，除了秦小昂跟她说话，大家都不理她。她最无法面对的是班长，只要做错，就不停地说：“对不起，班长，我挺笨。”

“错了就是错了，部队没有对不起这个词，我也不喜欢这个词。我带了几百名兵，只记得优秀的兵。我不会把你当小孩，你已经长大。我是你的班长，是军中第一个让你明白军人应当是什么样的人，我比你压力大。记住，晓音，要去想事。别混日子，小心日子混了你。如果没有军人的素质，穿了军装也不像军人。一个兵不像军人，不怪她，只怪她的班长没有带好她。”

这席话让李晓音更羞愧难当，更加尽力地练队列、整内务。

新年即将到来，女兵排在活动室为庆贺新年排节目。录音机里放着一首歌，秦小昂穿着白色短袖上衣，红色紧身喇叭裤，头上系着红布条，边跳边唱：

吉米来吧，吉米来吧
让我们手牵手，来跳跳迪斯科
爱你在心里头，忘掉那忧和愁
吉米来吧，吉米来吧
青春时光多美妙，热情奔放多欢笑
随着节奏摆摆摇，和我一起尽情跳
啊我的好朋友，爱在你心里头
随着那好节奏，来跳跳迪斯科
…………

秦小昂一会儿扭屁股，一会儿抓头发，要么就转圈，跳着跳着，来到李晓音跟前，拉着她一块儿跳。李晓音感觉她露肩又露背的样子不太像样，但又好美，怕别人说自己不会跳，就甩开她的手，说：“别烦我。”

“你不懂了吧？这是最火的一部印度影片《迪斯科舞星》中的一首歌。没听过吧？”

“可我看过小说《人生》《高山下的花环》，听过歌曲《熊猫咪咪》。”

“那已经老掉牙了，现在是摇滚时代，是激情奔放的时代，好战友，动起来，快来跟我跳一曲迪斯科。”说着，又拉起一个女兵，两人默契地跳起来。

李晓音回到宿舍，给大哥写了一封信，大意是：当兵一点意思也没有，还不如在老家能找到自信；在学校时作文写得好，还会讲故事，现在被笑说话太土，一首流行歌都不会唱，迪斯科也不会跳，更不知道世界影星简·方达、玛丽莲·梦露；队列走不好，内务也不过关，该死的被子根本叠不成豆腐块。

大哥很快回了信，写道：

当兵是你一直的梦想，你的决心怎么掉到沟里去了？晓音，你一定要在思想上打一场“解放战争”。从狭小心胸中解放出来，承认人的差异，尊重人的个性；从自我欣赏中解放出来，发现、放大、学习每个人的长处；从自我封闭中解放出来，在广泛接触、交流中互相了解，广交朋友；从固执己见中解放出来，在多听、多想、多比较中取长补短，获得真知灼见。做个让人喜欢的人、离不开的人。你喜欢读《红与黑》，但不能像于连一样偏激、虚荣。于连生处一个等级分明的时代，可你生在新社会。我们出身农村，可我跟你二哥干出了自己的成绩。出身农村不是丢人的事，千万不要为此自卑。

城里孩子虽然视野开阔，但是他们也有不足，不能吃苦；农村孩子虽然见识少，但是人老实，肯吃苦。既要看到自己的不足，也要自信自己的长处，这样你才能进步。希望你牢记自己的理想，在部队这个大学校里脱胎换骨，否则你只能打着背包离开部队了。谁也救不了你，除了你自己。

我当兵时，在零下四十多摄氏度的雪地站过岗；你二哥当兵时，在泥石流里抢救过战友，背了战友二十多公里地。当兵刚开始不适应，是正常的，但只要这关过去了，就迈出了万里长征第一步。哥盼着你发挥自己的长处，实现自己的梦想。

看完大哥的信，李晓音反复地想：我的长处是什么呢？吃苦。于是每天下操，她就拖地，给战友们打水。班长在班会中表扬了她，战友们也对她友好了。她在日记中写道，继续寻找优点，团结战友。

第一次紧急集合，李晓音太紧张了。半夜，哨子呼地吹响了，班长说："不要开灯，快，紧急集合！"大家手忙脚乱地摸着黑穿好衣服，立即往楼下跑。

新兵们站到楼下。灯光下，大家互相看着装。李晓音上衣扣子扣错了三个，裤子不知穿的谁的，长得都要掉地上了。而秦小昂衣装整齐，偷偷朝着她笑。

后来秦小昂告诉李晓音，衣服放到枕边，鞋子放正，一声令下，衣服在哪里，背包带在哪里，心中有数，就不会慌乱。

第三次紧急集合，李晓音勉强合格，列全班倒数第二。

第五章　会操

1

在两个多月摸爬滚打的严格训练中，不少人哭过鼻子，骂过人，甚至还有人想打着背包回家，但最终，她们坚持学完了全部的队列动作，吃了苦，受了不少约束，成为合格的士兵。就在大家长出一口气，觉得可以放松等着过年时，排里忽然通知下周会操，要在全基地面前展示训练成果。这不只是女兵排之间的会操，在分场训练的男兵排也要来，这是一场全连擂台赛。“这是一场看不见硝烟的战斗，各班要高度重视，基地首长及全基地人都会来观看。女兵行不行，会操定乾坤。咱不能吃了苦还白吃，对不对？”排长最后语气放松了，态度缓和了，但女兵们可是个个倒吸冷气。

只有秦小昂高昂着头，面露自信，摆出了随时就可上场的架势。

那几天，三个女兵班铆着劲，班长的口令里都带着杀气，基地上空好像弥漫着火药的气息。排长双手背在身后，在训练场上三个女兵班之间来回巡查，眼睛像显微镜似的，发现哪个动作不规范，就带着浓浓的闽南口音喊：“全班罚训一小时！”

隆冬，人的脸和手冻得刺骨，吸进的都是凛冽的北风，心心肺肺好像都冻僵了。周末时间过得好快，好像刚坐下休息，一封信还没写完，一包零食还没吃完，就又集合了。而训练场上，时间则像蜗牛一样，左等不开饭，右等不开饭。特别是走正步，一步一动时，左脚向正前方踢出约七十厘米，腿绷直，脚尖下压，脚掌与地面平行，离地面约二十五厘米；身体重心前移，上体正直，微向前倾。单腿站立坚持五分钟，比五小时还漫长。

李晓音最紧张。每次班长喊立定口令，战友们在“定”字一出时，步子齐刷刷地停止了，她却在“立”字上就站住了，整齐的排面在她这儿露出了难看的豁口。班长反复给她讲了几次，她仍出错。还有齐步走，班长喊着“一二一”的口令，“一”落在左脚上，李晓音却老落在右脚上。

中午吃过饭，班长把李晓音叫到没人处，说：“李晓音，怎么办呢？难道你要打破我带兵的优秀纪录吗？”班长一双漂亮的眼睛忧伤地盯着李晓音。

“要不，班长，我就不去会操了，就说我病了。我吃点干辣椒，立马胃痛。”

“李晓音！”景班长气得大叫一声，吓得李晓音打了个哆嗦。班长看了看四周，没有人注意她们，又小声说：“李晓音，你有点出息好不好？我景洁带兵，不能让一个兵掉队，这是我的原则，也是你努力的目标。”

“可是班长，我怕因为我一个人影响班级荣誉。”

“那就好好练！”班长说完，大步走了。

晚上，战友有的在写家信，有的在看书。李晓音看秦小昂坐在一边跟着录音机学唱歌，就央求道：“小昂，你能陪我练一会儿队列吗？”

半天没反应，她摘掉对方头上的耳机，又重复了一遍。

“平常没问题，可今天不行，我好不容易找到这首《成吉思汗》的感觉。会操是大事，唱歌也是大事，我可要代表咱们排参加基地春节联欢会呢。”

“我给你洗衣服、刷鞋子好不好？不，津贴费一下来，我给你买罐头吃，你尽管挑。”李晓音苦巴巴地说。

“哎呀呀，李晓音，你别捣乱了，快走快走，我真的忙着呢。”秦小昂重新戴上了耳机，边敲着膝盖，边小声哼起来：“有一个东方古老故事，让我来告诉你，有一个中国古代皇帝……”

哼，离了狗屎我还不种胡萝卜了，走着瞧！李晓音在心里嘀咕，穿上大衣走出宿舍。

穿着大衣没法练，脱掉大衣又冷，她绕着操场跑了两圈，全身热了，才开始在没人的地方练队列。自己喊，自己练，关键是不知道对错。

班长走过来了。她躲在这里，班长怎么发现的？难道班长一直在注意她？李晓音不能确定班长是不是在找她，但空荡荡的操场只有她，她不禁感动了，说：“班长好。”

“李晓音，听我口令，齐步走！”

一股温暖涌上心头，李晓音抬头挺胸摆臂，迈出第一步。

“立——定！”班长“立”字刚出，李晓音紧张地不敢走了。

“错，重来！”

李晓音吸着鼻涕重新立正。

“齐步——走！”

在听到“走”字时，李晓音迈开了脚。她让自己的精神高度集中，班长立定的“定”字一出，她马上停步。

“做得很好，再练两次。”班长露出了难得的微笑。

在班长的笑声中，李晓音自信满满，走得越来越漂亮。

“好了，搓搓脸，像我这样，就不冷了，回去再体会体会。上楼。”

“班长，你先上去，我再练练向后转。”

第一次练向右转时，她一转身就摔倒了。班长说动作要领是：以右脚跟为轴，右脚跟和左脚掌前部同时用力，使身体协调一致，向右转一百八十度，重心落在右脚。左脚取捷径迅速靠拢右脚，成立正姿势。转体时，两腿挺直，膝盖向后用力，避免腰部弯曲。上身保持正直，挺胸抬腿，避免转体时重心不稳。转动时，两手贴紧身体，避免双臂乱甩。

她紧张，爱出错，不是没转够就是人站不稳。班长叹息了一声。

"班长,我是不是你带过的最笨的兵?"

"跟着我反复练。"

练了四五次,终于跟上了班长的口令。

会操前一天晚上,李晓音睡不着,好容易到后半夜睡着了,却梦见队伍要出发,自己怎么也找不到军装,吓醒了,一看表,才凌晨三点。她去卫生间时,窗外白花花的,急忙打开窗子,发现下雪了。这天气,不会会操了吧?这么一想,李晓音安心地睡着了。天亮了,窗外一片雪白,松树、杨树上挂满了冰串。班长说今天不出操了,整理内务。

秦小昂悄悄问李晓音:"会操还举行吗? 这么大的雪, 万一走队列不小心,那可就有好戏看了。"

李晓音摇摇头,看了眼班长。班长已将被子叠成了豆腐块,正在叠大衣,她能把大衣叠得跟被子一样四角都平整。

吃过饭,刚回到宿舍,窗外的车喇叭声一声接一声,一辆辆大解放载着一群男兵驶进了营区。

"看什么看,一会儿会操时,注意力要高度集中,听我口令,动作迅速利落。不要紧张,把平时的水平发挥好就行了。秦小昂!"

"到!"

"你是排头,一定要起标杆作用,要跟我步调一致。排尾的梁艳玲,不能掉以轻心,队伍向后转时,你就是排头兵,注意排面。我要全面展示每个新兵的队列水平。雪地滑,大家一定要记住,脚步踩实,只要我们团结协力,就一定能夺第一。"

训练场站满了黑压压的人,广播一首接一首地放军歌,听得人心里既紧张又兴奋。

女兵列队跑向训练场时,三个男兵班已到位,在原地休息。他们一看到女兵就高声叫,有的挥手,还有的说女兵真漂亮,赛过电影明星。女兵们心里美滋滋的。班长悄声说:"不要理他们,保持女孩的矜持。"

女兵们到了指定位置,带队的排长整理好队伍。"起头,战友战友,亲如兄弟,预备唱!"女兵们马上唱起来,唱的是:"战友战友,亲如姐妹。”

六列队呈U形半包围状态。主席台上坐着一排穿毛料军服的领导，中间那个黑脸大汉就是基地最高首长杨振国主任。还有不少抱着孩子的家属、来来回回奔跑的小孩在边上观看，不敢过来。会场的雪刚扫过，又落了一层，踩上去咯吱作响。

男兵们先比，表现不错，但大家的关注点都在女兵身上。女兵一班有个战士多走了半步，得分九十五分。二班向左转时，一个战士转向了右边，得分九十四分。二班带回时，景班长说：“大家准备好，听我口令！现在，都戴上手套。”

忽然变戏法似的，女兵三班战士们全戴上了雪白的尼龙手套，全场一片躁动。“哇，还是景班长有招。”“这女班长，听说老厉害了，果然出手不凡。”台下不停地议论着，主席台的领导们则个个表情严肃，坐得端端正正的，悄无声息。

李晓音腿肚子发软，说：“班长，我还是不上了，我不想拖班里的后腿。你看，一班也有人没上。”

班长好像没听见，大声说：“三班，全体都有，跑步走！”说完，双手握拳，跑向了会场中央。

女兵三班一出场，全场惊呼。男兵们猛烈鼓掌。

班长站到了队列前面。秦小昂是整个队列中第一个兵，排面看她，行进看她，敬礼也得看她。秦小昂是名副其实的基准兵。

班长的口令喊得比往常清脆而有暗示性。特别是喊“跑步走”时，“跑步”两字连着，然后停顿一下，像在给李晓音提示，李晓音牢牢记着。班长喊出“立定”的“定”时，她马上和其他战友一样，右脚跟上。完美。

敬礼时，大家身体向左稍稍倾斜，右手五指并拢，举向太阳穴。会场响起热烈的掌声。

队列动作做完，李晓音以为要被带回了，班长忽然喊道：“立正，卧倒！”她们立即扑倒，趴在地上。“匍匐前进！”

我的娘呀，地上全是雪。可是三班的女兵们，依旧往前爬着。会场又响起雷鸣般的掌声。当她们跑过主席台时，基地首长站了起来，杨主任给女兵三班敬了一个礼。

这可是基地最高首长的礼呀，三班女兵们别提多高兴了，晚上的猪肉粉条包子比平时多吃了一倍。

会操最后，基地杨主任讲话。他笑着摆摆手说："不是讲话，是跟你们谈心。我记得你们刚到基地时，穿得花花绿绿，剪个头发还哭鼻子，走路时吃零食，站没站相，坐没坐相。我当时可真是发愁呀，毕竟咱们基地还没有过女兵。现在不到三个月，我们的军队就把你们培养得这么精神，个个走起路来脚下生风，站着如松，坐下如钟。喊起口令来，像一只只小老虎，听起来带劲。一句话，孩子们，祝贺你们，成为真正的士兵了。"杨主任说到这里，目光扫视全场，最后落在女兵三班，说："这次会操，我个人感觉，女兵三班，表现得最好。对了，毛主席那句诗怎么形容咱们来？"他扭头问坐在他旁边的副主任。

"不爱红装爱武装。"副主任悄悄说。

"对。营区内银装素裹，让人不由想吟诗呀。可我是一介武夫，不会写诗，就用主席他老人家的诗来表达我此时的心情吧：飒爽英姿五尺枪，曙光初照演兵场。中华儿女多奇志，不爱红装爱武装。今天虽然没有太阳，但你们个个都是太阳，照得我们基地光灿灿的。我很高兴，咱们基地终于有了女兵，有了女兵的笑声，有了女兵的队列，以后我们还会有女军官、女工程师、女厂长，甚至女师长。战友们，我当兵三十年了，打过仗，带过兵，组织又让我到基地来带领大家搞农工商一体化。我希望你们爱咱们的基地，爱咱们的军队，爱咱们身上绿色的军装，把军旅生活过美。你们练射击时，我要跟你们比试，看你们能不能打过我这个老头儿。就这么定了。"

全场掌声雷动。

队列会操，女兵三班获新兵连第一名，红色三角锦旗和内务卫生先进班奖牌挂在了三班的墙壁上。班长乐得合不拢嘴，说："大家这一阵很辛苦，晚上我教大家唱歌。想别人瞧得起，就得吃苦，这次会操就是例证。”

李晓音觉得这话像是对她说的。

吃过晚饭，班长坐在小马扎上，拉着手风琴，教大家唱《小路》，她先唱了一遍：

一条小路曲曲弯弯细又长
一直通向迷雾的远方
我要沿着这条细长的小路
跟着我的爱人上战场
纷纷雪花掩盖了他的足迹
没有脚步也听不到歌声
在那一片宽广银色的原野上
只有一条小路孤零零
…………

班长唱着唱着，忽然流泪。女兵们跟着唱，也抹泪。休息时，秦小昂悄悄跟李晓音说：“我敢保证，班长的男朋友肯定上前线了。”

李晓音还记着秦小昂不陪自己训练的仇，不吭声。

“晓音，不都结束了嘛。”秦小昂大声说。

李晓音没好气地反问：“难道要忘记历史？”

“哎，你还记仇呢，至于吗？”

“没呢，我在想，秦小昂，你咋这么优秀？队列、内务全是第一。”

“马上要进行的射击训练，我肯定也是第一。咱是谁，咱是军人后代呀。十八岁，十八岁，我参军到部队，红红的领章映着我开花的年岁……”秦小昂端着脸盆，肩膀上挂着雪白的毛巾去了水房。

第二天晚上开过班务会，班长说：“李晓音，你跟我来一下。”

李晓音思忖，这几天训练还可以，怎么班长又要给自己“吃小灶”？她跟着班长心神不宁地走下楼。

风很大，吹得人都站不稳，李晓音看班长一点都不冷，便挺直身子立正站好。班长从口袋里掏出一封厚厚的信，信封上写着“内详”。“谁来的？打开看看。”

一入班班长就说过，服役三年期间不准谈恋爱，严禁跟驻地男兵打情骂俏，眉来眼去。这封写着“内详”的信，班长肯定认为是危险信件，所以亲自交给李晓音。

一定是全涛，他会说些什么？万一班长让她念……她不敢想。看班长没有走的意思，李晓音便打开了信，却是一张报纸——《军星报》头版发了她的稿子。还有一封信，很短：“李晓音同志，你的散文不错，已发，欢迎继续赐稿。顺致安祺。全涛。”

“就是送你当兵的那个男兵？”

“是的。”

“晓音呀，好好当兵，咱们农村孩子不容易，不要过早陷入这种对咱们来说奢侈的事情上。等你提了干，当了军官，好对象多的是。”

“是，班长。”

“顺致安祺，安祺是什么意思？”班长低声问。

“我也不知道，想必就是祝福吧。”

“好了，回去烫烫脚，天冷，别冻着。”

“谢谢班长。”

班长拍拍她的肩。李晓音看到班长的眼神里真有秦小昂说的那种慈母般的关爱，便说：“班长你放心，我一定向你学习，当个好兵。”

班长伸出手，说：“把报纸给我，我在班务会上念一下，鼓舞士气，也帮你在战友间建立威信。你平时不合群，这很不好。部队是一个团结的集体，战场上你的战友会为你挡子弹。”

“我听班长的。”

班长在班务会上念完李晓音的散文，却没有一个人鼓掌，连秦小昂也没拍手。还是班长启发说：“这是李晓音同志的第一篇文章，写了一个女兵第一次穿上军装的兴奋心情，也许语言不够好，但也真实、生动，我们不该鼓励一下吗？”

这才有了陆陆续续的掌声。可李晓音发现，大家虽然鼓了掌，对她更疏远了，那天晚上连秦小昂都没跟她说话。

第三天，李晓音正在写会操体会，秦小昂笑嘻嘻地问：“写得如何了？让我学习学习。”

李晓音把纸反扣到内务柜上，整了整短发，不吭声。

“好，不看你的。大作家，我好纳闷，每篇体会你都能上咱们的黑板报，再配上班长的画，真是好看。咱虽不是学霸，也高中毕业了，怎么就写不过你呢？晓音呀，好朋友要共同进步。这可是班长常说的话。”

“你不是我的好朋友。”

“哼，没良心。”秦小昂从床下拉出帆布马扎，坐到李晓音跟前，说：“李晓音同志，说话要有良心，被子谁教你叠的？枪械分解，你笨得夹了手，是谁一个零件一个零件教你安装的？我不能当着众人面鼓掌，是在背后支持你，评选优秀士兵，我还投了你一票。可我不能树敌呀，大家不喜欢你是有原因的，你太笨了，一个队列动作要学好几遍，擦枪擦得满手满脸都是油。再说，班长是大家的，不是你一个人的，她吃喝方面照顾着你，还把你带到下面说悄悄话、单练。大家能高兴吗？我们九个也是她的兵呀！还有，我对你，也是有些嫉妒的，全涛也认识我，为什么不约我稿子呢？我也会写文章。晓音，我不是圣人，我知道，作为你的好朋友，有这种想法不对，可它客观存在呀。我最讨厌说假话，你就不能容我慢慢消化掉自己不正确的想法，再恢复咱们的友谊吗？今天早上你值日，我帮你抬稀饭桶，帮你给大家打饭；昨天下午三公里越野，是我拉着你跑到终点的。我顶着大家的压力和嫉妒之心，能做到这些很不容易。晓音，我一想起班长对你的好，我就……真不想理你了，可谁让我善良呢？看着你孤单的样子，心就软了。”

听了秦小昂的这一番解释，本来很委屈的李晓音倒一时无语，只好说：“行了，行了，感想我给你看看。记住，写东西少用形容词，要写感动自己的细节。这次我划掉的，你要是再用，下次我就不看了，人不能老犯同一个错误。”

“好好好，不过你也记住，练队列时不能胡思乱想，要注意听班长的口令，反应要灵敏，动作要快。”

自己的文章第一次发表，油印的，李晓音很激动，到军人服务社买了一个黑色的硬皮笔记本，学着大哥的样子，在扉页写了三个大字：剪稿本；在右下角又写了行小字：一九八七年启用。她把刊发的文章剪下来，粘在第一页，在下面注明：发表于《军星报》，一九八七年一月十四日。

2

天越来越冷，排里通知大家统一穿军用棉袄。李晓音拿出她那件男式棉袄，这棉袄至少能装下两个她，实在没法穿。晚上自由活动，李晓音拿出部队发的针线包，把棉袄多出来的部分剪了，露出的棉花缝进里面，穿在身上军装刚好套住，毛边也看不出来。她把棉袄套在上衣里，盖在被子上，香香地睡着了。

第二天下完操洗脸时，她才发现衣服有人帮她重新缝了一圈，用绿色的布把露出来的棉花包进去，针脚细密。

她问秦小昂。秦小昂摇摇头说：“唉，笨人就有笨福，无论我多么优秀，班长就是视而不见；笨笨的你，稍微有点成绩，班长就表扬你。你说这公平吗？昨晚我发现班长在水房缝衣服，没想到缝的是你的衣服。”

李晓音被感动了，很想感谢班长，但又想，不能只用一句空泛的话。发了十四元津贴，她存起来十元，用两元买了一盒凤尾鱼罐头。罐头盒是铁皮的，上面画着一条鱼。她从来没吃过凤尾鱼，更没见过凤尾鱼，她想象长着凤凰尾巴的鱼一定好看。

趁班里没人，她把罐头塞到班长手里，说：“谢谢班长，你针线活做得真好。”

正说着，有人进来了，班长把罐头放进内务柜。

晚上活动时，班长把罐头拿了出来，李晓音紧张得半天说不出话。

班长说:“李晓音说,吃了大家不少零食,她特别感谢大家,买了一盒罐头,请大家尝尝。晓音,是不是呀?”

李晓音只能说是。

大家传着分着吃完。秦小昂说:“李晓音, 你行呀, 学会巴结领导了。不过,你的如意算盘还是打错了,咱班长呀,我给你说,她不是肉做的,她是钢铁打成的,我怀疑她根本不会爱人,眼里只有工作。不过,我爸说了,这种人肯定能成功,她想干什么事,准能干成。”

新兵三个月的最后一天,女兵们终于戴上了向往已久的领章帽徽。多年过去了,李晓音仍旧忘不了初戴领章帽徽的幸福心情。

那天晚上,窗外北风呼啸,玻璃咣咣响,女兵宿舍却好像在明媚的春天里。十位女兵坐在小马扎上,看班长如何缝领章。

班长拿着一件新军衣示范。她边缝边讲:“同志们, 你们已经成为士兵了,要看得懂咱们军人的符号。现在咱们领章上钉缀有军种符号,陆军士兵是红领章,钉缀八一军徽;海军的是黑色领章,钉缀叠加金黄色铁锚的八一军徽;空军的是天蓝色领章,钉缀叠加金黄色飞鹰两翼的八一军徽。再说缝领章。大家拿出部队发的绿色针线包。梁艳玲,不要急着缝,先听我讲完注意事项。你们不少人连针都没拿过吧?先穿线。”

李晓音就没拿过针线, 之前都是妈和姐帮她缝。她哆嗦着从针线包里拿出一根针,又抽出一根线,线还没插进针孔,针就掉地上找不见了。还是秦小昂眼尖,捡起递给她。

“大家知道为什么部队要给你们发针线包吗?”

女兵们一时语塞。秦小昂抢着回答:“报告班长,我知道。”

“请讲。”

“我听我妈妈说,部队是个大学校,不但教我们走队列、射击,还要教我们做饭、洗衣、做针线,要把我们培养成一个复合型人才。”

“复合型人才,秦小昂同志说得很对。当兵三年,部队不但要把你们培养成优秀的解放军战士,还要培养成会做饭会持家的巧媳妇。”班长说到这里,大家害羞地笑了。

“你们别理解错了，我说的是将来，将来你们肯定会出嫁的。会做饭，会持家，会缝衣服，当然还会嫁一个好小伙。别笑，现在拿着针，开始缝领章，下沿要挨着衣领的下缝线，外斜边挨着领子的外边缝，左右领章要对称。大家抬头看，对，秦小昂放得正合适。针孔在领章边沿的内侧，可以在领侧露针脚，绝不能在领章上露出针脚，不要坏了领章的红绒面。连领章都缝不好的人，肯定不是好兵。”

缝好后，班长让大家穿上军装，戴上无檐帽，一一检查。有些人的帽徽歪了，班长帮忙拧正。有些人领章左右不对称，就让拆了重新缝。有人把针线缝到领章绒面后，她狠狠批评，满意后才露出笑容，说：“祝贺你们。大家要牢记，领章过了水会掉色，大家洗衣服时，别连着领章一块儿搓，要把领章拆下来。你们看，我的领章一直红艳艳的，这就是秘诀。再告诉大家一个好消息，明天基地政治部的张贵君干事来给大家拍照，把大家拍得漂漂亮亮的，寄回家，挂在家里最醒目的地方，看看咱们新时代中国女兵的风采。”

“乌拉！”女兵们齐声高喊。

照相时，有的战友还化了妆，嘴唇涂得红红的，眉毛画得细细的、弯弯的。秦小昂帮着李晓音抹了粉，画了眉眼。李晓音往镜子里瞧，在照相之前赶紧洗掉了，她怕爹妈骂她是妖精，不学好。

照片洗出来后，她给家里寄了一张，给全涛寄了一张。给全涛寄的那一张，是她站在基地礼堂挂着的一幅山水画前拍的，山峰间云雾缭绕，湖水碧绿，有个船夫划着船，水波清晰可见。

张干事说：“这个背景好。你叫什么名字？”

“李晓音。”

“你的审美很独特。”

李晓音虽不完全懂这话，但是“独特”和“美”这两个词，让她很开心。

给家里寄的照片上，她抱着一支枪，站在军旗下，表情严肃，嘴唇紧闭。

班长拿着一件新军衣讲，缝领章时，不能在领章上露出针脚。

终于戴上领章帽徽，李晓音给家里写了信，连同这张照片，一并寄回家。离家到现在，整整四个月，她不知妈想她想成了啥样子。信的内容跟大哥当年给家里的信大致相似，民以食为天，肯定离不了吃穿住行。不同的是，作为文学爱好者的她，为了给父母展示自己不同于哥哥们的细腻，信里多了女孩子独有的温情：

爹妈，我在部队很好，顿顿吃白馒头、炒肉菜，冬天穿棉大衣、毛头鞋，住的是带暖气的楼房，出行是大轿子车。部队真是好呀，我们每周能洗一次澡，每月剪一次发。还有，一周至少能看一场电影，可不像在村里看电影，顶着风冒着雨，鼻子吸溜着，脚踩着雪。放电影的小伙子，技术好得很，整部电影一口气放完，不像村里的放映员换片子手忙脚乱，动不动就烧了片子，或者放错了片子，让牺牲的英雄又活过来。看电影在礼堂，礼堂特别大，能容纳上千人，有成排的桌椅，还有高高的主席台，里面还有暖气，人坐着直冒汗。班长对我很好，晚上睡觉时还帮我盖被子。对了，每天晚上都有卫生员背着药箱到宿舍楼，看谁病了，谁需要药。

姐回信了，信里说：

晓音，你走后，一直不来信，妈不停地哭，骂你没良心。不过，看到你当上兵，妈又笑了。妹妹，你起得好头，好好干吧，姐最想当兵了，你就当也是替姐当兵呢。当不了女军官，别回来。现在，农村能吃饱饭了，但日子还是挺苦的。农机站要裁员，我得加把劲，在业务上拔尖才能留下。咱们家好日子终于来了。妹呀，你当上了万里挑一的女兵，爹妈半夜都笑醒了。妹呀，你开了咱县第一个女兵的先河。千万不要学鞭炮，开头响得炸天，后面却悄无声息。

姐在信中还说她生了一个男娃。李晓音拿着信，反复读了好几遍，心想，就是想当鞭炮，她也当不了。

女兵最盼望又最害怕的课目射击提上日程了。

吃饭练，睡觉练，馒头也成了李晓音瞄准的对象，窗外的群山都成了她眼中的敌人，周末大家外出时，她还在练。秦小昂让她出去走走，她说再练十分钟。李晓音不会只睁一只眼，只好用胶布把左眼粘住，发现这个方法灵，准星、缺口、靶心瞄在了一起。

“李晓音！我再也受不了你的呆了。”秦小昂在屋里又是拍桌子，又是大喊。“在很久很久以前，有一个阿拉伯的故事，故事的发生是这样的。”秦小昂头上系了条红布带，又蹦又跳地唱起来，“有一本书它叫天方夜谭，很奇妙又好看。叙述的是阿拉伯的故事，到处都在流传……阿里，阿里巴巴，阿里巴巴是个快乐的青年。晓音，李晓晓音，李晓晓音是个有志气的女孩。她呀她呀，拿根火柴棍也能把地球撬翻！”秦小昂抱住李晓音，说：“呆子，一起唱，阿里巴巴是个快乐的青年……”李晓音嘴上跟着唱，姿势依然做瞄准状。

射击考核，秦小昂果然又夺得全排第一。李晓音第一次是合格，第二次打了七十分，只能算中等。班长还是表扬了她，说她不甘落后的精神值得大家学习。

新兵要下连了，女兵们都分到基地的直属单位。秦小昂分到了招待所，李晓音分到了食品厂。另外两位班长，一位分到了总机班，一位分到了卫生所，景班长被通知到教导队学习。有人说她还是去带兵，有人说是去比武，还有人说是先去上学后提干。李晓音没敢问，她认为班长那么优秀，提干是迟早的事。

班长走时，李晓音刚分到食品厂，不敢请假，只能把班长送到营门口。

班长掏出一个纸包，说：“李晓音，原谅我。”

她愣了一下。班长说：“站在你的角度，我可能做错了；但是站在班长的角度，你应该会感谢我。咱们农村孩子当兵就一条路，一步都不能走错。不管你理解不理解，我必须这么做。祝你成功。”

“班长说的我记住了，班长就是我的榜样。”

班长扬扬手，说：“李晓音，任何一条路，只要一直走，肯定能走通的。”

李晓音打开纸包，里面是全涛的三封回信。

她想给班长解释，但看到全涛信中的一句话，放弃了。全涛写道：“李晓音战友，你为什么不再给我回信呢？我们高炮旅的天空、炮群，都充满了忧伤。”

读着这样的信，李晓音心里酸酸的，回信道：“我们新兵连的生活，每天都按分钟计算，我神经绷得紧紧的。如果你没收到我的信，一定要理解，这是纪律。”她想了想，又把“这是纪律”涂黑，重新写：“这不是因为我。”信要封口时，她又加了一句：“作为军人，我相信你肯定理解。”

第六章　摆呀么摆汤料

1

基地花园的迎春、玉兰次第开放时，李晓音与八个战友分到了食品厂。食品厂只生产一种食品，袋装方便面。到厂的第一天，厂里给每人发了两袋方便面，按教导员的说法，这叫认识方便面，了解方便面，以便尽快地爱上工作。

女兵们被带到食堂的饭桌前，每人面前摆着一包方便面。李晓音从没见过方便面。撕开军功牌方便面的塑料袋，里面是一块压成长方形的面饼，还有一包汤料。按教导员的讲解，把面饼放进碗里，冲上开水，撒上汤料，盖上盖子。十分钟后，揭开盖子，面已松软。李晓音吃了一口，满口都是香气。

教导员笑眯眯地说："香吧？从明天开始，我们的任务就是做方便面。把手洗干净，长指甲剪掉。要记着，你们做的可是食品，一定要讲卫生。"

食品厂在新兵排的西北方向，一里路不到。厂分前院后院，前院在基地卫生所对面，是生产车间。后院左右各有一个小湖，长着芦苇。两排对称的平房，左边是厂部和女兵宿舍，右边是男兵宿舍、炊事班、食堂。

车间主任带着新来的女兵熟悉整个车间和生产流程。

从国外进口的方便面生产流水线横跨车间，搅拌、蒸熟、烘干、切割、放汤料、验货、打包，确确实实是生产一条龙。

士兵们上班前，脱掉绿军装，戴上白帽子，换上白色带红边的工作服，戴着远看像大学校徽的红色厂徽。他们结伴，三三两两沿着两湖之间的小路走向车间。湖边长着绿绿的菖蒲，开着黄黄的小花，挺漂亮的。还没进车间，轰隆隆的机器声就传了出来，让沉浸在诗意中的李晓音一阵惆怅。

她没想到会去做方便面，她也不是工人，也不该让堂堂的中国人民解放军战士做方便面。她真的理解不了。革命军人是块砖，哪里需要哪里搬，新兵排排长是这么说的，这道理她懂。

李晓音和三个战友分坐传送带两边，负责摆汤料袋。一分钟内，四五十块面饼一闪而过，她们要以最快的速度放好汤料袋。机器是带电的，稍不注意会夹手。小小的塑料袋在手里特滑，要摆到面饼中间还得练好一阵，有时放得急，汤料袋会掉到地上；要是夹到机器里，那就是事故。每个人上班时都很紧张。负责的男班长说："不用害怕，我摆汤料袋一年了，好好的，只要用心就能做好。你们是女孩子，怎么也比我一个大老爷们儿心细手巧吧？"他的话让女兵们紧张的心放松了许多。

一闪而过的面饼，汤料袋一个都不能漏掉，也不能重复。新兵时的战友梁艳玲坐李晓音前面。她们小组第一次完工后，检查组的班长吼道："十块面饼上没有汤料袋。"梁艳玲说："咱四个人要分坐两排，要拉开一定的距离，分工明确，前面的先摆，后面的补充，这样忙而不乱。"

李晓音没想到胖胖黑黑的梁艳玲还这么聪明，对她产生了好感。观察梁艳玲，发现她拿汤料袋时，会捏着一角，捏得紧紧的，这样不易滑手，稳稳地盯着一闪而过的面饼，出手敏捷。这样一来，坐在她后面的李晓音轻松多了，最多补几个遗漏的。她喜欢跟梁艳玲搭班，她发现带班的班长也喜欢梁艳玲，动不动就说你们看看小梁是怎么干活儿的，她在哪个岗位都让人放心。

不久，梁艳玲就被提为副班长，这是同年兵中最快的，津贴也比李晓音多两元。这让李晓音悟出一个道理：凡事只要干好，就会有人欣赏。

三班倒，最怕半夜十二点起床，摸黑去车间上班。那时易瞌睡，带班的男班长会让女兵们稍稍休息一会儿。坐在烤箱前眯五分钟，已是最大的享受了。

有天晚上，大概十一点左右，前面有喊叫声，接着是凌乱的跑步声，有人大哭。机器很长，烤箱又高，大家不知道前面出了什么事。机器半天才停下来，原来，前面负责搅拌的男兵的一只手让机器切掉了。

车间停工整顿。

事故原因是，男兵跟旁边人说话，没注意，手夹进了机器，这让车间每一个岗位上的人心惊胆战。

男兵去医院了。手能不能治好，到底伤到什么程度，李晓音不敢打听。

李晓音更害怕了，她上的是夜班，白天睡觉，晚上上班。梁艳玲副班长给她做工作，说："怕，不能解决问题，要用心，只要用心，就不会出事。"

话虽如此，李晓音还是害怕。每每上班，她不敢看搅拌机，一进车间，径直奔向自己的岗位。她也学着梁艳玲的样子，不跟别人说话，专心摆汤料袋。也怪，自己摆汤料袋也能八九不离十。梁艳玲说："李晓音，你一直干这么好，年底就能当副班长。"

这对李晓音是个极大的鼓励，她心情好了。白天休息时睡不着，她便去找分到招待所的秦小昂玩。

秦小昂负责客房卫生，李晓音找她时，她正在清扫房间。李晓音拿起拖把帮忙打扫。整理完，两人擦着汗坐下歇息。秦小昂说她的工作就是拖地、洗衣、打扫厕所，不累，但这不是她想干的。她已经给父母写信，不久会调回南方。

"李晓音，你难道当兵三年就一直做方便面吗？都是机器做，你摆个汤料袋有什么技术含量？"

“我也在想这个问题，可没答案。”

回到宿舍，战友们还在睡觉。李晓音怕影响战友们休息，端着小马扎坐到宿舍门口，给大哥写了一封信，汇报她的工作情况。信的最后，她请大哥把她调离食品厂，最好调到电影队或招待所，穿干干净净的衣服，有时间看书写作，争取复习考军校。

大哥很快来信了：

> 晓音，你终于成为一名真正的女兵，哥替你高兴。分到食品厂，要好好干。哥想起小时候的一个故事。那时，家里喝水要去沟里挑，我第一次挑，挑到半山腰，就累得不行了，是爹帮我挑回来了。第二次去，还是挑不上来，但爹没来，妈等着用水做饭呢，我硬是坚持挑回来了。第三次也累，但比第二次轻多了，浑身有了劲儿。如果第二次爹也帮我，我永远挑不起一担水。你要是明白了哥的意思，就长大了。你写东西不错，为什么不发挥自己的特长，好好写呢？至于写什么，写你熟悉的战友生活。怎么写？看报纸呀，难道你看报纸只为了解闷吗？

大哥的这一封信，让她思考自己的一系列梦想。每天军区报、军报一来，她第一个看。军区报的一个基层新闻栏目，让她受到启发，照猫画虎写了篇消息：军区某基地食品厂生产的方便面畅销全国二十个省市。

两周后，军区报发表了这篇稿子。她数了数，这篇稿子只有一百九十七个字，但毕竟报纸上有了自己的名字。她换上军装，戴上无檐军帽，在镜子里看了看帽徽是否端正，拿上报纸去找教导员。

教导员三十来岁，说话嗓门大，但态度和蔼。谁生病了，谁的信多，谁最近情绪不稳定不适合上班，教导员门儿清。教导员还给他们介绍小说、电影，有次还给女兵们讲了一节“女性之美”的课，李晓音大受启发。相比表情严肃的厂长，女兵们更喜欢跟教导员汇报工作和思想状况。

厂办和女兵班都在一排平房里，厂长和教导员共用一间办公室，旁边是财务科、销售科、检验科。快到厂办门口了,李晓音冷静下来,这么少的字,就拿给教导员看,他会怎么想?可这毕竟反映了食品厂的工作呀。军区部队那么多,一个营职单位的食品厂能在报纸上出现,想必教导员也高兴。

就在她犹豫时,教导员看到她了,说:“李晓音,有事?进来说。”

李晓音站到教导员跟前,敬了个礼。教导员看了她一眼,笑着说:“坐下,心里有啥事,慢慢讲。”

“教导员,我,我写了篇小稿子,在咱们军区报上发了,你提提意见。”

教导员看了她一眼,说:“好事呀,快给我看看。你行呀,小李,文章都登报纸了。”

“就一百九十七个字。”

教导员从报纸的头版看起,边看边问:“在哪儿?”

“右下角,这儿。”李晓音指了指,脸红了。

“哎呀,可以呀李晓音,你让咱小小的食品厂上报纸了,这可是大喜事呀。字不在多,内容是关键。你看看,几句话,单位,基地食品厂,清清楚楚,明明白白;畅销全国二十多个省市,也没说错呀;还有咱们的方便面种类,也很全嘛。”教导员说着,捏了一下鼻子,“不过,以后可以多写些,比如写咱们三班倒,咱们的盈利。在紧张的工作之余,咱们也进行了女兵的心理调适工作,比如上政治课、美学课,组织春游、爬山,让大家懂得自尊、自强、自爱。”

“我写了五百字,编辑删掉了。”

“那是他不了解咱们厂的实际状况。”教导员又看了看稿子,说,“保存好。好好写,再写几篇,年底我就向党委提议,给你立三等功。”

可是后来写的关于方便面的稿子再没有登出来。那写什么呢?她写了一篇女兵梦见前线恋人的散文,开头是这样的:

有人说天边飞下一片白云,海上漂来一叶红帆,一位神奇的王子向你伸出手——那就是爱，对此，我总觉有些欠缺。虽然不失美妙，可毕竟蒙上了一层神奇的面纱，朦朦胧胧，飘飘渺渺。其实爱既伴随着欢乐，也伴有淡淡的哀愁。

想到这儿，仿佛有液体轻轻地掉在枕上。起身一看，哟，不偏不斜，恰恰打湿了绣在枕上的并蒂莲。

…………

全是一些女孩子的小情绪，但确实是她对全涛的那种不知是爱还是敬慕的表达。她投给了军区报副刊编辑，报纸上有编辑的名字。

报纸迟迟没有收到。有天，她收到一个厚厚的大信封，信封上写着北京《昆仑文学》编辑部，打开一看，有封信，还有两本散发着油墨香的杂志。她先在杂志目录上找她的名字，果然，《今夜静悄悄》在“女兵之页”栏目发表了，还是头题，还给她署名：战士李晓音。同栏目后面的两篇文章，作者身份是护士、技师。也就是说，她的文章比那两个女干部写得好，才放在了前面。

她的文章占了一页半，正文七百二十二个字。“文学”一词让李晓音心里一喜，她已经被专门发表文学作品的刊物认可了吗？

她看编辑的信。《昆仑文学》的许编辑在信中说，军区报的编辑是他多年的好朋友，李晓音投给军队报的稿子文学性强，作者又很年轻，适合文学刊物发，被推荐给了他。许编辑说，李晓音的散文感情饱满，细腻，写出了女孩的情绪，让她多写，他全力支持，现在写东西的女兵比较少。

再写什么呢？李晓音在逛县城时，发现大街上有一位伤残的军人，她特感动，回到宿舍写了一个小故事，讲一个女孩给在边境的恋人写了一封信，去邮寄时被告知信超重了。还写了一篇思念班长的散文，一并发给《昆仑文学》的许编辑。

半年后，这两篇稿子以《小小世界》为总题，再次发表在了《昆仑文学》。

上次发表时，她没给教导员看。一下子发两篇，她准备下晚班后请教导员指正。

她还没找指导员，就接到通知，让她到厂部当文书。再也不用上夜班了，可以每天坐在办公室看报、写东西、到基地给战友们拿信，她太幸福了。

2

她跟厂长、教导员在一个办公室，两位领导的桌子拼在一起，靠着北窗，后面是荷塘。她的办公桌向南，对着窗外来来往往的行人。

窗外有棵紫玉兰树，窗子开着，远远飘着一缕香味。花瓣飞进来，落到桌面，李晓音舍不得扔，收集到玻璃瓶里，把瓶子摆到窗台。每每看书累了，看着花，心情大好。

刚到厂部，她还闹过笑话。有天接到一个电话："告诉你们教导员，送两车方便面过来。"

告诉教导员后，教导员问："对方是谁？"

她答不上来。

教导员想了想，说："小李呀，你要记住，以后接电话，一定要问清对方是谁，东西送到哪儿。一些关键的电话，要做好记录。"

李晓音的文书生涯就从接电话开始学起。接着，她遇到了更难处理的事。

女兵们信多，大多来信标明"内详"，教导员认为这都是危险的信——男兵写给女兵的信，让李晓音遇到这样的信不要给女兵，先给他过目，他检查后再还女兵，说这是对女兵的爱护。

李晓音很为难，不听，对不住教导员；把信交给教导员，对不起女兵。大家都在一个宿舍，有一次就因为把信给教导员了，女兵把宿舍门反锁了，不让她进去。

正在为难时，她看见军区报纸上说，干部不能私自偷拆信件。她把报纸剪下来，悄悄放到教导员的本子里，从此教导员再不拆女兵的信了，但是教育的针对性更强了。女兵们也没有发生不好的事情，李晓音感觉自己又进步了。

这天，全涛来了一封信，说："李晓音，你行呀，我在《昆仑文学》看到你发表的作品了，那可是全军著名的文学刊物。你的起点比我高，我要与你比赛。"还引用了一句诗："但愿人长久，千里共婵娟。"李晓音看了半天，虽说不清对方是何意，但心跳得特别厉害。

大哥在北京，肯定也看到这份面向全国的文学刊物了。她本想写信告诉大哥和二哥，他们上一封信还让李晓音好好写作。二哥又给她寄了一箱书，说："晓音，咱家还没作家呢，你肯定行。"

这就像前行，有人在旁边推着，她读书看报更勤了。她在军区报上看到一则征稿启事，要求两千字，写身边的人和事。她想起基地最高首长杨主任。杨主任是老兵，参加过抗美援朝，在野战部队当过副师长，后调到基地当主任，大搞农工商一体化，成为全军、全国劳模。

对，就写他。可是她并不了解基地主任。她琢磨半天。厂长桌上有部红色电话，还有部白色电话。她知道厂长与教导员给基地首长打电话时会拿那个红色电话。现在，红色电话就在她眼前，她犹豫片刻，拿起红色电话。还不知道怎么办时，话筒里就传来好听的声音："首长，请问您要哪儿？"

"您好，我是食品厂文书小李，我想向基地杨主任请示一件事，麻烦接一下好吗？"

那边显然迟疑了一下，马上说："好的，稍等。"不一会儿，电话就接通了。

"首长好！我是食品厂文书小李，为了纪念建军六十周年，军区报开展征文活动，我想采访您。"她照着事先列好的提纲念起来。她一共列了十条，纸和笔都在手边。

"食品厂小李？你要采访我？你们教导员知道吗？你发表过作品吗？"

“在军区报和全军文学杂志上发过一些小稿,我还没来得及向教导员报告。首长同意后我再向教导员报告。”

“嗯,你姓李对吧？小李同志,等我有时间再说,好吗？”电话断了。

两周过去了，首长那边没有任何消息。也许首长根本就不相信我会写稿子,那么下一篇写什么呢？最好是军区报上没有发表过的,报纸上都是某某总机班的女战士业务考核夺得冠军，某某医院卫生员发表多少论文，某某女兵班长比武夺得第一……还没有关于女兵做方便面的报道。如果写这样一篇稿子,会不会白写？

有天，她正坐在书桌前发呆，一位穿毛料军服的首长朝里瞧了一眼,走进门来。他皮肤发黑,身体粗壮,走路像走队列,步子迈得很大,双臂挥得也极其有力。新兵会操时她见过基地主任,看着像,但不敢确认。她马上站起来,首长已跨进门。

“首长好！”她急得都没来得及敬礼。

“你们教导员呢？”

“他们去车间了,我马上去叫他们。”

“不用,你是食品厂的小李？”

“是的,首长。”她站得笔直。

“你不是要采访我吗？我来了。我是杨振国。”

她准备了十几个问题写在纸条上,一下子想不起来放在哪儿了,结巴着问:“首长,你——是如何处理家庭与工作的矛盾的？”

首长背着手,在桌前转了一圈,说:“哪个爸爸不爱自己的孩子,哪个丈夫不爱自己的妻子,哪个军人不爱自己的岗位。好了,我还有事,先走了。你不知道的,问你们教导员。”

就这么几句话,怎么写呀？她发愁了。

教导员看她有心事,关切地问她,她说了事由。教导员说:“哎呀,你问我呀,我给你讲,厂长也可以给你讲。你还要找谁,我帮你联系！”

她问了十几个人,也只写了两千字,题为《夏花秋叶》。写好后,给教导员看了一遍,改了几个错别字,她寄给了报社。

没想到两周后，稿子就发了出来，归类为报告文学，这是她第一次听到这个分类。教导员一手拿着报纸，一手拿着电话，当着她的面给基地主任报告："首长，你听听这段写得多好：他既是一位戎马半生的老军人，又是一位崛起于改革舞台之上的企业家。在他的带领下，方便面畅销全国二十多个省市；建厂至今共产鸡蛋一百二十万斤，盈利五十四万元，为国家换回外汇三十多万美元；在郑州召开的全国食品订货会上，一九八七年的啤酒订单仅几天就被订购一空；一千二百亩红富士果园即将成为一座'绿色银行'，那一万亩成片林、二百里林带，将这个基地打扮成当之无愧的绿化红旗单位……"

首长在电话里说什么，李晓音没敢听，只听教导员说："好的好的，首长，谢谢您，我们继续培养。"教导员念的那段，她感觉写得不好，那是材料语言，她得意的是写首长跟妻子、女儿生活的细节。

教导员放下电话后，扬着报纸，不停地在办公室转圈："太好了，太好了，首长很满意，表扬你了。好好干，李晓音同志，你的前途是光明的，未来是充满希望的。"

看到教导员那么兴奋，听着那激动人心的话语，李晓音心想，首长会不会调我去基地政治部？那儿除了机关，还有分厂、啤酒厂、渔场、鸡场、矿厂，还有直属单位卫生所、招待所、总机班，能写的东西太多了。

李晓音等了一个月，也没动静。

这时，大哥来信了，信里说：

这是你第一次到办公室工作，说几条经验，你要牢记：

1.领导交代的事要事事有回复，办成的要报告，没办成也要讲明原因，这样领导才能相信你。

2.要勤问。在领导眼皮底下工作，经常有和他们相处的机会，善于虚心地请教，你的发展和进步会很快。因为他们经验丰富，走的路比你吃的盐都多，这是有效的学习途径。

3.自己负责的每件事，事先要落实好，不要到关键时有些问题还没有发现。某单位开会，干事马虎，给领导准备的讲话稿放错了位置，结果小领导错拿了大领导的稿子，大领导没有讲稿。

李晓音牢记心里，再上班时，她虽然背对着厂长、教导员，但耳朵专心地听他们谈厂里的事、基地的人事变换。教导员上课写的教案，她都仔细地留意。以后每次写的东西，她都让教导员过目。教导员有时改几个字，文章立马变样了。比如她写的一篇新闻稿，题目是《某部为新兵树立起正确的人生观》，教导员改成《某部为每名新兵绘制成长路线图》，既新颖，又具体。她把稿子写好，加上教导员的名字，让教导员再审。教导员看完，划掉他的名字，说："好好写。"

3

有天，她正在看书，有人敲门，是位漂亮的女军官，穿着女式两口袋小翻领干部服，领章跟自己的不一样，钉缀的八一军徽是金色的，与三条黄边一起，衬得红领章特别漂亮。

她在基地从没见过女军官，她又是激动又是好奇。"首长好！"她敬了一个标准的军礼后，马上说："请坐，我给你泡茶，教导员和厂长开会去了。"忙烫了杯子，用教导员的龙井茶叶给女军官沏了一杯茶。她睁大眼睛看着女军官，越看越觉得面熟，但一时想不起来在哪里见过。

女军官盯着她看了半天，忽然说："你是那个李——晓音？"

"是我，首长。"

"小妹，你还记得我不？是你给我烤的鞋。"

"你是招待所的那位军官姐姐？你怎么在这里？"

"为了跟我爱人在一起生活，我调到了基地卫生所。听他说，食品厂有个女战士的作品发表在了《昆仑文学》上，有句'打湿了绣在枕上的并蒂莲'，还有你的名字。我特好奇，我总想，难道就是那个爱读书的女孩？没想到真是你。那次你帮我烤干了鞋子，我就觉得你是个好心肠的姑娘，将来一定错不了。这不，才刚当兵，就坐办公室了，还发表文章了。可喜可贺。”

“首长好，那是我妈妈给我寄的枕套上绣的花，我带你去宿舍看看。”

“我叫林诗诗，叫我诗诗就行。”

“那我叫你诗诗姐吧。”

战友们都去上班了，宿舍里静悄悄的。四张床，东西摆放得整齐有序，进门处挂着四个女兵的帽子和冬装，被子叠成了豆腐块，床单雪白。

“可以呀，每天上班，内务还搞得这么好。”

“教导员说，我们是军人，除了上夜班，跑操、点名、内务、队列等都是按军人一日生活制度要求的。军人要像个军人的样子，不能下了连就忘记自己的军人身份了。”

女军官把那只绣花枕头看了半天，笑着说：“我明白作家为什么会写东西了，他把自己看到的、想到的都写在了笔下，也明白我爸爸为什么那么盼望我学文学了，可是我让他失望了。写作是需要天赋的，我妈妈有天赋，大学时发过不少作品。”

“姐姐也能当作家。有一个作家妈妈，是多么幸福！”

女军官摇摇头，说：“我只是爱看书，写不了东西。我爸爸是大学中文系老师，家里一大堆书，紧着我读。他对我说，爱读书的人老天会垂青的。我跟我弟都没有走上写作这条路。妈妈爱写作，却走得早，那时我才十岁，弟弟七岁。你当兵了，还成了文书，我为你高兴。对了，你在招待所见过我弟弟，他在军校上学。”

“谢谢诗诗姐鼓励，我的梦想就是调到基地政治部当报道员，这样采访的机会就更多了。”

“只要努力，你的梦想肯定会实现的。”

女军官的到来让李晓音很激动，她想告诉秦小昂有一个女军官来看她，证明她写的东西还是可以的，而且这个女军官是大学生，家还在北京。她想了想，还是把这份喜悦写在了日记里。

年底,食品厂果真给李晓音报了三等功,全基地就她一个。梁艳玲入了党,秦小昂只得了嘉奖。秦小昂说,招待所工作不好出亮点,顾客也写表扬信了,可有什么用?

接着,基地政治部举办了为期十天的新闻写作培训班,食品厂李晓音也被选去。她没想到,最后一堂课时,负责培训的张干事,也就是林诗诗的爱人,竟然让她给官兵讲授如何写散文。

她说自己不行,学生哪能到讲台反客为主讲课,再说,她从来没讲过课,不知道讲什么。

林诗诗也是听课学生之一,晚上吃过饭,她拉着李晓音的手到公园里,说:“你当然可以了,那天到食品厂见你,我就知道你是个人才,我专门跟我爱人讲了,他在咱们政治部分管宣传报道,他策划了这场讲座,你可以从那朵并蒂莲讲起,讲你每篇作品是怎么构思的,又是怎么写的。”

“这样讲行吗?”

“你讲的,我这个大学生都爱听,官兵肯定也爱听。”

林诗诗把李晓音拉到湖边的木椅上坐下,说:“李晓音,你先给我讲讲,如果我有听不懂的,给你指出来,这样你不就改过来了吗?”

两人一直聊到晚上熄灯号响。李晓音回到宿舍,又把刚才讲的内容拿笔记下来,反复念了好几遍。这是全基地的培训班,肯定有不少领导参加,自己一定要发挥出最高水平。

教室坐满了官兵,前几排坐的是全基地的文学爱好者,后面坐的是来自由听课的机关干部。讲课的老师有从军区、省报请来的编辑老师,还有省里一位著名作家。现在让一个也是学生的一年兵讲课,李晓音望望后排坐着的好几位干部,更紧张了。离上课还有十分钟,林诗诗示意李晓音到讲台上准备。她艰难地拿起讲稿,站起来往讲台走时,腿肚子忽一软,忙扶住了桌子。

林诗诗过来,拉住她的手悄声说:“胆大些,这只是五六十人的教室,你将来还会面对成百上千的观众。”这么一说,她好像一下子有了自信，点点头，大步迈上了高高的讲台。

正要讲课，基地杨主任进来了。李晓音忙要打招呼，杨主任摆摆手，坐在了第一排。起初，她有些紧张，但是讲着讲着，一点都不紧张了。特别是讲到妈妈送她到车站时流泪，三哥为送她坐过了站，她的眼泪出来了。台下官兵鼓起了掌，杨主任也不停地点着头。

培训班结束，李晓音回到食品厂厂部。一周后，她接到通知，去基地政治部报到。

第七章　那高高的飞机楼

1

李晓音调到基地，跟放映队一位女兵住一间宿舍。除了新闻报道，她还掌管全基地唯一一所图书馆的钥匙。

知道李晓音调到基地后，秦小昂马上跑来祝贺，但话里总有那么股酸酸的味道："晓音，你一个农村姑娘，了不得呀，真是时时进步。不过，你有两个军官哥哥，一个还在北京解放军总部，他俩都是师团职干部，在关键时刻肯定帮了你。"

李晓音笑笑，没有说话。

"要不，班长为啥对你好？食品厂教导员为啥对你好？还给你立功。他们这么做，叫感情投资，放长线，钓大鱼。"

"那为啥我哥没有找人把我分到招待所呢？"

"因为你想来的是机关呀。"

"秦小昂，咱们走着瞧。"李晓音生气了。

一定是张干事帮的忙。李晓音安顿好后，到食品厂以内部价买了一箱方便面，提着到了林诗诗的办公室。

卫生所只有林诗诗一个军医，两个护士，还有三个卫生员。林诗诗正在看书，看到李晓音提着一箱方便面，紧张地关上门，小声说：“你这是干吗？一会儿再提走。”说着，把方便面放到桌后。

“谢谢诗诗姐，谢谢张干事。”

“我是政治部的家属，你是政治部的兵，咱们就是一家人了。不过，调你到基地，张干事可办不到。你猜，谁点你的名？”

“不知道，谁？”李晓音睁大眼睛问。

“咱们基地一号首长呀。听说他给政治部主任打的电话。”林诗诗放下手中的书，仰着头，学着杨主任的山东腔说，“老宋呀，食品厂那个小李，小小年纪，会写东西，很不错，多培养呀。”

“但首长没说调我呀。”

“你呀，真傻。领导能像你那么直接说话吗？他们不会直接说出来，但是下面的人会根据领导的意思揣摩话中的深意。回去好好工作。”

李晓音走出门，林诗诗又追上来，把方便面还给李晓音，说千万不要这样。

李晓音调到基地不久后，秦小昂果真调回了南方。有人说是她父母调的，有人说是她在招待所认识的一位首长调的。秦小昂走之前，来李晓音的宿舍住了一夜。

起初李晓音为上次的事情不想理，可她在基地就这么一个好朋友，再说秦小昂满脸都是笑，还带着一袋水果。

李晓音还是有些不高兴，但也不能不理，板着脸说：“你跑来干什么，我是走后门的。”

“小样儿，还真生气了。”秦小昂递给她一根香蕉，“女兵连，我最烦的是你，最离不开的也是你。这不，要走了，想了想，还是得跟你告别。”

两人坐着说，躺到床上脸对着脸说，知心话说了一大堆。秦小昂忧伤地说：“李晓音，你明白不明白，新兵连，我赢了你；下连后，我输给了你。现在我才发现，无论怎么苦干，都没有笔头厉害。毛主席说，纤笔一枝谁与似？三千毛瑟精兵。我终于理解这句话的深刻含义了。等着瞧，我秦小昂要跟你比一辈子，看谁能笑到最后。”

李晓音笑笑,说:“一言为定。”

秦小昂走时，一个穿毛料军服的烫着发的中年女人来接她。秦小昂说那是她妈妈，正团职。团职女干部得知李晓音是她女儿的好朋友后,送了一包吃的,还说:“晓音呀,有空到我们苏州来玩,我带你去看虎丘。”

“我最想看的是苏州园林。我会去看阿姨的。”李晓音说。

“这个农村女孩有志向。”女干部话是在表扬,可眼神是不屑的,甚至是冷淡的。

我都当一年兵了,她怎么还说我是农村的?难道我脸上写着字?李晓音本来想给秦小昂提行李,一听这句话,就没帮忙。让团职干部给女儿提东西好了。总有一天我会让她相信,她看到的这个农村孩子会实现自己的志向。

多年后，李晓音又见到了秦母，那时她是以著名军旅女作家的身份,到秦母所在单位给官兵讲写作课,还去看望了秦母。秦母对李晓音很热情,还带她去了拙政园,说:“你比我们小昂有出息。那孩子呀,挺聪明的,就是没长性,少韧性。”真是知女莫如母。李晓音很感激老人对她的热情,由衷地说:“阿姨,农村孩子的人生路只有一条,没得选择呀。”

李晓音最爱到图书馆待着,除了上班,她都在图书馆看书。她幸福得要晕倒了,那么多的书,那么多的杂志,她真想一口吞进肚子里。图书馆有个旧沙发,她铺了一块布,看书晚了,就住在图书馆。宿舍安静不下来,放映员爱热闹,朋友多,不是唱歌就是跳舞,她没法安静看书。

在图书馆,她看到一本书,书名是《三十五个文学的梦》,讲的是全军唯一的解放军艺术学院的文学系历届学员是如何走上作家之路的,从一首儿歌、爷爷奶奶讲的故事到一本书,如何改变了自己的命运。穿着陆海空军服的文学系学员们的作品占据了全国各大文学期刊，他们的照片登上了各大刊物的封二封三,他们胸前的大学校徽、或弹琴或倚的姿势,这些细枝末节都让李晓音陶醉。

她知道该校文学系只招干部学员,就把此理想先放下了,她明白万丈高楼平地起，路要一步步稳着走。

她调到基地政治部的第一天，写了三封信，给两个哥哥各写了一封，还给景班长写了一封。景班长回信说，她在教导队学习结束后，分到了野战军某步兵师当了一名排长，让李晓音有机会到他们部队去玩，小城有小城的乐趣，还说她看好李晓音。

李晓音在日记本上写道：战友秦小昂有近期目标，也有远期目标，我的近期目标终于实现了。那么下一个目标是什么呢？

对于这个问题，她还不能清晰地回答，但各军区的报纸、机关图书馆一架架的书，使她人虽站在荒凉的基地，目光却转向了更遥远的地方，那是北京、上海，是苏州园林，是简·奥斯汀笔下那美丽的乡间庄园，是勃朗特姐妹故乡荒原上的石楠花……

2

飞机形基地主楼是机关办公区，左翼辅楼分别是放映队工作室、宿舍、总机班，右翼是一栋四层小白楼，那是招待所。政治部和后勤部在主楼一层，有值班室、秘书办、组织办、干部办、宣传办，首长办公室和司令部在二层。

宣传办有三个干事，分管理论、教育、宣传文化工作。张贵君干事资格最老，是负责人，他的办公桌靠里，李晓音办公桌靠墙，一进门就是，也就是说，楼道里人来人往，都能看到她。张干事分管新闻报道，还分管党委中心组理论学习，另外两个干事分管教育和文化工作。张干事让她先熟悉情况，给了她两大本基地新闻报道集。李晓音看完才知道张干事多么厉害，他写的新闻稿遍及市报、省报、军报，他名字前还有一个响亮的称谓：本报通讯员、本报记者。他要是不优秀，北京姑娘、军医大学的高材生、女军官林诗诗能跑到偏僻的后勤基地，嫁给一个农民的儿子？在崇拜张干事的同时，她更加崇拜林诗诗了。爱看秦腔戏的妈老说，你看戏上的小姐眼里有水呢，看中的穷秀才不管是讨饭的，还是落了难，知道他们将来会有出息，才不顾父母反对，抛绣球、花园赠金、帮助他们进京赶考，过上好日子。

每天的省报和军区报上都能看到基地的稿子，有时军报头版头条还刊发基地的先进事迹。每每这时，对面办公的政治部宋主任就过来表扬张干事。宋主任把其他两个干事叫作小毛、小王，只叫张贵君张干事，私下还亲切地说："贵君呀，你来一下……贵君呀，你看下这个材料，咱们要往军里报……"

跟张干事的新闻稿一比，李晓音就知道自己写的那些东西实在是太小儿科了。

这么一想，再看张干事，越发觉得他太了不起了。上班时，她悄悄观察他的举止；晚上办公室没人时，在桌上翻翻他读的什么书；有时，还打开张干事放在桌上的笔记本，看他记了些什么，总想找到他能写出那么多稿子的秘密。

张干事个子不高，偏瘦，要是穿上古代的秀才服，一定有玉树临风之态。李晓音每每想到这里，就悄声笑了，其实，接触多了，她知道张干事不会吟诗作画，也不像戏上秀才那么文雅。他抽烟很厉害，喝酒端的是大杯，而且还爱说笑话。基地杨主任对张干事赞不绝口，动不动就说："贵君，你登在军报的那篇文章有深度，再来一篇。"张干事不但新闻稿写得好，不少经验材料还被军区转发了。李晓音还发现，凡是要给军里交的大材料，到了分管他们的政治部宋主任那里，只改个错别字，就让张干事再看。这个时候，张干事会边看边摇头，说："写的什么典型材料？这种事迹拿到军里很丢脸的，怎么可能评上？"宋主任就说："要不你回家去，好不好？办公室吵。"说着话，赔着笑。

张干事有时不把顶头上司政治部主任叫主任，只叫老宋，还拍着肩膀喊老哥。宋主任至少比他大十岁，也不生气，还会给他扔几包红塔山，说："去吧，去吧，到家里写去，需要什么材料，你说一声，我让组织科干事给你送去。他们就那水平，没一个人能整得了这种大材料。昨晚我跟他们一起改了半夜稿子，写出来的你看看，就这水平，别说到军里，就是在我这儿,也没办法通过。杨主任对此事很关心呀,打电话问了三次,今晚就要,你说我怎么办?”

“可这不是我的工作呀。我写了人家会骂我,说我抢了别人的饭碗。”

“都一样,都是革命工作,不要理他们。你什么样我心里有数,杨主任心里也有数;对那些能干的人,大家心里都有数的,也不会亏待他们的。”

张干事就大摇大摆地拿着材料回家了,其他两个干事撇着嘴,在他走后说些难听的话,倒也不怕李晓音传小话。这让李晓音高兴,因为她的确不会做这种事,但她也不会掺和进他们的议论中,她背对着他们读书、看报、写文章。有时他们会说:“小李呀,你师父这人呀,自恃才高八斗,其实也只会来那么几下子,就目中无人。可每次民主评议,他只是称职,你不想知道原因何在?

李晓音嗯嗯两声,也算表态了。

3

大年三十,从白天就开始准备过年了,上午办公室里没几个人了,营区里挂红灯笼,贴春联,炊事班里老远就闻着一股肉香味。

李晓音到办公室看了会儿书,想着如果在食品厂,晚上女兵们会围坐在一起,吃着水果,讲故事、聊天、猜谜;但在基地,只有几个女兵,总机班要值班,放映队要去分厂给官兵放电影,招待所要打扫卫生整理客房,卫生所要巡诊……一句话,大家都忙得很,好像只有她一个人闲着。

就在这时,办公室电话响了,竟然是林诗诗。她请李晓音晚上到她家吃年夜饭。

一个女干部,能对一个女战士说“请”,还请到自家吃年夜饭,李晓音仔细品味咀嚼这一层层的意思。人在异乡,感到如母亲般的温暖。

下午四点半,李晓音到服务社买了水果罐头和桃酥,决定早早去林诗诗家帮忙，她不能空着手。

林诗诗家在机关楼后面的家属院里，院中间有个小花园，右边两排平房是基地首长住的，围墙里不少樱花枝条、海棠枝条伸到了墙外。门口有个绿色的小岗楼，哨兵就站在小岗楼旁边，大人小孩都不敢过去。

李晓音看了哨兵一眼，慌忙走进了家属院。

张干事正在厨房炒菜，还唱着：“在那桃花盛开的地方，有我可爱的故乡……”他竟然还会炒菜？李晓音对他的崇拜又多了几分，说：“张干事好。”

“诗诗，小李来了！”张干事说，“你到客厅坐吧，饭一会儿就好。”

住惯了整齐划一的女兵宿舍，一走进林诗诗家，李晓音久违地感受到家的温馨。

林诗诗把房间布置得充满了女性的温馨。一间客厅，一间卧室。中间小厅放着小饭桌，铺了蓝白方格桌布，桌上放着花瓶，瓶里插着一枝红梅，墙上挂着一副竹帘，使狭小的空间舒展了很多。客厅不大，沙发是布艺的，像一幅绚丽的油画。一台喇叭似的机器里播放着女声唱的软绵绵的歌曲，林诗诗说那是三四十年代红遍上海的周璇的金曲。卧室里有张席梦思床，床对面墙上挂着四张林诗诗的单人照片，像电影明星，美得那么不真实。

林诗诗看到李晓音带的东西，责怪道：“你买这些干啥，你一个月就十几元津贴，以后这样就不叫你来了。”说着，亲昵地拉着她坐下。

吃饭时，张干事让李晓音随意，不要拘束。李晓音也不敢看他，只盯着林诗诗。林诗诗给每个人的高脚杯里倒了半杯红酒，说：“他是你老师，你怕啥?张贵君，以后多带带晓音，她是我妹妹，你要记住呀，不得欺负她。这孩子虽然出身农村，但心眼儿实，能吃苦，将来必定有出息。”

张贵君说：“过年后，我就带着她去采访。”

“晓音，多留心些，看他如何采访，如何写稿，争取成为他那样的人才。我家贵君可是因为工作优异，当兵第三年就直接提干，现在已经是副营了。晓音，从今天起，他就是你老师了。”

一杯酒，张干事一饮而尽，说："夫人，放心，这个学生我收下了。在家里叫哥就可以，在外面还是叫张干事好。"

留声机里又传出一阵歌声：浮云散，明月照人来，团圆美满今朝醉……

这时，林诗诗拉李晓音跳舞，李晓音红着脸摆着手，说不会不会。

清浅池塘，鸳鸯戏水。红裳翠盖，并蒂莲开，双双对对，恩恩爱爱。这软风儿向着好花吹，柔情蜜意满人间……

林诗诗又拉张干事跳舞，他俩一会儿紧拥，一会儿分开，舞姿和谐得就像一个人。

一曲跳完，张干事说春节联欢晚会马上开始了，快打开电视。

李晓音跟林诗诗边看电视边包饺子，张干事则写着一个个人名，边写边念："军报的、省报的、市广播电台的……"

"姐，哥在做什么？"李晓音悄悄问。

"准备给报社编辑送礼呢。"

"瞎说什么呢，这是送礼吗？过年了，我给一直关心我们基地的老师们寄盒木耳、松茸之类的土特产，让他们知道我心里一直在感恩。你说人家都在大城市，这能叫送礼？晓音，你还小，一定要记着，要牢记别人对你的好，就像你诗诗姐，整天跟我说你给她烤鞋的事，多好的女孩呀。"

"你呀，就会骗我。"

"那当然，要不怎么能把北京知名大学教授的女儿、女军官，骗到这个穷乡僻壤呢？"张干事得意地笑道。

联欢会上，一位女歌星出来。林诗诗说："不包了，差不多了，咱们看会儿电视。"

女歌星穿着黄色的短裙，站在高高的台上，边舞边唱：你从哪里来，我的朋友，好像一只蝴蝶飞进我窗口。不知能作几日停留，我们已经分别的太久太久……

"女歌星好漂亮呀，唱得好好。"林诗诗说。

张贵君摇着头说:“不好不好,太小家子气,还是《热血颂》听得过瘾。”

李晓音坐了一会儿,怕打扰人家时间太长,说:“我回去了。”

“再坐会儿,一会儿吃饺子。”

“不了,我回去还要写稿子呢,报社需要反映官兵过节的稿子,我写好,请张哥过目。”

“明天八点过来,吃饺子。”林诗诗把李晓音送出家属院大门,又帮忙把李晓音的大衣领子竖起来,“快走吧,别冻着了。”

“姐,你快回去吧。”

“你走,我看着你回去。”

怕林诗诗不回去,李晓音就小跑起来。林诗诗一直举着手电,看着李晓音走进宿舍楼才返回。

音乐、红梅、红酒、油画、桌布、跳舞的夫妻……这一切,李晓音在电影里才见过。回去后,她在院子里悄悄摘了两束紫玉兰,插在桌上的汽水瓶里,又从画报上撕下一张《无名女郎》的油画,贴到床头,才感觉离林诗诗近了一步。没想到学医的林诗诗还有这么浪漫的一面。

春节一收假,张干事让李晓音带着本子和笔跟他一起到分厂采访。这是她当兵一年后第一次离开营门。坐在绿色的吉普车里,望着宽阔的大地,看到远处的村庄绿绿的麦子,她真的想家了。

司机是个小年轻,比李晓音大不了多少,话也很少。张干事不停地问小刘多大了,几年兵,家是哪里的,喝不喝水,还把放在车上的杯子盖打开,递给小刘。事后,他告诉李晓音:“新闻采访少不了司机班的全力支持,要尊重司机,关心他们,跟他们搞好关系,这样工作起来才顺手。跟下面的各分厂一样,人家支持你,虽说是工作,也要有感恩之心,有时采访回来得晚,司机开车挺累的。”

这时的张干事跟在办公室时就像两个人,随和、谦虚,热情待人。文学是写人性的,那么某一天张干事会不会也成为她笔下的人物呢?她这么一想,咧嘴笑了。张干事坐在副驾驶,在车镜里看到了,问:“傻丫头，笑啥呢？”

李晓音愣了一下，忙说：“想到一部电影，就笑了。”

他们采访的对象是一个开收割机的志愿兵，人挺黑，看着很憨厚。分厂的厂长介绍，他技术好，工作责任心强，还搞了好几项技术发明，就是茶壶煮饺子——肚里有货倒不出来。

李晓音一听，紧张地看着张干事。张干事仍笑着说：“没事的，我有办法。”

志愿兵搓着手，不停地说：“没啥可说的，真的，就是不管干什么，干好就可以了。”

张干事说：“带我到你宿舍看看吧。”

志愿兵在前面走着，仍不时搓着手：“真的没啥值得说的，来了好几个记者了，我都是这么回答的。”

张干事问：“你哪里人？结婚了吗？有孩子吗？男孩女孩？”

志愿兵一一回答着，还从口袋里掏出儿子的照片让他们看，说：“我已经有两年没见他了。”

“你是老兵了，为什么没去休假呢？”

“司机就我一个人，我想尽快把徒弟带出来，今年就可以休假回家割麦子了。”

张干事看了一眼李晓音。她点着头，意思是听明白了，采访已经开始了。

志愿兵的宿舍放着工具书，小黑板上记着每天要做的事，桌上还有一辆玩具小汽车，说是给儿子买的，准备回家带着。

张干事让李晓音把志愿兵的履历和看的书一一记下，又走到收割机前，让志愿兵讲述操作过程。

结束后，志愿兵仍不好意思地说：“你看，我说没啥可说的，让你们失望了。”

张干事说：“很好呀，我已采访完了，你全都讲了。”

张干事让李晓音写一个初稿，他从标题、内容方面再帮她修改，最后军区报给登了一个版。张干事说："你不要一去就把采访本和笔拿出来，要慢慢跟他聊，像聊家常，这样对方就不紧张了，不知不觉就讲述了他的故事。"

这次采访对李晓音启发很大，她把张干事说的话记在了日记本上。

张干事还给了她一堆书，《军事新闻采访学》《全国好新闻作品选》《如何写好通讯》等等。

张干事在暗房洗照片时，李晓音也想学，但怕人说闲话，就让林诗诗带着她去。

虽如此，跟张干事接触多了，还是有人说闲话。

有天周末，李晓音计划到林诗诗家吃饭。同宿舍的女孩说："有人反映，你跟张干事关系不正常，两人经常晚上才回来，还老待在一个黑乎乎的房子里，不知做些啥。"

李晓音一听，再不敢跟张干事多说话，去他家的次数也少了。倒是林诗诗主动跑来找她，还当着机关不少人的面说："李晓音是我妹妹，我信任她，我更信任我丈夫，他们都是农村孩子，走到这一步不容易，他们知道自己需要什么。"每天晚饭后，林诗诗就叫李晓音一起去基地大花园散步，一会儿帮李晓音整理头发，一会儿搂着她的肩说悄悄话。

李晓音很感激林诗诗。林诗诗说这是莫须有，让李晓音大胆工作，不要怕，她完全信任李晓音和自己的丈夫。

林诗诗手里拿着一束马尾巴草，边走边说："晓音，我真的把你当我在这个偏远城市的知音。你说过，我是整个基地唯一的女军官，我很孤独，就像那崖上的红梅，山谷里的幽兰。虽然我写不出好文章，但我迷恋文字带给我的美的享受和震撼。我是听着'所谓伊人，在水一方'长大的，在医科大学选修的也是经典文学欣赏，我知道好文章来自内心真切的情感，好文章能唤醒我们沉睡的记忆。在这所偏远的军营，除了爱人，我需要一个灵魂跟自己相匹配的闺蜜，她能和我谈谈俗世以外的话题。我终于遇见了你。我念一句'轻轻的我走了，正如我轻轻的来'，你就知道那是徐志摩的诗；我说包法利夫人，你就知道她死于可怜的虚荣；我脸上充满了忧伤，也只有你知道，我不是因为个人，可能是伤春，也可能是对光阴的留恋。有些人以为我是无病呻吟，但我知道你懂我，因为我们是同一类人。”

李晓音半天说不出话，自己嘴那么笨，根本就说不出林诗诗那样的话。

“妹妹，我知道你有才华，嘴巴也严实，办事稳当，我告诉你一件事，你千万不要告诉别人。张贵君调了正营后，会离开基地，北京大机关看上他了，档案都提去了。”

张干事要是调到北京，林诗诗肯定也要走，李晓音动力更足，工作更努力了。

再有采访，张干事都让李晓音单独去，但会把采访对象的详细情况给李晓音一一讲明，还说了注意事项。“采访一定要细些，再细些，只有材料多，写出的新闻稿才能让人信服。”

背着相机，坐着吉普车，行进在去采访的道路上，李晓音感觉自己像《人生》中的高加林。她暗暗想：我一定要像高加林一样，好好地工作。但我绝对不是高加林，我不是凭关系进报道组的，我是靠自己的文章上来的，也不会像高加林那样，让人告了，重回农村。我要闯出自己的天地，我要更加珍惜这来之不易的机会。

她采访了矿工、红旗车驾驶员、优秀通信技士，还采访了啤酒厂搞创新的工程师。这些稿子有些张干事改过，有些几乎一字未动。不到两个月，李晓音已经能独立完成基地新闻报道任务了。

4

三月初，桃花、杏花都开了，天上竟然飘起了雪花。政治部值班员叫她去接电话。因为会写东西，机关干部、战士对她都很友好。那是个星期天，还不到八点，她还在宿舍睡觉。一听是长途电话，她第一个想到的人是大哥。

是全涛。全涛说:“在军报上看到你写的文章了。李晓音,你行呀,在你的精神鼓舞下,我也写了一首诗,你提提意见。”

李晓音说:“我不懂诗,但我喜欢读诗,你念吧。”

致远方美丽的姑娘
你的名字
是女孩中最常见的一个
对我来说却是世界上最美的发音

我们将相爱
就如我们的相识
那是命定的缘分

瞧着树梢的梅花
我想你
晚上睡觉前
我念叨着你
写下岁月里最纯情的诗句
我知道这是通向你心灵唯一的密码

子弹 训练场 大炮
是我俩一生的伙伴
美丽女兵 我亲爱的女孩
绿色方队中
我们是永不分离的英雄儿女
有你 我将不再是我自己
有我 你的人生一定会似小说般精彩
…………

“怎么样？”念完后，全涛问。

“很好。”

“你那里也在下雪吧？”

“很大。”

“李晓音，给诗提提意见。”

“我不懂诗，但你的真情一定感动了远方那位女兵。”

“李晓音，什么时候咱们一起去赏雪，没有雪的日子也可以看看花，或者就在草地上坐坐，看我们部队大炮的雄姿。”

李晓音看了眼值班的干事，忙把话筒捂住，背过身子，说她现在在值班室。窗外，雪落在松树上，落在花枝上，一群女兵在打雪仗，一伙孩子在滑冰，还有一位女兵在听诗，这是多么美的一幅画。

干事的翻书声提醒了她。她对着话筒小声说：“你把诗给那个女兵寄去吧，她会认为这是世界上最美的诗。好了，我放电话了。”

“好，你先放。”

“好。”她沉默了一下，又说，“你知道一个叫周璇的女歌手吗？她三四十年代红遍上海滩，我在一个战友家听到了，那声音简直就像……对，像天籁，不，像春天花开的声音。”

“听说过，是个电影明星吧。”

“差不多吧，我挂了。”她仍然舍不得放下电话。干事抬起头来，她轻轻地把话筒搁在话机上，好像还能听到对方的呼吸声。

李晓音想了想，给干事解释道：“我新兵时的班长。”干事笑笑，没有说话。

“女班长，她现在已当排长了，我很想她。她写了一首诗，让我提意见。”她又解释。

干事笑着说：“你这个女班长很有意思，大星期天清晨给一个远方的姑娘来电话，还会做诗，会放炮，真是多才多艺又多情的巾帼英雄呀。”

李晓音脸红心跳，跑出值班室。干事又叫她："哎，你的大衣。"李晓音拿着大衣跑到花园里，也不穿，脸上热热的，心跳得急促而欢快。她说不清这是什么感情，只知道白白的雪花好美，银装素裹的基地好美，穿着绿色军装在雪地里手拉着手滑雪的战友也好美。她很想把这幸福的心情告诉林诗诗，可到了林诗诗家门口才发现，这种情感连她自己都说不清。

春色渐深，基地花园里，榆叶梅、紫藤、牡丹又开了，几天不见，花就这个退场那个登台。沐浴着阳光的花园特别有诱惑力，李晓音跟林诗诗每天下班后都在花园里散步、聊天。

林诗诗说自从母亲去世，弟弟就成为她最亲的亲人，她一定要给弟弟找一个好妻子。说到这里时，李晓音看见她的眼睛里闪着泪光。

女兵们不知从哪本书看到，花与爱情、血型与爱情，有一种神秘的联系，吃饭时讨论，散步时讨论。李晓音也将信将疑，专门跑到卫生所让林诗诗给自己验了一下血型，是 B 型。她写信问全涛，全涛说他是 BA 型，因为 B 比 A 多些。根本就没有这种血型，肯定是他记错了，还是AB型。

AB—B：双方都觉得自己与众不同，因此容易亲近，能理解彼此，互相吸引的要素不强，但沟通起来轻松自在，易滋生感情，会演变为沉稳的恋爱关系。

她感觉很相配。

5

五月份，满大街都在放电影《红高粱》，基地电影队也预告周日晚上会放映。林诗诗叫李晓音到家里吃饭，然后一起看电影。

看完电影，林诗诗说："晓音，我发现你好像巩俐呀，特别是嘴唇。你说是不是？等你当军官了，嫁给我弟弟好不好？"

李晓音含羞地笑笑，脸红了。

“我不是跟你开玩笑。我弟弟在上军校，我家是北京的，我爸爸是大学老师，我妈妈走得早。落叶归根，将来我跟弟弟都要回北京。对了，我弟弟你在招待所见过，他当时在秦城实习。”

“我现在还是战士，配不上你弟弟。”

“所以你要好好复习，考军校，好好写文章，肯定能提干。”

“诗诗姐，我有个事向你请教一下，一直不知如何处理。”

李晓音望了望四周，说：“姐，跟我同屋的那个女孩是放映队的，晚上熄灯了还不回宿舍。政治部主任知道后，问我这女孩是不是晚上回来晚。不说吧，主任对我有看法，留下不好的印象；说了，同屋又会对我怀恨在心，在一个屋里闹别扭，住着也不舒服。我该怎么办呢？”

林诗诗想了想，说：“有两个办法。一个呢，主任问你时，你说你已经睡了，不知道，反正你睡时没见到她人。这是打马虎眼。还有一个办法，你跟她好好谈谈，就说主任已经知道了此事，让她注意。作为她的好朋友，你不想出卖她，但若是别人说了，就对她前程有影响了。”

李晓音听从了林诗诗的建议，采取了第二种办法，果然跟同屋处得很好，她对林诗诗又多了一分崇敬。

有天，她在《昆仑文学》上看到一篇报告文学《军事记者的摇篮》，说解放军某政治学院有个全军新闻大专班，为部队培养了许多知名记者。她只知道解放军艺术学院有文学系，作家莫言就是那个学校毕业的，但只招干部学员。现在这个政治学院要招战士学员，多好的机会呀。她还看到，学校刚招收了第一届学员，里面有一名女战士学员，写散文。

这不就是我吗？这么说，我也有资格报考了？这篇两万多字的文章，她反复看了好多遍，然后给《昆仑文学》的许编辑写信。许编辑说是有这么一所学校，在南方，不考理化，让她抓紧复习，多发作品就有希望。

她又有了新的目标，除了工作，就是读书、写作，她还买了数学书和政治书，准备考学。林诗诗更是鼓励她，每到县城必买书给她。

有天，她到花园散步，看见杨主任正在一棵侧柏下打太极拳，本想走开，但想了想，又没动。首长做完“白鹤亮翅”，正擦汗时，李晓音走了过去：“首长好！”她敬了一个军礼。

“小李好，到政治部感觉怎么样？”

“很好，谢谢首长让我到了我喜爱的岗位。”

“好好干。基地会给有才的年轻人搭台的。”

“谢谢首长。我想报考解放军政治学院，但不知咱们基地是否有名额？”

“我让干部办问一下，只要你够条件，就好好复习，我们全力支持你。你们这拨兵五六十人，肯定不少人要考军校。基地会办文化补习班，请驻地老师来咱们基地上课，给你们集中补习。”

“太好了，谢谢首长。”

杨主任摆摆手，小跑起来。他五十出头了，可一点看不出来。

不久，军里发了报考军校有关通知，解放军某政治学院新闻系招生，只要在军内外的省一级报刊上发过十篇稿件，就可报考，只考数学、语文和政治。

李晓音报了名。她庆幸之前数学成绩还行，也庆幸这次不考物理和化学，否则就完了。

6

七月份，李晓音接到了军校录取通知书。她向基地主任告别，主任说：“回家看看父母吧。好好学习，你现在成为一名军校生了，两年后，就是中国人民解放军军官了，老兵祝贺你。”

她说不出感谢的话，向首长敬了一个标准的军礼。首长严肃地向她回了礼。这时，她才真正明白军礼所蕴含的意义。

离开学还有一周。从基地到家也就五六个小时，上了学就有寒假，与其这时回家，不如寒假再回，那时就穿上了军官服，戴上了大学校徽。自从当兵后，李晓音就再也没要家里一分钱，父母在农村不容易。

那么，去看看全涛？这个念头刚冒头，她又打消了。

林诗诗想带她到省城玩，去见见自己的弟弟。李晓音现在已经是大学生了，可以谈恋爱了。

“我有男友了。”

“真的？是谁？”

李晓音说了与全涛的事。

林诗诗说：“只是一个战士。”

“他们单位报他提干了。”

“现在士兵提干很难，你慎重为好，你现在是大学生了，要现实些，将来毕业至少回省城工作。全涛在一个偏僻的小县城工作，家又是农村的，将来负担重。”

这么一说，李晓音心里好乱。

“听说了吗？马上要实行军衔制了，我就是上尉了。”

“我也是中士了。”

“晓音，我很喜欢你，很想成为你一生的好朋友，希望你成为我们家的一员。”

“我给姐姐当干妹妹好不好？”

“你呀，好笨呀，给我当弟媳呀。你见过我弟弟，他长相还说得过去吧，又上大学，只是智商高，情商低，不擅于跟女孩子打交道，但心地善良。我妈妈走时，最放心不下的就是他，我爸爸除了教书，啥事不管，只能我来操心。你当了我弟媳，咱们姑嫂加闺蜜，相伴一生，这是一件多么美好的事情呀。”

李晓音摇摇头说：“我这一生就是全涛了，不管他是战士还是农民，我都喜欢他。我还有事，就不麻烦了。”

第二天，李晓音到省城倒了两趟公交车，去 M 军第一招待所看望老班长。

她想起老班长过去对自己的关爱、送别自己的情景，那六个鸡蛋，两个包子，让她在去部队的路上吃得饱饱的。她给老班长买了一件羽绒背心，知道他只要受寒，就不停地咳。

真是铁打的营盘流水的兵，食堂又有了新面孔。一个士兵说老班长已经退休，回了老家。

所长仍在，看到穿着军装的李晓音，开心地说："像个老兵的样子了，马上又成大学生了。小李，我没看错你，在招待所住几天吧，在省城多玩玩。现在咱们招待所条件改善了不少。"所长又是给李晓音倒茶，又是递水果，还说起李晓音在食堂时碗洗得干净，卫生打扫得好，她走后，大家还一直说她好呢。所长说，老班长走时，流着泪，怎么也舍不得走，但是年龄到了，家属又一人在山西，落叶归根吧。

"谢谢所长，我不住这里了，我可以打个军线电话吗？"

"当然可以。"所长出去了，关上门。

给二哥家打电话，不用说，是二嫂接的。二嫂先没听出是李晓音，之后说："晓音，你普通话讲得不错呀。"二嫂知道李晓音考上军校，很高兴："你二哥又上线了，现在八月初，内地正天高气爽，高原却下雪。你哥不放心，整天在线上跑。前几天你哥还念叨你呢，说在报纸上看到你写的文章，还念给你侄女听，说看看小姑多厉害。"

给大哥办公室打电话，响了半天，大哥才接，气喘吁吁地说他刚出去跑步了，加班是常有的事，没个好身体可不行。兄妹俩聊了半天，大哥说："晓音，哥哥真为你高兴。上大学是咱们全家的梦想，你马上要成为一名大学生了，好好珍惜吧，哥哥为你骄傲。到学校后告诉我地址，我给你寄钱。"

"哥，不用，我的津贴够花。大嫂搬到了北京，两个侄子都上中学了吧？"

"是呀，学习还不错，多亏了你嫂子照顾，我整天下部队，忙得很。成大学生了，功课就不那么紧了，多向同学学习，穿着打扮呀，也要讲究，要整个人真正地脱胎换骨。南方气候可能一时难以适应，你要多注意身体。对了，告诉爹妈了没？你三哥要跟爹妈分家，他们肯定挺难受。"

"已经写信了。哥放心，放了寒假我就回家，来来回回跑也花钱，就不回了。”

她想了想，又给全涛打电话。她说她考上军校了，全涛却没有她预想得那么高兴，只说：“祝贺祝贺，成大学生了！”

“你提干的事怎么样了？”

“听说旅里要报，谁知道结果怎么样。现在直接提干名额比较少，要是今年提不了，我准备退伍，在我们县报当一个编辑也不错。”

两人都没有了情绪，李晓音只好说到学校再联系。如果他能来见她，多好，他的部队离省城也就两个小时的路程，可他没有提出，她也没有开口。她没想到自己热热的心最终成了这个样子。

离开招待所，想起两年前，她就是从这条路出发走上自己的从军之旅。现在考上大学了，却没了当时的喜悦。

她向所长要了老班长家的地址，又买了些吃的，连同背心一起寄出。

跟林诗诗通话时，她忽然明白全涛的情绪与自己考上大学有关系。她想，无论怎么样，她爱他，即便他退伍，她也要嫁给他。

“晓音，等你上了大学，看到更广阔的天地，自然就知道该找什么样的对象了。”林诗诗说。

李晓音提前坐火车离开了秦城，奔向南方。要到梦想中的南方去上大学了，她兴奋得想笑。那可是秦小昂念念不忘的家乡呀。

秦小昂回家后，她们还一直通信。秦小昂说她调到了东海舰队，也喜欢上了摄影，在单位做新闻报道，说将来两人就是同一战壕的战友了。秦小昂最近没有来信了，不知现在怎么样？这次有空，到苏州去看看她，顺便看看苏州园林。

第八章　课堂在大自然里

1

李晓音又一次坐上了远行的火车，心境跟两年前第一次坐火车已迥然两样。那时，她是第一次出门的农村女孩，座位都没有，穿着土气的衣服坐在行李包上，没一个人理她。现在，她是中国人民解放军陆军某部中士。周围人们不时地看着她，特别是坐在对面的一个大眼睛的女孩，看她的眼神她很熟悉，那是羡慕，是眼热。她忽然想起读过的一篇小说，书中女主人公就是一名女军官，坐在火车窗前，看着窗外的美景。想到自己不日将成为女军官，她掩饰不住喜悦，朝对面的女孩微微颔首。是友好，是矜持，是藏在心底的得意与骄傲。

车从秦城一路向东，树木越来越绿，山越来越矮，水塘越来越如网般密集，这对从小生活在老天不下雨就没饭吃的地方的李晓音来说很是新奇，连窗外的空气都带着水的润滑，甜滋滋的。她暗自思忖，如果这些水塘能搬到老家，土地就不会干旱、贫瘠。包产到户后，爹和三哥各自种着分到户的七八亩地，吃饱饭不成问题，可村里多半年都尘土飞扬，待在家里的年轻人越来越少，有的考上了大学，有的当了兵，有的全国各地四处打工。

下了火车，登上摇摇晃晃的大轮船时，她的脚步是虚的，头是晕的，心扑腾扑腾跳着。别说坐船，就连这艘水上巨轮，也是她平生头一次见。

船有三层，为了安全，她选了最下面一层。甲板上不少女人挑着担卖东西。有个瘦瘦的女人卖的东西长得有些像家里种的洋芋，但表皮又很粗糙，上面还有一圈毛。女人问："芋头要不要？"语速快，声音软，好听。还有一个女人高声叫卖着："新鲜的藕，降价了，赔本了，快来买！不好不要钱！"

原来南方种的东西跟北方不一样，李晓音暗想，走到船头，远眺中国第一大河——长江，它比黄河清澈、宽阔，也比黄河有灵气。江面宽阔，一眼望不到边，两岸高楼林立，渔船不断。我刚二十岁，全中国最大的两条河都见了，爹妈，好想让你们也看看这么美的河呀。

随着汽笛一声长吼，船慢慢地向前移动，浪花忽地漫上船沿，她慌忙紧紧抓住船上的栏杆，一阵眩晕。不久后，她就自如地来回在甲板散步了。

下了船，学校有人来接，她一路提着的心才放下了。街上的树她不认识，树干白白的，浓荫接天连地，上面还长着圆球。人们语速快，她也听不懂，像到了外国。青石板铺的路，叶子落在上面，颜色还是那么鲜艳。

学校更是出乎她的意料。雕花的石栏、浓厚的树荫、朱红色的大门，哇，这就是大学校园，与她想象中的军校不一样。一个词，洋气。大门前还有一条小河，清澈明净，倒映着变形的树影和楼影。教学楼的屋顶是重檐歇山顶，琉璃瓦屋面，富丽堂皇，这是民国时期的建筑，旁边立着一个大牌子，上写：全国重点保护文物。校园两边全是她不认识的树，枝条茂密，隐约可见天空的几片云彩。

女生住在二楼，楼梯左边开了个小门，上写：男士谢绝入内。

宿舍布局跟女兵排的时候差不多，四张床，两两相对。四张桌子，两张靠左右墙，两张面对面。

她听说，新闻系九十多位学员，七位是女生。除了李晓音是战士学员，其余清一色全是干部，陆海空武警齐全。这是全军唯一的新闻系，李晓音怎么能不激动呢？

李晓音到时，宿舍已有一位同学了。她个子适中，皮肤白净，看着柔弱，说起话来嗓门不大，却很有威严。她的铺在里头靠窗的位置，陆军军官服挂在床架上。她看到李晓音进来，把正读着的书放下，说："小妹妹好。"

李晓音看她对面的床空着，就把自己的被褥放上去，正要铺，一位武警女军官背着行李走了进来，说："我体质弱，门又开又关的，容易着凉，住到里面对身体好。"腔调是居高临下的，态度有些蛮横无理。

这叫理由？李晓音只当没听见，把褥子铺到床上。正要铺床单，那位陆军女军官走到她跟前说："小妹妹，你能不能让这位大姐姐睡这个铺呢？她身体不好，咱是不是该关心一下？"她带着笑，让人不可抗拒。李晓音只好把自己的被褥搬到靠门的铺位上。

不一会儿，有一个身高足有一米七五的女孩走了进来，脖子上挂着一部相机，镜头又粗又长，像只小钢炮。镜头是红圈，看着就专业。女孩把行李往唯一的空床上一扔，伸出手说："大家好，我叫刘蕾，北空的，干事。"

陆军女军官说："大家好，我叫田心怡，是南州军区某部的护士。我对床叫柳宛如，武警某部的新闻干事。靠在门边的叫李晓音，从大西北来，是唯一的战士学员。咱们还有三个同学，在对面宿舍，吃饭时再给大家介绍。咱们从天南地北来到这里，以后就是姐妹了。能考到这个全军有名的新闻系都不简单，请大家多帮助我。来，请尝尝本地的小吃状元豆。"

三天后选班干部，无记名投票，田心怡被选为女兵组组长，柳宛如被选为党小组组长。

李晓音最喜欢在教学楼上课。每次走近那栋百年建筑，不觉间腰杆就挺直了。进教学大楼要先上二十几个台阶，台阶两边是高高的汉白玉栏杆。大厅内立着好几个粗粗的红色圆柱，地板是原木色，门和窗是穹形，走廊也充满了设计感。天井里种着芭蕉，还有个小花园，里面有小桥，有流水。说是教学楼，莫如说是宫殿。

半个月后，李晓音脱掉了战士服，穿上了缀着黄灿灿铜纽扣的干部服，戴上了红肩章。其他女同学换上了上面别着星星肩章的毛料制服。田心怡是上尉，柳宛如和刘蕾是中尉。老师们穿着便装，不细看胸前佩戴的文职干部胸章，还以为他们不是军人。

一进宿舍，同学们立马换上睡衣，吃零食、化妆、听音乐，谈的话题更高深，什么弗洛伊德、荣格、房龙，什么蓝色文明、黄色文明，她听得云里雾里。但她不自卑，她有三毛、席慕蓉、汪国真。除了田心怡，其他女同学很少主动跟她交流。她话也不多，感觉好孤独。

没想到的是，开学三周后，她的新兵战友秦小昂也背着行李来上学了。她知道秦小昂当了海军，可看到秦小昂穿着白色的军装，戴着黑色的肩章，一时有些恍惚，很难与新兵连时那个陆军秦小昂对上号。

柳宛如坐在床上，脚伸到盆里，边泡边说："这时来上学，八成是走后门来的，小丫头来头不小。"

田心怡低声说："我发现是我们军区的车送来的。"

刘蕾正在换睡衣，说："任何时候，都有这种不正之风，幸亏没跟咱们住一间宿舍，否则，哼……"后面的话没再说下去。

田心怡小声说："大家的议论只限于宿舍，到此为止。抓紧洗漱，一会儿就要熄灯了。"

正在这时，秦小昂推开了宿舍门，拿着一大堆吃的，说："各位姐姐妹妹好，我叫秦小昂，苏州人，东海舰队某部战士报道员，请大家多关照。"又说，"李晓音是我新兵时的战友，我跟她说会儿话。打扰姐姐们了。"说完，她拉着李晓音跑下楼，来到操场。

天渐凉了，繁星挂在天上，草坪好像袭了一层银纱，李晓音的心情像夏夜的星空一样舒展。

多了一个跟自己同样身份的战友在一起，李晓音心里踏实了许多。两人坐在草坪上，李晓音问秦小昂："你为什么来这么晚呢？早来该多好。”

秦小昂解释，她所在的部队在东海的一个小岛上，遇上了台风。“不是别人以为的那样,以后他们就知道我秦小昂有多厉害。”言下之意,她听到了别人对她的议论。

“没人说你呀。”李晓音心虚。

“哼,还用说,脸上就看出来了,你别看她们这个尉那个尉的,咱是光牌不假,可咱比她们年轻四五岁,这就是资本。”秦小昂双手撑在草坪上,头仰望着天空说,“不日,我们就是那两颗最亮的。”

“呀,九点三十分了,快上楼洗漱！”李晓音打断秦小昂。

浴室太远，女学员们夏天都在水房冲澡。她们快速地冲了个凉水澡,时针指向十点。熄灯号嘀嗒一响,整个楼道黑了,李晓音赶紧跑进宿舍。

2

在校园待久了,李晓音认识了南方的一些植物,樟树、法国梧桐,还有桂花、鸡蛋花。只要有空,她就在校园里溜达,满校园看不够。

军校学员跟部队官兵一样,吃饭、上课、看电影等集体活动都要整队前往。李晓音喜欢看着一列列队伍去上课。她发现,她们系的队列是全营区最亮丽的一道风景线。

学员们都穿着军装,提着统一配发的棕色文件包,随着队长的口令前进。对立志要当作家的李晓音来说,每支队伍跟天上的星星一样,看起来好像差不多,可细瞧,就能察觉出其中的风致。

一般最先走进教学大楼的是从地方招生的本科班学员,属历史系、经济系、哲学系,这些学员们都很年轻,多戴眼镜,队列走得最认真,但缺乏军人的精气神。精气神是什么,李晓音说不清,但是她一眼就能看出。

第二支队伍是政工系清一色干部。学员肩章上的星星在远处特别亮眼，他们的步子疲疲沓沓。

只有第三支越看越可琢磨，那就是新闻系。新闻系学员多半是战士，而且陆海空全有。他们都是搞新闻出身的，凭着记者的敏感，知道有无数的眼睛盯着他们，在队伍快要拐到教学楼前时，他们像走上了舞台，神态、步子、摆臂的动作，都特别有力，眼神也充满了军人的专注。最不容忽视的是这列队伍里的女学员，既不像本科班女学员那么青涩，又没有政工系女学员那么老成，她们有知识女性的魅力，又有女军人的英姿，能吸引众多的观众。

李晓音把她的这一发现告诉秦小昂，秦小昂说："你的意思是她们六个是花，我俩只是绿叶？"

李晓音笑着说："她们身上有的我们有，她们身上没的，我们也有，我们年轻呀。"

秦小昂双手插进她宽大的蓝色水兵裤子口袋里，点着头说："不错。以后走队列，咱们俩战士女学员要赛过她们这尉官那校官的。"

不久，一件事证实了李晓音的观察，军报刊登了学员列队走进教学楼的一张照片，拍的就是她们。她跟秦小昂在队列里只露出一双眼睛，但秦小昂也很高兴了，说咱也算名人了。

李晓音早早吃过饭，站在桂花树下，观察列队上课的队伍。她发现了一支新的队伍，全是干部学员，面孔是新的，神态是紧张的，有一个还把文件包提到了右手，队长马上让他纠正过来。她看到了一个熟悉的身影，高大、帅气，脸黑黑的，嘴唇上有些起皮，步子迈得沉稳，坚实。

是二哥？她不敢相信自己的眼睛，一定是看花了。一上课，她就把这事忘了。

第二天是周五，她刚走进宿舍，有人喊："李晓音，楼下有人找！"

除了老师，还会有谁找我？她拿了一件外套，边穿边跑下楼。真是二哥。

穿着上校军装的二哥很精神。李晓音感觉在同学面前特别有面子，她恨不得让全楼的人知道她有一个这么帅气的哥哥。二哥说他也来

穿着上校军装的二哥很精神，他来看李晓音，让李晓音感觉在同学面前特别有面子。

政治学院学习，短期培训，一个月。

“走，哥带你出去吃饭，想吃什么尽管点。”

兄妹二人来到一个饭店，二哥让她随便点，李晓音笑着说：“跟哥在一起，吃什么都行。”

二哥点了不少，李晓音说够了够了。当然少不了要面，米饭对北方人来说，总吃不饱。只有雪菜肉丝面，二哥要了两碗，吃了一口就说南方人不会做面，清汤寡水的，一点也不筋道。

二哥话多了，也比以前细心了，问李晓音上的什么课，学得懂不，需要钱不。李晓音一一回答，再三强调自己的津贴够花。原来以为上大学会轻松，可是自己在班里一点都不突出，好几个同学上过前线，有丰富的工作经历。

“世界很大，优秀的人很多，既要跟别人比，要上进，又要跟自己比。只要在进步，就是好样的。”二哥第一次把李晓音当成了他的战友，谈国家形势，谈军队建设，谈解放战争时期解放军战胜了半摩托化的国民党军队，谈抗美援朝战争时志愿军以双脚跑赢机械化的美军，被誉为“世界最强步兵”。

李晓音频频点头，二哥更滔滔不绝了：“和世界上其他大国的陆军一样，我军也先后经历了徒步化、骡马化、摩托化、机械化阶段，进而向信息化发展。现代机械化集团军由装甲兵、炮兵、工程兵、防化兵、航空兵、防空兵、电子对抗兵等专业兵种组成，装甲力量成为主要突击力量。现在我军已经进入了机械化时代，将迎来更大的变革。要学好编程，计算机将会改变人们的生活。这次来学校，我这个‘老高原’收获很大。你是搞新闻的，除了关注文学，军事书、政治理论书都要看。”

两个来自大西北的农家兄妹走在这个六朝古都中，哥哥给妹妹挡着来来往往的车流，妹妹拉着哥哥的手，洋溢着幸福。

进入校园，远处飘来桂花的香味，不知哪个学员在唱：你问我何时归故里，我也轻声地问自己，不是在此时，不知在何时，我想大约会是在冬季……

听到这歌，李晓音稍稍分了下神，二哥说什么她没注意听。二哥可能看出了她的心思，说："先别急着谈恋爱，等毕业以后吧，要不两地生活，怎么办？"

"嗯。"

"这么好的学习条件，要珍惜。我昨天到图书馆一瞧，天呀，三层呀，我都想睡到图书馆，天天看书。"

"哥，我明白。"

兄妹俩说着话，不觉间到了宿舍楼下。

"我能到你宿舍看看吗？"二哥说。

天已凉了，女同学穿衣也不像夏天穿件睡衣就进出。但李晓音还是像之前一样，在门口大喊了一声："大家注意了，有情况！"听到这句话，大家都会注意着装。

等了两分钟，李晓音才把二哥带进宿舍。刚进小门，就碰到了秦小昂。她问："你是李晓音的哥哥，都上校了？"

二哥笑笑。

同学们都在。"首长请坐！"田心怡马上站起，敬了个礼。刘蕾打量了来人一眼，笑着说："你是李晓音的哥哥？"二哥点点头。柳宛如则搬了把椅子请二哥坐下。

二哥跟众女生一一打过招呼，说："晓音年轻，请诸位姐姐多帮助。"说完，脸腾地红了。

秦小昂拿着一盒饼干递给二哥，二哥摇摇头说："那是你们女孩子爱吃的。"他走到李晓音的床前，摸摸褥子，又问哪个是她的桌子，然后说："你的生活太艰苦了，得买个厚褥子，南方冬天没暖气，很冷。还有，得买些吃的。你桌上除了书，啥都没有，太苦自己了。"

"哥，我有钱，津贴已经拿到二十七元了。"

"拿着！"二哥从钱包里掏出一百元，想了想，又掏出五十元，塞到李晓音的手里，走了。

李晓音用一百元买了一台收录机，剩下的五十元她决定留着放寒假回家当路费。

“哇，你好幸福呀，有这么帅的哥哥。”秦小昂说。

“我有好几个哥呢。”李晓音骄傲地说，随后又补充道，“你也幸福，还有当军官的爸爸妈妈呢。”

“我记起来了，你还有一个哥哥在北京呢。”

李晓音更注意自己的军人形象了，有个声音总在耳边响起：要做得更好，哥哥看着呢。

多年以后，当李晓音参加全军文化干部培训班，跟在这所军校上研究生的儿子站到一支队列里时，她又想到了跟二哥站在同一队列的情景，既紧张，又美妙。

二哥来看她后，李晓音感觉自己的腰板硬起来了，敢在宿舍敢大声唱歌，敢跟女学员说不，敢打开新买的录音机听小提琴协奏曲《梁祝》，敢在吹熄灯号后戴着耳机听收音机里的广播剧。她还花了二十元买了一堆零食，大方地与同学们分享。

3

李晓音最盼望上《大学语文》课，她的心情像林黛玉在大观园诗会一样，想在同学面前展示一下自己的写作才华，她的散文可上过全军的文学刊物。开课了才发现，讲的是古文，那些选自《左传》《战国策》的文章让她头疼。她也不喜欢授课老师。她想象中的《大学语文》老师像电影中的当红影星，穿着白色高领毛衣和卡其色风衣，留着长发，高声朗诵着爱情诗篇：山无陵，江水为竭，冬雷震震，夏雨雪，天地合，乃敢与君绝！现实课堂讲的是没有意思的某某论战、某某陈情表、某某本纪列传，刀光剑影生生灭灭，提不起她的兴致。面前的老师，要是有身军装衬着，可能还威武些，现在穿着洗得发白的灰色夹克，袖子还磨破了，讲起课来只望着天花板，让大家昏昏欲睡。

就是这个老师，突然一天也老夫聊发少年狂了。那天刚下过雨，九十来个同学在铃声中三三两两地走进教室，不一会儿又伏在桌上准备睡觉。

老师突然说:“新雨过后,空气清新,我带大家去看看长江。你们刚到学校,怕还没看过长江大桥吧?那可是咱新中国自己建造的第一座大桥呀。”

同学们愣了一会儿,看见老师已合上了讲义,都大叫:“哇,走,逛长江大桥去。”

“不是逛，大家仔细观察，写一篇以长江为主题的作文，字数不限。”老师拍拍身上的粉笔末,又道,“十分钟后,出发!”

站在雄伟的大桥上,望着江面川流不息的船只,李晓音想到了小时家里墙上挂的一幅长江大桥的宣传画,那时她八九岁,看着画上那么多的车,特想坐坐。二十岁时,她终于站到了大桥之上,却很想念家里的那幅画。她好想让爹妈也看到这么雄伟的大桥,看桥下翻卷的浪涛。她把这种思绪写在作文里,老师只给了她七十六分,评语是有点小家子气。

秦小昂写的是:站在大桥上,望着长江,想起了毛主席的诗句——恰同学少年,风华正茂;书生意气,挥斥方遒。指点江山,激扬文字,粪土当年万户侯。曾记否,到中流击水,浪遏飞舟!未来漫漫,相信自己会以饱满的激情,驰骋大江南北的军营,把人生版面编排得既充实又灿烂。老师给了八十分。

田心怡写的是:我站在长江大桥上,望着守桥的武警战士,心潮澎湃不已,江山为什么如画?只因战士们的日夜守望。

老师双手撑在讲桌上,说:“同学们,老话说,一个人格局有多大,年轻时就能看出来。不瞒大家,现在我已看到你们二十年、三十年后的情景了。”

“老师,话不能这么说,大有大的好处,小有小的好处。《三国演义》讲述三国鼎立,起起落落,是大气魄;《红楼梦》里的家长里短,也丝毫不影响它是世界名著。”李晓音竟然没喊报告,也没举手,也没站起来,就这么坐着,毫不尊重有二十年教龄的老师,直不棱登地发表了自己的看法。

老师一下子愣住了。学生可以不听他的课，可以睡觉，但还没有一个学生敢反驳他，而且是一个战士学员。但老师毕竟是老师，他片刻又笑了，比以往时候更底气十足："这位同学，《红楼梦》格局小吗？从女娲补天写到石头幻化人间，从帝宫写到钟鸣世家，从南写到北，从医药写到建筑，从小儿女写到市井乡野，你会认为它格局小？"

李晓音哑了。

这堂作文课让一心想在同学面前露一手的李晓音好生挫败，也让她失去了上语文课的兴致。后来她到军艺文学系给学员上课，提醒自己任何时候都不能挫伤学员的求知欲。

大家都盼着上摄影课。穿着四处都是口袋的长发老师往讲台一站，就很帅。课就更有意思了。

教室的灯灭了，窗帘也拉上了，有个同学专门放幻灯片。放一张，老师讲一张：

"同学们，你们看这一张，构思是不是特别新颖？一望无际的金黄色的原野上，有三个农妇在捡麦穗。它用的是什么画法？讲的是什么内容？画家和画作名字叫什么？"

教室静极了。

秦小昂说："好像叫《捡麦穗》，画家忘了，反正是外国的。"说完，她嘻嘻笑了。

田心怡说："色彩很棒，构思精细，刻画出了农民们生活的辛劳。"

李晓音举起手，老师让她坐着回答。

李晓音回答："老师，这是法国画家米勒的作品，名字叫《拾穗者》。它既用了对角线法，也结合了三分法和黄金分割法。三位农妇在画面上斜向排开，姿态各异。画面最右边的妇女，侧脸，半弯着腰，手里拿着一束麦穗；中间扎红色头巾的农妇正拾着，另一只手摸着鼓鼓的袋子，看得出她已经捡了一会儿了；扎蓝头巾的妇女像是刚来，左手握着捡来的麦穗，把它们放在背后，右手只有一小撮。她们拾得很认真，唯恐漏掉。

背景是一片正在收割的田地，广袤无垠，麦垛堆积如山，一派收割忙碌的景象。一辆载满麦子的马车正要走，一个骑在马背上的人右手指着那些农夫，像是监督他们干活儿。远处还有几个农民正在劳作，画作有了层次。整个画面用色也很协调，三位农妇头巾的红、黄、蓝与画面整体暖黄色基调相融合，全画安静又庄重。”

“大家回答得都不错，李晓音同学观察得最细，值得表扬。摄影跟绘画、写作一个理，抓住不同点，写出细微性，就是好作品。”

这堂课给了李晓音很大的信心，她特别专心地听。真是有心栽花花不开，无心插柳柳成荫。

这个小小的胜利让她得意了好一阵。

摄影老师带大家到梅花山现场教学，满山遍野的梅花，女同学争相拍照。这是李晓音第一次看到梅花，那些绿梅、红梅，让她想起了小时候看过的电影《梅花巾》，想起了小说《家》中的梅表姐，还有江姐唱的“红岩上红梅开”。这些遥远的记忆和眼前的梅花联系起来，她诗兴大发，写了平生第一首诗。

摄影老师说：“我突然有灵感了，你们女学员来个八仙女赏梅，动作自由发挥。”说着，拿起相机，趁她们不注意时拍了一张照片，真是太美了。

老师选了一棵小梅树，八个女学员以不同姿势赏梅：穿绿色陆军上尉服装的田心怡小心地用手心托着一枝梅花，轻轻地嗅着；穿白色海军服的秦小昂背对着梅树，好像闻了梅花的香味，正转过头来；空军中尉刘蕾蹲在地上举着相机……李晓音一只脚抬起，怕踩着了落花似的。

这一张名为《摄影课》的照片登在了全军的综合刊物《军人生活》封面上，内文配了李晓音写的通讯《我们的课堂在自然里》，产生巨大反响。据说当年报考新闻系的学生比往年多了一倍，有人说新闻系女学员太漂亮了；有人说新闻系课真棒，开放式教学，全军首例；还有人说，他们不是在上军校，他们是在青春的大观园里任意飞翔。系里收到好多来信，这让李晓音心里美滋滋的，大有扬眉吐气之态。

4

上军事采访课时，一场几十年不遇的特大暴雪降至这个南方城市。授课的顾老师是个瘦瘦的南方人，说："同学们，你们学了半学期新闻采访理论，现在就去现场抓新闻吧，明天上午十点前交稿。"

秦小昂站起来说："顾老师，我不知道在哪里找新闻呀。"

顾老师笑着问："秦小昂同学，你不是上学前就发过新闻稿吗？"

秦小昂说："可那时我们有线索，循着线索只管采访。随便跑到大街上采访，还真是头一次。"

"秦小昂同学，你先告诉我，什么叫新闻？"

"老师讲了，狗咬人不是新闻，人咬狗才是新闻。"

"很对，你就满大街找人咬狗的新闻吧。"

"可是，人不会咬狗呀。"

"真是个傻丫头。"顾老师笑着摇摇头。

大家跑得没影了，只有秦小昂一个人孤单地站在教学楼前的台阶上，望着满天雪花抹眼泪。李晓音问原因，秦小昂说她想跟柳宛如一起，柳宛如说要去医院；又想跟田心怡一起，田心怡说她去的地方更远；最后只好一个人在这里。

"跟我走。"李晓音拉着秦小昂上了公交车。一上车，李晓音就知道大家不带秦小昂的原因了。这个公主，真是事多，一会儿说后面有人碰她屁股，一会儿又说前面的人吃了大蒜，熏得她喘不过气来，她可从来没有坐过公交车。

李晓音说："受不了就下去吧。"

秦小昂不再抱怨了，小小的嘴噘着。李晓音推推她，说："秦大公主，咱们不跟同学去抢新闻了，咱们写大雪见闻，你得仔细观察周围人的神态、马路上行人的举止变化。"

"这与大雪有什么关系？"

“真是笨死了，大公主。你没看到大街上骑自行车的人不停地摔跤，车上小孩子不停地咳嗽，还有女人抱着热水袋？这不就是下雪给人们生活带来的影响吗？”

“可这样不是新闻，最多算侧记。”

李晓音想想也是，说：“那再去寻找真正的新闻。下雪肯定给全市各行业造成了影响，比如交通部门，肯定要增加巡逻车；菜市场，蔬菜要涨价；医院里感冒、骨折的病人增多。只要动脑子，肯定能抓到新闻。”

“那去哪儿？”

“咱们是军人，肯定得去部队了。雪下得这么大，守卫长江大桥的武警官兵最具新闻性，这也是军队和地方报纸关注的焦点。”

秦小昂全力支持，两人下了车，直奔大桥。

雪越下越大，路越来越滑，秦小昂脚下一滑摔倒了，说她不想去了，大不了这节课得零分。李晓音把她拽起来。两人来到大桥武警守桥班时，雪水把军装都打湿了，头发也湿漉漉的。她们刚开口表示想采访，班长就说，没经上级部门允许，他们不能接受采访。

李晓音急得抹了一把脸上的雪水。秦小昂朝她摆摆手，掏出学员证，跟班长又套老乡，又讲好话，还把自己摔破的手指给班长看。李晓音打起了喷嚏，说可能感冒了。班长看着她俩。秦小昂说：“班长，咱们都是革命战友，你不能不帮这个忙呀。我们这次采访任务完不成，我就提不了干。”说着，眼泪马上就流出来了。班长愣了一下，同意打电话请示上级，得到批准。

她俩采访一个武警战士。此人大高个，小眼睛，不擅于交谈，问半天，都是站得端端正正地大声说：“为人民服务！”秦小昂急得直跺脚。李晓音问：“你爱大桥吗？”战士说：“当然。”她又问：“为什么呀？”

“整天看着南来北往的车流，看着一个个旅客安全地过去，我就很高兴，因为我感觉他们就是我的爹妈，就是我的叔叔阿姨弟弟妹妹。”

“大雪天，你站在桥上，心里想的是什么？”

“我心里好紧张，怕车辆相撞，怕行人摔倒。我们守卫的大桥，上面有公路，下面有铁路，有时车上的东西会掉到铁轨上，可能导致翻车，所以我神经高度紧张。有时梦见有人掉下去，经常被吓醒。还有人轻生，跳江。有次一个中年妇女在桥边站了一个小时，我都不敢上厕所，差点憋坏。桥上一直有车辆通过，我们晚上根本睡不着。”

“你可以戴个耳塞呀。”

“戴了耳塞，万一有紧急情况，听不到怎么办？”

“你们是怎么解决这个难题的？”

“战友们各显神通，发明了‘六分钟强行速睡法’‘数车辆法’‘深呼吸法’等。我刚到这里时，怎么也不适应，每天只能睡五六个小时。几个月后，习惯了噪音，就好了。”

李晓音笑了，说：“讲得挺好的。”

回去后，李晓音写了篇通讯《大桥上的守护神》，把秦小昂的名字加在后面。秦小昂看后，摇摇头说：“不行，我不能白白加名，我要仔细看，看还有没有遗漏。”她又加了两个小细节，还配了几张她拍的官兵守桥的照片。站在大桥上的哨兵军姿挺拔，像一尊雕像，橄榄绿军装上落满雪花，睫毛上沾满冰晶，脸颊冻得通红，唯有那如炬的目光，穿过雪的迷雾，将前方看得清亮。李晓音说这照片拍得好。三天后，《南江日报》发了这篇稿子，整整一个版。之后，此通讯又在军报头版发表，被评为年度优质稿件。

秦小昂拿着报纸不停地感叹：“我终于知道什么叫朋友。患难见真心呀，患难见真情呀。晓音，为什么这么多年我们能成为朋友?因为你心地善良。从新兵时到现在，你一直保持着这份可贵的精神，我相信我们会成为一生最好的朋友。无论将来我们到哪儿，我保证，你来我家时，就像回家一样，我要把我丈夫赶去睡沙发，要跟你聊一个通宵，你的孩子就是我的孩子，我们要像亲姐妹一样。”

“不害臊。还没结婚，就想着生孩子，没羞。”

“哎妹妹，这叫未雨绸缪。我给你唱一段我们家乡的小调，歌词我改了，以此感谢你。”秦小昂说着就唱起来：

我有一段情，唱给诸公听。诸公各位，静呀静静心啊，让我来，唱一支姑苏景呀，细细那道道来，唱拨拉诸公听。运河缓缓流啊，盘古到如今。江南锦绣，园林天下闻。拙政园，堂阔宇深。沧浪亭，水涟涟，三白芸娘风雅情。苏绣宋锦碧螺春，昆曲苏剧牡丹亭。虎丘剑池千古谜……

“小昂，你唱得太好了，我现在就想去苏州。”

“等放了寒假，不，寒假不好，天太冷，暑假吧，跟我回去，管保你乐不思家，不，乐不思全中国。”

两人关系更好了。

最后一门课考完，就放寒假了。

十几门课，别的课好说，李晓音担心马克思主义原理课程。复习时，她坐在秦小昂床上，两人一问一答。南方屋子里比外面冷，也没暖气，她俩披着军大衣，盖着被子，一左一右靠在床头，不停地背题，两双脚抵着，互相取暖。

入冬，天空阴沉沉的，李晓音格外想家，想家里烧得热热的土炕，想院子。暖洋洋的太阳照在雪地上，不一会儿，雪水就流得满院都是，树上的积雪不时噗的一声掉下来，有时钻进人的脖子，像调皮小孩的小手，让你忽凉一下，麻酥酥的，凉中又有那么一股说不出的亲切。

秦小昂看她走神了，说：“晓音，专心点。某资本家经营的企业通过改进技术提高劳动生产率，使其生产商品所花费的劳动时间比社会必要劳动时间少百分之十，由此形成商品个别价值低于社会价值的部分是什么？”

李晓音回答：“是超额剩余价值。”

“资本不是一种物，而是一种以物为媒介的人和人之间的社会关系。此话对不对？”

李晓音想了一下，答：“对。该我问你了，什么叫剩余价值？”

“我想想，你能不能换一个问题，怎么老是剩余价值？难道就没有其他题？”

李晓音合着书答：“剩余价值是雇佣工人所创造的并被资本家无偿占有的超过劳动力价值的那部分价值，它是雇佣工人劳动的凝结，体现了资本家与雇佣工人之间剥削与被剥削的关系。那我再问你，什么叫资本原始积累？”

“资本原始积累？好烦呀，你说答案吧。”秦小昂跳下床，灌了热水袋放到被窝里。

“真舒服呀，好暖和。”李晓音闭着眼背，“资本原始积累是指生产者和生产资料相分离，资本迅速集中于少数人手中，资本主义得以迅速发展的历史过程。小昂，我觉得辩证唯物主义还好说，这个经济学，我学得稀里糊涂的，虽然能背下来，但是真的说不清，老师出题，我肯定歇菜。”

“算了算了，我头都痛了。来，听一会儿音乐，《梁祝》还是《友谊地久天长》？听听流行音乐吧，刘文正、齐秦、蔡琴，他们可有名了。”秦小昂说着，打开旁边的录音机。听了一会儿，看到李晓音还在背题，她忽然扔下书说：“哎，晓音，我带你去见一位老乡。”

“明天就要考试了，你现在要去看老乡？”李晓音不太理解。

“没事，休息一会儿就回来，这叫劳逸结合，松弛有度。”秦小昂拉着李晓音到服务社买了一袋水果，来到教工单身宿舍。敲开门，是马克思主义原理课程的老师。

秦小昂说：“遇到一些问题，想向老师请教。”

老师笑着说：“你们学习用功呀，快请进。有什么问题，我给你们讲讲。”

“老师，能否再给我们讲讲经济学中关于剩余价值的章节？”

老师讲了一个多小时，吃饭的号吹了，李晓音催着秦小昂离开。

考试成绩出来了。新闻系九十多名学生，总成绩前三名全是女生。第一名是秦小昂，第二名是田心怡，第三名是柳宛如。李晓音的马克思主义原理只考了五十九分,秦小昂考了九十分。

秦小昂说:“李晓音,你是笨蛋吗?”

李晓音黑着脸问:“你什么意思?”

秦小昂叹了一声:“算了,给你说个事,我猜柳宛如毕业要去北京。”

“你怎么知道?”

“我发现她直呼副院长的名字。你想想,直接喊将军的名字,你说他们熟不熟?”

“那是不尊敬首长呀!”

“唉,对牛弹琴。寒假好好复习,准备回来补考吧!”

第九章　家务会

1

一直盼着学校放寒假，真要放假了，李晓音却迟迟下不了决心，是回老家还是去部队看全涛。她想起实行包产到户责任制后，生产队分牛，队长怕大家说分配不公平，就采用抓阄的办法。这是个好办法。李晓音拿一张纸，撕成两半，一半写回家，一半写全涛，揉成团，握在手里又揉了半天，扔到桌上，随手拿起一个，打开一看，是全涛。

看来天意不可违。

终于决定去那个念念不忘的偏远的小镇后，李晓音立即找组长田心怡更换订票地点。学校已经为大家预订了回家的车票。李晓音结结巴巴地编谎，说在小镇工作的表哥生病了，姑姑就表哥一个孩子，她必须去。田心怡把她批评了一顿，让她到系里找干事，看还能不能更改。

秦小昂把她拉到一边，问："你有心事？"

李晓音很想把全涛的事说给好朋友，让她帮忙拿主意，但话到嘴边，想到学校有几个男生因为考上了军校，就不愿跟家乡的对象谈恋爱了；有个男同学的对象还到学校告状，让那个男同学名誉扫地。秦小昂嘴不牢，李晓音怕她说出去，便想了想，说："我有个中学同学，考上了军校，不想跟原来的对象谈恋爱了。那个对象是农村的，没念几天书，他们没有共同语言。他想分手，怕人家说他是高加林，是陈世美，给我写信，让我帮他拿主意。你说我该怎么办？”她紧紧盯着秦小昂那双漂亮的眼睛。

“我觉得吧，你那个同学没错，他应该告诉那个女孩，没有爱情，即便结婚了，也是个悲剧。再说，现在都什么年代了，不能像过去一样谈了对象就得结婚。我就谈了好几个男朋友，广撒网，优中选优，这样以后才不会后悔。”

李晓音心中疑团还没解开，说：“谢谢你，我想想怎么给他说。”

正要走，秦小昂一把拽住她，反问道：“晓音，你说的那个同学不会是你吧？你说的那个男人是不是全涛，就是我在招待所见到的那个？让我说着了吧。我还纳闷呢，咱们班好几个男生追你，你都不给好脸色，原来早有意中人了。晓音，离全涛远些。说实话，我不喜欢他。”

李晓音脸煞白：“秦小昂，你不要胡说，我不找对象是因为我不知道毕业后会分到哪里，如果两地生活，会很麻烦。我不像你，有家里人帮忙。”

“好好好，你没错，算我错了。你看，田心怡的丈夫是副营职参谋，刘蕾的丈夫是飞行员，我的男朋友你也看到了，中尉，军区首长的儿子。哪天带你去他家看内部电影，全是外国的，什么《魂断蓝桥》《简·爱》《乱世佳人》，可好了。你说你嫁全涛，别生气嘛，我只是打个比方，你如果嫁一个战士，即便提干了，职务低，年纪大，又没文凭，家又在农村，既没前途，负担又重，以后你们怎么生活？你千万不要感情冲动，长痛不如短痛，话说透了，大家各奔东西，否则老这么悬着，不是个事。你别当面说，写封信就两清了。”

“我说过，不是我，是我同学！你长耳朵了吗？秦小昂，你太自以为是了。”李晓音生气地大叫。

秦小昂没想到李晓音发这么大的火，一时怔住了。

李晓音很后悔给秦小昂说这件事，又担心对方把此事添油加醋说出去，态度和缓了些，拍拍秦小昂的肩："行了，我知道了。谢谢你关心我。"

"多大的事呀，至于这么吼我吗？李晓音，你根本没有把我当朋友。我什么话都跟你说，可你呢？埋得太深了，太有心机了，跟田心怡一个样。以后躲着你走，行了吧？"秦小昂不再理李晓音，转身走了。

第二天放假，秦小昂有车来接。李晓音想帮秦小昂提行李，秦小昂抢过，也不理她，径自上了车，一句告别的话都没有。

2

李晓音心事重重地坐了一夜火车。秦城好冷，西北风吹得尘土飞扬，行人穿着鸭绒袄，戴着棉帽、口罩，围着围巾，哈出的气也是清冷的。她看了天气预报，零下十几度。

外面套着干部军大衣，里面穿着四个口袋的干部服，金黄色的铜纽扣在冬日的阳光下很是耀眼。李晓音本来想戴大学校徽的，怕刺激全涛，便将校徽装在包里，准备回家时再戴上，让村里人看看，让她的同学们看看，特别是那些考上高中一直瞧不起她的同学看看。以前的同学有些考上了高中，有些在激烈的高考厮杀中落榜了，多数人已经结婚成家。

全涛骑着自行车来接站，他穿着两个口袋的上士冬常服。李晓音坐在车后座上，发现人们都在看她，有些怪怪的。全涛比她大四岁，已经当五年战士了。

全涛说："冷吧？把手放到我棉袄里面，暖和。"

她怕自己的手冰着他，只隔着衬衣，轻轻放在后背。衬衣有些湿，看来他骑车出了汗。

田野里光秃秃的，枯瘦的枝条远远看去，好像贴在天幕上。地，冻得干硬。自行车就在高低不平的路上艰难地行进着。西北风呼呼地吹着，行人身子斜斜地走着，沙砾石子乱飞，不时迷了眼睛。

“全涛，真累坏你了。你下来，我骑一会儿。”她说。

“不累，我跑五公里、十公里都不在话下。带着你跑四五十公里，小事一桩。晓音，你猜我给你做了什么吃的？”

“不知道。”

“我跟炊事班要了面粉，自己剁馅，包了你最爱吃的鸡蛋韭菜馅饺子。”

“你一个人包的？”

“当然，为你做一切都值。”

李晓音把脸紧紧贴在那宽阔的后背上，心又开始起起落落，索性闭上眼睛，静听风声。

一进宿舍，她就看到桌上放着一排排包得可爱的饺子。他把热热的毛巾递给她，泥砌的火炉里，木柴发出噼噼啪啪声，新鲜的韭菜味弥漫在整个房间。

“你带校徽了吗？戴上，一会儿我的战友们都来，让他们知道我找了一个大学生军官女朋友。”

她这次来是要提分手的，可看着那一个个饺子，看着他切韭菜时割破的手指，怎么也开不了口。

第二天，全涛带她到附近看钓鱼台，说这是他们驻地最有名的古迹。刚下过雪，天地万物都白茫茫一片，树枝上积了雪，憨厚中有了美感。沿途的民房因了雪，在阳光下也变得漂亮，屋檐下长长的冰柱又薄又透亮，让人想含到嘴里。小孩子在打雪仗。山上的雪有的深，有的浅，因为地形，更凸显层次。河面结了冰，远远望去，蓝莹莹的，像片静止的海。大路上，行人从厚厚的积雪中踏出一条小道，人走在雪墙两边，好像也温暖了许多。路边几株蜡梅，黄灿灿的，李晓音兴奋得又闻又摸。

“全涛，你快看看这山这景，像不像范宽的《雪景寒林图》？他还是咱老乡呢，他的《溪山行旅图》我最喜欢，浓重润泽，层次分明，墨法精微。”

“大学生就是不一样，每句话都有学院派风格。”全涛笑着说。

“你没喝醋吧，怎么我闻着四周酸酸的？”李晓音笑道。

“不是酸，是爱。”全涛搓了搓双手，捧起她的脸，说，“不冷了吧？脸都冻红了。”

李晓音红着脸打掉他的手，走向河边。河中间未结冰，竟还有野鸭在戏水。河边有块巨石，上面写着“孕磺遗璞”。

“据说在上面扔了硬币，就会生儿子。你不试试？”

李晓音脸又腾地红了，忙岔开话题：“走，上山。”

“晓音，你夏天来就好了，水特别绿，山上树木繁茂，我带你在月光下划船，倾听鱼儿戏水声。”

几年后，李晓音陪着老干部重游钓鱼台，山美，水美，她却感觉自己每走一步，心就往下掉，一直往下掉，耳边有个声音不停地响：晓音，慢点，路滑，你握着我的手，对，就这样，一个台阶一个台阶，脚踩实。而年轻的她没想到后来他俩之间会发生许多意想不到的事。那时他们没有相机，没能拍下两个人在雪后公园的真实场景，那些场景在回忆里美得那么不真实。她经常想，是遗憾让她虚构了美，还是岁月让记忆积淀了美？即使相机能再现场景，能拍出真实的内心吗？船桨划在水面，像恋人的低语，手摸到水里，像春天在咬手指。那淡青色的冰，冰下跃动的鱼儿，还有姜太公那双偌大的脚印，还一如当时吗？

晚上，为了庆祝春节，旅里官兵自排自演了一台节目。全涛早早带着李晓音走进那个虽有些土气但让她激情澎湃的大礼堂。

此时各连队已经列队就座，以连为单位拉歌。这边还没唱完，另一连就跟上了。如果有一个连队没跟上，马上就有人站起来，在队伍面前带着大家喊：“一连真不爽啊，唱歌唱不响啊，不唱不勉强啊，不如去站岗啊……”或者喊：“叫你唱，你不唱，忸忸怩怩不像样；红旗飘，绿旗飘，士兵不唱是草包……”

李晓音被这种火热的连队生活感染，心中的热血一股股往外涌，她想起梦了多次的新兵连。军校的生活少了这份土味、这份火热味，太文气了。

拉歌结束，不知谁说了一声："哇，来了一个女学生！"大家齐刷刷地把目光投向他俩。全涛很坦然地战友们说："我女朋友，在读全军唯一的新闻系。"附近的战友们发出赞叹。李晓音明白了全涛的用意，虽然感觉这样不合适，心里也在想：我不也有虚荣心吗？穿这学员服，还想戴上大学校徽。

有位上士说："全干事你行呀，竟然拿下了我军制高点。"

"一边去。"全涛笑着说。

一位中校过来，全涛忙做了介绍，说是他们宣传科的科长。科长说："李晓音对吧？我们小全整天念叨你，你的到来让我们全旅士气大振呀。"

这时，一位大校走上舞台，会场安静了。演出开始。大合唱、小品，都充满了部队的特色，兵味浓，军事味浓，官兵精气神足。当然，在女大学生李晓音眼里，艺术性就马马虎虎了。

这么想着，她思绪飘远了。忽听到后面有人窃窃私语："女军官下嫁一个战士，不是这个女军官有什么毛病，就是生米已成熟饭，不得已而为之。"

这话像钢针一样扎得李晓音无比难受，坐在旁边的全涛可能没听到，他正在专心地看着台上的演出。整台晚会的串词是他写的，节目也是他组织的，他很想让女朋友见证他的才华。

小品《班务会》快结束时，全涛说："下一个节目，我们费了很大心血，是一个战士跟家属排的，领导刚开始不同意，我让加上去的。我一个大头兵，没有什么礼物送你，就把它当作给你的新年礼物吧。"

是双人舞《梁祝》。舞技一般，可李晓音还是被感动了。两个演员穿着用轻纱制成的衣服跳舞，郑绪岚的歌声飘荡在礼堂：碧草青青花盛开，彩蝶双双久徘徊。千古传颂深深爱，山伯永恋祝英台……李晓音眼睛湿了，悄声说："这是世界上最美的礼物。"

又下了一夜大雪，第二天，全涛把李晓音送到长途汽车站，向司机交代了半天，又给她买了副手套。

“师傅,翻沟时,车是不是要安防滑链?”

“肯定的呀,这么滑的路。”

李晓音说:“你回去吧,没事的,这么多人呢。”

车要走时,全涛忽然跳上车,说:“算了,我还是送你吧。”

“你没请假,赶紧回去。”

“没事,我到了你们县城,再给科长打个电话。”

一路,李晓音很紧张,想着怎么把全涛介绍给家人。全涛的提干命令仍没下,她到现在也无法开口说两人分手的事。对于将来,她一点也没把握。

“我说你已经提干了,军装还没发行吗?”看到家乡那一片片黄土窑了,李晓音终于咬咬牙,说出想了一路的话。

“这样骗老人好吗?”全涛的表情很凝重,人也坐端正了。

“反正你肯定会提干的。”

“万一提不了呢?”

“以后再说!现在只是灵活一下。父母年纪大了,我不想让他们操心。”李晓音对全涛说,也在给自己下决心。

全涛迟疑了一下,望着窗外,说:“雪好大呀,你看路多滑,幸亏我来了,要不我咋放心得下。”

雪仍在下,雪花大片地飞舞,车窗结了霜,看不清山道了。李晓音说:“我想起了你给我写的那首诗,奇怪,我们怎么跟雪那么有缘呢?

全涛看着李晓音,一字一顿地说:“你要是有顾虑,咱们还是分手吧。”

“胡说什么呢?”李晓音紧紧握住全涛的手,那手虽粗糙,但很温暖。

3

一向静寂的村庄随着年的来临渐渐热闹起来了。上大学的、参军的、外面打工的，都衣着光鲜地提着大包小包回家了，沉闷的小村瞬间变得欢快起来，收音机里吼着秦腔，富裕的人家电视机里唱着“你挑着担，我牵着马”，户户门上贴着红红的对联，挂上了一对对红灯笼。有人家杀猪，猪在叫；又不知谁家的小娃在哭，高一声，低一声，惹得狗也吠了起来；还有人家门口停了小汽车，不知来了什么大干部。

忙碌了一年的农人们终于闲了下来，三三两两地站在村头，蹲在树下，双手捂在袖筒里，看着一个个从远方回来的人，也盼着自家的人快快归来。

李晓音父母天天盼着女儿回家。两个儿子来信说工作忙，不回了。再三催促下，姐到车站接了三次，四哥又到车站接了两次，都没接着李晓音。三哥则奉父母之命，一会儿到县城割肉，一会儿买菜，置办年货。欢迎当大学生的军官女儿回家，是李家最热闹的一件大事。

下午两点多，家家的烟囱开始冒烟，李晓音的侄子——三哥的儿子洋洋上气不接下气地说：“奶奶！奶奶！我姑姑回来了，还带着一个男的！”

妈正在灶台拉着风箱，一听这话，对正在擀面的三儿媳妇说：“你去东红家压面！”自己往出跑。这是三年来女儿第一次回家，她急得忘了洗脸，刚烧锅时弄得脸上手上都是黑灰。她一直讲究干净，不洗脸不出门，可今天顾不上了。女儿回来了，怎么带回一个男的？她急着问小孙子：“那男人穿没穿军装？就像你大爸那样的四个口袋的军装？”

“没有，只有姑姑穿着呢。”

妈跑的速度慢了，紧跳的心好像也停了，一股不安涌上心头。这个死女子，干什么事从不跟家里商量，怎么能随便带一个男人回家呢？村里人还是很封建的，一个女娃娃，不会平白无故带一个男人回家。这男人是干啥的？他们什么关系？越想越担心，前也不是，回也不是，只好装作搬墙边的高粱秆，等着女儿回来。这死女子，真是从小惯坏了。她越想越伤心，不时地望向远方，高粱叶沫子沾了一身，也没心思收拾。

村里有人扫树叶，有人拾粪，李晓音打着招呼，老远看见妈站在家门口的高粱秆旁，疾步跑过去，握住妈的手说：“妈，这么冷，快回家。”

“那人是谁？”妈抱着一堆高粱秆，问女儿。

“我战友。”

“当兵的咋不穿军装？”

“他临时决定来的。”李晓音心虚地说着，这才叫全涛，“全涛，这是我妈。妈，这是我战友全涛。我们是一个部队的，他怕路上不安全，专门送我回家。”她尽量让自己的语气客观，又不伤全涛的心。

“快进门！”妈说着，扔下怀中抱着的柴，接过全涛手中的包，又对后面跟着跑的小孙子说，“快去你三爷爷家叫你爷爷回来，说你姑回来了。”正说着，三儿媳妇端着一脸盆面从家里走出来。

“怎么这么慢呀？快去。”

“妈，我们在县上吃过饭了。”

“对的，大妈，怕给家里添麻烦，我们吃过了，吃的是臊子面。”

“吃过了也得吃！老三媳妇，快去压面。宽面、细面都压些。”母亲放高了声音，不知是高兴还是生气，连她自己都不知道。她指着黑漆大门说：“咱搬到新家了。”

新家离原来的家不到二百米，姐信上给李晓音说家里新盖了五间青砖瓦房。瓦房比窑洞敞亮，但没窑洞暖和。正堂摆着一张八仙桌，挂着一幅画，画上有寿桃、仙鹤、拄着拐杖的白胡子老人。画两边贴着对联。靠门是一张绿丝绒长沙发，旁边有一个带玻璃门的小立柜。墙上贴的宣传画花花绿绿，还覆了一层透明纸，看着怪怪的，李晓音说不清怪在哪儿，好像色泽、人物形象有些变形。靠窗盘了一张大炕，睡四五个人没问题。家里原来的旧窑，三哥一家在住。

在新家，李晓音感觉好陌生。

家里人对全涛都挺客气。晚上，妈问：“全涛住到哪儿呢？”李晓音说：“四哥四嫂不在，让全涛住我四哥屋子吧。”

爹却说：“你跟你妈住你四哥屋吧，我跟全涛住。”

“这合适吗？”李晓音很不高兴。

“就这么定了，进我家的门，就得听我的。”爹又对妈说，“换个新床单，招待好客人，人家娃第一次上门，咱要看承好。”

全涛只住了一晚，他只请了一天假。

走时，李晓音送他到车站。

“我爹昨天晚上问你什么了？”

“就是一些家里的问题，父母多大年纪，家在哪儿，兄妹几个，一月多少工资，还问咱们将来怎么安排。”

“你怎么回答的？”

“如实说呗。”

“你说了你是战士吗？”

“你爹太精，问我多少工资，我说津贴三十元。他说好好干，小伙子，你很诚实。其他话都没说。”

她感觉对不住他，跑到百货商场转了一圈，买了一盒方糖，在他上车前送给他，说：“回去写信来。”

4

腊月三十，哥哥姐姐回来了。蒸馍的，贴对联的，扫院子的，收拾屋子的，一家人忙得团团转。按说，嫁出去的闺女一般不在家过年三十，今年姐夫在单位值班，李晓音也回来了，姐就回了家。

爹也同意姐回来，因为要商量大事。

家里已经安上了电灯，虽然亮度不够，但瓦房角角落落都照上了。吃了年夜饭，给小娃娃们发了压岁钱、核桃、枣，等娃娃们睡着了，爹再次组织召开了家庭会。坐在沙发上的，坐在八仙桌旁的，还有坐在炕上的，都安静地等着。

爹先开口，说：“又过一年了，家里出了好事，晓音成大学生了，马上就成军官了，也该到谈婚论嫁的时候了，大家都议议吧。前两天来的那个小伙子怎么样？”

妈说："我觉得这个小伙子不错，一来，一口水也没顾得上喝，就帮着给牛铡草，一看就是苦出身。对晓音也好，又是干部，家在关中，一马平川，又不靠天吃饭。只要晓音喜欢，我没意见。"

四哥给爹点了一根纸烟，又给三哥一根，自己也点了一根，吐出一缕烟，才不紧不慢地说："晓音呀，眼光要放高，看问题要长远。你才二十岁，等大学毕业、工作稳定以后再找，多好呀。你现在找的这个小伙子，能跟他分到一起吗？两地生活怎么过？这牵扯到调动，又得找人拉关系，还不一定能成。再说，你还小，急什么？"

李晓音一听这话，求救地看着三哥，最后目光落到姐身上。

姐马上说："老四说得对，眼光要高。"

姐话音一落，三哥马上接口："晓音，你现在又是大学生，又是军官，长得也好，我感觉那个小伙子配不上你，个子死高，又瘦，一看就不是有福之相。你看咱大哥、二哥，还有你四哥的面相，天庭饱满，地阁方圆，一看就是贵相。"

正说着，有人敲门，三哥去开门，一看是大，大是爹的弟弟。三哥问："大，您有事吗？"

大披着一件棉袄，说："我侄女回来了，能不来看看？"扭身走进来。

李晓音忙起身让座："大，我明天要去给您跟婶子拜年呢，您上炕坐。"

"大心急呀，咱李家出了一个大学生，还是军官，比你两个军官哥哥还厉害。你上学的南方听说是好几朝古都，一天三顿都是米饭，是不是？"大曾经被国民党抓兵当马夫，打仗时腿受了伤，新中国成立后才如愿回到家乡。看到李晓音两个哥哥当了兵，他特别高兴。

李晓音一一做了回答。大还要问，爹打断他的话："德寿，晓音找了一个小伙子，我们正在商议呢。"

大吐出一口烟，说："我也不同意。咱们晓音是女军官呀，全县都找不到，全国的军官大学生也不会有太多。昨天来的那个小伙子，我也见了，以为是谁呢。一句话，皮相太老，人太普通，这种人多得像蚂蚁。咱们县里随便找，一拉一车皮。”

三嫂不说话，低着头，纳着鞋底。

四嫂坐在李晓音旁边，轻轻拍了一下李晓音，小声说：“他家是农村的，还要转业呢，你要是像二哥找了二嫂一样，不就可以留在城里吗？家里又没负担。你四哥说得对，你将来毕业分到北京后再找，多好。北京是全国人民都向往的地方，我们带着你侄子，到你家里去玩，逛逛天安门，逛逛大城市。让你侄子跟大伯姑姑这些解放军好好学习，将来也上大学，当个军官。你看看，你这军装一穿，变了个人似的，军装就是这么抬人，普通人穿上都不普通了。”

“大家都说完了，晓音，你听到了吧，除了你妈，没有一个人同意。我还要说，这个小伙子根本就不是军官，是个战士。一，若是军官，为什么不穿军装？到媳妇家不穿军装，只说时间来不及，这是骗鬼的话。二，若是军官，一月只拿三十元？咱村老牛家儿子刚提干，就拿二三百元呢。三，神态不自然，一进门就紧张，不自信。所以我跟他住一起，观察了一夜。娃倒不坏，办事也稳，可为什么要骗人呢？这应当不是人家存心骗我们。晓音，你说，这是怎么回事？肯定是你出的主意。”

没想到爹这么一针见血，李晓音要否认又没理由，便反问：“你知道了还问？”

爹四周瞧瞧，看到炕头放着他晚上枕的砖头，拿起，又无奈地扔下，骂道：“你个死女子，以为上了大学，我就管不了你了？还来糊弄你爹妈。部队就是这么教育你的？明天就给那小伙子写信，分手。好了，明天还要早起呢，都去睡吧。这事不要出去张扬。”

“爹、妈，你们那么爱看戏，王宝钏绣球打在了叫花子薛平贵头上，执意要嫁给他，她爹嫌贫爱富，让女儿脱掉宝衣，赶出门住寒窑，你们不是还说老家伙做得太过分了吗？到自己跟前，怎么又一样嫌贫爱富？”

“戏上都是假的，那是哄人开心的，就这么定了。”爹说着，就往炕上一倒，再无商量余地。

初一，给村里人拜年。初二，李晓音跟妈、姐、哥哥到舅舅家拜年。

初四,顾莉华在县城的饭馆请李晓音和几个职中的同学吃饭,再三给李晓音说一定要去。

顾莉华幼师班毕业后，在镇上做小学音乐老师。其他同学有的当了县幼儿园老师,有的在村里学前班做代课老师,也有没找到工作的,结了婚,挺着大肚子。让李晓音没想到的是,大家起初说了些羡慕她的话,后来谈起各自的生活,并不像她以为的那样对农村生活充满厌倦。她们快乐,充实,有的在想给孩子起什么名字,有的想如何把丰收的苹果运往省城,有的想买电视。她们好像更加阳光,更加乐观。反倒自己,内心沉重,没有她们那么单纯。

这是对还是错？她一时迷茫了。

散后,顾莉华把李晓音带到她家里,两人说了些知心话。

顾莉华说她也谈了男朋友,是个老师,对她挺好的。听李晓音说找了个战士,顾莉华马上说人家要笑话的。顾莉华已经有老师的范儿了,穿戴跟其他同学两样,说话也是老师的口气,比如原则问题、择偶观、价值观等。反倒大学生李晓音还是当初那样,就事说事,没有高深的理论,连顾莉华都说:“李晓音,你当了两年兵,又上了一年大学,怎么没什么变化？不,也不是没变,腰板直了,走路不再像过去那样缩着肩,精神多了,像个军人。不过,看问题没有高度,眼光也不长远。晓音,你找他,那叫门不当,户不对。”

“他会写文章,比我写得好。”

“写文章顶啥用呢？得有工作,有房子,家里没负担。我找的这个,就满足这些条件。”

顾莉华对全涛的不屑,让李晓音深受打击。

正说着，在县一中当数学老师的顾莉华的男朋友进来了。小伙子穿着黑色皮夹克、洗得发白的牛仔裤,挺精神,也健谈,主动给李晓音朗诵了一首舒婷的《致橡树》表示欢迎,又大方地说:“女军官同志,咱们一起唱首你们军人的歌《十五的月亮》吧。”他拿起话筒,打开录音机,音乐马上响了起来。

李晓音说自己五音不全。

小伙子拉着顾莉华，搂着她的肩，合唱了一首。两人深情凝望，与这个小小的平房环境不搭，但文艺气息十足。

李晓音把小伙子跟全涛比较了一下。这个小伙子比全涛更让人喜欢，是师大毕业的高材生，又教中学数学。中学时，李晓音立体几何学得一塌糊涂，烦死了那些立体图形，对数学好的人很是崇拜。

她后悔去同学聚会了。在家里没事干，爹动不动就发火，她只好去姐单位待了两天。不用说，姐也反对。姐生了孩子后，精神状态好多了，人也年轻了许多，给李晓音说："他复员了，你真的跟着他到农村？姐可知道，农村人，穷，讲究又多，结了婚，事多得很。你当兵时我给你说的都忘了？你四哥说得对，眼光要往远看，咱找不了北京上海的，也找个省城的吧，至少没有拖累。你姐夫找了我，老说我虽然有工作，但还是农村户口，生了孩子又是农民一个，往后的日子咋过呢？你不要小说看多了人就糊涂了，念书要清醒，要认清现实，不要把脑子念糊涂了。冲动容易，后悔就来不及了。此话你要切记。"

李晓音越来越觉得自己没有知音，只好又回到家。妈经常去邻居家看电视，赔着笑脸，还让李晓音跟她一起去看。李晓音不去，心里很不是滋味。晚上躺到炕上，妈不停地给李晓音说婚姻大事千万不能随便，要把人找准，要有前途，不能感情用事。爹则不停地咳，好像反感妈说这话，又气李晓音，也不跟她好好说话。

好在过年总归是热闹的，陪着妈聊天，到镇上看秦腔戏，她计划过完十五就提前回校。

回校时，爹送出大门，说："你要是跟他结婚，就不要回家。臊死先人了，我没脸见人。"说完，扭头扛着铁锹起粪去了。李晓音本来生爹的气，看到他瘦小的身子，年纪那么大还在干活儿，心里酸酸的，想叫一声爹，又开不了口。

妈瞪了爹一眼："别听你爹说，他心里疼你呢。听妈话，先念书，毕业了有个好单位，找对象的事，咱慢慢来。"

“嗯。”

“要听妈的话，你当兵不容易，跳出农门更不容易。找一个不知根底的人，万一人家骗了你咋办？关中离咱这儿，四五百公里路呢。”

“妈，我不会的，你放心。”

“我让你姐给你大哥写信了，让他了解一下那个小伙子。”

“妈，你们怎么能这样？也不跟我商量。”

“妈是为你好，你小时候那么听话，晚上我缝被子，让你躺下，你就乖乖地钻到被窝里面，只露个头，脸红扑扑的，现在想起来，好像是昨天的事情。还有一天，我抱着你到大队门口看露天电影，你那时两岁，只要一看电影，就笑个不停，眼睛紧紧盯着银幕。那天晚上，不知为什么你老哭，我说再哭就叫毛肚肚（狼）来把你背走，再也见不到妈了，你马上不哭了，可是一会儿东扭扭，西扭扭。直到把电影看完，回到家里，才发现不知什么虫子在你肚子上咬了指甲大的一个包。我后悔得呀，以后你再哭我也不敢吓你了。为什么长大了反而听不进大人的话呢？当了解放军，应该更懂事呀。”

妈一直说到李晓音坐上了车。她答应妈，如果全涛提不了干，她不会跟他结婚的。妈这才不说话了，抹着眼泪站在车窗下。

李晓音沉重地坐着长途车来到秦城，本想去老部队看看林诗诗，又想她肯定要提到她弟弟，还是算了，心事重重地踏上了返校的路途。火车上一遍又一遍地放着女声独唱：睡意朦胧的星辰，阻挡不了我行程。多年漂泊，日夜餐风露宿。为了理想，我宁愿忍受寂寞，饮尽那份孤独……

第十章　谁是你的幸运天使

1

秦小昂跟班里同是海军的同学郑光明一起从她家回到学校。秦小昂给大家解释说，郑光明前几天到去苏州玩，人生地不熟的，给她打电话，作为同学，当然要热情相待了。不知是不是过了一个寒假忘记了跟李晓音的不快，秦小昂一回校就送李晓音一大堆家乡的土特产。两人重归于好。

三月份，大哥来信说，见过全涛了，认为他即便提干，没有学历也就没有上升空间，建议李晓音跟他分手。而全涛，迟迟没有来信。

李晓音左思右想，给全涛写了一封信，回忆了他们在一起的快乐时光，然后说："希望我们一起坚持到底，只要努力争取，幸福一定属于我们。"

全涛来信了，一张纸，写了半页不到，字很草，不太像他的风格。大哥怎么和他谈的，他没有说，只说："我们分手吧，我年纪大了，没劲再坚持了。家里给我介绍了一个县城商场的售货员，离我们部队不远，我准备结婚了。"连句祝福都没有。

李晓音马上写了一封信，说不管家里人如何反对，她仍然爱他。全涛再也没有回信。

李晓音把全涛的信全烧了，端起簸箕里的灰烬要去倒，手上烫起了泡。她感觉自己好像死了一回。她很想请假，又怕一个人待在宿舍更难受。人坐在教室，心却飞到了那个遥远的部队。她很想再写封信，告诉全涛，她永远爱他，他要对她有信心。可是信写好后，她又撕掉了。她反复地问自己能坚持得下去吗？为什么她看到别的同学跟军官男朋友在一起，会犹豫不定？全涛不是给她找了个台阶下吗？

秦小昂看到她满手的血泡，陪着她到卫生所，也不问原因。李晓音如实跟她说了，最后说："对不起，小昂，是我错了，对不起你的信任。"

"我就想不通，你为什么那么痴情地爱全涛，你们了解得并不深，在招待所相处也就十几天，能有多深的感情？"

李晓音喃喃自语："我也想不通，真的，我确实不了解他，我可能爱的是我头脑里想象出来的他。我不知道他家在哪儿，不知道他有无兄弟姐妹，我甚至不知道他爱吃什么。只要看了爱情小说、电视，我都不由地把男主人公们与他联系在一起。有一阵子，我以为他就是《人生》中的高加林。"

秦小昂拍拍李晓音的肩膀，拉着长腔，学着老者的口吻说："好了，可怜的孩子，过去的就让它过去吧。"看李晓音脸上还是充满了忧伤，秦小昂又劝道："爱情是现实的，咱们找个好的，你看刘响怎么样？家在上海，他在北京工作，长得又帅。"

"以后再说吧。"心里的创伤跟手指头的伤一样，得有个疗养的过程。

林诗诗随着丈夫张贵君调到了北京，张贵君在空军机关当干事，林诗诗调到空军总医院工作。林诗诗问她跟全涛怎么样了，还说她弟弟也很有思想，二十三四岁了，也要自己找。最后说："你们这些浪漫的人，谁知道会找个什么样的人。当你们的哥哥姐姐好烦。"

李晓音决定好好写作，暂时不找对象了。班里有几个男同学对她挺好的，刘响还请她看琼瑶的《爱的小屋》，她借口有事拒绝了。

有天，秦小昂让李晓音跟她一起去驻地妇女刊物《妇女之友》送稿。那天，李晓音本该去门诊部看病，她感冒了，发着烧，三十八摄氏度，可她不愿意放弃每一次机会。她喜欢跟社交活跃的秦小昂在一起，有时能得到意外的收获。那是那个夏天最热的一天，可她走在法国梧桐下，好生愉快。护城河在阳光下清澈见底，反射的光照在树叶上，叶子也跟着来来回回晃。树上的光那么好看，秦小昂掏出小镜子，在路上对着阳光照，光投射到树上，比刚才还好看。

李晓音准备了两篇稿子，计划先去《妇女之友》，再去《青年生活》。她说上学两年内，要把这个城市的好刊物一一扫遍。

“你得有思想准备，稿子上不了，误了病，可不要怪我。”秦小昂说。

“你怎么那么看不起我呢？”李晓音说。

谁知被秦小昂一语中的，《妇女之友》杂志的中年女编辑拒了李晓音的两篇稿子，秦小昂的一篇选上了，还有一组照片拟用。李晓音好沮丧。秦小昂拉着李晓音的手说：“对不起，真对不起，耽误你看病了。”

李晓音很不服气，拨开她的手，说：“话不能这么说，咱们不是还要去另一家杂志吗？”

秦小昂诡秘一笑：“这么有自信，就不怕再次全军覆灭？”

李晓音展了展军装，笑着说：“我运气不会这么差吧。”

这次很顺利。《青年生活》年轻漂亮的女编辑选中了李晓音的两篇稿子，自信满满的秦小昂落选了。

回去的路上，秦小昂说：“看来投稿，要根据杂志的风格投。”李晓音点着头分析道：“你写的是家长里短，所以《妇女之友》这个家庭刊物选了。我写的是青春故事，当然在《青年生活》打响了。”

“还打响？你怎么不说你已在全国打响了？”秦小昂对自己的失败很不服气。

为了庆祝建党节，系里准备发展新党员，女生班在宿舍开党小组会，讨论李晓音的入党问题。李晓音一个人在大操场上转圈圈，第一次发现时间好漫长。

老远看到一股浪花朝自己奔来，她撒开脚丫子迎上前去，喘着气问:“小昂,她们同意我入党了吗？”

秦小昂半天不说话。李晓音说:“快说呀小昂,你快说呀,你想急死我呀。急死我了,你就再也没有好朋友了,就没有人跟你分享你的那些像星星一样密集的幸福了。”

“沉住气,沉住气,像我一样,让急躁的心慢慢地平静下来,对,就像我们的军舰一样,泊在宁静的码头。”秦小昂眼睛微闭,双脚微向外分开,双手抚胸,又说,“像我一样,吸气,呼气,再吸气,然后嘴张开,跟我做,连做三遍。”

“你磨蹭啥呀！快说,我到底通过了没？”

“少废话,听我命令。”

李晓音无奈地跟着她做了三遍。秦小昂才说:“你说刘蕾这个人怎么样？”

“刘蕾性格大大咧咧的,高傲,自由散漫,脑子倒是聪明,胆大,没有她不敢做的事。”

“你怎么没听明白我的话？要是考试,你肯定不及格。呀,你这个人怎么这么迟钝,我问你刘蕾这人正不正？”

李晓音想了想,答:“据我平时观察吧,人还是不错的,虽然有些我行我素,但没有坏心眼儿。”

“那我就放心了。”秦小昂搂住李晓音的肩膀说,“我可以告诉你党小组的会议内容，但你千万不要告诉别人，要保守秘密，这是党的纪律。”

李晓音点点头。

“你得发誓,发毒誓。嗯,我想想,算了,我相信你,发毒誓不吉利。咱们拉钩,拉钩上吊,一百年不许变,谁变谁是小狗。好了,言归正传。你入党的事,刘蕾第一个反对,说班里的报纸你开了天窗,说你平时一个人独行,不跟大家团结,还说你作为一个战士学员,经常手插口袋,不讲军容风纪。”

李晓音分辩道:“我不是等大家看完报纸,才剪自己喜欢的内容吗?再说,只兴她们干部学员手插口袋,我们战士学员就不行?别的人说啥了?”

“柳宛如也说你工作没有主动性,除了看书,很少参加班上活动。还说大家都是先上中专,‘二进宫’才是大专,你才二十岁,毕业出来就是大专。一句话,不能让小姑娘太顺了,油条不经熬煎就熟不透。田心怡说你学习扎实、刻苦,有进取心。”

李晓音一屁股坐到地上,眼泪流了出来:“我倒是想上中专,可现在都改成大专了。还有其他人反对吗?我的妈呀,我怎么没有意识到我有这么多的问题?也就是说,我这次入党,本党小组都没通过?”

秦小昂点点头:“下次吧。你还年轻嘛,我也是去年才入党的。”

“明年我毕业了,当了干部,还没有入党,大家会认为我是落后分子,会影响进步的。我怎么办呀?秦小昂,你是我最最最好的朋友,我怎么办呢?”李晓音拉着秦小昂的手。

“我的意见是,你也别埋怨说你不好的人,从现在做起,帮着同学们扫地、打水,取得群众的支持,争取明年入党。”

李晓音牢记秦小昂的话,装作什么也不知道,该干什么就干什么。

周六休息时,宿舍里只有她跟刘蕾,刘蕾让李晓音去服务社帮她买包卫生巾,说她例假来了,腰酸腿痛。李晓音不去。刘蕾说:“咱们是好室友、好姐妹、好同学呀,将来就是好朋友呀,一生的好朋友。”

“那你为什么不同意我入党?”话一出口,李晓音后悔死了,可覆水难收,只能硬着头皮。

脱口而出的话掀起了轩然大波。刘蕾先找柳宛如,又找田心怡,建议马上召开党小组会,查出泄密分子,这样的人连党的纪律都没有,就该开除党籍。田心怡说马上要考试,考完试再说。刘蕾又去找队里,找系里。队里批评了李晓音,让她说出泄密之人。李晓音经受住了队里的考验,可在系里一看到大校主任那威严的脸,顶不住了,出卖了秦小昂。秦小昂极为生气,说永世不再跟李晓音说话。

为泄一时之愤，李晓音把自己搞成了孤家寡人。

她越来越沉默，感觉宿舍只是睡觉的地方，只要能离开，她就尽量不在宿舍。班主任发现她情绪不对劲，把她叫到办公室，了解情况后，说："晓音呀，你平时是一名好学员，此事你做得不对，要从自己身上找原因。姐姐们都比你年长，能从她们身上学到不少东西，对不对？"

"我错了。"

随后要参加全市大学生合唱比赛，组长田心怡和党小组组长柳宛如跟众女生谈心，大家才跟李晓音和好了。秦小昂还是很久后才跟她说话的。秦小昂说："李晓音，你再这样二百五，就没我这个朋友了。"

2

又到新年了，新闻系组织了一台迎春晚会，其中有个游戏是"找找你的幸运天使"——把班里所有同学的名字写到纸上，揉成纸团，装到一个广口玻璃瓶里，看抽中谁。李晓音好紧张：会抽中谁呢？跟全涛分手后，她拒绝了系里、班里同学的暗示和光明正大的邀约，一是没有心思，二是觉得还是毕业以后再找。家人说得对，两地生活烦心事太多。

刘响穿着帅气的水兵服，军帽上的飘带让她想到了那个久远的梦，刘响代表着远航，代表着上海，她心里暗流涌动。但刘响向她表白时，她仍然拒绝了。此刻，她竟莫名地想抽到他。

要是抽到田心怡呢？她最敬佩田心怡。某种程度上，田心怡跟新兵时的班长景洁有些像，天生就是当兵的材料，在班里职务最高，上尉军衔。

要是抽到柳宛如呢？如果柳宛如同意，她就可以入党。一个军官不是党员，怎么行？这种小心思她绝对不敢跟秦小昂说。

她屏着气，闭着眼，伸进瓶子果断摸了一个，也不敢看，攥到手心。

"晓音，猜猜我的幸运天使是谁？"秦小昂问。

"当然是我了。"李晓音大声说，心里却很不安。

“错，我的是郑光明，你说这是不是老天的旨意？我们都是海军，一个郎才，一个女貌，又都是南方人。你说说，这是不是天造地设的一对？！”

“你爱郑光明？”李晓音大吃一惊，“你不是说他与你只是老乡，是一般同学关系吗？”

“我们准备一毕业就结婚。”秦小昂自知失口，但也不再隐瞒，声音明显小了许多。

“小昂，你为什么不跟好朋友分享这么重要的事？对了，你男朋友不是首长的儿子吗？”

“那是父母给我找的，我跟他在一起没话说，他说的全是他家的事，今天吃了什么，他家司机教他开车之类的，我不感兴趣。我爱的是郑光明，一见他，我那个心情呀，就像贺敬之看到宝塔山那样激动。那句诗怎么说的？心口呀莫要这么厉害地跳，灰尘呀莫把我眼睛挡住了……但是毕业之前，我不打算跟父母说，也不愿跟首长和他儿子说，更不能让老师和同学们知道，你一定得替我保密。你明白？”秦小昂眼睛死死盯着李晓音，生怕她现在就要说似的。

“小昂，你这样做不好。”

“你不用管，替我保密即可。快，看看你的幸运天使。”秦小昂说着，一把抢过李晓音手中的纸条。

李晓音心扑腾扑腾跳个不停。

“哎呀，太出人意料了，你的幸运天使怎么会是她？”

“谁？”

“刘蕾。”

“怎么会是她？第一个反对我入党的是她；体能测试时，说我仰卧起坐不合格的也是她。”李晓音拿过纸条，揉了揉眼睛，又看了一遍，的确是刘蕾。

看着没有精神的李晓音，秦小昂安慰她说：“这只是一个游戏，别放在心上。”

“只是游戏，你刚还那么高兴？这可能是暗示，是命运。我好背呀，怎么刘蕾是我的幸运天使呢？莫如说她是我的灾星。好在快毕业了，我们也将各奔西东。”

“对的。游戏之事就翻过去了，走，到军人服务社，我请你吃冰激凌，你随便挑。可以选两个，今天是本姑娘高兴之日。我跟郑光明的事你跟谁都不要说，千万千万，等我戴上少尉肩章了，要当众宣布，要对得住自己的内心。对了，你不是一直想跟我换我的水兵裤和海魂衫吗？这样，新发的一套送你了。”

李晓音做梦都想有一套水兵服。秦小昂经常把海魂衫别进宽大的水兵裤里，显得腰更细，裤子又宽大，走起路来特别好看。李晓音激动得都有些语无伦次了：“小昂，我，你不用跟我换，我给你钱行不？”

“送你了。你穿着我们的水兵服肯定漂亮。”说到这里，她忽然不说话了，打量着李晓音的脸。

李晓音心里毛毛的，问：“怎么了？”

“晓音呀，你马上就成干部了，不要苦兮兮地老读书了好不好？你长得挺好的，这五官么，我注意多时了，只是眼睛不美，三角形，书上说这是坏蛋长相，不吉祥，未来的生活充满坎坷。你割个双眼皮，肯定好看。”

她这么一说，李晓音心动了，但又不放心地问道：“割双眼皮会不会损伤视力？”

“不会的，咱们学校有个‘双眼皮协会’，都是割了双眼皮的女同学。你不放心？走，我带你去看看！”

问了好几个人，哲学系的、历史系的、经济系的，凡问到的女同学都很美，而且都说有些痛，但只一阵，当兵的人嘛，一咬牙，就过去了。瞬间痛，换来永恒的美，值！

李晓音还是不放心，又问一个看着挺和蔼的大姐：“你看我这眼睛，到底适合不适合做双眼皮？”

大姐用一根牙签把李晓音的眼皮拨弄成双的，眯着眼睛端详了半天，对大家说：“你们看，美吧？”

秦小昂在一旁连声说："美，肯定美。"说完，就带着李晓音去医院五官科。

女军医检查完李晓音的眼睛后，很遗憾地说："你有沙眼病，做了会感染的，等点完药再视情况而定。"

一回去，大家就再三问为什么不做呢？李晓音受不了这些好心的关怀，怀着决一死战的心情，拿出三十五元稿费，终于躺在了无影灯下。

打麻药后，眼泪、药水哗哗啦啦地往下流，眼前的世界蒙上了一层水雾。揭布，露左眼缝线，再露右眼。从开始到结束，军医和助手一直在讨论一部讲述杀人犯的美国电影。走在回宿舍的路上，世界一片模糊，她的眼睛不敢朝上翻，只用纱布下的余光看路，好在有秦小昂拉着她的手。

李晓音跟班主任请了两天假，说得了红眼病。她每天只能靠在垫得高高的被子上，不能看书，不能去户外，那几天过得好漫长。再上课时，大家都说她好看。后来到北京实习，大哥一看到她就说："晓音，你眼睛怎么了？怪怪的，好像眼皮上别着个东西。"李晓音不敢告诉大哥，支支吾吾半天，说是一次眼病的后遗症。

她以这次经历写了一篇散文《给我整个蓝蓝的天空》，投到《青年生活》，得了三十元稿费，买了一个红色的电吹风。

同学们都说李晓音变了，开始爱出去玩了，逛公园，吃零食，有时还悄悄抹个口红。秦小昂说："李晓音，你更美了，你得谢谢我。"

"为啥？"李晓音明知故问。

秦小昂打了她一下，说："赶紧的，快给我到服务社买个冰激凌，要火炬的。"

"好。"

3

同学们都在迷刘德华、张雨生、蔡琴等港台明星时，秦小昂反其道行之，在新春大学生联欢会上唱了一折昆曲《牡丹亭·惊梦》，颇有几分张继青的神韵：

> 没乱里春情难遣，蓦地里怀人幽怨。则为俺生小婵娟，拣名门一例、一例里神仙眷。甚良缘，把青春抛的远。俺的睡情谁见？则索因循腼腆，想幽梦谁边，和春光暗流转。迁延，这衷怀那处言？淹煎，泼残生除问天。

“秦小昂眼里有戏，颇有几分专业演员的范儿。”于昆曲颇有造诣的老师评价道。

随着一阵锣鼓，郑光明身着小生的湖蓝色褶子，扮柳梦梅手执柳枝出场。两人在月下老人撮合下，走到一起，四目相望，含情脉脉。柳梦梅主唱：

> 则为你如花美眷，似水流年，是答儿闲寻遍，在幽闺自怜……转过这芍药栏前，紧傍着湖山石边……和你把领扣松，衣带宽，袖梢儿揾着牙儿苫也，则待你忍耐温存一晌眠。

台下人大吃一惊，如此大胆的艳词，在军校的舞台上唱，合适吗？班主任很后悔，事先没有审查，转过头看，系主任正随着笛声踩着乐点，长长地舒了口气。

李晓音第一次看昆曲，先是感觉好慢，没有秦腔那么让人有激情。秦小昂常说秦腔太土，昆曲是文人戏，曲词典雅，行腔婉转，表演细腻，极尽文人雅士之情趣。

李晓音细细琢磨，感觉那唱词好像是为自己写的。她越来越佩服秦小昂，觉得上天太垂青秦小昂了，摄影作品得了市大学生摄影一等奖，唱戏、唱流行歌曲、跳舞样样在行。郑光明对她，简直是含在嘴里怕化了，捧在手心怕掉了。这次两人公开亮相，是演戏，谁也不会猜到他们之间的秘密。这秘密只有三人知道。首长的儿子仍三天两头地来给秦小昂送好吃的，秦小昂笑纳后，全分给了同学。

这时刘响上台唱了一首歌："我的热情好像一把火，燃烧了整个沙漠。太阳见了我，也会躲着我，它也会怕我这把爱情的火……"听着歌，李晓音的眼泪忽然流了下来，暗想，写这首歌的人一定经历过死去活来的爱，才写出这么富有激情的歌曲。不知全涛怎么样了？

秦小昂在一旁说："刘响真是全才呀，长得好，功课好，歌竟然也唱得这么好，可惜呀，可惜呀，好马遇不到伯乐，宝剑遇不到英雄，我深深地为某人悲哀。"

李晓音也不理她。

周六，柳宛如去看朋友了，刘蕾去拍片了，田心怡去图书馆查资料了，秦小昂提着一大堆东西来到李晓音宿舍。李晓音打开一看，是一只烧鸡和一袋鸡蛋。秦小昂又掏出一只酒精炉，说："我给咱们烧汤喝。"李晓音不好意思白吃，就去学校侧门的烧饼铺买了三张长条葱油烧饼。烧饼是装在塑料袋里的，那味道实在太香了，李晓音终是忍不住，想着先吃一点。因为穿着军装，怕校园里纠察发现，她就把一张烧饼装到裤兜，手也插在里面，边走边掰，趁人不注意立即扔进嘴里。嘴里马上就香了，除了面香，还有芝麻香。

李晓音一进宿舍，就闻到一股香味。秦小昂说："快，饭好了。"两人就着鸡肉，吃着烧饼。

李晓音说："首长公子送的吧，你真吃得心安理得？"

秦小昂笑道："不吃白不吃，反正也是别人送他们的。"

周末，熄灯号比平时晚半小时。熄灯号响了半天，女生们仍在悄悄议论着刚参加的舞会，哪个男学员长得帅，哪个女学员跳得好，那个被大家称为舞蹈皇后的哲学系的张萌今天跳得并不好，请她跳舞的男生比请秦小昂的少了三个。这是为啥呢？原来，男生闻不惯她身上的狐臭味。

"狐臭味是什么味道？"李晓音傻傻地问。

“狐臭味只可闻，不可说，你是作家，下周跳舞时仔细闻闻，就知道了。”刘蕾的话逗得大家前仰后合。

“哪个班还在说话，睡觉！”值班员在楼道里大声叫，她们瞬间悄无声息。听步子远了，又窃窃私语起来。外面月光照了进来，落在雪白的蚊帐上，落在绿绿的军装上，落在灿灿的帽徽上，她发现同学们并不像她平常认为的那样不好，相反，她喜欢上了她们，爱上了这不到十平方米的宿舍。

春分刚过，窗外几株梅花开得娇艳，香气已悄悄钻进教室。本来是她最爱上的摄影课，李晓音却听不进去，时不时被花香诱惑得看向窗外。天上有几朵白云，有一朵像坐着的少女，有一朵像骑马的少年，两朵云一会儿分离，一会儿缠绕，兴致盎然。好容易等到课间休息，秦小昂拉着她的手就往楼后的天井跑。

秦小昂每次跟郑光明偷偷出去玩，回来必给李晓音带吃的，也带回一连串的新闻，当然，还有她跟男朋友之间一些羞于说出的秘密。

昨晚点名后，班主任召开了班会，秦小昂没来得及讲她跟郑光明周日约会的情景，一定憋在心里，等不及晚上了。

“谈恋爱的滋味非常美妙，像巧克力，有些甜；像冰激凌，有些凉；像山楂，有些酸；像橄榄，有些苦，像……算了算了，我不像你——作家，能真实地描述出这种滋味，反正这滋味是世界上最美妙的东西，你二十了，该尝尝。真的，尝过了，你就觉得爱情是世界送给女孩最美的东西。”

“你跟首长儿子没有这种感觉？”

“岂能跟人人有？老实交代，你尝过没？”

李晓音望着不远的盆景里的一树梅花，答非所问：“走，快上课了！”

“有人给你一张舞票，让我代转，下周六晚请你在咱们学校舞厅跳舞。”

“是谁？”

“这是军事秘密。我答应了的。”

“可我不会跳呀。”

“有我这个舞场公主呢,管保你舞惊四座。”秦小昂说着,先跑进了教室。

李晓音摸着舞票,上课时都在想:会是谁呢?为什么不当面给自己?不会是秦小昂故意捣乱吧?

管她呢,她想起林诗诗与张干事在基地跳舞的情景,决定跟着秦小昂学跳舞。

秦小昂怕被她踩脚,专门穿了部队发的棉鞋,还戴了墨镜,像个大明星,说万一让人认出不好。

她们选了操场的一个角落,此处绿树成荫,远处只能看到人影在晃,看不清具体在干什么。李晓音像走队列一样立正站着。秦小昂说:“讲一下。”她笑着没动。秦小昂严肃地说:“稍息。”李晓音只好遵从她的命令。

秦小昂像老师一样背着手,一会儿走到李晓音的左边,一会儿走到她的右边,边走边说:

“慢三和慢四是大家跳得最多的。慢三是基本舞种之一,是跳其他舞的基础。慢三属于三步。三步,顾名思义,每一小节有三拍。它的重音在第一拍,后两拍是弱音,节奏是强、弱、弱。男士邀请女伴之后,摆好舞姿,男士前进左脚,女士后退右脚。在慢三中,男士第一小节的重音在左脚,第二小节的重音换到右脚,之后重音左右脚轮换。女士亦是一样,第一小节的重音在右脚,第二小节的重音就换到了左脚,接着轮换。”

“别整那些理论,我头都大了,直接上手吧。”李晓音不耐烦地说。

秦小昂拉着李晓音僵硬的胳膊,拖着她僵硬的腿,一步步挪起来。跳了不到五分钟,李晓音就腰酸腿疼起来,一屁股坐到地上,说:“我不跳了,我太笨了,学不会。”

“你还是军人吗?要是,就站起来!”秦小昂大声说。

李晓音只好站起来,又踩到了秦小昂的脚上。秦小昂疼得叫了一声,说:“幸亏我穿了棉鞋。”

“你别使劲,跟着我走就行了,来,一二三,一二三。”时间过得可真慢,李晓音真希望秦小昂累了罢手,快点回去休息。

“小昂,一小时到了吧?你的手上出汗了。要不,歇歇?”李晓音喘着气说。

“不能停,快,听我的口令,一二三,转,二二三,转,对,好,有进步!”

李晓音受到鼓励,慢慢地,能跟上秦小昂的指挥了。

正转得头昏脑涨,一个黑影忽然扑在秦小昂身上。秦小昂喊道:“刘蕾!你吓死我了。”

“学得怎么样了?我等了半天,也不见李晓音回来,就直接来了。”

“我再坚持一会儿,她刚学得有点起色,你先回去。”

“秦小昂,你先歇会儿,我来。”

不知是刘蕾会教,还是李晓音已经掌握了一定的要领,不到半小时,她已经进退自如了。

不一会儿,田心怡也下来了,她们三个轮流教。李晓音跳得非常熟练了。

“以后不要再说自己笨,实践证明,你人还是聪明的。对不对?”秦小昂拉着李晓音的手走进宿舍。

上楼时,李晓音发现秦小昂和刘蕾走路有些不对劲,问:“是不是我踩伤了你们?”

她俩异口同声地说:“没有,没有。”

半夜,李晓音去完卫生间回来,看到刘蕾的被子掉了下来。替她盖被子时,发现她的脚青了一片。她揭开田心怡的被子,发现她的脚面也有轻微的肿痕。她在她们床前站了很久。

周五吃过晚饭,秦小昂帮李晓音化妆,柳宛如帮她熨裙子,刘蕾帮她梳头。李晓音任她们打扮,镜中的她,笑得像花儿一样。

舞厅在后楼的天井里,这是李晓音第一次进舞厅。楼梯边是汉白玉围栏,白色的雕花立柱,舞池远远看去像铺着一张巨大的波斯毛毯,走近才发现地面是拼花瓷砖，淡粉色底子，上面是菱形方砖。窗户和门都是穹形。据秦小昂讲，当年国民政府的要员就在这舞厅跳舞。后来李晓音到了北京，跑遍了著名大学的舞厅，觉得最有品位的还是这个舞厅。有些舞厅装修得挺华丽，拉花挂在头顶，热闹中有些艳俗；有些饭堂桌椅一收，音乐一起，闻着饭菜的味道就载歌载舞，总觉不是那个味道。

舞厅四围摆着椅座，廊下朱红色的柱子很是气派。李晓音没去过北京，但在书上见过颐和园的长廊，感觉很像。里面竟然还有乐队，架子鼓、长号、萨克斯，样样齐全。

舞会还没开始，放着一曲曲惹人陶醉的音乐。秦小昂告诉李晓音，现在放的曲子叫《月亮河》，是外国电影《蒂凡尼的早餐》的主题曲。

她没想到秦小昂不但会快三慢四这些基本舞步，还会跳高大上的伦巴和探戈。两年前在林诗诗家，林诗诗和张干事跳的舞叫交际舞。多年后，她买了一台留声机，也买了周璇的唱片，惹得林诗诗说她落伍了，人家都用组合音响。她却说流行不见得是好事。

舞厅已经有不少人，大多是男生，除了本校的，还有附近各大院校的学生。女生十来个，挤到一起，窃窃私语。李晓音悄悄问秦小昂是谁送的舞票。

“一个同学。”

“谁呀？老实交代。”

这时，刘响微笑着向李晓音走过来——原来是他。他穿着白衬衫、蓝色牛仔裤，腿格外长。

这时，历史系的一个男生抢先走到李晓音面前。李晓音略一迟疑，握住了对方伸过来的手。让她高兴的是，虽然她踏错了步子，但是并没有踩着舞伴的脚，人家穿的可是一双白皮鞋呀。舞曲结束，对方把她送回原座。

又一支音乐响起，刘响正要站起来，李晓音又被一位老师邀请了。

第三支舞曲响起时，刘响没再看李晓音。李晓音主动走到他面前，请他跳舞。他犹豫了一下，站了起来，说：“我以为你不会跟我跳舞了。”

李晓音微笑着，没有说话，让自己尽量地优雅起来，舞步轻盈，姿态优美。他话少，她的话也不多。她望了望她的几位室友，她们鼓励地看着她。这时，刘响说："你舞跳得不错。"

"我昨天晚上才学的。"

刘响惊诧地问："原来你不会跳舞？难怪舞厅都开了三周了，也没见你来，还以为你瞧不上。"

李晓音说："你是第一个送我舞票的男生，我一定要以最美的舞姿答谢你，所以我先跟别人练练手。"

刘响看着她的眼睛，扶着她的腰的手稍稍用了一下力，她马上领会了，轻轻转身。

"我读了你在《青年生活》上发表的那篇文章，挺有趣的。你何不把这次学跳舞的感受也写出来？"

"好主意，我明天就写。"

"李晓音，我喜欢你。难道你没看出来吗？"

李晓音正不知如何回答，舞曲结束了。

第十一章　呵，北京

1

五月份，新闻系学员们奔赴全军各个新闻单位实习，李晓音终于去了梦想的北京。她分到一家报社实习。报到后，她去了住在总部家属院的大哥家。

总部大院横跨两院，中间隔着四车并行的马路。路边开满了海棠、月季，地铁、公交车站台醒目，不远处的鼓楼甚是威严。大门口双哨站立，哨兵全副武装，进出的人都要检查证件。院子里有银行、幼儿园、体育馆、礼堂、电视台，还有一个特别大的花园，花木都是李晓音没有见过的。最让李晓音开了眼界的是，每栋楼前停满了小汽车，全是军牌，白牌黑字红字母，特别醒目；进进出出的军人穿着陆海空各式军服。

这才是我心目中的解放军总部。她想。

大哥的家只有两室一厅，大的卧室大哥大嫂住，小的卧室两个侄子住，摆着一张高低床，一张桌子，塞得满满的。李晓音在客厅睡。

大嫂拉开沙发，铺着床说："你哥没本事，分不到大房子。妹子，受委屈了。"

“我哥都师职干部了，还没本事？”李晓音不明白。大哥说住房困难是暂时的，一切都会好起来的。这是北京，多少人想来呢，凡能来的都是从全军部队挑上来的人才。

大哥比上次见时胖了，也更忙了，每次回来都到了饭点。

他打电话虽然声音小，但偶尔冒出的全军、海军、空军之类的词，把这套普通的屋子跟全军各个部队紧密地联系起来，使她对大哥崇拜至极。

吃过饭，大哥躺在沙发上看电视，一会儿说头痛，一会儿说好累。说头痛时，大嫂就递给他一个小榔头，他拿着敲敲背，敲敲头；说好累时，大嫂就给他按摩。他呢，眼睛一直盯着电视，但看半天，也分不清角色，一会儿问这是好人还是坏人，发生了什么事。

“你不是一直看着吗？”李晓音问大哥。

大嫂说，他眼睛是看着电视，脑子里却想着他的材料，想着他的工作。时间久了，李晓音发现果然像大嫂说的一样。电话机旁边有个红色的塑料皮本，大哥经常突然起身在那个本子上写着什么，每天晚上睡觉前拿回卧室。有次大哥大嫂吃过晚饭，匆匆地出去看一个病人，那个本子就放在电话机旁边，李晓音打开一看，前面三页是大哥记的全军各个部队的电话号码，有具体单位领导的姓名、电话号码。后面就看不懂了，有些地方就一句话：合同战术下的政治工作初探、如何发挥基层党支部的战斗堡垒作用、政治工作是我军的生命线……有些地方就是一些莫名其妙的词：发动机、变压器、方向盘……这些词句下面有画着三角符号的，也有画双线的，奇奇怪怪，像密码。

大哥一回来，就拿起他的本子问：“晓音，你没看吧？”

李晓音摇摇头。

“记着，你现在是军人了，要保守军人秘密，不该看的不要看，不能说的绝对不说。”

“明白。”李晓音一股冷汗。

2

报社又是另外一番气象，既有部队的规整，又有文化单位的典雅。院子里的花园有一个好听的名字，雅集园。楼道贴满了著名记者、优秀编辑的照片以及当日出版的报纸。这是面向全军发行的报纸，李晓音将要在这个全军最高的新闻殿堂实习。

报社有要闻部、军事部、政工部、体育部、文化部等部门，按说李晓音应去文化部。田心怡去的就是文化部，说能采访到全军著名的影星。李晓音征求大哥的意见。大哥说："还是到政工部去，因为你将来要从事政治工作。"李晓音听从了大哥的建议。

政工部主要负责宣传全军各个部队政治工作的最新动态，分得比较细，有党建组、基层组、政工组。李晓音分到了基层组。看到编辑老师桌上一大摞稿子，她惊呆了。基层组稿件多来自军以下部队。

办公桌上有一盏墨绿色的台灯，一部可拨通全军的电话。只要拿起电话，给总机说要某某部队，不一会儿，总机班女兵就会说："首长好，你要的电话已接通，稍等。"她很想知道那个铭刻在心的部队的号码，但不敢问。一周后的晚上，除了门口的哨兵还在，全楼静悄悄的。她走进办公室，拧亮台灯，看了一会儿稿，让自己跳动的心平静下来，才拿起电话说："总机，请查一下 M 军高炮旅宣传科电话，我是军报实习编辑李晓音。"

"首长稍等！"

电话接通了。接电话的兵有江苏口音，说："你好，你是找全干事吗？"

"全涛提干了？"

"是呀，他现在是我们旅里的干事，听说马上要调到集团军了。"

他终于提干了。不管家里人同意与否，她想她还是爱他。她问对方："全干事在吗？"

"他不在，我让他回来后给您回电话。"

她很想问全涛是否结婚了，但没开口。

全涛回电是在第二天上午。她正在看稿子，编辑部还有其他老师。她平静地说：“全干事好，有个稿子，我晚上跟你谈可以吗？”

晚上，他们谈得挺愉快。“我知道部队有上稿任务，你多写，我给编辑老师推荐。”她说。

很快，稿子寄来了，全涛在作者后面还加了李晓音的名字。全涛解释道：“没其他意思，我知道你们在报社实习要成绩。你是新闻系高材生，肯定看不上我写的这些新闻稿。”

她愿意她的名字和他的名字放在一起，她同意了。稿子发出来了。

一星期后，全涛说他要来北京送稿。

这是他提干后，她第一次见他。他穿着合体的西装，还挺精神，带了十几篇稿子。编辑看一篇，摇一下头，再看一篇，又叹一声。能用的一篇都没有。

“稿子发不出来，我没脸回去，来回车票都报不了。”全涛把十几份稿子摊在桌上，哭丧着脸。

一股怜惜之情涌上心头，李晓音想找带自己的编辑老师帮忙看下稿子存在的问题。老师三十多岁，是靠写新闻从基层部队调上来的，对李晓音特别关照。有时，老师跟爱人晚上有事，李晓音会帮着他们照顾上幼儿园的孩子。小男孩爱打仗，玩具枪一端，嘴里啪啪两声，李晓音就捂着肚子倒在沙发上，逗得小男孩哈哈大笑。李晓音喜欢跟孩子玩，她感觉回到了童年，回到了遥远的故乡。有时她想，好奇怪，在农村时整天想着离开，真到了城里，想的都是农村的好，空气清新，长满庄稼的原野充满了生机，还有一个个人，那么的亲。不像城里，人与人之间好像隔了好几层。

李晓音把全涛带到老师办公室，说明了来意。老师看完全涛的十几篇新闻稿，提了具体的修改意见。全涛说：“写新闻稿多年，我好像才开窍了，一篇新闻稿，不但要说明某个单位做了一件什么事，达到什么效果，还要从全军角度看，是不是有引领性，对部队工作有没有借鉴性。”他心里有数了，马上回住处改稿。

下班后，李晓音按全涛留的地址去看他。这是胡同深处的一家小旅馆，前台有个女孩正在织毛衣，眼也没抬，问找谁。李晓音说了名字，女孩拉长声说：“地下一〇二。时间不要太长，我们可是正经单位。”

混账，把我想成什么人了！李晓音踢了一脚放在门口的垃圾桶，捂着鼻子，走进黑乎乎的地下室。不知撞着了什么，咣当一声，要不是及时扶住墙，差点绊倒。

全涛的房门半开，屋里光线黑暗，灯泡昏黄，一张桌子，一张单人床，真是斗室。他人不在，桌上放着一包方便面。李晓音的眼泪瞬间流了出来。

她看稿子时，全涛端着一脸盆衣服进来了。

“你看看，我改得怎么样？”

“搞新闻，你是我老师。”李晓音笑着说，“明天一上班你再拿过来给老师看看。”

“晚上请你吃饭。”

“你看都几点了，我已经吃过了。”

“走吧，权且当陪我吃饭。”

两人找了一个安静的饭店。窗前有棵海棠树，花朵粉而不艳。她让他点菜，他让她点。

她笑了，说：“鱼香肉丝，土豆丝。”

“再来个清蒸鳜鱼。”

“不要破费了，点多咱俩也吃不了。”

“我有钱。我现在成干部了，答应过要好好请你吃顿饭的。再来个红烧排骨吧。”

“不了，服务员，鱼香肉丝、土豆丝，点好了。”李晓音说着，收起菜单，递给服务员。

他们吃得很慢。他谈的都是工作，说这次如果能发出几篇像样的稿子，他就能调到军里。他说，现在集团军在原有的基础上，配备了诸多兵种和专业，越来越走向现代化了。

“我们基地如何了？”

“它们还没变。”

一直到分开，他们没再说什么。他说要给他家属买件衣服，她笑着说：“我回去了。”

他说：“你不去帮忙参考一下？”

她摇头，勉强笑笑，摆摆手说：“保重。”回去的路上，天空好像山般朝自己倒了下来，压得自己喘不过气。走到报社，才慢慢想明白了。本来就该这样，她为什么还在奢望出现一个令人意外的结局呢？

失意之后，她回到大哥家。

周末，大哥问她去哪里逛，天安门、故宫，还是长城？

她说：“我到北京要看几个地方，一是北京大学。”

大哥笑着说：“没问题。”

“第二个是大观园。”

大哥愣了一下，笑了：“你爱读《红楼梦》，去大观园，没问题。”

“第三个是陶然亭。”

这次大哥沉思了一下，说：“为什么不去北海、颐和园，而要到并不出名的陶然亭？”

“我看过一篇获奖的小说，叫《话说陶然亭》，知道这是北京著名的文化公园，里面有全国著名的亭子微缩景，还有女诗人石评梅和她的恋人高君宇的墓地。”

“晓音，哥全满足你。”

“我还要去两个地方，一个是解放军艺术学院，那里有全军著名的文学系。另一个是我向往的《昆仑文学》杂志社，我也想去看看。”

大哥一一带她去了。她说：“我的梦想就是将来能到解放军艺术学院读书。”

大哥说：“只要努力就有希望。”

她端端正正地站在解放军艺术学院门口，让大哥给她照了一张相，又想起了她在后勤基地读过的《三十五个文学的梦》，看着进进出出的戴着校徽的学生，想自己什么时候才能走进那一直向往的艺术殿堂。

3

李晓音犹豫了好久，最后在实习结束的前一天上午，拨通了林诗诗的电话。这个节点打电话最好，一方面对方没有压力，二则也体现自己重情谊，没有忘记对方。如果对方不热情，她两句话就结束。

没想到，林诗诗很是热情，一听说李晓音到北京都两月了，很不高兴地说："晓音，你来了这么久也不告诉我，你没有把我当朋友，我很生气。"

李晓音一时无法判断这句话的真假，便试探着说："我怕打扰你工作。"

"人家英国女王每天还要在花园散步呢。"林诗诗说着，自己先笑了，"你在报社吧？好，你坐地铁，不用倒，八站后在积水潭地铁站下，我就在C出口等你。我陪你去看看什刹海，逛逛荷花市场，那儿可美了。"

没想到林诗诗这么热情，李晓音买了一束香水百合，坐车到了地铁站。

几年不见，林诗诗比原来微胖，短发齐耳，看着干练利落，穿着绘着樱桃的白色连衣裙，戴顶白色遮阳帽，原本戴着墨镜，一看到李晓音，马上取下眼镜，跑上前来拉着手不停地说："呀，我看看，成大学生了就是不一样，漂亮中又有了书卷气，快给我说说最近看什么书了，给我介绍介绍。"

李晓音望着来来往往的人和车，胡乱说了几本，跟着她来到后海的一家小饭馆里，边吃边聊。

林诗诗问李晓音以后的打算。李晓音说："要干事业肯定在北京，不知诗诗姐能否帮自己想办法分到北京。"

"这个难度太大，对了，你哥不是在总部吗？北京部队的文化单位都是他们总部的下属单位，他办应当不成问题。"

“我给他说了，他让我到基层部队去熟悉生活。”李晓音摇了摇头。

“他说得也有道理。你跟那个全涛怎么样了？”林诗诗给李晓音夹菜，看着她的眼睛问。

“前不久在报社见到他了，他已经有女朋友了。”

“我觉得你哥说得有道理，无论是写东西，还是干工作，要先把基础打好。只要是千里马，在哪儿都有用武之地的。”林诗诗笑道。

毕业分配的事，李晓音本来就没有对林诗诗抱多大希望，她只是来看看老朋友，林诗诗这么热情地带她逛了什刹海，又到北海转了一圈，晚上又请她吃烤鸭，她已经很知足了。朋友做到这个份上，无可挑剔。

天晚了，她要返回报社，林诗诗一直把她送到地铁站，说：“我相信咱们还会见面的，这次时间太仓促了，下次你来，我带你细细逛北京城。长城、故宫，还有鲁迅、梅兰芳等名人故居，你肯定喜欢。”

“怕没有机会了。”李晓音有些落寞。

“那说不定。”林诗诗笑着搂住她的肩膀，说，“我有个预感，我们会很快见面的。”

李晓音认为那是客套话，便握住林诗诗白皙而柔软的手，说：“再见，诗诗姐。”

实习结束，回到学校，就是毕业考试了。女学员坐在一起，背政治题，背党史，查资料，写论文。这些还好说，最难的是体育考试。仰卧起坐，李晓音身体躺下去就起不来，秦小昂趁老师不注意，一把拉她起来，老师看时，马上让她再躺下去。三公里跑步，秦小昂跟在她旁边跑。李晓音说：“小昂，我不行了，真的不行了。”秦小昂说：“李晓音，你想不想当干部？不想当，你就下跑道吧。”说着，自己跑起来了。李晓音望着秦小昂欢蹦的长腿，只能呼哧呼哧地跟着跑。

终于门门功课合格了，秦小昂看到成绩单，朝李晓音挤挤眼。生命中有这么一个好朋友，是多么的幸运。她搂着秦小昂的肩，说：“小昂，你对我好，我无以回报，给你买盒冰激凌吧。”秦小昂说：“好，你给我买冰激凌，我请你去看美国电影《出水芙蓉》，那男演员真是帅呆了。”

第十二章　纸恋

1

江南的六月底正是梅雨季，闷热潮湿，如即将毕业的学员的心情，焦躁，急切，熬煎，魂不守舍。思维活跃的新闻系同学更是为去向四处奔忙着，往日坐得满满的图书馆一下子空荡荡的。李晓音人坐在宽敞明亮的图书馆，眼睛盯着书，心却早已飞到了大江南北。她无所适从，不知道该怎么办。在北京实习时她跟大哥谈过了，她想分到北京，跟哥哥嫂嫂在一个城市，就像回了家。大哥没答应，但也没拒绝。毕业分配毕竟是人生大事，她相信大哥会帮忙的。

"我的天，满校园我都找遍了，你怎么还有心读书呀。毕业去向没定，怎么还不去找你哥！据说分配方案基本定了，你快打听一下，还有时间调整。"穿着海魂衫的秦小昂冲进图书馆，也不顾女管理员的冷眼，拉着李晓音边走边说。

"小声点，小声点。"旁边还有看书的同学，李晓音提醒道。

"你呀，你呀，真是的。走路不要双手插口袋，这事跟你说了多少遍，军容不合格，你为此事已经吃亏了，还这样屡教不改。"秦小昂说着，一步三跳地把她拉下楼。走进绿荫森森的花园里，秦小昂坐在石椅上，掏出一个大本子，封面写着《秦小昂作品集》，说她马上要到邮局把这本作品集寄给她在海军报社实习时的老师，让李晓音抓紧时间想办法。

“谢谢小昂，我怎么没想到整理一下自己的作品。”

“谁像你，整天呆子似的，只管蒙着头傻看，低着头笨写，也不朝前看路，也不想将来。昨晚我在宿舍发现田心怡在整理作品集，今天上午又在文印室看到刘蕾在复印她的获奖证书，还从郑光明那里听说他们男生已给全军各大报刊和军区、集团军干部部门投递个人资料了，有些用人单位已调档案核查。行了，不说了，我先去了。”秦小昂骑着一辆四处都响的自行车飞奔而去，边骑边唱，“晚风轻拂澎湖湾，白浪逐沙滩，没有椰林缀斜阳，只是一片海蓝蓝……”

秦小昂的一席话让李晓音心也焦了，立即跑回宿舍。宿舍果然没人。她把发表的三十多篇文章复印了两份，附上简历，一份寄给大哥，一份寄给二哥。二哥很快回信了，说他们是基层部队，他无能为力，让她找大哥。只有半个月了，她给大哥打电话，希望能分到北京的部队报刊当个文学编辑，实在不行，到金城军区报社也行。秦小昂说这对她在总部工作的大哥来说，就是一个电话的事。李晓音也这么认为，她知道大哥家的白色电话可以直拨全军各个单位。

电话里，大哥语气很是严肃：“晓音，你才二十二岁，我可不希望你坐在办公室编一辈子稿。你要当大作家，就听哥的话。哥虽没上过大学中文系，也是电视大学汉语言文学专业毕业的，知道好作家必须要有扎实的生活积淀，去野战部队扎扎实实当兵吧。你没有在真正的部队摸爬滚打过，补足基层这一课，你会一生受益。”

“我同学都想着分到北京、上海那样的大城市工作，北京有那么多的报社、杂志社，我渴望到《昆仑文学》当一个文学编辑，它是全军的文学高地，到那里后，我能开阔视野，学到很多东西。北京又是首都，中央报刊那么多，机会会更多。哥，你只有把我放到一个大平台上，我才能走得更远。”

大哥在电话里停顿了一下，说：“晓音，你不是一直喜欢柳青吗？一九五二年,他为了创作长篇小说《创业史》,把家从北京迁到陕西长安县皇甫村,一住就是十四年。你喜欢的女作家丁玲,为了写好长篇小说,来到桑干河畔,与农民一起生活,劳动;她走家串户吃派饭,与身上长虱子的老大娘睡在一个炕头,才写出了《太阳照在桑干河上》。”

“大哥你说的不完全对,只要会写,在哪儿都能写出来。人家普鲁斯特在病床上还写出了《追忆似水年华》。曹雪芹也没去体验生活,以自己的经历写出了世界名著《红楼梦》。题材不在大小,有真情实感就行。”

“看来两年军校生活你没白过。晓音,你是军人,你没在基层部队待过,连训练场都没去过,怎么能写出或编出有兵味儿的作品？连、营、团我都待过,对部队生活很熟悉,写起材料时才得心应手。即将在全军颁发的《军队基层建设纲要》,就是我跟同事们到多个部队调研以后修订完成的。一个军人不了解部队,根本不可能当好兵。”

“我就知道,跟你说也是白说。”李晓音愤怒地挂了电话。多年后,她主动打报告要求去偏僻的边防部队代职,才真切地理解了大哥的远见,庆幸人生中有个大哥在前面指路。可惜当时年轻,没听进去。

分配名单一公布,秦小昂替李晓音惋惜:“你发表了那么多稿件,去报社、杂志社工作才叫专业对口。基层部队苦不说,还不知何时是个头。咱们女人嘛,工作舒适、稳定,然后相夫教子,养生健体,一生足矣。”

李晓音更加伤心。到秦城的集团军报到后,她又被分到了偏远的野战师,师里又把她分到师医院,命令在通信营,任一连三排排长,人在师医院院办。秦小昂分到了北京,进了海军出版社。秦小昂的话是:“走进海军漂亮的黄色宫殿式大楼时,真的,我的腰板挺得都有些酸了。我为漂亮庄严的总部折腰了。”

2

爱情没了,又将在一个陌生的城市扎根,陆军少尉李晓音没想到一直梦想的军官生涯就是这样开的头。

一条乡间公路通向师部，旁边有老百姓的葡萄园、苹果园，苹果园西边有条小河，河水浑浊，河对岸是市区。爬上两个大弯坡，左边是家属院，对面是师宣传队，再往上是机关单身宿舍、汽修所、通信营，中间隔着老百姓的麦地，麦子已收，留下了高高的麦茬，几个老人、小孩在地里拾麦穗。路边有个小饭店，歪歪扭扭地写着：小春饭馆。路的尽头是师医院。

师医院的门诊部、住院部在一栋五层楼里，对面的三层楼是单身干部宿舍。李晓音提着行李一路问，绕过单身干部宿舍，来到后院，眼前除了一片花地，连栋平房都不见。可能人家说错地方了。她见过的部队办公楼都在中轴线最中心的位置，她不相信院办在后院。要返回时，一个年轻漂亮的穿着白大褂的女军医迎面走来。李晓音问院办在哪里，那个女军医用兰花指指了指花园，说下坡就是。

花园下面？难不成院办跟家一样，是窑洞？李晓音步子都迈不动了。她放下手提箱，搓了搓勒疼的手指，望望花园里开得正艳的一丛丛月季，擦了把汗，又提起箱子。失望袭来，七月的阳光晒到背上，热得发疼。

她按女军医的指引，从花园中间的一条小路往下走，看到一扇仅容两人进的小铁门，再走下去，院子正面有两孔窑洞，左右三孔窑洞。院中间有一棵特别高的槐树。此时，正是下午三点，阳光半落到墙上，像极了家的样子。

在窑洞里办公倒凉爽。一位志愿兵坐在对面，主要工作是统计全院收治病人情况，每周在院办公会汇报一次。李晓音在院办没有具体事，微笑道：“班长，我能帮你不？”志愿兵摇摇头，很不客气地说：“你不会。”

少尉李晓音很受打击，坐了两天冷板凳，仍没人给她安排任何工作，她只好去扫院子。院子不大，一阵风来，总有树叶落在地上。协理员从斜对面的窑里走出来，说：“李干事，这活儿不是你干的，你有空先熟悉医院情况吧，多去科室走走。”

一个人也不认识，也没线索，这难不倒新闻系毕业的李晓音。在基地时，她就学会了自己去发现线索，去采访。

两人一间宿舍，跟她同住的是个女护士。本来女护士一个人住一间，现在又来一个人，当然不高兴。加了张床，又添了桌子，李晓音不好意思再让人家分个厨房角落，反正她吃食堂。

在办公室，她就不一样了，自己是干部，再老的志愿兵也是兵，嘴上左一句班长右一句班长，是对他兵龄的尊重，是对院办这个位置的尊重。至于志愿兵的其他方面如何，还待观察。做事不能等，她要在新单位打开局面，就不能傻坐着，更不能等新闻自己找上来。她得拿出干部的派头来。

桌上只有一部黑色拨号电话，她迟疑了一下，到隔壁打字室复印了一张全院电话号码表，工工整整地压在桌面的玻璃下。她列出了自己的计划，去协理员办公室，说了三件事：一、为了尽快熟悉医院情况，申请参加每周一次的院交班会；二、她准备在全院各部门发展一至两个信息员，专门汇报本部门的工作情况，以便尽快掌握全院先进部门和先进个人，再深入采访；三、有些不宜在报刊发表的人或事，可以在黑板上展示。她是学新闻的，办板报小菜一碟，医院没有报纸、广播，那么这个小小黑板报就要利用起来，希望得到协理员的支持。

协理员拍着掌说："你想法很好，我大力支持，你是名校毕业的，就把咱们院的新闻工作抓起来。"

回到办公室后，她开始给医院各个部门打电话："你好，我是咱们院新来的李干事，为了搞好我院宣传工作，根据院领导指示，请你部明天上午九点派一个有写作水平的人来院办开会，主要汇报各部门先进事迹和典型人物，以便搞好我院的政治宣传工作，更好地为兵服务。谢谢支持。"

她打完电话，把电话机放回志愿兵那儿。一会儿电话响，是找李干事的，一会儿又是。后来，志愿兵把电话重重地搁在两张桌子的接缝处。李晓音悄悄笑了，给志愿兵茶杯里加满了水。

从此,志愿兵对她很尊敬,叫她李干事时带着敬意。

医院情况熟了,她又到师后勤部政工科要了一份师医院先进医护人员的事迹材料,把自己写的关于师医院一位优秀主管护师的通讯送至师宣传科新闻干事处,让他指正。一聊,这位新闻干事竟然是之前新闻系的师兄。师兄改了几个字,她把师兄的名字加在自己前面,笑着说:“有师兄帮着,我一定进步飞快。”没几天,军报就登出来了。

一次到师里办事,她远远看见一位女军官,有些眼熟,等走近,她高兴得都要跳起来了,原来是新兵时的班长景洁。

景班长在师通信营当副连长,她的爱人是汽车营连长。汽车营就在师医院的隔壁,他们家安在了汽车营。景班长的爱人会做饭,经常叫李晓音去吃饭。只要做好吃的,要么给李晓音端来,要么叫李晓音去。有时,景班长爱人值班,李晓音就住到景班长家。有天景班长说:“你的命令在通信营,那你得熟悉你的工作岗位。师里要搞技术比武,正预赛,去现场看看吧。”

“好呀好呀,班长,我还没见过通信兵如何训练业务呢。”

如果说医院是浓浓的消毒水味道,那么通信营就是一股股香水味,不,是年轻女孩的青春的味道。

总机班姑娘不停地插线拔线,说:“首长,您好,请问您要哪儿?好,首长,您要的工兵营已接通,请讲。”

李晓音眼花缭乱。

两人来到大操场,通信兵们正在那儿进行绕口令、快速背记电话号码、听音识人等专业技能比武。六个应战者正在比赛快速背记电话号码,让李晓音开了眼界。

四种题型分别为五位数的密语、八位数的固定电话、十位数的坐标、十一位数的电话号码,每种题型各五组数字。参赛队员需在干扰声中背记,四十秒后在答题板上写出随机抽取的三组,并蒙眼拨打评委现场给出的一组号码。

这么难的测试,有人迅速完成了,李晓音佩服极了。第一名是一位东北姑娘，看着就十五六岁。她告诉李晓音，在日常训练中，为了练好口功，她给自己定了两个目标。第一步，敢讲，为了把胆子练大，她在班务会上积极发言，看完新闻后点评，还参加了演讲比赛，越来越敢讲了。光是敢讲还不够，第二步是讲利索，含着筷子练说话、练微笑，嘴上磨出了不少泡，仍坚持训练，效果还是很明显的。现在的她不仅敢讲，讲得还很利索。

为了练好听音识人，她长时间反复听录音。她想了三个方法：第一个是识记方言，这让她能够区分不同省份的方言和口音。第二个是联想，听到声音，把它想象成一个人物或者是一个形象。第三个是形成训练的习惯。这三个方法能让她很快辨别出自己听过的声音。模拟实战中，话务兵需要在干扰中根据声音信息准确、快速辨识人员身份。

采访完，景班长问能不能帮她们通信营写篇稿子。李晓音想，这有些越界，但都是反映师里生活的，再说自己的命令还在通信营，应当没关系。她写了一篇《话务连里的三姐妹》，军报登出来了。

这一下，她在师里小有名气。汽车营教导员请她去采访，修理所也请她，连师政委也知道师医院有个少尉是新闻系毕业的。不久，李晓音调到了师后勤部政工科当干事。

3

李晓音在师医院写的第一篇文章是《愿笔端涌满真情》，投给了军报“我的追求”栏目，理论版。

让她没想到的是，军报寄来了一封厚厚的信。她纳闷着撕开，里面还装着一个信封，落款了部队番号，来自省城。

原来是一位文学爱好者，看到那篇《愿笔端涌满真情》，给报社写信，希望认识作者李晓音。

此人一看就是理工男，没有文采，语言倒质朴。信中说，李晓音的文字很能打动人，希望能跟她成为笔友，互谈人生、理想，反正大家都是革命战友嘛;说他大学毕业后在部队从事通信工作,渴望他的生活中除了电信、电缆、电台、电子元器件,还有一些诗意,比如说与一个写作的女孩交往。

李晓音把信反复看了好多遍,犹豫到底要不要跟这位理工男交往。

工作打开了局面,景班长请她到家里吃饭,表示祝贺。景班长说:“晓音,新兵时,我就没看错你,无论处在什么环境,你总在往前走。”

“不走咋办?别人又帮不了你。”她笑着说。

饭间,景班长问及她对象的事。她说了与全涛的分手,又说了理工男的来信。

“先通信,再了解情况。军通信处就在省城,只要人好,谈对象也不错。不过,女孩子嘛,还要矜持,先跟他通信,来个投石问路。八九不离十了,再表明自己的态度。”景班长一副过来人的口吻。

景班长的话使李晓音决定回信。她写了一页纸,既不冷淡,也不热情,又带着女军官的孤傲,大意是谢谢战友读她的文章,让她更有动力写东西;秦城历史悠久,又是省城,战友在部队机关工作,她刚分到部队,还请多帮助。署名战友李晓音。

理工男来了第二封信,介绍自己的情况:林特特,二十六岁,北京人,母亲早逝,当教授的父亲娶了继母,在京生活。姐姐和姐夫都是军人,有个可爱的儿子。本人军校本科毕业,中尉军衔,热爱文学,现为某部通信参谋。这封干巴巴的信里还夹着一张他穿着中尉军服,站在桃树下的照片。

李晓音拿着信向景班长请教,为什么介绍家庭成员?为什么要寄照片?

景班长笑着打了她一下,说:“傻孩子,这不明摆着嘛,他看上你了。”

“可是他也不了解我呀,连我长什么样都不知道。”

“他认定,你能写出好文章,就是个好女孩。看他的面相,嘴唇较厚,说明老实本分;眼神清朗,看着单纯。知识分子出身,家世不错;学历本科，文凭不低。我建议你们继续交往。”

“他还跟我要照片，我给吗？”

“先稳住，再通几封信，见机行事。这叫欲擒故纵。”景班长笑着说。

通信三个月后，林特特说要来看望李晓音。景班长说：“让他来吧，我们作为娘家人，给你把下关。不能光纸上谈兵，得看看他到底是个什么人。不能看他信里写得如何，得看他做得如何。”

此时李晓音已搬到了师部的单身宿舍，跟师医院一样的布局，一个房间，里面带个小厨房，她一个人住。她最喜欢宿舍背后一片老百姓的桃园，此时桃花正艳，如果来人顺眼，可以带着去桃园转转。

说好星期六下午到。下午上班时，李晓音就开始心神不宁。景班长说：“来了后，先带我家，我们初步看一下，你们再交往。”李晓音想想说：“还是我先看看，如果行了，再请班长把关。”

一直到下午四点多，林特特才来，说坐了班车，路上堵，因为不知确切到的时间，不让李晓音去车站接。李晓音心里一暖，感觉倒是体贴。她到服务社买了些熟食，想着都是北方人，肯定爱吃面，又做了油泼面。想着如果此人值得培养，第二天再带到景班长家；不行的话，趁早说清，免得别人知道。

让李晓音意外的是，吃过晚饭，林特特掏出一千五百元给李晓音，说他本来要买相机，现在用不着了，让李晓音帮他管理着，还说除了姐姐，李晓音是这个世界上最让他放心的女性。他还让李晓音周末到省城，陪他去商场给小外甥买衣服，给爸爸买礼物，他过几天会去北京开会，要去看望姐姐和爸爸，给他们带礼物。这番话让她对林特特好感大增，便决定带他去景班长家里。

景班长见了林特特后，把李晓音拉到院外悄悄说：“小伙子长相不错，个子至少一米八，举止稳重，话也不多，人挺实在。”

“怎么看出他人实在呢？”

“老成稳重，有问则答，无问低头，一看就是好人家的孩子。”

李晓音把一千五百元的事给景班长说了。景班长把李晓音手掌一

“先稳住，再通几封信，见机行事。这叫欲擒故纵。”景班长笑着说。

拍，说："的确老实，而且已把你当结婚对象了。这种男人绝对可靠。不过，你再去他住处看看，恋爱多谈谈没坏处。"

李晓音感觉林特特是个挺好的男孩，比全涛长得帅。两人去了省城，林特特问她想到什么地方玩，她说她想看秦腔戏。看了三天戏后，林特特让她大吃一惊。

林特特说："晓音，咱们结婚吧。"

李晓音答："让我想想。"

林特特问："想什么呢？"

李晓音强调道："我们了解得很不够。"

"好吧，不过，我还是希望我们尽快结婚。你想想，我们现在两地生活，怎么了解？只能多见几面。你不是喜欢看秦腔戏吗？古代小姐跟秀才，也都是一见钟情。其实看一个人，见一面就八九不离十了，再说我们也不只见了面，还通了半年信。我这人，不会说好听的话，但是，晓音，你嫁给我，我会对你好一辈子。我妈妈去世早，爸爸又娶了继母，要不是姐姐，我真不知道自己会怎么样。"林特特说着，眼泪流出来了。

眼泪让李晓音心软了。"你别哭呀。我理解你。"

"姐姐就像妈妈一样，给我做饭，帮我缝衣，带我玩耍。她考上大学后，我就想我一定要走出家门，要像姐姐一样考军校，当军官，离开家。晓音，看到你的文章，我就喜欢上了你。一见到你真人，我就想，这就是我要找的妻子。一个用真情写文章的人，心地一定是善良的，是美好的。"

这番话打动了李晓音。晚上，她睡在床上，想了一夜。从现实方面考虑，林特特是一个不错的结婚对象，大学本科毕业，副连职中尉，家在北京。姐姐、姐夫是军官，爸爸又是大学老师，没有经济负担，各方面条件都比全涛强。一想到全涛，她的心撕裂般痛。她不知道为什么在考虑结婚对象时，自己那么现实，那么功利。林特特在省城，她能带着爹妈到省城来看戏，逛逛省城，让他们来享享她的福，这是她提干以来最迫切的愿望。她爬起来，拿了一张纸，中间划了一条竖线，左边写全涛，右边写林特特。

全涛，优点：兴趣广泛，有共同志趣；缺点：没学历，年龄偏大，家住农村。

林特特，优点：踏实，为人正直，热爱父母家人，学历高，出身知识分子家庭，在省城工作，对我一心一意；缺点：没有情趣，古板。

明知全涛已出局，她仍不自觉地把他跟林特特相比。左思又想，又给在北京的好朋友林诗诗打电话，说自己与一位笔友的恋情。林诗诗只顾笑，就是不说话。

李晓音问："怎么了？是不是觉得此事不靠谱？"

林诗诗笑着说："我早就看中你了。虽然我妈妈去世了，但家里没有多少事，你们肯定生活很幸福的。"

"停，停，你什么意思？"

林诗诗笑着说："林特特就是我弟弟。"

"原来这是你策划的！"

"错，特特跟你通信后才告诉我的，我大吃一惊，没想到我的笨弟弟还有这么一招，就没说我给他介绍的对象是你。我想等你们真正了解后，成了，我再出现。你们果然投机。晓音，我是你的好朋友，我非常了解你，当然希望你幸福。我弟呢，学习好，为人踏实，但有个致命的弱点，就是干部子弟常有的知足常乐，安于现状。你们结婚后，可以互相促进，互相成长。爸爸年纪大了，他牵挂着弟弟，弟弟回京是迟早的事。咱战友加姑嫂，感情会比黄河水还长久。"

林诗诗不愧是当姐的，又比李晓音年长，说出的话更诚恳真切。李晓音决定嫁给林特特。她有时也奇怪，跟林特特在一起时，就觉得他是最佳人选。这年她二十三岁。

秦小昂一听李晓音要结婚，说："天呀，李晓音，说你笨你真笨，跟一个男人只见了一面就想结婚，太草率了吧。"

"我们还通过半年信。"

"通半年信就结婚？我跟郑光明谈了两年，还没下决心结婚呢。你真完了。都怪我不在你身边,你又犯迷糊了。”

“小昂,我跟你不一样。林特特对我好,家又在北京,还本科毕业,哪方面都比我好,祝福我吧。”

“刘响还对你好呢,在学校一直追你。”

“行了,我已经决定了。”

领证前,林特特问:“要不要给你父母和哥哥们说一下?”想得很周全。

“不用,省得他们干涉我们的婚姻。你不知道,我的爹妈,还有五个哥哥姐姐,一人一句,都可能使咱们婚事泡汤。我们结了婚再回家。”家里人对全涛的态度,使李晓音这次恋爱结婚一个字都没跟爹妈和哥哥姐姐透露。她到单位开了介绍信,去街道办事处跟林特特领了结婚证。

林诗诗给弟弟寄了五千元,说两千是她和爱人给的,其余是林父给的,让林特特去李晓音家时多买些礼物,父母养大女儿不容易。

林特特问李晓音:“给爹妈准备些什么礼物呢?”

李晓音说:“直接给钱的话,他们舍不得花,快过年了,买些吃的吧。我也挣工资了,给家里买台电视,爹妈爱看戏,三哥爱看电视剧。上次回家,他们在邻居家看电视,生怕人家说,赔着笑脸,让我很难过。”

林特特回答得很干脆:“没问题,我给爹妈买。”

李晓音握住林特特的手,虽然结婚了,她还是有些羞涩。她没想到林特特这么大方,对爹妈这么好,更感觉嫁给他是对的。

他们花了两千三百多元,买了一台二十寸的海燕牌平面直角电视机,两人抬着,坐长途汽车回到了李晓音黄土高原的家。

4

越近家,李晓音越紧张,她不停地叮嘱着林特特:“我爹妈骂我,你别说话,只管听着就是,农村人重礼数,你别在意,反正有我呢。”

爹在家门口看到女儿又带着一个小伙子回家了,脸当即就黑了。

李晓音跟爹打招呼，爹没理她，倒是对林特特点点头："来了！"这个肩章上比女儿还多一颗星的男军官，使他心里踏实了许多。

二哥正好休假在家。他穿着上校军装，看到李晓音，忙接过他们手中的行李，问："路上顺利吧？"

妈先打量林特特，又看看李晓音，一把把女儿拉进厨房，关上门，悄悄问："怎么又领回了一个？"

"我们结婚了。"

"你结婚也不告诉我们一声！"妈脚下一滑，差点摔倒。李晓音一把拉住。妈推开她，用围裙抹眼泪："你翅膀硬了，是不是？当了军官，就不听爹妈话了。还敢结婚？你眼里有没有我们父母？看着不吭声，主意却一次比一次大，看你爹这次怎么卸你腿。"

"妈，特特对我好，城里出身，长相你也看到了，又是军官，副连职，职务比我高，学历也比我高，你还有啥不满意的？"

妈也不说话，拉着风箱，不停地抹泪。

李晓音走到中窑，说："特特，把纸箱打开。"

"你买了电视？"二哥问。

"电视是特特给家里买的。"

"不是，是晓音用自己的工资买的。"林特特不会说假话。

爹狠狠地瞪了李晓音一眼。

三哥高兴地去窑顶架天线了，给村里人说："我妹子晓音给我们家买了台大彩电，从今天起，大家就到我家来看电视吧。"

电视画面很清晰。看李晓音父母脸阴阴的，林特特小心地把电视声音调小。

吃饭时，爹妈闷闷的，一句话也不说。二哥边给林特特夹菜，边问他是哪个单位的，家在哪儿，父母是干什么的。

等天黑透了，一家子都坐到炕上，召开了家庭会。

隆冬，黄土高原冷极了，一杯水放在屋里，第二天就结了冰。虽然炕烧得烫人屁股，脸和耳朵仍是冰的。林特特挨着李晓音坐在炕角落，在紧张的气氛中悄悄问:“你爹不会打我吧?”

李晓音不敢当着大家的面跟林特特说话,更不敢跟他亲近,让他坐得离自己远些。农村人保守,即便结了婚,在爹妈面前还是要庄重些。林特特嘴上答应着,却把李晓音的手握住,咬着她耳朵说:“打我也不怕,反正我们领了证,是中华人民共和国合法夫妻。”

李晓音只好自己离林特特远些。他一动她,她就拍他一下,最后给他留个后背。

她没想到爹妈这次比她退学那次还恼火。妈一直抹着泪,不说话。爹接二连三地抽着烟。除了大哥,一家人齐了。

一锅烟吸完,爹清了清嗓子,大声说:“我们当爹妈的还在呢,晓音不打招呼就结婚。晓音,你眼里还有父母吗?”

妈也抹着眼泪说:“哪有闺女结婚爹妈不知道的?我跟你爹在村里人面前,怎么抬头?”

林特特接口道:“我给我爸和我姐都打电话了,他们都同意。”

李晓音推了林特特一把,悄声说:“你闭嘴。”

“你父母呢?他们怎么不来求亲?结婚要求亲,要送彩礼。你爸还是大学教授,连这点规矩都不懂,怎么教学生?”

林特特还要张嘴解释,李晓音瞪了他一眼,他低头不再说话了。

“爹,妈,那都是形式。特特是青年军官,名校毕业,家又在城里,对晓音也好,他们是自由恋爱。只要他们过得好,咱们应当支持。”二哥说。

姐和三哥、四哥都相继劝。家庭会一直开到十一点,最后还是爹做了总结:

“李晓音,你不要以为你现在是军官,就能不守老祖宗留下的规矩,家里、部队都要有规矩。有规矩,万事才不乱。你这次把家规丢了,要不是看在你二哥的面上,看在特特的面上,我要狠狠打你。以后,你不能目无家规,目无尊长。既然结婚了,就跟特特好好过。特特,你明天到县城,按我们这儿的规矩,给晓音买两套新衣服,记住,从里到外,全要新的。我们可以不要你们的彩礼,但是,我把女子养了二十三年,不容易。耳环、项链可以不要，但立柜、电视机、录音机等生活必需品总得有，成家了，就得有个家的样子。结了婚，有了家，要有家当，这是你们的事，我提出来，供你们参考。”

“爹妈放心，我爸和我姐给了五千元，我们准备拿两千元买家具，这三千元是给父母的见面礼，谢谢你们把晓音嫁给我。我这辈子一定会对她好。”林特特忙说，从口袋里掏出准备好的钱。

“特特，钱你收着，我们不要，只要闺女生活得好，我们就放心了。家里还有你们的哥哥们，很孝顺，我们老两口花不了多少钱。这两天让你妈和你嫂子到县上买绸子缎面新棉花，做两床被子，一床红一床绿，一床被面龙凤呈祥，另一床牡丹迎春，叫村里的喜娃他妈来缝被褥，她儿女双全，身上沾着喜气。大红花床单也不能少。老三，明天把你二哥拿回来的茅台酒带上，去镇上请黄先生到家里来，看个好日子。老二，你明天跟爹一起，去请县上、公社、村里各级领导，别忘记带两条烟，你是副师职干部了，这个礼数得有。老四，请厨师、置办酒席的事情你负责，咱们在场院外搭几个棚子，具体细节你经管。请客、送亲，所有礼数一个都不能少。婆家在北京，咱没办法去。老四，再去县上招待所开两间房子，我们就送到那儿，顺便到县食堂订几桌饭，送亲的那么辛苦，咱得代表男方家犒劳一下。该通知的亲戚朋友一个都不能落，程序一个都不能少，不能出任何纰漏。馍要蒸足，菜品种要多，杀头猪，我最小的女儿结婚，要办得堂堂正正，办得像模像样，不能让四邻八乡的人笑话我们。”

“爹，被褥都是部队发的，军被盖着暖和。再说，商场什么都有，需要时可以买现成的。还有，办酒席可以，那些烦琐的礼数就算了。”

“李晓音！你当了军官，就反了不成！”爹大喊一声，吓得一屋子人马上屏住了呼吸。李晓音也噤了声。

爹喝了一口茶，接着说：“就这么定了，男人跑外面的事，女人操持家里的事。特特，好日子定了，给你爸说一声，他可以不来，但我们的礼数要尽到。年前，把婚礼办了。都散了，睡吧。”

二哥说：“我一直准备给家里买电视呢，结果晓音跟特特买了。你们刚结婚，需要用钱，买电视的钱我出了。”

“哥，那不行。爹妈养大我，不容易，买电视应当的。”

二哥迟疑了一下，说：“那这两千元，就算哥给你们的结婚礼物了。”

李晓音不要。妈说：“这是你哥和你嫂子的心意，拿着。虽然你们有工资，过日子，钱得省着花。人常说，男人是耙耙，管挣钱；女人是匣匣，保管钱。”

姐晚上跟晓音住在一起，说：“你呀，爹妈不是不满意林特特，他们这是失落，儿女大了，有自己的主张，他们感觉自己没用了。”

定了日子，林特特赶紧给林诗诗打电话。林诗诗说：“人家讲礼数。我给爸说了，他身体不好就不去了，我去。”

李晓音家又是一阵张罗，爹说：“人家城里人还是挺有礼节的。”让四哥赶紧去县招待所订房间。

婚礼前两天，林诗诗从北京来到黄土高原的李晓音家，说她爸爸工作忙走不开，她是代表林家来的。军医林诗诗一进门，更显洋气，举手投足干练自信，往主位上一坐，就是长姐的派头，不怒自威。

爹高兴地说：“公家事大，你就代表了，上坐，上坐。”

李晓音的婚宴是按地地道道的老家风俗办的。

老家风俗，婚期前三天，由村里人缘好、手巧的女人为女子捋汗毛，名曰“择脸”；前一天，女方娘家设筵待客，俗称“贲发”；亲朋赠送衣物，称“添箱”；娘家把陪嫁衣物置于院内让人观看，叫“摆陪房”。

除了亲戚朋友和乡邻，爹还请了县上、公社、村各级领导，让李晓音和林特特穿着军装一桌桌地给客人敬酒。林诗诗和二哥被安排在县领导一桌，四哥被安排在公社领导席。大家都让爹坐县领导席，老人摆摆手说：“我还是陪我们村领导坐，这叫不越级。”

晚上，妈烧了两大锅热水，让李晓音洗澡，里里外外换上新衣服。

第二天，林特特来接亲前，李晓音待在家里的厨房。在新郎抱她出门时，她得把手里的馒头扔到窑里（寓意从今后不再吃娘家饭）；上车前，得换上新鞋子(寓意走上了新生活)。

把新娘接到县招待所，林诗诗代表男方宴请了娘家人和送亲的亲朋好友，第二天就返京了。

李家一直忙了四五天，亲戚一个个送走了，借的碗筷桌椅也都还了，终于消停。

林特特笑着说："累死我了。"

李晓音说："我们一辈辈就是这么过来的。"

林特特说："你还真别说，这种仪式让我对你爹妈有了深深的了解。婚礼上，他们不停地流泪，让我觉得一定要一辈子对你好。"

"咱的爹妈。"

"对，咱的爹妈。我妈去世早，看到你妈，不，咱妈，我就特别亲。别看是个农村老太太，讲起话来，不比城里人差。分了房子后，咱们收拾好，把爹妈接到城里生活。"

李晓音像喝了蜜，搂着林特特说："看来没看错你。"

林特特虽然出身城市，对农村不嫌弃，住土炕，说土话，毫不在意，对爹妈很是体贴，没有按一些人的方式叫她爹妈为姨夫、姨，而是左一个妈，右一个爹，叫得老人心情渐好。又给两位老人买了礼物，还说家安置好后，要把两位老人接到省城好好转转，看看秦腔戏，逛逛城墙，吃吃小吃。两位老人很是高兴。

婚宴后，爹妈已经把林特特喜欢的左一个特特爱吃这个，右一个特特爱吃那个。姐夫被冷落，姐心里很不舒服，撇着嘴说："爹妈也真是的，刚进门还给人家脸色看，好像拐走了你的女儿。现在对他，比我们这些亲生的还亲。"妈听到了，就训姐："说这话，没良心，我对你们家女婿不也是一样的?来了，挑最好的东西给你们拿，做最好吃的东西让你们吃。一个女婿半个儿，还不一样?再说人家特特是城里娃，到咱们农村，能吃个啥好东西?人家也不嫌弃晓音笨手笨脚的，还说要想办法把晓音调到省城。你说说，咱们能不对人家好吗？咱们北京有家人，青城有家人，省城也有家人，在哪儿都有家人帮着，这不就是最好的活法吗？"

两人回到城里，林特特说他把那三千元悄悄放到了爹的枕头底下了，李晓音笑着说这可不是彩礼。

“当然，这是我孝敬爹妈的，从今后，他们就是我的爹妈了。咱们有孩子了，还要接他们来照顾呢。爹个子那么小，又那么瘦，看起来不显山不露水的，讲起话来却挺有水平。”

“他在队上管几百号人呢，打听打听就知道，他在村上、镇上，都是出了名的大能人。你看看我们家均匀的麦子，结实光滑的窑顶，牛马那光滑干净的毛发，编得精细的筐子，磨得发亮的铁锹、镰刀，就知道我爹是个什么样的人了。”

“那当然，要不怎么能培养出三个军官、一个大学生、一个工人呢？黄土高原那么穷的地方，竟然有这样的家庭。”

“还有一个木匠呢，我四哥屋子里的组合家具，还有三哥屋里那造型别致的桌椅，都是三哥做的，他还说要给咱们做家具呢，只要咱不嫌弃。”李晓音边说，边整理行李里妈妈给他们带的晒干的黄花菜、花椒，发现那三千元被装在最里侧的口袋里。

5

五一，林特特带着李晓音回到北京家里。林特特家在北二环附近一个大学里，林父是该大学中文系的教授。听女儿说儿子和媳妇从秦城回来了，他早早给妻子打电话，让准备饭菜。儿子工作三年才回家，而且成了亲，他特高兴。自从他再娶，儿子和女儿与他疏远了。女儿离得近，每次匆匆回来，说一会儿话，饭都不吃就走了。他知道他们怪他，可是他们都在外地当兵，他一个人冰锅冷灶不说，连个说话的人都没有，长夜漫漫难熬。爱人得病走时，他还不到四十岁。爱人跟他是大学同学，杭州人，长得漂亮，写一手好文章，毕业后，分到另一所大学当老师。他们有说不完的话，谈不完的情，有了一双儿女。谁料爱人早逝，他消沉了很长时间。

现在的妻子是他的学生。不知她是为考研究生，还是为了留京，老是到他家来，有时做饭，有时洗衣服，长得还算顺眼。女学生老来，起初，他怕人说闲话，不让来，她就抹眼泪。再后来，他习惯了家里的笑声，习惯了吃现成的饭。女儿坚决反对，说："我不反对再找，但太年轻，肯定不合适。"他把这理解为女性之间的妒忌，妻子只比女儿大四五岁。儿子呢，不吭声，但能看出不愿意家里多一个人，于是三四年不回家。结婚后，他才发现妻子对他就像学生对老师一样，有敬无爱，日子过得平平淡淡。人近六十，他也不想再折腾了，两个人搭伴总比一个人过好。

他把儿子和儿媳妇回家的事告诉妻子，妻子说她晚上有事，不回家吃饭了。这把他气得不轻，明摆着让他在儿媳妇面前没面子。他赶紧给女儿打电话，女儿少不了说他一顿，最后决定一家人在外面吃饭。

李晓音见到公公，很是恭敬。林父穿着灰衬衣、浅色裤子、白皮鞋，戴副近视眼镜，一见儿子，就站了起来，想握儿子的手。儿子却没伸手，坐到一边，不像好几年没见的样子，冷淡而沉静。李晓音怯怯地叫了声爸爸好。

"好好好，爸爸见到你们好高兴，特特娶了你，我很满意。我听你姐姐说了，你也爱好文学？还发表了不少作品？"

"爸爸，我没有上过中文系，乱读瞎写的。以后肯定要向爸请教。"

"你喜欢古典文学吗？"

"我喜欢张岱、归有光的散文，也喜欢《红楼梦》。"

"不错，不错，都是佳作。归有光的散文深情，特别是写亡妻的那篇，特别棒。"

"晓音！"林特特叫了李晓音一声，然后问林父，"我姐、我姐夫呢？"

"你姐夫出差了，你姐一会儿就到。"

一时有些冷场，林特特低头看着菜单。李晓音看公公有些落寞，便主动说："爸爸，你一周几次课，累不累？"

"不累，我讲的是花间词，你喜欢吗？"

"啊，你们都来了！"林诗诗抱着孩子，后面跟着一个保姆模样的女孩，走进了包间。

“哇，来，让舅舅抱抱。”林特特换了个人似的，抱起孩子，在脸上亲了好几下。

孩子快一岁了，长得可爱，一见李晓音就不停地笑。

“看来不是一家人，不进一家门呀。”林父笑着，又把孩子接过，抱着逗起来。

林诗诗一来，沉闷的气氛一下子活跃起来。

“点菜了没？”

“等你来点呢。”

林父微笑着把菜单递给女儿，又逗着外孙：“笑一笑，笑一笑。”

“臭鳜鱼，特特爱吃。爸呢，爱吃酸辣土豆丝。晓音，你喜欢吃什么？”

“姐，我随便。”李晓音第一次以家人的身份见林诗诗，还是有一种拘谨的感觉。

“好了，咱自家人，不图虚的，点每个人爱吃的。服务员，来点菜，臭鳜鱼、酸辣土豆丝、红烧排骨、清炒豌豆尖。小雁，把包里的茅台拿出来。今天咱们家齐了，都喝点酒，来，满上。”

让李晓音奇怪的是，谁也没提及那个她没有见过面的继母。

吃完饭，林父让李晓音夫妻住家里，说一切准备好了。

李晓音答应了，林特特却说要住到姐家。

看到公公脸色变了，李晓音轻轻拍了下林特特说：“还是住家里吧。”

林诗诗让保姆抱着孩子，自己买完单，说：“爸，你告诉小田，对我弟弟、弟媳好些，要不，她就滚！”

林父的脸马上阴了，大声说：“有我在呢，谁敢对我家里人不好！”

李晓音住了一夜，婆婆也不跟他们说话，老待在自己屋子里。实在没办法住下去，第二天一早，就跟林特特搬到了姐姐家。林诗诗中午做了一大桌好吃的，动不动就叫：“特特，来看电视……特特，来，快跟姐说会儿话。”林特特在林诗诗跟前，好像在母亲面前一样，一会儿撒娇，一会儿生气。李晓音感受到了亲情的温暖。

下午四点多，林父来了。

“我就睡沙发，我想跟特特说说话。”林父说着，眼泪就流下来了。

“爸，你别这样。你女儿家就是你家呀。”林诗诗说着，把孩子往爸的怀里一塞，“我去准备晚饭，爸你想吃啥？”

“你们吃啥我就吃啥。”

“小雁，快去买菜。”林诗诗叫着，“买只鸡，买条鲤鱼，对了，再来些五花肉，买些稻香村的叉烧。”

又给丈夫打电话：“贵君，你晚饭早些回来，爸来了，回来陪爸喝点酒。”

她连一杯水都没喝完，开始铺床、晾被褥，脸上汗津津的。给她打下手的李晓音喜欢上了这生机勃勃、热气腾腾的日子，说：“姐，你歇歇，你说干啥，我来干。”

“你呀，做不了这活儿，我性子急，要求又高，你歇着吧。你要不好意思，给咱剥些葱、蒜。对了，把虾从冰箱里取出来化冻，会取虾线吗？呀，我的作家妹妹呀，连这都不会，来，我教你，你看用牙签这么一挑，不就出来了？待会儿我教你做油焖大虾，特特最爱吃。”

跟快活的大姑子待在一起，假期不觉间就过去了。这个假期，林父一直住在女儿家，脸上也有了笑容，直到李晓音他们走时，林父才回家。

望着公公消瘦的身影，李晓音劝爱人对他好些。林特特很不情愿，但还是态度好了些。老头儿高兴地说：“特特，特特！”下面的话没说出来。

他们回部队之前，一起去给林母扫墓。照片上的林母好漂亮，穿着一件素色旗袍，烫着大波浪卷，眉目清秀，温婉可人，微微露出笑容。

林诗诗抱着一束花放到墓前，说：“妈妈，我们来看你了。妈妈，告诉你个好消息，特特结婚了，我和爸爸很满意。我们都很好，我会照顾好爸爸的，你在那边放心。”说着，就抽泣起来。众人免不了一阵伤心。

林父擦了擦墓碑，忽然说:“你们发现没有，晓音有些像你们的妈妈。”

林诗诗说:“眼睛像。”

林特特说:“脸形像。”

林父说:“心灵也像,都长着一颗作家的心。”李晓音明白了为什么当初林诗诗对自己那么好,也明白了林特特为什么急于跟自己结婚。但她看林母的照片,觉得自己没有林母那么漂亮,也不太像。

第十三章　金星成了宝相花

1

李晓音怀孕六个月时，大姑子林诗诗动用一切社会关系，终于把李晓音调到了省城一所军校当干事，结束了与林特特的两地生活。

人逢喜事精神爽，调到省城，分了两居室，李晓音把爹妈接到了家里。老人反复问是女儿单位分的房子还是女婿单位分的。

“你们有房子住就行了，管它谁分的。”

“那不一样，住到女婿的房子里，气短！”

“你们放心，这是学校分给我的。咱住的地方离易俗社就隔一条马路。我带着你们老两口去看戏，逛王宝钏住过的寒窑，吃老孙家羊肉泡。”

“就是戏上唱的那个宰相的女儿王宝钏住的地方？”妈睁大了眼睛。

“对。”

爹脱掉大裆裤，换上李晓音买的紧巴巴的裤子，路都不会走了。妈说要不别换了，爹手一挥，说：“咱现在是城里人了，得让咱女子长脸，不能土了吧唧的。”一条皮带系了解，解了系，笑着说上茅厕时解不开就麻达了。

妈也脱掉了黑色的大襟褂子，换上一件灰色的对襟外套，也换了新鞋。老两口的脸擦得光光的，穿着新崭崭的衣服，坐着长途汽车，到了城里。

街上车稠人密，他们不是第一次来城里，儿子们带他们来过。晚上去省城的剧场看秦腔戏，这可是人生中的第一遭，他们像孩子一样又兴奋又紧张。

两人不停地问李晓音，万一要上茅厕咋办？瞌睡了咋办？当他们走进豪华气派的剧场，坐在一排挨着一排的软座上，已经高兴得什么都忘记了。即使长时间坐着难受，不像在村里露天的野场子上看戏，可以抽烟、说话，站累了还可以四处逛，座位离舞台又远，演员眉眼看不清，他们还是坐得端端正正，认认真真地看完全本《武家坡》，还把两张戏票小心地装口袋，准备回家给村里人卖派。村里还没人坐进戏院看过戏，那是电影里地主太太才有的福气。城里多好呀，衣服鞋袜穿一两周都是干净的，不像在农村，出门一次，黄土遍身，鞋袜里都能倒出土来。

他俩一前一后逛城墙边的护城河公园，走一会儿，累了，就坐一会儿，反正四处都是椅子，自由得很。公园里有唱戏的，跳舞的，还有说书的，逛一天都不心慌。老两口回到家，说城里人日子过得就是舒坦。女儿笑着说："你们就是城里人，好好待着吧，下周带你们去看寒窑。"

"娃呀，你看这单位美得像花园，上班不出院子。幼儿园离家还不到二百米，小学就在隔壁，大学就在院子里，从幼儿园到大学都在家门口。院里菜市场、银行、澡堂、电影院，要啥有啥。好好地给人家把公家事干好。"爹妈每每从院子里转回来，都不住地念叨。

爹随地吐痰，上厕所不关门，李晓音直皱眉。林特特却轻轻关上门，帮着擦地板，悄悄对李晓音说："你别说老人，多年的习惯了，不好改。大不了咱们多干些。"李晓音庆幸自己选了个好丈夫。

怀孩子后，她的口味越来越刁，才三月份就想吃西瓜，林特特骑着自行车给她买回来了。有天她又想吃皮冻，妈到超市买了一块，她觉着直接吃不卫生，就放到锅里蒸了。妈要切肉，她说肉在锅里呢。一打开锅盖，傻眼了，皮冻没了，只留了一点肉皮。

妈摇着头说:“你这个笨女子,咋带娃呀! ”

一次午饭后,宿舍有三个学员突然呕吐,会不会是食物中毒? 她赶紧向大队汇报。送到医院一查,果然是。

她更担心肚子里的孩子了, 紧张得每次产检都要跟医生说起这次事故,担心影响孩子。直到孩子出生,看着健康,才放下心来。过一阵又说:“现在看不出来,以后会不会影响孩子智力?”林特特蒙着头,不再听她絮叨。

产假没休完,暑假已经结束,开学了。她坚持要上班,人胖了,军装穿不进去,妈把后襟放宽了一厘米。

几个月没上班,她感觉对不起大队领导。刚坐到办公室,政委却走了进来,说接到学校命令,她被调去了干休所,从现役军官改为文职军人。

这时她才知道,文职干部是军队从事科学研究、工程技术、医疗卫生、教学、新闻、出版、图书、档案、文化艺术、体育等专业技术的干部职务,是不授予军衔的现役军人。军装与现役军官相同,佩戴文职干部领花。她的两颗星的中尉肩章要换成看不出级别的宝相花。

政委说宝相花又称宝仙花、宝莲花,是传统吉祥纹样之一、吉祥三宝之一,盛行于中国隋唐时期。宝相花是圣洁、端庄、美观的理想花形,文职军人也是军人。

“这么好,你为什么不改成文职军人。”李晓音在心里恨恨地想,她当然不会说出来。

“换工作我不难过,在哪儿我都能干好,为什么把我从现役改为文职? ”李晓音一回家,躺到床上边哭边说,她想不通。

“要不,你找下咱大哥? 这干休所可是养老的地方,进去怕就出不来了。”林特特说。

大哥已提了正师,在总部当局长。“林特特,如果你是我丈夫,就不要再提我哥。”李晓音说。

晚上李晓音翻来覆去睡不着,跟林特特说:“就是让我转业,我也不去报到,明天我要去学校找领导,问他们为什么没征得我同意就调换我的工作。我一直努力工作，跟学员谈心，写新闻稿件，带学员上课，生产前一周，我还在上班呢。上解剖课，我那么害怕，味道那么难闻，我都克服，带着学员去，还看他们一个个地解剖遗体，刮脂肪，一次次地闻福尔马林。”

说了半天，林特特没反应，人家老先生早睡着了。《潮起潮落》第二集也放完了，这是她最喜爱的反映海军生活的电视剧，今晚却看得心不在焉，直到片尾曲响起，她才关了电视。

第二天一大早，她穿上军装，在穿衣镜前仔细打量半天。

“你要去找学校领导？”林特特问。

李晓音摇摇头。

“不是还有两天报到嘛，今天歇着，娃这两天有点感冒。”

李晓音又摇摇头，说：“我想了一宿，决定了，既然改变不了现状，那只有一条，好好干，我就不信我干不出名堂。”说着，戴上军帽。

“你看看你，眼圈发黑，眼里全是血丝，昨晚肯定没睡好，还是休息一天再去上班吧。”

李晓音背着包，抱着娃亲了一下，跟妈叮嘱别忘记给娃吃药，就急着上班去了。

干休所在一栋家属楼里，办公室有客厅，有卫生间，还有一个长长的阳台。想干一番事业的二十五岁军人李晓音难免伤心，她已经从中国人民解放军中尉军官变成科员，现在这样的办公条件，难道再让她变成一个在这里混日子的家庭妇女？

她又想起了师医院的窑洞，心想：咱不也从那儿走出来了嘛。她再次整理了一下仪容，走进了办公室。

房间倒挺大，虽然两人一间屋，但文件柜、桌椅倒还是新的，窗台上还有几盆兰花。

工作呢，一来就挑大梁。“黎干事回家生小孩去了，你呢，就把所有的政治工作担起来。”协理员说着，给了她一串钥匙，大大小小五六十把，握在手里，沉甸甸的。

有事干就好，她稳稳神，先把办公桌大大小小的桌斗清理了一遍。有用的理顺，没用的扔掉。看照片，黎干事长得不赖，只是乱七八糟的桌斗没有条理，连她自己的照片、眼药水、别人寄的明信片，甚至还有一封私人信件都没带走。一个连自己的战场都打扫不干净的人，怎么可能在新的战场上取得最终的胜利？

这么一想，李晓音淡然一笑，戴上手套，把与办公室无关的私人信件装进纸箱，用胶带封好，标注“黎干事私人物品”，让通信员转交给主人。把各种文件和通知按密级锁进文件柜，办公用品分门别类清理出来，一一放好。清理出三个桌斗，消了毒，铺上报纸，再放上自己的东西。

她喝了一口水，把办公桌椅从上到下，连桌腿都不放过，用消毒液擦拭得焕然一新。墙上还挂着一幅“静”字，她揭下来，扔进垃圾筐。最后拿出那串钥匙，又喷了消毒水，再一一试锁，哪一把钥匙开哪个门，贴上胶布，标明“文件柜”“活动室”“阅文室”等。

她做这些时，对面办公室的协理员一会儿探头看看，一会儿进来瞧瞧，一句话也没说。但她知道，她第一天就已在领导面前小小地展示了一下才干。

看花名册，翻阅历年的工作总结，与同事们聊天，三天后，干休所的基本工作她就了然于胸。她至少得干到黎干事回来上班。离退休的老干部中，军职二十一人，师职六十五人，老干部的政治学习、医疗保健、文化娱乐，他们得保障；现役军人十五名，他们的调职晋级，得经她手。

这对在野战师工作过的她来说，小意思。

可现实没有她想得那么轻松。报到一周后，一位老干部去世。半夜，她正在睡觉，一阵急促的敲门声惊醒了她，打开门一看，是所里的一位同事。对方说：“快，领导让咱们去医院，一位老干部快不行了。”她腿肚子发软，立即跟着去了医院。她刚进去，医生说人已经没了。所长走到前面，给遗体盖上白布，和护士一起把逝者往车上抬。所长对李晓音说：“愣着干啥？快搭把手呀。”她胡乱地抓了一个什么东西就往上抬。放到车上时，才发现逝者的胳膊握在自己手里，吓得脸都白了。到太平间后，她又看见不少遗体,晚上做梦都是那只胳膊。

查档案,为逝者写生平,买党旗、骨灰盒,放哀乐,抬遗体,送灵车,她不知道自己是怎么熬过来的。到了火葬厂办火化手续时,工作人员让她签字,她看到自己的名字跟逝者的名字就隔着一条横线,感觉好像自己离死神也不远了。眼前全是花圈,耳边全是哭声,看见地上那黑黑的油漆,一阵恶心涌上心头,只好推说头痛。完成骨灰安葬、去民政局办抚恤金后,这事才算告一段落。

日常的工作就是为康健的老干部送水果、禽蛋和各种级别的政治文件,排解数不清的纠纷和一些婆婆妈妈的烦琐的事。这是她从来没有经历过的。她经常在想:我这是在当兵吗?我这样的工作有意义吗?看到报纸上她的同学们天南海北地去采访,这种反问始终纠缠在她的脑海里。

她最害怕的是,去太平间给老干部穿衣服,有些老干部子女根本就不往跟前走,都是李晓音一件件地穿。她起初很害怕,妈说,就当行善呢。这样,她才克服了胆怯情绪。在火化单上签字时,她紧张得手指都握不住笔。

也有让人开心的事。她陪着老干部,春去踏青,冬看灯,秋天呢,陪着唱京戏,扭秧歌。

她最难忘的,是给一位老干部写生平。这位老干部是副军职离休干部,曾是某军校的政治部主任,话很少,每次李晓音带着文件去阅文室时,他都是第一个到,看文件很认真。两年里,李晓音对他没多少印象。他病逝后,为了给他撰写生平,李晓音去学校借阅了他发黄的档案,才发现他立功受奖无数。他写的一份思想汇报,她很久都忘不了:

> 本人入伍四十年来,一直热爱军队,热爱党,党叫干啥绝没二话,背起背包就出发。立三等功三次、二等功两次,获优秀党员多次。但我有一件事要向组织坦白,这事我考虑了很久,不说我死不瞑目。

我在部队当政委时，因为工作方法简单，伤害了一名干部，现在想来特别后悔。该干部平时不太合群，爱读书，军事训练成绩比较弱。一次体能考核时，他不及格。我找他谈话，让他刻苦努力，补上军事短板。我说作为排长，军事素质不达标，怎么能带好手下的官兵呢？

他没听进去，体能考核补考不及格，又来找我。我当时急着去机关开会，对他说，要么好好干，要么走人。没想到，他下午遇上了车祸，后来走路一直一瘸一拐的，影响了他的进步。此事发生后，我特别难过，一定是因为他内心有负担了，才没注意对面来的车。一切的错都在我。后来每年我都匿名给他家里寄钱。从那以后，珍爱每一名官兵，耐心做好他们的思想工作，成为我一直努力的事。我大半生取得的成绩，与此事分不开。

…………

后面还写了很多事，李晓音反复看了好久。她后悔没有跟这个老干部好好谈谈，现在想跟他聊，已再无可能了。

多年以后，李晓音很后悔自己在干休所工作的四年里，没有深入老干部生活，当初要是知道他们每个人都是无限丰富的宝藏，说什么她也不会急着复习功课，急着离开。

艺术学院招生的消息是大姑子林诗诗带来的。

林诗诗打来电话时，李晓音正在电脑上给老干部建立档案，原来的纸质档案又旧又破，她每次拿时总感觉心里不舒服。她看到财务办已用上了电脑，建议所里也给政工办买一台，用电脑录入各类资料，查阅修改起来也方便。

“晓音，听特特说，你在干休所干得不错。”

“姐，要不是你把我调到省城，我还在野战师那个偏远的地方呢。现在孩子上了幼儿园，工作走上了正轨，生活也很方便，一切都挺好的。省城离我老家也近，坐车两个多小时就到家了。谢谢姐，我很知足。”

“那就好，晓音，我打电话是想告诉你一件事。今天我听同事说，他有个亲戚要考解放军艺术学院文学系，你不是一直想考军艺吗？”

“文学系要招生？”

“对，不过还是大专。你原来上的政治学院好像也是大专。”

“姐，我不在乎文凭，我要报考。”

对门的协理员已经下班了。李晓音等不到他上班，实行双休日工作制不久，上班得到下周一。

李晓音等不及了，这种事不能打电话，便买了一袋水果，敲开了协理员的家门。

协理员正跟妻子兴致勃勃地看电视剧《过把瘾》。看到她，协理员愣了一下，指指对面的沙发，示意她坐下，说：“这个电视剧很好看，这集看完咱们再聊。”

李晓音心烦意乱地等协理员看完，才说明来意。

协理员听完，半天才说：“李干事，你在所里，上上下下都说好，下一步，所党委是要重用你的。”

“协理员，先让我考试，考了再说。”

林特特一听李晓音要考试，说：“老婆，我全力支持你。”没想到不久，单位就让他下连蹲点。

李晓音复习功课时，儿子爱缠着她，一会儿拉着她玩皮球，一会儿又缠着她讲故事。为了晚上在办公室复习功课，李晓音找了一个小时工，让保姆每天看护儿子两个小时，一月给五十元。

有天，儿子忽然说：“妈妈，给我个榔头，我要把阿姨牙敲掉。”问他为什么，他也不说。李晓音想肯定是保姆对儿子不好，用了不到半月，就把保姆辞退了，让儿子一个人玩。她正在看书，忽听到儿子哭，一看，儿子从沙发上摔了下来，眼角磕到了茶几，血呼呼直冒。

儿子边哭边喊：“妈妈救我，妈妈救我。”她急急火火抱着儿子就往医院跑。儿子说：“妈，我鞋子掉了。”她拾起鞋子，又发现医疗证没带。好在，医生都是本院的，先给儿子止了血，缝了四针。

林特特一回来，李晓音就说她不想考了。林特特说必须考，他休假带儿子。好在，离考试也就一个月了。

父子俩在客厅看电视剧《和平年代》，李晓音在卧室复习功课，电视里的主题曲不时传了进来：流不尽是发烫的江水，一次次总听见号角在吹。放飞白鸽的岁月里，有几人醒几人醉。我的梦想你是否觉得太累，我的选择也许只能自己体会。饱经风雨的英雄树下，有多少爱多少泪……歌声终于结束，儿子又跑了进来，拉她手。她烦躁地推开，继续背题，儿子哇地哭了。林特特一只脚趿着拖鞋，一只脚光着，把儿子抱走了，顺便锁上门。儿子在外面哭："我要妈妈，我要妈妈！"

第二天晚上，学校大操场放电影《弹道无痕》。李晓音决定放松一下，想抱儿子去看电影。儿子甩开她的手，拉着林特特的手说："爸爸，咱们换一个会踢足球的妈妈，好不好？"

"可你妈妈会带你到北京天安门去玩，你不想去？"林特特笑着说。

"不去，我想让妈妈跟我们一起踢足球。"儿子抱着足球坚决地摇摇头。

李晓音要去北京上学时，四岁的儿子紧紧地搂着她的脖子，把脸贴到她脸上。她亲了亲儿子，递到林特特手里，说："寒假我就回来。"

走之前，她专门去了一趟曾经工作了几个月的学员队，说是告别，其实也有些炫耀，想扬眉吐气。

大队政委的头发更少了，好像啥事都没发生，说："李晓音，我就知道你在哪儿都能干好。"

干得好还让我走？李晓音话到嘴边，又咽了回去，说："谢谢政委赏识，在北京有事给我打电话。"

2

李晓音一到北京，先跟着林诗诗去看了公公，就要去学校。林诗诗问："不去天安门、故宫转转？"

“还是去学校安置好再说吧。”

给林特特的信里，李晓音这样写道：

一进校门，特特，我好像走进了剧场，四处都是歌声，进进出出的人无论老少都好像是在电影里。他们的穿着，说话，都那么的令我新奇。戏剧系的学生在花园里背台词，一会儿哭一会儿笑。音乐系的学生清晨起来练嗓子，咪咪嘛嘛个不停。最好玩的是舞蹈系的学员，七八岁到十二三岁不等的男孩女孩，穿着小军装，一个比一个帅气漂亮，小女孩挽着高高的发髻，既有孩子的稚气，又有女性的优雅，我恨不得抱着亲一口。

老师讲，报名三千人，才招了三十几个，真是百里挑一。

他们告诉我很多有趣的事，我说给你听听。周末，一个不足十岁的小学员和她妈妈刚走到天安门广场，一位佩戴列兵军衔的纠察敬了一个礼，拦住了母女俩。纠察说：“同志，这是你的女儿吧？”妇女说是。纠察说：“请你换掉你女儿的服装，怎么能这样打扮小孩？让她穿军装，还戴学员牌。”小女孩说：“列兵同志，我是解放军艺术学院舞蹈系学员，请问，我着装不符合内务条令吗？”说着，小女孩双手递上她的学员证。纠察打开学员证，钢印的确货真价实，便又给小女兵敬了个礼。

这样的事有好多。

你知道不？舞蹈演员最讲究身材苗条，他们每月量一次体重，超重一公斤就要被“罚站”，每周每人只发十元买零食。

好了，要上课了，有趣的事就不讲了。

我来上学，你既当爹又当妈，辛苦了。军功章有你的一半。你胃不好，千万记着吃药。你们父子俩睡前得洗脚，别忘记。爱你们。

多年后，记者采访李晓音，问她上军艺最大的收获是什么，李晓音脱口而出：“一上学，我第一个感觉就是蒙了，真的，所有的信息涌来，我根本就分不清重要与否,只想往头脑里猛灌。"

军艺是专题式辅导上课,老师们是各领域顶尖专家、学者,还有全国著名的作家。每个老师往课堂上一站，李晓音就感觉她的脑袋不够用,恨不能记下老师说的每一句话,每一个字。

古代文论,她是陌生的;拉美文学,她是陌生的。世界文学,她只学了些皮毛。哎呀呀,每天读书到半夜,要不是第二天得出操,她真不想睡。

二十世纪九十年代末，文学虽然没有像二十世纪八十年代那么盛行,大哥大、传呼机、电脑的普及使同学们不再在纯文学这棵树上吊死。那时稿费低,但要是写畅销书,给明星、企业写传记,缩写外国文学名著等,钱来得快。有同学买了大哥大、彩色笔记本和台式电脑,惹得其他人纷纷效仿。李晓音也未能免俗,写过一套"女才子丛书",还为一名越剧演员写过传记,挣钱买了一台二手笔记本电脑和数字传呼机后,就悬崖勒马,重新回归纯文学。

她觉得,还是写小说更有意思。每每写到激动处,她为人物哭,为人物笑。她发现,在写作时,自己是那么充实,不像秦小昂说的是受苦。

课余时间逛大大小小的公园,到人艺看演出,参加附近各大院校的舞会,还学会了滑冰。世界丰富,天天都有精彩等着你。

为了跟各报刊编辑和同学联系方便，她买了个黄色的摩托罗拉数字传呼机,顶端有个长方形液晶屏幕,可以显示一行数字,对应文字。虽然用起来比较麻烦,但跟人联系方便多了。

六年没见秦小昂了,生了女儿的她好像更漂亮了,身姿还是那么挺拔。秦小昂则说李晓音没变化。大家畅谈了好一阵。

秦小昂跟同学郑光明分手,跟开房地产公司的彭老板结婚了,对方比她大十几岁,一次聚会上两人认识的。彭老板刚离婚,儿子归前妻,一见面就喜欢上了女军人秦小昂。秦小昂经过反复比较,同意了彭老板的求婚。按她自己后来对李晓音的解释,她实在抵挡不住名车、大房子的诱惑。跟郑光明生活,住宿舍,骑自行车上班;跟彭老板生活,住的是复式楼,开的是宝马。她不是杜丽娘,她只是理解杜丽娘梦想的现代女人。

郑光明与秦小昂分手后，也不联系同学，更少参加同学聚会。柳宛如分到了电视台，跟李晓音交往不多。田心怡毕业后回了原单位，现在都当宣传科科长了。刘蕾分到了军队画报社，整天四处跑采访。

秦小昂每次约李晓音都打传呼，李晓音还不习惯，传呼机嘀嘀响了，同学们都看她，她才明白是自己的传呼机响了。是秦小昂请她看全国画展。

“老同学刘响听说你在北京上学，是他请你去，顺便带上我这个电灯泡。”

“我已经结婚了，他不知道？”

“你‘老封建’呀，都是同学，不就看个画展吗？再说还有我呢。”

到底去不去呢？正在犹豫时，大姑子林诗诗又打传呼，让李晓音一起回家看爸爸。

丈夫不在，李晓音每次去公公家，都跟林诗诗约好，否则总跟婆婆相处别扭。她对李晓音不热情，也不冷淡，但李晓音总感觉两人之间隔着什么。

“要是特特母亲活着就好了，她可是个作家呀。”李晓音跟秦小昂说。

“天呀，你真是身在福中不知福，你不知道，我那个婆婆，简直挑剔死了。一会儿嫌我没照顾好她儿子，一会儿又说我做的饭营养搭配不当，反正总不满意我。”

“可是现在这个婆婆吧，我跟诗诗、特特都不喜欢，要不是看公公，我才不去呢。”

“那就靠你缓和了。”

“哪有我的份，我家大姑子你又不是不了解，吃什么饭，做什么事，全是她操办。我只是给她打个下手。”

李晓音跟林诗诗说学校有安排，这周就不回去了。

林诗诗回到家，林父又坐在桌前研究他的花间词了。林诗诗说：“爸，咱们周六去公园转转。”

“出版社约了稿，我不去了。”

爱人加班，林诗诗一个人去美术馆看画展。看到一个人，背影像李晓音，跟一个男人在一起又说又笑。她紧走几步，确认是弟媳，心里很不舒服。秦小昂在里面观画，林诗诗没看到。

林诗诗本想继续转，成心让李晓音看到，看她怎么解释，略一思忖，还是出了美术馆，去超市买了菜，决定给爸爸改善一下生活。平时继母上班，父亲都吃食堂。

晚上九点半了，林诗诗给李晓音宿舍打电话，接电话的是一个女人，说：“李晓音还没回来。”

“她是不是经常回来得晚？”林诗诗犹豫片刻，还是把此话问了出来。

对方倒是大大咧咧的，说：“文学系的学生嘛，活动多，脑子活，男男女女，有说有笑的，整天都那样。”

林诗诗心里更不舒服，她想了想，打李晓音的传呼，没回，便骑着自行车出了门。

3

此时，李晓音和几个同学在紫竹院玩。

月光皎洁，给春夜的公园增添了一层神秘的面纱。脱掉军装的大学生们，身着时兴的衣服，坐在草坪上，有人弹琴，有人唱歌，有人谈小说构思，有人聊诗联句，还有人三三两两地在月光下跳舞。李晓音坐在湖边的一块石头上，看了这个瞧那个。她喜欢这种氛围，虽然她很思念爱人和孩子，但一想起没完没了的家务活，就格外珍惜这种梦想的生活。

周末熄灯晚，十点时，她催着伙伴们回，但大家兴致正浓，都不愿回去。班里一位男同学说：“我要回去，晚了，大门估计都关了。”

同学们哈哈大笑：“好学生，就回去吧。你们真是辜负了这良辰美景。”

他俩走了一路说了一路，谈最近新读的作品。

“你喜欢略萨的《潘达雷昂上尉和劳军女郎》吗？”李晓音问。

“结构新颖，场景切换快，适合拍成电影。但我认为，咱们中国文学还是老老实实讲故事好。”

“我赞同你的观点，文学跟人生一样，先锋虽有一时之盛，但我以为，能留下来的还是那些生动的文学人物，我们记住的不就是林黛玉、包法利夫人、安娜·卡列尼娜、孔乙己吗？”

“我读过你不少作品，你的作品不玩技巧，但细节扎实，耐读。”

俩人一路说着，不觉间就到了校门口。李晓音一眼看见大姑子在校门口。

林诗诗一看到她，提着一包东西走过来，说：“你周末没回来，我给你带了些吃的。”

“谢谢姐，这是我同学，我们好几个同学去公园里散了会儿步，我俩赶着熄灯号前回来了。”李晓音大大方方。

林诗诗也热情地跟同学打了招呼，骑着自行车回家了。

“你大姑子真好。”

“我们原来一个单位的。”

两人进宿舍楼，谈兴仍浓。李晓音发现这个同学真人不露相，很有一番见地。

再次上学，李晓音的内心发生了微妙的变化。看到同学们男男女女在一起看演出、逛公园开心的样子，她感到孤独，甚至还有那么一缕妒忌。从什么时候起，他们不跟她玩了？是因为她的一本正经，还是她拒绝了不少男同学的邀请？同屋的女同学老说她太古板，都什么年代了，思想要解放，才能写出好作品。

就在这时，这位男同学闯进了她的心里。

上课时，有双眼睛注视着她；周末，他常来约她去看电影。想到丈夫，她有些内疚，但又想，自己并没有做对不起丈夫的事；有时也思考，丈夫怎么就让她没有激情呢？

一到周末,男同学就约她去北大看未名湖,去首体滑旱冰,去人艺看演出。她心里涌起了当初对全涛的那种无法言说的激情。每天上课前,要是没看到他,她心里就怅然若失。看到他发稿子了,比自己稿子发出还高兴。有天,她在阅览室一口气看完他的一部中篇小说,跑到宿舍找他,跟他谈了两个小时的体会。

又一个周末,男同学约她去大观园。这时,林诗诗打电话。李晓音撒谎说:“姐,学校有安排,不让请假。”

就是在这次活动中,男同学表白了对她的爱慕之情。她说自己有孩子,有丈夫。男同学说:“那可以离呀,咱们班不也有人离婚吗?”

这个难题让她彻夜难眠。她察觉大姑子对她有了看法,难道知道了什么?要不怎么一会儿说爸爸生日让她回家,一会儿又说和她去买衣服,总有借口。

一想,更睡不着了。第二天出操,作为队里的值班员,她竟然把“跑步走”喊成了“正步走”,文学系同学措手不及,在全校师生面前出了洋相。

4

林诗诗的确凭着女性的直觉,感觉到了李晓音的细微变化,李晓音穿衣更讲究了,回家次数越来越少,跟她说话时露出的表情,都让她觉得有事发生了。当然,没有根据不能乱说,处理不好还会适得其反。这种没把握的事不能给别人说,爸爸只会担心,起不了作用。她反复考虑后,给弟弟打电话,问侄子最近怎么样。

林特特说还可以,就在他们部队上幼儿园,他每次上班前送去,下班后接回来。

“我想把晖晖接来北京,跟我家强强在一起,上学也是个伴儿。”

“好呀,姐,我一个人也带不过来。你不知道,一会儿幼儿园打电话说打架了,一会儿又开家长会,我工作都顾不上。”

"特特,你最近跟晓音联系了没?"

"经常打电话,挺好的。"

"最近打了吗?"

"她说赶一本书,有一两周没有联系了。"

"你要经常给她打电话。对了,晓音上完学估计也不愿回去了,按她现在的创作成就,留京问题不大。你得想办法。我给你姐夫说了,现在干部调动很困难。姐想了想,你们俩老分着,也不是个事,我近期会来秦城出差,把孩子接回京。你好好复习功课,按你以往的学习成绩,考国防大学研究生应当没问题。别人最难的是英语,于你还不是小意思。"

"我听姐的。不过,晖晖到你家,你就费心了。"

"弟呀,我就你一个弟,姐不为你操心谁为你操心。晓音有没有跟你讲过她以后的去向?"

"她说了,不想回来。"

"所以,你要抓紧复习,不能老像个书呆子,事事都让人提醒。"

刚放下电话,林诗诗又拨回去,说:"这事你先不要跟晓音提,我来告诉她。"

"知道了,姐。"

林诗诗打电话给李晓音说爸爸病了,让她立即回家。

李晓音正在犹豫是否拒绝男同学的邀请,这电话给她解了围。林诗诗让她直接到学校大门口。

一见林诗诗,李晓音急着问:"爸怎么样了?"

林诗诗打了一辆车,说:"上车。"

"爸没在你们医院?"

"去了就知道了。"

林诗诗让出租车停到北海公园门口。李晓音心里有些紧张,难道大姑子听到了什么闲话?

两人进了饭庄。林诗诗点了一品豆腐、肉末烤饼、小窝头、豌豆黄,然后望着窗外说:"红墙宫柳,碧波荡漾,鲜花喷香,多美呀。"

“我真以为爸病了。”

“不说爸病了,你能出来吗?”

李晓音没有说话。

“我同事知道我弟妹是作家后,老问我你写了什么,是发在《人民文学》了还是发在《收获》了,还是拍成电视剧了。我还真说不出你最近有什么大作。”

“姐,那是大刊。你对我期望值太高了。”

“晓音,为啥让你到北京来上学?就是机会多,想让你离你的理想更近些。你想想,你一路走来,费尽了心血,多不容易。”

大姑子话里有话，但李晓音不敢证实。大姑子一定是怕自己难为情,才说得遮遮掩掩,她只好装聋作哑。

“晓音呀,你转眼就毕业了,我也整天帮你想办法,你要好好努力,多发些有分量的作品,这样我跟你姐夫找人时才能底气十足。北京嘛,好单位当然人满满的,要进去很不容易。就拿我们医院来说,要进来,必须有本科、硕士学历,幸亏我又考上了研究生。我还准备考博士呢,要不就带不了研究生,没法在医院待,也不可能评正高职称,出国留学更不可能。你将来搞业务,一定要有真才实学,这样在哪儿都响当当的。我们院那些院士,真是不得了。我老师是心外科主任,中国工程院院士,技术三级,住的都是小楼,现在快七十岁了,还在上班,穿着军装。”

“姐,谢谢你。”

“只要你心里有数,知道当前什么是大事,我就放心了。你不想想,多少人想留京,竞争多厉害。”

“明白。”李晓音感觉自己头上都冒虚汗,却没敢擦。

“想孩子吗?”

“当然想了,前两天晖晖还给我打电话,问妈妈啥时回来。”

“很快就能见他了。”

林诗诗把晖晖接到北京了，李晓音当然兴奋，要不是第二天要上课,就连夜回去看儿子了。可躺在床上,越想越不对劲。把孩子接来北京上学，这么大的事，丈夫也不跟自己商量，这肯定是大姑子出的主意。自己家里的事，事先不征求她意见，就自作主张，也太不把她放在眼里了。联想到今天的谈话，明白大姑子其实已经暗示她了，她却没有听明白，更不高兴，觉得林诗诗把她当成外人。李晓音心里有苦说不出，把丈夫责怪了一番。

林特特很老实，说："姐说先不要跟你说，怕影响你学习。"

"你就只听你姐的，林特特，你到底是不是个男人？我是不是你老婆？"周末晚上，爱人一打来电话，她就把气撒在他身上。

"反正孩子是姐管着呢，你安心上学，我也好好复习功课。姐都是为咱好，对不对？香港都回归了，咱们也该团圆了。对了，你们早上看电视直播了吧？驻港部队陆海空三军完成进驻。以后咱们一家三口到香港去玩玩。"林特特几句话，让李晓音倒无话可说了。

传达室里，同学们在看电视，有些人喊着，有些人激动地拍手，都在庆贺香港回归。

周末，李晓音带着儿子回到公公家。一见孙子，林教授也不研究花间词了，让孙子骑在他身上，摸他胡子，没见他那么高兴过。

林诗诗单位离林父家不远，也就两站路。林诗诗家三室一厅，林诗诗的儿子强强比李晓音的儿子晖晖大一岁，两人刚好住上下铺，幼儿园在院里，也方便。李晓音每次去看儿子，就住客房。

"晓音，下周末早些回来，咱们带着孩子去海底世界，晖晖嚷了多次了，说要看美人鱼。"林诗诗叮嘱道。

说实话，在艺术院校，男女同学交流机会多些，特别是那个男同学，使她心里涟漪重重。但她明白，自己走到这一步不容易，必须发乎情，止乎礼。因为有更多的书等着她读，更多的文章等着她写。

如果说，她在秦城写东西还算有名，在北京简直连个作家都算不上，来上课的老师都大名鼎鼎。

建立一个家庭不容易，解散一个家庭更难。她发现她离不开儿子，更离不开林特特，于是狠心地回绝了男同学的求爱。此事后，她瘦了，人恍惚了好一阵，毕业渐至，又把她从梦中惊醒。

爱情，对有些人来说，实在是个过于奢侈易碎的东西，在现实面前实在不堪一击。

就在这时，她得到消息，大哥平职调到了野战部队，任师政委。

难道他犯政治错误了？或者犯了经济错误？要不就是跟领导闹别扭了？她脑子乱极了。

第十四章　政者，正也

1

四月繁花渐凋，已到春暮，但位于高原的青城，树枝才刚发芽，春天姗姗来迟。明媚清亮的太阳照在远远的雪山上，照在高高的办公楼上，照在二楼政委办公室那一盆硕大的龟背竹上。大校李晓义正在办公室跟各团政委谈话：

“我们一定要在全师全面推广安全工作目标责任制，力争杜绝亡人事故，减少等级事故；连队的目标是不损一车，不伤一人，无等级事故。这些目标都分解到每个阶段，开展‘趟趟优，安全月’活动。各部队当年提出，当年就要见效益。从明天起，我就一趟趟地跟车队上线执勤。”

桌上电话铃响了，他拿起电话，一听声音，就不耐烦地说：“晓音，我正在开会呢。”

放下电话，又接着说：“一定要从根子上解决问题，车轮一转，我的心就提到嗓子眼了。我这个师政委，就靠你们各个团领导了，我把一团人交给你们，你们可要给我带好。”

会散了，李晓义正要给值班室打电话，电话铃又响了。他接起一听声音，就没好气地说：“晓音，你毕业分配的事，我在高原也没办法呀。你给大哥说说嘛！他在北京那么多年，总会有办法的。什么？我这是在高原上，你大声点。我官僚？什么，不是说你的事，那是啥事？大哥调到外地了？平职？自己要求任职的？你让我跟大哥谈？大哥能听我的吗？再说已经决定了，也就没办法了。大哥肯定有他的道理。妈哭啥呢？还住院了？你说她急啥，这种事她能管得了吗？嗯，行吧，行吧，我问问大哥，他呀，我说了没用的。好了，你不要说了，我还要到线上去。对，我在高原上，天气不好，这儿少氧气，说话有些喘。告诉妈，放心，大哥不是小孩子了，快五十岁的人了，他知道该怎么做。犯错误？谁犯错误大哥也不会犯的。叫妈放心，把她身体照顾好。调动也正常嘛，军人服从命令是天职。好了，就这样，我还有事。”

李晓义放下电话，并没有立即拨给大哥。虽说是亲兄弟，他一年给大哥也打不了几个电话，倒不是工作忙，说不清为什么，他感觉跟大哥说不到一起。按说弟兄俩都是师职干部，都是军人，应当有更多交流，可他就是不喜欢跟大哥说话。大哥时常打电话，不外乎提醒他要好好干，要注意安全，不要喝酒。好像他不是一个师职干部，而是一个初进营门的士兵，这让他心里很不得劲。

那么从什么时候开始，跟大哥的关系别扭了？李晓义陷入了沉思。对了，是那次电话。

那时，他还是团政委，大年三十，高原又下起大雪，他带着演出队的同志，来到一个海拔五千多米的哨所，给官兵拜年。他们抬的筐子上贴着喜字，里面装的全是过年的食品及礼花、爆竹，还有一大摞慰问信。

哨所有一个哨长和四个兵，哨长带着老班长进山执勤去了，只剩下三个新兵。有个年龄大些的兵安排政委跟宣传队的同志到哨所里唯一的包间用餐。

李晓义摆摆手，说：“我跟大家一起吃饭。现在，去贴对联，红红火火过大年。”

红红的对联贴到了宿舍、炊事班、会议室的门上，暖热了官兵的心，对联还是李晓义斟酌再三选定，又让宣传干事写的。机房贴的是：机房值勤平凡岗位平凡事，站岗放哨钢铁长城钢铁人；大门上的是：枕戈待旦笑看千家爆竹贺丰岁，餐风露宿乐在万里边关卫国情；官兵宿舍的是：新兵新年新环境万象更新，同吃同住同训练道合志同。

贴完对联，他对三个兵说："走，挂鞭炮去。今晚不把沉睡的唐古拉山吵醒，咱们绝不罢休！"噼噼啪啪的爆竹声炸响雪山。上校一个"二踢脚"，战士一个"连环响"，你来他往，声声震耳。李晓义像孩子一样，嚷道："不过瘾，再给我一串烟花，让咱们执勤的官兵看到。"说完，拿着一把烟花来到篮球场，腾的一声，又腾的一声，天空火树银花，分外灿亮。

放完炮，他们回到屋里，个个满脸热汗，汗珠上缀着抑制不住的欢畅。李晓义这时对三个兵说："鞭炮放过了，礼花点燃了，唐古拉山也醒了。现在该我们演出队唱歌了，王干事，来唱一支你最拿手的歌——《说句心里话》。"

帅气的王干事穿着演出服，走上台来，不像只面对着九个人，而像面对着上千人一样认真，先试了话筒，然后唱：说句心里话，我也想家，家中的老妈妈已是满头白发……

歌毕，开饭了，李晓义走进饭堂，左看看，右闻闻，说："十二个菜，不错，有鱼有鸡有肉，今天大家吃饱。在我们老家，再穷的人家年夜饭都要吃得丰盛，吃得热闹，吃得喜庆。"

"来，吃饭！"他让坐在他旁边的年纪最小的一个兵先动筷子。新兵不敢动，他给夹了一块排骨，说："吃呀，你们不吃，我们也不吃。"故意装作生气放下筷子。一个老兵说："大家吃。"说着，自己先夹了一块肉。李晓义笑着说："快吃，吃了还有好多事呢。天太冷，大家喝点酒。我这人平时话少，几杯酒下去，什么话都能说了。什么是政委？就是给人做思想工作的人，要是打不开兵的心结，那还叫什么政委。"

一个浙江兵喝了一口酒，呛得直咳嗽。

李晓义笑着拍拍兵的后背说："不急，不急，慢慢喝，你这个小家伙呀，是不是没闻过酒味？"

这个刚入伍半年的新兵对李晓义说："政委，你来之前，我一直想我妈，想家。她总是说我年龄小，担心我在高原吃不了苦。她听说我们兵站在海拔五千多米的地方，就说孩子呀，你千万千万小心，可别掉下去啊！政委，今天你来了，我心里高兴，就把妈妈的这种担心当笑话讲给你听，你可别见笑。”

李晓义搂着新兵的肩膀，说：“小伙子，明天你就给妈妈写封信，告诉她，我们李政委已经在高原当兵快三十年了，从来没掉下去过，拉着政委的手，我也就掉不下去。”

结果几杯酒下肚，李晓义自己醉了，走到外面，看到高原上的月亮，一时兴起，大吼了几句在高原流行的歌曲：

儿当兵当到多高多高的地方
儿的手能摸到娘看见的月亮
娘知道这里不是杀敌的战场
儿却说，这里是献身报国的好地方
…………

官兵们循着这声音才找到醉倒的政委。

这事让一个京城来的作家写进了一部报告文学作品里，说某团政委大年夜与兵过年，喝醉了酒爬到树上，唱了一夜的秦腔。

文章总体是夸他的，师宣传科科长跟他说了，他一笑了之。什么这个宣传那个宣传，汽车团里的政委，不是靠登几篇文章就能当好的。但没想到，从线上下来，衣服还没来得及换，大哥就从北京打来了电话。

很长时间没有跟大哥好好聊了，听到大哥来了电话，他的心一热，拿起电话叫了一声：“大哥！”

那边却不管不顾连珠炮似的发起火来：

“我说晓义，你怎么这么不注意影响呀。你是团政委，全团官兵都看着你呢，还喝酒，喝点也罢了，竟然喝醉，还上树，这传出去，影响多不好。你是我军的团级干部，不是一个放羊娃了。”

“我没有上树，都是他们写文章的人瞎编的。”李晓义解释道。

“难道喝酒也是人家编的不成？我说晓义，咱们从农民的儿子干到现在不容易，你不能再这样了。时时刻刻记住，你是领导，你的一言一行已经不代表你个人了。做事要严谨，要有头脑。比如说你们团里那个材料就写得不行。事迹过硬，但也要跟上面的精神联系起来，只有吃透了上面的精神，才能有的放矢地开展工作。你们的材料没有统领行动的精神实质，加上几句话，就画龙点睛了。”

李晓义没有听完，就不耐烦地说：“好了，我刚回来，洗个澡再说。”

“你别放电话，我还没说完呢。你一定要搞好人际关系。基层部队虽然说不像大机关那么复杂，但只要是人待的地方，就免不了各种问题。你刚当上团政委，一定要把这些关系处理好，要把干部的积极性调动起来。”

“知道了。”李晓义不等大哥回答，就放了电话，心想：什么人呀，不要以为比我大两岁就能教训人，我好说也是个团职干部。

从那以后，大哥再打来电话，他都不接，实在躲不过去，就应付几句。

他接到李晓音的电话后，心里念叨：“每个人工作的思路不一样，人不是机器，不能有一定的模式。我比你兵龄少两年，比你小两岁，这不，也干到正师了？你千注意万小心，一心扑在工作上，父亲得病了都回不去，一门心思地工作，却从京城干到外省去了，还是平职。哥呀，你让我怎么说你呢？”

还是得打个电话，无论怎么说，那是一母同胞的哥呀！李晓义刚拿起电话，一阵敲门声响了起来。这声音跟平时不同，响一下，好像又犹豫一下，接着又响了两下。李晓义放下电话，很不耐烦地说：“进来！”他喜欢干脆果敢的人。

来人是汽车一团副政委刘凯，跟他是老乡。刘凯一进来，马上关上门。这让李晓义很不舒服。

对刘凯这个人，他总体印象还是不错的，处事周密细致，但有一个最大的问题，按老家的话来说，就是太黏糊，一件事绕半天。黏糊不是什么坏毛病，但一个主官这样，于工作不利。当然，身为单位领导，他极力让自己在任用干部时公平公正，不以自己的喜好调配干部队伍。师党委已派出三级联合考核组到部队调研，选用真正过硬的干部。

“政委好！”刘凯说着，拿出一个厚厚的文件袋，腰弯了弯。这么一个动作，他就明白对方来干什么了。汽车一团原政委提职了，现在要新配一个，他已经接到来自总部、军区、老战友等各处的多种举荐。

“刘凯来了，坐。”李晓义说着，站起来给刘凯接了杯水，放到茶几上，自己也坐到一边。他不叫职务直接叫名字，大家同是老乡，部队不提倡老乡观念，可是乡音总会使关系无形中拉近。他和刘凯又是同一个县还是同一个公社的，这在部队概率很低。

“谢谢政委。”刘凯端起杯子，轻轻抿了一口，文件袋宝贝似的仍抱在怀里。

“最近团里怎么样？”

“政委好，全团官兵思想稳定，工作激情高涨，团结协作精神尤为可贵。”

李晓义点点头，刘凯一时无话。电话响了，李晓义接完电话，坐在办公桌前，看刘凯仍抱着文件袋，便直接问：“你有事吗？”

“政委，是这样，”刘凯抱着文件袋走到李晓义桌前，说，“政委，我已经副团五年了，下一步请政委多关照，亲不亲，家乡人，这袋里是我的材料，请您过目。”他把文件袋放到桌上就要走。

李晓义盯着他的眼睛，问：“里面什么东西？”

“我……我的个人材料。”

“打开！”李晓义带着威严。

“这个……”刘凯在政委锐利的眼神下，紧张地看了一眼关着的办公室门，打开文件袋，掏出一叠材料，递给李晓义。李晓义一看，是述职报告、各类获奖证书。抛开性格不谈，刘凯在竞争政委一职上还是有一定实力的。

刘凯又把文件袋放到桌上，还拿一张报纸盖住。

“里面还有什么，全掏出来！”

“政委，没……没啥，就是一点小意思。”

“拿出来！”

刘凯很不情愿地递给李晓义。这是一个信封，里面鼓鼓囊囊的，李晓义明白了这是什么东西，里面至少有两万人民币。他瞥了刘凯一眼，把信封还给他，说：“这个东西拿走，材料留下。至于你说的事，相信组织会慎重对待的。”

“政委，我没别的意思，您一直对我很关照。”刘凯也不接信封，还想解释。

李晓义把信封重重地往桌上一扔，低头看起文件来。

刘凯站着不动。

李晓义抬头说：“拿着你的东西赶紧走，要不我马上就交纪检了。”

刘凯讪讪地赔着笑，拿起信封，说：“那，政委，我先走了。”擦着头上的汗，退出门去。

刘凯转身关门时，李晓义叫住了他。刘凯脸上一喜，忙大步走回办公室，仍没忘关门。

“刘凯，好好工作，如果你还念我跟你是老乡，就不要这么庸俗地想我。别有思想负担，大胆工作。我妈给我寄来一袋辣椒面，做油泼面、肉臊子可好吃了，咱们超市卖的辣椒面不辣。你拿走。”

“可……政委……这多不好意思。”

“行了，快拿走吧。我知道你喜欢吃面，面上放熟油辣子胜过山珍海味。”李晓义说着，笑了。

门轻轻地关上，李晓义再无心思看文件，起身给大哥打电话。办公室没人接，他想了想，打到家里，也没人接。下班的号声吹响了，晚上再打吧。

这时，妹妹李晓音又打来电话。“啥事？”他直截了当。

“哥，我准备写一篇反映汽车兵生活的小说，请你给我提供一些你们部队的素材，最好找几个不同层次的新兵、老兵，我跟他们谈谈。”

“找宣传科。”

“哥，你说咱家怎么就不能像特特家？姐弟之间亲得我都羡慕。”

“行了行了，我还忙着呢。”

冷血动物！李晓音轻轻骂了一句，一想二哥那一本正经的样子，笑了。

2

李晓音又给大哥李晓忠打电话。大哥说他们部队在戈壁滩，条件虽然苦些，但自己是主官，许多想干的事都能实现，有种成就感。

“哥，本来学校想让我留校的，现在你一走，就没了下文。”

“晓音，我给你说过，走在哪儿，都要跟人搞好关系。就说你们文学系，你看看从系主任到队长，哪一个不是在全军文学领域响当当的？还有你的同学，能考上全军文学系的都不是等闲之辈。你的一些小说，我看过，写的是不错，但不是最好的，格局太小，视野狭窄。要是最好的，北京有那么多的部队报刊，自然会要你。”

“哥，我知道。就拿我们同学来讲，我整天跟他们一起玩，关系自然会变好，可我就没时间写作了。跟老师吧，我自己也想处好关系，但就不知道怎么处。我们同学有人跟老师打球、吃饭，处得像亲人一样。我很羡慕。有个老师写东西很棒，我想让他给我的小说提提意见，但打了几次电话，他不是说忙就说病了，次数多了，我就明白人家的意思。我反思自己，我对每个老师都很尊敬，但就是没有能力跟他们成为知心的朋友。这是为什么呢？”

“晓音呀，遇事先要站在别人的立场上考虑问题，通过别人的眼光看自己哪些方面做得不好。咱爹老说，一个人学会吃苦和吃亏，就没有干不成的事。能吃苦，才能干成事；能吃亏，才能朋友多。众人乃圣人。众人说你是圣人，你才是圣人。只有虚心向众人学习，你才有可能成为圣人。”

李晓音嗯嗯地应着，拿笔唰唰地记着。

“晓音，无论怎么样，要有真本事，只要你有能力，就成功了一半。人际关系也很重要，我当兵三十年了，有个体会，成功的人必定有一帮好朋友、好战友、好领导，他们是你前进路上的向导和盟友。只有依靠他们，你才可能走得更远。你们知识分子，总自恃才高，清高孤傲，结果就把自己变成了孤家寡人。你现在也是营职干部了，要成熟起来。我离京对你是好事，没人因为我而护着你，那就靠你自己了。你要想真正了解你的同学，就必须与他们成为好朋友，知道他们想什么，需要什么，能给予他们什么样的帮助，这样日积月累，才能跟他们打成一片。写作是写人的学问，你连你身边的同学都不了解，不关心你置身的生活，只闷头写，写出的东西肯定不接地气。当然，我说得很杂，只是我个人多年的体会，并不一定对你真的有用，你可作为参考。遇到问题要善于分析，分出每一个组成部分，并探寻它发展的历史，转而考虑它的环境，观察后者对前者以及前者对后者的作用，再回头去探求事物的起源、变化、进化以及它所完成的使命，最后探究各种各样的作用。遇到矛盾，要层层剥皮，把矛盾的各个方面都暴露出来，由此及彼、由表及里地去粗取精。不忽视外因，重视环境对事物的影响，从各个角度考察它们的作用和联系，抓住主要矛盾，发现事物的实质。为人处事则要度量大一些，平静一点，不发火；多想一点，不莽撞；沉着一点，不慌张；忍让一点，不纠缠；坚定一点，不动摇。了解别人的同时也得给别人了解你的机会，十个指头都动才能干起来。主动权掌握在手中，行动就自由了。”

李晓音没想到，平职调到野战部队的大哥竟然还这么乐观。

3

新官上任三把火，可李晓忠上任一个月了，一把火也没有烧起来。除了看师里连续三年的年终总结和干部简历表，他很少发表指示；即使开会，发言也很少；让他发言的时候，也言简意赅，大都总结性地说几句，并不提出新的想法。许多人期望从总部下来的人能使C师打个翻身仗，有点失望。C师机关还是老样子，不紧不慢，不急不躁。

师长张龙飞坐不住了，来到李晓忠的办公室，发现李晓忠正在写着什么。李晓忠一见师长进来，忙让座，自己也跟着坐到沙发上。两人闲聊了半天，师长问："政委，你对咱们下一步的工作有什么想法？"

"师长，我目前情况还不熟悉。"李晓忠笑了笑，又说，"先找团以上干部谈谈，摸清思想情况后再说。"

"政委，我来是看看你住在招待所方便与否，需要什么说一声，我家就在本地。"师长说着，站了起来。

"谢谢师长。"

张龙飞回到办公室，心里嘀咕道，都来了一个月了还没有什么想法，难怪被发配下来了。其实李晓忠一直没有闲着，他已经跟师机关的各部领导谈过话，了解清楚情况了。他还想找已经退休的老干部谈心。

李晓忠第一个找的是已经退休的政委，这是大家没有料到的，一般新领导来了，都找现任领导谈心。找老领导还有什么意思？秘书们想不透，师领导也想不明白这个政委葫芦里卖的是什么药。

晚饭后，退休一年、正闷在家里的老政委没有想到新政委能找到自己，有些受宠若惊，急忙叫老伴儿端茶递烟，很是热情。

他一定是想问我工作、师长还有其他人的关系，老政委心里想着如何应对。不能说，不在其位不谋其政，老政委心里有底了，就显得自如多了。

李晓忠并没有跟他谈师里的任何事，而是说："听说老政委棋下得好，一直没有对手，我想跟老政委学几招，不知您可愿收下我这个学生？"

"政委那么忙，还有心思下棋？"

"工作是工作，现在下班了嘛。我家属也不在这儿，一人吃饱全家不饿。"两人就摆开了棋势。一直下到晚上九点多，李晓忠说："政委，我明天还来,虽然我屡战屡败,但我仍要屡败屡战,直到转败为胜。

“好呀,反正我现在也没啥事。”

下棋持续了一周。知情人士告诉师长,两人只是下棋,并没有说工作上的事。师长摇摇头,说:“算了,这样的人,看来是游山玩水的,有关系了会调上去的,没关系可能也就到头了。”

就在师长认为李晓忠只是来基层“镀金”的时候,李晓忠的棋艺已经明显超过老政委了,老政委跟他好得称兄道弟,关系非同一般。这之后的一周,李晓忠说自己要下部队,四个团轮流调研。

“你这么去太匆忙了,下周吧,让他们准备一下。”师长劝道。

“不用了,我一会儿就走,工作组也不带,就带组织科的王干事。”

李晓忠每到一个团队,就有人给师里打电话报告,说政委跟战士们一起吃饭,还睡到战士宿舍,不去找团长政委,而是找班排干部,碰上谁就跟谁谈心。

一团是这样,二团也是这样,炮团也是这样。参谋长到师长办公室,把自己听到的原原本本地给师长汇报,末了,说:“看来还是总部的厉害。”话一出口,看到师长的脸色,忙打住了。张师长心里暗想,不知他下一步要干什么。

4

初夏,C师军官训练中心召开了一次不同以往的会议,成员全是清一色的年轻干部,最高军衔就是中校,尉官们占大多数。会场上没有横幅,座位也不像以往,今天所有桌子摆成了圆。师领导只来了政委一个人。后面坐满了,只有政委左右的几把椅子空着,有人宁愿在后排加一把椅子,也不往前走。

“来,来,徐干事,坐我右边。还有那个少校,你也来坐,看着面生,哪个部门的?师机关的年轻干部我认得差不多了,怎么不认识你?”

年轻干部立正,敬了一个标准的军礼,说:“报告政委,我是炮团的组织股长，今天刚到师里报到。”

“是不是耳东陈，山峰的峰？”

“是，政委。”

“好，陈股长，坐下吧，你写的总结材料我看了，非常扎实。调你来，就是要你把组织科这个重担挑起来。”

“谢谢政委。”

李晓忠环视一圈，说：“我感觉有不少人还没来，我先点个名，跟大家认识一下。”

点完名，李晓忠说：“怎么司令部少了三个人？王干事，给司令部打电话，还有后勤部政工科的宁干事怎么也没有来？我知道他也是四十岁以下，没有出差，也没有探亲。”

王干事说：“我马上去找。”

李晓忠的目光一一扫过大家，微笑着说：“你们多年轻呀，中尉、上尉、少校，我心里羡慕，年轻多好呀！你们是C师的未来呀！我跟中层领导基本全谈过话了，跟你们年轻同志还没来得及。我想跟你们交朋友，谈一些心里话。在我谈心之前，先请咱们师到部队代职的年轻干部谈谈体会。这些人下去的时候，是带着机关给的任务去的，对你们的要求有几点：到最基层的地方去，到最需要的地方去，去干最难干的事。你们写的体会非常实在。十二个人，我请其中三位发言，相信一定会对在座诸位有所启示。”李晓忠说到这儿，朝后面来的几个人看了一眼，“你们为什么现在才来？会后说明理由。下面请代职的三位同志发言。”

第一个站起来的是宣传科的新闻干事朱京。他说：“我这次下到坦克团，代职副教导员，第一个感受是，我过去写的许多稿子为什么上不了报？是因为太假，根本不了解部队，不了解基层……”

会场很静，所有人盯着发言者。李晓忠听到手机短信提示音，没有理会，观察着众人的表情。

“什么是政治工作？怎么才能当好合格的干部？没有两下子，现在的官兵不会盲目听你的。我刚到团里，有个挂着学员牌的年轻人问我，教导员，你会开坦克吗？我说不会。他又问，教导员，那你敢不敢跟我比射击？我那时候恨不得地上有个洞钻进去，真怕那位学员和我比。在场的营长制止了他，替我解围，说教导员是政工干部，擅长写文章，是咱们师有名的笔杆子。你们猜那个学员又怎么说？”

众人开始交头接耳，有人说：“是不是问你写什么东西了？”

李晓忠朝朱京赞许地点点头。

朱京继续说：“那个学员说，他是大学生，从地方新闻系到部队，因为是学新闻的，所以一到部队，每天第一件事就是把咱们军区小报和军报仔细地读一遍，从头版看到末版，没有在报上发现咱们师里的新闻稿，心里很难过。是咱们师工作不行，还是新闻干事的失职？”

李晓忠说：“我可以告诉大家，这个新学员，我已经调到咱们师里宣传科了。小李，站起来让大家认识认识。好，坐下。

“小李干得不错，到宣传科一个月，就在军报发了一篇稿子，在军区报发了三篇稿子，写的材料还被集团军转发了。我准备报请师党委，拟把他从副连职排长提为正连职干事。同志们，什么叫国家兴亡，匹夫有责；什么叫抓住机会，脱颖而出，这位小李干事给我们做出了回答。我就喜欢这样的干部，敢做敢当，不畏上，不怕得罪人。我给大家交个底，也请大家监督我，监督师党委，我们在使用干部上，就是要这样使用，你是鱼，我们师党委就给你大海；你是鸟，我们师党委就给你天空。我说到做到，以后在任用干部、战士考学、提干、转志愿兵方面，我也是这个原则。要不服，欢迎大家来找我。只要你有才干，只要你说得对，我就听你的。我跟一个年轻干部谈心，他说他恨死某某某了。我问为什么，他说因为他比较强，盼着他调走，这样自己就有机会了。我就告诉他，我们需要朋友，更需要对手。善用对手，可以学到更重要的东西。

“朋友是并肩作战的人。并肩的人，只能观察到侧面，不容易看出真正的弱点。对手不是从正面冲突，就是从背后杀个措手不及。不论正面攻击还是背面偷袭，他们的观察最全面。对手发动进攻的时候，肯定会发挥他们的长处，展现他们的优势。这样你就可以从他们的攻击中学到东西。

“有时候，朋友也会看到你的一些弱点，然而朋友往往因为你们的友情而不实话实说。

“越是敌人和仇人，可学的东西越多，对方要消灭你，一定是倾巢出动，精锐必至。在他们使出浑身解数的时候，也就是传授你最多招数的时候。敌人为了激怒你、伤害你而使出的一些下作的手段，不是其他老师能教你的。

“所以，如果你有个对手，很强的对手，你应当打心底欢喜。就像每天要照照镜子，你要每天仔细地盯着这个对手，好好欣赏他，好好跟他学习。最好的学习，永远来自于你和他交手被击中的那一刻。”

会场响了热烈的掌声。李晓忠摆摆手，说：“发言继续。”

代职的人员发言完了，李晓忠扫视了一下大家，说：“我感觉你们像我的兄弟，像我的妹妹，还有些，年龄跟我儿子差不多。所以，我又想说些题外话。我经常给我儿子说，走有走相，站有站相。刚才我在院子里留意看你们不少人的走路姿势，很有感慨。”

大家听到这里，面面相觑。

“我昨天在报纸上看了一篇文章，题目叫《用人看走路》，大意说的是一家单位的老总，用人先看走路。一个健康的人，站没站相，走没走相，走路一步三晃，摇头晃脑，这样的人一看就是吊儿郎当型的，干工作也好不到哪儿去，素质肯定不到位，让人不放心，重要岗位绝对不能用。走路经不住三级风的人，做事肯定没有主见。文章还反复强调，把这样的人放在财务、人事、党政、技术、调度等部门是不放心的。

“要我说呀，这样的人，让他打扫卫生都不放心，准打扫不干净。同志们呀，我当兵三十多年了，仔细回想，发现走路风度翩翩、气质非凡的人，工作能力大都很强，对自己的期望值也是很高的。他们都是领导的左膀右臂，相貌并不出众，但站得直，挺胸抬头，走路如风一般。大家不要以为这是小事，同志们呀，细节决定成败。

“还有，看到你们年轻的脸，我想起了曾国藩的一般话，送给大家，作为这次会议的结束语：其治之之道三端，曰剖析，曰简要，曰综核。剖析者，如治骨角者之切，如治玉石者之琢。每一事来，先须剖成两片，由两片而剖成四片，四片剖成八片，愈剖愈悬绝，愈剖愈细密，如纪昌之视虱如轮，如庖丁之批隙导窾，总不使有一处之颟顸，一丝之含混。简要者，事虽千端万绪，而其要处不过一二语可了。如人身虽大，而脉络针穴不过数处；万卷虽多，而提要钩玄不过数句。凡御众之道，教下之法，要则易知，简则易从，稍繁难则不信不从。综核者，如为学之道，既日知所忘，又须月无忘其所能。每日所治之事，至一月两月又综核一次。”

他停了一下，又说：“可能有些人没有听明白，我对这段话的理解是，处理问题有三种方法，一是分析问题的能力，二是简要归纳的能力，三是综合问题的能力。这是我们机关干部必备的素质。好了，今天会议到此，大家回去后好好想想，每个人结合自己的工作情况，写一篇体会，要实事求是地写，也要认真地问自己当这个参谋、干事、助理员合格吗？不合格怎么办？要有具体的办法。我们师里也要采取相应的措施，能干的留下，不能干的就要采取淘汰制了，该转业的转业，该交流的交流。无论如何，我们不能再这么混了。写好后，直接交到干部科，我每篇都看。散会。”

回到办公室，李晓忠打开手机，有一条短信：如果方便，给我回电话，有急事。是李晓音，前几天她还让人捎了两本书，一本是《曾国藩》，一本是《战争论》。

“哥，工作怎么样？”电话一通，李晓音就急切地问。

“我今天跟全师四十岁以下的年轻干部谈了一次心，感觉非常好。原来在机关工作，接触积极面、先进面多，生活在理想主义的世界里。下部队后，接触实际问题多了，开始从理想中走到现实来，懂得了一个终身受益的道理：不了解官兵，就领导不好官兵。此后，说话、办事，既坚持原则和高标准，又兼顾干部战士的理解程度、接受程度和承受程度。与基层官兵共事，心灵天天得到净化。从高楼大院来到一线部队，加深了对部队真实情况的了解和认识。从出主意到做决策，提高了统揽全局、驾驭部队、全面建设的能力。由‘一长制’到‘两长制’‘党委制’，提高了带好班子、用好机关的组织领导能力。从‘纸上谈兵’到实际带兵，提高了运用上级方针原则解决实际问题，特别是复杂问题的能力。从当先生到当学生，从部队和官兵身上汲取了丰富的政治营养。”

李晓音笑着说：“李政委，你是在做报告吧。哥，我快毕业了，明白哥在外地有难处，可现在孩子在北京，特特已经报考了国防大学研究生，再回原单位不现实，但又没有其他办法，只好给大哥打电话。现在你总不能让我再到部队去了，野战部队、军校、医院、干休所我都干过了，现在可以去报刊社了吧。孩子该上小学了，公公年纪大了，都需要照顾。”

大哥沉默了半天，说：“晓音，你看哥都下来了。”

“你在总部工作了十多年，总有朋友。”

“哥不好开这个口呀。”

“我就知道你会这么说。特特姐夫怎么可以？你看人家把爱人、弟弟的工作都安排得好好的，自己也没耽误，刚四十岁，就提副师了。为什么你打个电话开个口就这么难呢？这么多年，我从没求过你，这次实在是没办法了。”

大哥在电话里沉默不语。

“李晓忠，当我没开口！我以后再也不会求你！我说到做到。李政委，你就好好当你的官吧。我再也不会连累你了！”李晓音挂了电话。

李晓忠握着话筒，半天没有放下。

此时，窗外狂风大作。李晓忠感觉心脏又猛烈地跳了起来，忙拿出一瓶速效救心丸，取出一粒，送进了嘴里。

这老毛病已半年了，妻子让他病退，可是他不甘心呀。

第十五章　潜京

1

从三月开始，北京的花开始没间断地盛开，从最初的山桃、迎春，到海棠、樱花、榆叶梅，五月时，满公园的二月兰、油菜花，只要出去，遍地赏心悦目。

周六，学校组织文学系的学生去北京植物园的曹雪芹故居参观。李晓音请假了。

吃过早饭，她跟林诗诗换了一身素衣，来到大哥李晓忠家。鲜花、水果、纸钱，大嫂方苹准备好了。

李晓音平时一见大嫂，就兴奋地说学校的七七八八。这天，到车上了，谁也没说话。

还是大嫂打破了沉闷，说："辛苦诗诗了，你们买车了？"

"我上班远，就买了。"

"晓音，你会开车吗？"

"从当兵到现在，一直有班车，又在单位院子上班，别说开车，我连自行车都不敢在城里骑了。在秦城校园骑自行车时，一看对面来人了，我朝左躲，她也朝左躲，我朝右躲，她也朝右躲，眼看要撞上了，我眼睛一闭，就摔倒了。”说到这里，李晓音笑了一声，车座上的纸钱让她明白不合时宜，马上沉默了。

大嫂握着她的手，说：“你看你不会开车，就有大姑子给你当司机。你不会带孩子，就有大姑子方方面面给你经管着。晖晖呢？”

“在大姑子家呢。”李晓音说，“整天在他们家，也不愿意跟我们在一起。大嫂，你不知道，昨天他还跟我说，他是他姑生的。”

一听这话，林诗诗扑哧笑出了声，说：“可不是我教的。”

“唉，孩子嘛，跟谁待的时间长，就跟谁亲，我们轩轩最喜欢的就是他奶奶，上军校时每周都要给他奶奶打电话，过年时还给他奶奶寄了二百元。他奶奶没有白疼他。”大嫂说着，眼泪出来了。

李晓音取出一张纸巾，递给大嫂，说：“轩轩是个好孩子，还给我说，姑姑，我毕业以后就是副连中尉了，我要像我爸一样，当个大校，搞不好，还能当将军呢。”

他们一路说着，车一路疾驰。初夏的北京特别美，天上白云朵朵，绿化带上的月季争着比艳，白色的、紫色的槐花交相开在路边，远远闻着清香。车停到郊区一个安静的陵园，他们走得很轻，生怕吵醒了沉睡的灵魂。一个墓碑刚立不久，照片里，年轻人穿着绿军装，肩上扛着红牌，戴着大学校徽，微笑地看着他的亲人们。

一只蓝色蝴蝶落在墓碑前。大嫂说：“是咱轩轩。”她望着蝴蝶，眼泪哗地流了下来。

李晓音在泪眼中想起了往事。

一年前的五月十五日，对大多数人来说很平常，但对李晓音一家来说，这是他们悲痛欲绝的日子。

那天晚上，李晓音正在宿舍写稿，忽接到二哥电话，说大哥大儿子轩轩在军校跑五公里时突然倒下，没有抢救过来，让她立即陪着大嫂到石城，先不要告诉大嫂，到了石城再说。

她立即赶去大哥家。大嫂笑着说：“太阳真从西边出来了，你大哥忽然让我去石城看轩轩，还说让你陪着我去，你学校不是有课吗？我一个人可以的。轩轩寒假没回，我还挺想他的。你大哥又是派车又是买机票，还说那边一切安排好了。我跟他结婚二十多年，这可是开天辟地第一次。我问不怕影响不好了？想开了？咱们去了后，先看轩轩，在石城好好玩玩，南方的小桥流水人家、白墙黑瓦，我一直想看呢，没时间。”

李晓音点点头，说：“嫂子，人生有许多事，都很难预料，车祸呀、地震呀、飞机失事呀，多少无辜的生命说没就没了，遇到了就得挺住。”

大嫂警觉地问：“晓音，你怎么忽然这么悲观？你情绪有些不对劲。”

“可能是刚写了篇伤感的小说，还没缓过来。”李晓音说，“嫂子，无论遇到什么事，我们都得自己扛着。”

方苹虽然感觉李晓音今天怪怪的，但也明白，写东西的人嘛，感性，经常活在作品中，跟他们聊半天，他们才像刚从梦中醒来，有时又会说些莫名其妙的话。李晓音经常这样，她便没在意。

下了飞机，李晓音强忍住悲痛说：“嫂子，轩轩感冒了，在住院。”

“那咱赶紧到医院去！”方苹急了，连行李也不等了。

“医院现在不让探视，你好好休息，咱明天去医院。”

“也是，不就是感冒嘛！”方苹说着，又轻松地笑了。

到了宾馆，李晓义已经到了，叫了声嫂子，就坐在沙发上，双手不停地搓着，一句话也不说。几年不见，李晓义脸更黑了，皮肤粗糙，嘴唇干裂，比大哥还显老。

“晓义呀，你常年在高原工作，可要注意身体，你们弟兄俩为了工作，啥都不顾！你怎么也来了？”方苹心疼地说。

“我是出差，听说嫂子来了，来看看您。”

第二天吃过早饭，李晓义又来了，这次还带了两个医护人员。方苹感觉情况有些不对劲，说：“你们这是干啥？去医院还用得着带护士，这又不是上高原。”

“走吧，嫂子，我们去看轩轩。”李晓义说着，眼泪忽然奔涌而出。李晓音轻轻地拍了拍二哥的肩膀，没有说话。

“轩轩烧退了吗？”方苹上车后，急切地问。

“退了。”李晓义说着，眼睛望着车外，眼眶湿了。

李晓义不轻易流泪，难道轩轩……方苹一把抓住李晓音的胳膊说：“你们告诉我，咱轩轩是不是出了啥事？”

“嫂子，你坚强些，轩轩跑五公里时，发生了意外，没能抢救过来。”李晓音的眼泪哗地流了下来。

后来发生的一切，方苹就不知道了。她醒来时已经躺在病床上了。李晓音坐在她旁边，只顾抹眼泪。

“这么说，你哥早就知道了？”

李晓音点点头。

“李晓忠，你混账，你不是人！”方苹放声大哭起来。

“嫂子，你不要怪他，我哥正在接待工作组，这是他的工作。”

“工作，工作，整天就是工作。天大的事能比过儿子的事？他难道那么狠心，连儿子都不看一眼？这可是最后一眼呀！李晓忠，你不是人，你狼心狗肺，你铁石心肠。”

“嫂子，我哥心里比你还难受。”

“他呀，只要一工作起来，什么都忘了。在他眼里，工作就是一切，老婆、孩子、家，都不存在。我生老大时，他开现场会，回不来。我生老二时，他是在我身边，可手里还拿着材料。结婚二十六年，他永远是工作第一。我跟着他调了五个城市，换了八个工作，我十四岁参加工作，十八岁入党，当过车间主任、团委书记，是厂里最年轻的后备干部，可他一调动，我就得跟着调。专业丢了，职务没了，到了北京，让他给我找个离家近一点的工作，他说影响不好。你说我图什么？”方苹说着，又哭了起来。

“嫂子，穿上军装，就由不得自己了。我两个哥是，我是，咱轩轩也是，倒在了自己的岗位上，他走得光荣。”

那时，李晓忠正在机关会议室里，跟干事主任们商量几天后给检查组汇报的事。在座的人都不知道他正经历着巨大的悲痛，以为他那发红的眼睛是这几天加班熬红的。

“这个材料不行，还得改，论据还不充分，特别是坦克团的材料，总结得不够。调查研究，总结推广经验，这是我们最终的目的。一会儿，展副局长跟我一起去坦克团。做工作，一定要做细，做扎实。”

检查组如期而至，但是直奔坦克团，没在机关停留。后来，展副局长说：“早知道如此，你该去石城。”

李晓忠擦了擦眼睛，说：“工作不是为了检查组。”

方苹回到家里，想好好地骂李晓忠一通，可是李晓忠又出差了。

那几天，要不是有李晓音陪着她，她不知道还能不能活过来。夜是那么的漫长，心中的苦就像刀子一样不停地切割着她的心。她不敢看儿子的照片，不敢进儿子的房间，更不相信儿子说没就没了。

李晓音带她看电影，陪她逛公园，不时给她讲笑话，可她心里、嘴里只有一个人：轩轩。

她说儿子小时，喜欢背着玩具枪，戴着爸爸的军帽跑前跑后追着问她像不像解放军；上军校了，他穿着新新的军装，傻傻地给他敬礼，还把她拉到操场，让她看他们训练的一个个课目；那高低不一的单双杠，儿子噌地攀了上去；那一个接一个的坑，儿子说那是四百米障碍，一个接一个地跑着跨了过去；还有铁丝网、钻火圈……她不敢看，想回去，可又忍不住，想了解儿子每天都在干什么。

李晓音听得很专注，这又鼓励了方苹，有时一件事今天说完了第二天又接着说。只有说话时，她内心才不难过。

第十天，李晓忠出差回来了。方苹知道了他只是为了汇报工作才没去送儿子的最后一程，连哭带骂：“李晓忠，你以为你这么做就能调级了？即便调了级，有啥用？连儿子的最后一面都没见，你连你的弟弟都不如。人家一个做叔叔的，还跑那么远送他，你真不是人，你根本就不配叫人。你是冷血动物，你不该有儿子，你不该有家，你跟你的工作过日子去吧。”她骂了哭，哭了骂。

李晓忠一直没有分辩，只任她骂，任她打，直到她累得睡觉了，他才为她盖上被子，关了灯，一个人走进书房。

天亮了,方苹发现丈夫在把儿子从小到大的照片一张张地扫描、分类,建了三个文件夹,名字分别是:轩轩是个好孩子、轩轩是个好学生、轩轩是个好军人。李晓忠又把儿子看的书、写的日记,一本本地翻阅了一遍。他没有哭,甚至连儿子的名字都不提,每天一下班就待在书房里,专心地做这些事。

一天吃饭,方苹发现丈夫有了一缕白发。李晓忠才四十多岁。也是从小姑子李晓音的嘴里,她才知道丈夫一个人到儿子的墓前去了好几次,只是怕她伤心,没告诉她。她就是那一刻理解了丈夫,明白了男人与女人表达爱的方式是不同的。女人可以哭,可以倾诉,男人只能默默地把痛苦压在心底,慢慢地消化。

后来丈夫告诉她,他非常后悔,他应该去看一眼儿子。方苹说:"你不会那么去做的,我了解你,要你把工作放下,是做不到的。"

丈夫没有说话,方苹知道她说对了。

"儿子,你理解你爸吗?"方苹望着照片里微笑的儿子,眼泪夺眶而出。

"鹏鹏现在怎么样了?"从陵园回到家,李晓音问方苹。

"你哥也不管他,毕业分到了一个山沟部队当排长。现在好了,父子俩都在基层部队,是龙是凤就看他们各自的造化了。好在房子买了,无论他们走得多远,家都在北京,我就是老母鸡,守在老窝里,等他们跑累了回家。"

"我哥呀,我真不能理解。前阵子还跟他吵了一架,我说我不理他了。"李晓音说到这里,倒笑了。

"他把工作看得比命还重。不过,话说回来,你们兄妹都没背景,就得一步步实干,才能往上走。你哥不容易,别跟他一般见识,有空打打电话。他一个人在外,有什么苦也不给我说,你多开导开导他,你不是作家嘛。"

"好的,嫂子。"

"我敢说你哥肯定忘了今天是什么日子。"

"不会的,嫂子。"李晓音刚说完,家里电话响了。李晓音一下子紧张起来。方苹接起电话，说了两句，又回头看李晓音，说："是你大哥，他让你接电话。"李晓音坚决地摇摇头。

方苹挂了电话后，问李晓音："生你哥气了？"

李晓音无言。

方苹递给她一杯茶，叹声说："你大哥多年都这样，坚持原则，为此我得罪了我娘家、同事好多人。他一怕失了原则，二怕给组织添麻烦，三又处事不灵活，就知道死干。在北京时，我说把鹏鹏调回来，他说不方便。现在下去了，他还说不方便，说他有难处。晓音，理解你哥，他真的不容易。他工作特小心，生怕有个闪失，老失眠。"

李晓音放下茶杯，说："明白，嫂子，我回校了。"

2

秦小昂爱人老去外地做生意，秦小昂整天约李晓音出去玩，这不，电话又打来了。秦小昂约十次，李晓音能去一次就不错了，学校课紧。周末回林诗诗家，一会儿买菜收拾家务，一会儿陪着儿子玩，忙得焦头烂额。这次秦小昂电话里急吼吼的，说有急事，约李晓音去什刹海宋庆龄故居。周日，李晓音准备聚会后就直接返校。

林诗诗加班，张贵君带两个孩子踢球去了，李晓音把菜洗好、切好，米饭也焖上。看时间还早，她又买了些蔬菜、公公爱吃的稻香村点心和酱肉，去了公公家。

公公正在书房练毛笔字，一看李晓音来了，招招手说："晓音过来，看看我写的字怎么样？"

字写在旧报纸上，李晓音一一看过，字迹洒脱，飘逸中又有一股文气，便赞叹了几句，说："爸，我先回学校了，晚上还有点事。"

公公看了眼门外。李晓音说："她出去了。"

公公叹了一声，说："有空把晖晖带回来，我儿媳、孙子住在家里，天经地义。不要理她，就当她不存在。以后不要买东西了，前天诗诗还买了一大堆东西。”公公说着，毛笔狠狠地戳在纸上，纸上出现了一幅抽象画。

“爸，我们没啥，您多保重。”

“都怪我，只要你们一回来，她就脸不是脸，鼻子也不是鼻子。要不是怕人笑话，我早跟她离了。”

李晓音听见门响，忙给公公使个眼色。是婆婆回来了。

“我买好菜了，爸爱吃的面我也买了，都放在冰箱了。”她跟林诗诗、林特特都不知道把比他们只大几岁的她叫什么，按说叫姨，可他们叫不出口，见面只能含糊地打个招呼。

“吃了饭再走吧。”婆婆虚虚地说。

“还有事，再见。”李晓音走出门，长长地出了口气。

秦小昂已经到了，一看到李晓音，就急着挥手，说：“这儿，这儿。”她在假山的凉亭上，这倒是个登高远望的好去处。

李晓音从恩波亭长廊沿阶而上。秦小昂穿得不像昔日那么精致，扎着丸子头，白色纯棉衬衣别在洗得发白的蓝色牛仔裤里，更显身材修长，红色皮带很是扎眼。她拿着本书，远远看去，像个纯情的大学生。

“怎么了，这么急？”李晓音坐到她跟前，喘着气问。

“我家老彭昨天回来了，他想见你。”

“他想见我？拉倒吧。”李晓音笑着，用手指理了一下头发，望着山下的小湖和古树，由衷地赞叹道，“真是个好地方，宋庆龄多伟大，一生值了。”

“真的，我丈夫有事找你。”

“能有什么事？我都不认识他，只知道他做着很大的生意。”李晓音看秦小昂一脸正经，也不开玩笑了。

“你看。”秦小昂把一本书递给李晓音。

“这是啥意思，你买的？”李晓音笑着问，那是她写的一部长篇小说。

“你的书还用我掏腰包吗？我家老彭买的，他想请你给他歌功颂德，写本书。”

“你是他妻子，你写，最合适了。”

“那不行，这种书当然得别人写。再说，我又不是作家，只是个小编辑，你是著名作家李晓音嘛。”秦小昂拖长腔调，停了片刻，又说，“我给他说了，让你写可以，先请吃饭，稿费给的高高的，你先想想，到时开个价。”

这是李晓音没想到的。同学们纷纷给企业家写书，她都拒绝了，她不愿写那些自己不感兴趣的东西。

“我不写那种书。”

“答应我吧晓音，你是我最好最好的朋友，有钱为什么不挣？再说咱肥水不流外人田。”

“这个……”

“不长，十来万字就可以，他要多配些照片，出版社我找，你只管写。他应当也到了，专门请你吃饭，就在什刹海附近，咱们走过去。”

“可是小昂，我怕写不好。”

“那种书你知道，不用讲究多好的文采，只要把他吹高些，小菜一碟。走，吃饭去！”

“茶花妹子、山西刀削面，还是李先生？”李晓音知道秦小昂一向抠门，嫁了个大款丈夫，请她去的一般就是这些粉呀面呀什么的小馆子，但味道不错。

“梅府家宴，私家菜，也是我们江南风味，口味清淡，听着戏吃着菜，蛮不错吧！这次，你狠狠地宰我家老彭一顿。尤其是鸳鸯鸡粥，特别好喝，据说是用文火将鸡肉炖煮四十八小时，直至鸡肉烂成粥蓉状，再根据不同的时令选择不同的蔬菜，调入菜汁，成品一白一绿，形似太极，色香味俱佳，是当年梅先生登台演出前必用之食。”

“我都流口水了。”

“还有鱼肉狮子头、奶香河豚、烧汁鳜鱼、刺参拼鲍脯、富贵大虾、干烧玉环虾、雪菜火丝蒸鲈鱼、芙蓉桂鱼片、青瓜酪、灌汤虾球等等，去了，我来点。”两人边走边说。后海的人不少，有人散步，有人拍照，还有人在钓鱼。

梅府坐落于恭王府边。从柳荫街往东，顺着什刹海的水边走，一辆车身宽度的胡同里，有座相当气派的四合院，就是梅府了。据说这里曾经是一个贝勒的后花园。院落满地是浅绿色温润的石块。秦小昂说可不要小看它，这是玉石。

院子一共三进，分别是梅厅、兰厅和芳厅。每个厅不大，也就放四张方桌。房间墙壁上挂着梅兰芳生活和表演时的老照片。更私密的包房在后院。空气中低低地回旋着梅兰芳的唱段。这里管老板叫“东家”，经理叫“总管”。走道尽头的玻璃橱柜里展示的华丽戏服，是梅兰芳当年唱《贵妃醉酒》时穿的行头。梅兰芳用过的老唱机、老唱片，卓别林送的老式照相机，都摆了出来。院中枣树已有两百多年树龄，槐树有四百多年，树下停的是电影《骆驼祥子》用过的道具黄包车。庭院错落有致，清幽质朴。一个漂亮的小姑娘讲述着庭院、门廊里每一张照片和摆设背后的故事，诉说着一代名角的人生。

她们还没坐下，请客者已到。李晓音一路都在想大老板长什么样子。影视剧里的大款大多没文化，脖子上挂着项链，胳膊上缠着玛瑙佛珠，腰带上别着玉。可秦小昂的丈夫彭老板给李晓音的印象颇佳，像个学者，穿着白色蓝格衬衣、海军蓝西裤，戴副金丝边眼镜，待人礼貌和气，话不多，但人爱听。

用餐之后，服务员送了李晓音一把折扇，这让李晓音兴奋无比。戏里的秀才小姐多拿折扇。她打量着折扇，正面印梅兰芳先生亲笔绘制的桃花，配齐白石先生刻的印章，背面印梅派经典曲目。

李晓音因为这顿昂贵又有品质的饭，答应给彭老板写书。

一到学校，她就跑到公用电话亭给林特特报告喜讯，嘴上问这活儿接不接，其实心里已打定主意了。

“是不是先要订金呀？”林特特问。

“你这人真是，一个字都没写呢，就让人家付钱，亏你想得出。”

第二天，彭老板把他的一些资料让人送来了。课也不紧，特别是晚上，有大把时间，她边看边做笔记。

三天后，彭老板的电话打到一楼的传达室，问有没有写头。李晓音说材料了解差不多了，还得现场采访，看彭老板哪天晚上有时间，她去采访，留了自己的传呼号。

第二天，彭老板的助手送来了一部手机。这么贵重的东西可把李晓音吓着了，忙给林特特打电话，问收不收。

“稿子还没写，就送手机，绝对不能收。”其实林特特吃醋了，一个有钱的老板给自己的妻子送手机，不是好兆头。他有些后悔让妻子给这个老板写书了，立马把此事告诉了姐姐。

“要相信你妻子，晓音办事有分寸。”虽然如此，林诗诗还是告诉弟弟，周末李晓音会来她家吃饭，她会侧面问问是如何打算的。

李晓音想了半天是否告诉秦小昂，若告诉她，万一引起夫妻矛盾；不告诉她，她知道会很生气的。最后还是把手机退回了，说这么贵重的东西不能收，她的任务是把书写好，谢谢彭老板。

书稿很快完成，李晓音交给秦小昂，秦小昂转给丈夫。彭老板很满意，给了李晓音两万元稿费。二十世纪初，那可是一大笔钱。带着钱，李晓音不敢一个人回家，还是秦小昂把她送回去的。

第二天李晓音就买了一台打印机，又给爱人和儿子各买了一身衣服，给公公买了件羽绒服，给婆婆买了条围巾，给林诗诗买了一个名牌包，余下的一万元存进了银行。

后来，彭老板约李晓音吃饭，她借口课紧。对方仍然约，她不好意思再拒绝了，只好同意在学校门口喝杯茶。

彭老板紧盯着李晓音说：“晓音，大作读了，速度又快，文笔又好，你比秦小昂懂我。”说着，用腿轻轻碰了碰李晓音的腿。

李晓音马上收回腿，说：“那就把这珍贵的友谊留在文字里吧。”

刚回学校，秦小昂就打电话问。

“人很好，你要珍惜。不是每个女人都能抵挡得住他的诱惑。”李晓音说。

“晓音，你从不说假话，告诉我详情，他勾引你了？我就知道，他身边不少女人，我了解你，才推荐了你，没想到他还是那样。”秦小昂急着说。

“小昂，你是我的好朋友，一定记着，你对别人好，别人才能对你好。无论孩子还是丈夫，都如此。再说他很优秀，要珍惜。”

“那当然。”秦小昂笑了，“对了，你把儿子接到北京了？”

“我大姑子接来的。”

“我明白了。”秦小昂笑道。

“你明白什么了？语气怪怪的。”

“哈哈，你大姑子不放心你了。”

李晓音听到这里，心里一沉，问：“怎么讲？”

“你大姑子那人，我太了解了，一句话，太霸道。我敢肯定，她接孩子事先没有跟你打招呼。”

“她接回来后告诉我了，说她刚好到秦城出差，就去看孩子。特特从小生活能力差，怎么能带好孩子呢？给娃穿的是绿上衣，下面配着红裤子，脸也脏脏的。被子也没叠，还盖着棉花四处飞的网套。她心酸极了，没来得及打电话告诉我，直接把孩子接来了。”

“李晓音，你十个脑袋都顶不上你大姑子一个，人家欺负了你，你还帮她说好话呢。”

“不会的。好了，我忙着呢。”李晓音放下电话，细细一想，秦小昂说的也有道理。

李晓音周末到大姑子家看儿子，儿子看她回来，叫了声妈妈，又玩去了。林诗诗回来，儿子跑上去搂着脖子就亲，她心里很不是滋味。再一想秦小昂说的话，心里更乱。

3

离毕业的日子越来越近，李晓音抱着简历走进《昆仑文学》编辑部。

当年的许编辑已经当主编了，他说：“你的作品我知道，我会向社里提议的。但现在各单位都满编，你把作品给其他单位吧，简历给我就行。晓音呀，你给我们刊物写稿差不多有十几年了吧？也有四五十篇稿了。”

“是的，许主编。”

“我会尽力的，但现在我们编辑部超编了四个，你要理解。”许主编送她时，让她再到其他编辑部看看。

李晓音到楼下的《军人生活》编辑部，把自己的简历给了主编。

去报刊社工作，这是她的第一选择。

跑完第一轮，她又抱着作品集到驻京各大单位的宣传处毛遂自荐。各单位都表示对她的作品满意，但都说不缺人。

有一阵子，她还做好了转业的准备，如果找不到工作，就在北京当个自由撰稿人。她在报纸看到一则消息，有个南方作家辞去了记者的工作，跑到北京，凭着写作在北京生活了下来。

她决定去拜访那个南方作家，通过报社打听到了作家住址。穿过一栋栋高楼，来到一间平房，一见作家，她倒吸了一口冷气。作家头发长长的，脸色如菜色，像营养不良。一间房子挤得满满的，除了床，就是一堆堆报纸。那一篇篇感人的爱情故事是趴在一张小塑料饭桌上完成的。

“要是几天不写东西，就不知道下月的房租、水电费从哪儿来。更不敢生病，家里还有老婆孩子要生活费呢。你要在北京当自由撰稿人，可得有足够的准备。虽然报刊社多，可是稿费比较低，一篇小文章也就二三十元的稿费。纸张费、打印费，不是一笔小数目。”作家说。

走在绿树成荫的人行道上，脚底下黏黏的。槐花已没，槐树却生病了，这黏糊糊的马路，如她此刻的心情。

不行先住到公公家里，等爱人考上研究生，毕业有了单位，就可以分房子，可以随军。

她找大姑子想办法。林诗诗带着她跑了几个单位，都没下文。她没找大哥，自上次打电话后，她不愿意再去碰一鼻子灰了。

北京好大，那么多的部队，那么多的高楼，为什么就没有我李晓音的一张办公桌呢?她哀叹了一夜,又想起她认识的解放军总医院宣传处的处长,查了查该院的情况,抱着一本作品集,挤上了公交车。

一到医院,就闻到一股药味。宣传处处长不在,她看到一个挂着主任牌的办公室,门微闭着。政治部主任分管干部,这么一想,她鼓足勇气敲了一下门。主任竟然是位少将,她没想到。少将听了她的来意,看了看简历,问:"你原来在师医院当过干事?"

"是,主任,我新闻系毕业后,在师医院、师机关、干休所当过四年干事,组干宣保都干过,新闻是我的主业。"

"你了解我们医院吗?"

"咱院是全军最好的医院,我希望有幸能把咱们世界领先的医学技术介绍到全军、全国。"

"我们已经有新闻干事了,你看看,每天的《解放军报》《光明日报》《健康报》《科技日报》都有我们的报道。"

"我知道咱们院有四位全国院士,骨科的刘主任、肝胆外科的查主任、心脏内科的黎主任、保健科的位主任,他们没有专题片。给他们每人做部专题片,留下宝贵的音像资料,是我们当前急需做的。他们平均年龄都八十了。"这个想法是忽然冒出来的。

"你这个想法好,这样,把你这想法形成书面文字,明天给我。"

"谢谢主任。"

怕夜长梦多,李晓音当即找了一间办公室,坐到办公桌前写了三页,心想幸亏提前做功课了,否则肯定抓瞎。写完,又敲主任办公室的门。

主任问:"这么快?"

"如果院里做这个院士专题片,我希望这个脚本由我来写。"

"你的联系方式都在你的简历里了,我们研究研究,你回去等通知吧。"

第十六章　梦想的殿堂

1

六月底了，同学们开始互相给对方写毕业留言。大嫂打李晓音的传呼，说："你大哥和二哥昨天来北京开会了，我听说你毕业的事，你赶紧把作品复印件送到家里来，你大哥明天一大早就得返回部队。你不要怪你大哥，他心里记着呢。他给我说这次要违反原则，帮你这个忙，你孩子小，不能离开妈妈。他说你现在积累得差不多了，可以去更专业的单位工作。刚才我听他给你二哥打电话，说要一起为你的事去找一位老首长。妹子呀，你哥心里一直有你的，你发表的文章他看了，都保存着，说你进步很大。他的同事们说他有个妹妹是作家，他可高兴了。说他这次任人唯贤，不拘一格荐人才。"

李晓音心里一热，对大哥的怨气荡然无存。电视、报纸上最近天天报道南方特大洪水的新闻，大哥部队会不会要去抗洪？李晓音立即打车把自己的作品集送到大哥家。家里只有大嫂在，正在给大哥收拾行李。李晓音返回学校时，雷声阵阵，天降大雨。

她不知道大哥和二哥找的什么人，她的作品送去了哪里。毕业时，解放军总医院通知她去报到，没想到她被分到了老干办。

难道这辈子就一直跟老干部打交道吗？她又给大哥打电话。大哥说："晓音呀，能分到北京就不错了，先慢慢干吧。"

"哥，我听人说，你跟出版社社长关系很好，你给说说，让我调到出版社吧。"

"晓音！"大哥喊了一声，挂了电话。

哼，我就知道他根本不会管我的事，到总医院还是我自己努力的结果。我要干出一番名堂让他瞧瞧。李晓音心里想。

除了本职工作，宣传处还让李晓音集中精力采访几位院士，写专题片脚本。

初到单位，没有房子，李晓音住集体宿舍，三个女干部住一间。为了儿子上学，她租了单位附近的一间民房。房主是一个退休工人的老伴儿，老头儿去世早，女儿嫁人了，老人靠出租门前加盖的石棉瓦房过日子。房子小得只能放一张床，一张小桌子，做饭露天，上卫生间得去公厕。

"你没找你大哥？"秦小昂问。

"小昂，你若是我的朋友，就不要再提他。"

公公和大姑子看到这样的房子直摇头，让李晓音住到家里。李晓音说："住院里上班方便，再说如果一直住家里，单位领导就不会想起我，也就永远分不到房子。"

李晓音没说出口的话是，儿子住到大姑子家后，她感觉离儿子越来越远了。她每次去，又怕姐夫心里不高兴，赔着笑脸。没工作时，住人家里好说，有工作了再让儿子住着，自己都说不过去。至于公公家，婆婆嘴上不说，心里肯定不舒服。

林特特在国防大学上学，不同意租房，但拗不过李晓音，干脆诸事不管。露天做饭，一会儿雪掉进锅里，一会儿沙子落进菜里，李晓音找老太太想办法。老太太说加十元找人搭个棚子。李晓音同意了。灶台顶上有了块油布，勉强遮挡风雨。

林特特不愿意去公共厕所倒便盆，李晓音就早早起来，端着痰盂穿过两条小巷去公厕，再回家给儿子做饭。吃完饭，林特特还得坐公交车回学校。

李晓音给单位营房部门打报告。助理员拿着一大沓住房申请材料说，排队吧。

“啥时能解决？”

“我也不知道。”助理员懒洋洋地说。

同事给她支招，让她找营房处处长。她跟丈夫一合计，买了烟酒到营房处处长家去了几次，敲了半天门，也没人开。

无意中得知处长住院了，她便买了一盒西洋参去看望。处长大个子，左眼蒙着纱布，人看起来挺和蔼，问她有什么事。人家病着，她不好意思说房子的事。处长问：“你是新来的吧，是不是为了房子的事？”李晓音说了带孩子租住民房的事。

处长说：“一个女同志，带个孩子，还努力工作，真不容易，你先回去吧。”把那盒西洋参又递回她手里。

第二天，李晓音就拿到了一套两居室的钥匙，还带卫生间、厨房，二十四小时热水免费使用。孩子上学也近，生活稳定了，她长长地出了口气。

老干办比干休所清闲多了，基本没啥事。秦小昂说：“晓音，这工作挺好的，我做梦都想去，你没到我们出版社，简直忙死了，最害怕书稿中出现错误。你带着孩子，假日逛遍北京城，多好的生活呀。”

但李晓音不甘心。完成了院士专题片的脚本后，她有空就给院报投稿，反映老干部工作的方方面面。她的稿子深得院报编辑的喜欢。

到老干办半年后，她调到了院报，分管一版和四版。一版是要闻，四版是副刊。每周一她拿着录音笔参加院领导干部交班会，半月出一期报纸。虽然只是一份内部报纸，但主编说，好多首长家里都有这份报纸，让她感觉肩上责任重大。编稿子，设计栏目，画版，大大提高了她的编辑业务能力，为他将来到全军综合刊物工作打下了良好的基础。

2

不久,医院要出版《名医传记》系列丛书,她得以认识了部队出版社的一位老师，从老师那里听说部队出版社下属的杂志要从全军各个部队选调一批有创作经验的年轻人。时年三十二岁的李晓音拿着自己出版的三本书主动应聘。分管的副总编看了她的作品后，同意她借调到《军人生活》编辑部,一年半后,如果胜任,方可正式调入。

到底去不去？李晓音跟爱人产生了分歧。

林特特不同意,说:“好不容易一切走上了正轨,医院待遇好,看病方便,房子也不错,到新单位又要从头再来。”他过烦了这种不稳定的生活。

“虽然一切要从头来,但编辑工作是我喜欢的,专业对口。困难是暂时的。”

李晓音向秦小昂征求意见。秦小昂道:“那是全军的综合杂志,到了那个平台,你的视野会更开阔,你会发现你的朋友成倍地增加。”

林诗诗也同意李晓音,说她去给特特做工作。

借调是没有房子的,李晓音就来回跑。林特特只能周末回家。李晓音清晨起来,先把孩子送到学校,再去上班。林特特不停地唠叨,怪李晓音太折腾。

李晓音说,只有干自己喜欢干的工作,才觉得人生有意义。

借调第一天,李晓音六点起床做饭,六点半,母子俩挤上公交车,坐了七站,把儿子送到学校,又走路去上班。

出版社位于市中心，四层楼。大家还没上班，李晓音已到了办公楼。第四层是她最初发表文学作品的《昆仑文学》杂志编辑部,楼梯口立着一个蓝色牌子,写着:军旅文学的殿堂,军事记者的摇篮。楼道两边的墙上挂了著名军旅作家的照片。她一一看完,觉得大作家真是神气。

七点五十分,她恋恋不舍地下楼,来到三层的《军人生活》杂志编辑部,开门、打水、扫地、擦桌子。大家到时,她已经坐在办公桌前了。

《军人生活》是一个面向全国、全军发行的综合性刊物,设一个主编，一个副主编，三个编辑。

编辑部办公室一进门，靠墙放着一个开放式的大书架，全国各大报刊都有。四张办公桌，两张靠窗，窗外有棵高大的银杏树，桌前是一老一少两位男编辑。另两张桌子靠墙，一新一旧。新桌子前坐着一位女编辑，李晓音跟她面对面。

年老的男编辑姓周，四十来岁，为人和善，跟李晓音打过招呼后，问她饭票买了没，住得远不远。年轻的男编辑姓孙，话虽不多，但热情地把一堆《军人生活》递给李晓音，又帮李晓音去办公室领了稿纸和红蓝圆珠笔，还说："李老师，打水扫地的事你不用干，我来。"李晓音笑着说："没事，我送孩子上学，来得早。"

女编辑姓徐，一上午跟李晓音只说过一句话，问李晓音多大。她问的时候，李晓音正拿着《军人生活》，边看边做笔记，听到问话愣了一下。第一次见面，没有寒暄，第一句话就问年龄，真不礼貌，她对此人有了不好的印象。但毕竟是同事，她礼貌回答："三十二岁。"徐编辑长相还算精致，但双眉紧皱，好像心里怀着忧愁。后来李晓音发现她就长那样子，笑时好像也发着愁。她本想也问下对方的年龄，话到嘴边，又咽了回去。她目测对方跟自己差不多大。

徐编辑再无他话，李晓音继续低头看杂志。中午吃饭时，李晓音想了想，还是主动招呼对方一起去。徐编辑说："你先去。"

编辑部主编跟她谈话时，要她团结同志，好好工作，借调干得不好退回原单位的，不在少数。可是徐编辑这样的，她能团结得了吗？她心里没有底。

吃过午饭，两个男编辑去别的办公室打牌了，徐编辑躺在她书柜后面的单人床上。办公室没有沙发，李晓音就端了三把椅子并好，躺在上面休息，凑合到下午上班。

周编辑后来跟她说："你可以买个简易沙发床，睡着也舒服。"又让年轻编辑把李晓音身后的旧报旧刊收走，腾出了可以放一张小沙发的地方。李晓音感谢地说："谢谢周老师。"

每天上班前，李晓音去水房打满两瓶热水，打扫完办公室，继续研究杂志的风格，以便尽快熟悉业务。

刊物多次发过她的稿子，用稿特点她熟，她又了解部队生活，认为自己会很快上手。

事实并非如此。她不知道下一步做什么。杂志共十三个栏目，都有相应负责的编辑。她不知道她该约什么样的稿子，盲目跟同学们约了稿，发不出来岂不难堪？

她仔细研究了，周老师和徐编辑分管的栏目最多，周老师的都是专题和专稿，徐编辑的栏目是军人情感故事、军人家庭口述实录、军校风采，孙编辑编的是基层官兵讲故事、连队俱乐部等栏目。

李晓音吃饭时，爱跟周老师坐在一起，有时帮他拿个水果，打个汤。周老师很关心她，问她是否适应编辑工作，有什么困难，可以找他。她便说了自己的难处。

周老师说："当编辑就要自己想选题，想策划，主动约稿，须有自己的作者队伍，要了解哪些作家擅长写什么，有了好选题，才能落到实处。"

这时，主编给了她一个三千字的通讯让她编辑一下，再写个审稿意见。虽然在医院当过编辑，但内部发行的报纸不能跟《军人生活》这样全军性的发行好几万份的刊物相比。她是借调，第一篇稿子编得如何很关键。

她看了第一遍，一个错别字都没发现，稿子一看就很成熟。纸样上没有痕迹，这肯定不行。

她从头到尾又看了一遍，发现小标题不新颖，她没敢轻易动；看第三遍时，发现配图中军人的领花戴反了。

第四遍看完，她改了小标题，把配错的图一一标出，然后写审稿意见，既肯定了稿子的长处，又指出不足。这一切做完，她拿着稿子就要去找主编。起身出门时，忽觉不合适，便走到周老师桌前，说："周老师，我初次编稿，您看看我这样编行吗？"

"好，你先放这里。"

一个稿子编多长时间，她不清楚。第二天了，周老师又迟迟没有回音，她怕主编认为她编稿速度慢，对她有看法。

借调可真是如履薄冰，不敢多说一句话，不敢多行一步路。

一直煎熬到下午上班。她给周老师倒水，小声问稿件的情况。周老师拿出稿子，做出肯定，说："第一次编到这程度，很不错了，但里面涉密的武器装备不能写，我给你一一标出了，还有，要注意规范运用编辑符号，不能在文字上随意划线，要让稿件清楚。"说完，给了她一本《军事编辑学》。

编辑部开编前会，主编刚表扬完李晓音编稿不错，徐编辑就撇着嘴说："后面有高人帮忙，当然编得好了。"

周老师乐呵呵地说："对于新同志，就得传帮带呀。主编，我建议从我分管的栏目里分出两个，让李晓音负责，给新同志压压担子，这样他们才能进步。"

主编同意了，说老同志觉悟高，新同志虚心好学，这是编辑部的好传统。

会后，周老师悄悄对李晓音说："好好干，现在的主编和副主编年纪都偏大，小孙来的时间长，但做杂志脑子不灵光，徐编辑一直以为自己能当后备干部，我看不一定。她爸爸是总部一位领导，她就不可一世，不在业务上下功夫，来个什么稿就编什么，后劲不足。她为啥对你有敌意？我分析，她怕你是她的威胁。晓音，不要理她，咱们业务单位，只要好好干，肯定有大发展。"

李晓音分到的栏目是主题策划。栏目很重要，基本都是头题，但要自己想一个主题，在编前会上研究确定。经过半月的思考，李晓音终于有了一个清晰的思路，畅谈了自己策划的四个系列专题：会操、家信、射击、班务会。主编很高兴，说不错，让她逐一落实。

如何把方案落实到具体稿子上，还得有个过程。

电脑普及了，大多数稿件都是打印的，有些心细的作者还随打印稿寄了光盘，排版很方便。

一个月后，由她策划的“班务会”栏目率先登场，得到各级领导好评，军报还做了转载。自己的名字终于出现在全军官兵喜爱的刊物上，她很是激动，虽然前面挂着实习编辑。

她把散发着油墨香的刊物带给林诗诗。林诗诗笑着说：“你完成了从李干事到李编辑的转换，战士李晓音、报道员李晓音、学员李晓音、干事李晓音，现在又多了一个称呼，编辑李晓音。为了这一个比一个有分量的称呼，咱们一家人一起吃顿饭。”

她摇着头说：“姐，你看上面还有‘实习’二字，等什么时候我名字前面的‘实习’去掉了，我请姐吃饭。”

因为不是杂志社的人，正式编辑供应的鸡蛋、食用油，没她的份。每在这时，徐编辑就会高声对负责的干事说：“我们编辑部只有五份。”

这还好，给作者打电话可费了她半天劲，第一次说自己是李编辑时，心里发虚。后来打得多了，也就坦然了。

两个专题完成后，李晓音明白了当编辑不但要自己会写，有点子，更重要的是手里要有作者。综合性刊物的特点是杂，因为杂，就要求编辑自己各方面知识都要储备，还要有各类的作者。看报刊找作者，成了她的日常工作。

老作者都有对应的编辑，不能挖墙脚，只能发展自己的作者队伍。她首先向她的新闻系同学约稿，接着又向文学系的同学约稿。同学们既熟悉部队生活，文字功底又好，基本都在师以上部队当新闻干事，或在全军、军区各类报刊、广播电视台工作，不但带头给她供稿，还给她介绍了众多部队作者。她很快在借调的四人中脱颖而出，随后又参加了编辑业务考试，排名第一。

一年半后，李晓音如愿正式调进了《军人生活》。虽然她更向往楼上的《昆仑文学》杂志，但是《军人生活》面宽，综合性强，更能锻炼人。接到调令，她高兴得合不拢嘴。她站在编辑部门前，军容严整地照了一张相，寄给了家里，又告诉了二哥。二哥自然夸奖了妹妹，又多次嘱咐要继续努力，当好军事记者。大哥也知道了这个好消息，给李晓音打电话，李晓音没有接。妈知道后，狠狠地骂了李晓音一顿："哪有记自己哥的仇？没良心。没有你哥，哪有你的今天？"李晓音反问："妈，你问问他，把我当亲妹妹看吗？他不帮忙，我也会生活得很好的。"气得老太太挂了电话。

妻子调到了杂志社，林特特嘴上嘟囔又得折腾了，腿也没闲着，先是到商场给妻子买了一部手机，又到中关村电脑城买了一台电脑，说："脑子好，装备也要好，新世纪了嘛，咱们也要与时俱进。"

为了庆贺，林父专门请他们一家到东来顺吃火锅。林特特低着头，只管吃饭。林父拿筷子敲着儿子的头说："就知道吃，要向晓音学习，当时你还反对呢，现在不就好了？晓音一直在进步，现在都当上记者了。你要操心你毕业的事。"

林特特很不高兴地说："哪个单位也不可能一调去就有房子。"

还真让林特特说准了。比起工作，住房就不顺心了。

杂志社在二环以内，离北海很近，又正好翻修办公楼，住房紧张是难免的。起初给李晓音分了宿舍，严格意义讲，是一张床，同房间还有一个同事。杂志社离儿子学校不到二百米，但带儿子住宿舍也不方便。同事是一个年轻的女孩，特善解人意，说："晓音，你爱人还在上学，你一个人带孩子不容易，不如咱把两张单人床合成一张大床，你把孩子接来，和咱们一起住。周末我回家，你们还可以一家团圆。"李晓音感激得说不出话。

半年后，社里给她分了房。四户合住一套师职房，每户一间卧室，厨房、卫生间公用，可想而知空间有多小。李晓音有孩子，分的房子大点，还带个小阳台。公公看到心爱的孙子晚上睡在阳台，提出让孙子跟自己住。李晓音怕公公宠着孩子，没同意。这样的房子，她已经很满意了。

林诗诗里里外外转了一圈，说："卫生间公用不卫生，厨房公用不安全，你看看，厨房火还开着，人都不在跟前。卧室除了一张床，连个坐的地方都没有。"可不，对于住一百四十多平方米房子的林诗诗来说，当然无处下脚。

李晓音端了把塑料椅子让有洁癖的大姑子坐下，林特特给姐姐倒了杯水,不住地发泄着心中的不快,说:“还不是你同意李晓音调动的?我就想不通,放着安稳日子不过,非要从秦城调到北京,又从总院调到这儿,你看看,就这现状。”

“特特,有得必有失嘛,再说困难是暂时的。”林诗诗安慰着弟弟。

“就是,姐说得对。”李晓音马上接口道。

“姑姑,你给我带什么好吃的了?”晖晖从阳台的小床上爬起来。

林诗诗递给晖晖一包零食,摸摸他的头说:“跟姑姑回家去好不好?跟哥哥一起上学,一起做作业。”

“好的好的!”晖晖说着,就要拿书包。

“不麻烦姐了,晖晖上小学了,课也多,跟我们一起住方便。是住得差些,但这所小学是市重点,离家也近。”

不知是因为林诗诗家里条件好还是其他,儿子喜欢去姑姑家,只要一听姑姑要来,就高兴地不停问姑姑何时来。家里有好吃的,肯定先带给姑姑。老师让写作文《我最难忘的人》,儿子写的是姑姑:我难忘的人是姑姑,她会做特好吃的饭,我一到姑姑家,爷爷就说我长肉肉了。我生病了,姑姑陪着我;我不舒服了,她会告诉妈妈给我吃什么药。姑姑还是一个有名的外科医生,听说她给一个跟我一般大的小孩成功摘除了肚子里拳头大的瘤子,那可是全国第一例呀。她从不发火,我跟哥哥惹她生气了,她往沙发上一坐,一句话也不说。我们得说半天好话,她才开口。她这一招特灵,比打骂还让我们害怕……这篇作文在市小学生作文比赛中得了奖,李晓音既高兴,又不舒服。

现在,她认为可以对大姑子说“不”了。林特特说:“孩子交给姐,咱们放心。”李晓音说:“孩子是我的,我要一天天地把他养大。住阳台,让他体会生活的艰难和不易,他才会成熟。”特别是听林特特说给李晓音写信是大姑子的主意后,她心里更不得劲。

有天,外面下雨,把阳台上的小床打湿了,李晓音去院外晾,进来时没注意,胳膊肘撞到正在看电视的林特特。林特特大为恼火:“跟你说不要调,非要调,看看,我们都三十多岁了,还住这么小的房子。让儿子住到姐家,你又不愿意。死要面子活受罪。”

“你是不是离了你姐就活不了?你姐也真是,管得太多了吧?一天见谁都吆三喝四的,管了我丈夫,还要管我儿子,我儿子住在哪儿她也要管。儿子都不认我这个亲妈了,对她比对我这个亲妈还亲,一见她又是亲又是抱的。我上学时,竟然不跟我说一声,就把我儿子接到她家。你说说,她这样做眼里还有我吗?林特特,你告诉你姐,家里的事她以后少插手。老佛爷似的,干涉别人家的内政,讨人嫌!”李晓音吐出了几年来积在心中的怨气。

正说着,林诗诗忽然来了。几家合住,大门经常大开着,李晓音说的话林诗诗全听见了,当即将手里提着的东西摔到地上,发火道:“李晓音,你有没有良心?你下部队,孩子肯定是我管。你不感谢我就算了,怎么还怪我?竟然对我有这么多意见。难道林晖不是我侄子?当姑姑的忍心让八九岁的孩子住阳台?夏天还好说,冬天呢?你住阳台上试试?我还没说你,你看看你咋带孩子的,去接孩子放学,竟然半天认不出哪个是你儿子。作业不检查,家长会就去了一次,还睡着了。动不动就让丈夫孩子吃食堂,大人算了,孩子正在长身体,一块烧饼就打发了。有你这样带孩子的吗?”

李晓音因一时气愤,说出了平时压在心里的愤慨,没想到大姑子突然杀来,一时有些理亏,想说句软话。没想到林诗诗冲到阳台,把那张行军床一脚踢翻,拉着儿子就要出门。隔壁邻居从自己屋里伸出头来,像看西洋景。李晓音面子上挂不住,无论怎么说,在单位也是有头有脸的人,岂能在同事面前丢人?这么一想,便拉住儿子,说:“林诗诗,你听好了,林晖是我儿子,让他住哪儿是我当妈的权力,你管不着!”她又把儿子拽了回来。

林诗诗气得脸都发青:“我真是出力不讨好,再也不操心你们家的事了。”走了。

“姑姑!我要去姑姑家跟哥哥玩。姑姑!”林晖声嘶力竭地又哭又叫。林特特躺在床上,双手支在脑后,望着天花板,一句话也不说。李晓音无奈，只好一个人在阳台上重新安好床。起初心烦，不觉间睡着了。醒来一看，林特特跟林晖都不见了，桌上只有一张纸条：我带儿子去姐家了。李晓音哭都没眼泪，晚饭也没做，看起了电视剧《激情燃烧的岁月》，石光荣与褚琴跳舞的情节逗得她忍俊不禁。

第二集看到一半时，林特特一个人回来了，提着一袋饺子，往桌前一放，说："姐给你带的。"

"姐是不是真的生气了？"李晓音扳过丈夫的肩膀，笑着问。

"废话。"林特特往床上一倒，看起球赛来。

李晓音坐到丈夫跟前，说："我想了想，是我不对。可是，我受不了儿子对我这么冷淡，让人知道笑话我。"

"把自己日子过好，管别人闲话干什么。"林特特兴奋地喊道，"好球！"眼睛睁得像铜铃，双手拍着大腿。

"我是说，姐没真的生我气吧？我就是顺嘴一说，我怎么能不知道这么多年姐对咱们的好？"

"唉，气死我了，怎么又没进？"

"跟你说话呢。"李晓音推了他一把。

"嗯，好，好！"

"好个屁！"李晓音狠狠地朝丈夫背上打了一拳，只能自己想办法跟大姑子林诗诗和解了。

3

新的一期杂志即将付印，李晓音正把胶片和纸质清样比对着检查，电话响了。自从做了编辑后，越来越多的朋友找她，多数是向她投稿。比如一直很少跟她来往的新闻系同学刘蕾，还有在南方某部队医院当政治部副主任的田心怡，时不时还随着稿子给她寄些水果。她心里生出缕缕得意，因而，接电话就有些烦了，语调里有了老编辑的那种沉稳，或者说冷淡，不像刚到编辑部时，因为还没有作者队伍，只要一接到电话，就热情地介绍刊物情况，并要对方的联系方式，还请人家多赐稿。

她做梦也没有想到，这个电话竟然是多年没有联系的全涛打来的。大家虽然同居一城，自从分手后，就再也没有联系。虽无联系，对方的情况她还是一清二楚的，毕竟都在一个圈子。全涛提干后，一直在进步，先调到集团军，后调到军区，最后调到北京一家部队报社。他的这一主动联系行为，让李晓音五味杂陈，一时不知如何是好。

叙了一会儿旧，全涛像无意中说，最近烦心事不少，他弟弟生病要住院，他这个做哥哥的想给钱，家里的钱家属管着，不愿意给。

“要多少？我借给你。”李晓音说。

“三万。”

“好的。今晚请你吃饭，我顺便带给你。”处于兴奋之中的李晓音答应后，有些后悔，但想起他们曾经的恋情，觉得应当帮他。

约在老故事餐吧，地点是李晓音选的。这儿离家近，环境与她的心境很吻合。

餐吧门前有两棵大海棠树。外间是阳光房和茶室，可以在大落地窗前喝茶，外面的草坪、海棠树一览无余。里间用餐，墙上贴着老电影剧照。她预定了大厅正中的位置，比地面高出二十厘米，抬头是电影《青春万岁》的剧照。

她计划的是，他们先在阳光房赏花、饮茶，然后到里间就餐。她要给他背那首他写给她的诗，回忆他送她回家，一起去钓鱼台……这一桩桩往事成为她无数个日子里最美好的回忆。他们就像一对老朋友，对酒话桑麻。饭后，再到附近的海棠花溪散步。他们从认识到相爱，都在秋天和冬天相会。在花开的春天走一走，也算是对以往岁月的一种补偿。

想到这里，她笑了。

太阳落山时，全涛从海棠花影中一步步走来。她的心跳得好快，好像在做梦，本想出去迎一下，又觉得好像没身价，便坐着没动，假装看书。等人都站到她面前了，她才站起来，还是慌乱，袖子差点带翻茶杯。

他说的第一句话却是：“你胖了。”

怎么是这样的开场白？难道不知道女人的心思密如绣花，变如云彩？稍微一点风吹云动，都可能影响一天的情绪。一丝不悦掠过，她忍住。到里间用餐的计划瞬间取消，她叫来服务员，就在外间用餐。

她给他递菜单，他摇摇头，说："你随便点，我不吃动物内脏。"

还不吃葱花，不吃香菜。这是他当年说的，她全记着。心里的不悦再次浮上心来。她仍做微笑状，把菜单推过去："你点吧，我没有忌口。"

黑乎乎的蚂蚁上树、没有味道的清炒豆苗，还有三条烤焦了的小鱼。她一点胃口都没了。

"你那个大学同学，叫田心怡吧，这女人了不得。我在报社见过她来送稿子。你说说，一个女人在男人堆里能当单位的政治部主任，靠的什么，地球人都明白。我说的没错吧？"他哈哈笑着，端着茶杯，手指有一个是灰指甲。我真的了解这个人吗？李晓音再次恍惚起来。

她看着桌上花瓶里的一枝红玫瑰，一字一顿地说："据我了解，大学时，田心怡每门课都在八九十分以上，在全国核心期刊发表了两篇论文，在中央级报刊发表新闻稿件十多篇，两篇获了全国好新闻奖。毕业后，田心怡从新闻干事干起，一步步从股长、科长到政治部主任，一步步踏踏实实。"

"哈哈，我只是听说的，难免有不实之处。不过，苍蝇不叮无缝之蛋。我虽只见过她一面，但印象颇深，她徐娘半老，但对老男人来说，风韵犹存。江南女子嘛，底子当是不错的。"

李晓音没再说话，只管低头喝茶。海棠斑驳的花影落在了豆紫色的桌布上，没了刚才的好看。

"海军出版社的那个秦小昂也是你同学吧，我当年在招待所见过一面。前不久，一次开会，我发现她一直看我，但我没过去打招呼。部队大院子女嘛，总以为自己了不起，其实呢，只不过是个花瓶。年轻时靠老子，后来靠丈夫。听说她丈夫做房地产生意的，很有钱，是吧？"

李晓音实在坐不住了，说："对不起，我去下洗手间。"洗手间在餐厅里面，她没进去，看了会儿墙上的照片，她原先预定的高出地面二十厘米的餐桌前，坐着一对少男少女，女的含笑托腮，男孩滔滔不绝。墙上的《青春万岁》剧照配在这张桌前，太协调了。幸亏她跟全涛没有坐在那儿，那纯粹是一种浪费。这么一想，她暗自神伤，长长地出了口气，让自己心绪平静，才回去。

全涛朝她笑笑，说："你喝茶。"他给她添了热茶。那灰指甲极其醒目，她尽力不让自己注意，便又望向了窗外的海棠。天渐渐黑了，灯光下的海棠花没了白天的清雅，多了几分妖娆，几分虚幻。

她望着海棠说："都说海棠无香，可我怎么闻着好香呀。"

"是吗？"全涛叹息了一声，说，"我弟弟病挺重的，你知道，我是家中唯一从农村走出来的，又是老大，不能不管。你是家里的老小，老小好呀，背靠大树好乘凉。晓音，说实话，你要没有你两个哥哥，怕也没有今天。"

李晓音包里装着银行卡，她原计划吃过饭到自动取款机取钱借他，听到这话，决定不借了。

正不知如何接话，全涛手机响了，他站起来，来回踱着步，说了足有四十分钟，全是做生意的事，都是好几百万甚至上千万的生意。阳光房里还有一对男女，他们好像在讨论一部电影的剧本，女的皱着眉头看着全涛，嫌恶的表情让李晓音都难为情。

他这么有钱，却向我借三万元？他是啥意思，唱的又是哪一出？李晓音忍着烦，叫来服务员买了单，朝全涛示意她要走了。

出门，他又问她家是什么车，住多大的房子，说他住四室两厅，现在这辆帕萨特旧了，准备换宝马，最新型的。

李晓音冷冷地说："我租房，骑自行车，要拿一万元还得跟爱人商量。我跟爱人说了你家有急事，爱人没同意借钱。对不起呀老战友，你是做大生意的，要明白我们这些靠工资吃饭的工薪层，没有一分钱的外快，就是死工资。"她说完，有些后悔，看了眼对方。昏暗的路灯下，全涛仍然微笑着："没关系呀，咱们只是老朋友叙叙旧，钱小事一桩。咱们是老朋友嘛。"

"真不好意思呀，我再做做他的工作。"李晓音倒是心里话，对方的大度让她一时心软,差点改变了主意。

第二天,她把此事一五一十地给秦小昂说了。秦小昂没听完就说:“骗子,肯定是骗子,男女关系一旦涉及钱,那就俗透了。他说上次我没理他,我为什么要理他?我是因为你以前老提他,就想看看他是什么人。你不知道,在会场上,他对领导点头哈腰的,一点文人的风骨都没有。我劝你别再联系他了。晓音,你最近看电视剧《青衣》了吗?女主人公特像你。”

“英雄所见略同呀,演员演得真棒。”

又过了一阵,全涛打电话请李晓音喝茶。她不想去,可对方的一句话又让她决定去。他说:“我昨天看到你发表在军报上的文章了,不知怎么,就想跟你聊聊天。那天实在不好意思,生意上的朋友不能不应酬。咱们是多年的老朋友,想必你不会介意的。我也烦透了这种交往,但没办法,要生存呀。”

没有借钱给全涛,李晓音有些愧疚,又听到他这么体谅,决定再见一面。

这次喝茶,同样没滋没味。全涛仍然虚张声势地炫耀自己,贬低李晓音和她的同学们。李晓音决定再也不见他了,连一般朋友都不想跟他做了。

第二天一上班,又接到全涛的电话,说他在商场买东西,差三百元,让她尽快打给他,他就在商场等着。李晓音信以为真,把钱打了过去。事后,越想越不对头,却不愿意把对方往坏处想。

秦小昂知道后,长叹了一声:“李晓音,你脑子是不是迷糊了?那是垃圾,我老早就告诉你,远离垃圾!你怎么还这么执迷不悟呢?”

“也许他真的缺几百元。”话一出口,李晓音自己底气都不足。

“哎呀,你脑子转转好不好。他认为你不值得他为你花那次请你喝茶的三百元,所以变相要走了。难道你还不明白?”

“秦小昂,你怎么这么说话?”李晓音也生气了,挂了电话。她觉得秦小昂老把人往坏处想。

全涛再也没有提及还钱的事。李晓音终于说服自己秦小昂分析得对，又给秦小昂说好话，两个朋友和好如初。至此，全涛成为她生命里再也不愿意提及的人。

让她牵肠挂肚的初恋故事，经过多年的思念、自责，终于寿终正寝。她心想，这份初恋，如果没见面，不联系，许它能成为心目中的玫瑰。

4

与《昆仑文学》杂志社楼上楼下，李晓音投稿更方便了。许主编总是鼓励她多写。

不久，《昆仑文学》组织"著名作家高原行"采风活动，邀请李晓音参加。巧的是，去的是二哥的部队。

去的都是著名作家，她只能算小萝卜头，既紧张又兴奋。林特特老想去高原，李晓音给二哥说了多次，二哥总说高原没啥玩的，要去就去九寨沟、杭州、苏州。

哼，肯定跟大哥一样，怕影响不好。这次去，我不告诉他。李晓音暗自思忖。

他们一行人先到兵城指挥部，接待他们的就是二哥，这时他已是师政委了。第一次以作家的身份到哥哥的部队，李晓音又激动，又紧张。是怕自己不优秀，在哥和他的战友们面前没面子？还是怕二哥不优秀，在众同行面前失了面子？她说不清，她想不出如何跟二哥说话。远远地从车窗看到二哥了，她还不知道怎么办，又是整理着装，又是照镜子，一片慌乱。

同行的作家里，她年龄最小，坐在后座，最后一个下车。她一下车，二哥跟对别的作家一样，握着她的手，说了句让她当时就想笑的话："欢迎到我部指导工作。"

她更有意思，也公事公办地敬了个礼，说："谢谢首长。"

餐桌上，二哥跟其他作家又说又笑，都不看她。她坐一旁，冷眼观看。

在座的作家都对二哥很尊重。他不像一些领导，动不动就劝客人酒，有时还猛灌，以示热情；要么与漂亮的女性打情骂俏，失了领导风度。二哥实实在在地说着话，安安静静地给作家们夹菜，条理清晰地介绍部队情况。

一位女作家忽然站起来，甩了甩披肩发，端着酒杯，走到二哥跟前说："政委好帅呀，你要是唱武戏，准扮武生，周瑜、赵云、姜维。你不太像政委，你像军事干部。我最崇拜军人了，能不能跟你喝个交杯酒？"

二哥的部下、来采访的作家，都齐齐瞅着二哥。李晓音心里埋怨着，又为二哥担心，紧张地盯着，暗想：可要挺住哟，别让别人笑话。

二哥端起酒杯，环顾全桌后，说："谢谢，我代表我们全体官兵感谢你，感谢总部安排的作家们到我们部队采风。咱俩喝酒太冷清了，我提议，咱们全桌人共饮此杯，预祝这次采风圆满成功。为了表达我对诸位作家的谢意，这杯我全喝了。"说完，一饮而尽，既给了女作家面子，又维护了自己的形象。这符合李晓音心目中的政工干部的形象，她心里为二哥打了满分。

谁知女作家仍端着酒杯，说："政委，你不跟我喝这杯酒，我好没面子，没法坐下呀。"

李晓音差点骂出声了。她紧张地看着二哥，不停地给他使眼色。

二哥端起杯子笑着说："这样好不好，你喝一杯，我喝三杯如何？"这时，带队的一位老作家把女作家拉回座位上。二哥趁机放下酒杯，指着桌上的菜，说："我给大家介绍一下，别看是普通的家常菜，在海拔四千多米的高原，蔬菜很难种活，这是咱们官兵在大棚里种的，是我们的宝贝，平常我们都舍不得吃。"

直到吃完饭，回了招待所，二哥都没跟李晓音有过一句哥哥跟妹妹那样的话，哪怕一句问候。连同行的一位女作家都问："大家都说李政委是你哥，我怎么没看出呢？是亲哥吗？"

李晓音不知该怎么回答，她不能确定二哥是不是担心影响不好，便笑笑说:“这重要吗?”

第二天,要去高原部队时,领队的干事说,首长专门强调要到师医院查体,合格了才能去。

李晓音说:“我身体好,没问题。”

二哥拿着大衣从办公室走下来,当时脸就黑了,小声说:“上高原可不是闹着玩的。”然后又对大家说:“作家朋友们,红景天都喝了吧?预防高原反应。王干事,给每位作家配上军大衣,每车装三四个氧气袋,司机派刘班长,开三菱越野吧。”

“报告政委,一切准备妥了。”

“拿几箱方便面、牛肉干和午餐肉,水准备充足。”

女作家说:“我知道了,李政委是你亲哥。”李晓音笑笑,没说话。女作家又说:“我们沾了你的光。”

李晓音摇摇头,说:“他平常真的没话。”

二哥这么再三地叮嘱,让她对青藏线多了几分畏惧。同行的一位常去青藏线的老作家说,他每次上线都要给家里留一份遗书。另一位作家说,她的儿子知道她要进青藏线后,隆重地请她到饭店吃了一顿饭。

让她没想到的是,出发时,二哥也在车上,说:“大家都穿上大衣,我送作家老师们到昆仑山口吧。”

“现在才八月呀。”

“八月线上经常下雪呢。”

车过雪水河,天空湛蓝明澈,白云朵朵,牛羊遍野,确是一片好风景。车还没到昆仑山口,大家穿着毛衣,冷得浑身发抖。二哥说:“谁要是感冒了,就回去。”李晓音赶紧吃了药,没想到一会儿开始头痛、胸闷,护士让她吸氧气。二哥坐在副驾驶座位上,回头看着她,说:“要不跟我回去吧?”她想着前面有美景,摇了摇头。

有一位作家说:“这搓衣板路实在受不了,我心脏都要飞出体外了,不能走了。”一位士兵带着这位作家返回了。

二哥说他们在高原不能感冒,否则有生命危险。

“政委，你们官兵真是太不容易了。”

“习惯了。”二哥淡然地说。

二哥不时回头看李晓音，说：“不行就回去，以后通了火车再来。”

李晓音还是摇头。

到昆仑山口了，司机停了车。二哥说：“继续走，到五道梁吧。”

五道梁位于昆仑山与唐古拉山之间的风口，平均海拔四千七百米以上，四季皆冬。海拔和地势较高，土壤含汞量较高，植被较少，空气中含氧量很低，还缺水，战士们经常要背着二十公斤的冰到哨所。他们走的这段路是青藏线最危险的一段路，很容易发生高原反应。初次走青藏线的人，可能会头痛、头晕、乏力、呕吐、食欲不振。

二哥说：“请大家放心，我们全程保障好大家的安全。”

到五道梁后，车停了。五道梁是个高原小镇，青藏公路穿镇而过。作家们在五道梁没有太大反应，不舒服时就吸氧。二哥走到李晓音跟前，笑笑说：“不要乱跑，前面路好多了。”与众作家道别后，二哥上车返回了。

一路疾行，山泛黄色，积雪密布，银装素裹，美丽极了。陪同的主任说已进入西藏之北，这里的天格外蓝，在朵朵白云衬托下，格外妍丽。一会儿下起雨来，先是小雨，还挺舒服。车还没走出五公里，就下起了冰雹，砸得车窗玻璃出现了一道裂纹。李晓音和同行的三位作家抱起氧气袋，好像生命就在那里面装着。一位女作家难受，要返回，司机说到了安多，就像进了鬼门关，必须冲过去，到了当雄就好了。不冻层的山路使他们坐在车上像跳迪斯科。李晓音真担心再也回不去了，儿子没了娘怎么办？二哥这么多年真不容易。

进入藏北高原后，天空一片晴朗。辽阔的羌塘草原上跑着野驴，野花遍地，还有不时挡着行人去路的牦牛，偶尔有一两只藏羚羊和黄羊从胡杨林跑过。一两只鹰高高飞过，如梦境。一个作家大声喊道：“我要留在这里！”

一到兵站，他们就急着安排第二天的采访事宜。二哥打来电话，劈头就训李晓音："怎么也不打个电话回来？都晚上了。"

"这不刚到嘛。哥，这三十年来，你是怎么过来的？"说着，她眼泪出来了。

"哭啥呢，习惯了。洗个澡好好睡一觉。别告诉妈。"

李晓音还想说，电话已经挂了。

从拉萨返回北京时，他们直接坐飞机，没有一个人选择坐汽车，虽然大家再三说沿途的风景可美了，名字更美，让人联想不已：昆仑山、不冻泉、五道梁、风火山、沱沱河、雁石坪、唐古拉山、念青唐古拉山、楚玛尔河、通天河、安多、那曲、当雄、羊八井、拉萨……

李晓音从机场直奔林诗诗家，她特别想儿子。到了楼下，想起还跟林诗诗闹着别扭，就不愿上去，给儿子打电话，让他下来。儿子说他想跟哥哥玩会儿，明天再回去行不行。她说："快收拾东西，回家。"

"我明天回家，妈。"

"快下楼！"

"我不回去，你做的饭难吃。"

"我只等你五分钟，赶紧下楼。"

李晓音醉氧了，差不多有十天都迷迷糊糊的，十分钟能打三十多个哈欠，老想睡觉。想起那些因缺氧而掉头发、掉眉毛，被种种高原病折磨着的战友，眼泪就止不住地流了下来。她终于明白，二哥只比大哥小两岁，却为什么显得那么苍老，明白了青藏高原为啥叫世界屋脊，明白了二哥为什么一直不同意她上线。

她把众作家的散文以同题形式编入《军人生活》"高原边防行"栏目。不少读者说，这个栏目告诉他们什么是真实的高原官兵生活。

5

儿子在姑姑家胖了，家里也收拾得干干净净。李晓音说："特特，你可以呀，我不在，你终于会收拾家了。"

"是姐收拾的,她知道你今天回来,就走了。"

李晓音沉默了。自那次跟林诗诗吵架后,李晓音没有再与她说过话,林诗诗也没再打电话。

以前,林诗诗每天至少打一次电话,一会儿说她看的什么书,一会儿说人艺最近有什么演出,有说不完的话。忽然两人不说话了,李晓音觉着生活中好像少了什么。秦小昂虽然是她的好朋友,但是特别忙。秦小昂要找她时,一找一个准;她心里烦闷要找秦小昂时,十次有八次找不着人,不是在健身就是在护肤。

夜深人静,李晓音想到大姑子的好,几次拿起手机,最后还是放下了。

林诗诗是全院有名的外科一把刀,又是大外科主任,父亲、弟弟又很依赖她,养成了说一不二的性格。在李晓音为林特特即将毕业如何留京发愁时,林诗诗已经为弟弟奔忙了。

朋友找林诗诗给一个患者做手术,其实那台手术不需要她亲自上,但听说患者是一个海军单位的领导,便同意了。手术很完美。患者请她吃饭时,她说了弟弟找工作的事。不久,林特特顺利分配到离家只有一站路的海军某部研究所。李晓音知道后,想请大姑子一家吃饭,还是有一个这样的大姑子好。

自从妻子跟姐姐吵架后,林特特就跟妻子不冷不热的。李晓音跟他承认了几次错误,他才不生气了,现在听妻子要请姐姐吃饭,没好气地说:"谁得罪人了,谁去请。"

李晓音只好硬着头皮给林诗诗打电话,打了四五次,林诗诗就是不接。

李晓音又找公公。公公听了,很干脆地说:"晓音,你安排好,我叫你姐夫和你姐去,我们都去。"

李晓音知道林诗诗好浪漫,专门在剧场订了一桌饭,可以边听昆曲边吃饭。前阵子,林诗诗在李晓音的熏陶下迷上了昆曲。

林诗诗跟丈夫是最后到的,林父很不高兴:"局长和夫人驾到,老夫有失远迎，见谅，见谅！”

林诗诗走到林父跟前，搂着他的脖子说：“对不起，让林教授久等了。贵君单位有些事，刚处理完。”说着，坐到爸爸旁边，边玩手机边跟林父聊天，也不搭理李晓音。

“姐，你来点菜。”林特特边说边给李晓音使眼色。

“姐，你见过大世面，你来点菜。我刚收到稿费，别为我省钱。”李晓音主动走到林诗诗跟前，双手递菜单。

林诗诗好像没听见。李晓音看了林特特一眼，林特特只低头喝茶。

“姐，对不起，上次是我错了，怪我。”李晓音又说。

“哈哈，好，今天我要把受的气全部吃掉。服务员，点菜！”林诗诗也不接菜单，大声说，“清蒸螃蟹、红烧鲍鱼、海参蘑菇汤，每人来个木瓜炖雪蛤。再来一瓶酒，要有年份的。”

“行了，诗诗，你有完没？”林父装作生气地说着，拿着菜单点起来，“京酱肉丝、烤鸭半只、红烧鲤鱼、青炒蒜苗，来两瓶小二。”

姑嫂终于和好了。

回到家，林特特埋怨妻子：“你这人也真是，咱条件艰苦，晖晖在姐家，又不是别人家。姐为了咱这个家，又是求人，又是请吃饭，人都瘦了，你也不体谅，真没良心。”

“好了，好了，你们都住姐家吧，我一个人待着好了，还清静。”

“那不行，我还得跟我老婆住，等咱分了大房子，再把晖晖接回来。我同意晖晖住姐家还有一个原因，姐心细，能管住晖晖。晖晖在咱家，只想打游戏，你整天忙着写作，心又软，他一哭，要杀人你都给递刀子。姐吼一声，两个孩子乖得像猫一样。你说你面子上过不去，那是别人家吗？姑跟妈还不是一样的。再说，无论晖晖在哪里，你都是他妈，对不对？”

一席话让李晓音又起火了：“行了，行了，关灯！”

“好好好，听夫人的。”林特特笑着，关了灯，又说，“气也消了，咱得快乐快乐！”

第十七章　淬火

1

虽然不主动联系大哥李晓忠，但李晓音还是时刻关注着大哥的工作情况。一天，军报头版刊登了大哥单位的先进事迹，她把报纸看了好几遍，很想给大哥打电话祝贺，最后还是放弃了。

看到这则通讯的，还有总部的一位首长。

首长是从 C 师一级一级走到现在的，看完通讯就告诉秘书："我想看看部队，看看咱们的官兵。你不是说 C 师的新任政委是只老虎吗？明天我们就去会会这只老虎。可不许通风报信。"

"首长，明晚您不是要跟 A 军的老首长吃饭吗？"

"不急。我更想念老部队呀。"

"首长，咱们后天去 C 师吧，明天还是去 A 军，听说 A 军有个特种大队，也很厉害。"

首长想了想，说："行。听你的，唐秘书。"

谁知到了晚上，首长改了主意，决定第二天就去 C 师："我要杀他们个措手不及，秘书随从谁也不带。"

C 师政委李晓忠得知首长要来部队视察，立即召集所有常委开会，主要议题是让首长看什么。长篇大论的汇报没意思，要有新的东西，要让首长全面了解部队在干什么，官兵在想什么。

师长搔着头说："俺的个娘呀，总部的上将到我们部队，这是第一次。怎么办？老李，你有经验。"

李晓忠先请大家讲讲。

参谋长说："师里军官训练中心刚建立起来，已经全部实现网络化，非常符合当前科技强军的理念。首长本身就是军事干部出身，一定对此事很感兴趣。"

政治部主任说："师里搞的主题演讲在军区挂上了号，咱们就搞场演讲，再让师宣传队来场演出，展现咱们政治思想工作的成效。"

后勤部部长说："去咱们的农场看看，自从无土栽培技术引进以后，戈壁官兵冬天吃菜难的问题解决了，在军区也是亮点。"

李晓忠听完，想了想，说："我觉得大家都讲得对，咱们能不能现场搞一个比武大赛？每人拿出绝活，当场奖励，让首长颁发奖品。曾国藩激励将士杀敌就是当场评勇士，赠以刻有自己名字的腰刀。上半年我就跟司令部交代了，要训练尖子。"

"一天时间，来得及准备吗？"师长问。

李晓忠笑了，说："带兵人不知道自己兵的特长，还要这个带兵人干什么？立即通知所属部队官兵，只要有绝活，都可以报名。"

晚上十点前，各团就报上来了，有五千米跑、单双杠倒立、四百米障碍、手枪速射、拳击、掰手腕、计算机编程等各类项目。

李晓忠决定，奖章叫"老虎之翼"，凡得此奖章者，可以提前晋级。共设十名获奖者，参赛者共一百名。

机关分一组，参谋、干事、助理员人人都可报名，分别考笔试和口答。基层组则是现场比武。

首长到时，正是上午九点一刻。哨兵一看军区车，立即跑步向前敬礼，报告说操场正在进行机关干部业务比武，师首长都在现场，他马上向上报告。首长摆摆手，对司机说："去操场！"

首长一行到了操场。有眼尖的官兵说:“哇,上将!”李晓忠正在主席台念比赛顺序,师长在一边直拉他的衣襟。李晓忠刚把参加第一个项目的名单念完,师长握起话筒,以粗重而威严的声音喊道:“全体都有,立正!”再放下话筒,急跑三步,说:“报告首长,C师正在比武,请首长指示!”

“按原计划进行!”

首长坐到主席台上,扫视着整整齐齐的队列。参赛的参谋干事对答如流,他满意地笑了。

比赛按预定计划进行,首长忽然对旁边坐的师长说:“我来考他们。”首长坐直身体,指着一个中校问:“我看了你起草的党委学习材料,不错,我问你,新修订的《军队政治工作条例》增加了哪些内容?你详细谈谈。”

陈峰科长略加思索,滔滔不绝,首长不住地点头。

“不错,你任现职多长时间了?”

“首长,他任现职三年多了,我们拟让他下去当团政委。”师长回答。

“嗯。”首长又问另一个,“你是哪个部门的?”

“首长,我是干部部门的。”

“你们师今年分了多少干部?现在都在什么地方?表现如何?”

“报告首长,我们师今年分了十五名从军队院校毕业的干部,现全在基层担任排长职务,百分之八十胜任,还有百分之二十,我们正在加紧培训,跟踪调研。”

最让官兵忘不了的是表彰大会。十名获得“老虎之翼”的官兵,从首长手中接过奖牌。中间还发生了一个小插曲。当李晓忠念到射击第一的上尉参谋“陈国勋”的名字时,师长紧张地碰碰他的胳膊。首长正在喝水,也放下了杯子。一个胖胖的上尉走上台来。

首长把奖牌递给陈国勋,握着他的手说:“太巧了,三十年后,我又遇到了年轻时的我。你跟我名字一样。你是哪儿人?今年多大?”

小陈国勋双手握着首长的手,激动地语无伦次:“我……我是贵州毕节人。”

“夜郎国的人呀，不简单。”首长说，“师长，我能不能跟年轻的我比比枪法呀？”

“当然行呀，首长，马上安排。”

首长枪法不减当年，行进中手枪射击，十发子弹打了九十八环。小陈国勋也不示弱，仅比首长多了一环。

首长吃饭、检查工作，都要小陈国勋陪着，还说：“你们毕节好呀，夜郎自大也有资本，扼滇楚之咽喉，控巴蜀之门户，长江珠江之屏障。”

“首长说得好，我们有百亩杜鹃，还有世界上最大的野生韭菜花带，欢迎首长去我老家做客。”

“好好好，那也是我老家喽。”

首长在C师住了整整三天，跑遍了各个团，连小、散、远的单位也不放过，走到哪儿都不停地说：“我的老部队好哇，你们继承了一代代官兵的优良传统，能居安思危，时刻准备着。这样的部队一定能所向披靡，战无不胜。”

2

李晓忠不在，李晓音怕大嫂方苹孤单，周末就常去看她，约她逛街、逛公园。春节时，李晓音去看方苹，方苹告诉李晓音，李晓忠所在师改旅整编工作结束了，马上就要去国防大学学习。李晓音淡淡地说：“前一阵看到各大报刊宣传我哥他们师的事迹，我就知道我哥会有好事了。这次，调副军应当差不多。”

方苹叹息了一声，说：“人能回来就好，年纪大了，生活在一起比什么都强。你看，这么大的房子，要是我父母不在，我真孤单。对了，我感觉你对你哥有意见。”

李晓音没有说话。

“你们李家呀，一个比一个脾气倔。”方苹说，“想吃什么？嫂子给你做。”

春节过后，李晓忠去国防大学报到，回到家里。虽然能不能调回京还是未知数，全家上下高兴得像他已经调回来了。现在干部提拔得经过岗前培训才能走马上任，中层去各部所属院校培训，高级领导得到全军最高学府接受岗前培训。去国防大学，意味着已经拿到了船票，只等学成，高高兴兴地上船。过去因李晓忠平调外地的郁闷一扫而光，家人纷纷奔走相告，把这一喜讯告诉亲朋好友。方父方母也高兴，每到周五李晓忠从学校回来，总要让女儿方苹多准备些好吃的，说女婿虽然在国防大学吃的肯定挺好，可总不如家里的饭可口。上下想尽一切办法让李晓忠安安心心地读书。

倒是李晓忠还跟平常一样，回家不是读书看报，就是练字作画。方苹换了一个小房间当卧室，他怎么看怎么别扭，半开玩笑半正经地说：“方苹，我怎么觉得走进家，像走错了门。”

方苹听这话很不高兴，说：“是不是你在师里时老往别人家里走？”

妻子生气了，李晓忠感觉自己目的达到了，笑着说：“那还不是你的杰作？老让我走错门。这卧室越变越小，哪有我在师里楼上楼下住得宽敞？”

“还电灯电话呢！师里好，你回去呀！”

方母是农村老太太，看夫妻吵嘴了，忙在旁解释：“是我的错，我找人算过，说换了房子，春暖花开，你的命运就有转机，这不就应验了嘛。”

李晓忠知道，自己能上国防大学，除了军区首长的关心，还有老部长的帮助。他们对自己都是非常关心的，在关键时刻帮了很多。

书房空间变大了，所有的书大大方方地从纸箱里搬出来了，还放了好几盆花，阳光下鲜翠欲滴。李晓忠在写字台前坐了一会儿，后背被太阳晒得暖暖的，很是舒畅。

要学的东西太多，军事、政治、高科技，越学越觉得学不够，全军来的各路精英，每个人身上都有不少值得学习的地方。李晓忠认为，到学校一是学习，二是交朋友。课虽不紧，但也排得满满的。上课下课都得排队、出操，跟在部队一样紧张。越紧张，越觉得自己年轻了许多，走路脚下生风，行事洒脱利落。吃过晚饭，不是跟着同学们去学校前门的河边散步，就是到后山爬山健身，赏花悦水。时间过得飞快，转眼间，春天已经大张旗鼓地迈着婀娜多姿的步履款款而来。无论事业还是生活，都如过去看的一部老电影——《甜蜜的事业》。

李晓忠临睡前给家里拨了电话。方苹笑了，说："哎呀我的李大首长，这太阳是从西边出来了还是从北边出来了，怎么想起给黄脸婆打电话了？"

李晓忠笑道："太阳从东西南北都出来了，照得人心里充满了阳光，当然就要给家中宝打个电话。"

方苹很是受用，声音柔软了许多，说："还有谁把家中的黄脸婆当家中宝呢？你们这些臭男人在外面风流够了，哄家里的黄脸婆继续心甘情愿地当带工资的保姆吧？"

一听这话，李晓忠亢奋的心变凉了，说："我累了，挂了。"

"生气了？你肯定有话说，我洗耳恭听。"

"没事，学习紧，就这样。最近还哮喘不？及时吃药。"

"谢谢李政委关心。"方苹笑道。

天越来越热，国防大学的学员从井冈山教学实践回来，准备毕业论文、复习考试、结业典礼，紧张而有序，食堂里吃饭的人越来越少，宿舍里也一改过去的谈笑风生，静悄悄的，经常散步的院子里也没几个人了，国槐的影子拉得老长。

上课前下课后，大家话题很多，不外乎下一步的调动与命令。只有李晓忠一人，不是往图书馆跑，就是坐在宿舍电脑前，写写看看，忙个不停。起初同学们还问他几句，后来见了他，点点头，一笑而过。

随着李晓忠毕业临近，方苹越来越着急，让李晓忠赶紧找人。李晓忠总说急什么，相信组织。

"组织还不是由人组成的，你得找具体人呀。"

说得多了，李晓忠就很不耐烦，书房里的音响开得震天响，满屋子都是《咱当兵的人》。方苹暗想，说不定李晓忠心里有谱了，也就不闻不问了。倒是一直沉得住气的方父总是念叨："女婿这次不会再走了吧？"

之前李晓忠离京，方苹发现跟自己凑在一起的朋友不知不觉疏远了，她们自成一体，说东家，道西家，很让方苹难受。时间长了，方苹也就不在意了。丈夫到国防大学上学后，疏远了的人群不知不觉又回来了，一会儿说方苹脸上滋润了，一会儿又说方苹穿衣服好看。方苹微笑而低调地应付着。

这不，又有家属开腔了："方苹，你家老李的老部长现在去军事科学院当主任了，想调李晓忠当副部长，你马上就成将军夫人了。"另外一个小个子女人，方苹没见过，长得上下一般粗，先是祝贺，又说："这当然是好事了，不过我听一些小道消息，说李晓忠是政工干部，不适合搞军事，毕业后很可能安置到编研室，改文职军人了。方姐，你告诉你们家老李，要活动活动。现在不活动，提将军怕很难。"

方苹心里不舒服，借口家里有事，回去了。方母一看方苹的脸色，问："怎么了？是不是晓忠的工作有眉目了？"

方父也看着她，一眼不眨地盯着她。

"没事，我给晓忠打个电话。"

"你说这日子过的，不消停。"方母说，"整天盼着当官，当大官有什么用呢？病了，身边连个人都没有。"

"你不说话没人当你是哑巴。"方父说着，坐到沙发上，抽起烟来。

方苹关上卧室的门，给李晓忠打电话，一直不通；又打，反复地打，最爱看的电视剧也不想看了。直到晚上十点半，电话才通。她心平气和地问："你刚才干啥去了？电话也不接，都急死我了。"

"我在图书馆查资料。"

"我的李大政委，你真能沉得住气，现在都火烧眉毛了，你怎么还有心思去图书馆？你不知道别人怎么说你，说你现在都没地方去了。"

"我还忙着写论文呢，这事回家再说。"不等应答，就放了电话。

方苹回到客厅，拿起没有吃完的苹果狠狠地咬了一口，说："皇上不急太监急，我着什么急呀！妈，明天咱蒸螃蟹吃，管他呢。”

方父吸了一口烟，说：“这事急不得，我的女婿我了解，绝对不会没有工作的，也绝不会待在编研室坐冷板凳。”

方苹笑了：“是呀，你的女婿好，你的女婿天生就是当官的。我们都不好，明天让你女婿给你做饭吃。”

放了电话，李晓忠又翻开书，刚才的思路断了，索性放下书，暗想：妻子的话并不是空穴来风，他的去向确有不少传闻，有人说他会回北京任某院副军职研究员，也有人说到集团军当政治部主任。小道消息，他只能听听。

总部首长办公室。满头银发的老首长看完《军事学术》中一篇《论坚持遏制战争与打赢战争相统一的战略指导思想》，拍案叫好，再瞧作者，是李晓忠，想起 C 师那次令他终生难忘的比武，让人调查李晓忠在国防大学的学习情况。几天后，他让秘书请李晓忠到他办公室。

李晓忠走进心目中极其神圣的统帅机关，三步一岗四步一哨，脚踩着大红色羊毛地毯。从军三十多年，他还是第一次到这种地方来，心咚咚跳个不停。

这是典型的单元式房间，左边可能是秘书办公室。秘书把他带进右边的门里，一进去，是一个同样铺着地毯的宽大客厅，阳光穿过落地玻璃窗照射进来，几大盆绿萝十分茂盛。李晓忠笔挺地坐着，环顾对面一整墙的书柜，几乎全是军事书。一张首长在 A 军花园般的军部大院里视察的照片，放得最大。六十多岁的首长笑得灿烂，如同顽童。

首长从里间走出来，李晓忠立即站起来，敬了一个标准的军礼。首长笑着摆摆手，走到落地窗前，说：“你看，我这儿环境怎么样？”

李晓忠走近首长，窗外很漂亮，湖水清幽平如镜面，两岸绿树环绕，远处的白塔隐约可见，非常有意趣。李晓忠老老实实地回答：“非常好，首长。”

“登高才能望远呀，小李。”首长诚恳的态度，让李晓忠想到当年他第一次调到总部见首长的情景。那时他三十六岁，首长就是叫他小李。

“是！”李晓忠知道首长说的不只是自己的办公环境。果然，首长坐到沙发上，双手扶着沙发扶手，说：“来，坐。听说你这次成绩也是全班第一？”

“谢谢首长关心。”

“结业了，对下一步工作有什么打算？”

“听组织的。”

“组织也要充分征求你的意见，是想回北京，在科研部门当个副职，还是想在基层干正职？”

李晓忠心里一紧，抬起头来。首长的眼睛里闪烁着激情之光，六十多岁的人了，那眼神仍闪现着亮亮的光泽。那是期盼，或者是别的什么，李晓忠无法猜透。他没有急于表态，看着首长说：“首长，您认为我去哪儿合适？”

“问我老头子？这可难为我了。回北京，在机关待着，合家欢乐，共享天伦，好事。到部队，真抓实干，再展宏图，都不错。”

“我还是愿意到部队去。”

“好，我老头子没看错你。还有，为你工作的事，三个人给我打电话了，每个人都说你是人才呀，不用就可惜了。我给你交个底吧，组织这次肯定要用你，你在C师干得不错，到国防大学学习，理论基础打得又很坚实。A集团军是我的老部队，身处边陲，现在又担负着更特殊的使命，我希望它更好，能在信息化的时代走在全军的前列。你去当政治部主任，挑更重的担子，好不好？”

“好的。”

“不要急于回答，先跟家里商量商量，让你再次离家，我也于心不忍，可你现在正是干事业的大好年纪，男人嘛，好好地干几年，以后回忆起来，也带劲。给你三天时间考虑。”

“谢谢首长，我一定尽快答复。”

他回到学校，老部长给他打来电话，问是否愿到他的手下工作。

李晓忠再次面临人生的选择。

周末，李晓忠回到家，首先征求妻子方苹的意见。方苹看着已有白发的丈夫，说："你老了许多，你看看你的体检表，大小十几种病，不能像年轻人那样再在部队摸爬滚打。再说这一去，怕就干到退休了。"

"是呀！"李晓忠说着，看着地图上自己熟悉的那个部队，有多少熟悉的老首长，是他们让他如鱼得水。虽然他在师里只待了四年多，可那儿已经成了第二故乡。

这时，好朋友展扬打来电话，约他去院子里走走。李晓忠换上一身运动装。两人来到离家不远的公园，边走边聊。

展扬只比他小两岁，现在看像小十岁，提正师三年了，在老干局当局长。展扬不知从哪儿听来了消息，说："哥，别去了，A 集团军头绪繁杂，你身体又不好。官当得再大，又能怎么样？再说，你也五十多岁的人了，还是回来吧。"

"到了部队，才知道自己浑身都有活力。"

"你真的想好了？"

"如果组织让去，我当别无选择。"

展扬拍拍他的肩，说："哥，朋友中，我服的人只有几个，你就是其中一个。"

李晓忠笑笑，说："老弟，你们单位伙食不错呀，要多加锻炼了。"

"是呀，不像你，还像小伙子一样，浑身的肉紧绷绷的。"

与展扬分了手，李晓忠进了电梯，上楼后，又重新下到一楼。他吸了一支烟，在静寂的操场快走了四圈。上学后，他养成了每天饭后走半小时再跑三公里的习惯。

他给首长打电话，说决定去 A 集团军，然后打开随身听，是他最喜欢的谭元寿的《定军山》：

这一封书信来得巧，天助黄忠成功劳。站立在营门传令号，大小儿郎听根苗。头通鼓战饭造，二通鼓紧战袍，三通鼓刀出鞘，四通鼓把兵交，向前个个俱有赏，退后难免吃一刀。三军与爷归营号，到明天午时三刻要成功劳。

3

高原的官兵天天盼，年年盼，终于，千年的不冻土上跑起了一列列长长的火车，给高原人民带来了幸福和吉祥。

伴随着长龙蜿蜒在高原之上，李晓义也迎来了他人生最难忘的时刻，他终于调往岭南某军医大学，像大哥一样扛上了那梦想的金灿灿的少将肩章。

一个祖祖辈辈一字不识的农民家庭，一下子出了两个将军，省电视台的记者到李晓音的老家——长宁县方庄村去采访。

记者们到李晓音家门口时，李晓音七十多岁的母亲正蹲在门口，在煤灰里拣还能烧的炭。女记者说："大妈，别拣了，你俩儿子都当将军了。"

老人回答："拣习惯了，黑生生的炭，扔了遭罪。"

记者问："大妈，你怎么把他们培养成共和国将军的？"

老人想了想，说："老大走时，娃他爹摸着他的新军装说，部队供你吃供你穿，你要对得起这身军装。"

记者笑了，问："大妈，当时你说啥了？"

"我一个妇道人家，轮不到我说，我只让他吃饱穿暖别想家。"

"老二走时，大伯又咋说的？"

"老二走时，他爹说，超过你哥，你哥已经入了党，下一步的目标是提干，你争取两年后穿着四个兜回家。老二真争气，做到了。"

"大妈，你讲话讲得好，能不能给我们讲讲他兄弟俩的故事？"

"他爹老给几个当兵的娃说，当兵当不好，就像农民没种好地，干一行，就把这一行干得美美实实的。我老头儿话说得不错，他种的麦子行是行，列是列。你们看，这个小筐子，他爹编得，用了二十年了，现在还结结实实的。"

记者环顾了墙上贴得满当当的照片,“娃他爹”的照片放得最大,老人慈祥地微笑着。

“娃他爹走时,六个儿女都不在身边。娃他爹得病后给我说,别告诉儿女们,他们都在干大事哩。老四在县上工作,在家里待了不到一顿饭工夫,电话一直响,娃他爹说,去忙吧。老四出门时,娃他爹一个个地叫孩子们的名字,偷偷地叫,只有我能听见,叫完最后一个,头一扭,就没了。”

记者听着,眼泪流了下来,说:“大妈,我想去看看他们兄弟俩担水打柴的地方,想去看看你们过去住的窑洞。”

“好哩,好哩,大妈领着你去。不过,都塌得不成样了,下不去,咱只能在远处瞧瞧了。”

“大妈,您走得动吗?”

“走不快咱慢慢走,也走不了多少次了。”老人抹了一下眼睛。

李晓忠调到A集团军一年后,方苹提前办理了退休手续,去丈夫的部队照顾他。

第十八章　舍不得这身绿军装

1

军改的力度越来越大，李晓义刚佩戴少将肩章不到一年，军队整编正式拉开了帷幕，有几个单位合并成一个单位的，有成建制部队从北到南移防的，还有集体转业的。

李晓义听说他所在的单位要集体转业，立即给大哥打电话。此时，已晚上十二点了，李晓忠正倚在床头看书。这是弟弟第一次这么晚打电话来，李晓忠已猜出了他来电的目的。

“哥，听说我们单位在这次整编之列，是真的吗？”

“晓义，不管是不是真的，你都要有思想准备。”

电话里半天没声响。李晓忠叫了一声：“晓义！”自己倒先哽咽了。

“哥呀，我真舍不得脱下这身绿军装，穿了三十多年了，我不知道我还能不能适应以后的生活？”李晓义总算开了口。

李晓忠起身坐到书桌前，说：“晓义，我记得你当兵第二年，我去青藏线出差看你，那天的唐古拉山风好大，卷得人都站不稳。我看到你发青的嘴唇，听着你急促的呼吸，问你能适应高原生活吗？你说，哥，放心，只要有一个战友在，我就能坚持。”

“哥,道理我都明白,就是心里堵得慌。”

“别急,慢慢说,哥听着呢。”窗外一片漆黑,可兄弟俩话越说越多。这是他们之间时间最长的一次交流,不觉间,两小时就过去了。

爹去世后,怕妈孤单,李晓忠把妈接到他的部队。半年后,妈想李晓义了,李晓义又把她接到自己沿海的家。

此时,妈住在李晓义家,她给大儿子打电话,说老二最近瘦了,成宿地睡不着觉,平时能吃两大碗她做的臊子面,最近只吃半碗,眼角也耷拉下去了,眼圈黑黑的,像熊猫,问他咋了,都说没事,好着呢。后来,她从儿媳妇嘴里知道可能与脱军装有关系,问老大能不能帮帮弟弟。

李晓忠给妈讲起了道理:“妈,晓义在部队,整个部队要脱军装,他是领导,他一个人离开了,大家会怎么想?以后他到新的单位,还怎么开展工作?”

妈沉默了,半天才说:“晓忠,妈听懂了你的话,我这就劝晓义,让他跟着他的部下走,部下在哪里,他就在哪里。就像当年,你爹是生产队长,得跟着他的社员在一起干活儿,对不对?”

李晓忠笑着说:“妈是明白人,说得很对。”

吃饭时,妈看着李晓义,心疼地说:“晓义,穿不穿军装都要听领导的,对不对?”

李晓义说他的问题已经解决好了,让妈不要担心,把身体养好。他端着一碗臊子面吃得干干净净,又盛了一碗。只要能吃,就没啥大事,做妈的放心了。

李晓义把自己关在书房想了好几晚,烦了就写毛笔字,又来到离家不远的大海边。

傍晚的海翠绿清澈,海边长着高高的椰子树,天上飞着一只只海鸥。海面一层一层掀起巨浪,海水溅在了他的脸上,让他清醒了许多。他想起了遥远的高原部队,想起了牺牲的、离开的诸多战友。他沿着海滩跑起来,浪花打湿了他的裤腿,沙子钻进了他的鞋,他迎着风,大步地跑。跑累了,就能睡一个踏实的觉。

不久，李晓义所在部接到集体转业的命令。那晚，他喝多了酒，给妹妹李晓音打电话。

李晓音刚完成了近五年业务工作统计，她不知道单位为什么要统计这个，但也觉得总结梳理这几年的工作很有必要。统计表要求得很细，编了什么稿，多少万字，取得什么样的社会效益和经济效益，得了什么奖等。她交材料时，才听说可能与这次整编有关系。到底是什么样的关系，谁也说不清。也许是优胜劣汰吧。

管它是什么，只要尽心把工作干好就行了。她正这么想时，手机响了，是二哥。

“二哥好。”

二哥也不说话，她又叫了声二哥，忽听二哥咳了一声，清了清嗓子，竟用满口的家乡话吼起了秦腔《满江红》：

儿纵马杀敌十年整，谁不夸岳家将中小英雄。金寇闻声魂魄惊，身经百战屡建奇功。浴血疆场忍饥冷，浑身伤痕从不声……

“哥，你怎么了？”李晓音话还没问完，李晓义挂了电话。

李晓音忙给二嫂打电话，询问事由。二嫂悄悄说：“你哥刚睡下，他平时话就不多，现在更不爱说话了，不是叹气就是流泪。我跟他结婚三十年了，可是第一次见他流泪呀。不过，没事，我了解他，命令下了，集体转业，心里难受，明天肯定还会跑操的。他会挺过去的。”

知夫莫若妻，第二天，李晓义精神抖擞地穿着笔挺的军装站到了官兵面前。

告别军旗时，李晓义在主席台上敬完礼，说：“我的心情跟大家一样，一身绿军装，从青年穿到中年，三十多年朝夕相处，说不难过是骗人的。但是军队必须改革。我们穿军装是为了和平，脱军装是为了军队更强大。穿不穿军装，我们骨子里都流动着军人的热血。”

台上他在流泪，台下军人在哭泣，高擎的军旗望着这支没了领章帽徽的军列，呼呼地响着，像是喃喃低语，安慰着他们，又像是用手抚摸着他们眼角的泪痕。

2

很快，解放军和武警部队官兵换上了〇七式军服，这套服装与以往不同，右胸别着的资历章上可以看出职务、兵龄，左胸前戴着表明军兵种符号的胸标，下面则是姓名牌，右胳膊上戴有显示军人所在大单位的臂章。

穿上新军装不久，组织上问李晓音是否参加总部直属单位中层领导干部培训班。她有些犹豫，要学两个月呢。正发愁时，林诗诗敲响了门。

“特特告诉我了，这个班得去上。”

“可晖晖上高中了，课越来越紧。”

“机会难得，这可是好兆头，现在干部晋升不都要岗前培训嘛，晖晖交给我了。”

每天下班后，林特特接了儿子就去姐姐家吃饭，后来干脆就住到姐姐家了。

李晓音没想到，毕业十八年后又回母校参加培训，更没想到又遇上大学同学刘蕾。

李晓音整天忙选题，忙组稿，跟同学交往少了，与秦小昂也是两三月才相约着逛公园，到商场买衣服，聊天、喝茶、看演出。

刘蕾毕业后，分到了画报社，跟李晓音来往较少。李晓音调到北京后，有次儿子半夜发高烧，她给秦小昂和林诗诗打电话，都关机，只好硬着头皮，抱着试试看的念头，给刘蕾打电话。没想到刘蕾二话没说，马上陪着她去医院，这让她想起在军校时，刘蕾是她的幸运天使。

此事后，她跟刘蕾走动多了。刘蕾摄影技术好，是《军人生活》的优秀作者。有时杂志遇到开天窗，李晓音马上打电话让同学们救火。秦小昂效率慢，又经常忘事，李晓音不敢全指望她。刘蕾常年在边防跑，一个电话马上搞定。刘蕾会开车，她会把照片洗好了送来。后来有了互联网，李晓音上午发个约稿短信，下午电子邮件就到了，张张构图独特，从各个角度细腻地展现了官兵生活，特别适合《军人生活》。有时，版面需要配文，刘蕾提笔就来。两人间交往多起来，但也没到无话不说的地步，就是编辑与作者的关系。

人到中年，两人再度母校重逢。学校变化很大，新的教学楼，新的营区，但那栋古老的民国建筑仍在，学校门前的护城河仍在不息地流动着。

上学不到一月，汶川突发地震，得知消息，刘蕾第一个报名前往前线。这也号召了李晓音，她向领导请求去执行采访任务，得到同意。她俩坐着一架直升机，作为军事记者奔赴抗震救灾现场。

到处是残垣断壁，到处是救死扶伤的解放军与武警官兵。帐篷里，气息难闻，呻吟不绝，她戴着口罩，在遍地瓦砾中采访着一个个官兵。每一个人，都可以写一个感人的故事，她只恨时间太短。

忽遇一栋房屋倾塌，刘蕾迅速拉开她，幸亏躲避及时，没有受伤。战友就是为你挡子弹的人，她明白了军校那次联欢会上她抽到的幸运天使为什么是刘蕾。难道人生就是这么的奇妙？她自以为老跟她作对的刘蕾，在危难之际救了自己一命。

后来她们才知道，送她们去汶川的直升机于当天搭载伤者返航，出了事故，机上十八人失联。两架直升机编队飞行，突遇低云大雾和强烈气流，两架直升机保持联系，立即爬升，企图避开气流。第一架飞机顺利返航，第二架则失去联系。刘蕾失声痛哭。

重新回到学习班，学校安排她俩讲课。刘蕾说她不会讲，李晓音只好硬着头皮上台，她演讲用的照片里，官兵从土里，从瓦砾里，从死亡线上抢救一个个生命。刘蕾拍摄的照片直观、细微。讲到直升机上遇难的十八个生命，她哽咽着说不出话来，学生也泪流满面。

经过了生与死，她体会到生命的可贵，明白了解放军是人民子弟兵的真正含义。

妈得知李晓音去了灾区前线，给她打电话，说：“娃呀，你怎么敢去呢？灾害可不长眼睛呀。”

“妈，你忘了，我是军人。从穿上军装那天起，就做好了随时牺牲的准备。”经历了生与死，她明白军事记者的使命与担当，不只是表决心，不只是写在文章里，而是要用行动书写，用血汗，甚至用生命书写。

3

培训结束，回到单位不久，原来的副主编调离，李晓音被提为副主编，因在抗震救灾中采访工作突出，荣立三等功一次。自新兵连得第一枚军功章后，她再获殊荣。

徐编辑调到了另一部门。编辑部新来了两个刚大学毕业的年轻编辑，这是部队向社会公开招聘的文职人员。

周老师要退休了，李晓音恋恋不舍。周老师说：“晓音，多年前我说的没错吧？好好干，有什么事想不开，可给我打电话。”李晓音握着周老师的手，半天不愿松开。

任A集团军政治委员、正军职的大哥光荣退休，回到北京。

大哥回京的当天，大嫂打电话让李晓音一家来吃饭，说她最近手有些不利索，让晓音下班后早些过去帮忙。

“嫂子，你怎么了？赶紧到医院去看看。”

“有些拿不住东西，应当没事，等你哥回来后再去医院，反正他以后有时间了。”

李晓音本来计划跟林特特一起去看公公，接到大嫂的电话，忙给大姑子打电话说明详情。林诗诗说：“应当去，这是老兵最失落的时刻，好好安慰他。晓音，你们得请你哥嫂在外面吃饭。”

又让大姑子想到了前面。李晓音忙说：“对对对，我马上告诉他们，姐，你也来吧。”

“这是你们老李家的事，我就不掺和了。我正看电视剧《幸福像花儿一样》，那个杜鹃可真像你。好了，让特特接电话。”

林特特接完电话告诉李晓音：“姐说，让我出面，请大哥大嫂吃饭，让你买束花。”

“还是姐想得周到。”

永远把工作放在第一位的大哥心情会如何？李晓音去饭店的路上一直在想。

大哥让她有些陌生，穿了一身西装显得很精神。因为经常跑步，他身体挺拔而结实，一点都不像退休老人。

李晓音没有主动跟大哥说话，林特特示意她给大哥敬酒，她装作没看见。林特特只好端起酒杯，说：“大哥，一个农民的儿子干到正军职，光荣退休，可喜可贺。”

“有你这么不会说话的吗？”李晓音打了爱人一下。

“中央狠抓腐败之风，咱们大哥一身正气，两袖清风，光荣退休，很不容易。难道我说错了？”林特特分辩道。

“特特说得是。权力是把双刃剑，用得不好，就毁了自己，也毁了家人，教训是惨痛的。我感谢家人们这么多年对我的理解，不是无情，是国法军纪不允许我滥用手中的权力。”大哥说到这里，看了一眼李晓音，又说，“过去的事不提了，从今天起，我要换个活法，好好地过自由自在的生活。”

走出饭店，大哥忽然喊了声：“晓音！”

李晓音忙走到大哥旁边，大哥笑着说：“也没啥事，就是我怎么觉得这身衣服那么别扭，还是军装穿着舒服，是不是？”

李晓音给大哥整理西服领子，说：“李将军，你毕竟穿了四十二年军装了，慢慢会习惯的。”

“原谅哥好吗？”

“说的什么话呀。”

闲下来的大哥有一阵很失落，三天两头地给李晓音打电话，一会儿说他准备学开车，一会儿又说他想学书法。按大嫂的话，就像无头苍蝇，四处乱撞。

大哥坚持得最久的，是去北京各大公园转。按他的说法，人老了，终于学会了坐公交车，专门办了一卡通，清晨八点出发，逛到晚上六点准时回家。有一阵，电话也少了，李晓音又不放心了，去找大哥，大哥正在练毛笔字，地上摊着纸，桌上放着纸。他大冬天穿着短袖，满头大汗，歪着头问："怎么样？"像急于等待老师赞扬的学生。

李晓音也不懂书法，顺嘴说："洒脱奔放，颇有将军的风采。"

大哥满意地点着头说："真是行家。你念念，我写的什么？"

二十个字，李晓音就有三个不认识。大哥说："算了算了，你还是坐着喝茶吧。"

"不怪我，怪你写得太草了嘛。"

"这是米芾体，你真不懂。算了，不难为你了。"

书房、客厅全是字帖，李晓音细细一翻，乖乖，名字好吓人，书桌上放着米芾行书《多景楼诗册》、黄庭坚草书《杜甫诗三首》、文徵明草书《湖光披素练诗卷》，枕边放着《兰亭序》《圣教序》。家里随处有字帖，不一而足。李晓音看着大哥站在那儿，举着毛笔，一笔千钧，字字沉着有力。也就一笑了之。

练字之余，大哥爱出去旅游。原计划和大嫂去国外游玩，军职干部退休一年后，方可出去。护照终于办下时，大嫂却患了重度渐冻症，手脚不听使唤了，说话都困难。

大哥又开始面对自己人生的第二战场。

大哥初听这消息时，嘴角烧了好多泡，血压也升高了，他说："你嫂子前半生一直在为我、为孩子付出，现在该我照顾她了。"擦屎接尿，抱上背下，还要一句句地辨析那根本就听不懂的哇啦哇啦声。"我若猜对了，你就点头；否则摇头。"有时，他说一百句，大嫂仍在摇头。大哥却不气馁，说："咱是军人呀，你嫂子跟我搬了二十多次家，一个人带大了两个儿子，我为她做什么，都值得。"

第十九章　手心手背

1

李晓音刚分到三室一厅，就要接儿子回家住。林特特和林诗诗都说林晖现在高二，正是关键时期，不宜转学，还是住林诗诗家好。李晓音想想也有道理，又给妈打电话，要接她来北京。

妈答应了，但一直没确定来的日期。

十一月初，林特特前脚刚去参加海军护航，李晓音后脚就把妈从二哥家接到了北京。北方有暖气，老人住着舒坦。

一年不见，妈老多了，毕竟快八十岁的人了，头发全白了，但状态挺好，越来越不像农村老太太了。爹去世后，妈在几个儿女家轮流住，穿着谈吐越来越像城里老人了。她里穿一件碎花衬衣，外罩一件灰色羊绒开衫，脖子上还挂着珍珠项链，再戴一副老花镜，李晓音既熟悉又陌生。

“哇，这是哪家教授呀？”李晓音一见到妈，就笑着搂住她。

“死女子，又编排你妈了，是不是？”妈笑着，握着女儿的手。妈的手布满了皱纹，但比过去细腻光滑，脸上也白净了。

“妈，你在二哥家过得好吧？气色真不错。”

“好得很，南方嘛，冬天了树还绿着，花还开着，现在还穿着短袖，来你家就得穿毛衣了。儿子好，儿媳妇孝顺，孙女也乖，天上飞的地上跑的，全吃遍了。”

闲了李晓音就逗妈：“妈，你生了六个儿女，你最爱哪个？”

这时，妈就轻轻打她一下：“十个指头都连着心，你说不疼哪个？”

“总有一个离你的心最近吧。”

妈就笑了：“最牵挂的就是老幺你呀，啥都不会，妈真的不知你日子咋过的，一晃，晖晖都长大了，快娶媳妇了。妈给你说，晖晖在你大姑子家也不是个事，要接回来。”

“诗诗姐说家里人多，她那里清静，考完试再说吧。不过，周末我让他回来，咱们去公园玩。”

妈爱看剧，晚上看了两集，老想知道后面的故事。李晓音就买了碟，想看时就看。

妈会端杯牛奶，有时又拿颗削好的苹果，走到女儿跟前，看她抬起头了，就说：“你整天在电脑跟前敲，敲啥呢？累不累？”

“妈，我不累，我在写小说，不，是写故事，你爱看的电视剧都是像我这样写好，再让演员演出来，就成了电视剧。”

妈可能没听明白，想了一会儿，说：“你啥时写个电视剧让妈看看？现在电视剧讲的大都是城里人，你把咱村子写进去，把你爹写进去，把你哥你姐，还有咱家的牛和猪都写进去，好不好？咱家大黄狗也别忘了。我刚看的电视剧编得不圆，儿子跟媳妇一起打他妈，这连猪狗都不如嘛。”妈期待地看着李晓音。

“我一定会写出来的。”

“妈等着，你啥时写完？”

“妈，写故事很难，得一个人一个人地写，要把他们写好，得思考好长时间。把写好的字再拍成电视剧，时间更长了，要一个镜头一个镜头地拍，还要等下雪呀，花开呀，麦子成熟呀，演员还要背说的话呀，做的动作呀。比如说要演咱们一个村的人，挑水呀，做饭呀，都得像这个人，他们就得在农村待一段时间，学会了，才能拍得像。这样一部电视剧，可能拍一两年,甚至四五年。”

“不急,妈等着。那你好好写,妈不打扰你了。”妈小心地走出书房,又转身回来说,“你把你奶奶你姥姥也写上,我结婚到咱家时,才十六岁。你奶奶对我可好了。”

“怎么对你好?”李晓音停了敲键盘的手。

“她教我做饭,缝针线,她喜欢我给她梳头。那时,不知咋搞的,咱农村人身上、头上爱生虱子、虮子,你奶奶中午正在炕上做针线,忽然说头痒,快拿篦子篦篦。我拿着你爷爷买的红木篦子,轻轻地给她篦虮子,有时能篦好多虮子。这事是不是不卫生,不能写进去?”

“挺有意思的。”

妈不信任地看着李晓音:“你都没有记下,肯定就不能编进故事里了,我不打扰你了,你安心写,妈想起好故事再给你说。”边走边拍着大腿,又一个人去客厅看电视了。

李晓音很内疚,自己白天上班,妈下楼又没有熟悉的人,一字不识,年纪也大了。李晓音就让妈在家里待着。她多次跟妈说,城里什么人都有,院子里有送水的,擦玻璃的,收废品的,出入的人背景很复杂,每天要把大门锁好,有人敲门也不要开,家里人都带着钥匙的。妈问:“门口不是有解放军站岗吗?”

李晓音想了想,说:“但是也不敢保证进来的没有坏人。就像咱村里,看别人家有好东西,他家没有,突然就动了偷的念头。反正别人敲门你不要开,有些人就专门欺负老人呢。”她像给小孩讲故事一样,耐心地给妈讲注意事项。

妈嘴上说明白了,但仍一听到声音就跑去开门。李晓音几次回家,刚掏出钥匙,还没插进锁孔,妈就打开了门。李晓音再下班时,进院子的花园后,先朝四楼自己家窗口望,发现妈在窗前站着。这么说,妈一直就在窗前站着,等着自己回家,然后跑去开门。

李晓音明白妈是寂寞了。妈在家闲不住,用钢丝球擦大大小小的锅。李晓音说那锅要扔了,费那劲干啥。妈说擦一擦不就跟新的一样吗?

李晓音怕她累着，或者摔了，让她别干。妈说不干活，心慌得很。

无论多忙，只要不下雨雪不刮风，吃过晚饭，李晓音一定陪着妈去街心花园散一会儿步。这时，妈就特开心，眼睛忙得啥都要看。街上南来北往的车，她会看半天；花园里的花，她会闻半天；来来往往的行人，她也盯着看半天，看人家如何放风筝，如何逗小孩，有时还会主动跟人说话。一散步，经常能散一两个小时。李晓音起初有些不耐烦，她想回家写东西、看书，可她开不了口，她喜欢看妈开心的样子。她当兵二十多年了，很少能这么长时间地陪陪妈。时间长了，她发现妈最喜欢在花园亭子里听一伙人唱戏。妈说："你去忙你的，妈坐会儿，歇歇。年纪大了，腿脚也不灵了。"

李晓音就一个人绕着公园跑圈，或者到安静处看会儿书，再一起回家。

有次她跑完步，妈坐在一个亭子里，听几个老人唱秦腔，她发现妈竟然还跟着唱，有模有样的。她怕妈不好意思，便躲到一边。妈唱得很认真，不少人鼓掌。她给妈买了戏剧碟片，让妈没事就听。妈听了半天，说还是在公园里听着带劲。去多了，妈还认识了几个老太太，给李晓音分享这个人给她讲的事，那个人给她讲的笑话。分享完，总要问女儿能不能写进故事里。

李晓音眼角一湿，忙说："能，肯定能。"

妈爱热闹，包了包子，对李晓音说："把你大姑子一家叫来，人家对你那么好。"包了饺子，又说："把秦小昂叫来，那是个好闺女，长得也好看，性格又活络。"有时，李晓音带妈到饭店吃饭，妈总是摇着头说："这山珍海味，还是没有咱自己做的饭可口。"话虽这么说，吃不完的她都一盒盒地打包带回家，说不能浪费。她年轻时没粮吃，还去邻村要过饭呢，一个老太太给了她一个玉米糕，特别香，后来日子过好了，还去看过老太太，虽然老太太不记得了，可她记着，逢年过节还把老太太叫到家来呢。

李晓音说："可以写个故事。"

妈想了想说:“可是我不知道她姓什么,叫什么,行不?”

李晓音摸着妈粗糙的手,说:“这么多年了,你还记着她,这就是一个感人的故事。”

“她个子高高的,穿着一件打着补丁的白上衣,小脚,身上特别干净,家门前有棵大梨树,花开得白花花一片,特别好看。”

李晓音记了几笔。妈说:“这样的故事太多了,我想起来再告诉你。”

2

俗语说得好,妈在哪儿,家就在哪儿。自从妈到了她家,哥哥姐姐们从天南海北地打来电话,一会儿语音,一会儿视频,老太太忙得刚放下这个,那个又响了。妈说:“你大哥命真苦,都老了,怎么又伺候起病人来了?我得去帮帮他。”

“妈,大嫂有保姆照顾着呢,你刚才不是在视频里都看到了吗?好着呢。”

“保姆再怎么好,能赛过咱亲人服侍?人家跟你非亲非故的,能尽多少心?”

“一月给保姆一万元工资呢,能不尽心?等过几天,我再带你去。上周不是才去了吗?”

妈沉默了片刻,说:“晓音,我发现你跟你大哥好像有矛盾,去了连口水也不喝。”

李晓音承认对大哥有看法,但是也不至于有矛盾,便说:“妈,没有。”

“长兄如父,要对你哥好,没有你哥,你能当兵?能有今天?亲兄妹之间能有多大的事。你看你哥多不容易。”妈说着,拭着泪水。

“妈,我跟我哥好着呢,你放心。”

“你公公咱也得去看看。”

“你比他大，应当他来看你。”

李晓音心里对公公是有意见的，她妈来，公公和婆婆从来没有看过。要快八十岁的妈去看他们，她心里一百个不愿意。从结婚到现在，公公从来没提到李晓音的爹妈，更没说去看看。是瞧不起农村人还是清高，李晓音也不愿问。

“你不要那么想，咱们庄稼人做事，要把礼数做到前头。你是人家儿媳，特特那么孝顺，人在外地还每天打电话问长问短，左一声妈，右一声妈，叫得人心里热热的。咱不看他们面，咱看特特面，看你大姑子面。你大姑子，也有家有口的，自从我来了，三天两头带吃的，带穿的，我身上这睡衣，还是她送的。当医生的人就不一样，我说我眼睛流眼泪，眼药水就送来了。我说腰疼，她按几下就不疼了。上周你出差，你大姑子拉着我去颐和园逛了一圈，还请我到饭店吃饭。那个饭店呀，特别高级，全是灯，晃得我都站不稳。满满一桌饭，有个什么鱼，听说那一个菜好几百元呢。”

“好好好，等周末吧，咱们打车去。”

周五晚上，李晓音给林诗诗说了妈想去看公公的事。林诗诗一拍脑门，说：“天，怪我，这事咋没想到。你不要管了，明天我来接你们。”

第二天上午，妈就催着李晓音给林父买礼物，李晓音说她已经准备好了。集体供暖快停了，她给公公买了电暖气。

“这就对了，人生娃就图老了享儿女福，特特不在家，你更要多去照顾。不要记人家的短，要记着人家的好。妈给你说了多少遍，你要记着这老话。”

林父一见李晓音妈妈，握着手说：“失敬，失敬，亲家母。”

李母毕竟是两个将军儿子的妈妈，虽然是农村老太太，但也见过一些大世面，握着教授的手，说：“一直想来看你，可年岁大了，这病那病的，腿脚越来越不灵便，再不来就晚了。亲家公，你是大教授，有福气，一儿一女培养得多赢人，我替去世的老头儿感谢你，能看得起我们农村人，娶了我女子做儿媳。特特不用说，对晓音那是百分之百的好，大姑子对晓音比亲姐还亲，又给调工作，又带娃，这是晓音前世积的福分。”

老太太一席话，感动得林教授鼻涕眼泪一大把：“我失礼了，失礼了，应当去看你们的，失礼了。”

李晓音心里酸酸的，心想公公一辈子也不容易。公公出身山西一户农家，从小失去父亲，母亲一人把四个儿女拉扯大。他很争气，考上了北京的大学，毕业留京，娶了城里的女孩，生了一对儿女，好日子才刚开始，妻子却病逝。从此，日子过得越来越寡淡，怎能不让人伤叹感怀？

“晓音，快给我们照张相。你爹活着时，老念叨女子嫁了大学教授的儿子，啥时要到亲家家里来认认门，可惜他没这福分。拍了照片，等到那边时，我让你爹看看，看咱亲家房子这么大，日子过得这么好，人也这么有学问。”

林父摇着头，说：“惭愧呀，惭愧呀。”

3

刚过完正月十五，妈就急着要回家，说老三的儿子结婚，她得回去。

李晓音再三劝，到四五月份再回去，老家现在还很冷，给钱跟人回去是一样的。

妈扯起衣襟要拭泪，李晓音忙递给妈一张纸巾，说：“你难过啥嘛，只是再过一阵，天一暖和就让你回去。”

妈把一张纸巾撕成两半，半张装进口袋，拿着另半张，边擦眼泪边说：“手心手背都是肉，我来你这里，想你大哥；到了你大哥那里，又牵心你二哥、三哥、四哥和你姐。咱家就老三一个在农村，日子过得不太好，当妈的总觉得对不住他。你爹活着时老说，要把咱老三看重些，其他儿女都在外面享福呢，咱帮不上啥忙，只有老三，虽有他哥他妹照看着，咱也得看重，给娃长长精神。我成年在外面跟着你哥你姐，吃了世上那么多的好东西，看了村里人从来没见过的好风景，每在这时，就想起你三哥还在地里干活儿，三伏天能把人热死，寒冬腊月又能把人冻死。给钱是帮衬，还得让他知道，当妈的心里是有他的。他只有一个儿，又是结婚这么大的事，我不回去咋行？”

李晓音只好同意送妈回去，说她先打个休假报告，批了就回去。

晚上要睡觉了，妈把电视关了，卧室的灯却亮着，好像有心事。

“妈，你咋了？”

“妈能不能跟你一起睡？”老人说着，神态里有小孩似的那种羞怯。

“当然行了。”一股说不出的滋味涌上李晓音心头。

“你不看书了？”

“不看了，晚上陪妈说说话。”

多少年都没跟妈在一起睡了，李晓音有些不习惯。她由着妈拉着她的手。

“晓音，妈有这么个事，跟你商量一下。”

“啥事？你就直接说嘛，自己的闺女有啥不能说的。”

“你那么忙，请假也不好，妈思来想去，能不能让你四哥来接我回去，顺便让他来北京看看？虽然他在咱们县上也算是个干部，副县长，现在退居二线有空了，没来过北京，让他来，你陪着转转。你大哥要照顾你嫂子，顾不过来，妈也开不了口。你四哥来，顺便把妈接回去。你看怎么样？”

“就这事呀？妈，没问题。”

“你能不能现在就打个电话？妈跟你一样，心里有事就睡不着。”

李晓音给四哥打电话，四哥正在老家。

新房子是爹在世时一直念叨张罗盖的，他还没来得及住上，人就走了。李晓音还没见过新家，妈不停地念叨，李晓音都能背下来了。房子盖在村口，是农村时兴的平房，高门楼，架子车都能进去，上房五间，东西还各有四间，院子里有个小花园，种了菜，还有牡丹。门口栽两棵碗口粗的石榴树，是二哥让人从南方捎回来的，芒种一过，花开得红红火火，太阳晒着，像火烧一样，村里人都争着来看。妈住上房的套间，大外间当了客厅。

“家里人来人往的，得有个客厅。”妈又强调，“你回家好好住一阵，自从当兵后，就没好好在家待过。回家，妈给你擀面条、蒸馒头，还是咱家饭吃得可口。”

李晓音跟四哥话还没说完，妈把手机抢了过去，急着问：“家里出啥事了？怎么这么晚你还在家？没在县上？”

“妈，没啥事。我给三哥买了些菜和肉，一说话就天晚了。刚听晓音说了，我马上订票去接你，我跟三哥都想你了，家里的狗都瘦了，别人喂不好好吃。妈，三哥跟你说话。”

三哥在电话里大声说：“妈，你快回来，你孙子婚事定了，好多事只等你回来拍板呢。”

“老三，你有空，跟你弟来北京。给狗多喂些骨头，它嘴刁着呢。”妈说完，把电话递给李晓音，讪讪道，“我就是这么一说，你三哥他不会来的。”

李晓音笑了，说：“三哥来也没关系呀，反正咱房子大，住得下。”

“那你叫你三哥来逛逛，行不？”

妈的眼神，李晓音怎么也忘不了，是恳求？是希冀？是不安？是不好意思？还是别的什么？她说不清。她又拨通电话，让三哥一定来，带三嫂一起来北京转转。

她打电话时，妈一直紧张地看着她，也不披衣服，双手摩挲着枕巾。李晓音把衣服披到妈身上，对三哥说：“就这么定了，你们一起来，订好票后告诉我，我去接你们。妈可想你们了，整夜念叨，都睡不着。”

放了电话，李晓音说：“妈，现在放心了吧？睡吧。”

“晓音，你没有烦妈吧？你爹在世时，老说我是引儿子狗婆，走到哪里身边都跟着一拨人。村里老的小的都爱到咱家来，炕上整天一圈人。娃，人来得多，不要烦，说明你人缘广，心眼好，值得深交。先人说，一辈子就是活人，啥叫活人，就是你能活很多人。在村里，我不敢说我多受欢迎，但只要一张口，人家立马就来帮忙。你们都在外面，家里农活儿多，你爹年纪大了，你三哥忙不过来，不少人来帮忙。这就叫你帮人，人家才帮你，亲兄妹一样的。爹妈不能一直陪你们，可是哥哥姐姐能，爹妈不在，他们就是你的亲人。”

“妈，你放心，哥哥们来了我尽全力招待。”

“这就对了。”妈终于心满意足地睡着了。

第二天，李晓音听到妈起床了，一看表，才早上五点。

“妈，你起这么早干啥？”李晓音赶紧起床。

“你哥不是要来吗？我给晒晒被子。”

“妈，你急什么，他们还没定时间呢，等买好票再准备都来得及。”

“你忙你的。”

“你歇着，我来。”

“别看我这么大岁数了，身体还硬朗着呢。”妈笑着说，“人家给我算命了，说我活到九十岁，得等到你儿子也结婚了有娃了，我才能闭眼。”妈收拾着客房，扫床，铺被子，忙一会儿，捶捶腿。李晓音心酸，要帮忙，妈坚决不让。

大姑子要上班，爱人去了外地，李晓音不会开车，便联系好朋友秦小昂。这次电话很快通了，她试探着说了自己的难处：“小昂，我哥来北京几天，我又不会开车，老打车也不是个事呀。”

“晓音，你就没把我当朋友。小事一桩，你妈就是我妈，你哥就是我哥，你指向哪里，我开向哪里。”

出行落实了，妈又开始担心：“你说他们为啥不坐火车，要坐飞机呢？”

“三哥没坐过飞机，让他坐一次。”

妈看着灿灿的日头，问：“不会下雨吧？”

“不会，北京这时很少下雨。”

李晓音跟秦小昂到机场接机时，妈非要去。李晓音说机场远，要一个多小时。妈说：“我来时，不是还坐了四五个小时火车吗？”

李晓音只好同意了。老太太一见儿子，又是抹眼泪，又是拉手，好像几百年没见。李晓音说先回家休息，妈说：“不累不累，咱去天安门广场，带你哥看看毛主席纪念堂，再去逛逛皇上住过的地方。”

逛故宫时，李晓音让秦小昂先走，说时间长。秦小昂说：“没事的，我喜欢跟你妈在一起，特亲。”妈高兴得拉着秦小昂的手不放。故宫太大，李晓音陪着妈，说给她租个轮椅。妈说：“不用不用，逛皇上家里，坐着轮椅大不敬。”老太太硬是歇歇停停走完了全程。

老人看着俩儿子，笑得像朵花，不停地说：“晓音，给你哥他们多照相，到北京不容易，有了照片，回去挂在墙上，心里就有了念想。”

四哥看得仔细，柱子上的对联、花瓶的画、房檐上的小兽，边看边拍。他站在宫殿前拍全身照，说：“人小些，背景大些，天安门前那一排字得有。真长知识了，原来南无阿弥陀佛是这样的意思，阿弥陀是佛名，南无是佛的尊号。晓音呀，照相，人是次要的，背景是主要的……”三哥呢，哪儿都喜欢，看到河里的鸭子，马上站到河边上；看到没见过的花，又马上站到花前。看到皇上住的宫殿，他马上跑过去，粗糙的大手蛮横地推开其他游客，笑嘻嘻地站到正中，站得端端正正，表情严肃，神态庄严。每次照相时，他都要把自己的新衣服上下检查一遍，袖子展展，纽扣摸摸。

晚上，妈又带着他们去看大哥大嫂。

李晓音打了辆车，司机问地址时才发现她说不清大哥家在哪儿，立即给林特特打电话问路。林特特在时，都是他开车。

“晓音呀，以后不能只写文章，还要会生活。你在北京十几年了，车也不会开，连大哥家的地址都说不清，离了特特，寸步难行。当作家，知识面要广，像曹雪芹那样，当杂家。”四哥说。

“就是，都是妈把你惯坏了，从小啥也不让干，不让做饭，不让做针线。你哥说得对，书也念得差不多了，事也干好了，好好学些本事，把一家人照顾好。”妈说。

“是，妈和哥说得对。”李晓音笑着说。

“北京，这就是北京，这么多的车，这么多的人，人走人道，车行车道。不像咱县上，太乱了，不注意，不是车碰了你，就是人撞了你。”三哥一直看着窗外。

“要么是首都呢。”妈接口道。

到了大哥家，妈一进门，直奔大嫂屋，拉着大嫂的手哭着说：“你说好端端的人，怎么就变这个样子了？你第一次进家门时，脸白白的，一对长辫子搭在屁股上，说话声音那么好听，村里大人小娃追着看。你生了咱轩轩，我帮你带，人人都说你可能干了，是车间主任，还会唱秦腔戏，唱《火焰驹》里的黄桂英可好听了。晓忠调到北京后，你们把我接来，是你带我去天安门的，还带我上了天安门城楼，给我搓澡，给我买衣服。方苹呀，你是李家的媳妇，晓忠要不是你全力支持，能当将军？能光宗耀祖？”

大嫂嘴张着，谁也听不清在说啥。妈一口咬定她知道，说大嫂放不下她的儿子孙子。

妈问大嫂：“方苹，你说妈猜得对不对？”

大嫂点头，眼泪顺着脸颊流了下来。

妈走时，拭着泪说：“晓忠，好好伺候方苹，她是咱家的大功臣。”回来的路上，仍抹着眼泪：“晓音，你多到你大哥家帮帮忙，你大哥这一辈子不容易。咱家过去穷得叮当响，你哥上中学时，你爹只让他一周背六个馍，哪够，你哥每次走时，我都偷偷多装几个。当了兵，一提干就给家里寄钱。又生了两个娃，负担很重，仍不时接济家里。收成不好，别人家都要饭去了，咱家那时还有粮吃，都亏了你大哥。后来日子过得好了，你们都挣钱了，我让他不要寄钱了，可他还寄。当兵，从南到北，一会儿调这，一会儿调那，一门心思想着干好工作。谁能想到，活到半路，儿子没了；到老年了，媳妇又成这样了。妈看着心疼呀。”

“妈，你别这样。”李晓音劝，三哥、四哥都劝。一直到家，老太太眼角还是湿湿的。

第二天，李晓音带着两位哥哥游览长城。出门前，妈说：“老三，你把衣服换了，妈给你洗洗。”三哥脱外套时，哎哟了一声。李晓音问怎么了，三哥说：“没事，可能扭了一下。”

晚上回来，妈问明天去哪儿，李晓音说去国家大剧院和鸟巢。妈说:“晓音呀,妈张不了口。”

“妈,自己女儿,有啥话不能说?”

“你三哥一直喊胳膊疼,去咱县医院瞧了,医生说没事。妈不相信,好端端的胳膊,怎么伸不直?他才六十多呀。你说咱家那些怪病还少吗?轩轩,多让人心疼的娃,跑个步就能把一个小伙子跑没了?你嫂子,好端端的,又得了病,动不了。经的事多了,妈怕呀。你能不能带你哥去医院看看?花多少钱,妈出。”

“我哥怎么不言一声?哥,三哥,你来下!”李晓音朝着客厅喊。

三哥一听妹妹要带他看病，挠着头皮，不好意思地说:“这次到北京,逛了全国闻名的景,吃了全国最好吃的饭,已经给妹子添麻烦了,咋好开口,不是还有一只胳膊嘛。”

“胡说什么呢,有病就得赶紧看,明天跟我去医院。”李晓音有些内疚,三哥不宽裕,却从来没有跟他们要过一分钱。他很有自尊。

第二天,刚要出门,编辑部同事打来电话,说一个稿子三审没过,要临时换稿。这几天她请了假,专门陪哥哥们。她让哥哥先等一会儿。妈急得在客厅转来转去,看李晓音开了电脑,问:“是不是单位有事?要不,明天再带你哥去。”

“没事,已经解决了。妈,我怎么看你走路不对劲,是不是腿疼?一起去医院看看?”

妈摆摆手说:“我没事,你们去吧。”

医生让三哥伸伸胳膊,又捏了捏,说没事。李晓音怕他看得不细,再三对医生说:“请您再帮着查查,他六十多岁了,不可能是五十肩呀。”

医生说肩周炎,不分年龄的,但还是开了单子让做核磁共振,检查结果确实没问题。

李晓音不放心,把片子拿给林诗诗。林诗诗看了说没事,就是肩周炎,得慢慢养,急不得。

李晓音把医生的话告诉妈。妈说:“好好好,我的心总算放下来了。

唉,生的儿女多,操的心就多。”

李晓音笑道:“妈,我觉得你偏心,重男轻女。”

“咋个偏?”

“我姐也是你女儿,你为什么不叫我姐来北京逛逛?”

妈笑了,轻轻打了李晓音一下,说:“你姐呢,那是个霸王,从小都先紧着她,我一连生了三个男孩,第四个是女子,把你爹高兴的,整天抱着不松手,一家老老少少宠着她,吃的穿的都紧她用。念书后,脑子聪明,年年都得奖状,那时学校一会儿学农,一会儿学工,最后学没考上,进了农机站,开上了拖拉机。你当兵走后,农机站减员,不知她被啥人顶了,回家又哭又闹,几天不吃饭。没多久又给我说她要考民办教师,整天复习,一手抱着娃,一手拿着书,硬是考上了。前几年,终于从民办教师转成正式教师,头发也半白了。她干什么,我都不操心。这不,退休后又加入了夕阳红,又是跳又是唱,还打球,还去地区比赛了,最近又到省上去比。到北京,眨眼的事。她呀,早给我嚷嚷了,等她外孙放了暑假,你不叫她,她都要来。她一天跑得,哪像你这两个闷葫芦哥。你三哥,别看穷,可要面子了,你们捎回来那么多吃的,我不给,他什么都不拿。你四哥,领导当惯了,在家里啥活儿都不干,袜子都没洗过,一进你家门,一会儿拖地,一会儿擦桌子,为啥?不好意思麻烦妹妹呗。我生了你们兄妹六个,谁一咳嗽,谁一皱眉,谁想啥,我心里明镜似的。”

“妈,你是如来佛,我们就是孙悟空,怎么变,也逃不出你的手心。”李晓音搂着妈妈的肩笑了。记忆中,妈身材高大,怎么忽然变小了,比自己矮了半截。

妈又拭了拭眼角,说:“自己生的嘛,走到天边,当了多大的官,在妈心中,还跟在身边时一样,皮相变了肉难变。”

妈回家之前,李晓音把公公、大姑子、哥哥们都叫一起,陪着她吃了一顿饭。结束时,妈把李晓音叫到跟前,悄悄说她来买单:“你哥哥们这次来,花了你不少钱。你大哥呢,你大嫂长年病着,负担也重。我掏钱。”

“妈,你有将军儿子在座,有县长儿子在座,还有一个师职干部女儿在，怎么能轮到你老太太掏钱？饭店工作人员就把我们笑死了。”李晓音说着，把账结了。

妈回老家后，李晓音发现枕头下放着两千元，泪水瞬间淌了下来。

4

妈回到老家，虽然住着热炕，毕竟早春，黄土高原还是很冷的，她又闲不住，一会儿帮着儿媳做饭，一会儿帮着孙子收拾新房，不知怎么就感冒了，咳得越来越严重。

妈的腿也越来越痛，他们兄妹都以为这是腰椎间盘突出导致的，准备做手术时，才查出妈得的是血液病。

李晓音后悔没带妈去北京的大医院看病，当天飞回秦城，大哥已送妈住进了医院。二哥工作千头万绪，没能回家。李晓音和姐轮流守在病床边。因为病情折磨，妈情绪反常，被医生固定在病床上。她痰多，护士每次都吸出不少血，妈疼得大叫，姐跑出病房失声痛哭。妈时而清醒时而糊涂，糊涂时就再三地喊着：“回家！我要回家！你们为啥不让我回家！”

医生建议，要么做插管手术，要么就回家。

李晓音跟大哥征求意见。大哥沉吟半天，说：“问问你二哥吧。”

二哥说：“回去就完了，咱们县医疗条件那么差。”

无尽的抽血，无尽的疼痛，妈声嘶力竭地喊着：“回家！回家！”

大哥给弟弟妹妹们一一打电话，回答不尽相同。

三哥说：“妈离家时不是还好好的吗？三个月不到，怎么就得了这种病？”

四哥说：“听医生的建议吧。”

姐说：“妈怎么能得这样的病呢？我后悔死了，没多陪陪妈。每次问，她都说好着呢。”

最后大哥拍板：“妈年纪大了，做手术肯定更痛苦，回家吧。”泪如雨下。

不知是回光返照，还是因为回到了家里，妈清醒了，说：“我病得这么厉害，为什么不送我到医院？”

又送到县医院。第二天，妈就走了。

办丧事时，二哥终于回家了，一片鞭炮碎屑溅在了他的眼皮上，他内疚地说：“这是妈在怪我没有回来看她。”

两年后，二哥退休。退休了的二哥整天在家待着，不是看电视，就是带外孙。外孙一哭，他就趴在地上，给外孙当火车，边爬边用秦语报站名：“咣当咣当，各位旅客，岭南到兵城的火车出发了，下一站，老家长宁。咣当咣当，秦城到了，下一站，青城。咣当咣当，终点站到了，兵城。这里是雪域高原，汽车兵的家——唐古拉兵站欢迎你。”

第二十章　所谓关系，就是把不好处的人处好

1

又是一年春草绿，李晓音终于分到了经济适用房，四室两厅。林父高兴地边看边说："三环内，紧依大运河，又靠城市花园，交通便利，环境清幽，还是部队待遇好。"

"看把爸爸高兴的，我分了大房子，爸就没这么高兴。还是疼儿子媳妇呀。"林诗诗笑着，又说，"这个小的房间当衣帽间，灶台放到阳台，餐桌搁到厨房。把客厅和饭厅打通，形成一个开放的空间，晓音书多，可以在客厅打一墙柜子放书。"

林特特看着大房子，笑得合不拢嘴，跟到姐屁股后，不停地附和："姐说得是，姐说得有道理。对吧，晓音？"

李晓音一直没说话。这房子可是自己一辈子的住所，一定要按自己的想法来装修。

"晓音，你看看，我可找了好几家装修公司，又在网上查了好多资料，选了这家。"林诗诗递给李晓音一大堆印刷精美的装修公司宣传资料和样板房效果图。

"姐考虑得周到。"她敷衍道。她还没来得及把装修的事放在议事日

程上，林诗诗已把设计师叫来家里了。

两个人边走边说，什么地方吊顶，什么地方安射灯，什么地方贴墙纸，两人谈妥了，才想起李晓音。林诗诗问："晓音，你看要没意见，咱明天就开工吧。"李晓音心里极其不舒服，脱口而出："姐，让我再想想好吗?！"设计师一双漂亮的眼睛移向林诗诗，又飞快地转向李晓音。这是个漂亮的女孩，马上明白女主人是李晓音，忙说："那你们商量好后，给我电话，我还有事，先告辞了。"轻轻鞠了一躬，温润亲和。

"好的好的，谢谢你。"林诗诗脸上的笑是给设计师看的，阴沉的脸不用说，是甩给李晓音的。她拿起包对设计师说："小王，我刚好有事，你到哪儿，我开车送你。"

林特特脸色极难看，吼道："李晓音，你怎么搞的嘛，当着外人面，让姐下不了台。你那么忙，姐刚装修完房子，有经验，你看看现在，我也没法管，关键我不懂呀，这个砖那个瓦的，我头都大了。你本事大，你装吧！"气呼呼地摔门而去。

李晓音心想：哼，我的家我说了算，我就不信我装不好房子。她四处打听，查资料，使出浑身解数，去一家名气更大的装修公司考察了半日，找了一位三十来岁的男性设计师，又去家具城买瓷砖、木地板，忙得团团转。

折腾了两个多月，房子总算装修完了，她得意地叫林诗诗来看。林诗诗边看边说："挺好的，瓷砖、地板都是名牌，墙纸的小碎花有英伦范。"脸上看不出生气，这就是大姐的风范。李晓音隐隐感到对不起大姑子。

她知道林诗诗心里不舒服，但自己是女主人，别人装的还是自己的家吗？这是原则问题。

房子住久了，李晓音才发现不少弊病，比如，她买的整体厨柜是白色的，有金色的拉环，放在厨房挺漂亮，可是用久了才发现中看不中用，落了油很难清洗。灶具油腻腻的，跟白色橱柜放在一起真是灾难。客厅前半部分当餐厅，后半部分当客厅，显得杂乱。买的书柜太少，客厅一面墙只占了一半，空荡荡的，不好看，但书房里的书多得堆在了地上。最失败的是，她学着单位的同事，在衣帽间做了榻榻米，想着来人喝茶好用。事实证明，没人愿意坐到一个只有八平方米的没有阳光的房间喝茶。她想学电视里的主人公躺在浴缸里，喝着红酒，洗着泡泡浴，便给主卫装了大浴缸。只有儿子愿意泡澡，她和林特特每次只能站在浴缸里洗澡，她担心老了以后还能爬进去吗？几次想砸，都被林特特挡住了，好好的浴缸，还是名牌，怎么能浪费呢？

林特特也不责怪她，但她心里开始后悔，再去林诗诗家，看人家装修得既简洁，又舒服，比他们还小十几平方米，却每一处都恰到好处，典雅大气又实用，她肠子都悔青了。

一天，趁林特特出差，她跟林诗诗说了她的苦恼。林诗诗一句责备的话也没有，开着车拉着她到北京各大家具店，趁林特特回来之前，把橱柜减价卖了，换了一个银灰色的橱柜，把小书柜挪进书房。“榻榻米和浴缸先别换，等晖晖结婚时再弄。你为了节省空间，衣柜做在了榻榻米上面，要砸榻榻米，那三组衣柜就破坏了，先放着，以后再说。”

“姐，对不起，都怪我。你大人不记小人过，真是我的好姐姐。”李晓音拉着林诗诗的手，不停地道歉。

“你的家你做主。不过，你这个家庭主妇实在不称职，特特的衣服要分开，内外衣也要分开。”林诗诗说着，把衣柜里放得乱七八糟的衣服搬到床上，她坐在一堆衣服里，一件一件叠。李晓音头都大了，给大姑子倒了一杯水，又播放林诗诗喜爱的中国民乐，说：“姐，我先去赶个稿子，一会儿咱们到外面吃饭，我请客，你随便点。”

林诗诗就在背景音乐中为她的弟妹整理房子，她的弟妹在电脑上编织着一个个让人催泪的爱情故事。

李晓音写不下去时，就跑到卧室给大姑子倒水，这时才发现，低着头帮她收拾衣柜的大姑子有了白发，什么话也说不出，只好帮着叠衣服。林诗诗不耐烦地说：“行了，行了，你去忙吧，好好的衣服都让你叠坏了，羊绒大衣能这么叠吗？得挂起来！”

“好好好，我不添乱了。”李晓音赶紧撤退。

一小时后，林诗诗叫她到卧室。她都不敢相信自己的眼睛，丈夫的衣物一个柜，她的一个柜，都按季节摆放井然有序。上下衣搭配好挂起来了，内衣收进了收纳盒，羊毛衫装在盒子里，盒盖上，一手让李晓音羡慕的漂亮小楷注明里面装的什么。而林诗诗坐在一边揉着腰说：“李晓音，我前世绝对欠你和我弟弟的。说了多少次不管你们了，可是不由我呀，我就是为你们操心的命。”

“姐，你是我一辈子的好朋友。不，亲人，我离不了你！”李晓音搂住林诗诗的肩膀嘻嘻笑着。

“别说空话了，走，请我吃饭。吃完饭，我这个车夫还得带着你买窗帘，你说你买那么厚的窗帘，以后咋洗？真是中看不中用，又是白色，才挂了几天就成黑的了。家，要清清爽爽，干干净净，不要小资不实用。”

“是是是，姐说得是，我以后全听姐的。”李晓音说的是真心话。她没想到自己这么缺乏生活常识，生活跟小说真是两码事。不，也许是一码事。她有次写了篇小说，编辑看后问她坐过飞机吗？那时，她真的没坐过。编辑说：“坐飞机要身份证，这是常识。小说常识写错了，就是硬伤。”李晓音恨不得钻到地缝里。

随着部队改革的逐步深入，许多单位整合改编，林特特成了研究所的编余干部。李晓音催了几次，让他找找在总部机关分管干部工作的姐夫。林特特摇摇头说：“这样挺好，我没有压力。”李晓音恨他不思上进，又打电话向大姑子讨教。

林诗诗喟叹一声：“我这个弟弟呀，怎么也长不大。”

两周后，林特特唱着歌下班了，李晓音问怎么这么高兴。

林特特说领导问他是否愿意到外地工作，职务仍是平级，但去的是野战部队，而且是海军，可以出海。说到海军时，林特特面有喜色。

原来他也有理想！李晓音为自己不完全了解爱人有些内疚，小心地问：“你的意见呢？”

“我想去。”

“你征求姐的意见了吗？”

林特特白了她一眼，说：“我也四十来岁了，只是咱儿子即将高考，咱爸年纪也大了，我怕你一个人忙不过来。”

李晓音笑了，明白大姑子从中起了作用，也不点破，握着他的手说：“安心去吧，特特，我全力支持你的事业。男人嘛，就要好好闯闯。你看我大哥、二哥，都是从基层部队一步步干到将军的。你正当盛年，再干几年。爸身体还硬朗，身边有人照顾着，我和姐也会经常去看他的。儿子学习好，我不担心，只是到底上哪个大学不一定。按他‘三模’的成绩，上一本没问题，在北京可以上理工大学、工业大学，虽然不是最好的学校，但也不差。”

“这个嘛，咱们得跟他商量，听他意见。”

“儿子也没主意。”李晓音对爱人说，“你安心去吧，我们再跟老师沟通。”

林特特去了千里之外的海军部队，经常出航，虽然累，但是很充实。

2

儿子十八岁了，老师让家长给孩子们写封信，作为成年礼。李晓音想了好几天，给儿子写了一封长信。

几天后，林诗诗打电话说，她儿子回来问她怎么写不出舅妈那样的信呢？林诗诗要看信，李晓音把电子版发给了她。

晖晖，我最疼爱的儿子：

在你即将高中毕业之时，妈妈以写信的方式，送你一份成人礼，作为你人生的忠告。十八岁，你已成为一名公民，可以参军、考大学，有了选举权。在家里，我不再像过去，每件事都刨根问底，更不会包办代替。步入社会，人们不会再因你是小孩而迁就你、谅解你，而是以成人的标准来要求你、规范你。简言之，十八岁，你已从少年成为青年，你得为自己的一切行为负责。你已成为一只羽翼丰满的小鸟，该独立飞翔了。

你长到十八岁，妈妈还没机会给你写信。给你写信的想法已经很久，可真正要写时，作为一个出过四五本书的作家，我心里还是充满了紧张和不安。信是人类传递情感最直接、最真实、最快捷的媒介，而我用写信这样的方式，就是想给你说说平常不好当面说的知心话。

我读过《曾国藩家书》《颜子家训》《傅雷家书》，深知亲人真知灼见的信件对后辈心灵的滋养是何等的重要。我十八岁入伍后，渴望收到家信。你的外公外婆不识字，给我的信都是你姨代写的，全是叮嘱要吃好睡好之类的细节。就在我失望之时，我收到了你大舅给我的来信，那是一封让我终生难忘的信。我曾告诉他，我不喜欢整天拔正步、走队列，不喜欢穿着工作服三班倒地做方便面，不喜欢那些娇生惯养、不可一世的城市兵，更不喜欢穷乡僻壤的驻地，希望他把我调到大城市，让我有一份自己喜欢的工作，有一群瞧得起我的战友，有一个生活、学习舒适的大平台，这样我才能大有作为。你大舅在信里没有责怪我，而是这样写道：

你在农村长大，步入军营，就要在军营这个大学校里脱胎换骨。你不必自卑，你见识少些，但有不少优点，能吃苦、踏实，你喜欢写作，你读了不少书，这是你的强项。城市兵见多识广，知识面开阔，你要学会与他们相处，学习他们身上的优点，发挥自己的长处，完善自己。你要热爱你的军营，热爱你的战友，热爱你每天的训练和政治学习，那是你成为一名优秀军人的基础。你要认真分析自己的优长，定好切实可行的短期目标和长期目标，这样，你的生活才有奔头和希望。我不能帮你调到大城市，我也不能规划你的未来，你只有靠自己的努力，才能走出自己的军旅人生来，否则三年服役期满，你照样还得回农村种地。

你舅舅的信，被班长当着全班战友的面宣读，我骄傲的同时，进一步体会到确立人生目标的重要性。反复权衡自己的长处，我选择以写作作为终生职业。我在中学时作文就写得好，新兵时我的诗上过新兵连的黑板报。我不满足只当做方便面的兵。在别人睡觉、游玩时，我读书、写作，渴望发表几篇文章，能调到基地政治部当报道员，成为一名挎着相机、报道全基地典型事迹和人物的新闻工作者。部队图书馆订的大报小刊，我都细细读。在报纸上，我看到解放军某政治学院新闻系是全军唯一的新闻系，专门招收部队的新闻骨干，但是上这个学校必须要在全国报刊发表十篇以上作品。于是，我定了进基地政治部的短期目标，长远的目标是考上政治学院新闻系，成为一名军官，改变退伍回农村的命运。我一月十四元的津贴几乎全用来买书买报纸，我一篇篇地写，终于写出了关于我们食品厂方便面畅销全国的新闻稿，发表在军区小报上。初战告捷，我趁热打铁，又继续写，发表四五篇作品，年底成为全基地唯一荣立三等功的女战士。于是，我调到了基地政治部。一年半后，我考上了军校新闻系，成为一名共和国军官。我的路就越走越宽，发表了更多的文学作品，出了好几本书，调到全军性刊物工作。

儿子，我说了这么多，是因为前两天当我问你喜欢干什么时，你说还不知道。作为母亲，我很内疚，你常年不在家住，我们交流得太少。

你已十八岁，该有理想了。你爱读书，知识面宽，其他方面也不错。为了开阔你的视野，我省吃俭用在假期带你游历全国名山大川。我们去过四季如春的南国，让你亲眼看到祖国的土地是多么神奇；在茫茫的大海上，坐船十几个小时，让你领略大海的宽广和深邃；行驶草原几千里，让你体验风吹草低见牛羊的塞北风情。我带你到著名的大学、偏僻的军营，体会同龄人不同的人生。为了锻炼你的自立能力，你在小学时，我跟你爸就放手让你一个人跟着球队去广州踢球。同样，为了让你热爱读书，我有意在家里四处摆放经典图书，书房里成排的书架上都是我精心挑选的优秀作品，涵盖文学、历史、军事、经济、地理各个方面，我希望你能认真地去读这些前人智慧的结晶。你不知道，当你到书架拿《唐诗三百首》《宋词欣赏名篇赏析》时，我这个当妈的，心里是多么高兴。终于有一天，学理科的你说你喜欢写作。我得意子继母业，更高兴的是，作为过来人，如果你选择了以写作为业，我会告诉你一定要热爱生活，观察生活，只有在热爱中，才能用笔去体察生活和人生。写作，要坐得住，耐得住寂寞，要专注。当写出好作品时，你心里的幸福是无法用语言表达的。

你是一个聪明、自信的孩子，学习方面我从来没有操过心，你高中连续三年被评为三好学生；风里雨里，一直坚持踢足球，十几年从不间断。我也曾给你报过笛子班、萨克斯班、绘画班，带你看优秀的摄影作品，欣赏中外优秀的音乐、绘画、戏剧。我们带着你郊游、爬山、游泳，希望你能热爱锻炼，强健体魄，身体是一切事业的基础。我相信你长大了，会越来越懂得这是你人生必要的储备。

最后，我不得不提到高考之事。作为一名高三学生，高考当然是重中之重。我上过三个大学，深知好的大学对一个人成长的重要性。在政治学院新闻系，我不只学到如何写好新闻稿，更学会了如何在生活中做个有心人。在艺术学院文学系，我明白了人生的每种经历都是创作的素材，一个有志于创作的人，不能忽视生活中的任何细节。在北京大学艺术学院，我学到的是音乐、绘画，受到世界各国优秀艺术作品的熏陶。妈说这么多的目的，就是要告诉你，一个好的学校对一个刚步入社会的学子来说是多么重要，它系统的教学，专攻的术业，对立志成才的青年无疑如虎添翼，利剑在握。

我不是一个唯高分论的妈妈，不愿自己的孩子挑灯夜读至深夜，不希望他死读课本两耳不闻窗外事，对人情世故、多彩的生活冷若冰霜。我希望看到的，是一个拥有阳光心态的孩子，一个朝气蓬勃的青年，他能合理安排好每天的学习日程，有计划、科学地复习好所学课程，以放松的心态迎接高考这个挑战。

花开了自然要结果，树长大了要成才，参加高考是水到渠成的事情。你不必紧张，更不必有压力，就像平常一样，以从容的心态迎接它的到来。

回顾你十八年的成长足迹，一桩桩往事让我永难忘记：我刚调到北京，单位没有房子，咱们住在单位附近的民房里，当你得知每月要交二百元的住宿费时，你对我说，妈妈，过年时别给我买新衣服了。小学二年级，我想让你从普通的小学转到重点小学，参加考试时，好几个孩子从考场出来，哭丧着脸说没学过，我为你捏一把汗，你出来了，面带微笑，说，妈，我肯定能考上。初中时，你去上区重点，不愿意让我们掏几万元学费上市重点，你说你会考上市重点高中的，让妈放心。二〇〇六年德国世界杯足球赛小护旗手选拔赛在京举行，你跟我商量，报了名。初试你榜上有名，登上了当月的《北京青年报》。决赛那天，各大媒体和观众水泄不通，你发挥自如，动作连贯，行云流水，大家记住了你这个随机应变的“五号”。英语现场会话，你输给了一个曾在英国学习三年的高二学生。我安慰你输给他不算输，你却摇着头说，他的英语真的非常棒。二〇〇九年暑假，我们到赛罕坝草原，你执意坐让我胆战心惊的滑翔机，在众人赞叹声中，你跟着滑翔员翱翔蓝天整整二十分钟。你抱着二〇〇九年首届感动校园十佳中学生的奖杯回家时，我的心里别提有多高兴。你的勇敢、执着、自信、爱心，还有你对每件事的求知欲，让我坚信，凭着十几年的努力，在收获的季节，你定会有个好的收成。

在你即将结束学生时代步入社会之际，我希望我培养出一个热爱生活、热爱人民、热爱艺术，精通某一技能，能为社会、为人民、为亲人尽职的好青年，希望你像小鸟一样离开家人的羽翼，找到一片属于自己的天空。前路有鲜花，也有荆棘，我跟你爸爸相信，你会克服困难，勇往直前。

妈妈

六月三十日

林诗诗看完信，说："写得真好，晓音，你赶快给我儿子讲讲如何写作，咱不能放着一个作家舅妈不用，这叫资源浪费。"

随着年龄增长，儿子越来越有主意，李晓音跟儿子沟通越来越困惑。儿子先是住姑姑家，跟她感情淡，后来又处于青春叛逆期，母子说不到一起就吵架。

为此，李晓音很是焦虑，刚好借成年礼，跟儿子进行了一次纸上交流。李晓音很想知道儿子读信的感受，但是他一句话也没说。

高考成绩出来，比一本线高出四十八分，在北京上一本学校没有问题。儿子却没有跟父母商量，报考了军校，报的是李晓音的母校——政治学院新闻系。

李晓音又是惊讶，又是高兴，赶紧给林特特打电话，没通。可能忙，部队嘛。过了两小时再打，还是没人接。林诗诗笑着说："有其母必有其子，说实话，晓音，看你的信比跟你交谈有趣。"

"姐，我有那么乏味吗？"李晓音不甘心。

林特特电话回过来，问："怎么了？十万火急的。我们在海上演练，不让带手机。"

李晓音没有了起初的新鲜、惊奇，语气平淡："咱儿子报考了我的母校——政治学院新闻系。"

林特特比她兴奋，说："我早就猜到了，哈哈，林家后继有人，又诞生了一个响当当的军营男子汉。"

"也怪，平时给儿子说，他从来听不进去，给个冷屁股，不吭一声。看来这写信还管用，都走向新时代了，我还要用笔来跟儿子沟通，不知是喜还是忧。"李晓音苦笑。

"夫人此话差矣，言语解决不了的问题，文字就可以。言语存不住，要不是有文字，我们怎么知道过去的人是怎样生活的？有人来了，有空再给你打过去。”林特特也不等李晓音说完，就挂了电话。

李晓音一阵失落，过去都是爱人打电话她忙得没时间接。现在呢，爱人接电话也经常三言两语了事。

3

清明节，李晓音、林诗诗跟林父一起，去给林母扫墓。回来路上，林诗诗去停车场开车，李晓音跟公公在路边等待。公公看到有人卖红薯，说：“好多年没吃了。”

李晓音就过去买红薯，让公公在花坛台阶前坐一会儿。

返回时，她看到公公起身时摔倒了，她急着跑过去，但已经来不及了。两人立即送老人到医院，医生诊断为半身瘫痪。婆婆前两天去广州的姐姐家了，一听说公公病了，长叹一声，说她姐姐身体不好，她这几年都回不来。林诗诗先骂她没良心，又怪父亲当初不该不听劝阻，非要跟学生结婚，后又埋怨李晓音没有照顾好公公。李晓音很是委屈，但只能一言不发。

林父在女儿家住了一阵，执意搬回自己家。林诗诗只好把父亲送回，但身边不能没人照顾。李晓音几次想给在部队的爱人打电话，又放弃了，怕影响他工作，他回来也解决不了问题，最后只好求助娘家。自爹妈去世后，她回家的次数屈指可数。

四哥帮忙在老家找了一位中年妇女来当保姆。她丈夫在外地打工时，墙倒了，把人埋在了里面；她儿子在秦城上大学，家里急需用钱。李晓音叫她王姐。林父半边身子不能动，上卫生间都得人抱着。保姆把床支在林父旁边。看到王姐那么辛苦，李晓音决定每月给她付八千元工资。林诗诗每周都来看爸爸，给爸爸洗澡洗衣服。要是几天不来，老头儿连饭都不吃，不停地说女儿把他忘了，又嚷着要跟妻子离婚。

林诗诗觉得保姆工资高了，李晓音耐心地解释保姆每天很累。林诗诗不高兴，要么说爸身上没洗干净，要么就说王姐偷懒。李晓音也不解释，下班帮着王姐照顾公公。

李晓音到外地出差一周，林诗诗搬来和王姐一起照顾老人。

李晓音回到公公家，只有林诗诗一人在给老人费力地擦身，人也瘦了一圈。她问："姐，王姐呢？你咋瘦了那么多？"

"别提了，你前脚走，后脚王姐就说家里要收麦子，说什么也要回去。我急着去家政公司找人，来了三个，爸都不满意，只好请了几天假来照顾爸。你给王姐打电话，让她赶紧来，工资加到一万吧，我来出。我终于尝到伺候病人的滋味了。"

李晓音看到公公面露难色，问："爸，你是不是要大便？别急，我马上来。"忙去拿便盆。

姑嫂两人收拾完，老人脸上有了笑容。李晓音边按摩公公的头皮边说："爸，你看你胖了，姐姐倒瘦了。"

"你姐老训我，说我事多。"公公很委屈。

"看来儿媳妇比女儿好，一回来就告状。爸，你偏心眼儿。晓音，你不知道，一会儿说要吃面条，我给做好，说没有你做的香；一会儿又要吃水果，我买回来，又说酸。我都不知道你一天是怎么照顾的，可累死我了。"林诗诗说。

"习惯了就好。姐，你坐，歇会儿，爸要睡了，咱们出去说。"

两人来到客厅，她给林诗诗煮了咖啡。

"晓音，我没看错你。俗话说得好，久病床前无孝子，照顾病人比做一台手术还累人。"

"姐，别担心，我马上给王姐打电话，农村人还是比较厚道的。你今天回家休息，我来照顾爸。"

林诗诗握着李晓音的手，半天才说："我还是和你一起吧，不过，你得给我做饭，在你们秦城吃了好几年面食，现在吃米饭怎么也不过瘾。我想想今天吃什么，对了，吃臊子面。"

夜深了，林父已睡着了，林诗诗不愿住在客房，于是跟弟媳睡在一张床上。这是李晓音结婚后姑嫂两人第一次睡在一起，说了大半宿的知心话。

“姐，特特走了，晖晖上学了，我忽然感觉自己心里空了。”李晓音终于把心里的烦闷说了出来。

“想特特了？”

李晓音无言。

林诗诗摸着她头发说：“能理解。”

李晓音半天才说：“我不想回家，家里那么空，连说话的人都没有。这么多年了，我第一次发现特特在我心里那么重要。在家时，他在客厅看电视，我在书房写东西，也说不了多少话，有时他说得多了，我烦得都听不进去。可他这一走，我……”

林诗诗替她拭着眼泪：“你终于成熟了。”

李晓音起身说：“我去给爸翻个身。”林诗诗也跟着起来，姑嫂二人给老人翻了身，回到卧室，继续聊，聊了大半夜。李晓音忽然没音了，林诗诗才发觉李晓音睡着了。

林诗诗翻来覆去，怎么也睡不着，打开台灯，望着熟睡的李晓音，发现弟媳越来越年轻了，这让她既嫉妒又羡慕，又庆幸自己当初的眼光没错，给弟弟找了这么一个心地善良的好媳妇。这是弟弟的福分，也是爸爸的福分。

第二天，林诗诗正上班，李晓音忽然打来电话，带着哭腔：“姐，我眼睛出问题了，怎么眼前老有黑点来回飞？”

“没事的，那是飞蚊症。”

“那怎么办？”

“习惯了就好。”

“姐，我还是想到你们医院看看。”李晓音语气虽平稳了，但还是很紧张，她不能想象自己眼睛出问题后怎么生活。

林诗诗陪着她去了眼科。医生给她做了散瞳，让她闭着眼睛，林诗诗要去接电话，她就双手不停地乱舞：“姐，你在吧？你在哪儿？”

林诗诗笑道:“你怎么这么脆弱？”

“特特在时,我病了,药都是他给我准备的,要是我眼睛看不见了,我还怎么写作？”

林诗诗笑着说:“你整天念叨特特,看来是真想他了,有空去看看他吧。”

“他说部队最近特别忙,晚上十二点多还在加班,让我过年去,说他最怕在外地过年了。”

的确如林诗诗判断,起初眼前老有黑点在飞,时间一长,也就忽视了它们的存在。

三天后,王姐回来了,说:“要不是看在妹子你的面上,我才不来呢,你那个大姑子真不地道,说我跟你公公有私情。你说老头子都那样了,最多跟我说说话。真是的,气得我就走了。”

李晓音说:“她现在对你挺好的,你看,这是她给你买的衣服,过去的事就不要再提了。”

王姐说:“妹,还是你心地善良,看妹子面上,我继续干。”

4

对和平年代的军人来说,战争看起来好像很遥远,其实他们时刻准备着,随时出征。

又一批赴海外维和部队出发时,著名军旅摄影师刘蕾随队采访。

李晓音在报纸和网上看到这则消息，先是一惊，马上给刘蕾打电话,问是不是真的。

“那还有假。”刘蕾笑嘻嘻地说。

“异国总是充满了危险,再说,我们当编辑的,把本职工作干好就可以了,毕竟四十多岁的人了。”李晓音说。刘蕾每年一半多时间都在采访的路上,一身迷彩,一会儿去边关,一会儿去海防,常年奔跑,晒得黑黑的。她利用休假出去拍片,条件好时住酒店,到偏僻乡村就住老百姓家里。她不在乎，总说，虽然出去跑苦一些，脏一点，但是采访了许多人，听了许多故事，将来要把这些难得的经历写在书里。她说她这种人不适合结婚。她几年前离婚了，儿子跟了前夫。不知是不是因为常年跑，身材保持得挺好，性格又大大咧咧的，看起来比实际年龄小六七岁。

“晓音，咱们也算是经历过生死的人了，会把很多事情看淡。一个军人，一个摄影师，职责就是拍到真实的独特的图像。我经常想，比起许多逝去的人，我活着就已经赚了。经历了生死，你就会明白，人生变数太多，生命太脆弱，想做什么就赶紧做，活着的每一分钟都要让它快乐，让它有滋味，有质量。再说，我快退休了，总得去看看国外是什么样子吧，否则我会后悔的。咱们是军旅记者，不能少了这样的经历，得体验各种有趣的事情。我要向咱们新闻系的大师姐梁子学习，做一个优秀的战地摄影师。”

梁子比李晓音高一届，曾在前线采访，荣立一等功。转业后，前后八次只身探访非洲神秘的土地。她说，摄影家与一般摄影爱好者的区别就在于，爱好者关注美丽，放到朋友圈让人点赞，而摄影家关注独特，她选择的是她从来没有见过的、原始的、新鲜的、陌生的风土人情。

“可是那里充满了危险。”李晓音还是劝道。

“晓音，你没骑过摩托，不能体会女骑手飞驰而过、马达轰鸣、长发被风撩飞的感觉，摄影也是如此。”

每次跟刘蕾通话，李晓音觉得刘蕾飞扬的人生也是她向往的，她却没勇气，也无力实现。

刘蕾不顾同学劝阻，穿着一身迷彩服，戴着蓝色贝雷帽出发了。出发前，李晓音去送她，再三叮嘱注意安全，别忘了给她们刊物赐稿。

三月后的一天，她刚上班，电话响了，是秦小昂。秦小昂急着说：“晓音，刘蕾受伤了，咱们去医院看看她。”

“受伤？严重吗？人回来了吧？”李晓音马上想到汶川地震那次，自己好像要虚脱了。

“很严重，伤到眼睛了，现在不让探视，下班后咱们去医院看看。你先上班，我去买些东西。太可怜了，怎么会受伤呢？”

李晓音无法想象刘蕾见到她们会是多么的难过与绝望。

一只眼睛蒙着纱布的刘蕾真坚强，见到老同学，闭口不提受伤的事，而是滔滔不绝谈起她在异地的见闻，给她们讲述官兵们的故事，一件接一件，让李晓音感觉她们不是去探望一个病号，而是听从前线归来的英雄做报告。生动的细节，感人的场面，异域的风情，冲淡了那只受伤的眼睛带给她们的悲伤。

李晓音只要有空，就去医院看刘蕾。她越发佩服刘蕾对工作的敬业，不是谁都敢去国外前线采访的。

“你怎么打算？”有次她问刘蕾。

“出院后，我要办个人摄影展。人生真是，无法预料的事太多，趁我还有一只眼睛，赶紧把想做的事做完、做好。我知道你们不理解我，但有得必有失，我觉得我的人生很有价值。你看了我的摄影展，就知道我去前线是多么值得了。”

刘蕾的话让李晓音很伤心。秦小昂说：“我想不通，都到这景况了，还要办摄影展，真是不要命了。摄影有那么重要吗？比命还重要？工作过得去就行，别拼命。一个四十多岁的女人，一只眼睛受伤，又单身，以后的日子怎么过呀？一切热闹过后，还得过日子吧？日子是一天天过的。”

李晓音看着窗外的大街，说：“人生总有些事得坚持做。”

“唉，各有所爱吧。好了，我要去美容了，晚上还要去健身房，这次测体脂率不合格呀。我晚上不吃饭还长肉，怎么那么多肉？”秦小昂说。

“女人再瘦都嫌自己胖，你也就五十来公斤吧，身材挺好的嘛。”李晓音笑着说。

“胖，胖死了，我自己都不愿看肚子上那一层层肉，更何况我们家老彭呢。”

李晓音可顾不上去健身，她协助刘蕾布展，还让本刊编辑撰写了一篇《行与走——记军旅摄影家刘蕾》，刊登在《军人生活》，内文配了刘蕾当兵、上军校时的军装照，还有一张生活照；封面刊登了刘蕾在火线上的照片，囊括了刘蕾生命的每个节点。封面上的刘蕾，脸小小的，戴着钢盔，英武中有那么一股妩媚，身后的硝烟又为她添了传奇浪漫的悲壮色彩。

杂志发行后，官兵好评纷纷，不少人还打电话、写信，说刘蕾的作品扎实，他们最爱看。趁此热点，李晓音在下期编稿时选登了这些读者的来信和留言，还链接了维和部队生活，得到了各级好评。

看到刘蕾的摄影作品，李晓音就有写作的冲动。一片焦土中，一束花在石头上长了出来；黑暗中，一个穿着迷彩服的战士，背上的一缕阳光金灿灿；一抹绿色的身影中，官兵在行军，一轮红红的朝霞，落在远处的地平线，天地融为一体，绿的虚幻，红的耀眼，一种震撼的美。

她捕捉得那么生动，那么真实，又那么感人。她把这些照片在刊物的封一封二集中推了出来。

刘蕾的摄影作品在京展出后，好评如潮，观众络绎不绝。有评论说，土耳其作家帕慕克建了纯真博物馆，军旅女摄影家则用镜头建了一个军旅博物馆，它聚焦普通官兵的生活，再现了军旅生活的质地，五角星帽徽、水壶、军被、会操时紧张的列兵、军校学员换装时的兴奋，都在她的镜头下，让人看到军营生活的另一番情致。这是女摄影家对官兵心灵世界的独特发现。

每每看到刘蕾，李晓音就想，如果用颜色来形容同学们的生活，刘蕾就是那大红色，充满热烈和奔放，有时又充满紧张、危险和刺激。秦小昂就是紫色，浪漫、小资，慵懒中又有那么一股让人迷醉的东西。田心怡呢，当是蓝色，冷静、理性，又有一种深远，你永远不用怀疑她走的路是否正确。柳宛如呢，介于红与蓝之间吧，生活中那么刚烈，工作时又那么冷静，她能把这两者结合得很好。每个人都有一股魔力，诱惑着她。自己呢？她一时说不清她到底属于哪种色调，但无论是什么颜色，都必须把它书写好。

5

《军人生活》老主编退休了，从别的部门调来了一位新主编，姓胡。

胡主编一直办报纸，来了以后，不知为什么，对副主编李晓音总是不看好，李晓音交上去的选题方案，不是说深度不够，就是说视野不够开阔。这种模棱两可的意见，可以套用到任何事上，却无从解决。好几期没有上她编的一篇稿子，其他业务也不交给她。她急了，去找主编。主编都说没空。她明白主编对她有看法了，到底为什么，又不明讲，只好去找分管杂志的于副总。

于副总是从《军人生活》杂志提拔上去的，李晓音当初投稿时，于副总还给她当过责编。虽然跟他交往不多，但李晓音一直很信任他，便给于副总说了自己的苦恼，最后说："胡主编刚调来，我们之间也没有什么个人恩怨，他是不是对我有成见？"

"不要轻信小道消息，胡主编也不像你想的那样，你要跟他搞好关系，不要老把人往坏处想。有人说，盛世创业之英雄，以襟怀豁达为第一要义，思考问题胸怀要宽广，不要钻到针尖里就出不来。他刚到你们部门，你要全力支持他的工作。"

"他刚来的时候，对我也不错。是没坏心眼儿，但不懂业务，还不虚心。刊号错了，大家不说，我作为副主编，当然要说。一篇稿上半年发了，下半年还发。担了职务，就有一份责任，我不能眼看着杂志有错还不纠正，也许因此他就对我不满了。于副总，你了解我，我都是为了工作。"

"你的出发点是好的，可要注意方式方法，不能当着编辑部全体人员的面，给领导下不来台。你可以私下找他谈嘛。峣峣者易折，太刚直的易招怨恨。要达到目的，不妨迂回点，欲速则不达。况且人家还比你大好多岁，又是你的领导。"

"我这个人心直口快，不会拐弯抹角。"

"心直口快有好的一面，坏处很多。不经大脑过滤，说出来的话就不周密，易伤人，这点你要切记。咱们出版单位，知识分子多，易敏感，一语不当，浮想联翩。你平时要多加注意言语。回去想想下半年的选题，这几期刊物质量明显下降，你们胡主编办刊经验还是有的，你要相信这点。”

“我想去部队调研，策划一期‘强军现场’，全面展现强军征程中陆海空火箭军等部队的最新风貌，这次就算投石问路。”

“你的想法很好，但要跟你们胡主编沟通好，赢得他的支持。”

李晓音回到家，还是气不过，心里乱得像一锅粥，想找个人说说。跟林特特在电话里说了几句，对方就不耐烦了，又想起了好朋友秦小昂。

还是好朋友好呀，无论心里多难受，无论任何时候，哪怕是半夜，只要想不开，都能打电话。只要不忙，秦小昂总是耐心地听完，再一一帮她分析，解开难题，电话打完了，气也慢慢消了。秦小昂打电话来，她也义不容辞。好在秦小昂的丈夫老不在家，有时候两人兴奋了，能打一夜的电话。电话里不好说的，她就让秦小昂到家里来，两人头对头，一直说到东方渐白。

可这次秦小昂没时间听她的苦恼。秦小昂说她最近整天跟丈夫四处跑着买房子，再不买，房价就更贵了，还劝李晓音赶紧买房，房子永远是最保险的投资；还说雾霾越来越严重，某某在秦皇岛买房了，某某在海南买房了，如此云云，也不体贴李晓音的心情，说完就无情地挂断了电话。

好呀秦小昂，下次你流眼泪的时候，我可不理你了，让你闷死！

李晓音开始洗衣服，这是她排解痛苦最有效的办法了。她边洗边想，洗完了，还没想明白。

又给大哥打电话：“哥，怎么才能跟心胸狭隘的领导处好关系？你讲讲你的经验。”

大哥退休了，有的是时间，拉开了架势，慢慢地讲：“晓音，我相信你们领导还是从工作角度想问题的。无论什么样的领导，管他有没有本事，都想把工作干好。所以，你要想办法把你主编的工作积极性调动起来，让他来推动你，把你的想法实现。按我在机关十多年的工作经验，待人处事出了问题，最主要的，是没有解决好机关错综复杂的关系与自己素质低的矛盾。机关工作的特点是什么？许多工作，特别是事关全局的重大工作，往往不是一个人能完成的，这样一来，单枪匹马作战的孤胆英雄不行了，大兵团协调作业成为经常性的工作方式。一项工作几个人干，甚至十几个人干，这就在工作之外多了一层人的关系。有的人是南郭先生，有的人是楚霸王，有的人是“是非精”。在这种情况下，需要有协调的能力与宽阔的胸怀。大多数领导都出类拔萃，工作能力强，清正廉洁，知人善任，但也有一些水平不高，风气不正，使人厌恶。不能看不起、疏远，正确的办法是取中庸之道，抓住他想把工作干好的愿望，推动他，实现自己的理想和抱负。大机关人才济济，称雄机关要有实力，要有智慧，果敢，能帮助领导决策，文字能力超群，善解难题。空麻袋是立不起来的。晓音呀，哥从基层到大机关，最深的体会是，一个人要正确地处理人与人之间的关系。有能有耐，才是真正的能耐；有能无耐，并不是真能耐。把不好处的人处好，这才算本事。”

李晓音听完大哥的训导，感觉仍没悟出道理，又给二哥打电话。电话那头是李晓义那洪亮而带着家乡味的普通话：“哪位？”

“怎么连你妹子的声音都听不出来了？”

“晓音呀，啥事？”

“哥，你不要给我摆官架子，我可不是你的下属。我多想有人家那样的哥，跟自己的妹妹什么话都能说。你能不能亲民些？我一打电话，你只会问啥事，好像没有事就不能联系你。”

“有话快讲，我还忙着呢！”李晓义永远这么直接。

“哥，你要跟我说实话，不要有思想顾虑。”

“讲！”

“假若正职老找你错，咋办？换言之，如何当好副职？请举例说明。”

“从自己身上找原因。”

“要不是自己的原因呢？自己想干好工作，正职却老怕你出成绩，时时压着你。”

“那就要采取多种办法了。你认为你正确,就给他讲道理,摆事实,拿出可行的方案。”

“要是他还不同意呢?”

“可以给领导反映,让你的上级帮你的忙。”

“这不是越级吗?再说,一般上级都会袒护,毕竟在工作上要全力支持。”

“说服他们,用事实,用例子,一次不行可以多次,或者发动你身边的同事。”

“这个人已经是无法改造的对象,也就是说顽固不化,你怎么办?”

“不会吧,能有这样的人?无论什么样的领导,都想把工作干好。谁也不会拿自己的工作开玩笑。你呀,不要以自己的好恶来评判人。大多数人是好人,你一定要相信这点。你们之间肯定有误会。要看到别人的长处,更要看到自己的不足。”

“你怎么跟大哥说一样的大道理,就不能说得更具体些?”

“晓音,其实干好工作无奥秘,就是尽心做好手头的事。人际关系更简单,就是真心待人。你记着,当副职千万不能自作主张干了正职的工作,这叫没摆正位置。好了,就这样。”不等李晓音回答,电话挂了。

李晓音仔细思考了于副总和两个哥哥的话,回忆了胡主编与自己相处的诸多细节,渐有所悟,拿着本子走进主编办公室。

胡主编人很瘦,戴着深度眼镜。李晓音走进去,他也没抬头。

“主编,你现在有空吗?我想跟你汇报一下。”

“李副主编,你怎么有空找我了?是不是又发现我什么毛病了?”主编眼睛仍然看着稿子,手指上的汗毛在阳光下好像竖了起来。

真想转身就走,可她心里一再说,镇静镇静。

“胡主编,我最近反思了自己的一些行为,确实做得不对,比如在你出差时,我怕误了出刊日期,没经你批准,就通知印刷厂付印,这是无组织无纪律。还有……”

主编仍然在看着稿子,脸上一点表情也没有。

“还有一件事，我做得最不应该。我报的选题，你否定后，我没有从自身找原因，还以为你对我有偏见。现在再看，选题深度的确不够。比如说我策划的‘军服’专题，只约作者写了军服史和几代官兵对军装的感情，却少了最主要的环节，应该邀请军需装备研究部门的专家，从军服的需求、功能、款式和材料等方面，讲述新军服与国际军服的接轨、使用性及它的美学意义。这样整个专题就有了深度。”

胡主编忽然咳嗽起来。

“胡主编，你病了？”

“感冒了。”

“那得抓紧吃药，等你有时间，咱们再谈。”李晓音走出主编办公室，感觉说了半天，对方一句话都没有，仍没解决问题。想去找于副总，又觉得不行，万一主编发现，以为自己又去找领导告状，对，要镇静。

回到办公室，她想了想，给秦小昂打电话。秦小昂听完以后，说，“你做得对，他做得不对。你没有找于副总就对了。你想想，你找了于副总，于副总肯定要找主编，主编知道后会更怪你，你的努力就白费了。给主编一些时间。你也要更注意，凡事多向他请示汇报，再找时间跟他谈，润物细无声。他不是感冒了嘛，可以关心一下他呀，给他送些药，慢慢来。他是领导，不可能这么快就转变过来。据我分析，你们积怨太久，你要做好打持久战的准备，还要通达。”

“孔子说，君子上达，小人下达。什么是上达？上达就是识大体，明大义，正道直行！下达就是认同庸俗的人生规则，甚至不惜蝇营狗苟！你讲的通达，就是下达，有事没事去到他家里拜访，孝敬东西，套近乎。这个我做不到。”

“你呀，我说的不是这个意思。比如你生病了，别人关心你，这是一种同志间的情谊。没人关心你，你心情如何？人都是感情动物，处得时间长了，慢慢就有了感情。人家不在乎你送什么，在乎的是你是否看重他，特别是业务弱的领导，最怕部下瞧不起自己，这是最关键的。你好好想想吧。”

“这么复杂！”李晓音放下电话，沉思道。

第二天开过业务会，她看主编进了办公室，敲门后，把药放在桌上，说：“主编，我这儿有瓶牛黄蛇胆川贝胶囊，你试试，看管用不。”主编说谢谢，仍没抬头。

李晓音虽然不舒服，但心想一切为了工作，如果一瓶药就能被感动，这人也太没水准了。

第二十一章　剑桥下的柔波

1

刚过元宵节，李晓音一上班，就听编辑部的编辑议论纷纷："听说给咱们社两个去英国参加国际图书博览会的名额，不知谁能摊上这么好的事，等于公费旅游呀。再说，咱们军人，有钱也不一定能出去呀。"

"是呀，八成是领导去，轮到谁也轮不到咱们身上。"年轻编辑看到李晓音进来了，马上笑着说，"哎，李副主编，我认为你最有希望，你业务是拔尖的。"

李晓音把包往桌上一放，打开电脑，说："谁去是组织的事，你们快交下期的选题。"说着，忙活起来。

九点，楼道里响起了说话声，李晓音说："我去开会了。"

刚要走，两个编辑拿了稿笺让她签字，说临时加的稿。李晓音大略翻了一下，说："怎么回事？你看看你编的稿，'的''地''得'不分，名字张冠李戴，标点符号乱用。这么不认真，编的刊物有人看吗？拿回去重新编。"

一进会议室，大家都到了。李晓音看第二排有好几个空位，就坐到胡主编后面。主编转身，阴着脸小声说："李副主编，就等你一个人了。"

"胡主编，正在落实你交代的换稿的事，得马上上版校对，有篇稿太粗，需重新编，给编辑交代，来晚了。”

社长打开话筒，声音洪亮地说：“好了，各部门都到齐了，现在开会。叫大家来，主要是商量出国的事。总编室陈主任，你先讲。”

总编室主任是个老同志，办事极为小心，他打开笔记本，晃着腿说：“咱们社有四十多个编辑，老同志占大多数，在社里工作三十年以上的有两个。有人说让老同志去，年轻编辑以后还有机会。但从我社长远发展看，派有培养潜力的业务骨干似乎更合适。毕竟是参加国际书展，还要在会上做经验交流，得拿出我社的最高水准。”

社长问其他编辑的意见。大家纷纷表态，有的说让年轻的去，对培养业务骨干有好处；有的说让老的去，干了一辈子，这次不去就没有机会了，会挫伤积极性。意见纷纷，莫衷一是。

主编在，李晓音一般不说话，除非被点名。她低着头，急着看要补的稿子。她最怕临时换稿，这次临时换了一个专题，需加七八篇稿子。前天任务布置下去，今天稿子陆续来了，明天就得全部送主编审读，还要三校，离出刊时间不到十天，时间很紧，她得抓紧看完。这时忽听到主编提她的名字，她抬起头来。

“我的意见是李晓音同志去。李晓音的工作能力大家有目共睹，工作量全社排第一，最近编的稿又获得了全国好新闻奖。让她去，其他人也说不出什么，又调动了大家的积极性。这是国际业务会，是向优秀出版同行学习的，不是排座次分果果。”主编发言道。

李晓音以为自己听错了，看了看四周，有人朝她微笑。

“大家呢，有没有不同意见？”社长问。

众人三三两两说没意见，李晓音本来业务能力就强。

“我建议，让于副总和李副主编去，大家要没有意见，就这么定了。去的同志抓紧准备，你们代表社里，一定要展示我社的水准，多向国内和国外出版单位学习，回来后向全社汇报交流体会。”

李晓音最后一个出会议室，她没有想到这么好的事竟然落到自己头上，而且还是跟自己一直不对付的主编提出来的。她说不清什么感觉，看见主编走在前面，心想是不是说声感谢呢？正想着，主编回头，冷淡地说："李副主编，抓紧准备汇报材料。"

李晓音的感激之情被这句话扫得荡然无存。

秦小昂听说李晓音要去英国，得意地说："李晓音，我说得怎么样，跟领导搞好关系就是不一样。伦敦塔、泰晤士河、白金汉宫、博物馆，还有玫瑰、钻石，哇，羡慕死你了。"

"拉倒吧，你以为他是真的对我好让我去玩呀？他是想给自己的工作添色，因为我业务能力强。"

"你呀，这想法根本就站不住脚。难道你们社真的就没有比你能力强的？再说，能力是什么，编几篇稿，获个奖，就算有能力？我给你说，你们主编给你递了一张友好的牌，你要抓住机会，奋勇前进。在英国行中，对你们副总要热情周到。赢得他的支持，你以后的日子就好过了。"

"也许你说的对。不过，这次的确是个好机会，开拓视野。从这一点来说，我要感谢他。等我回国后，请你吃饭。我们家附近新开了一家湘菜馆，味道不错。"

"你得买几件像样的衣服，还有，要做做头发，你可是代表咱们中国女军人出国呢。这样，明天周末，上午我带你去做头发，再做全套皮肤护理。"

"顾不上，要准备交流的材料，杂志要下厂，还要去办护照、签证，不少事呢。"

"记得兑英镑，充电器插头也要准备好，英国跟咱们用的插头不一样。李晓音，按说你没我聪明，长相嘛，咱们平分秋色，你是清纯的美，我是性感的媚。你哥哥们都已退休，人家也犯不着巴结你。好事都轮着你，是什么原因呢？我百思不得其解。"

"行了行了，我忙着呢，不跟你贫了。"

李晓音正准备找人换英镑，林诗诗来了，提着一个大包，往外掏东西："知道你是马大哈，东西都给你准备好了，这是充电器，这是给你换的英镑。"

"姐，谢谢你。"林诗诗永远这么周到，让李晓音很感动。

“晓音，一名军人能被公派出国，这是多么难得的机会。我跟爸爸和你姐夫说了，他们都为你自豪。”

“我们出去不能暴露军人身份，这是参加新闻出版总署的活动。”

“明白，多带些钱。我买了一套品牌套装，你参加正式场合时穿。”

“不了，谢谢姐，我最怕穿正装。”

大哥、二哥，连老家的姐都不知从哪儿听说李晓音要出国，叮嘱她注意安全，注意保管个人物品，千万不要掉队。李晓音感叹了好一阵，只出去一周，至于这么兴师动众吗？

更好玩的是，办护照时要按手印，李晓音怎么也按不上去，急得于副总摁着她的手，才算过关。

2

李晓音看自己的机票，座位跟于副总的在一起，想起秦小昂的话，要利用这次机会跟领导建立密切关系，眼要尖，给他留个好印象。

她从来没有跟领导走得这么近，一时有些慌张，想从聊家常开始。刚要开口，于副总说：“你跟别人换个位子吧。”

李晓音好尴尬，立马站了起来。

于副总对身后一位领导说：“朱处长，咱们一起聊聊，让我们李副主编跟你们张主任坐一起，向张主任多请教，这机会可是难得呀。”又悄声对李晓音说，“把咱们写的经验材料给张主任，让他把下关。”

李晓音眉开眼笑：“明白了。”

到了英国，一会儿参观这里，一会儿参观那里。李晓音想着跟于副总在一起，帮忙提个包、照个相，可是于副总好像总不情愿。李晓音在心里给自己说：小不忍则乱大谋，这是考验你的时候，要挺住，忍耐是人生最好的老师。

她看同屋的一家杂志社主任给自己的领导洗衣服，感觉自己做得很不够，于是提了水果到于副总的屋子，笑着说：“于副总，吃些水果。”

于副总说谢谢,并没有让她坐的意思。

真是冷血动物。李晓音心里这么想，嘴上仍然说:“你有没有要洗的衣服?”说着就拿起他的一件衣服往卫生间走。

没想到,于副总叫住了她:“放下!”他语气严厉:“你坐下,我要跟你好好谈谈。你这个同志呀,看着挺厚道的,怎么现在也学这些花脚蚊子了?”

李晓音眼泪快要出来了,拿手背抹了一把,扭头望着别处。

“真的哭了,哈哈哈!”于副总笑了,“对不起,对不起,我女儿都说,我这个人粗糙。如果我说错了,你要谅解我。”说着,递给李晓音一张纸巾。李晓音不接,那手就一直伸着。李晓音只好接过来。

“李晓音同志,组织让你出国,不是让你给我买水果、洗衣服,不是让你来当服务员的。别说你是副主编,就是一般编辑,我都不会让这么做的。咱们是来学习,要学国外优秀出版经验,要学兄弟省份出版经验,要多交朋友。咱们的通讯录上,有全国知名杂志主编的电话,你要多跟他们交流,人家杂志为什么办得那么好,读者为什么喜欢,要多请教。飞机上,让你跟张主任坐一起,跟他汇报咱们的交流文章,他补充的那几条多好，几个南方名刊的老总都说咱们解放军办刊理念走到了他们的前头。还有,今天几个国家出版行业的代表在会上的发言,我听了很有启发。抓紧一切机会,向别人学。我急呀,咱们社老人多,年轻人上不来,我想让你尽快地成熟起来,以后挑更重的担子。我说的对不对?”

李晓音破涕为笑。

“好了,回去吧。水果带走。”

走在伦敦的街上,李晓音感觉自己真成了呆子,聋哑加半瞎。聋哑是她听不懂,也不会说;半瞎是她看不懂大街上琳琅满目的英文字母。悠久而典雅的建筑,金发蓝眼的俊男靓女,修剪如毯的绿地,这是狄更斯笔下的伦敦。一边眼观八方饱览着异域风光,一边寸步不离地追随着大部队。于副总一直跟着导游,走在旅行团最前列听讲解。她呢,既想拍照,又不想掉队,急急地拍完照,急行军般猛追直赶,喘着气问:“于副总,怎么不拍照,多美的景呀!”于副总五十出头,清瘦高大,看着她满头的汗,说:“我老了,不爱照相。你不要老跟着我,年轻人,多照照相。你看教堂多美,这一座小家碧玉,檐下雕刻的小人儿手指甲都饱满圆润;那座呢,颇具王者风范,堂体威武如巨轮,尖顶锐利插云霄。”

大队人马走进了一家书店。一本中文书籍都没有,正惆怅时,一册装帧精致的图书吸引住了李晓音的眼球,那纸张,还有里面清新的插图,让她爱不释手。她猜想是小说。问自己团队的人这是什么书,都摇头。一人走了过来,开口就是亲切的中文。像在沙漠遇到绿洲,李晓音的喜悦之情无以言表。这人接过李晓音递过去的书,大略翻了一下,说这是一部长篇小说,得过布克奖,这可是英国文学的最高奖。

听完对方的讲述,李晓音对此书产生了浓厚的兴趣,后悔在学校没好好学习英文。把十几张插图细细看完,才依依不舍地放回书架。

“你若有空,我可以给你介绍一下这家书店的销售排行榜图书。”

对方边走,边给她介绍成排的图书。陌生的异域亲切起来,李晓音不停地问这问那。

她环顾四周,发现自己团队的人不见了,她着急地说:“完了,我找不着我们的人了。”

“你们下一站去哪儿?”

“我只顾看景,没听清导游的话。”

“你住在哪儿?”

“酒店全是英文,只记得在离市区不远的郊区。”李晓音眼泪都急出来了。

“别着急,咱们到门口,他们一定会派人回来找你。”

“万一找不着呢?”

“我会想办法的,放心。”

两人到门口等了半天,还是没有人来找她。

“你有没有你们团队成员的电话?”

领导和同事的倒有,可是今天出来没带手机。她竟然连分管她的于副总的号码都没记住，这让秦小昂知道，又要数落她。怎么办呢？

“别着急，我去问问。你们是什么单位？来做什么？”

“我们，我们是来开会的。”

“好，我明白了，你站这儿，别动。”他又走进书店，不一会儿出来了，说，“你们的人都在楼上参观。我就说嘛，少了人他们能不来找？”

“谢谢！我这就去找他们。”

“我带你去。”

找到大部队，李晓音感激地连向他说谢谢。这时，带团的刘导忽然走到他前面，亲热地打招呼。原来他们认识。

于副总看李晓音进来，给她让了座位，没有吭声。无声比说出来还掷地有声，她暗暗告诫自己千万不要再掉队。

接下来的几天，团队利用一天的时间去郊区参观了莎士比亚故居、布莱尼姆宫和牛津大学，开了三天会，又计划在市区转一天，购物一天。知道行程后，李晓音心里很失望，伦敦也就这么大，伦敦眼、塔桥、威斯敏斯特大教堂、海德公园等著名景点走马观花地看了一遍，那么多的教堂和公园，她回头又认不出了。

“去剑桥吗？”她急着问刘导。

“不去。”

“剑桥离伦敦有多远？”

“一个多小时的车程。”

“不远，能不能组织大家去看看？”

“没有安排。”刘导说，“其实剑桥也没什么，你们不是去过牛津了吗？都是大学城，大同小异。”

“牛津大学不像我想象中的大学，不说这是大学，我还以为走进了市场。”李晓音跟刘导说。刘导是上海人，到英国已经十六年了，举手投足很欧式，双肩一耸，头摇个不停。

游览途中，李晓音缠着于副总说想去剑桥，明知这样不好，可说服不了自己，她只是想去自己喜欢的地方转转，不违国法，不犯军纪，于副总应当能理解并准许。

于副总看着她说："这是在异国，语言不通，离了导游，我们寸步难行。"

"让导游找个人带我去，来回费用我自理。于副总，我真的想去，我特别喜欢徐志摩的《再别康桥》和他写的散文《我所知道的康桥》。康桥就是剑桥。离它不远的约克郡，有勃朗特姐妹的故居，我特别想去看。"她壮着胆子说。

"那我帮你问问。"

刘导说包车加导游，要四百英镑呢，相当于从伦敦到北京的机票费用。

"四百就四百，也许我这辈子只能来一次伦敦，来一次英国。或者说，我这一辈子只能出这一趟国。求求你，于副总，你就同意我去吧。听说剑桥还给徐志摩立了一块石头，石头上刻着《再别康桥》。于副总，你听，这诗多美呀：轻轻的我走了，正如我轻轻的来。我轻轻的招手，作别西天的云彩。那河畔的金柳，是夕阳中的新娘，波光里的艳影，在我的心头荡漾……还有《简·爱》里那成片的荒原，遍地的紫色石楠花。我热爱创作，不想放弃任何体验生活的机会。至于安全问题，刘导可靠，那么他介绍的人也一定可靠。请于副总成全吧。"

李晓音背诗时，留意着于副总的表情，她想，如果于副总不耐烦，她立马停下。谁知一向严肃的他抱着胳膊，双眼微闭，跟着她背起来。

"好吧，如果刘导能找个可靠的导游，在保证安全的前提下，我同意。"于副总的表情依旧严肃。

"谢谢于副总。"

"找的那个人是什么样的？是否知道底细？包括他家的住址、电话等情况都要一一查清。出了国门，万事都得小心。"

"不就一天吗？明天也不开会，你们去购物，我对购物没兴趣。导游介绍的，绝对可靠。"李晓音抢着说。

"凡事不可马虎，这可是在国外。再说你一个女同志，还是小心为好。”于副总说。

巧了，刘导介绍的，原来就是书店碰到的那个人。刘导说他姓陈，也是导游。

于副总一一问了陈导的情况。陈导明显有些不高兴，说：“不信任我就算了，我还懒得去呢。还有好几个团要带，五月是英国最美的季节，旅行团多得都接待不过来。”

李晓音急得跳了起来：“陈导，求你帮忙吧，我再加十磅。”

陈导冷冷地说：“钱是小事，你们对我缺少最起码的信任。我最烦啰唆。这是我的身份证和绿卡，压到你们这里。还有什么需要我出具的，我全照办。”

于副总笑着说：“小伙子，别生气嘛。”

一切谈妥，明天先去剑桥，再去约克郡。

李晓音在同团的人那儿借了本《游英国》，细细地了解剑桥、约克郡，看到还有湖区、简·奥斯汀故居等景点，高兴得不行。好地方太多，可只有一天时间，一定要好好利用。

晚上，李晓音都休息了，于副总忽然敲门。李晓音急急穿好衣服，请于副总进屋。于副总站在门外说：“我已经告诉陈导了，等你安全返回后，我再把费用连同他的绿卡交给他。你带些零花钱就行。”

“谢谢于副总。”

李晓音一会儿梦见她没有去成剑桥大学，也没有去勃朗特姐妹故居；一会儿又梦见回来迟了，找不见队伍，急得醒了。

第二天一大早，陈导的车准时停到了酒店门口。

一上车，陈导就问：“你喜欢什么？我给你做相应的介绍。”

“我喜欢在田野里散步，喜欢小河，喜欢乡村。大家都游览的名胜，我兴趣不大。”

“不愧是搞文学的，我知道你的爱好了，你喜欢作家走的旅行路。我可以陪你去乡村转转。英国的乡村小镇最漂亮，也最有特色。英国的灵魂在乡村，耐人寻味的往往不是大都市，而是那些名不见经传、荟萃了数世纪人文历史精华的乡村小镇和庄园。索尔兹伯里、斯特拉特福、伍德斯托克等小镇都很有特色。勃朗特姐妹的家、简·奥斯汀的家、湖畔诗人华兹华斯的旧居,这些地方不去,就不能理解英国的精髓。”

“我太想去了,可遗憾不能一一走遍。”

“这有什么难的?给你们领导打个招呼不就得了。”

“我们军……”一出口,李晓音恨不得抽自己的嘴巴,忙说,“我们均安排好了。”

一出城,突然雾气迷漫,李晓音叹息了一声:“完了,到了剑桥大学啥也看不到了。”

“放心,一会儿肯定艳阳高照,英国的天气就是这样,像娃娃的脸,说变就变。这两天你尽可以放心,都是晴空万里,艳阳高照。”

果然,不到十分钟,太阳又灿灿地露出头来,田野里大片的油菜花盛开着,公路上没有一个人,车也好半天才有一辆。李晓音刚开始有些害怕,后来看到成片的起伏不一的牧场、遍地的牛羊,就渐渐忘了恐惧。

陈导说:“咱们先到剑桥大学,然后直奔约克郡的勃朗特故居。”

走上徐志摩笔下的康桥,李晓音望着宁静而清澈的湖水,心想:如果有来生,如果让我选择自己的生活,我就在剑桥结婚,坐着古老的马车,在教堂举行婚礼,请大家在果园就餐,跟着心爱的他,像简·奥斯汀笔下的女主人公一样,跳舞、参加宴会、看演出、旅行,过浪漫的生活。

桥边,一块白色的石头上刻着徐志摩的诗,诗句看得不太分明。这所著名大学能为这位中国诗人立碑,可见旁听生徐志摩在剑桥人心中的分量。

李晓音本想划船,来得太早,河上只飘着几只平底船,并无人影,只好放弃。

三一学院是剑桥大学最有名的学院之一,著名诗人拜伦就毕业于三一学院。三一学院桥、纳维尔庭院、牛顿吃过饭的小楼、徐志摩住的宿舍、拜伦划过船的河,他们都走了一遍。李晓音后来给林诗诗说:“姐,在英国那几天,我好像在做梦,恍惚得很。你要在就好了。”

“走,我们到果园去转转。”

果园在剑河上游的一个小村落里,绿木葱茏,阳光明艳,晒得人慵懒惬意;成片的花长在游人经过的路边。果园正中有成双成对的躺椅,温馨可人。她挑了一把绿色帆布椅子坐在桃树下,望着满树青桃,说:“果子成熟时,真的会掉入茶杯中吗?”

陈导老实地回答:“没有见过,我只听说果子落得满地都是,主人会放到筐里,任游人品尝。”

“如果能在英国待一个月就好了,我将会写出最美的文章。”

“我被你热爱艺术的心打动了。要不,下午到勃朗特故居后,住一晚?明天我带着你去简·奥斯汀的故居,顺便去她写作《傲慢与偏见》的小城巴斯,那儿有她笔下的舞池,还有她笔下采草莓的园子,不少游客还真的去摘草莓呢。以浴场出名的巴斯是西欧最优雅的小城。”

李晓音眼前浮现出穿长裙的少女少妇们,戴着大帽子,胳膊上挽着各色篮子,在庄园里采草莓,坐在树荫下,喝着酒,唱着歌,跳着舞。

“路很远吧,买门票方便不?”李晓音试探地问。

“剑桥大学在英国的东面,约克郡和湖区在英国的西北部,简的故居在南边。”

“需要多少英镑?我回去给你,现在身上只有零花钱。”她多了个心眼儿,暗示对方不要在自己身上打主意。

“钱不成问题。”

还不成问题?傻子才这么想,英国物价这么高,口是心非。李晓音想到这里,便说:“领导给我批假,咱们就去,我再给你二百英镑。领导不同意,咱们按原计划返回。”

“你来一趟不容易,这是每一个文学爱好者的必去之地。湖区被美国《国家地理》杂志评为世界上五十个必去的地方之一。”

“我知道,简·奥斯汀在她的小说里就多次提到要带女主人公去湖区,结果一直没去成!”李晓音当然想去了。

勃朗特姐妹故居在村子西南方向的广袤的原野上,是全村的最高点。看着房间的摆设，李晓音好似走进了历史，分外亲切。

走出故居，乌云遮住了天空，微微细雨似乎是上天在为三姐妹的早逝而悲哀。故居不远处，就是教堂、坟地和荒原。李晓音沿着屋后的小路穿越原野，听说可通往沼泽地。一大片一大片黑岩石构成的斜坡上，长满了一片片旺盛的石楠花。李晓音坐在荒原上，思绪拉回到几百年前，狂风不断，大雪封路。手摸着荒原上的石楠花，她心里很痛，恨不能马上翻阅《呼啸山庄》，守候着那份荒凉。

"还去巴斯吗？"

"我现在就给于副总打电话。"

李晓音现学现卖地给于副总讲述她想去的地方的迷人之处。

于副总说："咱们明天白天参观城区，晚上到机场。"

"我想再去看看写《傲慢与偏见》的简·奥斯汀的故居。"

于副总答非所问："今天玩得如何？"

"我正要向你汇报呢，非常棒，我拍的照片可漂亮了。我见到了徐志摩笔下的剑桥、勃朗特姐妹笔下的石楠花、成片的荒原，太震撼了。于副总，我能否再请一天假，明天晚上直达机场？我还想去巴斯。我的东西都收拾好了，让我同屋的人帮着拿到车上。"说到这里，她走远一些，确保陈导听不见，低声说，"我保证我不会给任何人讲自己的真实身份，以一名老党员的标准严格要求自己。"

于副总向身边的刘导询问简·奥斯汀的故居有多远。刘导说一天可以返回。

话说到这个份上了，于副总态度很是严厉："晓音，明天晚上九点的飞机，你知道飞机票我们来时就订好的，你的东西我们帮你带上，明天你直奔机场。你要牢记你的身份，别辜负组织的信任，我可为你担着巨大的风险。"

"于副总，我肯定按时赶到，请您放心。"

到达巴斯时，已经是中午。巴斯城名意为"沐浴"。皇家新月楼旁，道路与房屋都排列成新月弧形，优美的曲线让李晓音陶醉。陈导说这条街道被誉为英国最高贵的街道。

根据简·奥斯汀小说改编的电影《劝导》结尾就是在新月楼前拍摄的，一个男女主人公长长的接吻镜头。

在简·奥斯汀来之前，巴斯这个花花世界已经歌舞升平了二百余年。在性情欢乐如班纳特太太的小城巴斯，奥斯汀一住就是五年。在这里，她完成了两部小说。

“可惜，我不能转完美丽的英伦，以后估计也难再来。”

“为什么？现在机票并不贵，按你的生活标准，完全承担得起。欧洲许多地方都可以来，巴黎、罗马、佛罗伦萨、维也纳、威尼斯、戛纳，你一定喜欢，五国九日游、八国十三日游、十国十六日游，最多不超八百英镑。作家只有走万里路，才能写出好作品。”

“反正我再也来不了啦。”李晓音说，“对了，在那场著名的舞会，骄傲的贵族达西先生遇见了美丽的中产阶级小姐，并由此引出傲慢与偏见的事端。达西与伊丽莎白邂逅的这场舞会一定发生在美丽而浪漫的巴斯。可惜，简没有在舞会上遇到自己的心上人，才在笔下寄托了自己的愿望。这样的舞会还有吗？听说简迷恋上了这里美妙的音乐会、绚烂的烟火和玩不够的舞会。”

“当然有舞会了，无论是《魂断蓝桥》还是《劝导》《傲慢与偏见》，都离不了舞会。”

“《魂断蓝桥》里烛光俱乐部那场有名的舞会，真让人忘不了。每一声部逐一演奏完毕，蜡烛一只只熄灭，亏艺术家能创造出这样的细节，太经典了。”

陈导一笑，看了看表，说：“现在四点，还有时间，我带你去一个地方，给你英伦之行画一个完美的句号。”

他们来到一栋外表看起来很普通的建筑前，倒是有不少人进进出出。

刚进大门，一个身着十九世纪服装的侍者把他们领入内室。李晓音还没反应过来，一个侍女模样的人走上前来，示意李晓音跟她走。李晓音惊恐地望了望陈导，陈导神秘地说去了就知道了。

侍女把她领进了一个可供一人泡澡的温泉室，不大，但很温馨，湖蓝的水面撒着一片片玫瑰。她泡了一会儿澡，侍女拿着一次性卫生衣让她换上。衣服质地很好，如轻纱，她感觉自己像公主，不，像贵妇。侍女把她领进女装部，比画了半天，李晓音以为要她买衣服，一直摇头。侍女又给她比画半天，她方明白，只是换衣服去跳舞。谁不喜欢穿漂亮的衣服？从衣服到帽子、鞋子、首饰，一应俱全。

进入大厅，成群的青年男女在跳舞，男士穿着军装，女士全穿晚礼服，跟简·奥斯汀笔下一模一样。浸沉在温暖、欢乐的氛围中，对对舞伴婆娑起舞，一会儿回旋着跳华尔兹，一会儿摇曳着跳探戈，乐队好像用甜蜜、靡靡、哀艳的舞曲，央求着人们尽情地放松自己，尽情地谈情说爱。

厚厚的地毯，壁炉里炉火融融，温暖如春，大厅里不时响起绫罗绸缎碰撞的窸窸窣窣声，一面面镜子映出袒胸露背的名媛、淑女，富丽堂皇的大厅，吧台还有点心、水果和美酒。

多像简·奥斯汀笔下的世界呀。

"你怎么不去换衣服跳一曲？"陈导很惊奇。

"我怕时间来不及，走，赶紧去机场。"

他们提前四个小时赶到了机场。她多付了陈导五英镑，陈导拒绝了，说："我不是为了钱。说实话，我被你痴迷英国文学的精神打动了。"

她给亲朋好友带了巧克力、香水，大家都说一般般。李晓音说："英文咱也不会说，也看不懂，导游带我们买的，我跟着大家，哪个东西买的人多，我就多买了些。"

李晓音把伦敦之旅讲给秦小昂。秦小昂说："如果我没猜错，那个于副总以后不会信任你了。"

"为什么？不会吧？"

"等着瞧吧。你真笨死了，多好的与领导相处的机会，你不但没处好，反倒惹麻烦了。李晓音呀李晓音，我怎么说你呢？"

李晓音琢磨了好久，难道自己又错了？

第二十二章　重做编辑

1

端午放假，秦小昂给李晓音打电话，说她在郊区买了大别墅，让李晓音约着林诗诗一起去看。秦小昂几乎把北京郊区的房源看遍了，终于选定。

房子在西六环边上，独栋，真是气派，前有草坪，后有小湖，绿树成荫，好多树李晓音只听过名字，她一一辨认着：白蜡树、构树、栾树、枫树。

“后面还有片四五亩大的果园，咱们去瞧瞧。”

秦小昂带她们来到果园。李子青青的，挂在枝头，杏子已黄了，不少落在了地上。旁边田野上开着一片紫色的小花。李晓音跑过去细细一瞧，竟然是老家常见的苜蓿。

“这地方美吧？春天更是美得撩人，姹紫嫣红。到时，咱们在树下摆张桌子，喝着茶，吃着点心，享受一次英式茶会。”秦小昂得意地说。

“好呀好呀，我赞成。”李晓音边看边赞。

“可是这儿环境不好，你看看，飞蝇密密麻麻的。”林诗诗挥着手说着，远没有李晓音那么高兴，看什么都淡淡的。

秦小昂很不舒服，也不主动跟林诗诗说话，只不停地给朋友分享她的幸福。

别墅共四层。地下有影厅，放着两排皮沙发。乒乓球室挺大，球拍落满了尘土。一层是客厅，落地窗正对着外面的花园，拐角是厨房，里间是中式灶台，外间是西式开放厨房。二层是客卧和主卧，三层是书房。装修得典雅简洁，生活用品一概齐全。

李晓音羡慕道："秦小昂呀，你过的简直是神仙日子。"

秦小昂却幽幽地说："这么大一套房子，就我一个人，丈夫工作忙，很少回家，女儿在国外读书。一个人住这儿上下班不方便，等退休以后再搬来颐养天年吧。"

林诗诗淡然地说："看来幸福有多种理解了。"

秦小昂看了林诗诗一眼。她俩因李晓音也偶有联系，但没有深交。林诗诗认为秦小昂太精，不宜深交。

丈夫那么有钱，但秦小昂好像越来越没了少女时期的大方。三人出来，秦小昂说她请客，选了附近的小饭馆。秦小昂要了两盘凉菜，一盘拍黄瓜，一盘凉拌木耳，说："咱们要三碗不一样的面，油泼面、臊子面、酸汤面，再来两个肉夹馍好不好？离开秦城，我念念不忘的还是这些面食。"

"今天是芒种，正是老家割麦的时候。收麦时，学校会放假，我在家里的深疙瘩山里割过麦，下到沟里，顶着烈日，腰都直不起来。割了麦，从沟底往塬上拉，更让人害怕。往架子车上装麦捆，我爹最有经验，装得要多，麦捆还不能掉下去，又要让麦穗靠里，这样麦粒才不会落到外面。他装得越满，我们上山就越累。回去的路一边是山，一边是沟，爹驾着车辕，我在旁边拉着绳子，每上一步，脚就死死抠着地，稍一松劲，车和人会一起掉进沟里。"

"晓音真不容易。"林诗诗笑着说。

秦小昂让服务员再来三个空碗，她要把三份面分给大家。按她的话说，这既经济又实惠。林诗诗吃了几口就放下了筷子。

回家后，林诗诗说她再也不参加秦小昂的任何聚会了，这样吃饭好丢面子。

李晓音说："秦小昂说钱再多，也是血汗钱。她丈夫比她大十几岁，好多事得提前预备着；女儿在美国，花销很大。"

2

儿子上军校多半年了，李晓音放心不下，给儿子打电话，问儿子好着不，儿子说好着呢，还忙着，就挂了电话。他在学校到底怎么样，李晓音很是担心。想起上次写信，好像效果更好，便在电脑前给儿子写起了信：

儿子：

每次看见你的短信，或者接到你的电话，就像看着一棵小树一天天地长大，一天天地发芽开花，欣喜之情无以言表。

收到你发来的稿子了，我跟你爸反复看了好几遍，你对心理的把握和对拉练的细微感受写得比较具体，比如第一次领到四百元津贴的喜悦都非常真实生动。写作其实就是这样，把你感受到的、别人没写出的体验写出来，就成功了一半。你基本上听了我关于写作要具象化、细节化的叮咛，我很高兴。你的起点不错，我对你以后的创作抱有足够的信心。

当然，稿子离真正的文学作品还有距离，比如重复，有记流水账之嫌，我删了几处重复或无关的地方，结尾提升了一下主题，已给相关报纸杂志做了推荐。你跟原文对照一下，就知道我为什么那么改了。当然，你是在写一封家信，语言有些随意，还有过多的修饰，反倒失去了原味。

你的信中洋溢着一种难能可贵的乐观精神。不吃苦怎么能领略成功后的喜悦？

你承认别人的优秀，更让我感觉你真的长大了。只有懂得欣赏别人，才能找到自己的不足，取得更大的进步。人就怕盲目的自负，只见树木，不见森林。我为什么鼓励你出去旅游？就是想让你知道，世界很大，一个人无论多么厉害，在大自然面前，在众人面前，都很渺小。只有以海纳百川的胸怀，团结人、依靠人，才能干成大事。要容人、容事、容万物。你大舅常说，心中能装多少事，才能干多大的事。这话非常正确。看别人的长处，补自己的不足，这样才能在社会上立足，才能让自己变得强大，才能拥有更多的朋友。我这点做得不好，年龄大了才懂，可惜改正的机会不多了。你人生的路才刚刚开始，要牢记。

我为什么给你取名"晖"？当时想了许多名字，比如"昊""旻""嘉"，"昊"是广大无边，"旻"是天空，"嘉"是美好。你出生一个月，你爸催着报户口，我才决定给你取名为"晖"。"晖"是阳光，引申义是光辉，妈妈希望你建立一番伟业。

你说看到学校的电视台、报纸，感觉很专业，很震撼。你想想，你从全市、全省，再从全军的角度看，有军报，有各兵种报，还有《军人生活》《昆仑文学》等；从全国看，有《人民日报》《光明日报》等；文学类的，其他门类的，更是成千上万种。天地很广阔，你要学的东西很多。读书、看报、看新闻，这是新闻系学生首先要做到的。你看多了，才会懂得新闻是什么，怎么去写。

我每天很忙，但还是愿意用好多时间与你交流，就是想让你吸取我的教训，我走过的弯路你就不要走了，希望你走得更快一些，成长得更优秀一些。

其他就不啰唆了，家里一切都好，你只管放心读书，钱花得合理就行，吃好，学好。利用学校图书馆多读书，读经典作品，坚持日记。如果热爱写作，就要坚持下去。

保护好自己，德、智、体全面发展，无论身体还是言行，都要注意。我们不在你身边，一切靠你自己了。各种能力得慢慢去培养，脚踏实地，一步步地走稳，走扎实。外出注意安全，讲究卫生，养成好的生活习惯。

3

李晓音一般不熬夜，晚上十点准时上床，看一会儿书，最迟十一点睡觉。一天晚上，她睡得正香，突然座机响了。

她吓了一跳，一看表，凌晨三点。是秦小昂。李晓音听了半天，才明白了原委。

秦小昂边哭边说："最近老彭老在外面见跟前妻生的儿子，我还发现他跟前妻也有来往。晓音，我的担心不是多余的，看看他的体检报告，我真害怕，他一旦没了，我跟女儿怎么办？"

李晓音揉揉发涩的眼睛，劝道："小昂，老彭跟你结婚时就有儿子，你是知道的，那肯定会跟前妻联系，过去的生活不可能割断。你总不能不让他跟儿子联系，情理不通。"

"可是他不能瞒着我呀！"

"人家父子当着你的面见，你肯定不高兴。你干脆把他儿子叫到家里，让他俩光明正大的来往，不就结了？"

李晓音车轱辘话说了半小时，秦小昂仍想不通，责怪丈夫。李晓音说单位最近特别忙，让她先冷静冷静，跟丈夫好好沟通，然后说："小昂，我可能当不了副主编了。"

秦小昂一点也不吃惊："记得我说过的吗？那次英国之行，肯定是于副总对你有了看法。"

李晓音强调："两个部门合并，我是最年轻的副主编，当然得做出牺牲。"

秦小昂声调高了："你总是这么傻，别人把你卖了你还帮着数钱呢！"

李晓音伤心好朋友不理解她，便说："四点了，眯会儿吧。"

关系到每个人的整编终于落到了自己头上。李晓音所在部门跟另一个部门合成一个编辑部。她这个副主编,要么平调到别的部门,要么在本部门当编辑。组织让她选择。

李晓音给大哥诉说了自己的委屈，最后肯定地说:“一定是主编的主意。”

大哥说:“遇到事，你得客观冷静地分析前因后果。主编要是对你有意见,还同意你出国?回国后,你跟他有过沟通吗?要从问题的根子上找原因,如果认为自己没错,那免职就没错,证明你还不具备当领导的才能。你这个副主编跟主编都搞不好关系，怎么配合工作？当然得免了。”

原以为大哥至少会安慰她,没想到又挨了一顿训,李晓音很难过,又打电话给大姑子。林诗诗倒干脆,说:“既然无法挽回,就不要再纠结此事了,往前看,谁也不知道明天会发生什么。”

“下去容易上去难,姐,能不能让姐夫想想办法?他是首长秘书。我的能力,姐是知道的,绝对不是我干得不好,是编制缩减。”李晓音恳切地说。

林诗诗答应找张贵君说说。

李晓音一天也没精神。

晚上张贵君打来了电话，让李晓音心里一热。他说现在部队抓廉政、正作风,让李晓音正确对待。李晓音眼泪潸潸,一句话也说不出了。

张贵君好像看到了她的眼泪,语气和缓了:“晓音呀,我感觉你们领导对你的工作还是认可的,否则他们不会再考虑调整你的工作。为了军队改革,我们必须做出牺牲。我的意见是,你先去别的部门过渡一下。”

“姐夫,可别的部门我不喜欢,业务不熟,去了底气不足,不利于开展工作。不是我舍不得这个职位,关键是面子过不去,别人还以为我犯什么错误了,这让我难以接受。姐夫,假若你是我,你会怎么办?”李晓音喜欢跟姐夫交流,他总是耐心地听完她的话,然后帮她分析。

“人生有得有失,你换了部门,职务是保住了,但一切要从头再来,关键你心里不舒畅；不去，虽然没了职务，但工作熟悉，底气足，从人缘到业务，无人能超过你。干部政策，能上能下，说不定以后还有机会。得失你认真衡量，自己经过深思熟虑后再选择，不会后悔。”

“谢谢姐夫，我明白了。”

第二天，她找到主编，说她服从组织安排。

下午，于副总找她谈话：“晓音，到其他部门去过渡一下，组织还是认可你的工作的。”

李晓音心里有了些许安慰，说：“于副总，其他部门我都不愿意去。干自己喜欢的，才能干好。”

于副总沉吟片刻，说：“你们秦人真有性格，好吧，以后还有机会。”

“听说又一轮干部代职开始了，我想报名，扎实当一年兵，组一批真正能反映基层官兵心声的稿子。”

“晓音呀，你有这样的想法我很高兴。不过，你现在副师职了，职务太高，又是女同志，下部队不太方便。”

李晓音后悔那时没有听大哥的话在师里多待几年，对部队生活了解得很不够，特别是写东西，感觉写不透。

当自己的名字从刊物主编栏里去掉改为编辑时，沮丧可想而知。有人打来电话安慰，有人不咸不淡；一些同事当面还叫她主编，背地里窃窃私语。她心里难受，不愿跟大家一起去吃饭。过去熟悉的作者因为她不当副主编了，纷纷把稿子给了主编。她很是失落。

秦小昂给她出主意：“你二哥不是在南方高校当书记嘛，调到那里去多好。那可是改革开放的最前沿。”

“我二哥退了好几年了。”

“你真笨呀，人退了，余威还在，办此事，小事一桩。”军干家庭出身的秦小昂比李晓音清楚。

南方是李晓音一生的向往之地，木棉花、凤凰木、蓝花楹、三角梅，那些美丽的植物跟它们的名字一样，激起了她心灵深处潜藏的浪漫情怀。

她犹豫良久，给二哥打电话。二哥一口就回绝了:“你对地方工作都不熟悉,跑来干啥? 再说,搞文学肯定是北京好了。好好穿军装吧,地方工作比部队复杂多了。”

她并没有想离开军队。每每低落时,看到军装,一次次打消了离开的念头。大哥干到了退休,二哥要不是服从命令脱军装,也舍不得离开部队。二哥告别军旗那晚的醉酒,李晓音感同身受。

午休,李晓音在办公室看了一会儿书,不觉间睡着了。忽然有人通知她去干休所工作,而且要脱掉军装,在八人一间的窑洞上班。窑顶裂着两条缝,用一个木柱撑着,一只发黑的锅放在桌上。

这梦吓醒了她。

此后她干劲上来了,仍积极地编稿、约稿。胡主编不但大量地编发她组的稿子,还把编辑部的业务工作交给她,让她大胆负责。退休了的周老师来编辑部办事,说:“晓音,你是好样的。一个人只要沉下心来,一定能干成事。”

“谢谢周老师。”

第二十三章　维多利亚港飘扬的军旗

1

香港回归二十周年，社里要派人去驻香港部队采访，编辑们纷纷找领导，听说徐编辑还抱着自己编的书、刊物，把社长堵在办公室。

有人建议全社投票，说现在凡事讲民主，晋职称投票，评先进投票，那么去香港也应该投票。有人说投票也不是万能的，有的人拉票，这股歪风必须堵住。

形形色色的话，李晓音听了一笑了之，仍然安心工作。

有一天，胡主编叫她去他办公室。刚进去，胡主编就问："晓音，去驻港部队采访，你觉得咱们杂志谁合适？"

李晓音没想过这个问题，思索片刻说："只要把采访任务完成好，派谁去都可以。"

胡主编站了起来，走到窗前，背对着李晓音，说："大家都想去，但我决定派你去，如何？"

"我……"李晓音一时不知说什么好。

"说实话，到办公室找我的、打电话的，不少，但我要在编辑部树立一个原则：送礼走后门没用，只有一心扑在工作上的人，组织才会想着他。你被免了副主编职务，仍然以饱满的激情投入到工作之中，发稿最多，质量上乘。我决定派你去，以资奖励。上次英国之行，于副总表扬你，说总署领导对你评价也很高，这是我们《军人生活》的骄傲。”

“谢谢胡主编，我热爱咱们杂志，这次去采访，会策划出最好的稿子，不辜负组织的信任。”

出行确定后，李晓音兴奋地给爱人打电话，没接。她又告诉了秦小昂。

“这叫补偿。把你的副主编拿掉了，你们主编还要靠你干活儿，只好出此策略。”秦小昂说。

“小昂，你为什么老要从最坏的方面考虑？”

“按最坏的打算，好了当然更好。我是一个悲观主义者，就是这么考虑的。”

林特特回电话，说刚才开会，一听李晓音要去驻香港部队采访，高兴地说：“老婆，二十年前，香港回归时，我就预言过你有机会去香港的，你看，让我说准了吧。你可是代表咱们一家三口去的，把你看到的、听到的写下来。老婆，我为你自豪。敬礼！”

“还老婆老婆地没完了，怎么一到部队就这么土气？”

林特特更得意了：“你李晓音再厉害，也只属于我林特特。哈哈！到香港别乱跑，遵守纪律，多看多写，把采访任务完成好。”

2

李晓音刚从香港回到家，秦小昂的电话就打来了，问她此次感觉怎么样。

李晓音说：“明天咱们聚聚，我详细告诉你。”

秦小昂说：“这样，咱们先做个皮肤护理，我再请你吃饭。好长时间没见面了，有一肚子苦水要倒给你听。”

两人在蓝色港湾水边的太阳伞下，吃着饭，喝着茶，看着朝阳公园漂亮的白楼和如海般的大湖，很是惬意。

“怎么了？要倒苦水，又跟你们家老板吵架了？”李晓音笑着问。

“不提他。快，说说香港怎么样？越详细越好，我什么都想知道。”秦小昂给李晓音添了茶，迫不及待地问。

“一会儿再说。”李晓音小声说。

秦小昂看了一下四周，还有两桌男女在吃饭，便又说了些闲话。

下午三点多，水边餐厅就她俩了，李晓音才谨慎地说：“小昂呀，我刚给林特特和我大姑子讲了，我再细细给你讲一番。香港特别美，站在部队招待所的平台上，就可看到美丽的维多利亚港。润蓝色的天空，海天交接处是一片片摩天大楼，它们穿插在云彩里，海市蜃楼般，把天和海做了一个巧妙的隔断。葳蕤的绿树和我一起，仰望着天、海。高楼挺拔而妩媚，说它妩媚，是因为它们都有着修长的身材，远看不足一指宽。

“我们住在海军部队营区，有着长长的海岸线，马路两边是一排排棕榈树、鸡蛋花树，尽头是一栋灰色城堡式的建筑，亮蓝色的拱形小门，灰蓝的五层台阶。走在咱们的军营里，我感觉我的步子都跟以往不一样了。”

“驻港部队也就是个军级单位，竟然陆、海、空军都有，而且装备都很先进。”秦小昂说。

“那当然，最先采访的就是咱们海军。还未登上惠州舰，一面海军军旗映入眼帘。在摇摇晃晃的船舱，我看到高个儿炊事班班长正在准备晚餐，盆里放着几只焦黄的烤鸭，空气里散发着洗洁精的味道和大海的腥味。下到底舱，机油味冲鼻，机器轰鸣。我大声问一位列兵是否习惯此响声，他一笑，反问我陆军能不能适应车水马龙。他让我去甲板上闻大海的味道。我说还用闻吗，大海是咸的。他摇了摇头说，他跟他女朋友说，大海是她最爱吃的草莓冰淇淋的味道。忽然大家都急着往外走，我也跟了出去，原来是临检拿捕课目训练演示开始了。惊涛中，船的晃动更加厉害，我赶紧扶住桅杆。一艘快艇忽从舰旁落到海面，接着跳下四个持枪的海军战士，直奔前面不远处的民船检查。

“惠州舰的入列，实现了驻军海军部队由艇到舰的历史性跨越，攻击半径比以往跃升了五倍，不仅增强了驻军在香港海域的防卫作战能力，各项使命任务的顺利完成也进一步得到了保证。

“随后我们在航空兵团采访了几位特级飞行员。在六月的烈日下，我们观看了特种连官兵的穿越火圈障碍、雨中合力扛举原木、攀登、泅渡、射击、格斗等演练，泥水与阳光中，张张油彩密布的脸英气逼人。

“最吸引我的是女子特战排。她们的训练内容与男兵一样，敢挑战极限。最初，女兵们穿着十几斤重的防弹衣，别说做动作，就连行动都十分困难。她们持之以恒地训练，而且主动加码，练体能，增力量，走路都在兜里揣几块砖头。综合战术演练中，身着防弹衣、伪装服的女兵和男兵一道，敏捷穿插，精准狙击，观摩台上无人能辨雌雄。

“攀登高墙、开碑裂石、飞车擒敌、百步穿杨……三寸厚的砖块一掌就能劈断，十多米高的楼房二十多秒就能登顶。在一次狙击手等级考核中，一女兵负重三十多公斤，伪装潜伏在草丛中，当目标靶出现在视线内时，她果断开枪，枪响靶落，成绩为十一环。”

“十一环？”秦小昂睁大了眼睛。

“这也是我的疑问。女子特战排排长解释说，原来女子特战排射击精确度与一般射击要求不一样，她们将靶纸每一环等分为四个同心圆，将报靶精度提高到零点二五环，甚至在靶心增加一个与标准弹直径相同的圆，作为十一环。

“我还采访了步兵某旅，他们的营区是唯一没有大门的营区。驻军医院绿树成荫，医院现代化设备齐全，平台上医护人员正在训练直升机救护，周围是鳞次栉比的高楼。”

“听说香港管理特严？”秦小昂问。

有人坐在她们旁边的椅子上照相，李晓音没回答。

等那两个游客走了，李晓音才继续说：“在采访中，我得知，为了遵守香港噪音管理的相关制度，尊重市民晚睡晚起的生活习惯，咱们驻香港部队取消了军号和呼号。空军飞行训练时，都避开市民休息时间，跳过较大的居民区。为了减少噪音对市民的干扰，飞行高度提高了一百五十米。香港新田地区路窄弯多，经常会遇到野狗、野鸟挡路。在这条路上开车，驾驶员必须多长个心眼儿，把车速降下来，时刻保持警惕。此地行驶时，车速降到了五码左右。

“我们去位于赤柱的通信站采访。司机水平真是高，路段斜度介于四至二十一度之间，高楼巨厦丛林看着像在倒着走，右边有大海，山上是一片高档住宅区。”

秦小昂双手托着腮，专注地听着，这更激起了李晓音的倾诉欲。

“小昂呀，你不是喜欢张爱玲吗？香港是张爱玲文学活动的重要地域之一。一九三九年，欧洲战争爆发，张爱玲放弃入学伦敦大学，改赴香港大学，一九四二年初因香港沦陷返回上海。她在《茉莉香片》《倾城之恋》《心经》《封锁》《琉璃瓦》等小说中，写了不少关于香港的传奇。《倾城之恋》中，范柳原跟白流苏讲的野火花，就是凤凰木，你看看，造型多像凤凰展翅。”李晓音说着，打开手机，让秦小昂看她拍的花，还有维多利亚港。

秦小昂仔细看完，说：“真长见识了，晓音，快讲。”

“还有女作家萧红，病逝于香港，一半骨灰葬于浅水湾。车过浅水湾时，我的胸口疼了一下。

“此时的浅水湾依山傍海，天蓝云白，水清沙细，滩床宽阔，泳装缤纷。从浅水湾到赤柱坐车大概十分钟。赤柱是港岛南端一个景色秀丽的小镇，位于浅水湾的东面，石澳的西面，是香港著名的旅游胜地。殖民时期，赤柱曾是英军的一个军事据点，也曾是香港岛的行政中心。现在咱们驻港部队的通信站，就在三面环海的赤柱小岛上，昔日的古炮台宁静而平和，飘扬的五星红旗让人倍感欣慰。

“采访的五天里，我们每天都上军舰，进训练场，去驻军医院、哨所、航空团、步兵旅。这是我采访过的军种最全的部队。五天里，我们都在烈日下，为官兵们的故事而震撼，更为香港回归二十年来的腾飞而激动。

“走在大街上，一草一木熟稔而陌生。旺角、铜锣湾、尖沙咀等许多地名都是我从张爱玲、亦舒等人的小说里，从香港电影里了解到的。我站在弥敦道，对面的大楼挂着一块巨大的广告牌，街上行人穿梭不息，广告牌下是大楼的名字：重庆大厦。大厦门口站着很多印度人，黑黝黝的皮肤似乎能反射霓虹的灯光，有的头顶裹着头巾，使我想起了电影《重庆森林》里的人物。晃动的镜头和急促的步伐，加上黝黑的脸庞和诡异的头巾，构成一幅令人难忘的画面。此时，人流仍然如织，可我心里是宁静的，因为不远处即是我们的驻军大楼。

“从星光大道远眺港岛，可以看到一座倒酒瓶形状的建筑，那就是咱们驻香港部队大厦。大厦所在的营区，即为驻港部队中环军营。这里是香港的军事地标，听说也是世界上最贵的营区。能在中环军营工作，是所有驻港军人的梦想。

“小昂，你猜，去驻港部队工作的官兵需要什么条件？”李晓音突然停止了讲述，问道。

“肯定各方面都要优秀了。”

“这是一方面。凡是轮换进港的官兵，踏上香港土地前，都要参加相关法律法规考试，考核成绩优秀，才能取得进港资格。二十年来，驻香港部队一言一行都受法律约束，一举一动都被媒体关注。每年部队组织轮换，驻军都提前刊登公告，时间选择在市民熟睡后的凌晨；驻军人员出入边境，严格履行出入境手续和程序，并在港内港外设立安检站，所有过关人员、车辆及携带物品严格检查，从将军到士兵无一例外。我们这次的采访团，经过了四道手续才进岛。”

“晓音，你没去街上逛逛？香港可是全球最富裕、经济最发达和生活水准最高的地区之一，有国际大都市、东方之珠、美食和购物天堂之称。”

“我就知道你肯定要问这个。采访结束的那天晚上，同行人都去逛街了。我再三思索，把这宝贵的时间留给了香港大学。”

“我知道你有逛名校瘾，这次肯定不会错过。”

“现在城市的商场、公园越来越像，但是大学，特别是那些有百年历史的名校，就不一样了，如武汉大学、厦门大学、南京大学等，我真想永远生活在那里。香港大学是张爱玲的母校，我当然要去了。从素朴的大门进去，沿山路走不远，就是香港大学历史最悠久的建筑——本部大楼。本部大楼也是文学院的大本营，张爱玲就曾在此读书。文艺复兴时期的建筑风格，红色砖墙、白色立柱、拱门拱窗，看起来宛如一座欧洲教堂。走廊花砖铺地，楼梯修长，窗外芭蕉直逼蓝天。我在天井花园静坐了两个小时，想象张爱玲曾在哪里读书，又在哪里跟那个给她最高分的老师话别；想象她在战机轰鸣的夜晚，铺着杂志、盖着报纸入睡；又想，如果没有战火，她如期去了英国读书，人生会是什么样子。

“校园学生很少，车道与人行道两不干扰。人行道一直通到山上，站在半山就能望见远处的大海。风景都是相似的，不同的是人。有人说，喜欢一个地方，只因为有熟人，还有美食，吃是次要，人才是关键。我迷恋港大，因为这是张爱玲的母校。坐在四处都是绿植的校园，观赏一张张年轻的笑脸，在我也是一种愉悦。

“夜黑尽了，望着来来往往的人流，一阵恐慌涌上心头，驻军宣传处干事临别时交代我，如有急事打电话，咱部队就在隔壁。我出了校门，东西南北不辨。凭直觉朝右走，穿过文学院大门，忽看到‘军事禁区’四字，心里一热，果然就是咱部队。那时，我心里特别安宁，特别幸福，为成为一名中国军人而自豪。我想起了那首著名的歌：小河弯弯向南流，流到香江去看一看，东方之珠，我的爱人……小昂，你听着吗？”

李晓音发现秦小昂频频地看手机，便问：“你怎么了？对了，你说你有事想向我倾诉，快说。”

秦小昂长长地叹息了一声：“我家老彭昨晚没回来，说在谈生意。我刚打电话，没人接，发短信也不回，肯定又去见他前妻或儿子了。我怕他转移家产。”

“你放心，结婚后财产为夫妻共有，法律是有明文规定的。”

“万一他隐瞒了呢？万一他事先就给了他前妻和儿子呢？我后悔死

了。当初要是选了郑光明就好了，前几天我还看到他了，他在报社当社长，一点不显老，跟他妻子逛街，可体贴了，两人过马路还牵着手。我们家那个，公司有多少钱也不告诉我，全是他的人。”秦小昂狠狠地说了一句脏话。

“你要相信他，你们一起生活二十多年了，再说，还有女儿呢。夫妻感情不能猜疑，你要让他感觉你对他是真心的，他自然会对你好呀。要让女儿经常给她爸打电话，交流感情。时间长了，石头都能捂热，更何况人。比如说，我公公过去对我好，是因为我是他儿媳。后来他生病，我去照顾他，感觉他把我当亲人了，跟林诗诗不愿意说的话也跟我说。相处时间久了，自然日久生情，人心换人心，这话放之四海皆准。你看，这么美的景，花是人种的，桌椅是人擦的，还有咱们喝的茶，也是茶农种的呀，不付出怎么能得到？我说的是心灵鸡汤，但在生活中，还是需要这种东西的。”

“我女儿也不听我的话，好了好了，越说越烦。我得回去了。”

秦小昂一直思索李晓音说话，半路给爱人买了一堆他爱吃的东西，回到家，发现灯亮着。老彭破天荒这么早在家，看秦小昂回来，递给她一束玫瑰。

“为什么不接我电话？”

“今天开会，关机，忘了开。老婆，对不起呀。”老彭摸了摸她的脸，说，“别生气了，生气容易老。”

秦小昂不能确定真假，又不能发火，叹息了一声。老彭问怎么了，她说：“你说，李晓音怎么总遇到好事呢？”

“人家努力嘛，哪像你，吃不得苦，耐不得寂寞，整天就想养老。再说，她是你的好朋友，你要为她高兴。”

“睡吧。”秦小昂关了灯，却一宿没睡着。

跟秦小昂分手后，李晓音马上给爱人打电话。林特特问：“怎么了，有事？”

“想你了。我突然觉得让你调到外地，是个错误的决定。”李晓音喃喃自语。

“怎么忽然这么肉麻？忙过这阵子，我就休假。你别熬夜。”

“特特，从香港回来后，我真的特想你。我想了好多，再繁华再富丽，也比不上拥有一颗真心，比不上爱人在身边的感觉。有时我很孤独，下班后不愿待在家里。”李晓音很伤感。

“你不要扰乱军心呀，我也想你。再干几年，我就退休了，整天守着你。没事时你到姐家和大哥家转转。你不是还要写作读书吗？我有空会给你打电话。你不知道这里有多忙。”

“还要视频。你瘦了没？”

“我胖了，部队很忙，躺下就能睡着。有人来了，有空再跟你聊。”

李晓音好一阵失落。

第二十四章　女记者

1

三月底，好久没有联系的大学同学田心怡突然给李晓音打电话，说看了最新的《军人生活》，深受启发。最近她们医院与友邻部队联合搞军事演练，邀请媒体记者观摩采访，老同学三十年没有见了，还挺想念，如果有空，欢迎来指导工作。李晓音正想策划“强军现在时”专题，马上联系秦小昂和柳宛如。没想到，两位女同学都说好久没过兵的生活了，去！

她也邀请了刘蕾，刘蕾没听完就说：“晓音呀，谢谢你，我很想去，但是怕给你们添麻烦。你问问田心怡，我现在这样，还能去吗？”

田心怡很干脆：“刘蕾是著名军旅摄影家，她的眼伤是英雄的标志，一定要来。”随后又补充道，“告诉大家，带着军装。”

四个女同学一同出行，穿什么衣服，李晓音真是费了半天脑子，不能再像大学时白衬衣牛仔裤，随意中显清纯，那时年龄小嘛，穿什么都好看。现在近五十岁的人了，再那样打扮就不合适了。久居京城，名作家加名编，穿衣打扮不可小视。时值春暖花开，去五天，至少得带五套衣服。来回乘机，穿裙子不方便，李晓音做了好几套搭配：牛仔裤配纯色真丝衬衣；白色直筒裤配圆领黄色羊绒衫，外搭海军蓝羊绒大衣；白色牛仔裤搭黑色低领羊绒衫，外搭卡其色风衣；又带了三条裙子，一条长袖碎花羊毛连衣裙，一条灰色长裙，一条卡其色半身裙；还带了一条羊绒围巾和两条丝巾，适时搭配。

正在家休假的林特特一听李晓音要出差，很不高兴："我刚回来，你又出去？"

"不就一周嘛，机会难得，现在办杂志，不下部队，闭门造车，官兵也不爱看。官兵文化素质越来越高，办得没兵味就没人看，网媒又无处不在，纸媒要跟它们抗衡就必须有深度，有现场感，还要了解官兵的需求。"

"至于带这么多衣服吗？不就是下部队嘛。"林特特又埋怨。

"看来男人永远不了解女人，众美出场，暗中较劲，这是没有硝烟的战斗。"

"女人的心思，真是一辈子都猜不出。"

"能猜出我的就行了。"

带护肤品时，李晓音有些犯愁。她多年一直用白金黑瓶套装，在机场安检时特别麻烦，体积超出规定就不让带着上飞机。她每次出差都用小瓶，可这些小瓶没标签，同学们会不会瞧不起自己呢？左思右想，面霜带了原瓶，柔肤水带了小瓶。

飞机落地，李晓音就发现三个女同学果真一个比一个打扮得有特色。刘蕾一件卡其色风衣，一条宽腿牛仔裤，脖子上仍挂着相机，一贯的浪迹天涯风。柳宛如穿着大红色的羊绒大衣和灰色西裤，白领风。秦小昂一改过去名牌打扮，一条紧身裤，外罩一件碎花长袍，有些异域风情，文艺风。自己呢，混搭。

一见田心怡，李晓音更是大吃一惊。田心怡五十五岁了，脸蛋饱满，皮肤紧致白皙，身材纤细，气质优雅从容，外罩灰白格子西装，里衬白色贴身毛衫，下着宽松西裤，走的是中性风，但颈中的碎花丝巾使她帅气中又有了女性的温婉。

同学相见，少不了一番热情寒暄。田心怡说："大家吃完饭好好休息，明天早上七点半就餐。”

“心怡，你是不是两周前去上海了？在外滩，我看到你了，叫你，你可能没听见。”秦小昂亲热地拉着田心怡的手。

田心怡一愣，抽回手，把眼前的刘海轻轻拂开，语气温柔却有力：“怎么可能？主官离开单位得上级领导批呢。”

秦小昂加重了语气：“我确实看见你了，你穿的就是这身衣服，不同的是，系一条湖蓝色丝巾。”

李晓音发现田心怡脸色变了，忙拉住秦小昂说：“先休息吧，明天还要早起呢。”

第二天，李晓音按时到了餐厅包间，田心怡跟部队领导已经到了，油条、馒头、稀饭、小菜也全部上桌，其他人一个不见。

人是李晓音招呼来的，她赶紧打电话。秦小昂还在睡懒觉，说不吃早饭了。刘蕾说她出去散步了，不要等她，正在返回的路上。柳宛如说马上下来。

“她们是军人吗？昨晚不是都通知了吗？她们到底干啥来了？逛集呀！”田心怡当即发怒。

柳宛如刚好走到门口，脸倏忽变白，退也不是，进也不是。李晓音忙拉着她坐下，给她盛了一碗稀饭。

陪同的大校笑着说：“田政委，没关系，我们等诸位老师。她们到咱们基层部队，又是飞机又是汽车，一路劳顿，可以理解。我打电话让部队汇报演练推迟一小时。”

“演练按原计划进行！”田心怡说完，又对李晓音说，“告诉她俩，八点出发，过时不候！”

饭刚吃完，刘蕾背着相机跑进包间，连声说：“对不起，对不起，小城的清晨太美了，我拍了不少好片子。”

“快坐下吃饭！”李晓音说着，拉开椅子。

部队领导忙让服务员来杯热牛奶和一碗热稀饭。田心怡阴着脸说她去外面等，跟政委小声说着话出去了。李晓音让刘蕾抓紧吃饭，她去叫秦小昂。

柳宛如出包间时，拿饭盒装了两个素包子、一个鸡蛋和一盒纯牛奶，说带给秦小昂。

秦小昂是被李晓音从床上拉起来的。“你要是迟到，我真没法交待了。”李晓音说。

“不就是看个演练吗？什么大场面我没见过？看看田心怡嚣张的样子，还没提副军就不可一世，中将、上将，哪级领导我没见过？我真想马上回京。”

“别废话，柳宛如给你打了饭，赶紧吃。这是在部队。”李晓音烦躁地说。

七点五十九分，秦小昂终于坐上了车。

“秦小昂，你怎么穿的便装？不是让大家都穿军装吗？快去换。”田心怡又发话了。

秦小昂坐着没动，李晓音把她拉下车。“要知道受这气，她田心怡就是八抬大轿请，我也不来。都怪你，要不是你请，我才不来受这份罪呢。”秦小昂边上楼边气呼呼地说。

“别，让人家部队官兵笑话咱们。给我个面子，好不好，求求你了姑奶奶。大局为重！”李晓音不停地说着好话，又是递裤子，又是拿帽子。

佩戴大校军衔的田心怡显得格外精神，既有南方女性的温润，又有军人的挺拔。相比而言，她的四个文职同学，就逊色多了。虽然都穿着军装，但是不同的肩章，好像把现役军官跟文职军人分成了两种人。文化单位的军人，文人气息浓，军人味就淡多了。同样是坐，田心怡腰板笔直，双腿靠拢，部队发的制式黑色皮鞋擦得锃亮。电视台编导柳宛如，军裤皱巴巴的，鞋子虽是黑皮鞋，但不是部队发的制式皮鞋，至少有半年没擦油了。秦小昂的一身白军装最漂亮，但胳膊上少了臂章，架着二郎腿，头扭向窗外，跟谁也不说话。李晓音下楼前，仔细照了下镜子，确信没有问题，可到车上无意中一摸领花，发现一个螺钉没了，好在还有两颗，不至于掉下来。

车直接把她们拉进了训练场。训练场远离市区,倚山而建,空旷高远,确是练兵佳地。峭壁上刷着红色大字“平时多流汗,战时少流血”,四周高墙伫立,遍地草木沙石,一眼望不到边。

秦小昂哎哟一声,高跟鞋差点崴了脚。李晓音提醒她小心脚下。田心怡回头看了一眼,眉头皱得更紧了。

陪同的政委请她们到主席台就座。主席台上搭着迷彩帆布，桌上铺的也是迷彩桌布,演练课目表、望远镜、茶杯一应俱全。主席台下,戴钢盔、着作训服的部队全副武装,列队站立。

这次是实弹演练。李晓音一听“实弹”,浑身哆嗦了一下。

她们刚落座，一个黑脸大汉跑到主席台左前方，以洪亮的声音喊道:“报告首长,演练准备就绪,是否开始？请指示！”

“开始！”田心怡的声音威严而豪迈。

此时的田心怡与之前那个江南小家碧玉判若两人。

随着指挥员一声号令，一阵轰鸣从远处响起。在逐渐消散的硝烟中,三辆迷彩装甲车冲过车辙桥,飞跃反坦克工事,高速穿越直线通路,进入桩内转弯,减速通过限制路,加速飞奔过浅滩、弯道狭长路、雷场、染毒地段,最终到达终点。

头顶又是一阵轰鸣。李晓音忙抬起头来,循声望去。四架直升机从右向左飞了过来,在训练场正中位置降落,跳下十几个穿迷彩服的陆战队员,跑步冲向正前方高台陡坡。田心怡拿着望远镜,李晓音也笨拙地拿起面前的望远镜,好沉。她看了半天,什么也看不到。田心怡给她讲如何调焦。她再举起望远镜,看到刚才从机上跳下的士兵从十多米高的平台上跳下水塘,抱着冲锋枪奔向岸边,浑身湿透,又钻火圈,而后匍匐前进,爬过铁丝网,穿越泥潭,跨越四百米障碍物,进行机关枪射击。炮声、飞机声,震得李晓音耳朵发颤,腿肚打战。她好像真的置身战场,脸上神经都绷了起来。一声爆炸,秦小昂尖叫一声,捂住了耳朵。刘蕾循着爆炸声,举起了她的相机。

台前方又冲出一支队伍,官兵身着迷彩服,脸上也绘着迷彩,边跑边端着机关枪扫射一个个移动的胸靶。负责人介绍说，这是女子特战队的官兵在演练行进中射击。

她们刚在远方消失，另一队又奔向前方，抬着担架穿梭在硝烟中，或给伤员包扎伤口，或做心脏复苏术，或背着伤员在硝烟中奔向救护车。田心怡难得地露出了笑容，悄悄告诉李晓音，那是她所在医院的医护人员，正在组织战地救护演练。

田心怡端杯子的手哆嗦了一下，人也站了起来。李晓音忙把目光移向演练场，原来有一个医护人员摔倒。摔倒的医护人员马上站起来，又跑向前方，胳膊上的红十字分外醒目。

柳宛如拿着话筒在下面做现场直播："各位观众！各位观众！现在执行救护任务的是某医院的医护人员，他们以高超的医技、训练有素的作风，在规定时间内，完成了所有救护课目，达到了预期效果。"

演练结束，李晓音一行下了主席台，又走向水塘。高高的跳台，还在燃烧的火圈，她们远眺着仍在泥泞中匍匐前进的官兵背影，感慨颇多。

田心怡说："官兵们的表现很精彩，我想跟官兵座谈，特别是想征求官兵对我们医院工作的意见和建议。战地救护、训练中的摔扭伤如何防护等项目，需要与官兵沟通。"

陪同的大校说："田政委，太感谢了，求之不得。"

李晓音悄悄问田心怡："能不能让我们打一下枪？离开部队多年了，一直没打枪。"

秦小昂大声附和："对呀对呀，我最想打枪了，新兵连打过一次后，再也没摸过枪。一个军人多年不摸枪，说不过去。"

柳宛如说："就是。"

只有刘蕾没说话。

大校说："这有何难？我马上让人准备。"

到了靶场，大校怕她们不习惯枪声，给每人发了一对棉球。她们异口同声地拒绝了。每人身边都有一名士兵，教她们装弹，瞄准，再三叮嘱不要怕，枪响时会有后坐力，枪要紧紧抵住右肩。对面竖起的不像胸靶，而像成群的敌人密密麻麻地向她压来。李晓音脑袋开始嗡嗡地响，心扑通扑通直跳。是因为靶场的庄严，还是身边士兵严肃的脸，抑或他们身上的军装？说不清。

随着一连串的命令，她们扑通一声，扑倒在地，枪托稳稳地抵住肩胛骨，粗糙而细碎的石头硌着肋骨。可她们没有一个人喊苦。李晓音身边的刘蕾行动更为敏捷，更为老练。李晓音摸着乌黑发亮的枪管，在恐惧的同时，一股豪气自胸中涌出。

她们用的是小口径突击步枪，和原来的瞄准镜不同，采用的是小孔成像原理的觇孔式瞄准镜，透过表尺上的小孔，一百米外的靶心清晰地出现在眼前。李晓音右手指轻轻扣下扳机，扳机扣力刚好合适。砰！枪身轻轻向后一坐，子弹直飞靶心。接连打了几个单发，她不过瘾，又将快慢机扳到了连发挡上，瞄准，击发。一个长点射，三发子弹飞出枪膛。后坐力不大，枪口几乎没有上跳。

打完十发子弹，她看对面没人过来，弱弱地问身边的中士："报靶的人呢?"中士笑着说："首长，现在是电子报靶，这不就在你跟前吗?"她不敢看，问："我打了多少环?"中士说："首长，你打了六十五环。"被恐惧吓傻了的她又问及格了吧？中士说："当然。"

她这才爬起来，抱着枪，爱不释手："现在的枪比我们过去的五四式好像轻了好多。"

"这是我军最新研制的步枪，射击稳定程度、单发射击精度和点射精度良好；还配备白光瞄准镜和微光瞄准镜，枪托可折叠，可消声、消焰。"中士背书似的说。

成绩出来，李晓音六十五环，秦小昂七十环，刘蕾八十一环，柳宛如八十环，田心怡九十六环。

刘蕾一只眼睛都打出了八十一环，这让李晓音无地自容。

返回时，一个女兵跟她们同车，看军衔是一期士官，不停地说："姐姐们的军装真漂亮。"

“我们海军漂亮的可不只是军装。最新型的驱逐舰、护卫舰、潜艇，我都上去采访过，只有航母没去过，发誓此生一定要随航母去远航，听说航母可容纳几千人呢。”秦小昂说。

“我们空军发展也很快。”刘蕾也不甘示弱，说，“前阵子，我去采访了歼—20、运—20机组，太让我兴奋和难忘了。坐直升机采访，可吓死我了。飞机上只有我、飞行员、领航员、军械员四个人。本来不让我上飞机，我说我也是军人，只有自己经历后，写出的稿子才更真实，大队长同意了，让我坐他亲自驾驶的飞机。登机时，螺旋桨风太大了，我根本走不到飞机跟前。领航员拽着我，才跑到飞机旁边，一只大手把我拉了上去。直升机飞向天空时，真带劲，山在脚下，云彩在我们中间，穿云破雾。可是马上，我的心就掉下来了，手紧紧地抓着扶手。为什么？直升机舱门竟然开了，领航员坐在机舱口说他们在练习战地投放课目，说完把一块捆着绳的大石头慢慢吊了下去。我的妈呀，他把石头往下放时，我担心死了，生怕飞机失去平衡。领航员一直在机舱口坐着，一阵风吹来，我感觉自己要掉下去了，他却不停地说着话，把石头慢慢地吊下去，又吊上来。飞机随着石头的起落不停地下降或上升。下了飞机，看着那一架架迷彩飞机，听到官兵在唱：我爱祖国的蓝天，晴空万里阳光灿烂。白云为我铺大道，东风送我飞向前。金色的朝霞在我身边飞舞，脚下是一片锦绣河山……就在那一刻，我真正理解了这首歌的深切含义。”

刘蕾话音一落，田心怡就拍着手说：“说得太好了，说出了我们每个军人的心声。这次到部队采访，不知大家还满意不？若满意，在你们的报纸、杂志、新媒体上体现出来，我代表官兵谢谢你们。”说着，站起来朝大家敬了一个军礼，又说，“对不起，早饭时，我态度不好，特此向大家道歉。为了表达我的诚意，晚上我请大家吃我们的淮扬菜。同学们远道而来，我要尽地主之谊。话说回来，我生气也有理由，咱们是军人呀，不要让部队官兵说我们文化单位的记者作风松散，不像个兵。”

“田政委，你别这么一本正经嘛。”秦小昂好像忘记了早上的话，笑嘻嘻地拉着田心怡坐了下来。李晓音则不停地在手机上记着，秦小昂问她写什么，李晓音说：“写侧记呀，这次下部队，我看到了鲜活的官兵的生活呀，我们《军人生活》至少要用三个版报道呢。”

“明天还有更精彩的内容等待着你们呢。”田心怡骄傲地说。

2

傍晚，火烧云把天空装扮得好似一幅流动的油画，先是金灿灿的，接着又红彤彤的，最后变成了深蓝色。坐在湖边饭店落地窗前的女人们又是拍天空，又是拍湖面，又是拍摇曳的芦苇。

田心怡点了本地的特色菜，大煮干丝、清炖蟹粉狮子头、平桥豆腐羹、松仁玉米、松鼠桂鱼。“清淡了些，大家看看还要什么。”

“够了够了，现在身体不是这个指标高了，就是那个指标高了，这样很好。心怡，现在当领导了，厨艺没减吧？上学时，我们可到你家吃了不少美食。”柳宛如笑着说。

“多数是我们家老胡做的，我做饭马马虎虎，只配给他打下手。”

天色渐渐暗淡，整个天幕变得润蓝，同学们喝着茶，聊着天。岁月的沧桑给每个人脸上打上了印记，比起青年时代的稚嫩，多了些女人的风韵和淡定。她们都化了淡妆，换上素淡裙子，配着细金项链、珍珠项链，跟都市中年女性没了本质的区别。每个人都想在同学面前呈现自己最佳的状态。

秦小昂叹了一声：“真好呀，好像又回到了大学时代。”

柳宛如摇摇头：“回不去了，看看我们脸上的皱纹，虚软的肉体，怎么能跟那时的青春相比？”

刘蕾取下脖子上的相机，说：“这也是我一心想来的原因。我庆幸我们这时还没进入老年，庆幸我们还能有机会走上靶场，庆幸我们大学时的同学还能坐在一起喝喝茶。这样的时光，怕以后不会再有了。”

“别悲观，山不转水转，水不转人转。三十年前，我们怎么能想到我们还穿着军装，还能在这么美丽的景色中相聚呢？”田心怡站起来，给每个人续茶。

秦小昂问:“心怡,姐夫呢,现在在做什么?”

“在家吧?我打个电话。”田心怡把视频打开,说,“老胡,我的同学们要跟她们的姐夫说话。”

视频里,田心怡的爱人胡凯头发少了,但一张娃娃脸还是那么有喜感,他举着右手跟她们打招呼:“小姨子们好,你们先不要自报家门,多年没见,让我猜猜你们都是谁。那个大眼睛的是秦小昂,对不对?”

秦小昂说:“姐夫好眼力。”

“说话像炒豆子的是刘蕾吧?”

刘蕾笑着说:“胡哥说得准。”

“心怡旁边的小女孩是李……李什么呢,就是那个作家小妹妹吧。”

李晓音假装生气道:“姐夫偏心,大家名字都记着,就把我名字忘了。”

胡凯笑着说:“可是我记着你最近发在军报的一篇文章,名字叫《女兵宿舍》,对不对?”

“很对。姐夫最近在忙什么?”

“我嘛,在家给你们的心怡同学当后勤部长呢。你们看看,我都胖了,你们怎么一个个都没变呀,跟三十年前我去学校看你们时一样嘛。”

“姐夫真会说话。”

“我来问姐夫一个问题。胡哥,姐姐成了主官,你感受如何?请发表感言。在你心目中,她是一个什么样的女人?作为妻子,你满意吗?”秦小昂抢到手机,机关枪似的。

“小昂……”田心怡想制止。

电话那边,胡凯停顿了一下,说:“当然全力支持了,不想当将军的士兵不是好士兵,我虽然离开部队了,仍喜欢看军事节目。心怡是一个好女人,爱家、爱孩子,是个好妻子、好母亲,还是一个好女儿。”

“请举例说明。”秦小昂说着,朝大家挤挤眼睛。田心怡坐到一边,不说话。李晓音发现自己比田心怡还紧张。

“这个嘛，让我想想。”胡凯停顿了一下，说，“心怡呀，对儿子没的说，三天两头打电话关心，有时晚上超过十点儿子没在家，她就急得睡不着觉，不停地问我儿子回来了没。有天晚上儿子跟同学聚会，回家时已经两点了，我以为她睡着了，没给她回复。她电话打来了，那个急呀，恨不能马上坐飞机回来。她也很关心我，我睡眠不好，她给我买药，还给我爸妈买礼物。现在我妈穿的衣服，多半是心怡买的，一件羽绒服老太太穿了七八年了，就是舍不得换。”

“你对她有什么不满意的？”

“哈哈，不满意太多了。”一听这话，女同学们马上回头看田心怡。田心怡也抬起头，屏住了呼吸。

“她呀，太任性了，常熬夜，半夜四五点还写材料、看文件。只要第二天有会，她就紧张得一夜睡不着，怕迟到，怕讲话不到位。我举一个例子。那时，她当科长，要召开分部新闻报道工作会议，干事把材料准备好了，她仍一份一份检查，凌晨三点刚回家，忽然说她还得去办公室一趟，好像少一页。没办法，我送她到单位。十三份材料，她又检查了一遍，哪份都没少页。她又说，订书钉钉偏了，得重新钉。那个认真劲儿，我都怀疑她有强迫症。而在家里，如果只有我跟她在，她就说，咱们简单点吧，吃碗清汤面如何？”

听完，大家又夸赞了田心怡一番。秦小昂不停地说：“姐夫真好，心怡，你好幸福。”

“好了老胡，别贫了，我们挂了。”

秦小昂说：“我认为人生当有许多好朋友。我庆幸我跟李晓音从新兵时就认识了，成为一生的朋友。咱们女人好累，结婚、生子，还要工作，麻烦不完的事。我要是个男人就好了。”

柳宛如忽然说：“听大家这么一说，我灵感顿生，八一建军节，录制一期节目，叫《中国军人：女军人采访录》。大家都是女性中的佼佼者，你们回答最为妥帖。这几天的活动就是最好的蓝本。但我觉得还不够，我要现场采访，用咱们大学时的办法，抓阄。抓到什么问题，必须如实回答。每人出两三道题，写到纸上，揉成纸团，放回桌上。我还要采访你们的家人。你们给家人打电话，让他们现在拍一拍家里，把照片传过来。常说，一个家的好坏主要看女主人，家里照片可以检验出谁在家里最有权威，谁家布置最雅致，看哪位履职胜任。

柳宛如跟服务员要了五张纸，发给大家，然后给老公打电话："周兴国，厨房、卫生间、客厅、书房、卧室等地方，用手机拍一下，不留死角，发给我。我的同学要看，别废话了，快拍。"

大家兴奋地你看看我，我看看你，都躲在一边写起来，写好后，揉了揉，扔到桌上。

柳宛如先拿了一个。一打开，笑了，说："我抽的第一个题是：你觉得你成功的秘诀是什么？举例说明。我觉得成功的最大秘诀是自信。大家都知道，我以前在东北一家部队医院当护士。我爸在工厂烧锅炉，妈妈没工作，家里还有两个弟弟，一个妹妹。我本来可以上高中，但为了给家里减轻负担，就考了军医学校。但我不甘心，一直利用业余时间写东西。上了咱们新闻系后，我不想回东北了。进京很难，我把剪稿本复印了五十份，每一份上面都写着：如果你们选择了我，你们单位的新闻工作肯定会更上一层楼。终于，部队的电视台接收了我。我给领导送了一瓶洋酒，花了我两个月工资。那天满街都是花香，我抱着酒，生怕打碎了，送出去好几天还感觉怀里沉甸甸的。后来单位聚餐时，领导把那瓶酒拿出来，让大家一起喝，还说，柳宛如，你的酒是大家喝的，你要明白，我看中的是你的才干。三个月考察期，干好了，是我知人善任，也不是我收了你的礼；干不好，趁早走人。

"第二个问题是，请讲讲你这一生最难忘和最喜欢的事，还有你的苦恼。我最难忘的是，十年前到红其拉甫边防连采访，上到半坡就不行了。那次女记者不少，大家喝了红景天，一个个都爬了上去。刘蕾也去了，我们睡在一个房间里，吸了半晚氧气。我还给刘蕾说，如果这次不能活着回去，让她多照顾我女儿。没想到，刘蕾后来上了战场，受了伤。谁说我们女军人离战火远？刘蕾是最好的回应。"

柳宛如说着，抹起了眼泪。刘蕾戴着墨镜，摆摆手，没有说话。

“我的业余生活还是比较丰富的，喜欢喝咖啡、看电影。最喜欢读名人传记，政界的、经济类的、军事类的都爱读，特别是《邓肯女士自传》，都能背下来了。邓肯跳舞好，死得也颇有戏剧性，她的长围巾被卷在了车轮下，连同她整个人，像人生的最后一场舞。

“最烦心的事，说实话，是我家姑娘，以前我以为了解她，现在不敢说了。三十岁了还不找对象，急死我了，不知道她在想什么，也不知她烦心什么。”

秦小昂打开她抓的纸条，大家乐了：你认为你成功了吗？请你讲讲你和你丈夫、孩子的关系？你对你的人生后悔吗？

“如果用是否当官来衡量成功与否，我不成功。不过，我感觉自己的人生还是不错的，因为我每天都很快乐，听戏、看电影、写些小文章，不用看领导的脸色，也不用跟同事刻意处关系，生活充实有趣。如果说遗憾，那就是嫁了彭方国。如果嫁的不是他，我的人生也许会和你们一样亮丽。真的。”秦小昂说着，望着窗外，沉默了。

“小昂，你这是得了好处还卖乖。”女同学们异口同声，谁不希望饭来张口衣来伸手，过锦衣玉食的生活。

秦小昂却摇摇头，说：“你们不会懂的，在别人屋檐下生活，哪有自己开创出来的基业气长。你们一个个对丈夫趾高气扬的，我哪有那肥胆？我在家里挂一幅画都得彭方国同意。”

秦小昂叹息了一声，接着回答：“我跟丈夫、女儿的关系，打分的话，六十分吧。说实话，我家老彭，我还真不了解。他很少在家吃饭，也没有什么爱好。他怕老，怕死，每次体检，前一天晚上都睡不好。女儿从小是保姆和奶奶带的，我基本没操过心。小时不亲，现在跟我亲，我们走在一起，人家说我们是姐妹，气得她不愿意跟我一起走。她长得不漂亮，像她爸，小眼睛，塌鼻子。她在国外上研究生，前阵子给我说她谈了男朋友，问我如何才能让他不花心。我回答，这是有史以来人类最难回答的问题。我想请你们这些成功的阿姨们帮着传授几条驭夫的锦囊妙计，以解我燃眉之急。她说了,没有良计,她就不结婚。”

田心怡抽到的是:你为什么成为现在的你?你觉得女军人和男军人的区别在哪儿?你业余喜欢做什么?说一个你最喜欢的男性,亲属除外。

大家哈哈大笑起来。李晓音比田心怡还紧张,不知她怎么回答。

田心怡笑道:“谁出的这题?怎么问这么多?”

“你职务高,当然回答的问题也要多。”

田心怡拿着纸条,说:“我最开始选择政治工作,是因为不想当护士,不想上夜班,后来时间长了,就投入进去了。把一个人放到适合他的位置,取得成绩,那种幸福是你无法形容的。知人善任,是我的长处吧。

“男军人跟女军人差别不大。女军人比男军人付出得更多,女性在业绩上要比男性更突出,才能打败流言蜚语。

“说到业余生活,我太向往丰富的业余生活了。现在事务性工作太多。闲下来时,我爱看《世说新语》。”

“你爱看《世说新语》?”李晓音惊奇了。这可不是她了解的田心怡。

“是呀,这书特别有趣。我床头还放着一本书,都让我翻烂了,你们猜是什么书?肯定猜不着,是《家常菜一百例》。我愿意跟爱人去电影院看电影,给儿子做顿可口的饭菜,把家里收拾得干干净净。每每看到爱人、孩子吃着我做的饭,我就感觉很幸福。我这一生最爱的异性,就是我的儿子,他去年考研究生,从前年九月份报名到现在,可以说,我走了二万五千里长征。报名时,我老担心他单位领导不同意,他们是野战部队。好不容易报上名,十二月考试,只要看到与考研有关的信息,我就下载给他。去年三月份公布成绩,又等复试分数线,哎呀,比高考时还揪心,四月复试,六月发录取通知,熬了两年,终于考上了。我爱人说我管儿子管得严,是实情。唉,可怜天下父母心呀,我不知道你们有没有这苦恼。就是在这一段时间,我理解了我爱人,我在外地工作整整五年,他每天给儿子做饭、洗衣,送他上学,从中学一直到大学。我爱人心脏不好,时常腿疼,又不能吃硬的东西,我只要休假,尽量不在外面吃饭,给他做些可口的饭菜。我儿子找了女朋友，我挺喜欢的……”

不等田心怡说完，秦小昂就大叫道：“田心怡，你偷换概念，不是让你说儿子、爱人，是说除了亲属，异性中你喜欢谁？”

大家盯住田心怡。她目光迷离起来：“我喜欢一位演员，他声音好听，眼睛特迷人，还有那么一股儒雅。”

众人哈哈大笑，弄得田心怡说不出话来。

刘蕾抽到的是：你人生最大的困惑、遗憾是什么？你是如何解决生活中的麻烦的？

刘蕾放下了手中的相机，说：“我常在想，人的心跟他的言语为什么不一致？心里怎么想，面相能体现出来吗？我的答案是可以。比如你撒了谎，你的眼神是游移不定的，你的手无处安放，你的腿可能颤抖。身体是不会撒谎的。摄影作品里，你能感受到人物不同层次的情绪，所以我的创作目标是，用光线、光点、色彩、细微的面部表情，来传递主人公的情绪，用照片捕捉到猛烈情绪涌来的瞬间。白天，人僵直、拘谨地表演着；夜晚，在黑暗的掩饰下，人变得像蝴蝶一样美丽动人，充满个性。所以，夜深人静时，比如像现在，更容易了解一个人。人性的脆弱是最吸引我的主题，地球有七十亿人，每个个体都有快乐、悲伤、担忧、羞耻，这些情绪很重要。我想探索独立个体的情绪。大家刚才说了很多话，可我知道，有更多的心里话大家是不会说的，这正是我要探究的。刚才我偷拍了几张，特别有意思，你们的眼神、偶然的表情，展现出了深藏的真实的你们。”

每个人紧张了一下，又放松地笑了。

刘蕾又说：“我人生的遗憾是年过半百，没留下更多有价值的照片。如果有来生，我还是会当一个摄影师。前阵子读阿列克谢耶维奇的《我是女兵，也是女人》，我忽然想，我要好好整理我的上万张照片和采访日记。我的个性和自我都在照片里，没了照片，我就不是我自己了。

“还有一个遗憾就是跟丈夫的关系。算了，离了，就不说了，各自安好吧。儿子是我一生的最爱，我无条件地爱他。但我最痛苦的是，他参了军，到部队好几年了，仍然适应不了部队纪律，追求个性自由，受不得约束，在哪个单位都不受欢迎。我很困扰，也无法解决。姐妹们有什么高招？”

大家互相看看，无奈地说：“现在的孩子们，根本不像我们当初那么听话，思想太多元，个性太独立，只能无为而治。”

柳宛如说：“我补充一下，咱们同学里面，作为母亲，我认为最伟大的是刘蕾。她怀孕时得了病，医生说不能要孩子，否则有生命危险，可刘蕾坚持把孩子生了下来。生产的前一天还在工作，你说多险。进了产房，报社还打电话询问她一篇稿子的问题。我不是写表扬稿，刘蕾这家伙，太强大了，强大到当我们与她为伍时，自己也有了能量。”

“过奖了，过奖了！”刘蕾说着，把她的墨镜往正戴了戴，摆摆手。

手机响了，是柳宛如的。周兴国真细心，厨房、书房、客厅、卧室全拍了。作为军中名导，柳宛如的家豪华气派。让李晓音没想到的是，周兴国故意让柳宛如难堪似的，柜门一打开，衣服一件接一件掉了下来。跟部队检查卫生时一样，周兴国把门框、柜顶这些地方的灰都拍了下来，还发了一连串笑脸，说：“我最了解宛如了，小姨子们。”

柳宛如恼火极了：“周兴国，回家再跟你算账。女儿呢？让她回答阿姨们的问题。”

周兴国说女儿出去约会了。

“这是好事，但愿今年快快嫁出去。”柳宛如放下手机，叹息道，“急死我了，三十岁了呀。女人到了三十岁，在婚姻市场什么行情，大家都很清楚。小时候那么黏你，现在什么话都不跟你说。不过长得挺漂亮，对不对？”说着，打开手机相册。大家一看，果然是一个小柳宛如。

李晓音抽到的题是：生活中，你遇到什么样的难题？是如何解决的？并请你丈夫来回答他眼中的你。

李晓音简要地说：“我家林特特过去在家比较听话，但整天疑神疑鬼的，烦。到了部队后，处事坚强果断了，人却越来越难伺候，一会儿嫌我饭做得难吃，一会儿又嫌我关心不够。”

秦小昂笑道：“因为手中有了权吧。”

大家都随声附和，说：“林特特在部队找到了自信，自然就膨胀了呗。”

李晓音笑着说：“我现在也没找到解决办法。”

林特特发来了照片。如果说柳宛如的丈夫是用照片来向柳宛如撒娇表达爱，那么林特特就是用照片来打击李晓音。她自认为家里蛮有情调，整墙的书，瓶里的鲜花，精心布置的照片墙，擦得干净的玻璃，还有得意的绿植。猜林特特拍了什么，让李晓音在同学面前出了丑？她出门时，慌张间让一只高跟鞋在门口东倒西歪；更衣室，衣服虽然挂在了衣柜里，可柜门敞开；电脑键盘间有干果屑、瓜子壳；更可气的是，床头柜上放的一堆堆书积满了灰尘。

林特特在视频里说：“李晓音对家，对孩子，充满爱心，但是她生活能力实在太差了。如果她对家有对工作十分之一的爱，家会更好，我们会更幸福。我敢说，她作品中的主人公身上有几颗痣，她一清二楚，可问她我穿多大的鞋，儿子现在的身高，儿子好朋友叫什么名字，她肯定回答不上来。她炒豆角，你们不相信吧，炒出来盛到盘里，是生的，拿回去再炒，还是生的，一盘菜折腾了三次还是不能吃。她擦电视，水能流进去；笔记本电脑、手机进水，在我们家太平常了。她喜滋滋地说要做饭，我盛饭时，你们猜怎么着？米还是米，水还是水，电源开关就没有打开。”

同学们哈哈大笑，李晓音脸红得好像当众脱掉了衣服。

田心怡的儿子发来了家里的照片。一看就是男人收拾出来的家，被子东倒西歪，衣架上的衣服皱巴巴的，显然刚从洗衣机里拿出来，没抖开，有的上衣只露出了一只袖子，衣服都变形了。

“儿子，你爸呢？”

“我爸刚出门看姥姥去了，姥姥病了。”

田心怡要挂断，柳宛如抢过手机说：“我再加个题。小胡，你能告诉阿姨，妈妈在你心目中是什么形象吗？”

田心怡儿子长得帅气，有点小生范。他把衣领往上扯扯，大声说：“我对我妈有意见。”

女军人们都紧张起来，头挨头，挤到手机屏幕前。田心怡缩到了大家身后。柳宛如说："别急，小胡，你慢慢说。"

"我妈妈管我管得太严了，阿姨们，我都三十一岁了，可在我妈眼里，还是个小孩子。她定了许多土政策，晚上回家不能超过十一点，否则就没命地打电话，让我在朋友面前很没面子；没结婚就不能跟女孩子同居；不能抽烟；喝酒不能喝醉；一周至少给她打一次电话；晚上须洗脚；一周至少洗两次澡，还要监督我爸。最可恶的是，偷看我的日记，经常在我房间翻来翻去，我一点人身自由都没有。永远都是别人家孩子好，一会儿拿邻居的孩子比，一会儿拿世界名人比，我摊上这么个妈，还活不活呀！"

大家哈哈大笑。柳宛如又问："作为军人呢？你如何评价她？"

"她嘛，是一个合格的军人，也是一个优秀的女人，我希望我的女朋友像我妈妈一样。只是不要加班，容易衰老；不要那么辛苦，毕竟除了工作，生活有更多有意思的事。阿姨，告诉我妈，姥姥没啥事，就是想吃我爸做的排骨面了。"

挂了电话，田心怡抹了一把脸。大家都说："瞧把你紧张的。"

秦小昂说："看看，每个成功女人的背后，都站着一个伟大的男人，胡姐夫就是。相比你的事业，我更佩服你的家庭。"

田心怡微笑着说："爱，就是一种忍耐，对不对？"

"所以婚姻把我们培养成了钢铁战士。"秦小昂一说，大家再次笑起来。

刘蕾的保姆发来了刘蕾家的照片。她家的泰迪狗一会儿在客厅沙发上玩，一会儿又在书房眼巴巴地望着大家，很可怜的样子。房间像一个摄影师的家，充满艺术感。

秦小昂打电话，爱人没接，国外的女儿也没接。秦小昂说："看看，我就是孤家寡人一个。"

酒足饭饱，意兴阑珊，女同学们回了部队招待所。柳宛如说她要去看一个朋友，晚上不回来住。

四个女同学又说又笑，都愿一起住在一个大套间，像学生时代一样，再说知心话。

套间外面是一间大客厅，里面两个房间，各有两张单人床。秦小昂笑着说："这主卧怎么还放两张单人床？可见首长们带夫人来，是分床住的。"

田心怡说："你可真会联想。"

两房相对，田心怡和刘蕾住南边，秦小昂和李晓音住北边。大家嘻嘻哈哈地说了一会儿话，各自歇息了。

秦小昂拿出自己带的床单、枕巾。李晓音笑着说："你干脆把家搬来得了。"

"只要出差，这些东西和茶具，我必带。"说着话，不一会儿，秦小昂就睡着了。

李晓音睡不着，起来喝水，听到田心怡在抽泣，小声地说："知道我的难处了吧？在众人面前，我是一个样子；夜深人静，是另外一个样子，真的很难。"李晓音忙蹑手蹑脚回到屋里，再也不敢出去。

清晨六点，李晓音听到洗手间有声音，出来一瞧，田心怡正在揭脸上的面膜。

田心怡笑着说："你看我们哪个人不是瓶瓶罐罐一大堆？又是日霜又是晚霜的，都是名牌，有没有效果就不知道了。"

李晓音打量着洗手池上面的瓶瓶罐罐，各种品牌，不一而足。她感慨颇多，三十年前，她们何曾有过这些，有一盒雪花膏已经很高兴了。

客厅里，衣柜门开着，挂在里面的一件件衣服都是大品牌。出来不到一周，每位同学好像要把自己最美的部分展现出来。女军人穿便装的机会少，比正常女性更讲究。

"跑步去？"田心怡换好了质地精良的白色运动装。

没有睡好，李晓音本不想去，但还是说好，她想更多地了解田心怡，比如昨晚的电话，比如一个人时的田心怡。

要穿袜子时，发现袜子不见了。田心怡说："在那儿。"四双袜子排着队似的挂在晾衣绳上。

"谁做的好事？"

"还能有谁？她眼睛不好，咱们多照顾她点，她就觉得对不起似的，一会儿洗衣服，一会儿按摩，咱们随意扔的衣服她都收拾得那么整齐。"田心怡抹了一下眼睛，说，"走，下楼！"

清晨的营区静极了，太阳刚露出红红的一点，接着越来越大，越来越红，最后一轮红日，灿灿地跃然而出。

田心怡说先走两圈，把身体活动开。李晓音想了想，说："心怡，我一直想问你，在男人成堆的世界，你是如何成为大校的？听说你还要升，那可就是将军了呀。"

田心怡马上停下脚步，道："晓音，八字没一撇的事，不要胡说。"

"我听别人说的。"

"不要信小道消息。晓音，你是不是怀疑我的能力？"

李晓音忙说："心怡，你想哪儿去了？我只是想探究你成长道路上每一个脚印，写出新一代中国女军人的形象。"

田心怡略加思索，回答道："今天食堂有三种玉米，一种是纯黑的，一种是黑灰黄相间的，一种是黄的。你说它们哪个没有经过风霜雨雪的洗礼？有的是黄色，有的是黑色，有的是花色，只是机遇、性格使然。"

"我还想知道更具体些。"

田心怡笑了："你的小说是怎么写出来的，我这个大校就是怎么当上的。"

回京的飞机上，秦小昂说："你说田心怡怎么连去上海都不承认呢？我明明见到她了嘛。"

"也许你看错了。"

秦小昂摇摇头，说："她太爱惜自己的名声了。听说她丈夫想离婚，但田心怡坚持不离，以恒心和爱赢得了家庭的稳定。领导家庭必须稳定，这是干部成长的不成文的规定。"

李晓音答非所问："小昂，不要随意听信传言，心怡走到这一步很不容易。只说她坚持每天跑步，我就做不到。这次相聚，我进一步认识了她。"

第二十五章　迷彩色

1

时代的巨轮一路奔腾着向前，网络使人们的生活发生了根本性的转变，过去在网上写博客、微信，现在一部手机，通信、购物、娱乐全部搞定。

军队也越来越正规化，向战而生，李晓音感到前所未有的紧张。

虽已秋分，仍闷热难熬，单位突然通知明天全社军人到野外打靶，进行防化训练。

清晨七点，李晓音穿上丛林迷彩服，脚蹬陆战靴，扎上皮带，在镜子前打量着自己军容是否严整。

林特特从卫生间出来，身上散发着洗发水的清新味道，说：“老婆，我就爱看你穿军装的样子。同一个人，为什么穿上军装，就跟平时不一样了？”

“就会说好听的哄我。”李晓音笑着。的确，军装一穿，谁能想到她已经五十出头了，刚才还郁闷的心瞬间晴朗了许多。

“你很快就要佩戴中国人民解放军陆军大校军衔了，这晋升得军委主席批哩。夫人比我小三岁，却跟我平级了，可喜可贺。”

“别瞎说，等正式命令。”李晓音亲昵地说着，又整了整帽子。

林父瘫痪后，林特特好像也长大了，不再凡事听姐姐的，有了自己的主张。到部队任职后，有了军人的成熟和阳刚。这次回家，给李晓音说他读了很多书，爱给她讲很多道理。有时李晓音没听完，就会打断他的话。他就说：“学会做一个倾听者，倾听是美德。”李晓音一下子对他刮目相看。

从部队回来的晖晖问：“妈，我爸怎么忽然这么‘鸡汤’了？”

“什么‘鸡汤’，小子呀，牢记我这些从生活中体会出来的人生箴言，你的军旅生涯会走得更美。”

“祝夫人今天打靶取得好成绩。”林特特说。

“我有些紧张。”

“严格按操作规程做，一点问题都没有。你又不是第一次射击。”林特特说，“一说打靶，我手都痒了。在部队，每天特别忙，躺下就能睡着，失眠也好了，身体也壮实了，跑五公里不在话下。”

“行了，回来再听你聊。走了。”

郊外，天空好似水洗了般，这一片润蓝，那一片深蓝。白云如羽毛，在树林的缝隙里，在山脉间，跟他们捉着迷藏。她好久都不愿把视线移开。

大轿子车把他们拉到燕山蜿蜒起伏的山脉里，四周绿山蓊郁，层次井然。同样是绿，阳光下明艳鲜翠，阴面则是深绿。果园里，石榴红了脸，紫薇摇曳着身姿。微风吹来，很是凉爽，穿着长袖迷彩服也没觉得热。

一百多人排着队，脚下杂草丛生，路边花香扑鼻。行人不时地看着这支绿色的队伍。

好一个战地黄花分外香。

翻过一座小山，极目远眺，一座座迷彩帐篷在光秃秃的荒漠间林立，一股野战气息扑面而来。上了坡即是待机处，旁边是后勤点。三十米处，是领弹点。再往前走，就是七八位哨兵守卫着的射击区。他们坐在露天，先听教员讲解，练习瞄准，再进行实弹射击。此时，烈日当空，后背如火烫，每个人汗珠不停地往下滴。讲解员在讲注意事项，李晓音已经听不进去了。一些不知名的飞蝇一会儿贴在胳膊上，一会儿钻进后颈里。

她没想到这次是手枪射击。手枪不像步枪，肩膀顶住，稳稳地击发就是。枪身虽轻，却因没有支撑，很难打准。教员拿着手枪在讲，枪口直对靶点，不能朝下，当然不能对人，更不能拿枪口顶帽子。她心跳得十分厉害，看着满地绿色、黄铜色的弹壳，手软得连杯绿豆汤都端不住。

走上射击场，接过十发子弹，她的腿发软。她后面负责安全的年轻列兵有一张娃娃脸，脸上的汗毛清晰可见，端端正正目视着前方。他站在那儿一动不动，她更紧张了。脚踩着地上的沙石，差点滑倒，好在被他轻轻托住了。

李晓音没用过手枪，射击水平更无从谈起，虽然听了讲解，实际操作毕竟是另一回事。从皮套里取枪时，手不停地哆嗦，又禁不住枪的诱惑，双手握住枪，问身边的安全员枪里现在有没有子弹。年轻的安全员接过枪，打开保险，对着靶子轻轻扣动扳机，枪轻微地砰了一声。她这才大胆地接过枪，细细地端详起来。

九二式手枪并不重，比五四式手枪好看多了，线条圆润，手感颇好。她打开保险，练习瞄准，一二三，瞄准靶心，感觉挺轻松。再反复瞧着手枪，油光发亮，难道这就是诗人诗句里的“烤蓝”？

装弹、打开保险、瞄准、扣扳机，亮亮的子弹一上膛，她如手握毒蛇，不敢再动一步。可害怕什么来什么，指挥员一声令下，她手扣扳机，先是轻轻地扣，不动，使劲扣，还是不动。头上全是汗，子弹还是未击发。

她立即喊报告。

安全员跑过来，说她手碰着弹夹的开关，弹夹脱落了。

再打，十发子弹还没打完，又遇到新情况，子弹卡住了。

安全员又来处理。她的心情坏到了极点。

二十发子弹打完，红旗降，白旗升，射击停止，掩体里的报靶员们跑出来报靶了。她想自己成绩不错，结果一颗子弹都没上靶。她不信，踩着满地的荒草、弹壳去看靶，她的靶纸干干净净，别人的靶纸上四处都是弹孔。她不知道自己的子弹飞到了哪里，也不知道哪个弹壳是她打的。

如果对面是敌人，那么她必死无疑。

下午观看官兵示范防化训练，穿防化服，戴防化面罩。烈日晒得脸发疼，野地蚊子不断，兴奋之情已荡然无存。

四点时，教员说埋锅造饭。这一下，兴致顿起。先学理论，避光灶、散光灶、通火口、灶台、散烟处，听起来简单，真正做时，才感觉难度太大。好在每个小组男干部居多，女同志们烤串，男同志们挖灶。太阳已落山，凉风袭来，好不惬意。全营区充满着祥和欢快的气氛。

她做饭登不了大雅之堂，一时不敢下手。主厨是出版社一位副总编，姓杨，长得漂亮，业务精，这次打靶成绩不俗。她问了李晓音的成绩后，接过身旁同事手中的枪，说："射击时，双臂要伸直，三点瞄成一线，慢慢地扣扳机，不能使劲，否则枪口易偏离靶子。像我这样。"她说着，双腿跨立，左眼微闭，轻轻扣下扳机，没装弹的枪响了一声。她把枪递给李晓音，让她反复练。李晓音才明白，扣扳机时太使劲了，枪身失去了平衡，子弹当然飞得上天入地寻不见。

虽如此，李晓音仍然不相信这位副总打靶有多优秀。趁她去喝水，李晓音拿起她小椅子上的靶纸：十个弹孔全在绿色胸靶周围。

2

现在，月有小结，季度有测评，全年有体能考核、民主评议，想在部队混日子是不可能了，不少人选择自主择业或提前退休。

又盼又怯的体能考核终于来了。下午两点考核，同事们自早上就奔走相告：早饭要多吃些，否则跑不动，中午得少吃点。一位女同事二十多岁，拿了一颗鸡蛋，两个包子，手里还端着一碗馄饨。

年轻人真能吃呀！李晓音一根油条都没吃完，暗想，如果说年轻人是早晨八九点钟的太阳，我们这些半百的中年人就是晚上八九点的星星了。

上午十点半，下起了雨，且越来越大，到吃午饭时都没有停的意思。

也许今天就不考核了？但没接到不考核的命令，他们只好准时穿上体能服，集合出发。

训练场放着数个大展板，写着课目名称、年龄段、用时、分数，每个展板前都有一名战士举着"待考处"的牌子，等候着考生。

一百多人整好队后，领队向主考官敬礼报告："主考官，所有考生已准备好，考试是否进行？"主考官威严地说："按原计划进行！听我口令，全体都有，目标：考场！跑步走！"

最后考核三公里，要不是有个战士陪着跑，李晓音根本跑不下来。跑到终点，她被两个女兵架住，扶着走了半圈，才感觉双腿不再打晃，恶心感减弱了。坐在草地上，拿起手机，五个未接电话，全是秦小昂的，便拨了回去。

"晓音，你在干什么呢？气喘吁吁的。你知道吗？田心怡是这次国庆七十年大阅兵的女兵方队领队，她提将军了。"

"真的？"

"各大网站都出新闻了，我马上把视频发给你。是柳宛如做的采访，听说她在阅兵村待了两个月。"

"这家伙，竟然没告诉我们。"

"这就是田心怡的风格。一看她那么朝气蓬勃，就感觉自己也很年轻。"

视频里的柳宛如瘦了，穿着迷彩服，举着话筒，身后是一列列正在训练的女兵队伍，讲述她们踢着的正步、行进速度；讲述脚上磨出的脚泡、替补队员内心的忧伤、排面兵的危机感及女兵平时吃什么、几点起床、几时训练；讲述阅兵线路的划线员、营区跑来跑去的小黑狗、每天变幻的云彩……以她三十年的采访经验，柳宛如的采访扎实细致，且有文字记者所不及的画面冲击力和感染力。田心怡在视频最后五分钟时出现。画面上，五十六岁的田心怡英姿勃勃，下着军裙，上着淡绿色军衬衣，脸上的汗水一滴滴地往下流，后背湿透了，可腰板挺得笔直，口号喊得高亢。

田心怡都当奶奶了还如此拼命，李晓音越看越惭愧，嘴里轻轻呼出一口气，说："小昂，我刚跑完三公里，这次军事体能考核，俯卧撑、仰卧起坐、三千米跑步和我最紧张的三十米蛇形跑，拼了老命，总算达标了，其中两项还是优秀。不过，现在我连说话的劲头都没了，腿都软了，肚子疼得弯不下了。现在忙，咱们回头再聊！"

新年后，李晓音被正式任命为她向往了几十年的全军文学刊物《昆仑文学》的主编。于副总找她谈话，说："李晓音，英国之行使我真正了解了你，你对文学的热爱深深地感动了我。之前的免职没对你造成影响，我看到了你的潜力，好好干。你们胡主编可没少推荐你，《昆仑文学》的许主编退休前也向社长提议，由你任主编。"

"我们主编？"李晓音吃了一惊。

"当然了，我俩分别找社长建议的。《昆仑文学》创刊有七十余年了，是创刊最早的军事文学刊物，你使命在肩，大胆干吧。"

"是。"李晓音敬了一个礼。于副总也马上站了起来，回敬了军礼。

从第一次投稿到今天，经过三十多年的努力，李晓音终于实现梦想，此时，她已五十岁了。她走出于副总的办公室，就想跑起来，想立即给爱人、大姑子、大哥打电话。这时，胡主编笑着走了过来，说："祝贺你，晓音。"

"谢谢主编栽培。"她由衷地说。

回到家，她兴奋地边做饭边唱：

辕门外三声炮如同雷震
天波府里走出来我保国臣
头戴金冠压双鬓
当年的铁甲我又披上了身
帅字旗飘入云
斗大的穆字镇乾坤
…………

“这不是《穆桂英挂帅》吗？还真有几分马金凤的味道。”林诗诗笑着走进门来，“我做了你跟特特爱吃的豆腐粉条包子，你们尝尝。”

“谢谢姐。”

“听说你官复原职，不对，还晋升正职了。你姐夫说的没错，新的干部政策，就是要能上能下。晓音，你遇上了好时代，只有这样的时代，才能让你由编辑一下子升到主编。好好干，希望你主政的《昆仑文学》官兵会更喜欢。我也说过，生活，总是会格外垂青那些不气馁的人。”

“有姐助力，我会更加努力。”李晓音握住了大姑子的手。

李晓音调走后，徐编辑又调回了《军人生活》，跟别人说李晓音生生地耽误了她；但当着李晓音的面很热情，又帮着收拾东西，又是祝贺。头发已灰白的徐编辑坐回了她原来的位置，现在她面对的，是跟下一辈一样年轻的编辑。

3

妇女节放半天假，李晓音左眼不舒服，热敷时只留一只眼睛打量世界，忽想起刘蕾，便约她聚聚。刘蕾很高兴，说：“你这个坏东西，还没忘记我。”李晓音因工作和家务忽视了好友，想起地震时她的生死相救，更觉内疚。刘蕾让李晓音晚上住到她家，她有许多话要说。

李晓音买了一束花，到了刘蕾家。刘蕾让她帮忙看看她整理的摄影作品集，说有家出版社要出版，请李晓音给她写序言。

刘蕾家换了一个保姆。新保姆脸红扑扑的，刚从农村出来，给李晓音倒茶时，不小心烫了手。小姑娘出去倒垃圾，刘蕾小声给李晓音说：“别看小姑娘笨笨的，但爱学习，电脑打字比我还快，还让我教她摄影。”

“我带她出去逛，她可会描述事物了。你猜她怎么说？刘老师，你看那只小狗长着黑色的毛，头顶上有一小圈白毛，可漂亮了，能拍拍不？还有好玩的。前天晚上她正做着饭，忽然跑来说，刘老师，落日像鸡蛋一样，漂亮得我真想吃，能拍吗？结果炒的菜都糊了。”刘蕾说得哈哈大笑，李晓音也笑，跟她进了书房。

刘蕾说，这些日子她不但坚持摄影，还学会了使用语音输入软件，在声音辅助下，通过电脑完成文字输入工作。她利用听觉、触觉和嗅觉来辨别、感知外界事物，发现比原来体察事物的感受更独特。

她打开“光的世界”文件夹，说是她拟出版的作品。里面精选了一百幅摄影作品，每幅都附图片说明。李晓音看得骇然，那是一个她从来不曾注意的世界，而刘蕾把它们留存了下来，并且进行了全新的解释：一只没了腿的小鸟、斑驳竹林里的人脸、黑布上的红光、一张手捂着眼睛只露着鼻子和嘴唇的脸……

看完照片，夜深了，她们躺在宽大的床上，仍有说不完的话。刘蕾说：“是郎静山的摄影作品启发了我，简净、空灵，山水画一般。如《晓汲清江》，汲水者低着头，面部被斗笠遮住，看不见表情。著名战地摄影师詹姆斯·纳希微、吴印咸、沙飞，他们以新闻摄影师的独特视野，用一张张生动的照片，真实记录了炮火与灾难中无家可归的小孩、踽踽独行的老者、兀自焚烧的茅屋。最好的战地绘画和摄影，并非简单地寻找好看的画面，而是要在画面中有所洞见，发现意味和故事。这就需要对被拍摄者的情绪、思想、表情和肢体语言深度介入。我一只眼仍能拍出世界上最独特的照片，你信不信？”

“当然信了。”李晓音紧紧握住朋友的手，说，“我怎么能不相信呢？你是新闻系的高材生，是著名的军旅摄影家呀。”

“晓音，我下周要去舰载部队采访飞行员，他们是刀尖上的舞者。试想，他们从千里之外瞄准航母，舰载机两个主轮从接触到航母甲板到最后非常精准地挂上拦阻索，要在这降落的数十秒内完成上百个动作。镜头只能拍一瞬。一个人在海天之间呼啸，一定有写不完的故事。还有他们的家人、战友，太有写的了。”

“那你给我们写篇报告文学作品，你的文章像你的照片，角度总是跟别人不一样。”

“我还有一个想法。人民空军招收女飞行员即将七十周年，中国已成为世界上拥有女飞行员最多的国家之一，我给你们刊物写篇全方位展现新中国第一批女飞行员到第十二批女飞行员的生活的文章，怎么样？李大主编，有没有兴趣？”

“就这么定了，这两篇稿子就交给你落实了。月底前交稿，需要人，言一声，我全力保障。不要太费眼睛。”

“刘老师，我跟你去。”小保姆端着一盘水果走进卧室。

刘蕾朝小保姆笑笑。她走后，刘蕾说：“看到了吧，成魔了，我喜欢这孩子。等书出版后，我就退休了。你猜，我退休后除了摄影，还要干什么？”

李晓音想了想说：“继续到全国各地，不，到全世界去拍片。”

刘蕾摇摇头，说：“晓音呀，我就准备当奶奶了。前夫身体也不好，我要照顾他。”

李晓音吃了一惊：“前夫？都离婚了，还管他？你怎么突然一个大转弯，让我不能适应。”

刘蕾摸了摸她那只伤眼，说：“我俩从小一起长大，算得上青梅竹马。有一次出差回来，我发现他出轨了，他怎么恳求我都没原谅。现在想想，要是给了他机会，说不定我们现在也挺好的。当时年轻，把人生看得太简单，其实生活很复杂。一个人，只有理解别人，才能看清自己。再说，他现在孤身一人，病了需要人照顾。对了，你要看看咱们那次同学会我拍的照片吗？”

李晓音摇了摇头，说：“天不早了，睡吧。”

4

当了主编的李晓音，几经协调，终于在火箭军某部举办了全军文学创作笔会。

笔会年年搞，要有新特色。在给社里起草笔会方案时，李晓音再三强调这次笔会要加强对基层官兵的培养，要请现在活跃在文坛且熟悉部队的军旅作家来授课，要去部队观看新的装备和实兵演练的火热场面。

方案很快得到批准。

“男男女女百十号人,不但要让他们学到真正的创作技艺,还要按部队的要求管理好。”于副总把李晓音叫到办公室,再三叮嘱。

“请于副总放心。”

学员们报到后，李晓音立即开了预备会，在会上讲道:“《昆仑文学》创刊七十年来,为部队培养创作骨干,举办了上百次笔会和文学创作班。这是我们的传统,必须赓续。这次,我们不但要让官兵看到我们最新型的大国重器,还要去火热的练兵场淬火,书写强军故事。同时,邀请著名军旅作家来给大家上课。我先点名,认识一下大家,并祝贺所有能参会的学员。不少很有实力的创作骨干因各种原因没能来,他们特别羡慕你们。在部队军事训练很忙的情况下,在各级首长大力支持协调下,你们能来参加这次学习，是多么幸运！望大家珍惜这次难得的学习机会。”

为了加强管理,李晓音把百十名学员分成三个中队,指定三名骨干负责中队日常管理。三个中队长都是连长、指导员出身,带队上课参观,比部队管得还严。

三个身着陆海空军服的小伙子往前一站，后面官兵提着统一的文件包,三支队伍唱着歌列队走进大礼堂,参加笔会开幕式。参会的首长纷纷称赞,这才像我们部队的文艺创作骨干。

当了排长的儿子在电视上看到笔会的新闻后，责怪李晓音不让他参加,委屈地说:“妈妈,我在军内外报纸、杂志发表十几万字了,为什么不让我参加笔会？”

李晓音笑道:“避嫌。因为你是我的儿子。”

“难道你在《昆仑文学》工作,我就不能在这个刊物上发表一个字？不能参加编辑部组织的一切笔会？”

"好好写东西,参加不了我们的,可以参加你们陆军的,或地方组织的。只要你是金子,随处都能闪光。"

"可是官兵生活太普通了,没什么可写的。"

挂了电话后,李晓音考虑了两天,给儿子写了一封信:

儿子:

你的话,让我思考了很久我三十多年的军旅生涯。

和平时代的部队生活单调严格,我何尝没有体会?但是你应当看到它的意义,如果没有一坐或者一站就一两个小时的练习,怎么能做到上千人的步调一致?怎么能有站如松、行如风的豪迈?任何事,你要先想到它的好,然后试着去理解它,去体察它,就会知道,它并不像你想象的那么枯燥。

你具备了成为作家的基本素质。首先,你非常热爱写作。兴趣是成功的基石。其次,你的文笔不错,表述准确,语言也比较简洁,能表达基本的思想脉络。要真正成为作家,具备了这两点,还远远不够,还须观察生活,善于捕捉生活的细节,这样,写出的文章才有血肉,才能让人有身临其境之感。这就是人常说的,做个有心人,观察周围人的言行举止,留意生活中的风云变幻,培养丰富的感情,你会发现社会是丰富多彩的。多读书,多练习,看大作家怎么观察、书写生活。在你看来平常的,他却写得活色生香。就像拍照,同一个物件,拍照的角度不一样,呈现的形态就不一样。

我希望你多练笔,去描写你身处的生活。大至一种现象,小到一片树叶的色泽,在不同人的眼里都不一样,可能是春风得意,可能是恨别鸟惊心。写东西要具象,让人读了你的文章身临其境。我记得我当兵时,你姥姥最担心我吃不好,我每次就很详细地写,早饭吃的是白馒头、大头咸菜,喝的是小米粥,午饭晚饭都是两个素菜、两个肉菜,晚上睡觉被子上还盖着棉大衣,暖气烧得特别热,里里外外穿的全是新衣服,住着高楼,比农村的生活不知好了多少倍。这样的信，家里人读了，就会很放心。当然，我们那时的生活不能跟你们现在比。

你选择了妈妈从事的职业，我很欣慰。我不能说自己有多么成功，至少有些经验可以跟你交流。我把你当作一个热爱文学的朋友，跟你促膝谈心。我为什么写作？说实话，起初是想引起别人的注意。那时，我在黄河滩一个偏僻的农场当兵。女兵们大多是城里人，城里人对农村人总有几分偏见，我又敏感，于是特别孤独。我常常一个人坐在宿舍窗前，望着远处灰蒙蒙的山，梦想发生点什么，大家就重视我了。

可是能有什么故事呢？走在营区，我的眼睛睁得大大的，渴望上天赐我一个舍己救人的机会，可是既没有人落水，也没有坏人行窃，一切平和。平和的日子让渴望辉煌的我心里充满了惆怅。

有一天，我忽然想，碰不到，就不能自己创造吗？那时，我最爱读《红楼梦》，一遍遍地想象着我就是那个多愁善感、饱读诗书的林黛玉。她葬花、写诗、读西厢，寄人篱下孤身只影，不正跟我一样吗？我为漂亮而有才情的林黛玉抱不平，我不希望她遇见的是贾宝玉这样一个人。于是我坐在马扎上，趴在床边，听着喇叭里响起的《再见吧，妈妈》，写起了自己的第一篇文章，写了一个女孩的梦想：穿上帅气军官服的女孩，在一个春雨之晨，遇上了英俊的军官。他们在和平鸽的感召下，携手奔向了硝烟弥漫的战场。这是一篇非常幼稚的习作，但当时我写得流了泪。

我的处女作《今夜静悄悄》在我新兵下连分到食品厂做方便面时发表了。得知我发表了文章，战友们投给我的目光是羡慕，是钦佩，我们基地唯一的一个女军官来向我请教。当她拿着书，向我求证文中提到的"打湿了绣在枕头上的并蒂莲"时，我马上拿出了你姥姥寄来的绣花枕套。女军官纤细而修长的手指摸着花骨朵，说了一句让我受用一生的话：动人之作在于真呀。

战友们的羡慕使我有了动力，我劲头更足，思考了很长时间，又写了一篇《到远方去发信》，拿给女军官请教。我写了一个女孩去县城给远方的男朋友寄信的事。女军官看完，说，两个细节用得好，一个是女孩把信交给邮递员，信超重了，邮递员让她补邮资；一个是女孩走出邮局，忽然想自己贴的心爱的邮票会不会让集邮爱好者撕了，连同信也扔了？于是又折回，寄成挂号。她说我写活了一个多情而细腻的少女。你想不到吧，这个女军官就是你姑姑。

这就是细节的魅力，也是搞文学的人必备的能力。留意生活中的小事情，不定什么时候它就成了你写作的素材。

我多么希望我写的信能对你的人生有所帮助。就像著名翻译家傅雷给他儿子——后来成为著名音乐家的傅聪的家信，影响了傅聪的一生。曾国藩的家书，影响了他的弟弟、妹妹、儿女好几代人，使得“曾家军”威名四海，曾国藩的后代有的成了将军，有的成了数学家。

生活应当丰富多彩，这与你的爱好并不矛盾，文学、音乐、摄影等艺术都是相通的，只有热爱生活，才能体察到生活的美好，也才会感觉到作为一个作家是很幸福的。你现在身处部队的最基层，不要想着写伟大呀惊人呀，写出普通生活的肌理与质地，就是一个好作家。

你爸出航了，说晕船难受，但海上生活有意思，让他明白了什么叫军人，什么叫奉献。他已经给你写信了，我就不详说了。

笔会没叫你参加，希望你理解。你只要写，会有更多的笔会等着你，前提是你必须有好作品。

天凉了，多注意身体。妈相信，你会坚持下来，并成为一名合格的军人。

妈妈

刚写完，李晓音就接到秦小昂的电话。

“晓音呀，咱们晚上聚聚，在后海见面。我有重要的事跟你商量。”

5

此时，后海荷花盛开，鸭子悠闲地游来游去，绿头公鸭很是漂亮。李晓音看了一会儿鸭子，拍了一会儿火烧云，又观赏了地上的树影，才恋恋不舍地走进饭店。没想到秦小昂先到了。

两月没见，秦小昂老了许多，虽然穿着连衣裙，带着白色太阳帽，妆容精致，但眼里布满了血丝，眼袋也耷拉了下来。

李晓音刚坐下，秦小昂就把一杯拿铁咖啡放到李晓音面前，说："我想提前退休。"

李晓音吃了一惊，问："为什么？"

秦小昂拿勺子轻轻搅动着咖啡，慢条斯理地说："部队现在管理越来越严，我有些跟不上了，野战生存、战地抢救、防化演练，每天都排得满满的，我神经衰弱，成宿睡不着觉。前几天射击考核，子弹飞离弹壳的瞬间，我的血压估计能增到一百八。体能考核，特别是三公里，我跑不过。跑不过就不能晋升，我也不想调五级了。还有，什么事都得民主评议，评'四铁''双争'得投票，晋级得投票，达不到优秀，想调级连门儿都没有。你知道我的脾气，得罪了不少人。想通了，也就提前几年，没啥遗憾的。"

李晓音劝道："你再坚持几年吧，听说军人各方面待遇都会越来越好。你不是说还要上航母吗？"

秦小昂头摇得像拨浪鼓："坚持了。去年跑步还能及格，今年一开春，我就开始跑步，差点累死，三公里从二十五分跑到二十三分，怎么也跑不快了，膝盖还损伤了。你听，我走一下，膝盖就响，转身都疼。不能不要命。渐近老年，算了，也就提前走个几年。我想放飞自我，学唱我喜欢的昆曲，喝喝茶，晒晒太阳，趁还能走动，各地转一转，过一种跟过去不一样的生活。"

"你爱人同意吗？"

“他支持我退。他公司忙，老不回家，我退休后去他公司，帮帮他。”秦小昂说着，声音低了，“晓音，你怎么打算的？我们都五十来岁的人了，眼看着要抱孙子了。我不想把生命耗在一些没有意义的事上。你整天写呀写呀，有什么意义？人生只有一次，该享受就得享受。”

“怎么能没有意义呢？看到我们新出的散发着油墨味的杂志，我很快乐。我建议你先别急着决定，到部队走走，可能就打消了念头。有时我也想打退堂鼓，但我看到刘蕾，看到田心怡，她们那么有意义地生活，做自己喜欢的事。生命只有一次，无论怎么样，将来不后悔。再说，如果一件事很容易，那多没劲，只有克服了种种困难，才能体会那种幸福。咱们都爱看戏，一个女主角得练多少年功才能走到舞台中心呀！你说我写作没意义，我有时也在想，写作到底是为了什么？最近我想明白了，我要给我的生命留下印记。”

“别劝我了，我去意已定，我祝你调五级，调四级，当上文职将军。不过，你看你，哪还像个女人，皮肤那么粗糙，脸上也有了皱纹，我们女人要保养好。你哪天到我家来，我已搬到别墅了，你想住多少天就住多少天。晓音，我叫你来，是想请你跟我去一个地方。”

“什么地方？”李晓音发现秦小昂的脸色凝重了。

秦小昂看了一下四周，低声说：“昨晚老彭睡着后，我偷看了他的手机。他让公司财务总监给他详细账目，我有预感，他百年后，遗产肯定要给他儿子。我整夜睡不着觉，想先去公证处咨询一下，让老彭提前写个遗嘱，有些事得早打算，我得为我女儿考虑。我一个朋友，丈夫忽然去世，前妻闹得……”

李晓音一把拉住秦小昂的手，说：“小昂，千万不要这样想，更不该如此做，你丈夫知道了，他会伤心的，会伤了夫妻感情。一方面，人家身体好好的，另一方面，那毕竟是他儿子。你要那么多钱做什么？咱们部队的工资不低，生活足够了。有时我在想，衣服不就是遮体之物吗？舒服是最重要的。说句笑话，平常军装穿惯了，那些时装，我还真穿不习惯。”

“不追求这些，我还追求什么？老彭不像你们家特特，我们是半路夫妻，心隔着好几层。他儿子三十多岁，没本事，今天要这个，明天要那个。老彭对我是不是真心，我到现在也没把握。活到这个份上，能抓住一些算一些，女儿又长年在国外，有钱了，我可以出国旅行，吃遍天下美食，老了进高级养老院，一切解决了。”

李晓音还要劝，秦小昂手机响了。她接完电话，说：“晓音，我已经决定了，你不陪我就算了。”

“你还是要三思而后行，做事一定要考虑后果。公证之类的事，千万不要去做，老彭这么多年对你还是不错的，你要多关心他。夫妻就是这样，你对人家好，他自然对你好，不要……”

“不行，我得回去马上跟他谈，司机告诉我老彭又跟他儿子出去了。”

“小昂，你这样只能伤害夫妻感情，要信任他。听一句劝。”李晓音急得声音都大了，好几桌人朝她们看过来。

秦小昂背起包，说：“我得回家，找人咨询一下相关情况。”

李晓音知道劝不住秦小昂，无奈地摇摇头。

刚回到家里，姐打来了视频电话。视频里，姐头发白了不少，抹着眼泪。

李晓音忙问：“姐，最近好吧？”

“晓音呀，气死我了，静静不跟家里商量，竟然自主择业了，还说每月拿着工资，可以再创业。”姐边哭边说。姐的闺女，李晓音最喜欢的外甥女，在部队医院里做技师。

“你别难过，我问问情况。”

李晓音立马给外甥女打电话，稳住情绪，心平气和地问：“静静，你怎么自主择业了？”

“小姨，有人给你发工资，睡到自然醒，是多幸福的事，为什么还要上班？我现在多自由，开着车全国各地玩，有空辅导孩子作业，做做瑜伽，多自在。舅舅们当上将军又怎么样?还不有退休的一天。”外甥女说。

“你当时上军校怎么说的？”

“那时是那时。现在南方机会可多了,我自主择业后,会干自己喜欢干的事,而不是整天坐在药房拿药取药,好无聊。难道我就一直这么干到头发白了?小姨,你也离开部队吧,不要整天写呀画呀,做做头发,做做美容,跟我小姨父到南方来,好好过过有闲人的生活。”

李晓音再说无益,无奈地挂了电话。

她舍不得脱下这身军装。

她爱部队大院,每一个院子都是那么宽广,那么整洁,那么让她眷恋。每每上下班时,她总不停地环顾全院。原来办公楼里全是军人,现在军人只有不到十人,更多的是一个比一个年轻的文职人员,他们身上的孔雀蓝跟军人的绿军装一样帅气。这就是时代的列车,滚滚向前。有人离开,有人坚守,有人加入。

想起电视剧《士兵突击》中的许三多,想起他在连队留守的情景,她又有了力量。

有次去部队出差,晚上跟同学聚会,回来晚了,宁静偌大的院子,相似的楼房,她怎么也找不到招待所了。她走了三个来回,又回到了起初的地方。除了一片湖和一片树林,只有一栋办公楼亮着灯,门口站着持枪的哨兵。她很想上前去问路,对方远远就喊:“口令”。枪栓一拉,吓得她后退了好几步。

既然找不到,信步走走吧,反正哨兵就在不远处。她走了一会儿,坐到湖边。蓝蓝的天幕,繁星灿灿,一弯新月半边阴着,半边金黄。空气里有一股青草的味道,树影调皮地跟她逗着玩,随着风忽前忽后。湖面在月光下显得神秘,好像掉进了一颗珍珠,不知是鱼儿还是别的什么,腾地跃起,又扑通钻进水里。

她想,就在花台睡一晚也不错,反正夏天的夜晚挺美。月亮看着她,让她感觉那么圣洁。花香又令人迷醉。路灯、花草,甚至草坪上的英雄雕像,都让她忘记了害怕。

这时,从办公楼走出一位少校,显然刚加完班。他竟然一点也不惊奇花园里半夜了还有人,朝她微微一笑。她拿出证件,少校顺利地带她找到招待所。说来好笑，其实她离招待所不到五十米，只是中间隔着一大片樟树林。

嗬，原来是樟树林迷住了她的双眼。

现在，秦小昂是不是也被钱财迷住了双眼？如何劝解好朋友呢？李晓音真是发愁。

第二十六章　浪花白

1

又到春节了，秦小昂打电话邀请李晓音跟她一起去三亚玩，说她丈夫去谈生意，她一个人待在宾馆没意思。李晓音拒绝了："林特特春节值班，我要去他部队休假，去年没去，今年说什么也得去了。"

"想他了？"

"废话！"李晓音话一出口，心跳加快了。自爱人去外地后，她越来越觉得自己离不开他。虽然她跟林特特从结婚到现在基本都是两地生活，可当时年轻，孩子小，每天忙，不觉得孤单；现在孩子大了，工作也得心应手，这时就格外思念远方的爱人。

"我就说嘛，你能没七情六欲？现在，我们的圣女也坚持不住了！说话紧张，像个小姑娘。"秦小昂打趣道。

李晓音在电话里啐了她一口，叹息了一声："官兵大多数都是两地生活，只有亲身经历后，才能真正理解这种煎熬。"

"好了，我就不打扰你们夫妻团圆了。不过，人到中年，悠着点。"

穿着迷彩服的林特特到机场接李晓音。好像几十年没见似的，她一头扑到他怀里。林特特笑着推开，说那么多人看着呢。

“我不管！”她撒娇道，头偎在爱人胸前，全身都热热的。一直到下车，她都没有松开他的手。

林特特把她接到宿舍，说他正在带兵训练，让她先休息。她紧紧地搂住他，长久地亲吻后，说：“去吧。”

按级别，林特特应分师职房。林特特没要，说大房子太空旷，要了两居室，收拾得干净整洁。李晓音想帮着洗衣服，林特特的衣服都洗得干干净净，整整齐齐地放在衣柜里；想收拾屋子，军被叠得比她还规范；想做饭，锅碗齐全，就是没菜。林特特说：“一会儿带你去我们食堂吃，你就知道海军伙食如何好了。”

虽然是自助餐，但品种繁多。守在海边，海鲜少不了，各种面食、点心、水果、饮料，应有尽有。李晓音喜欢餐厅，清一色的白桌椅，深蓝的地板，跟军舰一样漂亮。

第二天，一阵鸟叫吵醒了她，抬头一瞧，窗外大亮。看表还不到五点，她被窗外银练般的云彩吸引住了。爱人还熟睡着，她悄悄下楼，走进营区。

院子里的英模雕像表情威严，双目炯炯，立在水池里。池水是蓝色的，就像不远处的大海。军舰泊在码头，一位哨兵双手持枪，也就十八九岁的样子。她紧走几步，想上引桥看看好久没有上过的军舰。哨兵一手抱枪，远远向她摆手，大人般的皱眉让她莞尔。她拿着军官证朝他扬了扬，仍想上舰。他显然气恼了，左胳膊持枪，右手高举，且握起了拳头。

她扬了扬记者证，说：“我是《昆仑文学》的记者，想看看军舰。”他朝她敬了一个军礼，示意她退后。

真是死脑筋！她瞪了他一眼，返回大道，沿着海岸线跑步。

起床号响了。一列列水兵穿着迷彩服，波浪般涌向了她。眼看要追上来，她脚下提速。很快，他们就跟她并行了。都是男兵，最大不超过二十五岁。她五十来岁了，可不能在他们面前输，加快了步子。跑了四圈，他们远远超过了她，有人在笑，有人向她竖大拇指，还有人小声说加油。她好想脚下安个风火轮，可终究年纪不饶人。浑身湿透的她站在一边喘气时，他们还在跑，跑得那么轻松。

年轻真是好哇。好想重返青春，好想上军舰，她没上过新型的军舰。林特特下到海军部队，她也特别想了解他的工作。

坐在军港码头高高的花园亭子里，望着远处的大海。海水不是深蓝，是润蓝；也不对，像翡翠。同样的海面，东边是深蓝，南面是润蓝。大海就像一张娃娃脸，变得特别快。林特特说，如果幸运，出航时会看到飞鱼，特别美。有次出航，他们好多人晕船，但一听说有飞鱼，顾不上难受，都跑出舱，看那壮观的场面。

她想起了那首著名的歌：我爱这蓝色的海洋，祖国的海疆壮丽宽广。我爱海岸耸立的山峰，瞭望着海面像哨兵一样……

下午，新兵时的景班长打来电话，说她们当兵时的后勤基地一部分要移交当地政府，一部分变成部队靶场，请李晓音有时间回去看看，再过些日子，什么都找不到了。

"谢谢班长，等我有空，我正在爱人部队探亲。"

景班长的一席话，使她采访潜艇部队的念头更加强烈。去年年初，"新春军事记者走基层"通知一到社里，她就主动报名，去某海军潜艇部队采访。第二天，去机关开预备会。出发前夜，因为全国新冠肺炎疫情形势紧张，此次采访取消。

一晃，一年过去了，没想到爱人的部队也有潜艇了。她缠着要看，爱人最后说他请示一下。

第二天，爱人说有个采访团来他们部队采访潜艇官兵，已安排李晓音一起去。李晓音兴奋地朝爱人敬了个礼。

2

终于要登上潜艇了，李晓音一宿都没睡踏实。要采访她很少接触的潜艇官兵，她把内容又过了一遍。

走遍大江南北的大院小区，她最爱部队的营院。它的宽敞，它的整洁，它散发出的那种神秘与庄严，让她迷醉。南北方营院的布局大同小异，建筑规整厚重，不同的是陌生的树木和花草。此处营区依山而建，远处是层层茶田和密不透风的森林。粗大的香樟树，她认出来了。最想看的凤凰木、蓝花楹，寻遍营区的角角落落也没找到，她一拍脑门笑了，要四五月份才开花呢。高高的白色大楼上，镶嵌着熟悉的海军军徽。太阳从楼顶露出头，阳光穿过大大小小的树枝，一缕缕金光洒在草坪上，明晃晃的，好像色彩饱满的油画，特招人眼。院子一片寂静，好像这世界只有她和太阳、鸟儿醒来了。远处是操场，让她纳闷的是，篮球架倒放着，这与整洁、美观的部队很不协调。她狐疑着走进操场，两边的篮球架都朝一个方向倒放着，红色的网子朝上，浅蓝色支架稳稳地靠在地上，绳子紧紧系着，不像大风吹倒的。空气中有股海腥味，她想起了刚从这个城市离去的台风。

采访时，七八位海军官兵坐在白色的长条桌旁，好像层层白色的浪花。坐在挂着蓝色窗帘的会议室里，李晓音犹如置身大海之中。花名册上写着他们的姓名、籍贯、出生年月以及现任职务。艇务、声呐、舵信、轮机、航海、观通、鱼水雷……他们都留着小平头，穿着统一的海洋迷彩服，军帽一律放在桌前左上角，帽徽朝前。

他们是哪些人的儿子、丈夫、男朋友？他们身后的女性长什么样子？他们有着何样的人生遭际？她开始乱想起来。

有微笑的，有胆怯的，也有一脸凝重的。稚气的，不用说是新兵，讲话严谨的是军官，她最感兴趣的是一位老士官，看肩章是一级军士长，兵龄当跟她差不多。能当一级军士长，绝对是兵王，在部队能干到退休。他坐在军衔最高的中校旁边，头皮发亮，只在耳朵上方留着一圈灰白色的头发，半歪着身子，架着二郎腿。李晓音忽想起昨晚看的相关资料，他曾在紧急时刻安全处理了一颗没有发出去的鱼雷，使全艇零事故，荣立一等功。和平时代立一等功，难上加难。她微笑着向他致意，他朝她轻轻点头。

记者中，一位陆军女文职频频提问，引起了李晓音的注意。坐在她旁边的海军女少校跟李晓音咬耳朵:“问的问题有些幼稚，哪个单位派出这么一个生瓜蛋子？”

文职女记者提问的,也是李晓音想问的。她悄悄回复海军女少校:“问得细好,你们整天在舰艇上跑,习以为常,可我们陆军记者怕没几个真正熟悉潜艇的。”

“班长,据我所知,在所有兵种中,潜艇兵的要求最高。你认为,成为一个优秀的潜艇兵要具备哪些条件？”女记者又提问了。

一级军士长说:“当潜艇兵前，我在潜艇学院进行了长达八个月的入伍训练和专业学习。要成为潜艇兵,首先要过四关:体格复查、文化测试、心理测试、氧过敏测试,对身高、耳朵、鼻子、牙齿都有严格的要求。除了完成海军统一制定的入伍教育训练,我们还要学习水下脱险、损害管制训练等课目。有的课目,如损害管制,可能一辈子用不上,对潜艇却至关重要,不能不会。在培训期间,每人会分配一个对应潜艇型号的专业。专业之间的知识融合度很小,所学专业决定了将来在潜艇上的工作岗位和战斗序列。这是不可替代或变更的。另外,在水下密闭空间生活,高温高湿,想要克服,坚强的性格是必须的。”

“你们出航后,吃、住、洗澡如何解决？下潜时,会不会紧张？”女记者扶了扶眼镜。

大家都看着他。军士长笑道:“这么多人,不能老让我说呀,还是让我们小帅哥回答吧。”他把话筒推到旁边一个下士面前。下士正歪着头观察桌上放着的微型采访机,紧张道:“这,这,班长,我说什么呢？”

军士长瞬间严肃了:“就回答你在艇上吃、住的情况。”他帮下士打开了话筒开关。

下士说:“潜艇舱室空间非常狭小,我们睡的是可拆卸式的吊铺,睡时装上,起床拆下。帆布床上下间用吊链相连,有三层、四层不等,层与层之间只能侧仰而入,翻个身都不容易。我跟班长睡一张床,轮流值班。喝水也有定量,每天就喝一杯水,这样上厕所就少。上厕所也是有讲究的,搞不好,可能造成艇毁人亡……”

右边的中尉忙打断他的话:“现在艇上条件好多了，我们能吃上热饭,洗上热水澡。为了走向深海,确保万无一失,我们平时训练时就得想到各种可能,坚决按大纲要求,科学施训。”

“航海长,恕我冒昧,你女朋友或你妻子,理解你吗？”女记者问。

中尉像背书般说:“两情若是久长时，又岂在朝朝暮暮。不理解军人,天仙般的姑娘我也不会娶的。我的女朋友当然全力支持我。”

“对不起,最后一个问题。班长,鱼雷发射时,你害怕吗？”

军士长正要回答，女少校不耐烦地说:“别问班长这么可笑的问题了。哪个军人会怕死？班长,我想问,咱们潜艇的性能,特别是鱼雷弹发射水平,与世界先进国家相比,能排第几？”

军士长愣了一下:“少校同志,你这个问题我没有资格回答,怕得问将军同志吧？我还是回答前面这位同志的问题吧。说真的,第一次见鱼雷,我是害怕的,站在旁边总怕它忽然爆炸。后来朝夕相处,它成了我离不开的‘老婆’。鱼雷发射出去等待那几秒间,很难熬,怕击不中目标,它还成了别人的‘老婆’。”

大家都笑了。

女记者也抱歉一笑,说:“对不起大家,我的提问结束了。”她有一双细而小的眼睛,远远看去,好像一条线。

采访比预定延长了半小时,李晓音仍意犹未尽,问:“能具体讲讲平时训练或生活中的事吗?比如说某天的天气,战友的神态。得有细节,有声音,有气息。”他们相互看看,摇了摇头。

李晓音刚回招待所，还没来得及换衣服，就有人轻轻敲门。打开门,是那个提问题的女文职记者。她看起来很年轻,最多也就二十四五岁,皮肤光滑细腻,一头短发,清清爽爽。她递给李晓音一塑料袋樱桃,说:“首长好,我来看看您。”

李晓音笑着说:“我跟你一样,只是记者,叫我名字就行。”

“我从小就想当兵,因为视力不好,只能放弃。听说部队从应届毕业生中招收文职人员,我立即报名。虽然穿的是孔雀蓝,可毕竟属于军队工作人员，我还是挺自豪的。”

看她没有要走的意思，李晓音指指茶几旁的椅子，请她坐，她不愿意坐。看来还懂礼貌，李晓音只好先坐下来。女记者局促地坐下，取下头上的迷彩帽，放在膝盖上。坐姿还算合格。李晓音不知道她要说什么，也不知自己该跟她说什么，便盯着她肩章看。黑色的肩章远看像五角星，细瞧是个“文”字。

“首长，您能否给部队的领导提个建议，让咱们上一次潜艇？您别急，我是说让核检合格的记者上艇，保证咱们潜艇的安全。我刚进部队，可在军校培训了两个月，部队条令条例全学了，道理、纪律都懂。潜艇是令敌胆寒的国之重器，要慎之又慎，确保安全。”

“我也想上艇，可咱们到了部队，就必须服从命令。身为部队工作人员，你应当明白，服从命令听从指挥是军人的天职。”李晓音语气严厉了些，没想到小姑娘竟然给自己出了这么一个难题。

女记者抚摸着帽徽，也不说话。李晓音责怪的同时不禁又问：“你为什么这么想要上艇？你们家有人在潜艇部队？”一个女孩子如此热爱潜艇，李晓音对她有了一种亲切感。

她小心地说：“首长，麻烦您了，您给部队领导说说好不好？写潜艇官兵，都没上过艇，怎么能写出好文章呢？没有体验过，笔下怎么能有感情？”

李晓音感到这个小姑娘果真不容小瞧，便发自真心地说：“我也没上过潜艇，很想去。这支潜艇部队的装备是咱们国家最新型的，里面又狭小，控制进入是必须的。”

“采访了一天，他们讲的声呐、海图，我听得云里雾里。虽然老士官拿桌上的矿泉水瓶子打比方，我仍然不得要领。”

对付固执的家伙，李晓音只有不再开口。女记者还算有眼力，略坐片刻，站了起来，走时又说：“首长，您的被子叠得真好。”

李晓音心想，再夸十遍，也不会帮这个忙的。孰重孰轻，她是拎得清的。她脱掉迷彩服，挂在衣架上，军装和军帽上的五角星放在一起，是那么协调。

第二天中午刚吃过饭，部队忽然通知他们去看潜艇启航的过程。他们兴冲冲到了码头。原来军港就在他们住的营区对面，穿过马路就是。

没有首长送行，没有家属告别，没有穿着漂亮的白军装的队伍，只有几个穿着迷彩服的官兵在潜艇上忙碌着，跟她在影视剧里看到的热闹场景实在两样。在他们的口令声中，那个庞大的钢铁巨鲸脱开缆绳，随着拖船犁开波浪，慢慢驶离出他们的视线。他们在码头远望。突然有人说："大家看，潜艇像什么？"

她回过神，潜艇由"鲸鱼"变成了"宝剑"。真的，它一直下潜，好像一把宝剑，划开层层波浪。要不怎么怎么叫深海利剑呢？

"我感觉现在像一颗子弹，你们看，在阳光下它就是一颗闪闪发光的出膛子弹。"

"要是能随着它远航就好了。"女记者走到李晓音跟前，左手遮着阳光，眺望着远处。

"会有机会的。"

下午，他们正与官兵交谈时，忽然有人通知统计人数。女记者高兴地说："我估计让我们上艇了。"

李晓音说："有可能。"

"谢谢首长，真是麻烦您了。"

李晓音没给部队说过这事。她是军人，是老兵，怎么能给组织出难题呢？可看着女记者感激的眼神，便把此话留在了嘴边。

果然是上艇。二十四名记者只能上去十一人，各新闻媒体只能派代表去。女记者所在单位有三个人，两个人比她资格老，轮不上她。她又来找李晓音。

"我真的想去看看潜艇。"她可怜巴巴地说着，眼里似有泪水。

"为什么？"

"我怕以后没机会了。我妈妈想让我回家乡报社工作，我是独生女。”

这勉强算一个理由。李晓音感觉她没说实话，但答应帮忙。她找到一直负责联系她们的海军总部的上尉干事，干事同意女记者上艇。

终于登上梦想的潜艇。陆战靴踩在黑色的“大鲸鱼”背上，置身在湛蓝的大海之上，朵朵白云，舰桥顶端五星红旗飘扬，李晓音本想抒情，后面的人却催着：“快走呀，抓紧时间。”

李晓音回头一看，是海军女少校，便没好气地说：“你不是上艇多次了吗？”

“每天的太阳都不一样，感觉怎么能一样？”

到了升降梯，看着黑乎乎的洞口，她腿肚子有些发软，借口鞋带松了，蹲到一角，把从陆战靴里冒出的迷彩裤腿扎紧。她站起来时，一股浪花冲上艇面，她眼前一黑，旁边带他们采访的中尉忙扶住她。她故作镇静，把袖子上的扣子解开，扣到最里面，这样显得利索了些。中尉笑着说：“首长，你不用紧张，不会有事的。”她嘴上说老兵怎么会紧张呢，可看着翻腾的大海、离她只有几步之遥的深不可测的升降梯入口，腿肚子又开始打晃了。

女记者刚下去就叫了一声，李晓音忙紧紧抓住旁边人的手，稍稍把头探到升降口，问：“怎么了？”女记者说好像没有脚踩的地方。中尉说：“朝右边瞧，悬梯换了一个方向，一只脚踩实，再挪另一只脚，千万不要踩空。”

一声“千万”让李晓音更紧张，她想中尉在身后呢，会安全的。

下到艇内，四周全是机器，李晓音提醒前面走的女记者小心，没想到自己直腰时头上撞了一个包。往右躲时，腰又扭了一下，也没敢声张。

中尉说：“各位老师前后左右都要看。”李晓音正要朝头顶看，女记者一把拉住她。她出了一身冷汗，原来前面也有个入口，一位中士正从梯子爬上来。真是处处险情。

“机器管道阀门在我们两边，手不要随便摸，上面都是油。”

低头瞧脚下，侧身躲管道，手握舱门进水密门。一个个艇员正拿着手电筒,爬舱室、钻水柜、摸管路,熟悉机械位置,了解潜艇的技术性能。

通道只容一人通过,中尉在前面讲解着:“马上到指挥舱了,那个小房子是声呐室,它是潜艇的耳朵,声呐兵就是在这儿,辨别舰船、鱼雷爆炸、鱼类、渔船发动机的声音。这是电机舱,不远是轮机舱。那个圆柱体是潜望镜,在海底,就是凭着它观察一切情况的。”

双手握着潜望镜密切观察海情的艇长看李晓音好奇,热情地说:“你可以看看!”

潜望镜在她手里一动不动。艇长说:“我给你转。”她看到了岸上的码头、树木和一排排高楼。

这个不大的指挥舱就是艇长的岗位。每次出海,这里便成了高速运转的“最强大脑”。“指挥员与战斗机飞行员一样,反应要快,出手要准。”年纪比她小的艇长说。

穿过密密麻麻的管道、阀门,到了鱼雷发射区。女记者看着好几个关闭着的鱼雷发射通道,问:“怎么给鱼雷除锈呢?”

李晓音也无法想象鱼雷进管、发射出管的场景,这个问题她回答不了。

女记者转身走到长长的架子前,悄悄问李晓音:“能看看鱼雷吗?”

李晓音看着盖得严实的篷布,估计得请示班长。一个上士走了过来,说:“可以看呀,尽管看,不过现在没有鱼雷。”揭开篷布,里面是空的,她紧张的心舒缓下来。

女记者站在鱼雷发射管道口,李晓音不停地揉着腰。

“您怎么了?”

“可能是刚下来时扭了腰。没事。”

通过采访,李晓音知道,鱼雷发射管道除发射鱼雷外,还是潜艇兵水下脱险的唯一通道。脱险的整个过程必须天衣无缝。要是耐不住水压,或者有其他失误,都会造成严重后果。技术重要,体质重要,心理素质更重要。

女记者死死地盯着鱼雷发射管,喃喃自语:“真不敢想如果发生意外，我是否敢从这儿爬出去。”

“如果只有这条生路，别无选择。”李晓音声音都哆嗦起来。

女记者眼泪流了出来，说：“采访时，何班长告诉我，每次出海前，官兵们都会留下家书。”

李晓音点点头：“官兵们不容易。走吧，再去其他舱里看看。”

女记者摆摆手，坐在鱼雷发射架前的一个小箱子上，说：“我一个人静静。”

李晓音扶着腰，去其他舱室了。半小时后，她回到鱼雷舱，发现女记者仍呆呆地坐着，眼角似有泪水。

“集合时间到了。”

女记者站起来，又看了一眼鱼雷发射管，说：“我男朋友负责发射鱼雷。我本来想跟他分手，通过这次采访，我才了解了他的工作环境。”

李晓音心里咯噔了一下，一瘸一拐地跟在她身后。女记者频频回头，腰撞上了阀门。李晓音说：“小心小心，别像我一样受伤。”一下艇，女记者就急着去上厕所。

“艇上有厕所呀。”

“何班长说，在水下，艇员上厕所前后，分别要打开和关闭一系列的阀门，先后顺序不能有一点差错，以保证压缩空气把粪便安全地排出艇外。二战中，一个艇长因在上厕所时操作失误，导致海水倒灌，潜艇沉没。”

“傻孩子，咱们的潜艇现在不是停泊在水面上吗？没有启航。”

“我生怕自己一个小小的失误给官兵造成麻烦。再说，我想体验官兵们受的每一份苦。”

3

李晓音扶着腰回去，林特特大吃一惊，觉得她伤得不轻，让她去医院。她说应当没事。第二天，李晓音都起不了床，还是林特特把她扶到医院。做完核磁共振，医生扶着李晓音出来，她呆呆无语。林特特拉着她，她一把抓住他的手，问："特特，是不是那个破机器把我耳朵震聋了？你说的话我听不清。"

"把棉球去掉！真是的。"年轻的女医生喊道。

"做个检查竟然把你搞傻了，还整天说要去远航。"

李晓音这才放松了，说："我以为我耳朵被震聋了。"

坐到车上，她还说个不停："我躺在那里，好像躺在潜艇里，机器吼个没完，先是哒哒哒的声音，一会儿又嗡嗡嗡、哗哗哗、沙沙沙，最后更可怕，听得我头皮发麻，呼吸急促。睁眼的瞬间，心里突然生出恐怖的感觉：这个封闭、狭小的空间，这种让人透不过气的燥热，似乎就是我未来的生活之路。我有些崩溃了……"

"你前面一个七八十岁的老人还做了呢，人家出来啥事都没有，还冲我笑，特有礼貌。"

"你没进去，当然体会不到那种痛苦。医生说不让动。我左手小拇指侧放着，想放平，又不敢；想咳嗽，又怕出意外。真怕撑不住了。我原来也做过，就是一会儿工夫。没想到这次这么难受，时间这么长，只待了半小时，像进去了半年，担心医生忘记我还在那个密不透风的深洞里。不过一想你在外面，我就踏实了。我们的潜艇兵，一出航就一两个月，他们得多难受呀。"

"医生说没事，休息一周就好了。"

"这么美的海景，我得到海边走走。"

林特特停了车，拉着她的手，长叹一声说："年纪不饶人，以后不要下部队了。"

"不，我就要下。"李晓音挺了挺腰，说，"还是痛，坐会儿吧。"

春日的傍晚，落日照耀在军港里，静卧码头的钢铁巨鲨好似撒上了一层金色，海面也是灿灿如金。

李晓音情不自禁地轻轻唱起了《军港之夜》，林特特也跟着小声哼起来：军港的夜啊静悄悄，海浪把战舰轻轻地摇，年轻的水兵头枕着波涛，睡梦中露出甜美的微笑……

“特特，这多像梦呀！这就是我梦想中的生活。”李晓音偎依在爱人胸前。

“晓音，这不是梦，是我们幸福的蜜月生活。”林特特搂着妻子说。

他俩吹着温煦的海风，望着一排排战舰，海鸥飞过，很是惬意。正是体能训练时间，有人在红绿橡胶跑道上跑步，有几名老战士在转滚轮。林特特指着海边一个名叫《胜战》的雕像，说官兵最爱来这里照相。李晓音仔细看了看，是两艘乘风破浪的潜艇正发射着两枚导弹。后面就是美丽的大海，天上还有海鸥。她想拍照，林特特马上说：“不能拍。”

原来一艘潜艇正在驶过。李晓音忙把手机收了起来。他指着远处山脚下的白楼说：“官兵宿舍在大道的尽头，离码头有两三公里，他们去上艇时喜欢走路，或者跑步，海边风景特别美，天润蓝，云彩瞬息变幻的样子美得像画。你快看，沙滩上有跳跳鱼，它在水里跑，在岸上也爬得很快。”

林特特指着旁边一艘潜艇的舰桥说：“我喜欢站到舰桥上观看大海。舰桥里有指挥室，还有水上厕所和升降设备护罩，有空气筒、潜望镜、雷达天线、无线电天线……”

听完他痴迷的讲述，李晓音也把女记者的故事讲给林特特，末了，说：“按说，我们基本上都两地生活。可这次，我好像才真正了解了两地生活。跟女记者的交谈，使我对军嫂有了更深刻的理解。”

“作家就是作家，采访一次能写好几篇文章。这个姑娘可不在你计划之列，算是意外收获吧。”

“作家的每次经历，都不会无用。”

“你要采访哪个舰艇，告诉我，我帮你联系。”

两个水兵从他们身边经过，看到林特特，马上站住敬礼：“政委好！”

林特特微微点头。

有政委的样子了，这让李晓音既新奇又陌生。林特特的手机响了，

他俩吹着温煦的海风，望着一排排战舰，海鸥飞过，很是惬意。

对方在请示工作，林特特言简意赅，让李晓音再次对一起生活了三十年的丈夫有了重新的认识。

“特特，你到了部队，像换了个人。”李晓音看着身体变得强壮、皮肤变黑了的爱人。

“是不是年轻了？”爱人搂住她的肩，“真的，晓音，我觉得在部队比在机关过瘾。基层官兵都是直性子，有啥说啥，不像机关，人心难猜，稍不注意就得罪人了。”

穿着海军迷彩服的林特特没有了在京时的那种慵懒，没有了往日在自己面前的无奈，有了军人的阳刚气，甚至有了带兵人的霸气。

休假一个多月，他们每天傍晚在大海边散步，看落日。望着港口停泊的军舰，李晓音有一种在梦中的感觉。

“想什么呢？”

“小时候，我家墙上有幅宣传画，有一位女海军穿着水兵服在小岛上种花，我就想要当海军。上军校时，我最喜欢的就是秦小昂的海魂衫，还跟她要了一套呢。后来，我想嫁一位海军，穿着洁白的婚纱，在威武的甲板上结婚，涛声是我们结婚的礼炮，军舰是我们的婚床。”

“现在给你补一场婚礼，跟我们单位举行集体婚礼的年轻人一起？”林特特笑着说。

“你这不是把我放在火上烤嘛。哪有跟儿女辈的年轻人一起举行婚礼的！”

“这有啥？年轻有年轻的风采，老有老的风致。再说，你也不老。”

“去你的。”李晓音说着，轻轻打了爱人一下，靠在他肩膀上，有了初恋时的感觉。当年，他们认识，结婚，好像没谈过恋爱。是在大海边，易让人产生浪漫的想法？还是人到中年，忽然体悟实实在在的爱才是女人终生的归宿？她说不清。

手机响了，单位干事通知李晓音回去参加正高晋升述职。

“请假吧，你这腰怕不行。”

“那怎么可以？我们单位现在正高退三晋一，这次是机会，马上帮我订机票。”

林特特不放心李晓音一个人，自己请假送她回京。李晓音打电话让秦小昂接机。

看到坐着轮椅的李晓音被林特特推着走出航站楼，秦小昂大声嚷道：“哎哟，中年妇女不就去度个老蜜月嘛，咋就折腾成这个样子了？晚节不保。老年人谈恋爱，就像老房子着火，没得救。林特特，不，林政委，你罪不可赦！”

李晓音要举手打她，胳膊一伸，腰一使劲，叫了一声。林特特忙说：“是不是更痛了？要不要直接到医院？”

“回家，我还要准备述职材料呢。”李晓音坐到车子后排，又疼得咧了咧嘴。林特特忙拿过一个垫子，放到她身后。

“小昂辛苦了。我来开吧。”林特特说着，拉开了车门。

“林政委，你现在越来越体贴人了。”秦小昂打趣着林特特，坐到李晓音旁边，说，“晓音，我发现你真是为了当官不要命了。”

“职称是官吗？那是对我业务能力的认可。”

“你再别提评职称了。想当年，我从编辑晋升副高时，那简直是一场没有硝烟的战争。没有高级职称，不能晋升副师，五十岁就一刀切了。要考英语，考计算机。计算机还罢了，学学总会，咱们就没学过英语，看到试卷傻了，连问什么都不知道，好在有选择题，凭直觉蒙。”

“你有蒙的本事，我不行，又报了补习班，学了三个月。”

“唉，不提了。你这次下部队收获如何？”

“小昂，这次我收获特别大。潜艇、驱逐舰、护卫舰，还有最新型的舰艇，我都上去了。”李晓音骄傲地说。

“各种舰艇我早上过了，除了航母。你这次上去了吗？”

“上航母须持相当级别的介绍信，我没能上去，但站在下面看了半天。太漂亮了，它旁边的指挥舰也漂亮。作为一名中国军人，我太自豪了。下次一定要去采访舰载机飞行员这个英雄群体。刘蕾给我们写的那篇报告文学太精彩了，激起了我的航母梦。”

“你再去，恐怕疼的不只是腰吧？”林特特打趣道。

“滚！”李晓音嗔怪。

“我可不滚，现在还饿着肚子呢，飞机整整晚点了四十分钟。”林特特说。

“想吃什么，咱们直奔饭店。”李晓音笑道。

“我早就想好了，去吃龙虾，看夜景。”秦小昂说。

“好，我请客！”林特特说。

两个好朋友在后排又是咬耳朵又是笑，好像几百年没见。

三天后，李晓音扶着腰参加了职称述职。经过三轮群众评议投票，党委研究申报，上级部门批准，年底，李晓音晋升为正高职称。

大哥打来电话：“晓音，你职业高中都没读完，竟成了我们全家名副其实的高级知识分子了。哥祝贺你。”

“哈哈，忘记向大哥报告，晓音几年前就是军艺文学系的外聘教授，已经带研究生了。”林特特抢过手机骄傲地说。

第二十七章　儿女们

1

一晃，儿女们就到了该找对象的年纪了。

林诗诗儿子张强的女朋友是军职干部的独生女，李晓音好生艳羡，让儿子抓紧，相劝的话说了一大堆，儿子一句都听不进去。

李晓音给林特特打电话，说了儿子的事，林特特说："儿女的事就由他们去，咱们不也是没听父母的话嘛。"

"不说门当户对，但最基本的条件得有吧？经济基础决定上层建筑。"

"这没错，但你想想当年咱们结婚，你也没听你父母的话。孩子大了，要尊重他们的选择。我们只能把可能面临的各种问题给他讲清楚，其他事情只能由他去了。"

林诗诗请家人聚会，顺便让大家帮儿子张强把把关。在李晓音看来，林诗诗就是想让大家看看她性格好出身好的儿媳妇，明明是炫耀嘛。但又想，哪个做母亲的不希望儿女找个好对象？这么一想，就欣然前往。

姑娘长相清秀，人也随和，给大家端茶倒水，看着很懂事。李晓音几次看林晖，林晖不接母亲的视线，也没有任何羡慕的表情。

林父对外孙的女朋友很满意，初次见面就包了一个不小的红包。李晓音目测，至少一万元。她跟林特特结婚时，公公只买了一台电视机。

“瑶瑶，你们家在三环以内吧？”

“是的，阿姨。我爸爸刚分了经济适用房，计划年前搬进去。”

“军职干部，至少有二百平方米吧。”

“差不多，是两套师职房打通的，七室两厅三卫。”

林父不停地点头，林诗诗很是开心。李晓音想，自己要是有这么一个好儿媳，也是这样的心境吧？她问：“姐，我姐夫也要提军职了吧？”

林诗诗看了她一眼，没说话。

吃完饭，李晓音跟林诗诗一起收拾厨房，问：“姐，林晖跟你们家张强一样，都军校毕业，都是正连职上尉，都是高个子，也都是革命干部家庭，你看看，你家张强找的女孩门当户对，又漂亮，又懂事，工作也好。你劝劝林晖，赶紧找对象吧。我的话他听不进去。林特特呢，你知道的，他才不管呢，还说由着林晖。姐，看着你们家这么幸福，我都急死了。”

林诗诗笑笑，说：“你放心，你家儿子交给我了。以后不要在外面说你姐夫的事，影响不好。”

李晓音吐了吐舌头：“记住了，姐。你侄子听你的，我跟他爸说什么都油盐不进。”

林诗诗把林晖叫到一边，不知说了什么。林晖回来说：“妈，有合适的，我会找的，放心，我不会单身的。”

有门儿。李晓音心中一喜，亲昵地问：“儿子，你姑跟你说啥了？给妈妈说说。”

“妈，你烦不烦？”儿子甩开她的手，走进自己房间，关上了门，墙上的油画都跟着晃了一下。

李晓音无奈地摇摇头。林诗诗就有这本事，有时她琢磨，有这样能干的大姑子不知是好事还是坏事。

暗自伤神时，秦小昂打来电话，说晚上大师版昆曲《牡丹亭》在天桥演出，她好不容易搞到两张票，问李晓音去不去。

“当然去了，大师们都有谁？”

“国宝级的大师们齐上阵。沈世华与魏春荣的《游园》，华文漪与岳美缇的《惊梦》，梁谷音的《寻梦》，王奉梅的《写真》，张继青的《离魂》……”

“哇，绝对盛宴，我一定去。”

正在这时，林诗诗打来电话：“晓音呀，晚上我不能去爸爸家里了，医院收了一个重病号，我明天得做台大手术。本来说好了今晚跟王姐一起帮爸爸洗澡，你能回去照顾下吗？”

“姐，我本来计划去天桥剧院看大师版的昆曲《牡丹亭》的，演出的可都是国宝级的艺术家。”

林诗诗沉默了片刻，低声说：“晓音，我告诉你一件事，小陈——就是爸后来找的——得病没了。我告诉爸，小陈走了。爸说，走了就走了。我以为他没听明白，重新跟他说，小陈得了心梗，死了。爸说，嗯。我今天一天心里都发慌，我怕爸……一日夫妻百日恩嘛。”

“姐，我明白了，我马上去。怎么突然没了呢？”李晓音心里发颤，没想到年轻的她说没就没了。

李晓音推了秦小昂的邀请。视频里，秦小昂穿着睡衣坐在沙发上，睁着大眼睛，皱着眉头喊道：“李晓音，你太听话了，林诗诗怎么老是指挥你？”声音又变小了，“晓音，老彭要跟我离婚，现在的我，最需要好朋友的安慰了，你总不能不管我吧？”

“他为什么要离婚？”

“我让老彭写遗嘱，当时他同意了，谁知昨天，给了我一份离婚协议书。就这个。”秦小昂说着，拿张纸在镜头前晃了晃。

“我跟你说过，不能提立遗嘱，这是伤夫妻感情的事。”

“有什么了不起的，离吧，好像我离了他就活不了。一个破老头儿，有什么留恋的？浑身是病，这个不能吃，那个不能干。晓音，你不知道我每天过的是什么日子，我都不好意思给你说。”

"等我有空找彭老板谈谈。你先好好跟他说,就说你错了。演出我真去不了,公公身体要紧,我怕他情绪波动太大。"

去了公公家,公公情绪如常,在看电视,她放心了。帮王姐给公公洗完澡,照顾公公休息时,公公突然说:"晓音,你把归有光的散文《项脊轩志》给我念念。"

李晓音看着公公,试探着问:"爸爸,归有光太伤感了,咱换一篇,张岱的《虎丘中秋夜》如何?"

公公闭着眼,说:"好!"

李晓音坐到公公旁边,拿着书轻声念道:"虎丘八月半,土著流寓、士夫眷属、女乐声伎、曲中名妓戏婆、民间少妇好女、崽子娈童及游冶恶少、清客帮闲、傒僮走空之辈,无不鳞集。自生公台、千人石、鹅涧、剑池、申文定祠,下至试剑石、一二山门,皆铺毡席地坐,登高望之,如雁落平沙,霞铺江上。"

念到这里,她抬头,发现泪水从公公眼角流出,忙拿纸巾问,"爸爸,要不要休息一会儿?"

"继续念吧。"公公闭上了眼睛,眼泪又流了下来。

李晓音又帮着拭泪。公公说:"晓音,你从我书房的抽斗里取出最上面的存折,送给她父母,密码是她的生日。这辈子,我没照顾好她,对不起他们。"

"好的,爸爸。"

"不要跟你姐和特特说,这是咱俩之间的秘密。"

李晓音深深地看着公公,点头道:"爸爸,我明白。"

2

林晖快三十岁了,还没女朋友,李晓音愁得睡不着。

林晖谈过一个女朋友,李晓音两口子坚持反对。大姑子林诗诗还把林晖叫去,谈了半天。林晖仍跟女孩交往着。女孩呢,本人条件不错,学习好，长相也可以，但是家里条件不好，农村出身。李晓音不同意的原因是，女孩还有一个生病的弟弟。当然，这个理由没法摆在面上，女孩的家庭将来会跟儿子的生活密切相关，做妈的不得不管。

无论家里怎么反对，林晖铁了心。女孩来家里几次，李晓音思想慢慢松动，勉强接受了，心想儿子已经长大，肯定做好应对一切的准备了。

儿女事，做家长的说了也白说。李晓音想想自己的婚事，慢慢理解了当年爹妈的担忧。任何事，只有自己经历过，才能真正理解其中的甘苦。再想跟爹妈说自己当年的不懂事时，他们已经听不到了。

都要计划结婚了，谁料儿子突然说要跟女孩分手。夫妻两人大为惊骇，林特特狠狠骂了儿子。李晓音觉得骂不能解决问题，看到女孩哭得一把鼻涕一把泪，更感觉儿子做得不对。

她只好安慰女孩："你看，婚姻之事，一定要双方喜欢，一方不喜欢了，在一起也不会幸福。你是个好孩子，我跟你叔叔都很喜欢你，咱们以后还可以往来。"

女孩走时，李晓音给了女孩一万元，说："你弟弟住院，需要钱，这是我们的心意。"也是对儿子行为的一种弥补。

女孩弟弟出院后，女孩把一万元还了回来，这使她减轻了的内疚重新袭上心头。她伤心地给秦小昂说了此事。秦小昂说："你思想太老土了，现在都什么年代了，新一代怎么能跟我们那代人一样？不，即便是我们那个年代，我们也是自由恋爱的，父母的劝说，我们听了吗？你给儿子写信，说充分尊重他的选择，不能只是把信写得漂亮，要落到实处，否则就跟当年你的父母一样了。"

"可是，总得为对方负责吧？"

"我跟你说，现在年轻人想法可实际了。我朋友的儿子，前几天带回一个媳妇，比他大三岁，还带着一个两岁的女儿。我朋友气得，把儿子大骂了一顿。你猜那儿子怎么说？他说人家有房有车，还会照顾人，找了她，少努力十几年，何乐而不为？你不要吃惊，现在有这想法的不在少数。还有不少，三四十岁了，根本不想结婚，想单身一辈子。你儿子一比，省心多了。你说,如果你摊上这样的儿女,又怎么办?”

“不跟你说了,越听越烦。”

李晓音又去林诗诗家说了半天。林诗诗说:“我理解你的心情,也觉得此做法不对。可这不正好合了你过去不同意这门婚事的想法吗?”

“可是,男人得有责任感呀,谈了好几年,说分手就分手。我怎么生出这么一个不负责任的儿子呢?他就不愧疚吗?”

“儿女大了,由他们去吧。”

“姐,要是你家张强这样,你怎么办?”

“他不会这么选择,他是现实主义者。你儿子随你,是浪漫主义者。走,咱们边做饭边合计。晖晖是不是有了新的目标?否则不会这么快分手。”

林诗诗的话提醒了李晓音。李晓音问儿子,儿子说没有。还是林诗诗打听出来,林晖新找了女朋友,是外地来京打工的,这又把李晓音气得肚子疼。

心里有气堵着,说给爱人听。男人的心是粗的,以为三言两语就能解决问题,女人的心就像九曲黄河十八道弯,曲曲折折的,又泥沙俱存。只有闺蜜能细细分解忧伤了。

秦小昂长长地喟叹一声:“当年你父母反对你,现在你又反对你儿子,三十多年过去了,人也换了一代,话题却还是老话题,历史是多么惊人的相似。”

“是呀。但是,两代人有同样的标准:有正式的工作,人品要可靠,有发展潜力。这不过分吧?”

“现在除了公务员和军人,铁饭碗很少了。你不是老说咱们的师姐梁子如何如何,人家老早转业,在非洲待了十年,访谈节目做得风生水起。你当年的初恋,现在也调到了北京,在业界有头有脸,前几天我还碰到他了,热情地跟我打招呼。我当然知道他醉翁之意不在酒,目标是你。果然,拐了一会儿弯,就东一嘴西一嘴地打听你的近况呢。看来,人家对你还蛮有感情的。你别说,我挺羡慕你的,人到中年,都成黄脸婆了,还有人牵挂着，是好事。你不想再联系联系？”

李晓音摇摇头。

“至于人品，现在年轻人才不考虑这些，合适就谈，不合适就分手，人家也不是奔着结婚的目的去谈恋爱的。”

“你跟老彭怎么样了？”

“他想离婚，我不理他。遇到难事冷处理，这是我当了一辈子兵的爸爸说的。”

李晓音仍没找到答案，再次求教林诗诗。林诗诗永远是大姐大的派头，说：“你不要管，我有办法把他俩拆散。周日咱们一起吃饭，我来叫晖晖。”

林晖一听姑姑请吃饭，愉快地答应了。要是妈妈说一起吃饭，肯定有事，都拉不到饭桌上。

3

林晖和张强这对表兄弟都是陆军上尉，林晖个子略高一些，穿着军装特别精神，长得像林特特。张强一米七五，比他爸爸高多了，林诗诗说她已经很知足了，要是像张贵君，那就惨了。张强五官长得像妈妈，性格办事像爸爸，工作、恋爱都有自己的主见，毕业后，从排长干到指导员，从不叫苦喊累。

林晖性格不知像谁，自由散漫。虽然当了兵，但不是李晓音想象中的军人样子，喜欢独行，爱喝咖啡，一休假，比李晓音还忙。有时租架无人机去郊区拍照，拍河流，拍星空，拍稻田和森林；还去滑雪、露营。不知是否因为在部队管理严，一休假，恨不能长十条腿，跑遍全城。晚上跟同学聚会，十二点了不回家，李晓音睡不着，打电话没人接，急得跑下楼，想去大门口看看。一开单元门，一个人倒在自己怀里，一看是儿子，喝多了。儿子要是出门旅行，她更是整天吃睡不香，三天两头打电话。戏上唱得好，娘生儿，连心肉，儿行千里母担忧。

儿子一回部队，李晓音感觉像把老虎关进了笼子，心里踏实得很，一觉睡到大天亮。

这次吃饭，林诗诗给林晖介绍了一个女孩，是她们科室的一个医生，研究生毕业，父母都是军人，家在北京，有房有车。林诗诗是她的直接领导，知根知底。两家离得不远，二环和三环的距离，开车十分钟，李晓音一听就很满意。

此事没有告诉两个孩子。女孩准时到了，不愧是军人，约定的时间一分不差。她长相秀丽，为人稳重，倒水递茶，看着就懂事。按介绍人林诗诗的话说，她介绍的人能有差？自己的亲侄子，她恨不能天下所有的美女都介绍进她林家。李晓音一下子就喜欢上这个女孩了，还唯心地感觉那女孩眉眼跟儿子有些像，有夫妻相。

张强冰雪聪明，看出了端倪，不时盯着弟弟林晖。林晖怪怪地看了妈妈一眼，毕竟是上尉干事了，有五年的机关工作经验，也懂了人情世故，在外人面前给足了两位长辈面子，跟女孩又说又笑，爱看什么电影，爱听什么歌曲，问得具体，女孩也答得详细。林诗诗很得意，李晓音也面有喜色。饭后，林晖帮女孩叫了车，李晓音更觉八九不离十，让他们互加微信，加强战友间的亲密联系。一激动，人还没进家门，给远方的爱人报喜，说儿子三十岁了，谈个一年半载就能把婚事办了。

一周过去，她问儿子与女孩联系了没。

“联系了。”

“怎么样？”

“就那样。”

“什么叫就那样？”

“妈，你烦不烦？”

李晓音又问林诗诗。

“人家女孩说，她主动打招呼，他回个笑脸。又问最近好吧？他说挺好。问忙吗？他说忙。老这么着，好没意思，热血都冻成了冰块。于是女孩拉黑了林晖。”林诗诗说着，双肩一耸，无可奈何。

能干的姑姑都没招，笨妈妈李晓音更无计可施了。

还是林特特一锤定言："别管了，林晖长大了，相信他会处理好自己的婚事。"

可李晓音怎么能不管？她睡不着，吃不香，一量血压，高压到了一百四。

李晓音不甘心，又想给儿子写信了。坐在电脑前，她让自己心情平复，让笔下的文字尽量客观，有说服力，比如经济基础决定上层建筑，比如稳定工作对一家人的重要性。为了有说服力，不懂经济的她，还上网查阅现在年轻人的消费观、一个孩子成长所需的费用，甚至一袋奶粉钱，外地小孩上学所需的费用，拉拉杂杂写了七八页，发给儿子。

发出不到两分钟，儿子就回复：妈，你以后不要再写信了，写了我也不看。

李晓音气得咬牙切齿。烦躁时，她就看戏，听听昆曲，心中的火随着水磨腔慢慢得到缓解。她在才子佳人花园赠金、游湖赏梅一见钟情的故事中忽得启发，儿子想要志趣相投的，原来大姑子介绍的女孩输在这方面了。她觉得自己在军艺文学系带的一个研究生女孩颇有潜力，而且女孩让她帮着介绍对象，便给女孩介绍了自己儿子，说："你们有共同的志趣。他喜欢浪漫，爱情是要营造氛围的。"她想起多年前那个大雪纷飞的清晨，她收到第一首诗时的懵懂，又给女孩出招，得智取。

谁知一周后，女孩就给李晓音讲了他们之间发生的事："老师，经过几次来往，我发现林干事很有才，我谈到的书，他都有独到的见解，就主动给他打电话，说喜欢他写的一篇文章《军营肌理》，想向他请教。他说好呀。我问他哪天有空一起喝咖啡，在北师大的咖啡厅。他说好呀。我收拾了大半天，感觉挺光彩照人的，谁知一到，他还带着一个女孩。林干事给我介绍说是他女朋友。"

"你不能就此罢休呀。"李晓音笑着说。

"是呀，我不甘服输，决心再努力一下，第二天，我给他发短信，约他去人艺看演出，强调此票很贵，我只有两张。您猜怎么着？"

“他没来？”

“是的。那女孩来了，给我讲了他们比梁祝还坚贞的爱情，说他们认识一年多了，但比认识十年还合适，此生非彼此不娶不嫁。她说了生活中的好多细节，林干事知道她的口味，她不爱吃辣，林干事就不再点辣；她爱去公园玩，林干事只要有空，就陪着她转北京的大小公园。她说她只是一个打工的，没有北京户口，也没有正式工作，林干事说这有什么要紧的，我堂堂一个解放军正连职军官，老婆孩子还是能养得起的。这不，我被感动了。谢谢老师，林干事的确很好，但我出现晚了。我不想当女版马文才，老师您也别当黑暗势力，咱们还是祝林干事婚姻幸福生活美满吧。”

诸技想尽，均告失败，李晓音只能顺其自然了。

4

让李晓音引以为豪的是，她五十来岁了，还没白发，比她小好多的年轻同事都有了不少白发。

秦小昂老问李晓音年轻的秘诀。李晓音笑着说：“可能心思比较单纯吧。”

“我认为你是缺心眼儿，家里有多少钱都说不清，存个钱都得大姑子带着，密码也是大姑子设置的，她比你还理得清你家的财务。你爱人多年在外，跟谁在一起你也不管，我真服了你。”

“哎哎哎，什么话，再说我恼了。”李晓音真生气了。秦小昂有时就这么气人。可相处了三十多年的朋友，李晓音真离不了，好几天，恼几天。

秦小昂嘻嘻笑道：“只不过提醒你，以后精明些。”

李晓音哈哈一笑：“行了，有你们聪明人做朋友，我才懒得精明呢。”

秦小昂说：“晓音，昨晚我做了一个梦，梦见我又当兵了。部队集合时，我没军装。去找后勤，人家说，没有你的名字呀；又找干部部门，一查，说对不起，我们工作不细致，不知道你已经转业了，又把你报上去了。”

李晓音刚要说话，对方突然挂断了。

多好的小说素材呀。李晓音在电脑上记下了这个梦，放到她命名“百宝箱”的“军事”子文件夹里。她上课时讲的、生活中听到的有意思的笑话、自己做的梦、生活常识、偶尔的灵感，全放在这个文件夹里。现在，李晓音的这个“百宝箱”已经有三十万字了。

刚写完，秦小昂电话又来了：“是老彭，问我离婚的事考虑得怎么样。”

“你没有跟他好好谈谈？”

“为什么要跟他谈？”

“你说实话，你真的想离婚吗？”

“这把年纪了，离了又能找个什么样的？但他想离，我也不想勉强。”

“我找时间跟你家老彭谈谈。”

“谢谢你晓音，这事不要告诉咱们班同学，我知道她们瞧不起我。也不要给老彭说是我让你找他，咱也是堂堂的师职退休老干部。”

“行了，我们三十多年的朋友，还不知道你心里想什么？等我消息。”

李晓音分析彭老板不是真心想离婚，可能一时气愤，又对秦小昂说：“你要多关心他，向他承认错误，争取得到谅解。”

“晓音，我做了。打电话他不接，发短信他也不回。我去公司找他，他也不见我。你说怎么办？我还有脸问吗？”

“此事交给我，咱是人类灵魂的工程师，写了那么多小说，难道就不能做通一个人的思想工作？让你女儿给她爸爸多打电话。任何人都无法割舍亲情。”

“谢谢你，我在新兵时就说过，你是我一生的好朋友，果然如是，我秦小昂有你,一生足矣。”

李晓音给彭老板打电话。对方笑着说:“李大作家好,好久不见,请你喝茶如何?”

“好呀,这次还真有事请教彭老板。”他们约好在后海一间名叫“心是孤独的猎手”的茶室见面。茶室是彭老板订的,看到茶室的名字,李晓音想了半天,感觉自己好像理解了彭老板。

茶室里面分了若干个小间,帘子一挂,就是独立空间。桌上,黑色花瓶里插着一支粉色的荷花,带来一缕舒适的凉意。

茶室开着空调,多年了,李晓音还是不能适应这种机器制造出来的凉爽。刚披上一件随身带的细格子衬衣,彭老板就微笑着进来了。

自从写书相识后,李晓音跟彭老板每次见面都有秦小昂在场,最近一次见面也怕是四五年前了。这次单独见面,她有些局促。彭老板倒是落落大方,说:“李大作家,今天怎么想着接见我了?”坐下来后,又要了榴莲酥、薄荷冬瓜球、豌豆黄、荷花酥和两个果盘。

李晓音笑道:“彭老板好,你肯定知道我的来意。”

彭老板六十多岁了,看着倒年轻。秦小昂说彭老板每天坚持跑步,洗冷水澡,还打一套四十分钟的太极拳。

彭老板打量着李晓音,打趣道:“还是那么漂亮,想我了吧?”

李晓音笑道:“你是姐夫,想你也没错呀。”

彭老板叹了一声:“我知道你是来当说客的。我想起遗嘱的事就心寒。你说说,哪个人遇到这样的事不恼火?”

李晓音给彭老板续了茶水,推心置腹地说:“小昂已经知道错了,哪个女人愿意丈夫整天跟前妻在一起?爱是自私的,你们结婚二十多年了,又有个女儿。你扪心自问,你们结婚多年,她对你是不是一心一意?她可是我们大学时代的校花,现在依旧气质出众,配你彭老板毫不逊色。小昂要你立遗嘱,是她不对,但你要分析她为什么要这么做。因为你没有给她安全感。你一年里多半年都在外面跑,她受了委屈没人听。我是她知心朋友,我最了解她,她对你是很在意的。你是她的山,没有了你，她还怎么活？”

彭老板笑着说：“说实话，我年轻时喜欢你，现在敬重你。秦小昂能有你这样的朋友，是她的福气。她人不坏，对我也不错，就是把钱看得太重。我儿子一来，她就给冷脸。我跟前妻离婚时，儿子马上高考，我为了自己的幸福离开了他，给他心里造成了阴影，大学没考上，又不愿意来我公司。我感觉欠着他。我前妻也没再婚，刚开始日子还过得去，后来厂子倒闭，她下岗了，我要给她生活费，她却不要，现在年纪大了，生着病，儿子又困难，她默许我资助。秦小昂不同意。你说我能看着母子俩不管？人老了，反思年轻时做的荒唐事，总得为错事买单吧？”

“我给小昂说，该关心还得关心。心伤了，多少钱都弥补不了。你不要再提离婚的事了。我多羡慕你们呀。人生说长也长，说短也很短，谁也不知道明天会发生什么。我公公后娶的老婆，也不管我公公，前阵子忽然心梗，转眼人就没了，我现在想起来都内疚，无论怎么说，我们是一家人。我是写小说的，我呵护着我作品中的每个虚构的人，却忽视了身边真实的有血有肉的人。她一定有我们不知道的难言之隐，只是我们没有去了解和理解，现在后悔也晚了。”

彭老板拿着烟，没吸，把玩了一会儿，一截一截地掐断，说：“谢谢你，晓音，你真是个好女人。”

“姐夫错了。我们觉得别人好，是因为没有跟他们在一起生活。日子过久了，才能知道对方的缺点。我在生活中是很笨的，我家里发生的坏事基本都是我造成的，电视机不亮了，是我擦电视擦坏了；锅烧干了，是因为我忘记加水了；儿子小时候不喜欢我，因为我从来没带他踢过一次足球。小昂聪明开朗，兴趣广泛，在陌生场合能很快打开局面，你的生意做这么大，小昂功不可没。”

彭老板沉吟了片刻，说：“我会认真考虑的。来，吃点心。这是你爱吃的。”

这是他们第一次相见时他点的，她说过爱吃。

“姐夫一看就是有情之人，愿你们和好如初。我还想去你们大别墅住几天呢。”

正在这时,秦小昂电话来了。李晓音按掉,发了一条短信:还在谈判之中。

晚上回家后,李晓音跟秦小昂说了事情始末:“解铃还须系铃人,你要主动出击。对于军人来说,没有攻不下的城堡。我已经为你扫除了障碍,后面就看你的了。”

两天后,秦小昂说:“彭老板总算回话了,说给他时间,让他好好想想。”

第二十八章　戴上了大校军衔

1

强军的号角吹响，李晓音更忙了，军事培训、体能训练、业务培训，还有日常的工作，每天都排得满满的。单位整编后，下部队的机会也越来越多。坐飞机，上军舰，下海岛，每次她都有别样的收获。有时感觉身心疲惫，毕竟五十来岁了，但新的编制、新的称谓、新的训练模式，都急需到部队充电。跟她下部队的同事，一个比一个年轻，好像一夜间，她就成了妈妈辈，跟和自己儿子差不多大的同事一起出差，感觉怪怪的。有人帮着提行李，有人帮着订票，有人“首长首长”地叫着，让她既高兴，又略添几缕羞涩。她害怕人家嫌自己老，是个累赘，所以难事都抢到年轻人前面。去边防部队，房间多放个电暖气都让她不安，总说身体挺好的，不用照顾，真的，咱老兵了。其实她的行李箱里，经常装着胃药、钙片、创可贴、暖宝宝。

年岁不饶人，前阵子去神仙湾部队采访，是吸着氧气上去的。最近一次去部队，连续采访几天，差点中暑。她为自己渐老的身体生气。但一进入采访，她马上忘记了所有的不适。她有老记者的威严和自信，总能挖掘出不一样的细节，同行的年轻记者不住赞叹。这也是她喜欢下部队的原因。她总在想，作为作家，作为部队刊物编辑，不了解部队，是写不好东西，干不好工作的。

隆冬，正是部队练兵的大好时间，听说有个刚从南方移防到中部战区的部队要进行为期一周的拉练，她马上前去采访。

她被安排坐在宣传车上。宣传科科长介绍说："这次长途拉练，主要锻炼部队野外生存能力，训练体能，每天行军四十公里。其中五天有炊事班做饭，一天吃自热食品，一天自己挖灶生火，动手做饭。

看着长长的队列，她在车上坐不住了，说想跟官兵聊天。

行进到队伍里，李晓音就后悔了。天太冷了，寒风像利刃一样，在她脸上不停地刮着，钻进荒漠迷彩服里，直钻到骨头里。她后悔没穿新发的迷彩羽绒大衣，那衣服真暖和。还有十公里才到下一个营地。旁边的科长说："李主编，咱们还是上车吧。"李晓音摆摆手说没事。科长要把李晓音身上的背囊抢过去，李晓音拒绝了，知道他比自己背的更重。李晓音背囊里只有几本书和水壶，这还是车上贴心的女广播员给李晓音装进去的。

她试着拎了拎旁边一个中士的背囊，差点背过气。官兵们右挎包，左拎水壶，扛着枪，身上背着大背囊。背囊里装着被褥、衣服、洗漱用品、备用胶鞋、睡袋等物品，据说三十斤重。

宣传车在旁边行驶着，几步之遥，抬脚就可免受寒气袭人，可李晓音坚持了下来。她对科长说："你去忙，我跟官兵们聊聊，采访更扎实。"

身边一个列兵有张稚气的脸，李晓音问："背上的东西重吗？"

"还行，刚开始时，肩膀有些疼，垫上毛巾就好多了。首长，你说话的语气特像一个人。"

"谁？"李晓音很好奇。

"我们田副政委呀。她长得可漂亮了，有时像大姐姐，有时像妈妈。她只要来部队检查工作，就跟我们一起吃饭，还教我们跳舞。她有个口头禅'没得了'。我最崇拜她，她是女将军呀，又在我们野战部队任职。"

"你们政委是不是叫田心怡？"

“首长,您认识我们政委?”

李晓音打了个马虎眼,摇头道:“在电视上见过,你能给我讲讲她的故事吗?”

“当然可以了,说起我们政委,那要讲的故事可多了,讲几天都讲不完。你要写她,可以去问问我们班长、排长,还有前面那个大高个,一级军士长。我就给你讲一件事。军事体能考核,田政委跑最后一圈时,脸煞白,明显跑不动了。首长让她别跑了,她硬是坚持着跑。先是我们几个兵陪着她,后来好几个军首长陪着她跑。剩下半圈时,她咬牙加速,终于冲到终点,坐在地上呕吐起来。后来,每天清晨,我都看到她在操场跑步。她都那么大年纪了,还坚持跑步,我们这些年轻人好意思落后吗?就像首长您,跟着我们一起行军,我们还能喊累吗?”

李晓音笑笑,加快了步子。

这时,左边一个中尉开口了,说:“田政委唱歌可好听了。元旦时,我们团联欢,她和我们一起包饺子,还说她儿子比我们大不了几岁,看着我们就想起了儿子,还让我们经常给爸爸妈妈打电话。部队从山清水秀的南方移防到北方,有人有些情绪,她就说,你们多幸运,从家乡到部队,接触了更多的人;又从南方到北方,看到了不同的风土人情,多年以后,你们一定会自豪走过的每一处足迹。”

太阳渐渐升了起来。不知是因为阳光还是走热了,或者是因田心怡的故事,李晓音感觉不那么冷了。置身在迷彩队伍里,她又有了力量。中午,太阳照得后背暖呼呼的。原野上树枝虽瘦,但枝条疏朗有致,李晓音发现了一个鸟窝。脚下,草是黄的,踩上去软软的,特舒服。天蓝得像海,结了冰的河面也蓝莹莹的。阳光下,叶片亮黄招人。海棠果干了,仍红红地在树上挂着,与蓝天交相辉映,红的更红,蓝的更亮。天地间因了这亮丽的色泽,温暖了许多。黑色的枝条劲健有力,红柳枝在阳光下也分外媚人。李晓音想起了一句诗:野凫眠岸有闲意,老树着花无丑枝。

带队的排长说:“战友们,我们队伍里来了一位老师,是一位著名作家,她跟我们的妈妈年纪差不多,却跟我们一起拉练。她现在已走了五公里，大家唱首歌鼓励她好不好？”

“好！”官兵们齐声回答。

“听吧，新征程号角吹响，强军目标召唤在前方，预备唱！”上尉起头后，兵们大声唱了起来：“国要强，我们就要担当……”像听到了冲锋号，李晓音跟着大声唱起来：“战旗上写满铁血荣光……”

到了营地，官兵在空地上搭帐篷，支架子、上大顶、钉地钉、布电缆，配合得很默契，六分钟搭好一顶98-10型班用棉帐篷。李晓音和通信站的两个女兵住一间。每个连队有四个帐篷，以排为单位，每个帐篷住二三十人。塬上狂风大作，帐篷里生了火炉，发出温暖的光亮。有人钻到睡袋里，闭着眼歇息；有人唱着歌，挑着脚上的水泡。排长收拾帐篷口的睡铺，说历来都是排长睡在门口，为官兵挡风。

“晚上生火，注意安全。”李晓音看着炉子道。

“有报警器呢，值班员、团领导也经常来查铺。”排长指了指一边放着的报警器。

第二天，一些官兵低着头一瘸一拐地向前，李晓音很是心疼，但没一人掉队，更没一个人坐上收容车。

中午，天上飘起了雪花，落在官兵们土黄色的迷彩服上，特别美。到营地后，餐车来了。三菜一汤加米饭，以班为单位原地午餐。没有水，洗不了手，他们拿纸巾擦洗。天太冷了，担心感冒，原定的午休取消，饭后立即背上背包出发。

宣传车上的大喇叭不停地放着强军歌曲，有时以营为单位，拉歌比赛。

第三天上午休整，下午模拟红蓝军对抗。

第四天，进行攻占山头、夺红旗等演练，李晓音坐着车上到山顶。分成四支的部队从不同方向攻上山来。她急切地举起了相机。

第五天下午，队伍终于走出了荒山野岭，回到大路上，经过一个山谷时，遇上“伏击”。部队在尖刀班的掩护下，高速奔袭五百米。防空袭演练开始，听到口令后，官兵在路两旁找掩体，卧倒据枪观察敌情。防毒气训练时,烟气忽然喷薄而出,李晓音吸了一口,呛得喘不过气。防毒面具不多,有人拿迷彩帽捂着口鼻,按队列顺序通过。“毒气”区段很长,前面通过的就停下休息了,后面的人被堵在“毒气”区。“毒气”是有颜色的,能见度很低,看不到前方情况,不知还有多远。最后走出来的不少官兵脸色都变了。

晚上,到了一个小村子,驻地领导让部队分散住到老百姓家里,部队领导拒绝了,以连为单位住进一所放了假的学校里。教室里桌椅收了起来,官兵席地而睡。附近的老百姓给他们生起热腾腾的火,战地演出小分队紧张地准备节目。

李晓音一会儿跟官兵聊天,一会儿去演出队看他们准备,不想歇着。给她安排的住处,显然是一位女老师的房间,整洁干净,墙上还挂着一把小提琴。李晓音对照片上陌生的女孩产生了好奇。

这时,宣传科科长找到她,说军首长来看望大家。李晓音忙整好军装,听到有人喊:“田副政委好!”

李晓音出门一看,是穿着少将迷彩服的田心怡。

“听说来了一位作家,没想到是老同学,晓音,怎么样?”田心怡拉住她的手,笑着说,“好冷吧?”

“挺好。听说你们移防到中部战区了,没想到这么巧。从南到北,适应吗?”

“刚开始受不了北方的干燥,流鼻血,咳个不停。后来适应了,北方的暖气真是好。”田心怡说着,拉着李晓音回了房间。

在露天的篝火下,官兵们跟驻地老百姓一起唱歌、跳舞,李晓音恍然梦中。一个少校突然喊:“请政委唱首歌好不好?”

田心怡忙摆手。

“政委不唱行不行?”

“不行不行就不行!”

田心怡只好站起来,迷彩服上的少将军衔在火光的照耀下那么迷人。她拿起话筒说:“唱歌没问题,但我一个人唱没意思,我起头,咱们所有人共唱《咱当兵的人》,好不好?”

田心怡边唱边走进队伍里,不时把话筒递到官兵嘴边,大家兴奋地跟着唱起来。

田心怡跟大学时一样,永远那么周到,让在场的每个人如沐春风。

晚上,田心怡跟李晓音一起住,两人说了一夜的话。

“晓音,你问为什么这么长时间没跟你联系,忙呀,刚移防,千头万绪,晚上睡前得把第二天要做的事想好。有时想着一件事,一打岔就忘了。你有过这样的经历吗?”

“当然有了。我在床头放了一个本子,只要有了想法,马上写下来,否则第二天就忘了。”

房间没暖气。李晓音看见一只蜗牛爬向床铺,拿纸捏着扔出门,问:“心怡,住到这里,你真的习惯?”

“军人嘛,就是这样的,战地亦有风景。我喜欢这样的生活,跟别人的生活不一样。晓音,你记得咱们上大学时那场军事地形学考试吗?”田心怡坐在床上,抱着膝盖。

“当然,那晚你拿着指北针,带着我们穿过中山陵密林,拿着地图找目标点,秦小昂掉进了墓穴,我的手被树枝划破了。”

田心怡马上接口道:“最后一个目标点,我们怎么也找不到,有同学还掉进了水塘,结果目标点就在水塘边的小草房里。那晚,供应车给我们送来的包子真香,我吃了八个。”

李晓音也抱着膝说:“看着连绵的地形,咱们坐在小马扎上绘图,在地图上标注平原、陆地、湖泊,还有点状符号、等高线等。可惜我现在都忘了。”

“军旅生涯这样的日子太难得,所以我要珍惜,现在我就感觉时间过得好快。”田心怡拿了一管擦手油递给李晓音。

李晓音边抹边说:“倒也是,这次参加你们部队拉练,我感受到强军的号角了。你调到这儿,你爱人同意吗?”

“他退休了,说我走到哪儿,他就跟着到哪儿。晓音,好像到老了,才知道什么样的爱人、什么样的婚姻适合我们。”

李晓音笑了:“还以为就我一个人有这样的想法。林特特下部队后,我才第一次发现他的潜能,也才发现我是多么离不开他。好在他马上退休了,能回家了。”

“我家老胡不容易。我调到总院后,从政治部主任到政委,整整干了九年。我走时,儿子上高一,老胡又做给饭,又送上学,还照顾着我父母,真的不容易。我总觉得他应当去干大事。可是都干大事了,家谁管?孩子谁带?所以每次回家,我都抢着干家务,他说啥就是啥,让他有男人的自豪感。”

“我明白了,这就是你成功的秘密。”

“晓音,你有没有突然伤感的时刻?比如我刚才,想起《葬花吟》中的一句:‘桃李明年能再发,明年闺中知有谁’。花能再开,但也会枯死的。花犹如此,更何况人呢?”

像大夏天忽然雷声炸响,李晓音怔了一下,马上说:“当然有。”

田心怡打开药盒,喝了一袋冲剂:“我出去一下。”李晓音让她披着大衣,说陪着去。拿大衣时,李晓音发现药盒上写着“稳心颗粒”。室外,星星稀疏,夜很静,李晓音紧紧握着田心怡的手,听到了彼此的心跳。

2

李晓音每次下部队采访,总要去官兵宿舍看看,不变的是豆腐块被子,变的是越来越漂亮的书桌、内务柜、衣柜。床头贴着人生格言,墙上贴着评选出来的英雄人物。她不时跟自己新兵时比,总想在年轻军人身上找到一代代军人共同的精神密码。

大哥退休了,小儿子鹏鹏离开陆军总部,去了二哥待过的高原部队。李晓音跟林特特也坚定地把儿子送到了部队。为了什么?她一次次去部队寻找答案,寻找她写作的源泉。

二哥听到鹏鹏去他的老部队——高原部队的消息后,立即给李晓音打电话:“鹏鹏这小子有志气,是我李家的种。我告诉他,在高原部队,不要走过场,得一个个兵站跑,先熟悉情况,熟悉工作,熟悉官兵,只有一步步走踏实,才能干出名堂。只是大哥要受累了。你经常去看看大哥,他那么大年纪,还得照顾大嫂,不容易呀。”二哥说不下去了,一定又想到早逝的轩轩。

没了父母,家就散了。李晓音每去大哥家,大哥一定亲自下厨,说:“晓音,爹妈不在了,哥这里就是你的家,你再说吃过饭了,哥就要骂你了。”

“哥,你怎么跟妈说话的腔调越来越像?”

“是吗?你嫂子病了做不成饭,有哥呢。你看看我的手艺,我学了五六十种菜的做法呢。”哥系上了围裙。昔日的将军拿着炒勺,妹妹给他递着盘子。墙上照片中的父母慈祥地望着兄妹俩,窗外月季开得正艳。

“哥,为什么要让鹏鹏去高原?”吃饭时,李晓音悄悄问,怕大嫂听见。

大哥给李晓音夹了一块排骨,说:“鹏鹏自己要去的,可能与你二哥老念叨高原有关吧。”

“你年纪大了,嫂子身体又不好。全军那么多部队呢。”

“鹏鹏要去,我这个老兵怎么能拖后腿?他还年轻,到部队扎扎实实干,对个人成长有好处。我嘛,能撑得住。你怎么样?办好杂志不容易,特别是现在,纸媒走下坡路。”

“从手写到对胶片,现在又数字化,扫码就能阅读,变化让人始料未及。我们除了纸质刊,还有电子版、公众号,我要做的事,就是尽快适应这个飞速发展的时代,使这本创刊七十年的老牌杂志焕发新的活力。我这次来,还有一事。最近我们策划了一个专栏,叫‘我的兵之初’,李政委,来一篇吗?”

“约稿都约到家里来了,老兵遵命!”大哥笑呵呵的,仍是那么乐观。

大嫂病情越来越重,呼吸困难。大哥不顾众人反对,执意给大嫂做了喉管切除手术,四处买特制轮椅。

“我绝不放弃。妈生病时,我决定放弃治疗,很后悔,这样的错误我不能再犯了。你嫂子不能说话,不会动,吃不了东西,但她心里是明白,她能听到音乐,能看到儿孙们的笑脸。妈就看不到了。”大哥哽咽着。

“哥,你别这样。一会儿我给嫂子擦澡。过去我怪你,毕业时不把我分到北京;后来又怪你,不给我安排好工作。现在我明白了,没有你的支持,就没有我的今天。你其实一直在帮我,我却不自知。”

“晓音,哥对你的关心不够,但你是咱们家的骄傲。两个将军,一个作家,一个县长,一个教师,还有一个木匠,咱们兄妹都很优秀,都靠自己的努力实现了人生价值。包括你嫂子,她在顽强地与病魔做斗争,都很伟大。方苹,是不是?”他摸摸妻子的脸。

方苹咧了咧嘴,笑了。

3

二〇二一年年底,新军官制度终于落到了实处,文职干部改任现役军官仪式在机关大礼堂举行。李晓音和她的同事穿上了礼服，在奏乐中,取下了伴随她三十年的文职肩章,戴上了金光闪闪的大校军衔。

“我以为我最高军衔就是中尉了,没想到年过半百,又戴上了军衔,还是大校。这次军官制度改革,就是着眼于人、着力于人,通过采取一系列前瞻性、创新性、务实性的政策举措,尽快形成制衡强敌对手的非对称人才优势,使军官队伍建设水平与打赢现代战争要求相适应、与建设世界一流军队相匹配。”

“不就是个大校嘛,将来你还要戴上将军衔呢。”林特特笑道。“

你不懂,不懂我三十年来的渴望。”

李晓音让林特特给她照相。她或站在书柜前,或坐在沙发上,或走着正步,或依在窗前,怎么都不满意。

“看把我妈高兴的。”儿子说。

“那是，你妈这叫‘二度春’。”林特特说，“再来几张，不要太严肃，放松些，对，笑一笑，下巴低一些。好了，都可以当书的封面了。”

李晓音检查爱人拍的照片，说：“不行，我表情不自然，再来几张。这对我来说可是划时代的事情，授衔的那一刻，军歌一奏，我浑身充满奔涌的血。只要祖国一声召唤，我就会勇敢地奔向战场。”

“我也是军人，当然理解。”

“我那副中尉肩章，搬了多少次家，都一直跟我的剪稿本一起保存着。那可是我青春的见证呀，那是二十四岁的花季年华。”

“你们俩别肉麻了好不好！”儿子说。

听到李晓音授衔的消息，秦小昂打来电话，说：“我盼了多半辈子，在关键时刻却先放弃了。唉，我手握一把好牌，打得稀烂。不过有得必有失，我现在睡到自然醒，也挺好的。”笑着笑着却突然哽咽了。

新兵时的景班长退休时已是正团职，女儿来北京工作后，说什么也不愿回到小城。她跟爱人想同女儿在一起生活，就把老家的房子卖了，在北京郊区买了房。

秦小昂开着车载着李晓音去看景班长。

这是一套带院子的平房，离城区九十公里，环境不错，花园里种了西红柿、辣椒、韭菜，边上几株蔷薇，五间房子收拾得整洁。景班长说她爱人在邻近一个单位看门，她在家里待着无聊，周围也没几个人能说知心话。环境清静了，心却空了，她都不知道以后的日子如何打发，每天无聊时就听军歌。景班长说李晓音是自己带过的兵里干得最好的，也是现在唯一留在部队的。

“班长，你别急，我给你问问，看有没有合适的工作。我了解你，你最适合带兵了。”李晓音说。

“可我都这把年纪了，能干什么呢？”

“总有一款适合你。”

“你真给班长找事做？当保姆她肯定不愿意。”秦小昂问李晓音。

“试试看吧。”

回到家里，李晓音想起一位老主任退休后开办了一个少年特战兵训练营，给老主任打电话，说了景班长的情况。老主任说："那么爱兵，会是一个好教官的。让她来找我。"

训练营正式聘请景班长当教官，帮助叛逆的少年找到人生的方向，培养他们的纪律性、执行力、责任心和团队精神。

"穿上迷彩服后，才发现自己仍然那么年轻，跟着孩子们一起投弹，一起走队列，一起跑三公里。我这辈子，最适合的可能还是带兵。男兵女兵少年兵，每一个都有意思，管他们原来是什么样的人，我都能带出来。"景班长出生于农村，父亲当了五年炮兵，在父亲的引导下，她从小爱上了部队，十八岁时说什么也要参军，老父亲同意了。

景班长请李晓音给孩子们上课，特别强调穿军装。李晓音向单位报告，领导说给孩子们普及国防知识，应当去。

李晓音叫秦小昂也去。秦小昂笑着说："车夫遵命。"

营地在燕山脚下，远离市区，一条小河缓缓流向远方。景班长穿着一身迷彩服，正教孩子们叠被子。这些十二三岁的孩子们做得很认真。

孩子们表演了队列、军体拳、匕首操、行进间方向变换等课目。投手榴弹时，李晓音试着投了几次，成绩还不赖。

她们走时，景班长拉着李晓音的手，说："晓音，咱们女兵排现在就你一个人还在部队，希望你把军装穿到老。女人做到大校多不容易，离将军只一步之遥呀。班长看好你。"

李晓音笑笑，望着远方。

景班长摸着李晓音的大校肩章，说："多好看呀，绿肩章，金星星，色调、样式搭配得那么协调，醒目又庄重。金黄色的铜纽扣，军徽下的钢枪、铁锚、机翼，在阳光下有夺目的光彩，从哪个角度看，都美。领章改领花了，用螺钉一拧，又方便，又漂亮，不像咱们当年，用针缝。但那时多美好呀，真想回到过去。"

李晓音低头，踩着脚底下的影子，说："回不去了。"

"听说现在还给军人配偶发荣誉金？"

“是的，也给军人父母发。家里一个军人的，发五百元；双军人的，一千元。军人地位又提高了。最近，我们的军装就发了好多套：礼服、春秋常服、冬服、毛呢大衣、棉大衣、迷彩大衣、作业服、迷彩服等。除了定期体检，还有机关门诊部巡诊送药，越来越方便。”

“虽然我离开了部队，可又进了新的‘部队’。人，一辈子，无论怎么样，都得有个念想。”

4

一年一度的军队退休干部体检又开始了。身体一向健康的秦小昂查出了肺部结节，医生一看片子，建议尽快做手术。

秦小昂看到医生的表情，哭着给李晓音打电话：“晓音！晚上到我家，出大事了。”也不等回话，就挂了。李晓音立马赶到秦小昂家。

秦小昂拉着她的手，说：“晓音，我好害怕呀，我就你一个好朋友呀。”

“你放心，我已经给林诗诗打电话了，让你明天带着片子去找她。总医院有她同学，她帮你联系住院，做手术。”

“晓音，太谢谢你们了。我跟林诗诗关系一般，没想到她这么仗义。我知道她看的是你的面子。”

“管谁的面子，只要把病治好。再说，林诗诗人挺好的，接触多了你就了解了。住院的事，你放心，我休假照顾你。”

秦小昂抱着李晓音，哭着说：“晓音，住院前，我有个请求，你一定答应我。”

“你说什么我都答应你。”李晓音很紧张，生怕满足不了秦小昂的心愿。

“你能给我做一顿你们的臊子面吗？北京的面馆我吃遍了，什么陕面居、西安饭庄、秦堂府、兰花花……我最好的，还是你做的那一口。我怕从手术室出不来了，还有我的存折密码……”

“胡说什么呢。晚上,我给你做一顿最正宗的臊子面。我儿子结婚,还要请你唱一折《牡丹亭·游园惊梦》呢。”

“我先给你唱段《牡丹亭·幽媾》,我唱,你录,录好后跟这封信放到一起。如果我没出来,麻烦你交给郑光明。如果我活着出来,此事就当没发生过。”

“你仍喜欢他?”

“初恋嘛,总割舍不下。我们在一个院子上班,自分手后,为了彼此的家庭,再也没有联系过。”

秦小昂退休后,在一家昆曲班学唱戏。连行头都有,她换了一件豆绿色碎花褶子,勒了大头,水袖洒脱,神似龚隐雷:

> 幽谷寒涯,你为俺催花连夜发。俺全然未嫁,你个中知察,拘惜的好人家。牡丹亭,娇恰恰;湖山畔,羞答答;读书窗,淅喇喇。良夜省陪茶,清风明月知无价。

杜丽娘的鬼魂与书生柳梦梅相会,李晓音看得潸然泪下。

彭老板不提离婚了,但仍不冷不热。秦小昂给他打电话,说了病情。彭老板在外地出差,只说知道了,连句安慰的话都没有。秦小昂很是伤心。

等秦小昂睡着后,李晓音给彭老板打电话。彭老板长叹一声。李晓音说:“小昂做错了事,但她是不是真心对你,你最清楚。你们还有孩子。我们人生都过半了,家庭和睦是最重要的。”

彭老板说:“你已经给我打三次电话了,就冲你对秦小昂的这份情谊,我得回去照顾她。处理好生意上的事后,我尽快回家。小昂拜托你了。”

第二天早上七点五十分,李晓音把秦小昂送到手术室门口。秦小昂拉住李晓音的手,一把鼻涕一把泪地说:“晓音,如果我出不来,一定记着我给你说的话。”

“胡说什么呢？一个小小的手术。别害怕，我就在外面等你。”李晓音紧张得说话语调都变了。

结节是良性的，手术很成功。李晓音一直在病房里陪着秦小昂，扶着她走路，给她擦澡。

秦小昂动情地说：“我没想到，我们能从青年一直走到中年，命运又让我们生活在一个城市。我们是一生一世的好姐妹。我感谢军营。”

“小昂，我过去羡慕你，甚至嫉妒你，你一切那么顺利，你一个电话就能解决的问题，我要费尽心血。很长时间里，你都是我的奋斗目标。我老对自己说，你看看你的同学秦小昂，人家调到北京的出版社了，又住大房子，又晋升副高，要不就是又获新闻奖了，又出书了。你写远洋的那本书，我好多章节都能背出来。要不是你在前面引领着，我都怀疑我能否坚持到今天。”

“其实我喜欢像你一样，去努力争得自己的一切。年轻时，多闯荡些，老了，就要过得平稳。我老了，丈夫冷淡，孩子又在国外。过去有爸爸妈妈呵护我，爸妈没了，我生病都没人在跟前，连杯水都没人端。我后悔过去太以自我为中心了。爸妈在世时说过我，我不以为然。他们一个个远离了我，我才知道自己错了。田心怡提将军了，你也当大校了，我很羡慕你们。我穿过八五式、九七式、零七式好几套军装，也算老军人了。我随船到远洋采访三个月，遇到好几次险情，差点回不来。好多同学以为我养尊处优，吃不得苦，其实，我吃的苦不比你少，只是好面子，不说罢了。要是我不离开部队，也是海军大校了，春秋穿藏蓝色的海军服，夏天穿一身白军服，你们哪个的军装有我的神气？”

“你不还有我吗？以后有什么事，随时打电话，我随叫随到。现在一部手机，全都搞定。生活在快捷方便的时代，知足吧。”

“可我想体会从山底爬到山顶的感觉。”

“那是你身在福中不知福。要是脚下只有一条路，就把它走到底。”

“可能因为我面前的路太多了，哪一条都没走到底。跳舞、唱歌、摄影，看着样样通，结果没一样精。”秦小昂说到这里，忽然抽泣起来，“晓音，我从来没有跟别人这么说过。你是我的好朋友，我得病以后，把自己这大半生回忆了一番。我妈忽然去世，我四处打电话，只有你陪着我上灵车。老彭要跟我离婚，我明白自己干了一件傻事，没听你的劝，我好后悔呀。我曾经瞧不起你，瞧不起你们的秦腔戏，总觉得太土气，可昨天一听，一下子就喜欢上了，明白你为什么那么喜欢它了。它高亢苍凉，有人生的况味。你听听，这不就是为我写的吗？”

秦小昂打开手机上的视频，视频里唱道：

道长那里赔笑脸，叫一声韩侯听我言。一不该锯猫把井院，短了你青春寿八年。二不该九岭山前活埋母，短了你青春寿八年。三不该问路把樵夫斩，短了你青春寿八年。四不该稳受高皇拜，短了你青春寿八年。五不该逼霸乌江岸，短了你青春寿八年。不用掐不用算，五八短我四十年。非怪吕后把我斩，幼年间做事欺了天……

“我反思了我的大半生：一不该，为上军校离初恋，与首长的公子谈恋爱。二不该，为进京弃了深恋男友。三不该，为钱财立遗嘱，伤了丈夫心。四不该，图安逸把军装脱。五不该，生活规律失衡把身体坏。六不该，为利益把亲情抛……要不，我怎么得了那么大的病呢？”

李晓音没想到秦小昂反思得这么彻底，连声说：“言重了，小昂，只要明白了就好，珍惜现在。我已给你家老彭打电话了，他心里是有你的。再别闹了，要珍惜。都过了快三十年了，好好过日子吧。”

“晓音，你说的是真的吗？我得马上出院。只要他原谅我，我做什么都可以。至于那封信，我马上回去烧了。”秦小昂说着，就要下床。

“现在先好好养病。再听我一句劝，对他儿子好点，将心比心。”

正在这时，房门开了。彭老板手捧一束玫瑰，微笑着走了进来。

秦小昂本来在床上坐着，下了床，扑进彭老板怀里。

“见色忘友，我走了。”李晓音笑着说，朝秦小昂挤挤眼，跟彭老板打了招呼，走出医院。

5

大街上，槐花飘香，紫槐花在湛蓝的天空下好迷人，李晓音感觉健康是多么的重要。

手机响了，是儿子："妈，你在干什么？"

"刚去医院看了一个同学。"

"妈，你猜刚才发生了什么事？"

"怎么了？快说。"李晓音听出儿子语气有些紧张，着急地问。

"刚才我们实投训练，我扔手雷了。"

"你怎么又扔手雷了？"

"妈，你别急嘛，我很安全，心里特激动，想给你说说。"

"你是政工干事，干好自己的本职工作就行了嘛。"她又恼火了。

上次儿子投实弹手雷时，拉环很紧，拽了七八秒都没拉开。一旁的作训股长怕出意外，从他手里抢过手雷，拽开拉环，投出去后拉着儿子蹲下。万一拉环时手滑，手雷掉到地上，后果不堪设想。

"妈，现在政治干部要学军事，懂军事，你又不是不知道。你们文化单位都整天搞军事训练，更何况我们野战部队。不能因为危险就永远逃避，对不对？真上了战场怎么办？妈，这次我一点都不紧张，按照要领，做得很完美。投弹排名全团第二。"

李晓音打电话给爱人，说了儿子的事。伴着一阵阵浪花声，爱人笑着说："是我的儿子，这样做就对了，我们每天也经历同样的训练。亏你还是军人，放心。"

她又打给大姑子林诗诗。林诗诗半天才说："晓音，我理解你的心情，谁让咱们都是母亲呢。我家张强驻训一周了，我也怪想的，一会儿担心他吃不好，一会儿担心他生病。做母亲都是一样的。刚收到网上买的阳澄湖大闸蟹，你姐夫不在，还是请我们的大作家来吃吧。"

"姐，你帮我烧上热水吧！我半小时到。"

林诗诗正在厨房做饭，李晓音把包一放，就问："姐，水烧好没？我要洗澡。我家里热水器坏了，可是有两周没洗澡了。"

林诗诗隔着门笑着说："你一去边防部队，不是也好几天洗不了澡吗？"

"那能一样吗？那时别说洗澡，能不能活着回来都不知道。姐，帮我搓背，简直受不了啦。我还想吃你最拿手的炒疙瘩。"李晓音在洗澡间大声喊。

"晓音，我上辈子绝对欠了你，给你们又当爹又当娘。"

"那是你自找的，你还设了套，让我钻进你布的天罗地网。"

"特特这个狗东西还是告诉你了，真是一结婚，就得了'妻管严'，真是白眼狼。现在你后悔还来得及。"

"姐，你不要不知足。我十月怀胎生的儿子对你比对我还亲，昨天还问我，姑姑生日到了，送什么礼物呢？"

林诗诗边给李晓音搓背，边说："我还跟他说呢，我说晖晖，你要对你妈好，她能干到现在可不容易。再说，你妈是大名人，姑比起你妈来，差得远哟。"

"别说好听的，使些劲，这辈子我算缠上你了。姐，我姐夫怎么样了？"

林诗诗搓背的动作慢了，叹了一声："他退休了。命令一到，立马就回老家了，说好好陪陪他父母。这不，家里就我一个人了。哎呀，你背好脏。好了，搓完了，我出去准备饭了。"

"那就好。"李晓音披上浴袍，边擦头发边说，"这么大的房子，又装修得这么好，我可舍不得搬。现在好了，咱不用搬了。"

"你来呀，每天给我做面条，臊子面、油泼面、烩面，天天不能重复。"

"小意思。姐，明天周末，咱带爸去颐和园西堤看天鹅好不好？"

"好呀，我还没在北京看过天鹅呢。黑的还是白的？"

"黑的，大概北京不适合白天鹅吧。"

林诗诗有些小失望，但马上说："管它黑的白的，只要是天鹅，我就喜欢。"

"你再告诉爸，去颐和园的马路两边，风景可美了，先是一棵棵结着红果子的紫叶李，接着是大片大片的薰衣草，远远的一片，梦一样。昆明湖里开满了小黄花，那是爸爸念念不忘的《诗经》里的荇菜。好景需要懂它的人。我最喜欢看爸爸摇头晃脑地背'参差荇菜，左右流之'。"

"干脆你给爸打电话。爸昨天还问起你，显然想你了。"

"还是女儿打合适。咱这个外姓人现在去拖地。"

这是林诗诗的新家，刚住进来不久，一百八十多平方米，七个房间，林诗诗夫妻住一间，给林父收拾出来一间，给李晓音夫妻一间，两间给张强、林晖住，还有两间做了书房和客房，均布置得典雅而精致。

林诗诗笑着说："这是你的房间，你常住呢，我不干涉，你随意布置。"

李晓音明白林诗诗还记着仇呢，笑着说："姐，你怎么装都行，只要你让我住，睡在你家客厅都行。"

林诗诗一看李晓音从超市买的睡衣，说："算了，还是我给你们准备全套吧。"又把家里钥匙给李晓音一套，说："干脆搬来算了，省得你做饭。"

"从晖晖住到你这里，我就把姐家当自己家了。姐，秦小昂家里东西都好贵，可我感觉不像家。只有在你这儿，我住着舒服，你不让我住都不行。"李晓音笑着接过钥匙，装进包里。

客厅挂着巨幅俄罗斯油画，清澈的河流，挺拔的白桦林，蓝蓝的天空。书房很大，三面书柜，全是书。张贵君很少在，书房多是林诗诗在用。除了书，还有一套音响，还摆着鲜花，女性的气息弥漫着。

凡来过的人都说这不像医生的家。林诗诗笑着解释："我是入错了行，在单位当医生已够了，回家就活另一个我了。"

李晓音每次来，喜欢待在宽大的书房，听着音乐，望着花园里茂盛的花卉，喝着茶。这是她最惬意的时候。

6

五一过后，林特特休假回来，跟李晓音一起推着林父在奥林匹克森林公园散步。绿绿的芦苇半人高，沉水廊道里，睡莲也开了，粉嫩粉嫩。一向爱花的李晓音却闷闷不乐。

秦小昂打来电话，说感觉李晓音昨天状态好像不对。李晓音拿着手机，半天说不出话来。

“难道林特特有外遇了？”秦小昂急了。

李晓音走远一些，生气道：“胡说什么呢。新年刚过，昆曲名家张继青先生驾鹤西去。四月份，华文漪睡梦中再没有醒来。我每天都听张继青的《牡丹亭》，声音绵而软，可惜再也见不到她了。迷上昆曲后，虽然我没见过那些老艺术家，但感觉她们成了我的亲人。前阵子我到南京出差，专门去了一趟江苏昆剧团，可惜人家不让进。”

“啊，我还不知道这事。我现在啥都看淡了，去年只听说张继青先生病了，怎么就没了呢？好想再听听她的《离魂》呀。我给你说过，只要听一折昆曲，肯定会迷上它。也怪，你爱上了我曾经痴爱的昆曲，我迷上了你们的秦腔。人生有时就这么奇妙。”

“你跟老彭和好了吧？”

“我们都退了一步，他儿子可以来家里，我呢，也要对他好。我想通了，将心比心。钱呢，生不带来，死不带去，由他去吧。”看来秦小昂真的想通了，言语很是轻松。

林诗诗打来电话，让他们直接从公园去她家，她准备了火锅。有个能干的大姑子，真不错。林诗诗事业干得好，已提专业技术少将了；家务也响当当的，真是上得厅堂，下得厨房。

李晓音前阵子托淄博的朋友买了一套骨瓷餐具，今天刚送到。林诗诗喜欢精致的茶具、餐具和花瓶。

林诗诗高兴得连说：“美呀，太美了，我怎么舍得用呢？”

李晓音搂着林诗诗的肩，说：“姐，我也舍不得用，咱们一起用，就算美物共享了。这叫宝剑赠英雄，佳品送知音。晖晖的婚事我无能为力，只有在姐这里能得到安慰。”

“三十年前，我就预言咱们会成为一辈子的好友，让我说中了吧？孩子大了，由他去吧，咱们过好自己的日子就行了。”

“是呀。由他去吧。”

7

七月，全军新闻出版工作表彰大会上，李晓音意外遇见了全涛。军改后，两人虽属同一个大单位，但这样碰见还是第一次。

去机关礼堂，从大轿子车下来，她就感觉天好热，穿着礼服更闷热，军裤都发烫。李晓音整了整卷檐军帽，忽然心跳加快，她看到了全涛，一句词涌上心头：若说没奇缘，今生偏又遇着他；若说有奇缘，如何心事终虚化？

他跳下车，也跟她一样，整理大檐帽，低头打量皮鞋是否干净。军容风纪管得很严。他没有看到她，可她一直盯着他的背影。同行的人说了什么，她一句没听进去。

她忘记了他带来的不快。自那次会面后，她再没有联系他，他也没有。但现在，他们又相遇了。他背有些驼，头发浓密，穿着新大校礼服真的挺帅。

他坐在她的前排。她的心跳得特别厉害，五十来岁的人了，不应当呀。可她按捺不住，既希望他回头看一眼，又发愁真如此她该怎么办。他的笔掉到地上，滚在她脚下。她假装没发现。她右边的同事指了指，她笑笑，摇摇头。她左边的同事推了下他的椅背。他终于转过身，拾笔时，朝后微笑着点点头。她不能确定他是否看到她，但也点点头。

些许的惆怅涌上心头。但会议开始，她马上振奋了。今天是她的高光时刻，她被评为全军新闻出版工作先进个人。他也评上了。他们将排

她远远地发现他，头发浓密，穿着新大校礼服，很帅……

成队列，上台接受首长们颁发的荣誉证书。

我没输你，当然，你也很优秀。李晓音胡思乱想，盼着颁奖尽快到来。按会议议程，颁奖还需一个小时。就在这时，她肚子有些不舒服，难道吃坏了？

这么一想，肚子越来越不争气。台上的首长仍在回顾着中国军事新闻出版的辉煌历程，声画结合的视频再现出一个个令人难忘的精彩瞬间。李晓音再朝礼堂走廊看，纠查军容风纪、检查会场秩序的士兵不时走来走去。她犹豫要不要出去上厕所。

实在坚持不住了，头上冒出密集的汗珠，身上也灼热难忍。得赶紧出去，否则一会儿上台更麻烦。

她终于起身，弯着腰走出侧门，以冲刺的速度跑向卫生间。回来时，她小心翼翼地开门，但关门时一阵风，大门咣的一声。千万别让他看见。化了淡妆，又戴上大校军衔，一切本该那么完美。但愿她不再是他或众人眼里笨笨的农村女孩，不，笨笨的中年女人。

终于，礼乐响起，他们身着崭新的礼服，佩戴金黄色的绶带，列队迈向主席台。他站排头，她立排尾。

他们都很优秀，都成了中国人民解放军大校军官，成为行业优秀工作者。像在梦中。

三十年前，她不会想到他们是这样的结局。新兵时，她看过一本小说，里面说，凡是不平凡的开头，必定有个不平凡的结尾。他们这样的结局，算不算不平凡？她又想起他写给她的诗：绿色方队中，我们是永不分离的英雄儿女。

看来，还是他赢了，他终究赢了。他没学历，没背景，但他仍然走在她前面，高昂着胜利者的头颅。

不久后，她参加了全国作家代表大会，想起一句电影台词：我不觉得人的成熟是越来越宽容，什么都可以接受，相反，我觉得那应该是一个逐渐剔除的过程，知道自己最重要的是什么，不重要的是什么。

也许从军，就是自己一生的追求。她就是爱五角星，就是爱一身绿军装。

小侄子告诉她，他儿子报名参军了。中央军委印发《军士暂行条例》《义务兵暂行条例》以及《军士职业发展管理暂行规定》，初级军士以自主就业为主，中级军士以政府安排工作和逐月领取退役金为主，高级军士以退休安置为主，确立了服役时间越长、贡献越大、安置越好的政策导向。这是推进士兵现代化的重要举措。“小侄孙，你赶上了好时代，后浪，奔涌吧。”李晓音发自肺腑地说。

她以自己和战友们的真实生活为素材，写了一部长篇小说《军人生活》。出版社组织了线上、线下作品研讨会，大哥和二哥不能到场，在家里通过线上观看全程。李晓音邀请了秦小昂、景班长，当然还有大姑子林诗诗来现场。林诗诗买了一大束玫瑰。

研讨会上，大家说了很多优点，也谈到了不足。让李晓音哭笑不得的是，秦小昂又放了一个冷炮。没安排她发言，可在任何场合都不愿被忽视的秦小昂主动举手，说：“主持人好，虽然没安排我发言，但我能说几句吗？”

主持人是出版社的一位副总，怔了一下，忙说：“当然可以，热烈欢迎。”

“我跟李晓音是新兵时的战友，是大学同学，是三十多年的老朋友，可以说，我见证了她每一步的成长。我初次见她时，她是一个连刷牙都不会的农村女孩，怎么也没想到，她会成为全国著名的女作家。我发现她的成才路呈阶梯形，每一步都很难，但她一步步地走了过来。而我，她的战友加同学，从二十二岁大学毕业分到出版社，到五十三岁提前退休，只干了一件事，就是为别人做嫁衣，而这个嫁衣还没做好。不过，人生有起有落，我最近迷上了写文章，我要写写我新闻系的同学们，咱也是新闻系毕业的高材生。”

后面她还说了很多。李晓音当年不会刷牙的故事，被某家媒体用在了标题上：《连牙都不会刷的农村女孩，如何成为著名女作家》各大网站相继转载。

林诗诗很为弟媳不平，愤愤说道："她这是给你出糗，这是嫉妒，没安好心。"

"她说的是事实。"她为秦小昂终于不再消沉而高兴。

李晓音的长篇小说获得全国著名的文学大奖，多家媒体纷纷采访，影视公司想买影视版权。记者采访李晓音时，李晓音说的第一句话就是："我是一个出生在黄土高原的孩子，我爱部队，从当兵的那天起，就没想过再脱下军装。这部作品，是献给妈妈的，她还在天堂等着看我写的电视剧呢。"

秦小昂说："李晓音，你得请客，我们可是为你来的。"

李晓音扬着手中一叠戏票，说："姐妹们，秦地是我的故乡，明天晚上我请大家看我故乡戏剧皇后李梅从艺四十年专场演出，她可两度获得梅花奖，一票难求呀，请大家赏光。"

李梅跟她们年龄差不多，在戏曲舞台起步时，她们也刚走进军营。大家看得极其认真，演出也极其精彩，全是李梅的代表作。

弟妹们莫要淌热泪，大姐的人生并不亏，哎……大姐的人生并不亏，一不亏家遭不幸未崩溃。二不亏咱手足未散情未摧。三不亏二妹成功弄潮水。四不亏三妹读完博士回。五不亏四弟英才文武备。六不亏老父寿终含笑归。七不亏自修毕业未荒废。八不亏办成公寓济困危。九不亏遇见知音爱相随……

昔日的女兵们鼓起掌来，秦小昂站起喊道："李梅，好棒！"

"快坐下，小心后面的人说你。"李晓音拉着秦小昂坐下。秦小昂仍在喊："唱得好，歌词也说出了我们的心里话。"

李梅在众人欢呼声中又出场，唱起了《大树西迁》：

生命是大树盼苍莽
人生是挑夫盼担当

只要事业灯塔亮

我抖擞精神再启航

…………

看完演出，她们在海棠花溪边的饭店吃饭。景班长说:“今天晓音是主角,请她开场。”

李晓音笑着摇摇头,说:“姐妹们聚会,别这么正式,再说我这人笨嘴拙舌的,话就免了。”

话音刚落,秦小昂端着酒杯站起来,说:“今天是假日,可以喝酒,不会影响晓音的进步。大家放开喝,我借晓音的场子说句话,行不行?”

“说,尽管说。”景班长笑着,“小昂还跟当兵时一样,花容月貌,伶牙俐齿。”

秦小昂轻轻理了一下新做的头发,说:“看看,姐妹们,四十岁时我头发就白了一半,现在是染的。今天我们在这里相聚,我恍然回到了十八岁,那时我们多年轻呀。大家都努力了,尽心了,人生没有虚度。看完演出,我很感慨。李晓音是雪中寒梅,是女中豪杰,是我们学习的榜样。”

“小昂,别这么说,当着姐妹们的面,我不说假话。真的,我其实很无助。儿子大了,他的婚姻我很头痛,却也无能为力。即将迈入老年,却发现还有好多事没有做。写作三十多年,我仍很迷茫。”

“晓音,你别急呀,我话还没说完呢。如果说晓音是雪中寒梅,那我就是迟开的玫瑰。一不亏当年父母教育恩,二不亏从军路上把苦吃,三不亏名校淬火扎根基，四不亏读书阅历五十载，五不亏军事记者显神威,六不亏时光流逝人未老,七不亏人生路上走一回,八不亏吃过的苦儿结了果,九不亏人到中年才醒悟,十不亏迟开的玫瑰更芳菲。”

“哇,小昂,你可以呀,出口成章,可以写剧本了。”李晓音笑着说。

“咱不闲着,就兴你跟田心怡、刘蕾、柳宛如出风头,却忘了我秦小昂也是名校毕业的高材生?来,为了迎接我们即将到来的老年,干杯!晓音，我还有一件喜事向你报告，我家老彭说，他要出资投拍你的小说呢。”

“真的？”李晓音一把搂住了秦小昂。

餐毕人散，回家的路上，李晓音感慨良多。好想回到过去，回到十八岁那年的秋天，她提着行李，第一次走出黄土高原。她怀念出嫁前在娘家吃的最后那顿饭。她不只是怀念自己的青春，也怀念爹妈的青春，哥哥姐姐的青春，朋友们的青春。她终于明白，青春之所以美丽，恐怕是因为刹那闪耀之后，再也无法回去。

退休的大哥建了一个“一家亲”的聊天群，群里老老少少三十多人，二哥每天准时在群里发文，内容五花八门：办公室工作九必要、与人交往七注意、幸福家庭秘诀二十讲；动不动就是一系列，军中系列、家庭系列、生活系列，发得最多的就是军中系列。

嘀嘀嘀，这不，大哥又发了《当兵的历史》演唱视频，二哥马上点赞转发：

> 二十岁二十岁，我就要离部队
> 我把青春留给了亲爱的连队
> 连队给了我呀勇敢和智慧
> 从此再也不怕浪打风吹
> 啊生命里有了当兵的历史
> 一辈子都会感到珍贵
> …………

后 记

这部小说我准备了二十年，不，准确地说，三十多年了，从参军的那天起，我就渴望写一部农家军歌。

这部小说，通过现役军官李晓音改任文职人员，又改任大校军官的经历，以军队文职军人为主角，写出了我军文职军人制度三十多年的变革与成熟，从不穿军装到穿军装，从无衔到有衔，军官制度的逐步完善，展现出了军队多年来的重大变革。笔墨渗透到部队诸多领域，从野战部队、后勤基地、院校、总部机关到新闻出版机关等，展现了李晓音从战士到著名作家的成长史，也塑造出她的哥哥李晓忠、李晓义以及战友、同学等一系列鲜活的新时代军人形象。

我认为，小说的魅力，就在于书写人与人之间的情感，无论经过多少岁月，无论以怎样的方式诉说，还是能一次次地感动读者。

一部好的作品，是真实和虚幻的交织。在角色身上看到许多人的影子，又在周围人身上发现角色的投射。说到底，还是普遍的、人类共有的东西。正因如此，我想写下农民家庭三兄妹从军三十年的酸甜苦辣。我希望读者从故事、细节，从血肉丰沛的军人的日常生活中，去理解他们。

我想通过一个农村女孩成长为一名大校的从军之路，来展现一代代军人崇尚荣誉以及追求梦想之心。我渴望写下她的亲人们、战友们的追求与迷茫，以及琐碎的日常与短暂的逃离，从个人经历反映人民军队阔步向前的光辉历程。

不想当将军的士兵不是好士兵。每个人心里，都有一粒渴望当将军的种子，时机成熟，就会破土而出。

一个人的成长，离不开家庭和身边的人。李晓音的成长道路上，有大哥的“鸡汤”，有二哥的身教。兄弟俩一文一武，影响了妹妹的一生。她与父母、爱人、同学之间的关系，也是我着力刻画的。她的人生之路，与时代，与亲人，与战友，密不可分。

我喜欢写女人之间的故事，更爱写女军官们。我也是她们中的一员，写她们，就是在写我自己。我庆幸能在最美好的年华，与优秀的她们相遇。

我读过三次军校。

第一次，南京政治学院新闻系。我是一名战士学员，有幸跟七位陆海空各兵种女干部为伍，我们全班一共九十六人。在美丽而诗意的南方，我度过了两年大学生活。

第二次，是读军艺文学系。全班三十五人，有六个女生，在美丽的首都，我眼界大开。学校不但有舞蹈系、戏剧系，还有响当当的音乐系，演艺界的不少明星是从这里毕业的。

第三次，我上的是总部中层领导干部培训班。一个班四十三人，女生六人。我再次回到三十年前的母校，与即将成为总部直属单位领导的女军官们为伍。她们是运动员，是讲解员，是演员，是优秀的师团职领导干部。

读者朋友，通过以上数字，就能知道在十几万军人里，女军官是多么的稀缺，多么的珍贵。

毕业以后，大多数人我再也没有见过，也不知她们生活得如何。

在对她们的思念中，我提起了笔，希望写下她们的欢声与眼泪。我以李晓音的几个同学——新闻系女军官为主体，我喜欢这样的搭配。若换成中文系，离诗意近，但飘。在新闻现场和军营之间的我的女主人公们，在情感与事业的路上，注定走得艰难。

在描绘李晓音和她的战友、哥哥们的奋斗史时，我着眼于保存时代记忆，搜集记忆中能触摸到的一切，歌曲、绘画、影视剧等，聚焦时代更迭之际军人的彷徨与坚定，聚焦被历史湮没的普通人，讴歌人性，讴歌踏实的人生。

随着年纪的增长，我越来越怀恋青春。为了留住青春，为了留住生命中走过的人们，我想，写下他们，他们就永远不会老去，不会消失。我产生了创作这部小说的冲动。

起初，李晓音和她的亲人、战友们，只是一个个名字，后来，他们整天跟我在一起，我熟悉了他们说话的方式，闻到了他们身上的气息，摸透了他们的脾性，直到有一天，我听到他们的呼吸声，我好像能看到他们发梢上的阳光，我觉得时机到了。

我爱的不只是绿军装、白军装、蓝军装。它们更是梦的衣裳，是理想的载体。军舰、飞机、大炮、火箭，我多次触摸过。军歌、枪炮、五公里越野、拉练，是我从军三十多年来绕不过去的课目。

歌中唱道：生命里有了当兵的历史，一辈子都会感到珍贵。生命里有了当兵的历史，一辈子都会充满光辉。我参军三十六年，一个人一生中又有多少个三十六年，我为此骄傲。

以此书，致敬我生命中的一切美好！